o Olho do Golem

Jonathan Stroud

Trilogia Bartimaeus
Livro 2

Tradução
Angela Nogueira Pessôa

Publicado primeiro pela Random House UK Limited, Londres, 2004, sob o título de
The Golem's Eye – Book II of The Bartimaeus Trilogy
Publicado mediante acordo com Laura Cecil Literary Agency.

Reservam-se os direitos desta edição à
EDITORA JOSÉ OLYMPIO LTDA.
Rua Argentina, 171 – 1º andar – São Cristóvão
20921-380 – Rio de Janeiro, RJ – República Federativa do Brasil
Tel.: (21) 2585-2060 Fax: (21) 2585-2086
Printed in Brazil / Impresso no Brasil

Atendemos pelo Reembolso Postal

ISBN 978-85-03-00981-2

Capa: INTERFACE DESIGNERS / SÉRGIO LIUZZI
Ilustração: MYOUNG YOUN LEE

CIP-Brasil. Catalogação-na-fonte
Sindicato Nacional dos Editores de Livros, RJ.

S916o

Stroud, Jonathan
O olho do golem / Jonathan Stroud; tradução Angela Nogueira Pessôa. – Rio de Janeiro: José Olympio, 2007.
(Trilogia Bartimaeus; v. 2)

Tradução de: The Golem's Eye
Seqüência de: O amuleto de Samarkand
ISBN 978-85-03-00981-2

1. Magia – Ficção. 2. Magos – Ficção. 3. Ficção inglesa. I. Pessôa, Angela Nogueira. II. Título. III. Série.

CDD: 823
CDU: 821.111-3

07-3873

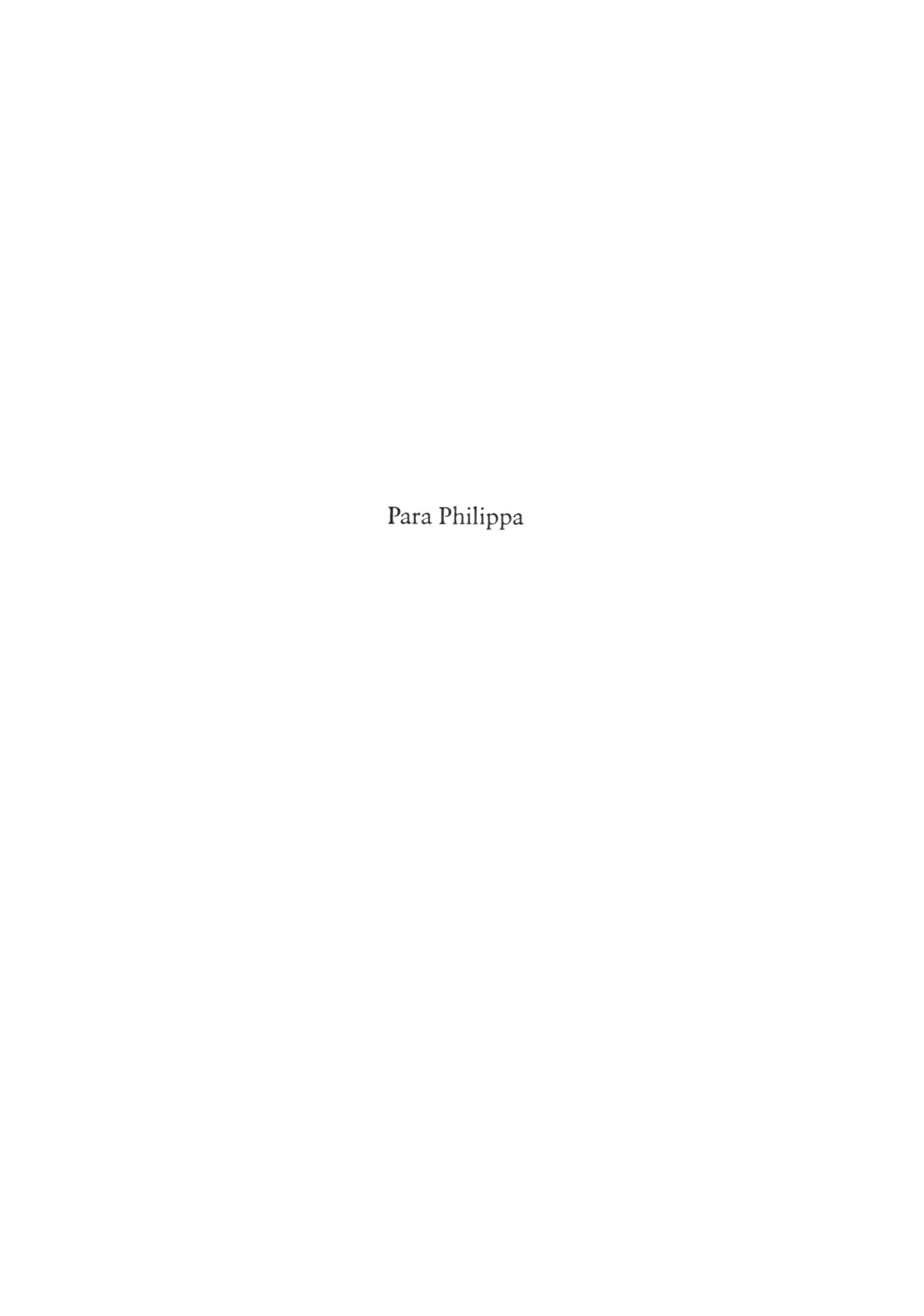

Para Philippa

Os Personagens Principais

OS MAGOS

Sr. Rupert Devereaux	*Primeiro-Ministro da Grã-Bretanha e do Império*
Sr. Carl Mortensen	*Secretário do Interior*
Sra. Jessica Whitwell	*Ministra da Segurança*
Sr. Henry Duvall	*Chefe de Polícia*
Sr. Marmeduke Fry	*Secretário do Exterior*
Sra. Helen Malbindi	*Ministra da Informação*
Sr. Julius Tallow	*Ministro do Interior*
Sr. John Mandrake	*Assistente do Ministro do Interior*
Sr. George Ffoukes	*Mago do Quarto Nível; Departamento de Assuntos Internos*
Sra. Jane Farrar	*Assistente do Chefe de Polícia*
Sr. Sholto Pinn	*Comerciante; proprietário da Pinn's Accoutrements, em Piccadilly*
Sr. Quentin Makepeace	*Dramaturgo; autor de* Cisnes da Arábia *e outras obras*

E vários outros magos, policiais e espiões

OS PLEBEUS

Kitty Jones
Jacob Hyrnek
Sr. T. E. Pennyfeather
Anne Stephens
Fred Weaver
Stan Hake
Nicholas Drew
Clem Hopkins

E outros membros da Resistência

OS ESPÍRITOS

Bartimaeus	*Um djim — a serviço do sr. Mandrake*
Queezle	*Um djim — a serviço do sr. Ffoukes*
Shubit	*Um djim — a serviço da sra. Whitwell*
Nemeides	*Um djim — a serviço do sr. Tallow*
Simpkin	*Um trasgo — a serviço do sr. Pinn*

E inúmeros afritos, djins, trasgos e diabretes

Nota da tradutora

Criatura sobrenatural do folclore judaico, o golem é uma figura artificial, elaborada para parecer um ser humano, dotada de vida por processo mágico. Bartimaeus, como visto em *O Amuleto de Samarkand*, livro 1 a compor esta trilogia, era um djim, entidade sobrenatural do folclore islâmico oriunda dos mitos da Babilônia e da Mesopotâmia em geral. No primeiro livro, ele explica a hierarquia dos seres sobrenaturais:

> (...) de um modo geral, há cinco classes básicas que se pode encontrar trabalhando a serviço de um mago. Estas são, em ordem decrescente de poder e temor geral: marids, afritos, djins, trasgos, diabretes. (Há legiões de espíritos inferiores que são mais fracos do que os diabretes, mas os magos dificilmente se dão o trabalho de invocá-los. Da mesma forma, muito acima dos marids existem grandes entidades de poder terrível; raramente são vistas na Terra, uma vez que poucos magos ousam sequer revelar seus nomes.) Um conhecimento detalhado dessa hierarquia é de importância vital tanto para os magos quanto para nós, uma vez que a sobrevivência freqüentemente depende de conhecer exatamente a sua posição. Por exemplo, como um espécime particularmente especial de djim, trato outros djins e qualquer coisa acima de minha categoria com um certo grau de cortesia e dou pouca consideração a trasgos e diabretes.

Angela Nogueira Pessôa

Prólogo

Praga, 1868

Ao crepúsculo, as fogueiras no campo do inimigo se acenderam, uma a uma, em maior profusão do que em qualquer outra noite. As luzes faiscavam como jóias coruscantes, salpicadas na desolação da planície, tão numerosas que uma cidade encantada parecia ter brotado da terra. Em contraste, dentro de nossas muralhas, as casas tinham as janelas fechadas, as luzes apagadas. Uma estranha inversão ocorrera — a própria Praga estava sombria e imóvel, enquanto o campo em torno reluzia de vida.

Logo em seguida, o vento começou a parar. Vinha soprando com força, do Oeste, havia horas, trazendo notícias dos movimentos dos invasores — o estrépito das máquinas de cerco, os brados dos soldados e dos animais, os suspiros dos espíritos cativos, os odores dos feitiços. Agora, com velocidade pouco natural, tudo isso foi morrendo e o ar ficou mergulhado em silêncio.

Eu flutuava bem alto sobre o mosteiro de Strahov, dentro das magníficas muralhas da cidade, que eu ajudara a construir trezentos anos atrás. Minhas asas, que pareciam de couro, moviam-se em batidas fortes e lentas; meus olhos perscrutavam os sete planos até o horizonte.[1] Não era

---

[1]*Os sete planos*: os planos acessíveis se superpõem uns aos outros e cada qual revela determinados aspectos da realidade. O primeiro inclui as coisas materiais comuns (árvores, prédios, humanos, animais etc.), que são visíveis a todos; os outros seis contêm espíritos de variados tipos, cuidando tranqüilamente de suas vidas. Seres superiores (assim como eu) podem usar olhos internos para observar todos os sete planos de uma vez, mas criaturas inferiores têm de se satisfazer com menos. Humanos são especialmente inferiores. Os magos usam lentes de contato para enxergar dos planos dois ao três, mas a maioria das pessoas só enxerga o primeiro plano, e isso as deixa na ignorância de todos os tipos de atividade mágica. Por exemplo, provavelmente existe alguma coisa invisível, com montes de tentáculos, pairando às suas costas NESTE MOMENTO.

uma visão feliz. A massa do Exército britânico estava escondida por trás de Encobrimentos, mas suas ondulações de força já chegavam à base da colina do castelo. As auras de um vasto contingente de espíritos eram fracamente visíveis na escuridão; a cada minuto, novos tremores rápidos nos planos assinalavam a chegada de mais batalhões. Grupos de soldados humanos movimentavam-se com determinação sobre o solo escuro. No meio deles havia um amontoado de grandes barracas brancas, com teto abobadado como ovos mitológicos, em torno dos quais Escudos e outros feitiços pendiam como espessas teias de aranha.[2]

Ergui o olhar para o céu sombrio. Havia uma feroz profusão de nuvens negras, manchadas com faixas amarelas a oeste. A grande altura e mal visíveis à luz que se extinguia, avistei seis fracos pontos circulando bem fora do campo de Detonação. Eles prosseguiram sem paradas ou interrupções, avançando em sentido contrário, fazendo um levantamento final das muralhas, checando a força de nossas defesas.

E por falar nisso... eu precisava fazer o mesmo.

No portão Strahov, o posto avançado mais distante e vulnerável das muralhas, a torre fora erguida e reforçada. As antigas portas estavam lacradas com feitiços triplos e vários mecanismos de deflagração, e as sombrias ameias no alto da torre achavam-se pontilhadas de sentinelas vigilantes.

Pelo menos, era essa a intenção.

Voei até a torre, cabeça estendida como a de um falcão, asas parecendo couro, escondido sob meu invólucro de farrapos. Pousei descalço, sem um ruído, sobre uma crista de pedra saliente. Esperei pela interpelação rápida, áspera, a exibição vigorosa de prontidão instantânea.

Nada aconteceu. Deixei cair meu Encobrimento e esperei por algum indício moderado e atrasado de alerta. Tossi alto. Ainda nada.

[2]Sem dúvida, era aí que os magos ingleses estavam escondidos, a uma distância segura da ação. Meus amos tchecos faziam a mesma coisa. Na guerra, os magos sempre gostam de reservar para si as tarefas mais perigosas, como guardar intrepidamente grandes quantidades de comida e bebida alguns quilômetros atrás das linhas de frente.

Um Escudo reluzente protegia parte das ameias, e por trás dele havia cinco sentinelas agachadas.[3] O Escudo era um negócio estreito, projetado para um soldado humano ou três djins, no máximo. Por isso havia tanta agitação.

— Quer *parar* de empurrar?

— Puxa! Cuidado com essas garras, seu idiota!

— Ora, vá tomar banho! Estou dizendo, minhas costas estão de fora. Eles podem vê-las.

— Por si só, isso poderia nos ganhar a batalha.

— Mantenha essa asa sob controle! Você quase me arrancou o olho.

— Mude para algo menor, então. Sugiro uma tênia solitária.

— Se você me der outra cotovelada...

— Não é *minha* culpa. Foi aquele tal de Bartimaeus que nos botou aqui. Ele é um tipo tão pomp...

Era, em suma, uma lamentável exibição de frouxidão e incompetência, e não vou registrá-la por inteiro. O guerreiro de cabeça de falcão fechou as asas, deu um passo à frente e despertou a atenção das sentinelas, juntando-lhes as cabeças num choque rápido e doloroso.[4]

— E como vocês chamam *essa* espécie de serviço de sentinela? — perguntei asperamente. Não estava nem um pouco disposto a me aborrecer por ali. Seis meses de serviço contínuo haviam esgarçado a minha essência. — Encolhidos atrás de um Escudo, batendo boca feito vendedoras de peixe... Mandei vocês *ficarem de vigia*.

Em meio aos patéticos murmúrios, evasivas e olhares baixos que se seguiram, a rãzinha ergueu a mão.

---

[3]Cada sentinela era um djim inferior, pouco melhor do que um trasgo comum. Tempos difíceis, aqueles, em Praga; os magos eram escravizados e o controle de qualidade não era o que deveria ser. As aparências escolhidas por minhas sentinelas eram prova disso. Em vez de disfarces terríveis, belicosos, vi-me diante de dois enganosos morcegos-vampiros, uma doninha, um lagarto de olhos esbugalhados e uma rãzinha bastante lastimosa.

[4]Cinco cabeças batendo uma na outra, em rápida sucessão. Parecia um brinquedinho executivo incomum.

— Por favor, sr. Bartimaeus — disse —, de que adianta vigiar? Os ingleses estão por toda parte: céu *e* terra. E sabemos que eles têm uma legião inteira de afritos por lá. Isso é verdade?

Apontei o bico para o horizonte, os olhos apertados.

— Talvez.

A pequena rã soltou um gemido.

— Mas nós não temos nem um sequer, temos? Não desde que Phoebus o comprou. E soubemos que lá também há marids, mais de um. *E* o líder tem um tal de Cajado, que é realmente possante. Dizem que despedaçou Paris e Colônia no caminho para cá. *Isso* é verdade?

Minha crista se eriçou levemente ao sabor da brisa.

— Talvez.

A rã deu um gritinho.

— Ah, mas isso é simplesmente terrível, não é? Agora não temos esperança. Os chamados soaram a tarde inteira sem parar, e isso só quer dizer uma coisa. Vão atacar esta noite. De manhã vamos estar todos mortos.

Bem, ele não ia levantar muito o nosso moral com esse tipo de conversa.[5] Pousei a mão sobre seu ombro verrugoso.

— Ouça, filho... como é que você se chama?

— Nubbin, senhor.

— Nubbin. Bem, não vá acreditando em tudo que ouve, Nubbin. O Exército inglês é forte, claro. Na verdade, raras vezes vi um mais forte. Vamos dizer que seja verdade. Digamos que eles tenham marids, legiões inteiras de afritos e medonhos aos baldes. Digamos que caiam em cima de nós hoje à noite, bem aqui, no portão Strahov. Bem, que venham. Temos uns truques para botá-los para correr.

— Como o quê, senhor?

— Truques que vão arrebentar aqueles afritos e marids todos. Truques que aprendemos no calor de uma dúzia de batalhas. Truques que significam uma única e doce palavra: *sobrevivência*.

---

[5]Isto é, uma conversa bem precisa.

Os olhos esbugalhados da rã piscaram para mim.

— Esta é a minha primeira batalha, senhor.

Fiz um gesto impaciente.

— Se isso não der certo, o djim do imperador diz que seus magos estão trabalhando em uma coisa ou outra. Uma linha final de defesa. Algum plano maluco, sem dúvida. — Dei-lhe uns tapinhas no ombro, de modo bem masculino. — Está se sentindo melhor agora, filho?

— Não, senhor. Estou me sentindo pior.

Muito justo. Nunca fui muito bom nessas conversas de levantar ânimos.

— Tudo bem — resmunguei. — Meu conselho é: se abaixe rápido e, se possível, caia fora correndo. Com sorte, seus mestres morrem antes de vocês. Pessoalmente, é nisso que *eu* estou apostando.

Espero que esse discurso estimulante tenha servido de alguma coisa, pois foi nesse momento que o ataque chegou. A distância, houve uma reverberação em todos os sete planos. Todos nós sentimos: uma única nota de comando imperioso. Virei-me para examinar a escuridão e, uma a uma, as cabeças das cinco sentinelas ergueram-se nas ameias.

Na planície, o grande exército entrava em ação.

No comando, pairando bem alto nas correntes superiores de um vento súbito e feroz, vinham os djins, com suas blindagens vermelhas e brancas, portando lanças finas e compridas com pontas de prata. Suas asas zumbiam; seus gritos faziam a torre estremecer. Lá embaixo, seguindo a pé, uma multidão fantasmagórica: os medonhos com seus tridentes feitos de ossos, pulando dentro das cabanas e das casas fora das muralhas, em busca de vítimas.[6] Ao lado deles, sombras vagas esvoaçavam — papa-defuntos e aparições, espectros de frio e desgraça, insubstanciais em qualquer plano. E então, com grande algazarra e bate-boca, uns mil trasgos e diabretes subindo da terra como uma tempestade de areia ou um mons-

[6]Não acharam vivalma, como seus lamentos decepcionados logo atestaram. Os subúrbios estavam desertos. Praticamente assim que o Exército britânico cruzou o Canal, as autoridades tchecas começaram a se preparar para o inevitável ataque a Praga. Como precaução inicial, a população da cidade foi transferida para dentro das muralhas — que, aliás, eram as mais fortes da Europa na época, uma maravilha da engenharia mágica. Já mencionei que dei uma mãozinha em sua construção?

truoso enxame de abelhas. Todos esses, e muitos outros, rumavam a toda pressa para o portão Strahov.

A rã deu um tapinha em meu cotovelo.

— Que bom que deu uma palavrinha conosco, senhor — disse. — Estou transbordante de confiança agora, graças ao senhor.

Mal a escutei. Eu olhava para longe, para além daquelas hostes terríveis, em direção a uma pequena elevação próxima às tendas brancas. Sobre ela, um homem erguia um cajado ou bastão. Estava afastado demais para que eu percebesse muitos detalhes, mas podia perfeitamente detectar seu poder. A aura dele iluminava a colina ao redor. Enquanto eu olhava, diversos relâmpagos dispararam das nuvens agitadas, cravando-se na ponta do cajado erguido. A colina, as tendas, os soldados de prontidão foram brevemente iluminados, como se pela luz do dia. A luz se apagou, a energia foi absorvida pelo cajado. Trovões retumbaram sobre a cidade sitiada.

— Então, *aquele* é ele, não é? — murmurei. — O famoso Gladstone.

Os djins aproximavam-se das muralhas agora, passando por cima de terrenos baldios e dos destroços de prédios recém-derrubados. E então um feitiço enterrado disparou; jatos de um fogo verde-azulado projetaram-se para o alto, incinerando os líderes da turba. Mas o fogo se apagou e os demais seguiram em frente.

Esse era o sinal para que os defensores entrassem em ação: uma centena de trasgos e diabretes brotou das muralhas, soltando gritinhos agudos e lançando Detonações contra a horda em vôo. Os invasores responderam na mesma moeda. Infernos e Fluxos se chocaram e fundiram na semi-escuridão, sombras saltaram e rodopiaram contra as explosões de luz. Do outro lado, os arredores de Praga estavam em chamas; os primeiros medonhos amontoavam-se abaixo de nós, tentando romper os resistentes feitiços de Reforço que eu empregara para proteger as fundações das muralhas.

Estendi as asas, pronto para entrar na briga; ao meu lado, a rã inflou a garganta e emitiu um coaxar desafiador. No momento seguinte, ao longe, na colina, um raio rodopiante de energia foi disparado do cajado do mago, traçou um arco no céu e espatifou-se contra a torre do portão Strahov, logo abaixo das ameias. Nosso Escudo rasgou-se como papel de seda. Argamassa e pedra se estilhaçaram, o telhado da torre cedeu. Rodopiei no ar — e quase caí direto no chão, batendo com força em uma carroça repleta de fardos de feno conduzida para dentro dos portões antes do início cerco. Acima de mim, a estrutura de madeira da torre ardia. Não consegui avistar nenhuma das sentinelas. Diabretes e djins voavam em círculos sobre minha cabeça, trocando jatos de magia. Corpos tombavam do céu, incendiando telhados. Das casas vizinhas, mulheres e crianças fugiam aos gritos. O portão Strahov tremia sob os arranhões dos tridentes dos medonhos. Não agüentaria por muito tempo.

Os defensores precisavam de minha ajuda. Desembaracei-me do feno com minha rapidez habitual.

— Quando tiver acabado de catar o último pedacinho de palha da sua tanga, Bartimaeus — disse uma voz —, você é esperado no castelo.

O guerreiro de cabeça de falcão olhou para cima.

— Ah, olá, Queezle.

Uma elegante fêmea de leopardo estava sentada no meio da rua, fitando-me com seus olhos verdes-limão. Enquanto eu a observava, ela ergueu-se suavemente, deu alguns passos para o lado e voltou a sentar-se. Um arremesso de piche incandescente bateu nas pedras do calçamento onde ela estivera, deixando uma cratera fumegante.

— Meio movimentado — comentou.

— Sim. Por aqui já acabamos. — Saltei da carroça.

— Parece que os feitiços de Reforço das muralhas estão se rompendo — disse a fêmea de leopardo, lançando um olhar para o portão que estremecia. — Isso é o que eu chamo de um serviço porco. Fico imaginando, quem terá sido o djim que construiu isso?

— Não consigo imaginar — respondi. — Mas, então, nosso amo está chamando?

A leoparda fez que sim.

— É melhor nos apressarmos, ou ele vai nos espetar. Vamos a pé. O céu está meio congestionado.

— Vai você na frente.

Transformei-me em uma pantera, negra como a meia-noite. Subimos correndo as ruas estreitas em direção à praça Hradcany. As vielas que pegamos estavam vazias; evitamos os lugares onde as pessoas, tomadas de pânico, amontoavam-se como gado. Agora havia cada vez mais prédios queimando, telhados desabando, paredes caindo. Em volta dos telhados, pequenos diabretes dançavam, sacudindo brasas nas mãos.

Na praça do castelo, sob lanternas bruxuleantes, lacaios imperiais recolhiam em carroças peças de mobília escolhidas ao acaso; ao lado deles, cavalariços esforçavam-se para amarrar os cavalos a estacas. O céu sobre a cidade achava-se salpicado de jatos de luz colorida; ao fundo, em direção ao Strahov e ao mosteiro, estouravam as pancadas surdas das explosões. Passamos pela entrada principal, sem encontrar oposição.

— O imperador vai cair fora, não é? — perguntei, arfando. Diabretes alvoroçados passavam por nós, equilibrando trouxas de pano sobre a cabeça.

— Ele está mais preocupado com seus adorados passarinhos — disse Queezle. — Quer que nossos afritos os levem pelo ar até estarem em segurança. — Os olhos verdes lampejaram com pesarosa diversão.

— Mas todos os afritos morreram.

— Exatamente. Bem, estamos quase lá.

Havíamos chegado à ala norte do castelo, onde ficavam os aposentos dos monges. As nódoas de magia escorriam grossas pelas pedras. Leopardo e pantera desceram correndo um longo lance de degraus e saíram em uma sacada, que desembocava no valão dos Cervos, o qual atravessaram até passarem pelo arco que levava ao escritório inferior. Este era um salão amplo, circular, que ocupava quase todo o andar térreo da torre Branca. Eu fora muitas vezes chamado até lá ao longo dos séculos, mas agora a parafernália mágica habitual — os livros, os potes de incenso, os candelabros — tinham sido postos de lado a fim de abrir espaço para uma fileira de dez mesas e cadeiras. Sobre cada mesa havia um globo de cristal, tremeluzindo brilhante; em cada cadeira, um mago encurvado, perscrutando seu respectivo globo. Reinava um silêncio absoluto na sala.

Nosso amo estava de pé a uma janela, fitando o céu escuro por um telescópio.[7] Ele nos percebeu, fez um gesto ordenando silêncio e então nos conduziu a uma sala lateral. Seu cabelo grisalho havia embranquecido com a tensão das últimas semanas; o nariz adunco pendia, fino e pontudo, e seus olhos estavam rubros como os de um diabrete.[8] Deu uma coçada na nuca.

— Não precisam me dizer — falou —, eu sei. Quanto tempo nós temos?

A pantera agitou o rabo.

— Eu nos daria não mais que uma hora.

Queezle olhou para trás, para o salão principal, onde os magos silenciosos labutavam.

— Vejo que estão trazendo os golens — disse ela.

O mago assentiu secamente.

— Vão causar um grande dano ao inimigo.

— Não vai ser suficiente — disse eu. — Mesmo dez. Já viu o *tamanho* do exército lá fora?

— Como sempre, Bartimaeus, sua opinião é malvista e indesejada. Isso é só uma manobra dispersiva. Planejamos dar fuga a Sua Majestade

---

[7]O telescópio continha um diabrete cujo olhar permitia que os humanos enxergassem à noite. Estes são recursos muito úteis, embora diabretes caprichosos às vezes distorçam a visão ou acrescentem seus próprios elementos perversos: fachos de poeira dourada, estranhas imagens oníricas, ou figuras fantasmas do passado do usuário.

[8]Comparar os mestres é um pouco como comparar sinais faciais: alguns são piores do que outros, mas nem mesmo os melhores conseguem entusiasmar. Este era o décimo segundo mago tcheco a quem eu servia. Não era excessivamente cruel, mas era um pouco azedo, como se em suas veias corresse suco de limão. Tinha lábios finos e além do mais era pedante, obcecado por seus deveres para com o Império.

pela escadaria oriental. Há um barco esperando no rio. Os golens cercarão o castelo e darão cobertura a nossa retirada.

Queezle ainda observava os magos; achavam-se todos profundamente encurvados sobre seus cristais, transmitindo instruções silenciosas e contínuas a suas criaturas. Vagas imagens em movimento nos cristais mostravam a cada um o que o seu golem estava vendo.

— Os ingleses não vão se incomodar com os monstros — disse Queezle. — Vão encontrar estes operadores e matá-*los*.

Meu mestre arreganhou os dentes.

— A essa altura o imperador já terá fugido. E essa, aliás, é minha nova missão para vocês dois. Guardar Sua Majestade durante a fuga. Entendido?

Levantei uma pata. O mágico soltou um suspiro profundo.

— O que é, Bartimaeus?

— Bem, senhor — declarei —, se eu pudesse dar uma sugestão... Praga está cercada. Se tentarmos sair da cidade com o imperador, vamos todos morrer de forma horrível. Então, por que, em vez disso, simplesmente não deixamos para lá o velho tolo e caímos fora? Há uma pequena adega de cerveja na rua Karlova com um poço que secou. Não é fundo. A entrada é meio pequena, mas...

Ele franziu o cenho.

— Você espera que eu me esconda lá dentro?

— Bem, ia ser apertado, mas calculo que poderíamos espremê-lo para dentro. Essa sua pança seria um problema, mas nada que um bom empurrão não resolva. Ai! — Meu pêlo crepitou; interrompi-me bruscamente. Como sempre, o Espeto Incandescente me fez perder o fio da meada.

— Ao contrário de você — rosnou o mago —, conheço o sentido de lealdade! Não preciso ser forçado a agir dignamente para com meu mestre. Repito: vocês dois devem guardar a vida dele com a sua própria. Estão entendendo?

Assentimos com relutância; nesse momento, o chão tremeu com uma explosão próxima.

— Então me acompanhem — disse ele. — Não temos muito tempo.

Lá fomos nós de volta, escadas acima e através dos corredores ecoantes do castelo. Vívidos lampejos de luz iluminavam as janelas; gritos apavorantes ecoavam por toda parte. Meu mestre corria com suas pernas finas e compridas, resfolegando a cada passo; Queezle e eu acompanhávamos a passos largos.

Por fim, saímos no terraço onde durante anos o imperador havia mantido seu aviário. Era um negócio grande, delicadamente construído em bronze ornamentado, com cúpulas e minaretes, comedouros elevados e portas para o imperador circular ali dentro. O interior era repleto de árvores e arbustos em vasos e uma notável variedade de papagaios, cujos ancestrais haviam sido conduzidos a Praga a partir de terras distantes. O imperador inebriava-se com aqueles pássaros; nos últimos tempos, à medida que o poder de Londres crescia e o Império escorria-lhe por entre os dedos, dera para passar longos períodos sentado dentro do aviário, em comunhão com seus amigos. Naquele momento, com o céu noturno tomado pelo mágico confronto, os pássaros estavam em pânico, rodopiando pela gaiola em um alvoroço de penas, guinchando até quase rebentar. O imperador, um baixinho rechonchudo, usando culotes acetinados e um camisão branco amarrotado, achava-se pouco melhor que eles, repreendendo os tratadores das aves e ignorando os conselheiros que se amontoavam ao seu redor.

O primeiro-ministro, Meyrink, pálido, de olhos tristes, puxava-o pela manga.

— Majestade, *por favor*. Os ingleses estão subindo a colina do castelo aos borbotões. Precisamos levá-lo para um lugar seguro...

— *Não posso* largar meu aviário! Onde estão meus magos? Tragam-os aqui!

— Senhor, eles estão ocupados com a batalha...

— Meus afritos, então? Meu fiel Phoebus...

— Senhor, como já o informei diversas vezes...

Meu mestre chegou, forçando a passagem com os ombros.

— Senhor, apresento-lhe Queezle e Bartimaeus, que nos darão assistência em nossa partida, bem como cuidarão da segurança de seus maravilhosos pássaros.

— Dois felinos, homem? Dois *felinos*? — A boca do imperador, totalmente descorada, fechou-se em um beicinho.[9]

Queezle e eu giramos os olhos. Ela transformou-se em uma garota de rara beleza; eu assumi a forma de Ptolomeu.*

— E agora, Majestade — disse meu mestre —, a escadaria oriental...

Violentos abalos na cidade; metade dos subúrbios estava em chamas. Um pequeno diabrete chegou rolando sobre o parapeito na extremidade do terraço, a cauda incandescente. Parou ao nosso lado, derrapando.

— Permissão para fazer relatório, senhor. Um grande número de afritos ferozes vem subindo na marra até o castelo. O ataque é liderado por Honorius e Patterknife, servidores pessoais de Gladstone. Eles são realmente terríveis, senhor. Nossos soldados desabaram diante deles. — Ele fez uma pausa e olhou para a cauda fumegante. — Permissão para encontrar água, senhor?

— E os golens? — quis saber Meyrink.

O diabrete estremeceu.

— Sim, senhor. Eles acabam de se confrontar com o inimigo. Fiquei bem longe do rolo, é claro, mas acredito que os afritos dos britânicos tenham recuado um pouco, desbaratados. Agora, quanto àquela água...

O imperador soltou um grito agudo.

— Ótimo, ótimo! A vitória é nossa!

— A vantagem é apenas temporária — disse Meyrink. — Vamos, senhor, precisamos partir.

Apesar dos protestos, o imperador foi rapidamente despachado da gaiola através de uma portinhola de saída. Meyrink e meu mestre seguiram

---

[9]Ele próprio parecia um gatinho, se é que estão me entendendo.

*Ver *O Amuleto de Samarkand*, livro 1 da Trilogia Bartimaeus. (*N. da T.*)

à frente do grupo, o imperador logo atrás deles, seu corpo baixinho oculto entre os cortesãos. Queezle e eu cobrimos a retaguarda.

Um lampejo de luz. Sobre o parapeito atrás de nós, duas figuras negras chegaram pulando. Capas esfarrapadas adejavam em torno delas, olhos amarelos ardiam nas profundezas de seus capuzes. Atravessaram o terraço em grandes ricochetes, só raras vezes tocando o chão. No aviário, os pássaros caíram em súbito silêncio.

Olhei para Queezle.

— Seus ou meus?

A linda garota olhou para mim, mostrando os dentes afiados.

— Meus. — Ela recuou para confrontar os papa-defuntos que avançavam. Corri atrás do séquito do imperador.

Do outro lado da portinhola, um estreito caminho seguia o fosso norte sob o paredão do castelo. Lá embaixo, a Cidade Velha estava em chamas; dava para ver os soldados ingleses correndo pelas ruas e o povo de Praga fugindo, lutando, tombando diante deles. Tudo parecia muito distante; o único som que chegava até nós era um suspiro longínquo. Bandos de diabretes vagavam aqui e ali, como passarinhos.

O imperador interrompeu suas ruidosas queixas. O grupo seguia apressado, silencioso, através da noite. Até agora, tudo bem. Estávamos na Torre Negra, no alto da escadaria oriental, e o caminho à frente se achava desimpedido.

Um farfalhar de asas; Queezle pousou ao meu lado, o rosto cinzento. Estava ferida no flanco.

— Problemas? — perguntei.

— Não com os papa-defuntos. Um afrito. Mas chegou um golem... e o destruiu. Estou ótima.

Prosseguimos escadas abaixo, na lateral da colina. O castelo em chamas refletia-se nas águas do Moldávia lá embaixo, conferindo-lhe uma beleza melancólica. Não encontramos ninguém, ninguém nos perseguiu, e logo o pior do conflito havia ficado para trás.

À medida que o rio se aproximava, Queezle e eu lançávamos um ao outro olhares esperançosos. A cidade estava perdida, bem como o Império, mas escapar dali nos permitiria uma pequena restauração do orgulho pessoal. Embora detestássemos nossa servidão, ser derrotados também nos desagradava totalmente. E parecia que conseguiríamos fugir.

A cilada veio quando estávamos quase ao pé da colina.

Em uma corrida precipitada, seis djins e um bando de diabretes pularam sobre os degraus abaixo de nós. O imperador e seus cortesãos gritaram e recuaram desbaratados. Queezle e eu nos retesamos, prontos para saltar.

Uma leve tosse atrás de nós. Como se fôssemos um só, viramo-nos imediatamente.

Um rapaz de corpo esguio estava parado cinco degraus acima. Tinha cachos louros bem anelados, grandes olhos azuis, usava sandálias e uma toga em estilo romano tardio. Seu rosto mostrava uma expressão bastante tímida e piegas, como se ele fosse incapaz de fazer mal a uma mosca. Mas como um detalhe extra que não pude deixar de notar, ele também portava uma monstruosa adaga, com lâmina de prata.

Examinei-o nos outros planos, na leve esperança de que ele fosse, na verdade, um humano excêntrico a caminho de uma festa a fantasia. Mas não demos essa sorte. Era um afrito de certa potência. Engoli em seco. Aquilo não era nada bom.[10]

— O sr. Gladstone envia seus cumprimentos ao imperador — disse o jovem. — E solicita o prazer de sua companhia. O resto da ralé pode cair fora.

Parecia razoável. Olhei suplicante para meu mestre, mas ele gesticulou furiosamente, ordenando-me a seguir em frente. Suspirei e dei um passo na direção do afrito.

O jovem lançou um muxoxo bem alto.

— Ah, caia fora, seu fichinha. Você não tem a menor chance.

Seu escárnio despertou minha fúria. Empertiguei-me.

— Cuidado — disse eu friamente. — Você está me subestimando por sua própria conta e risco.

[10]O afrito mais mísero é um ser que vale a pena evitar, e este era de fato formidável. Nos planos superiores suas formas eram vastas e aterradoras, portanto, ao que tudo indicava, aparecer em um disfarce de primeiro plano tão franzino agradava a seu distorcido senso de humor. Não posso dizer, porém, que eu estivesse achando graça.

O afrito bateu os cílios, ostentando falta de preocupação.

— É mesmo? Você tem um nome?

— Um nome? — gritei. — Tenho *muitos* nomes! Sou Bartimaeus! Sou Sakhr al-Jinni! Sou N'gorgo, o Poderoso, e a Serpente de Plumas Prateadas!

Fiz uma pausa dramática. O rosto do jovem mantinha-se inexpressivo.

— Neca. Nunca ouvi falar. Agora se você simplesmente...

— Eu conversei com Salomão...

— Ah, faça-me o favor! — O afrito fez um gesto de desprezo. — Quem de nós não conversou? Vamos encarar a verdade, ele era figurinha fácil.

— Reconstruí as muralhas de Uruk, Karnak e Praga...

O rapaz mal conteve um risinho.

— O quê! Essas daqui? As que Gladstone levou cinco minutos para derrubar? Tem certeza que também não trabalhou em Jericó?

— Trabalhou, sim — interpôs Queezle. — Foi um dos primeiros serviços dele. Ele evita falar a respeito, mas...

— Olhe aqui, Queezle...

O afrito apalpou sua adaga.

— Última chance, djim — disse ele. — Dê o fora. Essa não é páreo para você.

Dei de ombros em uma espécie de resignação.

— Vamos ver.

E então, é triste dizer, nós vimos. E bem depressa, também. Minhas quatro primeiras Detonações foram desviadas pela adaga que ele rodopiava no ar. A quinta, na qual realmente caprichei, ricocheteou direto sobre mim, atirando-me com estrondo no chão e colina abaixo, em meio a uma chuva de essência. Tentei me levantar, mas caí de novo, cheio de dor. Meu ferimento era grande demais; eu não conseguiria me recuperar a tempo.

Lá no alto, no caminho, os diabretes caíam em cima dos cortesãos. Vi Queezle e um djim corpulento passarem rodopiando, um agarrando a garganta do outro.

Com uma indiferença insultante, o afrito desceu a ladeira em minha direção. Deu uma piscada de olho e ergueu a adaga de prata.

E, nesse momento, meu mestre agiu.

Ele não fora particularmente dos melhores, considerando tudo — era chegado demais aos Espetos Incandescentes, para começar — mas, do meu ponto de vista, sua última ação foi a melhor coisa que fez na vida.

Os diabretes o cercavam totalmente, saltando-lhe sobre a cabeça, agachando-se entre suas pernas, tentando alcançar o imperador. Ele deu um grito de fúria e, de um bolso do casaco, tirou uma vareta de Detonação, uma das novas, feitas pelos alquimistas da Viela de Ouro em resposta à ameaça britânica. Eram uma porcaria barata, produzidas em massa, inclinadas a explodir depressa demais ou, com freqüência, a não explodir em absoluto. De qualquer forma era melhor, ao usá-las, atirá-las rapidamente na direção do inimigo. Mas meu mestre era um mago típico. Não estava acostumado ao combate pessoal. Deu a palavra de ordem direitinho, mas em seguida hesitou, segurando a vareta acima da cabeça e mirando nos diabretes, como se indeciso sobre qual deles escolher.

Demorou uma fração de segundo a mais.

A explosão mandou metade da escadaria para o espaço. Diabretes, imperador e cortesãos foram lançados ao ar como sementes de dente-de-leão. Quanto a meu mestre, ele próprio desapareceu completamente, como se nunca houvesse existido.

E, com sua morte, os elos que me prendiam se desfizeram em nada.

O afrito baixou a lâmina da adaga, exatamente onde estivera minha cabeça. A arma cravou-se inutilmente no chão.

E assim, após várias centenas de anos e uma dúzia de mestres, meus laços com Praga foram rompidos. Mas à medida que minha essência, grata e aliviada, voava em todas as direções e eu olhava do alto a cidade em chamas e as tropas em marcha, as crianças chorosas e os diabretes fazendo algazarra, os estertores da morte de um império e o batismo de sangue do próximo, devo dizer que não me sentia particularmente triunfante.

Tinha a sensação de que tudo ficaria um bocado pior.

Parte Um

Nathaniel

1

Londres: uma grande e próspera capital, com dois mil anos de idade e que, nas mãos dos magos, aspirava a ser o centro do mundo. Em extensão, ao menos, havia conseguido. Crescera vasta e deselegantemente com os lautos banquetes do Império.

A cidade espalhava-se por vários quilômetros a cada lado do Tâmisa, uma crosta de habitações envolta em fumaça, salpicada de palácios, torres, igrejas e bazares. A todo momento e em todos os lugares, vibrava de atividade. As ruas eram lotadas e entupidas de turistas, operários e demais tráfego humano, enquanto o ar zumbia invisivelmente com a passagem de diabretes ocupados em cumprir as missões determinadas por seus mestres.

Em cada cais superlotado que se projetava sobre as águas pardacentas do Tâmisa, batalhões de soldados e burocratas esperavam para zarpar em viagens pelo globo. À sombra de seus veleiros revestidos de ferro, coloridos barcos mercantes de todas as formas e tamanhos transpunham o rio atravancado. Movimentados galeões da Europa; *dhows** habilmente operados, carregados de especiarias; juncos chineses de proa arrebitada; *clippers*** elegantes, de mastros esguios, vindos da América — todos

---

*Espécie de barco árabe, muito leve, de velas latinas, muito usado no comércio asiático ao longo do oceano Índico. (*N. da T.*)

**Veleiros grandes, graciosos e velozes. (*N. da T.*)

cercados pelos pequenos botes dos barqueiros do Tâmisa, que competiam aos gritos pelo serviço de guiá-los até as docas.

Dois corações energizavam a metrópole. A leste, o distrito da City, onde comerciantes de terras distantes reuniam-se para trocar suas mercadorias; a oeste, entrelaçada a uma pronunciada curva do rio, a zona política de Westminster, onde os magos trabalhavam incessantemente para estender e proteger seus territórios no exterior.

O garoto fora ao centro de Londres a negócios; agora voltava a Westminster a pé. Caminhava com passo descontraído, pois, embora a manhã ainda estivesse começando, já estava quente e ele sentia as gotas de suor sob o colarinho. Uma brisa leve agitava as abas do longo sobretudo preto às suas costas, à medida que andava. Estava consciente do efeito que isso causava, o que era de seu agrado. Sombriamente impressionante, é o que era; podia sentir as cabeças girando enquanto passava. Em dias *realmente* de muito vento, com o sobretudo adejando na horizontal, ele tinha a sensação de que não parecia tão distinto.

Cortou caminho através da rua Regent e desceu por entre os prédios em estilo Regência pintados de branco até Haymarket, onde os varredores de rua atarefavam suas vassouras e escovões em frente aos teatros e jovens vendedoras de frutas já começavam a apregoar seus artigos. Uma mulher apoiava um tabuleiro com uma pilha de ótimas laranjas coloniais maduras, raras em Londres desde que as guerras sul-européias haviam começado. O garoto aproximou-se; quando passou, lançou habilmente uma moeda na tigelinha de estanho que ela trazia pendurada ao pescoço e, com uma extensão do mesmo movimento, pescou uma laranja no alto do tabuleiro. Ignorando os agradecimentos da mulher, seguiu caminho. Não interrompeu o ritmo. O sobretudo arrastava-se atrás dele de forma impressionante.

Em Trafalgar Square, uma série de mastros altos, cada qual listrado com uma dúzia de espirais de cores vivas, fora recentemente erguida; naquele instante, turmas de operários estendiam cordas entre eles. Cada corda estava repleta de vistosas bandeirolas, azuis, vermelhas e brancas. O garoto parou para descascar sua laranja e apreciar o trabalho.

Um trabalhador passou, suando sob o peso de uma pilha de bandeiras. O garoto o saudou.

— Você aí, companheiro. Para que serve tudo isso?

O homem olhou para os lados, notou o casacão preto do garoto e imediatamente tentou uma continência desajeitada. Metade das bandeiras escorregou de suas mãos para a calçada.

— É para amanhã, senhor — disse ele. — Dia do Fundador. Feriado nacional, senhor.

— Ah, sim. É claro. O aniversário de Gladstone. Eu me esqueci.

O garoto atirou uma espiral de casca de laranja na sarjeta e foi embora, deixando o operário às voltas com as bandeiras, xingando entredentes.

Então, seguiu até Whitehall, uma área de pesadas construções cinzentas, opressivas pela reputação do poder há muito estabelecido. Ali, a arquitetura em si já era suficiente para reduzir o observador casual à submissão: grandes pilares de mármore; vastas portas de bronze; centenas e mais centenas de janelas com luzes acesas a qualquer hora; estátuas de granito de Gladstone e outros notáveis, seus rostos carrancudos, vincados, prometendo os rigores da justiça a todos os inimigos do Estado. Mas o garoto passou por tudo com passos leves, descascando sua laranja com a despreocupação de quem nascera para aquilo. Acenou com a cabeça para um policial, exibiu seu passe para uma sentinela e atravessou um portão lateral no pátio do Ministério do Interior, sob a sombra de uma nogueira bem copada. Só então parou, engoliu o restante da laranja, enxugou as mãos no lenço e ajeitou o colarinho, os punhos e a gravata. Alisou o cabelo para trás uma última vez. Ótimo. Agora estava pronto. Hora de ir trabalhar.

Mais de dois anos haviam se passado desde a rebelião de Lovelace e a súbita ascensão de Nathaniel à elite. Agora, tinha 14 anos e estava uma cabeça mais alto do que quando devolvera o Amuleto de Samarkand à custódia protetora de um governo grato e aliviado. Estava mais corpulento também, embora ainda conservasse o corpo esguio; os cabelos escuros caíam-lhe compridos e desgrenhados em volta do rosto, segundo a moda da ocasião. O rosto se mostrava magro e pálido das longas horas de estudo, mas os olhos ardiam luminosos; todos os seus movimentos caracterizavam-se por uma mal reprimida energia.

Observador perspicaz, Nathaniel logo percebeu que, entre os magos trabalhadores, a aparência era um fator importante na manutenção de status. Roupas molambentas provocavam cenhos franzidos; de fato, eram a marca infalível de um talento medíocre. Ele não pretendia causar essa impressão. Com o salário que recebia de seu ministério, comprara um terno preto, ajustado ao corpo, com calças modelo *cigarette* e um sobretudo italiano, comprido, ambos considerados por ele perigosamente elegantes. Usava sapatos estreitos, ligeiramente pontudos e uma sucessão de lenços espalhafatosos, que lhe proporcionavam uma explosão de cor sobre o peito. Com essa vestimenta cuidadosamente arrumada, caminhava em meio às colunatas de Whitehall com passadas resolutas e desengonçadas, que lembravam alguma ave pernalta, levando nos braços maços de papel.

Seu nome de batismo, ele mantinha bem secreto. Entre seus colegas e companheiros de trabalho, era conhecido por seu nome de adulto, John Mandrake.

Dois outros magos haviam recebido esse nome, nenhum deles muito famoso. O primeiro, um alquimista do tempo da rainha Elizabeth, transformara chumbo em ouro em uma experiência célebre, executada diante da corte. Em seguida, descobriu-se que conseguira a proeza cobrindo esferas de ouro com finas películas de chumbo que desapareciam quando levemente aquecidas. Sua engenhosidade foi aplaudida, mas ele foi decapitado assim mesmo. O segundo John Mandrake fora filho de um marceneiro e passara a vida pesquisando as muitas variantes de insetos diabólicos. Reuniu uma lista de 1.703 subtipos em escala crescente de irrelevância, até que um deles, uma espécie menor de marimbondo verde, picou-o em uma área desprotegida; ele inchou até ficar do tamanho de uma poltrona e então morreu.

As carreiras inglórias de seus predecessores não preocupavam Nathaniel. Na verdade, davam-lhe uma tranqüila satisfação. Pretendia tornar o nome famoso por ele próprio.

O mestre de Nathaniel era a sra. Jessica Whitwell, uma maga de idade indeterminada, com cabelos brancos cortados rente e um corpo magro, tendendo ao esquelético. Era considerada um dos quatro magos mais poderosos do governo e sua influência era grande. Ela reconhecia o talento de seu aprendiz e dispôs-se a desenvolvê-lo plenamente.

Morando em um apartamento espaçoso na casa de sua mestra, à beira do rio, Nathaniel levava uma vida organizada e bem dirigida. A casa era moderna e esparsamente mobiliada, os tapetes de um cinza cor de lince e as paredes de puro branco. A mobília era de vidro e metal prateado, e de madeira clara, obtida nas florestas nórdicas. O lugar todo possuía uma atmosfera tranqüila, profissional e quase anti-séptica, que Nathaniel veio a admirar fortemente: indicava controle, clareza e eficiência, todos marcas registradas do mago contemporâneo.

O estilo da sra. Whitwell estendia-se a sua biblioteca. Na maior parte das residências de magos, as bibliotecas eram lugares escuros, sombrios — os livros encadernados com peles de animais exóticos, com pentagramas ou sinais mágicos ornamentando as lombadas. Mas esse aspecto, Nathaniel agora sabia, era *muito* século passado. A sra. Whitwell contratara a Jaroslav's, os impressores e encadernadores, a fim de obter encadernações uniformes em couro branco para todas os seus volumes, que foram então indexados e marcados com números de identificação em tinta preta.

No centro desse aposento de paredes brancas, de impecáveis livros brancos, ficava uma mesa de vidro retangular, e ali Nathaniel passava dois dias, todas as semanas, sentado, trabalhando nos mistérios superiores.

Nos primeiros meses de sua permanência com a sra. Whitwell, ele embarcara em um período de estudo intensivo e, para surpresa e aprovação dela, dominara sucessivos graus de invocação em tempo recorde. Havia progredido do nível inferior de demônios (miúdos, bolorentos e goblins) ao nível médio (toda a classe de trasgos) e ao avançado (djins de castas variadas) em questão de dias.

Após vê-lo despachar um musculoso djim com uma improvisação que lhe aplicou um tabefe no traseiro azul, a mestra expressou sua admiração.

— Você é um talento natural, John — disse ela —, um talento natural. Demonstrou coragem e boa memória em Heddleham Hall ao despachar o demônio, mas mal me dei conta de como seria competente em invocações gerais. Trabalhe com empenho, e você vai longe.

Nathaniel agradeceu recatadamente. Não lhe contou que nada daquilo era novo para ele, que já havia invocado um djim de categoria média por volta dos 12 anos. Mantinha sua associação com Bartimaeus estritamente confidencial.

A sra. Whitwell recompensou sua precocidade com novos segredos e ensinamentos, que era exatamente o que Nathaniel desejava havia muito. Sob a orientação dela, aprendeu as artes de forçar demônios a tarefas múltiplas ou semipermanentes, sem ter de recorrer a instrumentos incômodos, como o Pentagrama de Adelbrand. Aprendeu a se proteger de espiões inimigos, tecendo teias sensitivas em torno de si mesmo; a repelir ataques de surpresa, invocando Fluxos rápidos que engolfavam a magia agressora e a levavam embora. Em um espaço de tempo muito curto, Nathaniel havia absorvido tantos conhecimentos novos quanto muitos de seus colegas magos cinco ou seis anos mais velhos. Agora se achava pronto para seu primeiro emprego.

Era o costume, para todos os magos promissores, receber trabalho em humildes posições ministeriais, como um meio de instruí-los no uso prático do poder. A idade em que isso ocorria dependia do talento do aprendiz e da influência do mestre. No caso de Nathaniel, havia também outro fator, pois era bem sabido em todos os bares e cafés de Whitehall que o primeiro-ministro em pessoa acompanhava sua carreira com olhos atentos e benevolentes. Isso garantiu que, de saída, ele fosse objeto de muita atenção.

Sua mestra o prevenira disso.

— Guarde seus segredos para si mesmo — disse ela —, especialmente seu nome de batismo se o conhecer. Mantenha a boca fechada como um marisco. Senão eles arrancam tudo de você.

— Eles, quem? — perguntou Nathaniel.

— Inimigos que você ainda não fez. Eles gostam de planejar com antecedência.

O nome de batismo de um mago era certamente um grande ponto fraco se descoberto por outro mago, e Nathaniel guardava o seu com grande cuidado. A princípio, entretanto, foi considerado uma espécie de alvo fácil. Magas bonitas abordavam-no em festas, engabelando-o com cumprimentos, antes de indagar mais detidamente sobre seus antecedentes. Nathaniel rechaçava esse grosseiro jogo de sedução com razoável facilidade, porém métodos mais perigosos se seguiram. Um diabrete certa vez o visitou enquanto dormia, sussurrando palavras gentis em seu ouvido e perguntando seu nome. Talvez apenas as altas batidas do Big Ben do outro lado do rio tenham impedido uma revelação desprecavida. Quando soou a hora, Nathaniel se mexeu, acordou e observou o diabrete agachado ao pé da cama; em um instante, invocou um trasgo servil, que agarrou o diabrete e o comprimiu até transformá-lo em pedra.

Em sua nova condição, o diabrete ficou lamentavelmente impossibilitado de revelar qualquer coisa sobre o mago que o enviara naquela missão. Depois desse episódio, Nathaniel empregou o diabrete para guardar seu quarto com cuidado todas as noites.

Em pouco tempo ficou claro que a identidade de John Mandrake não seria facilmente revelada, e não ocorreram novas tentativas. Logo em seguida, quando ele mal contava 14 anos, a nomeação esperada foi feita, e o jovem mago entrou para o Ministério do Interior.

2

Em seu escritório, Nathaniel foi recebido pelo olhar penetrante do secretário e pela pilha vacilante da papelada recente em sua bandeja de entrada.

O secretário, um jovem bem-vestido e alinhado, de cabelos ruivos oleosos, parou no ato de sair da sala.

— Você está *atrasado*, Mandrake — disse, empurrando os óculos para o alto do nariz com um gesto rápido, nervoso. — Qual é a desculpa desta vez? Você tem responsabilidades também, como sabe, tal como nós, os de *tempo integral*.

Junto à porta, ele hesitou e franziu o cenho sobre o narizinho.

O mago deixou-se cair em sua poltrona. Sentiu-se tentado a apoiar os pés sobre a mesa, mas rejeitou a idéia como sinal de exibição excessiva. Limitou-se a um sorriso preguiçoso.

— Estive envolvido em um incidente com o sr. Tallow — disse. — Estava trabalhando lá desde as seis. Quando ele chegar, pergunte a ele se quiser; ele pode lhe dar alguns detalhes, isto é, se não for secreto *demais*. E *você*, o que andou fazendo, Jenkins? Xerocando muito, espero.

O secretário emitiu um ruído penetrante por entre os dentes e voltou a empurrar os óculos para o alto do nariz.

— Continue assim, Mandrake — disse ele. — Simplesmente continue assim. Você pode ser a menina dos olhos do primeiro-ministro agora, mas quanto tempo *isso* vai durar se não produzir? Mais um incidente? O segundo esta semana? Logo, você vai estar lavando xícaras de chá de novo, e então... veremos.

Com algo entre uma batida em retirada e uma rabanada, ele foi embora.

O garoto fez uma careta para a porta que se fechava e por alguns segundos permaneceu sentado, olhando para o nada. Esfregou os olhos entediado e mirou o relógio. Apenas 9h45. E já havia sido um dia longo.

A pilha oscilante de papéis sobre a mesa aguardava sua atenção. Ele respirou fundo, ajeitou os punhos da camisa e estendeu a mão para a pasta.

Por motivos só seus, Nathaniel, havia muito, tinha interesse na pasta de Assuntos Internos, um subdepartamento do aparato de Segurança em expansão, chefiado por Jessica Withwell. O Departamento de Assuntos Internos conduzia investigações sobre vários tipos de atividade criminosa, especialmente insurreição estrangeira e terrorismo doméstico dirigido contra o Estado. Logo que entrou para o departamento, Nathaniel executava meramente atividades humildes, como xerocar, arquivar e preparar chá. Mas não permaneceu nessas tarefas por muito tempo.

Sua rápida promoção não foi (como seus inimigos sussurravam) produto de nepotismo puro e simples. Era verdade que ele se beneficiava da boa-vontade do primeiro-ministro e do longo alcance da influência de sua mestra, a sra. Whitwell, a quem nenhum dos outros magos do Departamento de Assuntos Internos queria desagradar. Ainda assim, isso de nada lhe teria valido caso fosse incompetente ou apenas mediano em seu serviço. Nathaniel era talentoso, e mais do que isso, trabalhava com afinco. Sua ascensão foi rápida. Em poucos meses, havia aberto caminho através de uma sucessão de serviços de escritório rotineiros e triviais, até que — ainda não tinha 15 anos — tornou-se assistente do próprio ministro do Interior, o sr. Julius Tallow.

Um homem baixo, corpulento, de constituição taurina e temperamento igualmente obstinado, o sr. Tallow era brusco e cáustico em seus melhores momentos, e inclinado a súbitos rompantes de fúria exaltada, que fazia seus servidores baterem em retirada em busca de proteção. Fora o mau gênio, distinguia-se por uma compleição amarelada incomum, luminosa como narcisos ao sol do meio-dia. Os membros de sua equipe não sabiam ao certo o que causara essa afecção; alguns diziam que era hereditária, que ele era fruto da união entre um mago e um súcubo.* Outros rejeitavam a idéia por motivos biológicos, e suspeitavam que ele fora vítima de alguma magia maligna. Nathaniel aderia a esta última opinião. Qualquer que fosse a causa, o sr. Tallow ocultava seu problema o melhor que podia. Seus colarinhos eram altos, seu cabelo pendia comprido. Usava chapéus de aba larga o tempo todo e mantinha os ouvidos bem abertos, atento a leviandades sobre o assunto entre o seu pessoal.

Dezoito pessoas trabalhavam no escritório com Nathaniel e o sr. Tallow; o grupo abrangia desde dois plebeus, que executavam funções administrativas que não se relacionavam a questões de magia, ao sr. Ffoukes, um mago do quarto nível. Nathaniel adotava uma política de afável cortesia com todo mundo, com a única exceção de Clive Jenkins, o secretário. O despeito de Jenkins pela juventude e posição do garoto ficou claro desde o início; em troca, Nathaniel o tratava com uma insolência bem-humorada. E era perfeitamente seguro fazê-lo. Jenkins não possuía nem contatos nem capacidade.

O sr. Tallow logo percebeu a amplitude dos talentos de seu assistente e direcionou-o para uma tarefa importante e exigente: a busca do obscuro grupo conhecido como a Resistência.

Os motivos desses fanáticos eram transparentes, ainda que bizarros. Eles se opunham à liderança benevolente dos magos e ansiavam pelo retorno à anarquia do governo dos plebeus. Ao longo dos anos, suas atividades foram se tornando cada vez mais incômodas. Roubavam de magos descuidados ou azarados artefatos mágicos de todas as categorias, e mais tarde os usavam em ataques aleatórios a indivíduos e propriedades do governo. Diversos prédios haviam sido seriamente atingidos e várias pessoas foram mortas. No ataque mais audacioso de todos, a Resistência

*Em O *Amuleto de Samarkard*, Bartimaeus explica que um súcubo é um djim de aspecto sedutor em forma feminina. (*N. da T.*)

tentou assassinar o primeiro-ministro. A reação do governo foi draconiana: inúmeros plebeus foram presos sob suspeita, alguns executados e outros deportados para as colônias em navios-prisão. E, no entanto, apesar dessas sensatas ações de dissuasão, os incidentes continuaram, e o sr. Tallow começava a sentir o descontentamento de seus superiores.

Nathaniel aceitou o desafio com grande afinco. Anos antes, a Resistência atravessara seu caminho de um modo que o fizera achar que entendia algo sobre a natureza do movimento. Em uma noite muito escura, ele se defrontara com três crianças plebéias operando um mercado negro de objetos mágicos. Foi uma experiência da qual Nathaniel não gostou. Os três rapidamente roubaram seu próprio e precioso espelho mágico, e por pouco não o mataram. Agora, achava-se firmemente disposto a obter uma certa vingança.

Mas essa não se mostrou uma tarefa fácil.

Ele nada sabia dos três plebeus, exceto seus nomes: Fred, Stanley e Kitty. Fred e Stanley eram jovens jornaleiros, e a primeira ação de Nathaniel foi mandar minúsculos globos de busca seguir todos os vendedores de jornais da cidade. Mas a vigilância não resultou em nenhuma nova pista: evidentemente, a dupla havia mudado de ocupação.

Em seguida, Nathaniel incitou seu chefe a enviar agentes adultos, escolhidos a dedo, para trabalhar secretamente nas ruas de Londres. Vários meses mergulharam eles no submundo da capital. Quando já tinham sido aceitos pelos plebeus, foram instruídos a oferecer "artefatos roubados" a quem quer que parecesse interessado. Nathaniel esperava que o estratagema encorajasse agentes da Resistência a sair da clandestinidade, acabando por se revelar. Foi uma esperança vã. A maioria desses agentes-chamarizes não conseguiu despertar qualquer interesse por suas bugigangas mágicas, e o único que *teve* sucesso desapareceu sem apresentar seu relatório. Para frustração de Nathaniel, o corpo do tal agente foi encontrado mais tarde flutuando no Tâmisa.

A estratégia mais recente de Nathaniel, na qual inicialmente nutria grandes esperanças, foi ordenar que dois trasgos adotassem o aspecto de dois meninos de rua órfãos e rondassem a cidade durante o dia. Nathaniel tinha a forte suspeita de que a Resistência era amplamente composta de quadrilhas de crianças de rua, e raciocinou que, mais cedo ou mais tarde, tentariam recrutar os recém-chegados. Mas até então a isca não havia sido mordida.

O escritório, naquela manhã, estava quente e modorrento. Moscas zumbiam contra os vidros das janelas. Nathaniel chegou a tirar o paletó e enrolar as mangas compridas da camisa. Reprimindo os bocejos, mergulhou na papelada, que em boa parte dizia respeito à mais recente afronta da Resistência: um ataque a uma loja em um beco de Whitehall. Naquele dia, de manhãzinha, um mecanismo explosivo, provavelmente uma pequena esfera, havia sido atirado por uma clarabóia, ferindo gravemente o gerente. A loja fornecia tabaco e incenso aos magos; talvez por isso houvesse sido visada.

Não houve testemunhas, e esferas de vigilância não tinham passado pela área. Nathaniel xingou entredentes. Nada havia a fazer. Não tinha absolutamente nenhuma pista. Atirou os papéis para o lado e pescou outro relatório. *Slogans* grosseiros contra o primeiro-ministro haviam sido novamente pichados em muros isolados por toda a cidade. Ele respirou e assinou um documento ordenando uma operação de limpeza imediata, sabendo muito bem que os grafiteiros reapareceriam assim que seus homens conseguissem caiar os muros.

A hora do almoço finalmente chegou e Nathaniel compareceu a uma festa no jardim da embaixada bizantina, organizada para comemorar o próximo Dia do Fundador. Ele circulava entre os convidados, sentindo-se apático e desinteressado. O problema da Resistência lhe rondava a mente.

Enquanto se servia de um forte ponche de frutas, em uma vasilha de prata a um canto do jardim, notou uma moça parada perto dele. Após fitá-la cuidadosamente um momento, Nathaniel fez o que esperava fosse um gesto elegante.

— Eu soube que obteve algum sucesso recentemente, srta. Farrar. Por favor, aceite minhas congratulações.

Jane Farrar murmurou agradecimentos.

— Era apenas uma *pequena* rede de espiões tchecos. Acreditamos que tenham chegado dos Países Baixos em barcos de pesca. Eram amadores desastrosos, facilmente descobertos. Alguns plebeus leais deram o alarme.

Nathaniel sorriu.

— A senhorita é modesta demais. Eu soube que os espiões fizeram a polícia girar como um carrossel por metade da Inglaterra, matando vários magos no processo.

— Houve alguns incidentes.

— É uma vitória notável, mesmo assim.

Nathaniel tomou um pequeno gole de ponche, satisfeito com a natureza irônica de seu cumprimento. O chefe da srta. Farrar era o chefe de polícia, sr. Henry Duvall, um grande rival de Jessica Whitwell. Em festividades como aquela, a srta. Farrar e Nathaniel costumavam manter uma conversação ferina, repleta de cumprimentos ronronados, garras cuidadosamente recolhidas, um testando os brios do outro.

— Mas e quanto a *você*, John Mandrake? — disse Jane Farrar docemente. — É verdade que foi incumbido de descobrir essa irritante Resistência? Isso também não é pouca coisa!

— Estou apenas recolhendo informações; temos uma rede de informantes que preciso manter ocupada. Nada muito empolgante.

Jane Farrar pegou uma concha de prata e mexeu o ponche delicadamente.

— Talvez não, mas inédito para alguém tão inexperiente como você. *Muito bem*. Gostaria de mais um gole?

— Não, obrigado.

Aborrecido, Nathaniel sentiu o sangue lhe subir às faces. Era verdade, claro: ele *era* jovem, *era* inexperiente; estavam todos de olho nele para ver se falhava. Combateu um forte desejo de fechar a cara.

— Acredito que vejamos a Resistência derrotada dentro de seis meses — disse com voz grossa.

Jane Farrar despejou ponche em uma taça e ergueu as sobrancelhas no que podia ser uma expressão de divertimento.

— Você me impressiona — disse ela. — Há três anos eles são perseguidos sem qualquer avanço. E você os derrotará em seis meses! Mas, sabe, acredito que possa fazê-lo, John. Você já é bem homenzinho.

Outro acesso de rubor! Nathaniel tentou dominar as emoções. Jane Farrar era três ou quatro anos mais velha e tão alta quanto ele, talvez mais alta, com cabelos castanho-claros compridos e lisos caindo sobre os ombros. Seus olhos eram de um verde desconcertante, que brilhavam com uma inteligência irônica. Ele não conseguia evitar de se sentir tolo e deselegante ao lado dela, apesar dos esplendores de seu lenço vermelho franzido no bolso do paletó. Viu-se tentando justificar sua declaração, quando deveria ter ficado em silêncio.

— Sabemos que o grupo consiste principalmente em jovens — disse. — Esse fato foi repetidamente observado por vítimas, e um ou dois dos indivíduos que conseguimos neutralizar não eram mais velhos do que *nós*. — Aplicou ligeira ênfase à última palavra. — Portanto, a solução é clara. Enviamos agentes para entrar para a organização. Uma vez que tenham conquistado a confiança dos traidores e ganhado acesso ao líder... bem, a questão estará rapidamente encerrada.

Mais uma vez o sorriso divertido.

— Tem *certeza* de que vai ser tão simples?

Nathaniel deu de ombros.

— Eu próprio quase consegui acesso ao líder deles anos atrás. É algo possível de ser feito.

— *Verdade*? — Os olhos da garota se arregalaram, demonstrando autêntico interesse. — Conte mais.

Mas Nathaniel havia recuperado o autocontrole. *Seguro, secreto, sólido.* Quanto menos informação divulgasse, melhor. Olhou para o outro extremo do gramado.

— Vejo que a sra. Whitwell chegou desacompanhada — declarou. — Como seu leal aprendiz, devo ajudá-la. Pode me dar licença, srta. Farrar?

Nathaniel saiu da festa cedo e voltou a seu escritório furioso. Dirigiu-se imediatamente a uma câmara privada de invocação e soltou a fórmula encantatória. Os dois trasgos apareceram, ainda disfarçados de órfãos. Pareciam tristes e desconfiados.

— E então? — Nathaniel perguntou em tom brusco.

— Não adianta, mestre — disse o órfão louro. — Os meninos de rua simplesmente nos ignoram.

— Quando temos sorte — concordou o órfão de cabelos desgrenhados. — Os que não atiram coisas em nós.

— O *quê?* — Nathaniel estava escandalizado.

— Ah, latas, garrafas, pedrinhas e objetos.

— Não estou falando disso! Quero dizer, o que aconteceu ao simples vestígio de humanidade? Essas crianças deveriam ser deportadas todas juntas! Qual é o problema delas? Vocês são ambos doces, ambos magrinhos, ambos ligeiramente patéticos... eles *com certeza* deveriam querer protegê-los.

Os dois órfãos sacudiram as cabeças bonitinhas.

— Que nada. Eles nos tratam com repulsa. É quase como se pudessem nos ver como realmente somos.

— Impossível. Eles não têm lentes, têm? Vocês devem estar fazendo tudo errado. Têm certeza de que não estão entregando o jogo de alguma forma? Não estão flutuando ou deixando crescer chifres, ou fazendo alguma outra coisa idiota quando os vêem, estão?

— Não, senhor, honestamente, não estamos.

— Não, senhor. Embora Clóvis uma vez tenha *de fato* se esquecido de esconder o rabo.

— Seu falso! Senhor, isso é mentira.

Nathaniel deu um tapa na cabeça, esgotado.

— Estou pouco ligando! Não tem importância. Mas usarei os Espetos em ambos se não apresentarem resultados em breve. Tentem idades diferentes, tentem andar separados; tentem aparentar pequenas deficiências para despertar simpatia... mas nada de doenças infecciosas, como eu já disse. Por enquanto, estão dispensados. Sumam da minha vista.

De volta a sua mesa, Nathaniel, carrancudo, estudou as possibilidades. Estava claro que os trasgos não seriam bem-sucedidos. Pertenciam a uma classe demoníaca inferior... talvez *esse* fosse o problema — não eram inteligentes o bastante para personificar o caráter humano. Decerto a idéia de que as crianças podiam *enxergar para além da* aparência deles era absurda; rejeitou-a terminantemente.

Mas, se eles falhassem, o que fazer em seguida? A cada semana, ocorriam novos crimes da Resistência. Residências de magos eram assaltadas, carros roubados, lojas e escritórios atacados. O padrão era bastante óbvio: crimes oportunistas, executados por unidades pequenas e ágeis, velozes, que de alguma forma conseguiam se livrar da patrulha das esferas de vigilância e outros demônios. Tudo muito bem. Mas nada ainda fora descoberto.

Nathaniel sabia que a paciência do sr. Tallow estava se esgotando. Pequenos comentários provocadores, como os de Clive Jenkins e Jane Farrar, sugeriam que outras pessoas também sabiam disso. Batucou com o lápis no bloco de notas, seus pensamentos vagando para os três membros da Resistência que avistara. Fred e Stanley... a lembrança o fez rilhar os dentes e bater o lápis com mais força. Ele os *pegaria* algum dia, iam ver se não. E havia também a garota, Kitty. Cabelos escuros, enfezada, um rosto entrevisto nas sombras. A líder do trio. Estariam eles ainda em Londres? Ou teriam fugido para algum lugar distante, fora do alcance da lei? Só precisava de uma pista, uma única e mísera pista. Então cairia em cima deles, mais rápido que o pensamento.

Mas ele não tinha como continuar.

— Quem *são* vocês? — disse consigo mesmo. — Onde estão se escondendo?

O lápis partiu-se em sua mão.

Kitty

3

Era uma noite perfeita para feitiços. Uma enorme lua cheia, resplandecendo em tons de damasco e trigo, cercada por um halo pulsante, pairava soberana no céu deserto. Uns poucos farrapos de nuvens cruzavam sua face majestosa, deixando o firmamento despido, de um azul-noturno cintilante, como o ventre de uma baleia cósmica. A distância, o luar recobria as dunas; no fundo do vale secreto, a névoa dourada penetrava o contorno dos rochedos, para banhar o solo de arenito.

Mas o leito do rio era fundo e estreito e, em um dos lados, um afloramento rochoso recobria uma área de escuridão retinta. Nesse local abrigado, fora acesa uma pequena fogueira. As chamas eram rubras e parcas; emitiam pouca luz. Um rastro murcho de fumaça erguia-se do fogo e desvanecia-se no ar frio da noite.

Na borda do poço de luar, uma figura sentava-se de pernas cruzadas diante do fogo. Um homem, calvo e musculoso, com a pele lustrosa, untada de óleo. Uma pesada argola de ouro pendia-lhe da orelha; tinha o rosto vazio, impassível. Ele se mexeu: de uma bolsa que trazia pendurada no cinto, tirou uma garrafa fechada com tampa metálica. Com uma série de movimentos lânguidos que, ainda assim, sugeriam a força natural e selvagem de um leão do deserto, destampou a garrafa e bebeu. Atirando-a para o lado, fitou as chamas.

Após alguns momentos, um odor estranho espalhou-se pelo vale, acompanhado por música de cítara distante. Ele assentiu com a cabeça, que se inclinou para frente. Agora só se via o branco de seus olhos; ele dormia, sentado. A música ficou mais alta; parecia vir das entranhas da terra.

Saindo da escuridão, alguém entrou em cena, passou pela fogueira e pelo homem adormecido, dirigindo-se à área iluminada no centro do vale. A música cresceu; o próprio luar pareceu ficar mais brilhante em homenagem a sua beleza. Uma escrava: jovem, delicada, pobre demais para vestir roupas adequadas. Os cabelos pendiam em cachos compridos e escuros que balançavam a cada passo lépido. Tinha o rosto pálido e liso como porcelana, os olhos grandes e juncados de lágrimas. A princípio hesitante, em seguida com uma súbita liberação de emoção, ela dançou. Seu corpo se abaixava e girava, o tecido fino que lhe drapejava as formas lutando para acompanhá-la. Os braços esguios traçavam no ar tentações, enquanto de sua boca brotava um cântico estranho, carregado de solidão e desejo.

A garota concluiu a dança. Atirou a cabeça para trás, em altivo desespero e ergueu os olhos para a escuridão, em direção à lua. A música foi morrendo. Silêncio.

Então, uma voz distante, como se trazida pelo vento:

— Amaryllis...

A garota teve um sobressalto; olhou para um lado e outro. Nada senão as rochas, o céu e a lua cor de âmbar. Deu um belo suspiro.

— Minha Amaryllis...

Com voz rouca e trêmula, ela respondeu:

— Sir Bertilak? És tu?

— Sou eu.

— Onde estás? Por que me provocas tanto?

— Estou escondido atrás da lua, minha Amaryllis. Temo que tua beleza queime minha essência. Cobre teu rosto com essa gaze que no momento descansa tão inutilmente em teu colo, para que eu possa me aventurar a me aproximar de ti.

— Ah, Bertilak! Com todo o meu coração!

A garota fez como lhe foi pedido. Da escuridão vieram murmúrios baixinhos de aprovação. Alguém tossiu.

— Amaryllis, querida! Afasta-te! Vou descer à Terra.

Engolindo em seco, a garota pressionou as costas contra os contornos de um rochedo próximo. Jogou a cabeça para trás, em orgulhosa expectativa. Soou o estalar de um trovão, capaz de perturbar o sono dos mortos. Boquiaberta, ela ergueu o olhar. Com movimentos majestosos, uma figura descia dos céus. Usava um gibão prateado sobre o torso nu, uma capa longa, esvoaçante, pantalonas em balão e um par de elegantes chinelas de pontas encurvadas. Trazia uma cimitarra impressionante enfiada no cinturão crivado de jóias. E ele continuou descendo, a cabeça para trás, os olhos escuros cintilando, o queixo projetando-se orgulhosamente sob o nariz aquilino. Um par de chifres curvos, brancos como ossos, brotava-lhe das laterais da testa.

Ele pousou suavemente perto da garota encostada ao rochedo e, com um floreio casual, deu um sorriso reluzente. Por toda parte soaram fracos suspiros femininos.

— O que foi, Amaryllis, emudeceste? Esqueceste tão depressa o rosto de teu gênio bem-amado?

— Não, Bertilak! Fossem 70 anos, e não sete, eu não poderia esquecer um único fio de cabelo oleado de tua cabeça. Mas minha língua vacila e meu coração palpita, temendo que o mago desperte e nos surpreenda! Então ele prenderá mais uma vez minhas pernas alvas e esguias com correntes e encarcerar-te-á em sua garrafa!

A essas palavras, o gênio deu uma estrondosa risada.

— O mago dorme. Minha magia é mais forte que a dele, e sempre será. Mas a noite já vai avançada, e ao amanhecer devo partir com meus irmãos, os afritos, cavalgando as correntes de ar. Vem para os meus braços, minha querida. Nestas breves horas, enquanto ainda tenho forma humana, que a lua seja testemunha do nosso amor, que desafiará o ódio de nossos povos até o fim do mundo.

— Oh, Bertilak!

— Amaryllis, meu Cisne da Arábia!

O gênio deu largas passadas à frente e envolveu a jovem escrava em um abraço vigoroso. Nesse ponto, a dor no traseiro de Kitty tornou-se insuportável demais. Ela ajeitou-se na poltrona.

O gênio e a garota agora davam início a uma dança intricada, envolvendo muito rodopio de panos e muita extensão de membros. Houve um estrondo de aplausos na platéia. A orquestra começou a tocar com entusiasmo renovado. Kitty bocejou como uma gata, afundou na poltrona e esfregou um olho com a palma da mão. Tateou em busca do saco de papel, pescou os últimos amendoins salgados e, levando-os à boca com a mão em concha, mastigou sem entusiasmo.

A expectativa que sempre antecedia um serviço pesava sobre ela, perfurando-lhe o flanco como uma faca. Isso era normal — ela já esperava. Mas, acima de tudo, havia a chateação de ficar sentada durante a peça interminável. Sem dúvida, como Anne dissera, aquilo forneceria um álibi perfeito — mas Kitty preferia resolver sua tensão nas ruas, mantendo-se em movimento, driblando as patrulhas, e não assistindo àquela xaropada horrorosa.

No palco, Amaryllis, a jovem missionária de Chiswick, transformada em escrava, cantava nesse momento uma canção que (mais uma vez) exprimia sua paixão inabalável pelo gênio seu amante, que estreitava nos braços. Fazia-o com tanta força nas notas agudas, que o cabelo estremecia na cabeça de Bertilak e os brincos dele giravam. Kitty encolheu-se e percorreu com o olhar as silhuetas obscurecidas à sua frente, até que chegou aos contornos de Fred e Stanley. Ambos pareciam extremamente atentos, os olhos fixos no palco. Kitty apertou o lábio. Provavelmente estavam admirando Amaryllis.

Contanto que permanecessem em alerta.

O olhar de Kitty vagou até o poço de escuridão ao seu lado. A valise de couro achava-se a seus pés. A visão fez seu estômago revirar; fechou os olhos, apalpando instintivamente o casaco para sentir a tranqüilizante rigidez da faca. Relaxe... tudo vai ficar bem.

O intervalo não chegaria *nunca*? Ela ergueu a cabeça e examinou as extremidades ensombrecidas do auditório, de onde, de ambos os lados do palco, projetavam-se os camarotes dos magos, carregados de arabescos dourados e com cortinas vermelhas espessas para proteger os ocupantes dos olhos dos plebeus. Mas todos os magos da cidade haviam visto essa peça anos atrás, muito antes que ela estreasse para as massas famintas de sensação. Naquele dia, as cortinas estavam abertas, os camarotes vazios.

Kitty olhou para o pulso, mas estava escuro demais para distinguir as horas. Sem dúvida ainda restavam muitas despedidas tristonhas, violações cruéis e reencontros jubilosos a agüentar até o intervalo. E a platéia adoraria cada minuto. Como ovelhas, eles afluíam, noite após noite, entra ano, sai ano. Com certeza toda Londres já assistira a *Cisnes da Arábia*, muita gente mais de uma vez. Mas os ônibus continuavam a chegar das províncias, trazendo novos espectadores para se admirar diante de todo aquele *glamour* ordinário.

— Querida, silêncio!

Kitty assentiu com aprovação. Boa, Bertilak. Ele a cortara no meio da ária.

— O que é? O que sentes, que não percebo?

— Ssshh! Não fales. Estamos em perigo...

Bertilak girou seu nobre perfil. Olhou para cima, olhou para baixo. Parecia farejar o ar. Tudo estava quieto. O fogo se apagara. O mago dormitava; a lua fora obscurecida por uma nuvem e estrelas frias piscavam no céu. Da platéia não chegava um único som. Para seu grande desagrado, Kitty descobriu-se prendendo a respiração.

De repente, com uma imprecação vibrante e o arranhar de ferro, o gênio sacou sua cimitarra e apertou a trêmula jovem contra o peito.

— Amaryllis! Eles estão chegando! Eu os vejo com meus poderes.

— O que, Bertilak? O que vês?

— Sete diabretes ferozes, minha querida, enviados pela rainha dos afritos para me prender! Nosso namoro a desagrada: eles nos vão amarrar e arrastar nus até o trono dela, onde ficaremos à mercê de sua terrível vontade. Deves fugir! Não, não temos tempo para palavras doces, embora teus límpidos olhos me implorem! Vai!

Com muitos gestos trágicos, a garota desprendeu-se dos braços de Bertilak e arrastou-se para o lado esquerdo do palco. O gênio pôs de lado sua capa e seu gibão, desnudando o peito para a luta.

Do poço da orquestra subiu uma dissonância dramática. Sete diabretes aterrorizantes saltaram de trás das rochas. Cada qual era interpretado por um tipo miúdo usando tanga de couro, a pele recoberta de tinta verde luminosa. Com exclamações e caretas horríveis, eles sacaram punhais de lâminas longas e finas e caíram em cima de gênio. Seguiu-se uma batalha, acompanhada do frenesi de guinchos dos violinos.

Diabretes malignos... Um mago malvado... Era um negócio engenhoso esse *Cisnes da Arábia*, isso Kitty podia perceber. Propaganda ideal, reconhecendo delicadamente as ansiedades populares, em vez de negá-las completamente. Mostrem-nos um pouco do que tememos, pensou ela, só que lhe aparem as garras. Acrescente-se música, cenas de combate, chicotadas de um amor malfadado. Façam os demônios nos amedrontar e então nos deixem vê-los morrer. Estamos no controle. No final do espetáculo, sem dúvida tudo acabaria bem. O feiticeiro malvado seria destruído pelos magos bons. Os perversos afritos também seriam derrubados. Quanto a Bertilak, o gênio durão, decerto no final das contas seria um homem, um príncipe oriental transformado em monstro por algum feitiço cruel. E ele e Amaryllis viveriam felizes para sempre, protegidos pelo sábio conselho de magos benevolentes...

Uma súbita sensação de náusea tomou conta de Kitty. Não era a tensão da missão desta vez; vinha de mais fundo, do reservatório de fúria que borbulhava perpetuamente dentro dela. Vinha do conhecimento de ser tudo que eles tinham feito inteiramente desesperançado e inútil. Nunca mudaria coisa alguma. A reação da multidão lhe dizia isso. Olhe! Amaryllis fora capturada: um diabrete a trazia sob o braço, chutando e chorando. Ouça a multidão sufocando suas exclamações! Mas, veja! Bertilak, o gênio heróico, atirara um diabrete por cima do ombro nas brasas da fogueira quase apagada! Agora ele persegue o captor e — um, dois — cuida logo dele com sua cimitarra. Hurrah! Ouça a multidão aplaudir!

Não importava o que eles fizessem no final; não importava o que roubassem, que ataques ousados realizassem. Não faria a menor diferença. No dia seguinte, as filas continuariam se formando nas ruas em torno do Metropolitan, as esferas continuariam vigiando do alto; os magos ainda estariam em outra parte, aproveitando as vantagens de seu poder.

Era assim que sempre fora. Nada do que ela realizara jamais fizera qualquer diferença, desde o começo.

4

O barulho no palco diminuiu; em seu lugar, ela ouviu pássaros cantando e o zumbido de tráfego distante. Em sua imaginação, a escuridão do teatro foi substituída por luz relembrada.

Três anos atrás. O parque. A bola. A risada dos dois. Desastre a caminho, como um relâmpago proveniente de céu azul.

Jakob correndo em direção a ela com um largo sorriso; o peso do bastão, seco e rígido em sua mão.

A tacada! Seu triunfo! Dançando de satisfação.

O ruído distante.

Como eles correram, o coração batendo forte. E então — a criatura na ponte...

Esfregou os olhos. Mas mesmo aquele dia terrível — fora verdadeiramente o começo? Durante os 13 primeiros anos de sua vida, Kitty permanecera inconsciente da exata natureza do governo e domínio dos magos. Ou talvez não o soubesse *conscientemente*, pois, olhando para trás, percebia que dúvidas e intuições *haviam* conseguido abrir caminho em sua mente.

Os magos havia muito estavam no zênite de seu poder, e ninguém conseguia se lembrar de uma época em que não fora assim. Na maior parte das vezes, eles se mantinham afastados da experiência do plebeu comum, permanecendo no centro da cidade e nos subúrbios, onde bulevares largos, muito arborizados, estendiam-se indolentes entre casarões reservados. O que sobrava no meio disso era deixado para os demais — ruas entulhadas de lojinhas, terrenos baldios, as fábricas e as casas de alvenaria. Os magos ocasionalmente passavam em seus carrões pretos, mas de resto sua presença era sentida principalmente nas esferas de vigilância flutuando a esmo sobre as ruas.

— As esferas nos mantêm seguros — disse o pai de Kitty certa noite, depois que um grande globo vermelho a acompanhou silenciosamente da escola até em casa. — Não tenha medo delas. Se você for uma boa menina, elas não lhe farão mal algum. Somente homens maus, ladrões e espiões precisam ter medo.

Mas Kitty *ficara* assustada; depois disso, esferas lívidas, reluzentes, freqüentemente a perseguiam em sonhos.

Seus pais não padeciam desses medos. Nenhum dos dois tinha excesso de imaginação, mas estavam firmemente conscientes da grandeza de Londres e do pequeno papel que desempenhavam nela. Tinham como certa a superioridade dos magos e aceitavam plenamente a natureza imutável de seu domínio. Na verdade, achavam-no tranqüilizador.

— Eu daria a minha vida pelo primeiro-ministro — seu pai costumava dizer. — É um grande homem.

— Ele mantém os tchecos no lugar deles — dizia sua mãe. — Sem ele, teríamos os hussardos marchando pela Clapham High Road, e você não ia gostar *disso*, querida, ia?

Kitty supunha que não.

Eles moravam, os três, numa casa geminada em corredor* no subúrbio de Balham, sul de Londres. Era uma casa pequena, com sala de estar e cozinha no térreo, e um minúsculo banheiro nos fundos. No andar de cima havia um pequeno patamar e dois quartos — o dos pais de Kitty e o dela. No patamar ficava um espelho estreito e comprido, diante do qual, nas manhãs dos dias de semana, a família inteira parava, um de cada vez, para pentear os cabelos e ajeitar as roupas. Seu pai, em particular, remexia

*Típica arquitetura londrina, em que casas estão dispostas uma do lado da outra numa só construção. (*N. da T.*)

incessantemente a gravata. Kitty nunca conseguia entender por que ele fazia e desfazia o nó, revirava a tira de tecido para dentro, para cima, ao redor e para fora, uma vez que as variações entre cada tentativa eram praticamente microscópicas.

— A aparência é muito importante, Kitty — dizia ele, examinando o enésimo nó com o cenho franzido. — No meu serviço, você só tem uma chance de impressionar.

O pai de Kitty era um homem alto, magro ainda que vigoroso, teimoso e obstinado em seus pontos de vista e sem cerimônia no falar. Era gerente de produção em uma loja de departamentos no centro de Londres, e sentia muito orgulho de sua responsabilidade. Supervisionava a seção de Couros: um espaço amplo, de teto rebaixado, fracamente iluminado por lâmpadas alaranjadas e repleto de bolsas e valises caras, feitas de pele animal tratada. Os produtos de couro eram artigos de luxo, o que significava que a vasta maioria dos fregueses era composta de magos.

Kitty visitara a loja uma ou duas vezes e o cheiro forte do couro tratado sempre fazia sua cabeça girar.

— Fique longe dos magos — disse-lhe o pai. — Eles são pessoas muito importantes e não gostam de ninguém se enfiando entre os seus pés, nem mesmo garotinhas bonitas como você.

— Como vou saber quem é mago? — perguntou Kitty. Estava com sete anos na época e não tinha certeza.

— Eles estão sempre bem-vestidos, têm rosto severo e sensato e às vezes caminham usando belas bengalas. Usam perfumes caros, mas por vezes é possível captar sinais de sua magia: incensos estranhos, produtos químicos esquisitos... Mas se você sentir esses cheiros, provavelmente estará perto demais! Fique fora do caminho deles.

Kitty prometeu sinceramente. Corria para um canto sempre que entravam fregueses no pavilhão dos Couros e os observava com olhos arregalados, curiosos. As dicas de seu pai não foram de grande ajuda. Todos os que visitavam a loja pareciam bem-vestidos, muitos usavam bengalas, enquanto o cheiro de couro encobria qualquer perfume incomum. Mas ela logo começou a reconhecer os magos por outras pistas: uma certa dureza no olhar dos visitantes, seu ar de domínio tranqüilo; acima de tudo, os modos subitamente empertigados de seu pai. Ele sempre parecia desajeitado quando conversava com eles; seu terno, devido à ansiedade, logo ficava todo amarfanhado, a gravata pendendo nervosamente para o lado. Fazia leves acenos de cabeça e mesuras de concordância quando eles falavam. Esses sinais eram muito sutis, mas suficientes para Kitty, e a desconcertavam e até perturbavam, embora ela mal soubesse por quê.

A mãe de Kitty trabalhava como recepcionista do Palmer's Bureau de Penas de Escrever, uma firma antiga, escondida entre os muitos encadernadores e fabricantes de pergaminho do sul de Londres. O *bureau* fornecia penas de escrever especiais aos magos, para que as usassem em suas conjurações. Penas faziam sujeira, na escrita eram lentas e difíceis de manejar, e cada vez menos magos davam-se o trabalho de empregá-las. O pessoal da Palmer's, por sua vez, utilizava esferográficas.

Esse trabalho permitia à mãe de Kitty ver os magos em pessoa, já que ocasionalmente um deles visitava o *bureau* para examinar uma nova remessa de penas. Ela achava essa proximidade emocionante.

— Ela era tão *glamourosa* — dizia. — Suas roupas eram do mais fino tafetá vermelho-dourado. Tenho certeza que vêm da própria Bizâncio! E além disso ela era tão *imperiosa*! Quando estalava os dedos, todos pulavam feito grilos para fazer o que mandava.

— A mim isso parece muito grosseiro — dizia Kitty.

— Você é jovem *demais*, meu amor — dizia-lhe a mãe. — Não, ela era uma grande mulher.

Um dia, quando contava dez anos, Kitty voltou da escola para encontrar a mãe sentada na cozinha, toda chorosa.

— Mãe! O que está havendo?

— Nada. Bem, o que estou dizendo? *Estou* um pouco magoada. Kitty, temo... temo que tenha me tornado desnecessária. Ah, querida, *o que* vamos dizer a seu pai?

Kitty fez a mãe sentar-se, preparou-lhe um bule de chá e trouxe-lhe um biscoito. Depois de muitas fungadas, goles de chá e suspiros, a verdade veio à tona. O velho sr. Palmer se aposentara. Sua firma fora adquirida por um trio de magos que não gostava de reles plebeus em sua equipe; trouxeram pessoal novo e puseram na rua metade dos empregados originais, incluindo a mãe de Kitty.

— Mas eles não podem fazer isso — protestou Kitty.

— É claro que podem. É direito deles. Eles protegem o país, fazem de nós a maior nação do mundo; eles têm muitos privilégios. — Sua mãe passou a mão pelos olhos e tomou mais um gole de chá. — Mesmo assim, *é* um pouco doloroso, depois de tantos anos...

Doloroso ou não, aquele foi o último dia em que a mãe de Kitty trabalhou na Palmer's. Algumas semanas depois, uma amiga dela, a sra. Hyrnek, que também fora despedida, conseguiu-lhe um emprego na limpeza de uma gráfica e a vida retomou seu curso estruturado.

Mas Kitty não esqueceu.

Os pais de Kitty eram leitores ávidos do jornal *The Times*, que trazia notícias diárias das mais recentes vitórias do Exército. Durante anos, ao que parecia, as guerras andavam bem; os territórios do Império se expandiam a cada estação e a riqueza do mundo voltara a fluir para a capital. Mas esse sucesso tinha um preço e o jornal continuamente aconselhava os leitores a estarem alertas contra espiões e sabotadores provenientes de Estados inimigos, que poderiam estar morando em uma vizinhança comum enquanto, o tempo todo, arquitetavam planos perversos para desestabilizar a nação.

— Fique de olhos abertos, Kitty — aconselhou sua mãe. — Ninguém repara em uma garota como você. Nunca se sabe, você poderia ver alguma coisa.

— Especialmente aqui por estes lados — seu pai acrescentou com azedume. — Em Balham.

A área onde Kitty morava era famosa por sua comunidade tcheca, lá estabelecida havia muito tempo. A rua principal possuía diversos bares *borsch*,* marcados por suas cortinas pesadas em rede e vasos de plantas coloridos nos peitorais das janelas. Velhos senhores de pele bronzeada e longos bigodes brancos jogavam xadrez e seu estranho boliche nas ruas, em frente aos bares, e muitas das firmas locais eram de propriedade dos netos dos refugiados políticos (os *émigrés*), que haviam ido para a Inglaterra nos tempos de Gladstone.

Embora fosse uma área próspera (continha diversas gráficas importantes, incluindo a destacada Hyrnek & Filhos), sua forte identidade européia atraía a constante atenção da Polícia Noturna. Quando ficou mais velha, Kitty acostumou-se a testemunhar incursões feitas à luz do dia, com patrulhas de agentes em uniformes cinzentos derrubando portas, atirando pertences na rua. Às vezes, jovens eram levados em camionetes; em outras ocasiões as famílias permaneciam intocadas, para mais tarde consertar os destroços de seus lares. Kitty sempre achou essas cenas perturbadoras, apesar de seu pai tranqüilizá-la.

— A polícia deve manter presença — ele insistia. — Deixar os agitadores pisando em ovos. Acredite em mim, Kitty, eles não agiriam sem boas informações sobre a questão.

— Mas, papai, aqueles eram amigos do sr. Hyrnek.

Um resmungo.

— Então ele devia escolher seus amigos com mais cuidado, não?

Seu pai, na verdade, era sempre cortês com o sr. Hyrnek, cuja esposa, afinal de contas, conseguira um novo emprego para a mãe de Kitty. Os Hyrnek eram uma destacada família local, cujo negócio atendia a muitos magos. A gráfica ocupava um amplo terreno junto à casa de Kitty e proporcionava emprego para muitas pessoas da área. Apesar disso, os Hyrnek nunca pareciam especialmente bem de vida. Viviam em uma casa grande

*A tradicional sopa de beterrabas, prato típico dos países da Europa central, incluindo a Polônia e a Rússia européia. (*N. da T.*)

e extensa, ligeiramente recuada, atrás de um jardim desmazelado de grama alta e arbustos de louro. Com o tempo, Kitty veio a conhecê-lo bem, graças a sua amizade com Jakob, o caçula dos filhos de Hyrnek.

Kitty era alta para a idade, e ficava cada vez mais alta e mais magra sob as folgadas calças de jérsei da escola. Também era mais forte do que parecia. Mais de um menino lamentara o comentário jocoso que lhe lançara na cara; Kitty não desperdiçava palavras onde um soco resolvia. Seu cabelo era castanho-escuro, beirando o preto, e liso, exceto nas pontas, onde tinha a tendência de se enroscar de forma rebelde. Usava-o mais curto do que as outras meninas, só até a metade da nuca.

Kitty possuía olhos escuros e sobrancelhas negras carregadas. Seu rosto manifestava abertamente suas opiniões, e, uma vez que as opiniões de Kitty ocorriam-lhe rápidas e freqüentes, sua boca e sobrancelhas viviam em constante movimento.

— Seu rosto nunca é o mesmo duas vezes — dissera Jakob. — Ei, isso foi um elogio! — ele acrescentou depressa, quando ela o fuzilou com o olhar.

Sentaram-se juntos na mesma classe durante anos, aprendendo o que podiam da mescla de disciplinas que ofereciam às crianças comuns. Os ofícios eram estimulados, uma vez que o futuro delas achava-se nas fábricas e oficinas da cidade; aprenderam cerâmica, entalhe de madeira, trabalhos em metal e matemática simples. Desenho técnico, bordado e culinária também eram ensinados, e para os que, como Kitty, gostavam de palavras, ainda eram oferecidas a leitura e a escrita, com a condição de que esse conhecimento um dia fosse adequadamente empregado, talvez em uma carreira de secretária.

História era outra disciplina importante; diariamente, eles recebiam instrução sobre o glorioso desenvolvimento do Estado britânico. Kitty gostava dessas aulas, que incluíam muitas histórias sobre magia e terras distantes, mas não podia deixar de sentir certas limitações no que lhes era ensinado. Freqüentemente levantava a mão.

— Sim, Kitty, o que é *desta* vez? — O tom de voz de seus professores muitas vezes exibia um leve aborrecimento, que eles faziam de tudo para disfarçar.

— Por favor, senhor, fale mais sobre o governo que Gladstone derrubou. O senhor diz que ele já tinha um parlamento. Nós temos um parlamento agora. Então, por que o antigo era tão ruim?

— Bem, Kitty, se você estivesse prestando a devida atenção, teria me escutado dizer que o Antigo Parlamento não era ruim, mas fraco. Era dirigido por pessoas comuns, como você e eu, que não tinham *quaisquer* poderes mágicos. Imagine uma coisa dessas! É claro, isso significava que eram constantemente hostilizados por países mais fortes, e nada havia que pudessem fazer para detê-los. Ora, qual era a nação estrangeira mais perigosa naquele tempo... vejamos... Jakob?

— Não sei, senhor.

— Fale claro, garoto, não murmure! Bem, estou surpreso por ouvi-lo dizer isso, Jakob, logo você. Era o Sacro Império Romano, é claro. Seus ancestrais! O imperador tcheco governava a maior parte da Europa de seu castelo em Praga; ele era tão gordo que se sentava em um trono de aço e ouro com rodinhas, e era puxado pelos corredores por um boi branco. Quando queria sair do castelo, tinham de baixá-lo com uma roldana reforçada. Mantinha um aviário de periquitos e abatia a tiros um de cor diferente a cada noite para sua ceia. Sim, podem muito bem se sentir enojadas, crianças. *Esse* era o tipo de homem que governava a Europa naquela época, e nosso Antigo Parlamento era impotente contra ele. Ele governava uma terrível assembléia de magos perversos e corruptos cujo líder, Hans Meyrink, dizem, era um vampiro. Seus soldados assolavam... Sim, Kitty, o que é *desta vez*?

— Bem, senhor, se o Antigo Parlamento era tão incompetente, como é que o imperador gordo nunca invadiu a Grã-Bretanha? Porque ele não invadiu, não é verdade, senhor? E por quê...?

— Só posso responder uma pergunta de cada vez, Kitty; não sou mágico! A Grã-Bretanha teve sorte, só isso. Praga sempre foi lenta para agir;

o imperador passava boa parte de seu tempo bebendo cerveja e entregando-se a terríveis orgias. Mas ele teria acabado por lançar seu olhar maligno sobre Londres, acredite em mim. Felizmente para nós, *havia* alguns magos em Londres naquela época, a quem os pobres ministros impotentes às vezes recorriam em busca de conselhos. E um deles era o sr. Gladstone. Ele viu o perigo de nossa situação e decidiu-se por um ataque preventivo. Lembram-se do que ele fez, crianças? Sim... Sylvester?

— Ele convenceu os ministros a entregar-lhe o controle, senhor. Foi vê-los certa noite e lhes falou tão inteligentemente que eles o elegeram primeiro-ministro no ato, ali mesmo.

— Isso mesmo, bom menino, Sylvester, você vai ganhar uma estrela. Sim, foi a Noite do Longo Conselho. Após um prolongado debate no Parlamento, a eloqüência de Gladstone levou a melhor e os ministros renunciaram unanimemente em seu favor. Ele organizou um ataque defensivo a Praga no ano seguinte e derrubou o imperador. Sim, Abigail?

— Ele soltou os periquitos, senhor?

— Tenho certeza que sim. Gladstone era um homem muito bom. Era sóbrio e moderado em todos os seus gostos, e usava a mesma camisa engomada todos os dias, exceto aos domingos, quando sua mãe a lavava para ele. Depois disso, o poder de Londres aumentou, enquanto o de Praga diminuiu. E, como Jakob poderia perceber, se não tivesse afundado tão grosseiramente em sua cadeira, foi aí que muitos cidadãos tchecos, como a família dele, emigraram para a Grã-Bretanha. Muitos dos melhores magos de Praga vieram também, e nos ajudaram a criar o Estado moderno. Agora, talvez...

— Mas pensei que o senhor tinha dito que os magos tchecos eram todos maus e corruptos, senhor.

— Bem, espero que tenham matado os maus, você não, Kitty? Os outros estavam apenas equivocados e perceberam seu erro. Ouçam, a campainha! Hora do almoço! E não, Kitty, não vou responder a mais perguntas neste momento. Levantem-se todos, empurrem as cadeiras para baixo das carteiras e, por favor, saiam *silenciosamente*!

Após essas discussões na escola, Jakob freqüentemente ficava taciturno, mas seu mau humor raras vezes durava muito tempo. Ele era uma alma cheia de contentamento e energia; franzino e de cabelos escuros, com um rosto franco, descarado. Gostava de jogos e desde a mais tenra idade passava muitas horas com Kitty, brincando na grama alta do jardim de seus pais. Chutavam bola, praticavam arco e flecha, improvisavam no críquete e em geral ficavam afastados da grande e turbulenta família dele.

Nominalmente, o sr. Hyrnek era o chefe da família, mas na prática ele, como todos os demais, era dominado pela esposa, a sra. Hyrnek. Um feixe agitado de energia materna, toda ombros largos e peito amplo, ela singrava a casa como um galeão impelido por vento intermitente, soltando sem parar gargalhadas rascantes ou imprecações em tcheco contra seus quatro filhos rebeldes. Os irmãos mais velhos de Jakob, Karel, Robert e Alfred, haviam todos herdado o físico imponente da mãe, e seu tamanho, força e vozes graves e retumbantes sempre causavam temor a Kitty, que ficava em silêncio quando eles se aproximavam. O sr. Hyrnek era, como Jakob, pequeno e franzino, mas com uma pele feito couro, que lembrava a Kitty a casca de uma maçã murcha. Fumegava um cachimbo recurvo, de sorveira-brava, que deixava espirais de fumaça adocicada pairando pela casa e pelo jardim.

Jakob tinha muito orgulho do pai.

— Ele é brilhante — disse a Kitty, quando descansavam embaixo de uma árvore depois de um jogo de bola contra a parede lateral da casa. — Ninguém mais consegue fazer o que ele faz com pergaminho e couro. Você devia ver as miniaturas de folhetos de fórmulas mágicas em que vem trabalhando ultimamente... são gravadas em relevo com filigrana de ouro no estilo antigo de Praga, mas reduzidas à mais ínfima escala! Ele trabalha em pequenos contornos de animais e flores, com detalhes perfeitos, e então encaixa no interior dessas silhuetas pequeninos pedaços de marfim e pedras preciosas. Só papai pode fazer um negócio como esse.

— Devem custar uma fortuna quando ficam prontos — disse Kitty.

Jakob cuspiu o broto de grama que estava mascando.

— Você está brincando, é claro — disse categoricamente. — Os magos não lhe pagam o que deveriam. Nunca! Ele mal consegue manter a oficina funcionando. Olhe só para tudo isso... — Acenou com a cabeça para o corpo da casa, com suas ardósias tortas no telhado, as persianas desengonçadas e cheias de sujeira entranhada, a tinta na porta da varanda descascada. — Acha que estaríamos morando num lugar como este? Ora, sem essa!

— É muito maior do que a minha casa — observou Kitty.

— Hyrnek's é a segunda maior gráfica de Londres — disse Jakob. — Só a Jaroslav's é maior. E *eles* simplesmente desovam os troços, encadernações de couro ordinário, almanaques do ano e catálogos, nada especial. Somos nós que fazemos o trabalho delicado. A verdadeira *arte*. É por isso que tantos magos nos procuram quando querem seus melhores livros encadernados e personalizados; eles adoram o toque luxuoso, sem igual. Na semana passada, papai terminou uma encadernação; tinha um pentagrama na capa da frente feito de minúsculos diamantes. Ridículo, mas é por aí; era o que a mulher queria.

— Por que os magos não pagam a seu pai adequadamente? Era de se pensar que ficariam preocupados com a possibilidade de que ele parasse de fazer tudo tão bem, fizesse um serviço de péssima qualidade.

— Papai é orgulhoso demais para isso. Mas a verdade é que ele está numa situação muito difícil. Tem de se comportar ou eles nos fecham, entregam o negócio a alguma outra pessoa. Somos tchecos, lembre-se; tipos suspeitos. Não podem confiar em nós, mesmo os Hyrnek estando em Londres há 150 anos.

— O quê? — Kitty estava escandalizada. — Isso é ridículo! É claro que eles confiam em vocês, senão já os teriam expulsado do país.

— Eles nos toleram porque precisam de nossa técnica. E ainda por cima, com toda essa confusão no Continente, eles nos vigiam o tempo todo, para o caso de estarmos aliados a espiões. Há uma esfera de vigilância permanente operando na gráfica de papai, por exemplo; Karel e Robert estão sempre sendo seguidos. Tivemos quatro batidas da polícia nos dois últimos anos. Na última, viraram a casa de cabeça para baixo. Vovó estava tomando banho; eles a despejaram no meio da rua em sua velha banheira de estanho.

— Que coisa *horrível*. — Kitty atirou a bola de críquete para o alto e pegou-a de volta na palma estendida da mão.

— Bem. Isso é o que eu chamo de magos. Nós os detestamos, mas o que se pode fazer? Qual é o problema? Você está retorcendo o lábio. Sinal de que alguma coisa a está incomodando.

Kitty destorceu o lábio apressadamente.

— Eu estava só pensando: vocês detestam os magos, mas sua família inteira os apóia... seu pai, seus irmãos trabalhando na oficina. Tudo que vocês fazem vai para eles, de um modo ou de outro. E no entanto eles os tratam tão mal. Por que sua família não faz alguma outra coisa?

Jakob abriu um sorriso tristonho.

— Papai tem um ditado: "O lugar mais seguro para nadar é logo atrás do tubarão." Nós fazemos coisas belas para os magos, e isso os deixa felizes. Significa que eles largam do nosso pé... ou quase isso. Se não o fizéssemos, o que aconteceria? Cairiam em cima de nós num piscar de olhos, com toda certeza. Você está franzindo o rosto de novo.

Kitty não tinha certeza de que aprovava.

— Mas se vocês não gostam dos magos, não deveriam colaborar com eles — insistiu. — É moralmente errado.

— O quê? — Jakob deu-lhe um chute na perna, com autêntica irritação. — Não me venha com essa! Os *seus* pais colaboram com eles. *Todo mundo* colabora. Não há alternativa, há? Se você não colabora, a polícia, ou algo pior, lhe faz uma visita no meio da noite e some com você. Não existe alternativa à colaboração... existe? *Existe*?

— Creio que não.

— Não, não existe. Não, a não ser que você queira acabar morta.

5

A tragédia ocorreu quando Kitty tinha 13 anos. Era o auge do verão. Não havia escola. O sol brilhava no alto dos terraços; pássaros trilavam, luz derramava-se pela casa. O pai dela cantarolava diante do espelho, ajeitando a gravata. Sua mãe lhe deixara um pão doce glaçado esperando na geladeira para o desjejum.

Jakob apareceu cedo para ver Kitty. Ela abriu a porta e o encontrou exibindo o seu taco.

— Críquete — disse ele. — Está perfeito para isso. Podemos ir ao parque dos bacanas. Todo mundo vai estar trabalhando, então não vai haver ninguém por lá que nos ponha para fora.

— Está bem — disse Kitty. — Mas eu rebato. Espere até eu colocar os sapatos.

O parque estendia-se para o oeste de Balham, afastado das lojas e das fábricas. Começava como uma área agreste de terreno baldio, coberta de tijolos, espinhos e velhos montes enferrujados de arame farpado. Jakob, Kitty e muitas outras crianças brincavam ali regularmente. Mas se alguém seguisse o terreno para oeste e galgasse uma velha ponte de metal sobre o leito da via férrea, descobriria um parque cada vez mais agradável, com bétulas se espalhando por caminhos sombreados e lagos onde nadavam patos selvagens, tudo isso espraiado por uma longa extensão de grama lisa e verdinha. Mais adiante ficava uma rua bem larga, onde uma fileira de casas amplas, escondidas por muros altos, marcava a presença de magos.

Os plebeus eram desestimulados a entrar no lado agradável do parque; nas praças e parquinhos circulavam histórias de crianças que tinham ido até lá em desafio e nunca voltaram. Kitty não acreditava totalmente nessas histórias, e ela e Jakob, uma ou duas vezes, atravessaram a ponte de metal, aventurando-se até os lagos. Certa ocasião, um senhor bem-vestido, com uma barba negra comprida, gritou alguma coisa para eles, do outro lado da água, ao que Jakob respondeu com um gesto eloqüente. O homem não pareceu reagir, mas seu companheiro, em quem eles ainda não tinham reparado — uma pessoa muito baixinha e obscura —, saíra correndo, beirava o lago na direção deles com uma pressa surpreendente. Kitty e Jakob tiveram de escapar correndo.

Mas habitualmente, quando cruzavam com o olhar a linha férrea, o lado proibido do parque estava vazio. Era uma pena desperdiçá-lo assim, especialmente em um dia maravilhoso como aquele, quando todos os magos estariam no trabalho. Kitty e Jakob seguiram para lá a boa velocidade.

Os saltos de seus sapatos batucavam sobre a superfície calçada de pedras da ponte de metal.

— Ninguém por aqui — declarou Jakob. — Eu lhe disse.

— Vem alguém ali? — Kitty ergueu a mão protegendo os olhos e deu uma olhada em um círculo de bétulas, parcialmente obscurecido pelo brilho forte do sol. — Junto àquela árvore? Não consigo distinguir bem.

— Onde? Não... São só sombras. Se você estiver com medo, podemos ir até lá seguindo por aquele muro. Ele nos esconderá das casas do outro lado da rua.

Ele atravessou correndo o caminho, avançando pela grama cerrada e verdejante, equilibrando a bola em uma hábil embaixadinha sobre a superfície plana do taco enquanto seguia. Kitty avançava com mais cautela. Um alto muro de tijolos limitava o lado oposto do parque; atrás dele ficava a avenida larga, repleta de mansões de magos. Era verdade que o centro do gramado se achava desconfortavelmente exposto, à vista das janelas escuras dos andares superiores das casas; era também verdade que, se eles se espremessem junto ao muro, este os esconderia da vista. Mas isso significaria atravessar toda a largura do parque, longe da ponte de metal, o que Kitty achava imprudente. Entretanto, estava um dia lindo e não havia ninguém por perto, e ela se deixou correr atrás de Jakob, sentindo a brisa lhe roçar os membros, admirando aquela imensidão de céu azul.

Jakob deteve-se a alguns metros do muro, ao lado de um bebedouro prateado. Atirou a bola para o alto e acertou-a, lançando-a a uma altura prodigiosa.

— Aqui vai servir — disse ele, enquanto esperava a bola cair de volta. — Esse aqui é o montinho. Sou o batedor.

— Você me prometeu!

— De quem é o taco? De quem é a bola?

Apesar dos protestos de Kitty, prevaleceu a lei natural, e Jakob assumiu posição em frente ao bebedouro. Kitty afastou-se uns poucos passos, esfregando a bola em seu *short*, do modo como faziam os lançadores. Virou-se e olhou na direção de Jakob com olhos apertados, avaliadores. Ele deu pancadinhas com o taco sobre a grama, abriu um sorriso estúpido e sacudiu o traseiro de maneira ofensiva.

Kitty começou sua corrida. Lentamente a princípio, depois acelerando o passo, a mão fechada em copa sobre a bola. Jakob dava pancadinhas no chão.

Kitty projetou o braço para o alto e para frente; soltou o lançamento a uma velocidade diabólica. A bola quicou no calçamento do caminho e disparou para o alto, rumo ao bebedouro.

Jakob sacudiu o taco. Fez contato perfeito. A bola desapareceu acima da cabeça de Kitty, subindo alto, muito alto no ar, de modo que se tornou nada mais que um ponto contra o céu... e finalmente, a meio caminho do lado oposto do parque, começou a cair de volta à terra.

Jakob ensaiou uma dança de triunfo. Kitty observava-o com ar azedo. Com um suspiro forte e sentido, começou a percorrer o longo estirão para recuperar a bola.

Dez minutos depois, Kitty havia lançado cinco bolas e feito cinco excursões ao outro lado do parque. O sol castigava. Ela sentia calor, estava suada e irritada. Voltando, afinal, com passos arrastados, atirou intencionalmente a bola ao solo e deixou-se cair atrás dela.

— Meio derrubada? — perguntou Jakob com consideração. — Você quase pegou a última.

Um grunhido sarcástico foi a única resposta. Ele estendeu-lhe o taco.

— Sua vez, agora.

— Em um minuto.

Por algum tempo, sentaram-se em silêncio, observando as folhas balançando nas árvores, ouvindo o som de carros ocasionais, vindo de trás do muro. Um grande bando de corvos atravessou o parque, grasnando estridentemente e pousou em um carvalho distante.

— Ainda bem que vovó não está aqui — observou Jakob. — Ela não ia gostar disso.

— Do quê?

— Desses corvos.

— Por que não?

Kitty sempre tivera um pouco de medo da avó de Jakob, uma criatura minúscula, mirrada, com olhinhos escuros e um rosto incrivelmente encarquilhado. Ela nunca saía de sua cadeira na parte aquecida da cozinha e cheirava fortemente a páprica e a repolho em conserva. Jakob dizia que ela estava com 102 anos.

Com um peteleco, Jakob expulsou um besouro de uma haste de grama.

— Ela pensaria que são espíritos. A serviço dos magos. Segundo ela, essa é uma das formas preferidas deles. Todo esse troço vovó aprendeu com a mãe *dela*, que veio de Praga para cá. Ela odiava que deixassem janelas abertas à noite, não importa o calor que fizesse. — Ele afetou uma voz trêmula, envelhecida. — "Feche essa janela, menino! Senão os demônios entram." Ela é cheia de coisas assim.

Kitty franziu o cenho.

— Você não acredita em demônio, então?

— É claro que acredito! De que outra forma você acha que os magos conseguem seu poder? Está tudo nos livros de fórmulas de feitiços que eles mandam para serem encadernados ou impressos. É nisso que consiste a magia. Os magos vendem a alma e os demônios os ajudam em troca, *se* eles pronunciarem os feitiços direito. Se não, os demônios os matam. Quem iria querer ser mago? Eu não, apesar de todas as suas jóias.

Por alguns minutos, Kitty permaneceu silenciosamente deitada de costas, observando as nuvens. Ocorreu-lhe um pensamento.

— Deixe-me entender isso direito... — começou ela. — Se o seu pai, e o pai dele antes dele, sempre trabalharam em livros de feitiços para magos, devem ter lido um monte dos feitiços, certo? Então, isso quer dizer...

— Estou vendo onde você quer chegar com isso. É, eles devem ter visto coisas... suficientes para saberem se manter bem longe disso, de qualquer modo. Mas grande parte é escrita em linguagens esquisitas, e é necessário mais do que palavras; acho que há coisas a serem desenhadas, poções e todos os complementos terríveis a aprender se quiser dominar demônios. Não é algo de que uma pessoa decente queira fazer parte; papai simplesmente mantém a cabeça baixa e faz os livros. — Ele suspirou. — Veja você, as pessoas sempre pensaram que a minha família estava metida nisso. Depois que os magos perderam o poder em Praga, um dos tios de papai foi perseguido por uma turba e atirado de uma janela alta. Aterrissou em um telhado e morreu. Vovô veio para a Inglaterra logo depois e recomeçou o negócio. Aqui era mais seguro para ele. De qualquer maneira... — Ele sentou-se ereto, espreguiçou-se. — Duvido muito que aqueles corvos sejam demônios. O que estariam fazendo pousados em uma árvore? Ora, vamos — atirou o taco na direção dela —, sua vez, e aposto que a elimino na primeira bola.

Para a imensa frustração de Kitty, foi exatamente isso que ele fez. E na vez seguinte, e na próxima. O parque vibrava com a pancada metálica da bola de críquete no bebedouro. As exclamações de Jakob ressoavam, altas e baixas. Por fim, Kitty atirou o taco no chão.

— Isso não é *justo*! — gritou. — Você preparou a bola, ou algo assim.

— Chama-se pura técnica. Minha vez.

— Mais uma jogada.

— Está bem.

Jakob atirou a bola em um lançamento ostensivamente suave, por baixo do braço. Kitty sacudiu o taco com desespero selvagem e, para sua imensa surpresa, conseguiu um contato tão firme que o choque fez seu braço vibrar até o cotovelo.

— Sim! Acertei! Pegue essa se puder!

Ela começou uma dança de vitória, esperando ver Jakob sair correndo para atravessar o relvado... mas o garoto continuou parado, em postura indecisa, olhando para o céu em algum ponto atrás da cabeça dela.

Kitty virou-se e olhou. A bola, que conseguira lançar bem alto por cima do ombro, mergulhava serenamente, caindo, caindo, caindo, atrás do muro, fora do parque, em plena avenida.

Seguiu-se um terrível ruído de vidro se estilhaçando, um cantar de pneus e um alto estrondo metálico.

Silêncio. Um fraco chiado vinha de trás do muro, como o som sibilante de vapor escapando de uma máquina quebrada.

Kitty olhou para Jakob. Jakob olhou para ela.

E então saíram ambos correndo.

Puseram sebo nas canelas para atravessar o gramado em direção à ponte distante. Corriam lado a lado, cabeça baixa, punhos latejando forte, sem olhar para trás. Kitty ainda segurava o taco. Este a atrapalhava na corrida; arquejando, soltou-o no chão. Diante disso, Jakob soltou um grito sufocado e parou, derrapando.

— Sua idiota! Meu nome está gravado nele. — Voltou disparado; Kitty reduziu o passo e virou-se para vê-lo recolher o taco; ao fazê-lo, avistou, a meia distância, um portão aberto no muro, dando para a rua. Uma figura de preto apareceu, mancando; ficou parada no centro do portão, olhando para o parque.

Jakob pegara o taco e estava voltando.

— *Venha depressa!* — disse ela ofegante, enquanto ele se deixava cair ao lado dela. — Há alguém...

Ela desistiu; não tinha fôlego para falar mais.

— Quase chegando. — Jakob liderava o caminho ao longo da borda do lago, onde aves silvestres grasnavam e eriçavam as penas, cruzando amedrontadas a superfície da água; seguiram sob a sombra das bétulas e escalaram um suave aclive em direção à ponte de metal. — Estaremos em segurança... assim que tivermos chegado... nos escondemos nas crateras... não estamos longe agora...

Kitty sentia um forte desejo de olhar para trás; na imaginação, via a figura de preto correndo pelo gramado, atrás deles. A imagem lhe provocou uma sensação de formigamento na espinha. Mas eles seguiam depressa demais para que ele os pegasse; ia dar tudo certo, conseguiriam escapar.

Jakob subiu a ponte correndo, seguido de Kitty. Seus pés martelavam como britadeiras, produzindo o ruído surdo e enérgico da vibração de metal. Subir até o alto, descer do outro lado...

Alguma coisa, vinda de parte alguma, postou-se na saída da ponte.

Jakob e Kitty gritaram juntos. Sua corrida impetuosa foi abruptamente interrompida; eles pararam, imóveis, batendo com força um no outro em seu supremo e instintivo esforço para evitar colidir com a coisa.

Lá estava ela, alta como um homem, e de fato possuía postura de homem, aprumada sobre duas longas pernas, os braços estendidos e os dedos apertados. Mas não era um homem; a parecer-se com alguma coisa, assemelhava-se mais a um tipo horrivelmente distorcido de *macaco*, grandalhão e muito esticado. Possuía uma pelagem verde-pálida ao longo do corpo, exceto em volta da cabeça e do focinho, onde a pelagem tornava-se verde-escura, quase negra. Os olhos malévolos eram amarelos. Jogou a cabeça para o lado e sorriu para eles, flexionando as mãos pontiagudas. Um rabo fino e estriado sacudia-se atrás dele, como um chicote, fazendo o ar sibilar.

Por um breve momento, nem Jakob nem Kitty conseguiram falar ou se mover. Então:

— Volte, volte, volte!

Era Kitty falando; Jakob estava mudo, congelado no lugar, imóvel. Ela agarrou-o pelo colarinho e o puxou, virando-se enquanto o fazia.

Mãos nos bolsos, gravata primorosamente enfiada em um colete de sarja de algodão, um homem de terno preto bloqueava a outra saída da ponte. Não estava nem um pouco sem fôlego.

A mão de Kitty continuava agarrando o colarinho de Jakob. Não podia soltá-lo. Ela olhava para um lado, ele para o outro. Sentiu Jakob estender a mão, arrepanhar o tecido de sua camiseta e segurá-la bem apertada. Não se ouvia som algum, a não ser a respiração aterrorizada dos dois e a cauda do monstro, que assoviava enquanto cortava o ar. Um corvo passou acima deles, grasnando alto. Kitty escutou o sangue pulsando em seus ouvidos.

O homem não parecia ter pressa de falar. Era bastante baixo, mas rechonchudo e de constituição forte. Seu rosto redondo possuía no centro um nariz incomumente comprido e afilado que, mesmo naqueles momentos de abjeto terror, sugeria a Kitty uma espécie de relógio de sol. O rosto parecia inexpressivo.

Jakob tremia a seu lado. Kitty sabia que ele não falaria.

— Senhor, por favor — começou ela com voz rouca. — O-o que deseja?

Houve uma longa pausa; o homem não parecia disposto a se dirigir a ela. Quando o fez, foi com uma suavidade aterradora.

— Alguns anos atrás — disse —, comprei meu Rolls-Royce em um leilão. Precisando de muitos consertos, mas mesmo assim, custou-me uma soma considerável. Desde então, venho gastando mais ainda nele, renovando a carroceria, os pneus, o motor e, acima de tudo, um pára-brisa original, de vidro matizado, para fazer do meu veículo provavelmente o melhor exemplar em Londres. Pode-se dizer que é um *hobby* para mim, uma pequena distração de todo o meu trabalho. Apenas ontem, após muitos meses de busca, localizei uma placa original de porcelana e a afixei ao capô. Por fim, meu carro estava completo. Hoje, tirei-o da garagem para dar uma volta. E o que acontece? Sou atacado, do nada, por dois pirralhos plebeus. Vocês destroçaram o meu pára-brisas, fazendo-me perder o controle; bato num poste de luz, destruindo carroceria, pneus, motor e estilhaçando minha placa em muitos pedacinhos. Meu carro está arruinado. Nunca mais vai voltar a andar... — Fez uma pausa para tomar fôlego; uma língua gorda e rosada passou veloz sobre seus lábios. — O que eu quero? Bem, primeiro estou curioso para saber o que vocês têm a dizer.

Kitty olhou de um lado para o outro, em busca de inspiração.

— E-eu "sinto muito" seria um começo?

— "Sinto muito"?

— Sim, senhor. Foi um acidente, entenda, e nós não...

— Depois do que vocês fizeram? Depois do prejuízo que causaram? Dois plebeuzinhos nocivos...

Lágrimas encheram os olhos de Kitty.

— Não é nada disso! — disse ela, desesperadamente. — Não era nossa intenção atingir o seu carro. Estávamos só jogando! Não podíamos sequer ver a rua!

— Jogando? Neste parque particular?

— Não é particular. Bem, se é, não deveria ser! — Contra seu melhor julgamento, Kitty viu-se quase gritando. — Não há mais *ninguém* aproveitando o parque, há? Não estávamos fazendo nada de mal. Por que *não deveríamos* vir até aqui?

— Kitty — disse Jakob quase grasnando. — Cale-se.

— Nemeides — o homem dirigiu-se à coisa-símio no outro extremo da ponte —, quer se aproximar um ou dois passos, por favor? Tenho um negócio do qual gostaria que você cuidasse.

Kitty ouviu as pancadas suaves de garras sobre metal; sentiu Jakob se encolher ao seu lado.

— Senhor — disse ela baixinho —, sentimos muito pelo seu carro. Sentimos de verdade.

— Então *por que* fugiram e não ficaram para admitir sua responsabilidade? — perguntou o mago.

Um som fraco, muito fraco.

— Por favor, senhor... nós estávamos com medo.

— Que coisa tão inteligente. Nemeides... creio que o Demolidor Negro... não acha?

Kitty ouviu o estalo de nós de dedos gigantes e uma voz grave e ponderada.

— A que velocidade? Eles estão abaixo da média em tamanho.

— Acho bastante sério, não acha? Era um carro caríssimo. Cuide disso. — O mago pareceu considerar concluído seu papel na questão; virou-se, as mãos ainda nos bolsos e começou a se afastar mancando, de volta ao portão distante.

Talvez se eles conseguissem correr... Kitty puxou Jakob pelo colarinho.

— Vamos!

O rosto dele estava mortalmente pálido. Ela mal conseguia atinar com as palavras.

— Não adianta. Não podemos... — Ele a soltara; suas mãos pendiam desanimadas ao lado do corpo.

Um tap-tap-tap de unhas afiadas sobre metal.

— Olhe para mim, criança.

Por um momento, Kitty considerou soltar Jakob e sair ela própria correndo, sozinha, para baixo e para fora da ponte, parque adentro. Então desprezou a idéia, e a si própria por pensar naquilo e girou deliberadamente para encarar a coisa.

— Assim é melhor. Contato frontal direto é preferível para o Demolidor.

O cara de macaco não parecia particularmente maldoso; quando muito, sua expressão era a de quem estava ligeiramente entediado.

Dominando o medo, Kitty estendeu uma das mãos pequenas, suplicante.

— Por favor... não nos machuque!

Os olhos amarelos se arregalaram, os lábios negros fizeram um beicinho de lástima.

— Temo que isso seja impossível. Já recebi minhas ordens, ou seja, aplicar o Demolidor em suas pessoas; e não posso rejeitar esse encargo sem grande perigo para mim mesmo. Gostaria que eu ficasse sujeito ao Fogo Atrofiante?

— Com toda honestidade, eu preferiria *isso*.

O rabo do demônio projetou-se para trás e para frente como o de um gato irritado; ele dobrou uma perna e coçou a parte de trás do joelho oposto com uma garra articulada.

— Sem dúvida. Bem, a situação é desagradável. Sugiro que acabemos com ela o mais rápido possível.

Ele ergueu a mão.

Kitty passou o braço em torno da cintura de Jakob. Por cima da carne e do tecido, sentiu-lhe o coração batendo aos arrancos.

Um círculo crescente de fumaça cinzenta expandiu-se da ponta dos dedos estendidos do demônio e disparou na direção deles. Kitty ouviu Jakob gritar. Teve tempo apenas de ver chamas rubras e alaranjadas tremeluzindo no meio da fumaça, antes de ser atingida no rosto por uma explosão de calor, e tudo ficou escuro.

6

— Kitty... Kitty!

— Hummmmm?

— Acorde. Está na hora.

Ela ergueu a cabeça, piscou e, com um susto, acordou para o rumor do intervalo no teatro. As luzes do auditório foram acesas, a grande cortina roxa descera sobre o palco; a platéia fragmentara-se em centenas de indivíduos de rostos rubros em uma fila vagarosa afastando-se das poltronas. Kitty viu-se mergulhada em um lago de sons que golpeavam suas têmporas como uma maré. Sacudiu a cabeça para desanuviá-la e olhou para Stanley, que estava debruçado sobre a poltrona em frente, uma expressão sardônica no rosto.

— Oh — disse ela, confusa. — Sim. Sim, estou pronta.

— A bolsa. Não se esqueça.

— É ruim eu esquecer, hein?

— Era ruim você cair no sono.

Respirando com dificuldade e afastando dos olhos uma mecha de cabelo, Kitty pegou a sacola e levantou-se para permitir que um homem passasse por ela, espremendo-se entre as poltronas. Virou-se para segui-lo, saindo de sua fileira de assentos. Ao fazê-lo, avistou Fred por um momento: seus olhos sombrios eram, como sempre, difíceis de decifrar, mas Kitty achou ter detectado neles um traço de zombaria. Apertou os lábios e arrastou os pés para abrir passagem entre as fileiras.

Cada centímetro de espaço entre as poltronas estava lotado de gente que se aglomerava em direção aos bares, banheiros, a garota dos doces de pé sob um facho de luz, encostada a uma parede. O movimento em qualquer direção era difícil; aquilo lembrava a Kitty um mercado de gado, com o rebanho sendo tocado lentamente através de um labirinto de concreto e cercas de metal. Respirou fundo e, com uma sucessão de desculpas murmuradas e de cotoveladas judiciosamente aplicadas, juntou-se ao rebanho. Venceu cada centímetro do caminho, entre costas e barrigas variadas, em direção a um conjunto de portas duplas.

Quando cruzava a porta, sentiu uma pancadinha no ombro. Stanley arreganhava os lábios em um sorriso.

— Não achou o espetáculo grande coisa. Estou certa?

— Claro que não. Horroroso.

— Achei que tinha uma ou duas coisas boas.

— Evidentemente.

Ele fez um muxoxo de impaciência, fingindo surpresa.

— Pelo menos *eu* não estava dormindo no serviço.

— O serviço começa agora — retrucou Kitty.

Com o rosto impassível e o cabelo despenteado, ela precipitou-se pelas portas para um corredor lateral que circundava o auditório. Estava zangada consigo mesma, zangada por cochilar, zangada por permitir que Stanley pegasse no seu pé com tanta facilidade. Ele estava sempre procurando algum sinal de fraqueza, para tentar explorá-lo com os outros; aquilo só lhe daria mais munição. Ela sacudiu a cabeça com impaciência. Esqueça: não é hora para isso.

Serpenteou entre a multidão até o vestíbulo do teatro, onde muitos integrantes da platéia saíam à rua, a fim de tomar bebidas geladas e aproveitar a noite de verão. Kitty saiu com eles. O céu era de um azul profundo; a luz esvaía-se lentamente. Bandeiras e faixas coloridas pendiam das casas em frente, preparadas para o feriado público. Copos tilintavam, pessoas riam; em silenciosa vigilância, os três atravessaram a multidão feliz.

Na esquina do prédio, Kitty deu uma espiada no relógio.

— Temos 15 minutos.

Stanley disse:

— Poucos magos saíram esta noite. Vê aquela velha, enchendo a cara de gim... a de verde? Alguma coisa na bolsa dela. Aura poderosa. Poderíamos tomar-lhe a bolsa.

— Não. Vamos seguir à risca o plano. Vá em frente, Fred.

Fred assentiu com a cabeça. Do bolso de sua jaqueta de couro tirou um cigarro e um isqueiro. Avançou vagarosamente até um ponto que lhe permitia ter uma visão completa de uma rua lateral e, enquanto acendia o cigarro, correu os olhos por ela. Aparentemente satisfeito, pôs-se a percorrê-la, sem um olhar para trás. Kitty e Stanley o seguiram. Na rua havia lojas, bares e restaurantes; um razoável número de pessoas circulava, tomando ar. Na primeira esquina, o cigarro de Fred pareceu se apagar. Ele parou para reacendê-lo, novamente olhando com atenção em todas as direções. Dessa vez, seus olhos se estreitaram; com ar casual, voltou a percorrer o caminho por onde viera. Kitty e Stanley estavam ocupados olhando vitrinas, um casal feliz de mãos dadas. Fred passou por eles.

— Demônio se aproximando — disse baixinho. — Mantenha a bolsa escondida.

Passou-se um minuto. Kitty e Stanley soltavam exclamações de admiração e tagarelavam sobre os tapetes persas na vitrina. Fred examinava os arranjos de flores da loja seguinte. Com o canto do olho, Kitty observava a esquina da rua. Um velhinho, bem-vestido e de cabelos brancos, dobrou-a, cantarolando uma melodia militar. Atravessou a rua, ficando fora de vista. Kitty lançou um olhar a Fred. Quase imperceptivelmente, ele sacudiu a cabeça. Kitty e Stanley permaneceram no lugar. Uma mulher de meia-idade, usando um amplo chapéu florido, apareceu na esquina; caminhava devagar, como se contemplasse os males do mundo. Ali ela parou, suspirou fundo e virou-se na direção deles. Kitty sentiu seu perfume quando ela passou, uma fragrância forte, bastante vulgar. O ruído de seus passos foi morrendo ao longe.

— OK — disse Fred. Ele voltou à esquina, fez um reconhecimento rápido, assentiu com a cabeça e sumiu de vista. Kitty e Stanley abandonaram a vitrina e o seguiram, largando as mãos um do outro como se lhes houvessem brotado as feridas da peste. A bolsa de couro, que Kitty mantinha sob o sobretudo, reapareceu em suas mãos.

A rua seguinte era mais estreita e não havia pedestres por perto. À esquerda, escuro e vazio, cercado por uma grade preta, ficava o pátio de carga e descarga da loja de tapetes. Fred estava apoiado na grade, olhando a rua de alto a baixo.

— Esferas de busca acabam de passar lá no final — disse ele. — Mas nossa barra está limpa. Sua vez, Stan.

O portão do pátio estava trancado com corrente e cadeado. Stanley aproximou-se e examinou a tranca atentamente. De uma parte obscura de suas roupas retirou uma torquês de aço. Um aperto, uma torção; a corrente se partiu. Eles entraram no pátio, Stanley à frente. Ele olhava fixo para o chão diante deles.

— Alguma coisa? — perguntou Kitty.

— Não aqui. A porta dos fundos está zumbindo: algum tipo de feitiço. Devemos evitá-la. Mas aquela janela é segura — apontou ele.

— OK. — Kitty esgueirou-se até a janela e deu uma olhada no interior. Pelo pouco que podia ver, a sala era um depósito; estava empilhada de tapetes, todos enrolados e envoltos em uma proteção de tecido. Ela olhou para os companheiros. — Então? — sibilou. — Estão vendo alguma coisa?

— Claro que é por *isto* que é uma idiotice *você* estar no comando. — disse Stanley delicadamente. — Você é impotente sem nós. Cega. Neca. Não há armadilhas.

— Nem demônios — disse Fred.

— OK.

Kitty agora tinha luvas pretas nas mãos. Apertou um dos punhos e golpeou o retângulo de vidro mais baixo da janela. Um estalido, um rápido tilintar de vidro sobre o peitoril. Kitty enfiou a mão, soltou o trinco e levantou a janela. Pulou sobre o parapeito e para dentro da sala, aterrissando silenciosamente, os olhos lampejando para um lado e outro. Sem esperar pelos demais, passou em meio às pirâmides de tecido, aspirando o cheiro de mofo carregado dos tapetes encapados, chegando rapidamente a uma porta entreaberta. Da bolsa, uma lanterna: o facho de luz iluminou um escritório amplo, luxuosamente decorado, com mesas, poltronas, pinturas nas paredes. A um canto, um cofre baixo e escuro.

— Espere um pouco. — Stanley agarrou Kitty pelo braço. — Tem um fio brilhante no chão correndo entre as mesas. Feitiço para tropeçar. Evite.

Zangada, ela libertou-se da mão dele.

— Eu não ia entrar por aí de qualquer jeito, às cegas. Não sou idiota.

Ele deu de ombros.

— Claro, claro.

Erguendo bem os pés acima do fio invisível, Kitty alcançou o cofre, abriu a sacola, retirou uma pequena esfera branca e pousou-a no chão. Cuidadosamente, recuou. De volta à porta, disse uma palavra; com um suspiro suave e uma torrente de ar, a esfera implodiu e se desfez. Sua sucção arrancou da parede os quadros mais próximos, o tapete do chão e a porta do cofre de suas dobradiças. Calmamente, passando por cima do fio invisível, Kitty voltou a ajoelhar-se junto ao cofre. Suas mãos moviam-se com rapidez, empilhando objetos dentro da bolsa.

Stanley saltitava de impaciência.

— O que conseguimos?

— Espelhos mágicos, uma ou duas esferas de elementos... documentos... e dinheiro. Montes de dinheiro.

— Bom. Ande rápido. Temos cinco minutos.

— Eu sei.

Kitty fechou a bolsa e deixou o escritório sem pressa. Fred e Stanley já haviam saído pela janela e esperavam com impaciência do lado de fora. Kitty atravessou a sala, pulou para o pátio e partiu rumo ao portão. Um segundo mais tarde, com uma estranha intuição, ela olhou de relance por cima do ombro — bem a tempo de ver Fred atirando algo para dentro do depósito.

Ela parou instantaneamente.

— Que diabo era aquilo?

— Não temos tempo para bater papo, Kitty. — Fred e Stanley passaram apressados por ela. — A peça está recomeçando.

— O que foi que vocês fizeram?

Stanley piscou quando eles caminharam rápido para a rua.

— Bastãozinho do Inferno. Um presentinho para eles.

A seu lado, Fred dava risinhos de satisfação.

— Isso não estava no plano! Era para ser só uma invasão-surpresa!

Já dava para sentir o cheiro da fumaça se espalhando pelo ar. Eles dobraram a esquina, passando pela frente da loja.

— Não podemos levar os tapetes, podemos? Então, por que deixá-los para serem vendidos aos magos? Não podemos ter pena de colaboradores, Kitty. Eles merecem isso.

— Podíamos ser pegos...

— Não seremos. Relaxe. Além do mais, uma invasãozinha boba não vai ganhar manchetes, vai? Mas uma invasão com incêndio, *sim*.

Branca de fúria, os dedos apertados sobre as alças da bolsa, Kitty subia a rua ao lado deles. Aquilo nada tinha a ver com publicidade — era Stanley desafiando sua autoridade outra vez, de forma mais séria do que antes. Era o plano *dela*, sua estratégia, e ele deliberadamente o solapara. Ela precisava agir naquele instante, sem dúvida. Mais cedo ou mais tarde, ele ia fazer com que todos fossem mortos.

Na frente do Metropolitan Theatre, uma campainha intermitente tocava e o restante da platéia voltava para dentro. Kitty, Stanley e Fred juntaram-se a eles sem interromper o passo e alguns momentos depois afundaram mais uma vez em suas poltronas. A orquestra estava reaquecendo novamente; no palco, a cortina subira.

Ainda tremendo de raiva, Kitty encaixou a bolsa entre os pés. Enquanto o fazia, Stanley virou a cabeça e arreganhou um sorriso.

— Confie em mim — sussurrou. — Agora seremos notícia de primeira página. Nada vai nos superar amanhã de manhã.

Simpkin

7

Cerca de oitocentos metros ao norte das águas escuras do Tâmisa, os comerciantes do mundo juntavam-se diariamente na City para fazer permutas, comprar e vender. Até onde o olho podia alcançar, as barracas do mercado se estendiam, amontoadas sob os beirais das casas antigas, como pintos sob as asas da galinha. A riqueza em exibição não tinha fim: ouro da África do Sul, esferas de prata dos Urais, pérolas da Polinésia, lascas de âmbar do Báltico, pedras preciosas de todos os matizes, sedas iridescentes da Ásia e mil outras maravilhas. Entretanto, o mais valioso de tudo eram os artefatos pilhados de antigos impérios e levados para serem vendidos em Londres.

No coração da City, no cruzamento das ruas Cornhill e Poultry, os gritos súplices dos mercadores atingiam com aspereza o ouvido. Só magos podiam entrar nessa zona central, e policiais de uniformes cinzentos guardavam as entradas da feira.

Ali, cada barraca achava-se carregada de artigos que se proclamavam extraordinários. Um exame superficial poderia revelar flautas e liras mágicas da Grécia; potes contendo terra de sepultamento dos cemitérios reais de Ur e Nimrud; frágeis artefatos de ouro de Tashkent, Samarkand e outras cidades da Rota da Seda; totens tribais das imensidões norte-americanas; máscaras e efígies polinésias; crânios peculiares, com cristais embutidos na boca; adagas de pedra, marcadas com as manchas de sacrifícios, resgatadas dos templos destruídos de Tenochtitlán.

Era a esse lugar que, uma vez por semana, nos finais de tarde das segundas-feiras, o eminente mago Sholto Pinn chegava pomposamente para supervisionar a concorrência, que não era grande coisa, e comprar as bobagens que lhe dessem na telha.

Eram meados de junho e o sol descia por trás das empenas dos telhados. Embora o mercado em si, encravado entre as construções, estivesse firmemente envolto em sombra azulada, a rua refletia calor suficiente para tornar agradável o passeio do sr. Pinn. Ele usava um terno de linho branco e um chapéu de palha de abas largas na cabeça. Em uma das mãos, sacudia frouxamente uma bengala de marfim; com a outra, secava o pescoço, aplicando-lhe pancadinhas ocasionais com um vasto lenço amarelo.

O vestuário fino e vistoso do sr. Pinn estendia-se até os sapatos lustrosos. Isso apesar da imundície das calçadas, carregadas com os indícios de uma centena de refeições apressadas — frutas jogadas fora, invólucros de falafel, cascas de nozes e ostras e restos de gordura e cartilagens. O sr. Pinn não ligava: por onde quer que escolhesse caminhar, o entulho era varrido de sua frente por uma mão invisível.

Conforme avançava, inspecionava as barracas a cada lado através de seu grosso monóculo. Usava a expressão habitual de divertimento entediado — proteção contra as abordagens dos comerciantes, que o conheciam bem.

— Señor Pinn! Tenho aqui uma mão embalsamada de proveniência misteriosa! Foi encontrada no Saara. Suspeito que seja a relíquia de um santo. Resisti a todos os que se interessaram, esperando pelo senhor...

— Por favor, pare um momento, *monsieur*; veja o que tenho nesta estranha caixa de obsidiana...

— Observe este fragmento de papiro, estes símbolos rúnicos...

— Sr. Pinn, senhor, não preste atenção a esses bandidos! Seu gosto refinado lhe dirá...

— ... esta estátua voluptuosa...

— ... estes dentes de dragão...

— ... esta cabaça...

O sr. Pinn sorria benignamente, examinava os artigos, ignorava os gritos e o clamor dos comerciantes e prosseguia lentamente. Nunca comprava muita coisa; a maior parte de seu estoque vinha-lhe diretamente por via aérea de seus agentes trabalhando através do Império. Mesmo assim, nunca se sabia. Sempre valia a pena dar uma olhada na feira.

A fileira terminava em uma barraca atulhada até o alto com objetos de vidro e cerâmica. A maioria das amostras eram evidentemente falsificações recentes; mas um minúsculo pote verde-azulado, com tampa lacrada, atraiu o olhar do sr. Pinn. Ele dirigiu-se à vendedora como quem não quer nada.

— Este artigo. O que é?

A vendedora era jovem e usava um lenço de cabeça colorido.

— Senhor! É um vaso de faiança de Ombos, cidade do Egito Antigo. Foi encontrado em uma sepultura funda, sob uma pesada pedra, ao lado dos ossos de um homem alado muito alto.

O sr. Pinn ergueu a sobrancelha.

— Deveras. Você tem esse maravilhoso esqueleto?

— Infelizmente, não. Os ossos foram dispersos por uma multidão agitada.

— Que coisa conveniente. Mas quanto ao pote: não foi aberto?

— Não, senhor. Acredito que contenha um djim, ou possivelmente uma Pestilência. Compre-o, abra-o e veja por si mesmo!

O sr. Pinn pegou o pote e girou-o em seus dedos brancos e rechonchudos.

— Mmm — murmurou. — Parece estranhamente pesado para o seu tamanho. Talvez um feitiço sob compressão... Sim, o artigo é de algum interesse. Qual é o preço?

— Para o senhor... cem libras.

O sr. Pinn deu uma risada vigorosa.

— Sou de fato rico, minha cara, mas não alguém de quem se possa zombar.

Ele estalou um dedo e, com um chocalhar de louça e um arrastar de panos, algo invisível escalou rapidamente uma das varas que serviam de suporte à barraca, arrastou-se por sobre a lona e deixou-se cair suavemente sobre as costas da mulher. Ela deu um grito. O sr. Pinn não ergueu os olhos do pote em sua mão.

— Negociar e barganhar está muito bem, minha cara, mas deve-se sempre começar por um nível sensato. Ora, por que não sugere outra soma? Meu assistente, o sr. Simpkin, confirmará prontamente se o seu preço é digno de consideração.

Alguns minutos depois a mulher, o rosto azulado e sufocando pelo aperto de dedos invisíveis em seu pescoço, finalmente balbuciou uma quantia simbólica. O sr. Pinn lançou algumas moedas sobre a bancada da barraca e partiu bem-humorado, carregando seu achado em segurança no bolso. Saiu da feira e seguiu pela Poultry Street até onde seu carro o esperava. Quem quer que lhe bloqueasse o caminho era rapidamente posto de lado pela mão invisível.

O sr. Pinn desabou o corpanzil dentro do carro e fez sinal ao motorista para dar a partida. Então, ajeitando-se no assento, falou para o ar:

— Simpkin.

— Sim, amo?

— Não vou trabalhar até tarde esta noite. Amanhã é o Dia de Gladstone, e o sr. Durvall dará um jantar em honra de nosso Fundador. Lamentavelmente, tenho a obrigação de comparecer a essa montanha de tédio.

— Muito bem, amo. Chegaram vários caixotes de Persépolis logo depois do almoço. Gostaria que eu começasse a abri-los?

— Sim. Selecione e etiquete qualquer coisa de menor importância. Não abra nenhuma embalagem marcada com uma chama vermelha; essa marca indica um tesouro importante. Você vai encontrar também um caixote com pranchas de sândalo empilhadas... tome cuidado com isso;

contém uma caixa escondida com uma múmia infantil do tempo de Sargon. A alfândega persa está cada vez mais vigilante e meu agente precisa tornar-se sempre mais inventivo em suas técnicas de contrabando. Ficou tudo claro?

— Sim, amo. Obedecerei com zelo.

O carro encostou diante das colunas douradas e vitrinas luminosas da Pinn's Accoutrements. Uma porta traseira se abriu e fechou, mas o sr. Pinn permaneceu lá dentro. O carro perdeu-se no tráfego de Piccadilly. Pouco depois, uma chave girou barulhentamente na fechadura da porta da frente da loja; a porta abriu-se e voltou suavemente a se fechar.

Minutos mais tarde, um extenso sistema de nódulos azuis de alarme espalhou-se em torno do prédio, à altura do quarto e quinto planos, reuniu-se no alto da casa e lacrou-se. A Pinn's Accoutrements estava em segurança para passar a noite.

A noite chegou. O tráfego diminuiu em Piccadilly e poucos pedestres passavam pela loja. Simpkin, o trasgo, pegou com a cauda uma vara composta em gancho e baixou persianas de madeira sobre as vitrines. Uma delas rangeu um pouco enquanto descia. Com um muxoxo de aborrecimento, Simpkin removeu sua aparência de invisibilidade, revelando-se baixinho e verde-lima, com pernas arqueadas e uma expressão nervosa, preocupada. Localizou uma lata atrás do balcão, ergueu a cauda a fim de colocar óleo na dobradiça. Então varreu o chão, esvaziou as latas de lixo, ajeitou os manequins da vitrina e, com a loja arrumada até estar satisfeito, arrastou, do compartimento dos fundos, diversos caixotes grandes.

Antes de se acomodar para cumprir sua tarefa, Simpkin tornou a checar o sistema mágico de alarme com grande cuidado. Dois anos antes, um djim depravado conseguira vencer sua vigilância, e muitos artigos preciosos haviam sido destruídos. Ele tivera sorte de ser perdoado pelo amo, muito mais sorte do que merecia. Mesmo assim, a lembrança dos castigos ainda fazia sua essência tremer. Aquilo nunca mais deveria acontecer.

Os nódulos estavam intactos e vibravam em advertência sempre que ele se aproximava das paredes. Estava tudo bem.

Simpkin abriu o primeiro caixote e começou a retirar o enchimento de lã e serragem. O primeiro artigo com que se deparou era pequeno e estava embrulhado em gaze alcatroada; com dedos experientes, removeu a gaze e examinou o objeto com indecisão. Era uma espécie de boneco, feito de osso, palha e concha. Simpkin rabiscou uma nota nos registros com uma longa pena de ganso. “Bacia do Mediterrâneo, aprox. 4.000 anos. Curiosidade apenas. De valor insignificante.” Depositou-o sobre o balcão e continuou a examinar o conteúdo da caixa.

O tempo passou. Simpkin estava no penúltimo caixote. Era o tal recheado de sândalo, e ele pesquisava cuidadosamente em busca da múmia escondida, quando ouviu pela primeira vez os sons retumbantes. O que era aquilo? Tráfego de automóveis? Não — havia começado e parado abruptamente demais. Talvez o ronco de trovões distantes?

Os ruídos tornaram-se mais altos e mais inquietantes. Simpkin pousou a pena e prestou atenção, a cabeça redonda levemente inclinada para o lado. Choques estranhos, desconexos... entremeados de pancadas surdas, pesadas. De onde vinham? De algum lugar atrás da loja, isso era óbvio, mas de que direção?

Simpkin pôs-se de pé de um salto e, chegando-se cautelosamente à janela mais próxima, levantou ligeiramente a persiana. Atrás dos nódulos azuis de segurança, a Piccadilly estava escura e vazia. Havia poucas luzes nas casas em frente e pouco tráfego. Ele nada conseguia ver que explicasse os sons.

Voltou a prestar atenção... estavam mais fortes agora; na verdade, pareciam vir de algum lugar *atrás* dele, dos recessos da casa... Simpkin baixou a persiana, sua cauda cortando o ar com inquietação. Recuando um pouco, esticou-se por trás do balcão e pegou um porrete grande e cheio de nós. Com ele na mão, deslizou até a porta do depósito e olhou para dentro.

O aposento estava como sempre: repleto de pilhas de caixotes e caixas de papelão, e prateleiras de artefatos sendo preparados para exibição ou venda. A luz elétrica no teto zumbia suavemente. Simpkin voltou ao salão da loja, cenho franzido de aturdimento. Os ruídos agora eram muito altos — alguma coisa, em algum lugar, estava sendo quebrada. Talvez ele devesse alertar o amo? Não. Uma idéia insensata. O sr. Pinn não gostava de ser incomodado desnecessariamente. Era melhor não perturbá-lo.

Outro estrondo reverberante e o som de vidro quebrando: pela primeira vez, a atenção de Simpkin foi atraída para a parede do lado direito da Pinn's, que ficava diretamente encostada a uma *delicatessen* e casa de vinhos. Muito estranho. Deu passos à frente para investigar. Nesse momento, aconteceram três coisas.

Metade da parede explodiu para dentro.

Algo grande entrou na sala.

Todas as luzes da loja se apagaram.

Paralisado no meio do aposento, Simpkin não conseguia ver coisa alguma — nem no primeiro plano nem em nenhum dos outros quatro aos quais tinha acesso. Uma mortalha de escuridão gélida revestira a loja e, bem lá no fundo, algo se mexia. Ele ouviu um passo e em seguida um horrível estrondo vindo da direção das porcelanas antigas do sr. Pinn. Seguiu-se mais um passo, depois o som de algo sendo rasgado e outro ruído semelhante, que só podiam vir dos cabideiros de ternos que Simpkin pendurara tão cuidadosamente naquela mesma manhã.

A inquietação profissional superou seu medo: ele soltou um gemido de fúria e, suspendendo o porrete, arranhou-o acidentalmente contra o balcão.

Os passos pararam. Ele sentiu alguma coisa olhar fixo em sua direção. Imobilizou-se. A escuridão coleava ao seu redor.

Simpkin revirava velozmente os olhos para trás e para a frente. De memória, sabia que estava a apenas poucos metros da janela mais próxima. Se desse alguns passos para trás, talvez conseguisse alcançá-la antes...

Algo atravessou a sala na direção dele. Vinha com passos pesados.

Simpkin recuou na ponta dos pés.

Houve um súbito ruído de madeira rachando, a meio caminho da sala. Ele parou, encolhendo-se. Aquilo era o armário de mogno de que o sr. Pinn tanto gostava! Período Regência, com puxadores de ébano e incrustações de lápis-lazúli! Que desastre terrível!

Forçou-se a se concentrar. Só mais dois metros até a janela. Continue avançando... estava quase lá. O andar pesado veio atrás dele, cada passada um choque vibrante contra o piso.

Um súbito estrépito e o guinchar de metal sendo dilacerado. Ah — aquilo era *demais*! Ele levara séculos para arrumar aqueles cabideiros de colares protetores de prata!

Em sua indignação, ele parara de novo. Os passos agora estavam mais perto. Apressadamente, Simpkin afastou-se um pouco mais e seus dedos tateantes tocaram as persianas de metal. Sentia os nódulos de alarme vibrando por trás delas. Só o que tinha a fazer era abrir caminho.

Mas o sr. Pinn o instruíra a permanecer dentro da loja em todas as ocasiões, a protegê-la com a própria vida. É verdade que aquela não era uma ordem oficial, dada em um pentagrama. Havia anos que não recebia uma ordem dessas. Portanto, *podia* desobedecê-la se quisesse... Mas o que o sr. Pinn diria se ele abandonasse seu posto? Uma idéia em que não valia a pena pensar.

Um passo arrastado ao lado dele. Uma sensação fria e contagiante de terra, vermes e barro.

Se Simpkin tivesse obedecido a seus instintos e houvesse se virado e fugido, poderia ter se salvado. As persianas poderiam ter sido ultrapassadas, os nódulos de alarme escancarados, ele poderia ter caído no meio da rua. Mas anos de submissão voluntária ao sr. Pinn o haviam privado de iniciativa. Esquecera-se de como fazer alguma coisa por sua própria vontade. Assim, nada podia fazer senão ficar parado, tremendo, soltando guinchos cada vez mais agudos, à medida que o ar ao seu redor revestia-se de um frio sepulcral, sendo lentamente preenchido por uma presença invisível.

Ele encolheu-se de encontro à parede.

Logo acima dele, vidro se estilhaçou; sentiu-o caindo ao chão em cascatas.

Os jarros de incenso fenícios do sr. Pinn! Inestimáveis!

Deu um grito de fúria e, em seu momento final, lembrou-se do porrete que tinha nas mãos. Por fim, às cegas, agitou-o com todas as forças, golpeando a crescente escuridão que se curvou para recebê-lo.

Nathaniel

8

Ao alvorecer do Dia do Fundador, investigadores do Departamento de Assuntos Internos trabalhavam havia muito em Piccadilly. Ignorando as convenções do feriado, que prescreviam vestimenta informal para todos os cidadãos, os agentes usavam ternos cinza-escuros. Vistos a distância, enquanto escalavam incessantemente o entulho das lojas destruídas, pareciam formigas mourejando sobre um montículo. Em todas as direções havia homens e mulheres trabalhando, inclinando-se até o chão, reaprumando-se, recolhendo com pinças fragmentos dos escombros em sacos plásticos, ou examinando diminutas manchas nas paredes. Escreviam em blocos de anotações e rabiscavam diagramas em tiras de pergaminho. De forma mais peculiar, ou assim parecia à multidão que se deixava ficar atrás das bandeiras amarelas de advertência, davam ordens e faziam sinais curtos e secos para o vazio do ar. Tais instruções eram freqüentemente acompanhadas de pequenas correntes de ar inesperadas, ou tênues ruídos de deslocamentos impetuosos, que sugeriam movimento seguro e veloz — sensações que importunavam desagradavelmente a imaginação dos circunstantes, até que estes subitamente se lembrassem de outros compromissos e se dirigissem a outro lugar.

Parado no topo de uma pilha de entulho da Pinn's Accoutrements, Nathaniel observava os plebeus irem embora. Não os censurava por sua curiosidade.

Piccadilly estava um caos. Em todo o caminho desde a Grebe's até a Pinn's, cada loja havia sido destripada, seu conteúdo revolvido e vomitado no meio da rua através de portas e vitrinas quebradas. Alimentos, livros, ternos e artefatos jaziam tristes e arruinados em meio a uma mixórdia de vidro, madeira e pedra quebrada. Dentro das construções, o cenário era ainda pior. Cada uma daquelas lojas pertencia a uma linhagem nobre e antiga; cada qual fora arrasada irremediavelmente. Prateleiras e balcões, cabideiros e cortinados estavam reduzidos a fragmentos, os produtos valiosos esmagados e moídos, misturados à poeira.

O cenário era surpreendente, mas também muito estranho. Algo parecia ter atravessado a parede divisória entre cada loja, em uma grosseira linha reta. Do interior, em uma das extremidades da zona de devastação, era possível enxergar toda a extensão do quarteirão através das carcaças das cinco lojas, e ver trabalhadores movimentando-se nos escombros da outra extremidade. Além disso, só o andar térreo das construções havia sofrido. Os andares superiores permaneceram intocados.

Nathaniel dava pancadinhas com a caneta nos dentes. Estranho... aquilo era diferente de qualquer ataque da Resistência que ele já vira. Em primeiro lugar, muito mais devastador. E sua causa exata era bastante obscura.

Uma mulher jovem apareceu em meio aos destroços de uma vitrina próxima.

— Ei, Mandrake!

— Sim, Fennel?

— Tallow quer falar com você. Ele está logo ali dentro.

O rapaz franziu levemente o cenho, mas virou-se e, pisando delicadamente para evitar pegar muito pó de tijolo em seus sapatos de couro legítimo, desceu da pilha de destroços para a obscuridade da construção destroçada. Uma figura baixinha, corpulenta, usando terno escuro e chapéu de aba larga, achava-se no que um dia fora o centro da loja. Nathaniel aproximou-se.

— Queria me ver, sr. Tallow?

O ministro abarcou seu entorno com um gesto brusco.

— Queria a sua opinião. O que você diria que aconteceu aqui?

— Não faço idéia, senhor — disse Nathaniel com entusiasmo. — Mas é muito interessante.

— Não estou ligando para o quanto é *interessante* — replicou bruscamente o ministro. — Não lhe pago para ficar *interessado*. Quero uma solução. O que acha que isto significa?

— Ainda não sei dizer, senhor.

— E de que isso me adianta? Isso não vale um tostão furado! As pessoas vão querer respostas, Mandrake, e temos de dá-las.

— Sim, senhor. Talvez se eu continuasse examinando, senhor, pudesse...

— Responda-me o seguinte — disse Tallow. — O que você acha que fez isto?

Nathaniel suspirou. Não lhe escapou o desespero na voz do ministro. Tallow estava sentindo a pressão naquele momento; um ataque tão ousado no Dia de Gladstone não pegaria bem com seus superiores.

— Demônio, senhor — disse ele. — Um afrito poderia provocar tamanha destruição. Ou um marid.

O sr. Tallow passou a mão amarelada pelo rosto.

— Nenhuma entidade dessas esteve envolvida. Nossos rapazes mandaram esferas pelo quarteirão enquanto o inimigo ainda estava lá dentro. Pouco antes de desaparecerem, não tinham informado qualquer sinal de atividade demoníaca.

— Perdoe-me, sr. Tallow, mas isso não pode ser verdade. Intervenção humana não poderia fazer isto.

O ministro soltou uma imprecação.

— Isso é o que *você* diz, Mandrake. Mas, com toda honestidade, quanto já descobriu sobre a forma como a Resistência opera? A resposta é: não muita coisa. — Seu tom de voz tinha um toque desagradável.

— O que o faz achar que foi a Resistência, senhor? — Nathaniel manteve calma a voz. Podia ver onde aquilo ia chegar: Tallow faria o máximo para jogar tanta culpa quanto possível nos ombros de seu assistente. —

Isto é muito diferente dos ataques conhecidos — continuou. — Uma escala completamente diferente.

— Até conseguirmos provas em contrário, Mandrake, eles são os suspeitos mais prováveis. São eles que participam de destruições aleatórias como esta.

— Sim, mas só com espelhos mágicos e coisas de menor importância. Não poderiam arrasar um quarteirão inteiro, especialmente sem a mágica de demônios.

— Talvez eles tenham outros métodos, Mandrake. Agora, desfie novamente os acontecimentos da noite passada.

— Sim, senhor, será um prazer. — E uma completa perda de tempo. Fulo da vida por dentro, Nathaniel consultou seu bloco de papel apergaminhado por alguns instantes. — Bem, senhor, em algum momento por volta da meia-noite, testemunhas moradoras dos apartamentos do outro lado de Piccadilly chamaram a Polícia Noturna descrevendo ruídos perturbadores na Grebe's Luxuries, em uma das extremidades do quarteirão. A polícia chegou, encontrando um grande buraco na parede da esquina, e o melhor caviar e champanhe do sr. Grebe espalhados por toda a calçada. Um desperdício terrível, se me permite dizer, senhor. A essa altura, estrondos tremendos vinham do Empório da Seda de Dashell, duas portas adiante; os agentes deram uma olhada pelas janelas, mas todas as luzes haviam se apagado lá dentro e a fonte do distúrbio não estava clara. Talvez valesse a pena mencionar aqui, senhor — acrescentou o rapaz, erguendo os olhos do bloco —, que hoje todas as luzes elétricas do prédio estão em pleno funcionamento.

O ministro ensaiou um gesto irritado e chutou os restos de uma pequena boneca feita de conchas e ossos, caída sobre os destroços.

— E isso significa o quê?

— Que o que quer que tenha entrado aqui teve o efeito de bloquear todas as luzes. É mais uma coisa estranha, senhor. Seja como for... o chefe da Polícia Noturna mandou seus homens lá para dentro. Seis deles, senhor. Altamente treinados e violentos. Eles entraram pela vitrina da Dashell, um atrás do outro, perto de onde vinha o barulho estrondoso. Depois disso, tudo ficou em silêncio... Então houve seis pequenos lampejos de luz azul vindo do interior da loja. Um após o outro. Nenhum ruído forte, nada. Voltou a ficar tudo escuro. O chefe de polícia esperou, mas seus homens não voltaram. Pouco tempo depois, ele voltou a ouvir estrondos, de algum ponto mais acima, perto da Pinn's. A essa altura, por volta de 1h25 da manhã, magos da Segurança haviam chegado e lacrado o quarteirão inteiro com um Nexus. Foram enviadas esferas de busca, como mencionou, senhor. Que prontamente desapareceram... Não muito depois, à 1h45, alguma coisa abriu caminho através do Nexus nos fundos da casa. Não sabemos o quê. Porque os demônios estacionados lá também desapareceram.

O rapaz fechou o bloco.

— E é tudo o que sabemos, senhor. Seis baixas na polícia, mais oito demônios da Segurança desaparecidos... ah, e o assistente do sr. Pinn. — Lançou um olhar para a parede no outro extremo da casa, onde uma pequena pilha de carvão ardia suavemente. — Os prejuízos financeiros são evidentemente muito maiores.

Não ficou claro se o sr. Tallow ganhou muita coisa com a exposição; ele resmungou irritado, virou-se e deu as costas ao rapaz. Um mago vestido de preto, de rosto descarnado, lívido, passou pelos destroços, carregando uma pequena gaiola dourada com um diabrete sentado dentro dela. De vez em quando, o diabrete sacudia furiosamente as barras com suas garras. O sr. Tallow dirigiu-se ao homem quando ele passou.

— Ffoukes, já houve algum retorno da sra. Whitwell?

— Sim, senhor, ela exige resultados com o dobro da rapidez. Palavras dela, senhor.

— Entendo. A condição desse diabrete sugere que ainda resta alguma Pestilência ou veneno na loja vizinha?

— Não, senhor. Ele é tão sensível quanto um furão e duas vezes tão ruim quanto. Não há perigo.

— Muito bem. Obrigado, Ffoukes.

Enquanto se afastava, Ffoukes disse de esguelha a Nathaniel:

— Você vai ter de trabalhar dobrado neste caso, Mandrake. O primeiro-ministro não está nem um pouco feliz, pelo que eu soube. — Arreganhou um sorriso e partiu; o estrépito da gaiola do diabrete morreu lentamente na distância.

Com expressão pétrea, Nathaniel ajeitou o cabelo atrás de uma orelha e virou-se para seguir Tallow, que abria caminho em meio aos destroços do salão.

— Mandrake, vamos examinar os restos dos agentes da polícia. Você já tomou o o café-da-manhã?

— Não, senhor.

— Tanto faz. Devemos ir até a loja ao lado, a Coot's Delicatessen. — Ele suspirou. — Eu costumava conseguir um bom caviar lá.

Chegaram à parede divisória que dava para o estabelecimento vizinho. Fora destroçada com um rombo enorme. O ministro parou um instante.

— Agora, Mandrake — disse ele. — Use esse seu cérebro de que tanto ouvimos falar e diga-me o que você deduz deste buraco.

Apesar do comentário, Nathaniel gostava de testes como esse. Ajeitou os punhos da camisa e franziu os lábios pensativamente.

— Ele nos dá alguma idéia do tamanho e da forma do perpetrador — começou. — O teto aqui tem quatro metros de altura, mas o buraco tem só três: então, seja lá o que o tenha feito, não deve ser maior do que isso. Largura do buraco, um metro e meio; julgando pelas dimensões relativas de altura e largura, eu diria que a coisa poderia ter forma humana, ainda que obviamente maior. Porém mais interessante do que isso é o modo como o buraco foi feito... — Ele interrompeu-se, esfregando o queixo no que esperava que fosse um jeito inteligente, meditativo.

— Até agora, bastante óbvio. Continue.

Nathaniel não acreditava que o sr. Tallow já houvesse feito tais cálculos.

— Bem, senhor, se o inimigo tivesse usado uma Detonação ou alguma magia explosiva semelhante, os tijolos teriam sido vaporizados ou estilhaçados em pequenos fragmentos. Entretanto, ei-los aqui, partidos e quebrados nas beiradas, certamente, mas muitos deles ainda cimentados uns nos outros em blocos sólidos. Eu diria que seja o que for que tenha entrado aqui, senhor, simplesmente foi atravessando, arrastando a parede para o lado como se ela não existisse.

Ele esperou, mas o ministro apenas assentiu com a cabeça, como se experimentasse um tédio inexprimível.

— E então...?

— Então, senhor... — O rapaz rangeu os dentes; sabia que seu chefe o estava fazendo pensar por ele e ressentia-se disso com certa intensidade. — Então... isso torna um afrito ou um marid menos provável. Eles arrebentariam tudo para poder passar. Não estamos lidando com um demônio convencional.

E era isso; Tallow não conseguiria arrancar mais uma palavra dele.

Mas o ministro pareceu satisfeito.

— Exatamente meus pensamentos, Mandrake, exatamente meus pensamentos. Bem, bem, tantas perguntas... E aqui vai mais uma.

Ele ergueu-se e ultrapassou o espaço para a loja ao lado. Fuzilando, o rapaz o seguiu. Julius Tallow era um tolo. Parecia complacente mas, como um nadador fraco em águas fundas, suas pernas batiam freneticamente sob a superfície, tentando mantê-lo à tona. Não importava o que acontecesse, Nathaniel não pretendia afundar com ele.

O ar na Coot's Delicatessen carregava uma contaminação forte, intensa e desagradável. Nathaniel tirou do bolso no peito do casaco seu volumoso lenço colorido e o manteve sob o nariz. Pisou cuidadosamente no interior mal iluminado. Barricas de azeitonas e anchovas em salmoura haviam sido abertos e o conteúdo derramado: o odor mesclava-se horrivelmente a algo mais denso, mais ácido. Um vestígio de queimado. Os olhos de Nathaniel ardiam um pouco. Ele tossiu no lenço.

— Então, ei-los aqui: os melhores homens de Duvall. — A voz de Tallow estava carregada de sarcasmo.

Seis pilhas cônicas de ossos e cinzas negras como azeviche estavam espalhadas aqui e ali pelo chão da loja. Na mais próxima, um par de dentes caninos era claramente visível; e também a ponta de um osso longo e fino, talvez a tíbia do policial. A maior parte do corpo fora completamente consumida. O rapaz mordeu o lábio e engoliu em seco.

— É preciso se acostumar com esse tipo de coisa no Departamento de Assuntos Internos — disse o mago energicamente. — Sinta-se livre para sair, caso sinta que vai desmaiar, John.

Os olhos do rapaz faiscaram.

— Não, obrigado. Estou perfeitamente bem. Isto é muito...

— Interessante? Não é, mesmo? Reduzidos a puro carvão... ou quase, o que não faz nenhuma diferença; só o dente, por acaso, escapou. E cada montinho conta uma história. Olhe aquele ali perto da porta, por exemplo, mais espalhado que os outros. Implica que ele estava se movendo depressa, saltando em busca de segurança talvez. Mas não foi rápido o suficiente, imagino.

Nathaniel não disse uma palavra. Achava a frieza insensível do ministro mais difícil de engolir do que os restos mortais que estavam, afinal, muito bem empilhados.

— Então, Mandrake — disse Tallow. — Alguma idéia?

O rapaz deu um suspiro fundo e feroz e procurou rapidamente em sua bem sortida memória.

— Não é uma Detonação — começou —, nem um Miasma; nem uma Pestilência... estes todos aprontam sujeira demais. Poderia ter sido um Inferno...

— Acha isso, Mandrake? Por quê?

— Eu estava começando a dizer, senhor, que *poderia* ter sido um Inferno, exceto pelo fato de que não há estragos em parte alguma em torno dos cadáveres. Eles foram tudo que queimou, nada mais.

— Ah. Então, e daí?

O rapaz olhou para ele.

— Realmente, não faço idéia, senhor. O que o *senhor* acha?

O rapaz duvidava que o sr. Tallow pudesse conseguir uma resposta; o ministro foi salvo de responder pelo fraco tilintar de um sino invisível e por um estremecimento no ar ao lado dele. Esses sinais anunciavam a chegada de um servo. O sr. Tallow pronunciou um comando e o demônio materializou-se plenamente. Por motivos desconhecidos, exibia o aspecto de um macaquinho verde, que se sentava de pernas cruzadas sobre uma nuvem luminosa. O sr. Tallow olhou para ele.

— Seu relatório?

— Conforme determinou, supervisionamos os destroços e todos os andares das casas, em cada plano, na mais ínfima dimensão de escala — disse o símio. — Não conseguimos achar qualquer traço remanescente de atividade mágica, exceto o seguinte, que passo a enumerar.

"Um: pálidos lampejos do Nexus limitante que a equipe de Segurança montou em torno do perímetro.

"Dois: vestígios residuais dos três semi-afritos que foram enviados para dentro do limite. Parece que a essência deles foi destruída no estabelecimento do sr. Pinn.

"Três: inúmeras auras de artefatos da Pinn's Accoutrements. A maioria permanece espalhada na rua, embora diversos pequenos itens de valor tenham sido apropriados por seu assistente, o sr. Ffoukes, quando o senhor não estava olhando.

"Esse é o resultado total de nossas pesquisas."

O macaco rodopiou a cauda de modo relaxado.

— Deseja mais alguma informação neste estágio, amo?

O mago fez um aceno com a mão.

— Isso é tudo, Nemeides. Pode ir.

O macaco inclinou a cabeça. Estendeu a cauda na vertical, segurou-a com as quatro patas, como se fosse uma corda e, subindo a toda velocidade, sumiu de vista.

O ministro e seu assistente permaneceram calados por um momento. Por fim, o sr. Tallow quebrou o silêncio.

— Entende, Mandrake? — disse ele. — É um mistério. Isto não é obra de magos: qualquer demônio superior teria deixado vestígios de sua passagem. Auras de afritos continuam detectáveis durante dias, por exemplo. E no entanto, não há qualquer vestígio, nada! Até descobrirmos prova em contrário, devemos pressupor que traidores da Resistência encontraram algum meio não-mágico de ataque. Bem, temos de nos empenhar nisso, antes que eles ataquem novamente!

— Sim, senhor.

— Sim... Bem, acho que você viu o suficiente por um dia. Vá e faça alguma apuração, examine o problema. — O sr. Tallow lançou-lhe um olhar de esguelha; sua voz continha implicações mal encobertas. — Afinal de contas, você está oficialmente *encarregado* deste caso, sendo este um caso da Resistência.

O rapaz ensaiou uma mesura rígida.

— Sim, senhor.

O ministro fez um meneio de mão.

— Tem minha licença para ir embora. Ah, e no caminho de saída, poderia pedir ao sr. Ffoukes para vir aqui dentro por um momento?

Um ligeiro sorriso luziu brevemente no rosto de Nathaniel.

— Certamente, senhor. Será um prazer.

9

Naquela noite, Nathaniel voltou para casa em estado de lúgubre abatimento. O dia não tinha corrido bem. Um bombardeio de mensagens ao longo da tarde proclamara a agitação dos ministros seniores. O que havia de novo sobre a afronta em Piccadilly? Algum suspeito já havia sido preso? Seria instituído o toque de recolher por causa disso, em um dia de júbilo nacional? Quem exatamente estava encarregado da investigação? Quando a polícia receberia mais poderes para enfrentar os traidores infiltrados no meio deles?

Enquanto trabalhava, Nathaniel sentia os olhares de esguelha de seus colegas e os risinhos abafados de Jenkins às suas costas. Não confiava em nenhum deles; estavam todos loucos para vê-lo fracassar. Isolado, sem aliados, não possuía sequer um servo adequado com o qual pudesse contar. Os dois trasgos, por exemplo, haviam sido inúteis. Dispensara-os de vez aquela tarde, desanimado demais para lhes dar a ralhada que mereciam.

Do que preciso, pensou, enquanto deixava o escritório sem olhar para trás, é de um servo *adequado*. Algo com poder. Algo que eu saiba que vai me obedecer. Algo como o Nemeides de Tallow, ou o Shubit de minha mestra.

Mas isso era mais fácil de dizer do que de fazer.

Todos os magos requisitavam uma ou mais entidades demoníacas como seus escravos pessoais, e a natureza desses escravos era um seguro indicador de status. Grandes magos, como Jessica Whitwell, tinham a suas ordens os serviços de um poderoso djim, que convocavam com a rapidez de um estalar de dedos. O próprio primeiro-ministro era servido por nada menos que um afrito verde-azulado — se bem que as palavras de sujeição necessárias para capturá-lo houvessem sido elaboradas por vários de seus assessores. Para uso diário, a maioria dos magos utilizava trasgos ou diabretes de maior ou menor poder, que geralmente atendiam a seus amos no segundo plano.

Havia muito, Nathaniel tinha vontade de dispor de seu próprio servo. Primeiro invocara um goblin, que parecia uma piada amarela de enxofre; ele ficara firme a seu serviço, mas Nathaniel logo achou seus tiques e caretas insuportáveis e o despachou.

Em seguida, ele tentou um trasgo: este, embora mantivesse uma aparência discreta, era compulsivamente falso, buscando distorcer cada uma das ordens de Nathaniel em proveito próprio. Nathaniel viu-se forçado a estruturar até mesmo a ordem mais simples em complexa linguagem legal, que a criatura não podia deturpar. Foi quando se viu levando 15 minutos para mandar seu servo lhe preparar um banho que a paciência de Nathaniel expirou; mandou o trasgo pelos ares com Palpitações quentes e expulsou-o de vez.

Diversas tentativas se seguiram, com Nathaniel imprudentemente invocando demônios cada vez mais poderosos em busca do escravo ideal. Ele possuía a energia e a técnica necessárias, mas faltava-lhe experiência para julgar o caráter de suas escolhas antes que fosse tarde demais. Em um dos livros encadernados de branco de sua mestra, localizou um djim chamado Castor, invocado pela última vez durante a Renascença italiana. Este apareceu convenientemente, foi cortês e eficiente e (Nathaniel teve o prazer de notar) era facilmente mais elegante do que os diabretes jecas e cafonas de seus colegas de escritório. Entretanto, Castor possuía um orgulho ardente.

Certo dia, houve uma importante função social no consulado persa; era uma oportunidade para todos exibirem seus servos e, assim, suas aptidões. A princípio, tudo correu bem. Castor acompanhava Nathaniel pousado em seu ombro, sob a forma de um querubim gorducho e de rosto rosado, chegando mesmo a usar uma tanga que combinava com a gravata do amo. Mas sua aparência tímida e coquete despertou o desagrado dos outros diabretes, que sussurraram insultos quando eles passaram. Castor não podia ignorar essa provocação; como um raio, pulou do ombro de Nathaniel, pegou um *shish kebab** de uma bandeja e, sem parar sequer para retirar os legumes do espeto, atirou-o como um dardo, cravando-o no peito do pior ofensor. No pandemônio que se seguiu, diversos outros diabretes entraram na briga; o segundo plano inundou-se de membros se agitando, prataria sendo brandida e retorcida, rostos de olhos esbugalhados. Os magos levaram muitos minutos para recuperar o controle.

Felizmente Nathaniel dispensou Castor no mesmo instante e, apesar da investigação, nunca ficou satisfatoriamente resolvido qual demônio começara a briga. Nathaniel teria gostado muito de castigar Castor por suas ações, mas invocá-lo outra vez seria arriscado demais. Voltou a escravos menos ambiciosos.

Entretanto, por mais que tentasse, nada do que Nathaniel invocava tinha a combinação de iniciativa, poder e obediência necessária. Mais de uma vez, na verdade, surpreendeu-se por ver-se pensando quase melancolicamente em seu primeiro servo...

Mas decidira não invocar Bartimaeus novamente.

Whitehall estava lotado de grupos de plebeus alvoroçados, afluindo até o Tâmisa para a parada naval do entardecer e o espetáculo de fogos de artifício. Nathaniel fez uma careta; a tarde inteira, enquanto se inclinava sobre sua escrivaninha, os sons de bandas desfilando e multidões alegres haviam se infiltrado pela janela aberta, impedindo-lhe a concentração. Mas era um incômodo com sanção oficial, e ele nada podia fazer a respeito. No Dia do Fundador, as pessoas comuns eram estimuladas a celebrar; os magos, dos quais não se esperava que engolissem propaganda tão entusiasticamente, trabalhavam como de costume.

*Os conhecidos espetinhos grelhados da comida do Oriente Médio. (*N. da T.*)

A toda volta, havia rostos corados e radiantes, sorrisos felizes. Os plebeus já haviam aproveitado horas de comida e bebida gratuitas nas barracas especiais montadas por toda a capital e haviam sido cativados pelos espetáculos grátis organizados pelo Ministério das Diversões. Cada parque no centro de Londres apresentava maravilhas: homens em pernas-de-pau; comedores de fogo do Punjab; fileiras de jaulas — algumas com animais exóticos, outras contendo rebeldes taciturnos capturados nas campanhas norte-americanas; pilhas de tesouros recolhidos por todo o Império; desfiles, carrosséis e festas militares.

Alguns integrantes da Polícia Noturna evidenciavam-se ao longo das ruas, embora fizessem o possível para se encaixar na frivolidade geral. Nathaniel viu diversos segurando espetos de algodão-doce cor-de-rosa e um, os dentes expostos em um sorriso pouco convincente, posando ao lado de uma senhora idosa para a foto turística do marido. O ânimo da multidão parecia relaxado, o que era um alívio — os acontecimentos em Piccadilly não os haviam agitado excessivamente.

O sol reluzente ia alto sobre as águas cintilantes do Tâmisa quando Nathaniel atravessou a Ponte de Westminster. Ele apertou os olhos, a fim de olhar para cima; através de suas lentes de contato, em meio ao rodopio das gaivotas, viu os demônios pairando, passando em revista a multidão contra um possível ataque. Mordeu o lábio, chutando ferozmente uma embalagem de falafel atirada ao chão. Era exatamente o tipo de dia que a Resistência escolheria para um de seus golpes de efeito: máxima publicidade, máximo constrangimento para o governo... Seria *possível* que o ataque-surpresa a Piccadilly houvesse sido coisa deles?

Não, não podia aceitar isso. Era muito diferente de seus crimes habituais, muito mais feroz e destruidor. E não era serviço de humanos, não importa o que o idiota do Tallow pudesse dizer.

Ele chegou à margem sul e virou à esquerda, afastando-se das multidões e entrando em uma área residencial reservada. Abaixo, no cais, jaziam os iates de lazer dos magos, balançando vazios. O *Firestorm*, da sra. Whitwell, o maior e mais aerodinâmico de todos.

Quando se aproximava do bloco de apartamentos, o clangor de uma buzina provocou-lhe um sobressalto. A limusine da sra. Whitwell estava estacionada junto à calçada, o motor ligado. Um motorista impassível olhava firme para a frente. De uma janela traseira, espichou-se a cabeça angulosa de sua mestra. Ela fez um sinal, chamando-o.

— Até que *enfim*. Mandei um diabrete, mas você já tinha saído. Entre. Estamos a caminho de Richmond.

— O primeiro-ministro...?

— Deseja nos ver imediatamente. Apresse-se.

Nathaniel caminhou acelerado até o carro, o coração martelando no peito. Uma convocação assim súbita para uma audiência não era bom sinal.

Pouco antes de ele bater a porta, a sra. Whitwell fez um aceno para o motorista. O carro deu a partida abruptamente ao longo da margem do Tâmisa, lançando Nathaniel para trás no assento. Ele se recompôs o melhor que pôde, consciente do olhar de sua mestra sobre ele.

— Suponho que você saiba do que se trata, não? — perguntou ela secamente.

— Sei. O incidente desta manhã em Piccadilly?

— Naturalmente. O sr. Devereaux quer saber o que nós estamos fazendo a respeito. Note que eu disse "nós", John. Como ministra sênior responsável pelo Departamento de Assuntos Internos, estarei sob alguma pressão por causa disso. Meus inimigos tentarão ganhar vantagem sobre mim. O que direi a eles a respeito desse desastre? Você efetuou prisões?

— Não, senhora.

— Quem deve ficar com a culpa?

— Nós não... estamos totalmente seguros, senhora.

— Deveras? Falei com o sr. Tallow hoje à tarde. Ele culpou muito claramente a Resistência.

— Hã... bem, o sr. Tallow também estará em Richmond, senhora?

— Não, não estará. Eu o estou levando porque o sr. Devereaux gosta de você, o que pode pesar a nosso favor. O sr. Tallow é menos apresentável.

Acho-o presunçoso e incompetente. Hah, não se pode confiar nele nem para invocar um feitiço corretamente, como atesta a cor de sua pele.

Bufou através do nariz fino e pálido.

— Você é um rapaz brilhante, John — continuou ela. — Compreende que, se o primeiro-ministro perder a paciência comigo, perderei a paciência com os que ficam abaixo. O sr. Tallow conseqüentemente é um homem preocupado. Treme quando vai dormir, pois sabe que coisas piores do que pesadelos podem ocorrer a um homem enquanto dorme. Por ora, ele o protege da plena intensidade de minha irritação, mas não seja complacente. Jovem como é, você é muito facilmente imputável. O sr. Tallow já está buscando transferir a responsabilidade para cima de você.

Nathaniel nada disse. A sra. Whitwell examinou-o em silêncio por um instante e então se virou para lançar um olhar ao rio, onde uma flotilha de pequenos navios passava rumo ao mar com muita fanfarra. Alguns eram couraçados com destino às colônias distantes, seus cascos de madeira revestidos com placas metálicas; outros eram barcos-patrulha menores, projetados para águas européias; mas todos tinham as velas enfunadas, as bandeiras agitando-se nos mastros. Nas margens, multidões saudavam e festejavam e serpentinas eram lançadas bem alto, para cair no rio feito chuva.

Naquela ocasião, o sr. Rupert Devereaux já era primeiro-ministro havia quase 20 anos. Era um mago de aptidões secundárias, mas um político consumado, que conseguira permanecer no poder por sua capacidade de jogar seus colegas uns contra os outros. Foram feitas tentativas de derrubá-lo, mas sua eficiente rede de espiões conseguira, em quase todos os casos, pegar os conspiradores antes que atacassem.

Reconhecendo desde o princípio que seu domínio dependia, em certo grau, de manter um distanciamento altaneiro de seus ministros menores em Londres, o sr. Devereaux estabelecera sua corte em Richmond, a cerca de oito quilômetros do coração da capital. Ministros seniores eram convidados a conferenciar com ele toda semana; mensageiros sobrenaturais mantinham um constante fluxo de ordens e relatórios, e assim o primeiro-ministro mantinha-se informado. Enquanto isso, podia se permitir a inclinação para uma vida requintada, à qual a natureza reclusa e reservada da propriedade de Richmond adequava-se admiravelmente. Entre outros prazeres, o sr. Devereaux desenvolvera uma paixão pela ribalta. Havia alguns anos cultivava a amizade do principal dramaturgo da época, Quentin Makepeace, um cavalheiro de ilimitado entusiasmo que freqüentava Richmond regularmente, a fim de dar *one-man shows* particulares ao primeiro-ministro.

À medida que envelhecia e suas energias se reduziam, o sr. Devereaux raramente se aventurava a sair de Richmond. Quando o fazia — talvez para passar em revista tropas de partida para o continente ou comparecer a uma noite de estréia teatral — era sempre acompanhado de uma guarda pessoal de magos do nono nível e de um batalhão de medonhos no segundo plano. Essa precaução tornou-se mais marcante desde a conspiração de Lovelace, quando o sr. Devereaux esteve muito perto de morrer. Sua paranóia cresceu como erva daninha em solo fértil, retorcendo-se e enlaçando todos que o serviam. Nenhum de seus ministros podia sentir-se inteiramente seguro quanto a seu emprego ou a sua vida.

A estrada de cascalho atravessava uma sucessão de aldeias, que a prodigalidade do sr. Devereaux tornara prósperas, antes de terminar na própria Richmond — um feixe de chalés bem construídos, plantados em amplo espaço verde salpicado de carvalhos e castanheiras. De um lado do verde, ficava um muro alto de tijolos que se abria em um portão de ferro batido, reforçado com as habituais seguranças mágicas. Atrás dele, um caminho curto entre fileiras de arbustos terminava no pátio de tijolos vermelhos de Richmond House.

Com um zumbido macio, a limusine parou por completo em frente aos degraus de entrada e quatro criados com casacas escarlates saíram apressados para dar-lhes atendimento. Embora ainda houvesse luz do dia, lanternas reluzentes pendiam sobre o alpendre e brilhavam alegremente em diversas das altas janelas. Em algum ponto distante, um quarteto de cordas tocava com melancólica elegância.

A sra. Whitwell não sinalizou imediatamente para que a porta do carro fosse aberta.

— Vai ser uma reunião plenária — declarou —, portanto não preciso lhe dizer para se comportar bem. Sem dúvida o sr. Duvall estará em seu ânimo mais agressivo. Ele encara a noite passada como uma grande oportunidade de ganhar uma vantagem decisiva. Precisamos estar adequadamente preparados.

— Sim, senhora.

— Não me deixe mal, John.

Ela deu uma batidinha na janela; um criado se adiantou para abrir a porta do carro. Juntos, eles subiram os baixos degraus de arenito e entraram no vestíbulo da casa. Ali a música soava mais alto, vagando morosamente entre os cortinados pesados e peças de mobiliário oriental, crescendo ocasionalmente, voltando a esmorecer. O som parecia muito próximo, mas não havia sinal dos músicos. Nathaniel não esperava vê-los. Em ocasiões anteriores, quando visitara Richmond, música semelhante estava sempre sendo tocada; ela o seguia onde quer que fosse, um pano de fundo permanente para a beleza da casa e do terreno.

Um criado os guiou através de uma série de aposentos luxuosos, até passarem sob um arco branco e alto que levava a um salão comprido e aberto, evidentemente uma estufa anexada à moradia. A cada lado estendiam-se canteiros castanhos, bem arrumados, vazios e decorosos, repletos de roseiras ornamentais. Aqui e ali, pessoas invisíveis amanhavam a terra com ancinhos.

Dentro da estufa, o ar era morno, agitado apenas por um ventilador vagaroso pendendo do teto. Embaixo, em um semicírculo de almofadas e divãs, reclinavam-se o primeiro-ministro e seu séquito, tomando café em pequenas xícaras brancas de origem bizantina e ouvindo as queixas de um homem imenso, de terno branco. O estômago de Nathaniel contraiu-se ao vê-lo ali: aquele era Sholto Pinn, cuja loja havia sido arruinada.

— Encaro isso como a mais desprezível atrocidade — dizia o sr. Pinn. — Uma afronta brutal. Sofri tamanhas perdas...

O divã mais próximo da porta estava vazio. A sra. Whitwell sentou-se nele e Nathaniel, após alguma hesitação, fez o mesmo. Seus olhos rápidos vistoriaram os ocupantes do aposento.

Primeiro: Pinn. Nathaniel costumava encarar o comerciante com suspeita e antipatia, uma vez que ele fora amigo íntimo do traidor Lovelace. Mas nada ficara provado, e ali ele era claramente a parte prejudicada. Suas lamúrias continuaram a ribombar.

— ... que temo nunca poder recuperar. Minha coleção de relíquias insubstituíveis acabou-se. Tudo o que me restou foi um jarro de faiança contendo uma pasta seca inútil! Mal posso...

O próprio Rupert Devereaux reclinava-se sobre um divã de espaldar alto. Possuía altura e constituição medianas, originalmente boa aparência, mas agora, graças a seus muitos e variados prazeres, achava-se ligeiramente mais pesado na papada e na barriga. Expressões de tédio e aborrecimento lampejavam-lhe incessantemente pelo rosto enquanto ouvia o sr. Pinn.

O sr. Henry Durvall, chefe de polícia, sentava-se ao lado dele, braços cruzados, sua boina cinzenta pousada corretamente sobre os joelhos. Usava o uniforme característico dos Greybacks, a tropa de elite da Polícia Noturna, da qual era comandante: uma camisa branca formal com babados no peito; um paletó cinza-nevoeiro, muito bem passado e decorado com botões vermelhos lustrosos; calças cinza enfiadas em botas pretas de cano longo. Dragonas de latão brilhante aferravam-se a seus ombros como duas garras. Assim trajado, seu corpo maciço parecia ainda maior e mais largo do que de costume; sentado em silêncio, ele dominava o salão.

Havia três outros ministros presentes. Um homem delicado, de meia-idade, cabelos louros lisos e escorridos, estava sentado examinando as unhas — era Carl Mortensen, do Ministério do Interior. Ao lado dele, bocejando ostensivamente, achava-se Helen Malbindi, a ministra da Informação, mulher de fala macia. O ministro das Relações Exteriores,

Marmeduke Fry, homem de vastos apetites, sequer fingia dar atenção a Pinn: dedicava-se a encomendar, em alto e bom som, a um criado atencioso.

— Seis batatas *croquette*, vagens cortadas transversalmente...

— ... durante 35 anos acumulei meus suprimentos. Cada um de vocês se beneficiou da minha experiência...

— ... e mais uma omelete de ovas de bacalhau, com uma judiciosa porção de pimenta-do-reino preta.

No mesmo divã que o sr. Devereaux, separado dele por uma pilha de almofadas persas, sentava-se um senhor baixinho de cabelos ruivos. Ostentava um colete verde-esmeralda, calças pretas justas com lantejoulas espalhadas pelo tecido e um enorme sorriso. Parecia apreciar imensamente o debate. Os olhos de Nathaniel demoraram-se sobre ele por um momento. Quentin Makepeace era autor de mais de vinte peças de sucesso, a mais recente das quais, *Cisnes da Arábia*, havia batido recordes de bilheteria por todo o Império. Sua presença naquele grupo era um tanto incongruente, mas não de todo inesperada. Sabia-se que ele era o confidente mais íntimo do primeiro-ministro, e os demais ministros o toleravam com vigilante cortesia.

O sr. Devereaux notou a chegada da sra. Whitwell e ergueu a mão em reconhecimento. Tossiu de modo discreto; instantaneamente o fluxo de reclamações do sr. Pinn cessou.

— Obrigado, Sholto — disse o primeiro-ministro. — Você é muito bem articulado. Estamos todos profundamente comovidos com suas dificuldades. Talvez agora possamos obter algumas respostas. Jessica Whitwell está aqui com o jovem Mandrake, de quem, tenho certeza, todos se lembram.

O sr. Duvall grunhiu, sua voz carregada de ironia.

— Quem não conhece o grande John Mandrake? Acompanhamos sua carreira com interesse, particularmente seus esforços contra essa enervante Resistência. Espero que ele nos traga notícias de algum progresso neste caso.

Todos os olhos se fixaram em Nathaniel. Ele fez uma mesura rápida e rígida, como mandava a cortesia.

— Boa noite, senhores e senhoras. E... eh... não tenho notícias seguras até agora. Estamos investigando cuidadosamente a cena do crime e...

— Eu sabia! — As medalhas no peito do chefe de polícia balançaram e tilintaram com a veemência de sua interrupção. — Você ouviu, Sholto? Sem notícias seguras. Irremediável.

O sr. Pinn olhou Nathaniel através de seu monóculo.

— De fato. Muito decepcionante.

— Está na hora de o Departamento de Assuntos Internos ser retirado deste caso — continuou Duvall. — Nós, da polícia, poderíamos fazer um serviço melhor. Já é tempo da Resistência ser esmagada.

— Ouça, ouça aqui. — O sr. Fry ergueu rapidamente os olhos e então voltou ao criado. — E um *roulade** com morango para sobremesa...

— Certamente — disse Helen Malbindi em um tom grave. — Eu própria sofri algumas perdas... uma valiosa coleção de máscaras africanas de espíritos me foi roubada recentemente.

— Alguns de meus sócios também foram roubados — acrescentou Carl Mortensen. — E o depósito do meu fornecedor de tapetes persas foi incendiado na noite passada.

De seu canto, o sr. Makepeace sorriu serenamente.

— Na verdade, a maioria desses crimes é de escala terrivelmente pequena, não? Eles não nos fazem realmente mal. A Resistência é composta de tolos: eles alienam os plebeus com suas explosões... as pessoas têm medo deles.

— Pequena escala? Como pode dizer isso quando uma das mais prestigiosas ruas de Londres foi arrasada? — clamou o sr. Duvall. — Nossos inimigos em todo o mundo estarão correndo para casa, para transmitir a boa notícia... a de que o Império britânico é fraco demais para impedir

*Rolinho de queijo. (*N. da T.*)

ataques em sua própria porta. Essa vai cair bem nas roças do sertão norte-americano, posso lhe dizer. E no Dia de Gladstone, ainda por cima.

— O que, aliás, é uma extravagância ridícula — disse Mortensen. — Um desperdício de recursos valiosos. Não sei por que rendemos homenagem ao velho tolo.

O sr. Makepeace deu um risinho nervoso.

— Você não diria isso na cara dele, Mortensen.

— Senhores, senhores... — O primeiro-ministro remexeu-se. — Não devemos discutir. A respeito de uma coisa Carl tem razão. O Dia do Fundador é um assunto sério e deve ser bem-feito. Embriagamos a população com trivialidades espalhafatosas. Milhões são retirados da Fazenda para financiar os jogos e a comida grátis. Até o embarque da Quarta Frota para a América foi atrasado a fim de proporcionar um pequeno espetáculo extra. O que quer que estrague o efeito, e de quebra ainda prejudique o sr. Pinn, precisa ser rapidamente corrigido. Atualmente, é função do Departamento de Assuntos Internos investigar crimes dessa natureza. Agora, Jessica, se quisesse nos informar...

A sra. Whitwell gesticulou na direção de Nathaniel.

— O sr. Mandrake vem conduzindo o caso com o sr. Tallow. Ele ainda não teve tempo de me apresentar seu relatório. Sugiro que o escutemos.

O primeiro-ministro sorriu com ar benigno para Nathaniel.

— Vá em frente, John.

Nathaniel engoliu em seco. Sua mestra o deixava se defender sozinho. Muito bem, então.

— É cedo demais para dizer o que causou o estrago desta manhã — disse. — Talvez...

O monóculo de Sholto Pinn pulou de seu olho.

— *Estrago?* — rosnou ele. — Aquilo foi uma catástrofe! Como *ousa,* garoto?

Nathaniel perseverou teimosamente.

— É cedo demais, senhor — prosseguiu ele —, para dizer se isso realmente foi obra da Resistência. Poderia muito bem não ter sido. Poderiam ter sido agentes de uma potência estrangeira, ou a irritação pessoal de um traidor doméstico. Há aspectos estranhos nesse caso.

O sr. Duvall ergueu a mão peluda.

— Ridículo! É um ataque da Resistência, com certeza. Tem todas as marcas características de seus crimes.

— Não, senhor. — Nathaniel forçou-se a enfrentar o olhar do chefe de polícia. Não iria mais se dobrar. — Ataques da Resistência são de pequenas proporções, geralmente envolvendo magia de nível inferior: Espelhos Mágicos, Esferas de Elementos. São sempre voltados contra alvos políticos: contra magos ou os negócios que nos abastecem, e têm um leve sopro de oportunismo. São sempre ataques e fugas rápidos. O incidente de Piccadilly foi diferente. Foi selvagem em sua intensidade e prolongou-se durante muitos minutos. As casas foram destruídas *de dentro para fora*, as paredes externas permanecendo em grande parte intactas. Em suma, acredito que algo estava exercendo controle mágico de alto nível sobre a destruição.

A sra. Whitwell falou em seguida.

— Mas não havia indício de diabretes ou djins.

— Não, senhora. Passamos a área metodicamente por um pente-fino em busca de pistas e nada encontramos. Não havia vestígios de magia *convencional*, o que parece eliminar a presença de demônios; tampouco havia algum sinal de envolvimento humano. As pessoas presentes durante o ataque foram mortas por um tipo de magia muito forte, mas não nos foi possível identificar a fonte. Se eu puder falar livremente... o sr. Tallow é laboriosamente meticuloso, mas seu método não põe a descoberto novas pistas. Caso o inimigo volte a atacar, acredito que continuaremos a tropeçar em seu rastro, a não ser que mudemos nossa tática.

— Precisamos de mais poder para os Greybacks — disse o sr. Duvall.

— Com o devido respeito — disse Nathaniel —, seis dos seus lobos não foram suficientes na noite passada.

Houve um certo silêncio. Os olhinhos negros do sr. Duvall avaliaram Nathaniel de cima a baixo. Seu nariz era curto, mas incomumente largo;

o queixo, azulado da barba recém-cortada e mal crescida, protuberante como um removedor de neve. Ele nada disse, mas o que seu olhar dizia era claro.

— Bem, isso foi colocar a coisa simplesmente — declarou afinal o sr. Devereaux. — Então, qual é a *sua* sugestão, John?

Era isso. Ele tinha de aproveitar a chance. Estavam todos esperando que fracassasse.

— Acredito que haja todos os motivos para crer que o atacante da noite passada voltará a agir — disse. — Ele acaba de atacar Piccadilly, um dos destinos turísticos mais populares de Londres. Talvez busque com isso nos humilhar, difundir a incerteza entre os visitantes estrangeiros, solapar nossa posição internacional. Seja qual for o motivo, precisamos de djins de alto nível em patrulha pela capital. Eu os posicionaria perto de outras áreas comerciais importantes e pontos turísticos, como museus e galerias. Então, se algo acontecer, estaremos em posição de agir depressa.

Houve exclamações de desaprovação dos ministros reunidos e um clamor generalizado. A sugestão era ridícula: já havia esferas de vigilância em patrulha; a polícia também se achava nas ruas a pleno vapor; djins de alto nível exigiam muito dispêndio de energia... Apenas o primeiro-ministro permaneceu calado — bem como o sr. Makepeace, que se recostou em seu assento e exibia uma expressão de grande divertimento.

O sr. Devereaux pediu silêncio.

— Parece-me que a evidência é inconclusiva. Esta afronta foi obra da Resistência? Talvez sim, talvez não. Mais vigilância seria útil? Quem sabe? Bem, cheguei a uma decisão. Mandrake, você mostrou-se mais do que capaz no passado. Volte a fazê-lo agora. Organize a vigilância e descubra o criminoso. Saia à caça da Resistência também. Quero resultados. Se o Departamento de Assuntos Internos não for bem-sucedido — aqui ele olhou significativamente para Nathaniel e a sra. Whitwell —, teremos de deixar que outros departamentos assumam. Sugiro que você saia em campo agora mesmo e escolha seus demônios com o devido cuidado. Quanto ao resto de nós, é Dia do Fundador, deveríamos estar comemorando. Vamos ao jantar!

A sra. Whitwell só falou quando o carro ronronante havia deixado a aldeia de Richmond bem para trás.

— Você ganhou um inimigo em Duvall — disse por fim. — E tampouco creio que os outros liguem muito para você. Mas essa é agora a menor de suas preocupações. — Ela olhou pela janela para as árvores escuras, o campo que passava correndo ao cair do sol. — Tenho fé em você, John — continuou. — Essa sua idéia pode dar alguns frutos. Converse com Tallow, ponha seu departamento em ação, mande para as ruas os seus demônios. — Correu pelos cabelos a mão comprida e magra. — Eu mesma não posso me concentrar nesse problema. Tenho muito que fazer com os preparativos para as campanhas norte-americanas. Mas *se* você conseguir descobrir nosso inimigo, *se* devolver algum orgulho ao Departamento de Assuntos Internos, será bem recompensado...

A declaração continha a implicação oposta. Ela a deixou pairando no ar; não precisava dizer o resto.

Nathaniel sentiu-se impelido a responder.

— Sim, senhora — disse com vivacidade. — Obrigado.

A sra. Whitwell assentiu lentamente com a cabeça. Lançou um olhar a Nathaniel e, apesar da admiração e do respeito dele por sua mestra, apesar dos longos anos morando na casa dela, ele de súbito sentiu que ela o fitava desapaixonadamente, como se de uma grande distância. Era o olhar que um gavião voando alto lançaria a um coelho magricela, ponderando se valia a pena o mergulho lá de cima. Nathaniel de repente teve exagerada consciência de sua juventude e fragilidade, de sua vulnerabilidade nua e crua ao lado do poder dela.

— Não temos muito tempo — disse a mestra. — Para seu próprio bem, espero que tenha um demônio competente prontamente à mão.

Bartimaeus

10

Como sempre, é claro, tentei resistir.

Empreguei todas as minhas energias para anular o empuxo, mas as palavras de convocação eram simplesmente fortes demais; cada sílaba um arpão cravando-se em minha substância, reunindo-a e arrastando-me para fora. Durante três breves segundos a suave gravidade do Outro Lugar ajudou-me a me equilibrar onde estava... e então, de uma só vez, seu apoio enfraqueceu e fui arrancado como um bebê do seio da mãe.

De forma extremamente súbita, minha essência foi compactada, estendida a um comprimento infinito e, no momento seguinte, expelida para o mundo exterior e para o confinamento odiado e familiar de um pentagrama.

Onde, seguindo as leis imemoriais, materializei-me instantaneamente.

Escolhas, escolhas. O que eu iria ser? A invocação era poderosa — o mago desconhecido era por certo experiente, havendo, portanto, pouca possibilidade de que se deixasse intimidar por um ogro furioso ou um ser de olhos espectrais. Então, decidi-me por um disfarce delicado, meticuloso, para impressionar meu captor com minha formidável sofisticação.

Ficou um serviço vistoso, se posso eu mesmo dizer isso. Uma bolha grande e iridescente, toda a superfície cintilando com um brilho perolado, girando em pleno ar. Lançava — fracamente, como se de uma grande distância — suaves fragrâncias de madeiras aromáticas acompanhadas da música etérea de harpas e violinos. Dentro da bolha, minúsculos óculos redondos encarapitados em seu bem torneado nariz, acomodava-se uma bela donzela.[1] Ela deu uma calma olhada para fora e soltou um grito de fúria espantada.

— Você!

— Ora, espere um pouco, Bartimaeus...

— *Você!*

A música etérea interrompeu-se com um desagradável barulho; as suaves fragrâncias aromáticas azedaram. O rosto da bela donzela ficou rubro, seus olhos se arregalaram como um par de ovos *pochés*, o vidro dos óculos estalou. A boca em botão de rosa se abriu para revelar afiados dentes amarelos rilhando para cima e para baixo com raiva. Chamas dançavam dentro da bolha, cuja superfície inflou perigosamente, como se a ponto de explodir. A esfera começou a rodopiar depressa e o ar zumbia.

— Ouça só um minuto...

— Nós tínhamos um acordo. Cada um de nós fez uma promessa!

— Ora, estritamente falando, isso não é bem verdade.

— Não? Esqueceu tão depressa? E *é* depressa não é? Eu perco a pista no Outro Lugar, mas você mal parece diferente. Ainda é um guri!

Nathaniel empertigou-se.

— Sou um membro importante do governo.

— Você ainda não está sequer fazendo a barba. Quanto tempo... dois anos depois, talvez três?

— Dois anos e oito meses.

— Então você está com 14 anos agora. E já está voltando a me invocar.

— Sim, mas espere um minuto... não fiz nenhuma promessa na ocasião. Apenas o liberei. Nunca disse...

---

[1]Seu rosto era baseado no de uma vestal que conheci em Roma, uma mulher de perspectivas admiravelmente independentes. Júlia costumava escapar da Chama Sagrada à noite para ir apostar nas carruagens do Circus Maximus. Não usava *realmente* óculos, é claro. Acrescentei-os aqui para dar ao rosto um pouco mais de seriedade. Chame isso de licença artística.

— Que não voltaria a me chamar? Essa era a implicação mais certa. Eu esqueceria seu nome verdadeiro, você esqueceria o meu. Acordo fechado. Mas agora...

Dentro da bolha rodopiante, o rosto da bela donzela recuava rapidamente a um patamar evolutivo inferior — surgira-lhe uma testa protuberante e saliente, um nariz pontiagudo, olhos rubros e ferozes... Os diminutos óculos redondos estavam algo deslocados; dentro da bolha, uma garra ergueu-se, arrancou os óculos e enfiou-os na boca, onde os dentes afiados os reduziram a poeira.

O rapaz ergueu uma das mãos.

— Pare de fazer confusão e ouça-me por um momento.

— *Ouvir* você? Por que eu faria isso, quando a dor da última vez mal acabou? Posso lhe dizer, eu estava prevendo bem mais tempo do que dois anos...

— Dois anos e oito meses.

— Dois míseros anos humanos para superar o trauma de conhecê-lo. Claro, eu sabia que algum idiota com um chapéu pontudo um dia voltaria a me invocar, mas nem me passou pela idéia que seria o mesmo idiota da última vez!

Ele franziu os lábios.

— Eu *não tenho* um chapéu pontudo.

— Você é um insensato! Conheço o seu nome de batismo e você me traz de volta ao mundo contra minha vontade. Bem, está ótimo, porque nessa eu vou me dar é muito bem!

— Não, você prometeu...

— Minha promessa já era, acabou, está invalidada, anulada, devolvida ao remetente com carimbo de destinatário não encontrado. Dois podem fazer o seu jogo, garoto.

O rosto da donzela sumiu. Em vez dele, uma forma bestial, só dentes e cabelos espetados, atirava-se contra a superfície da bolha, como se tentasse libertar-se.

— Se você me der só um minuto para explicar! Estou lhe fazendo um favor!

— Um favor? Ih, rapaz, essa vai ser especial! Essa eu *tenho* de escutar!

— Nesse caso, cale a boca por meio segundo e deixe-me falar.

— Está bem! Jóia! Vou calar a boca.

— Ótimo.

— Ficarei silencioso como um túmulo. O seu túmulo, aliás.

— Nesse caso...

— E vamos ver se você pode, ainda que remotamente, sair-se com uma desculpa que valha a pena escutar, porque eu duvido.

— Quer *calar a boca?!*

O mago subitamente ergueu uma das mãos e senti uma pressão correspondente do lado de fora da bolha. Parei rapidinho de tagarelar.

Ele respirou fundo, alisou o cabelo para trás e ajeitou os punhos desnecessariamente.

— Certo — disse. — Estou dois anos mais velho, como você tão corretamente calculou. Mas estou também dois anos *mais sábio*. E devo preveni-lo de que não vou usar o Vício Sistemático, caso se comporte mal. Já experimentou a Pele Invertida? Ou a Grade de Tortura da Essência? É claro que já. Com uma personalidade como a sua, isso é garantido.[2] Então, está bem. Não ponha à prova minha paciência.

— Já passamos por tudo isso antes — disse eu. — Lembra-se? Você conhece o meu nome, eu conheço o seu. Você me dispara um castigo e eu o mando de volta. Ninguém sai ganhando. Nós dois nos machucamos.

O rapaz suspirou, assentiu com a cabeça.

— É verdade. Talvez devêssemos ambos nos acalmar. — Ele cruzou os braços e entregou-se a alguns momentos de taciturna contemplação de minha bolha.[3] Eu, por minha vez, encarei-o desoladamente. Seu rosto

---

[2] Lamentavelmente, ele tinha razão. Já sofrera ambos no meu tempo. A Pele Invertida é particularmente incômoda. Torna o movimento difícil e a conversa quase impossível. Faz o diabo com suas partes baixas também.

[3] Que agora pendia parada a mais ou menos um metro do chão. A superfície estava opaca, o monstro dentro dela tendo desaparecido muito ofendido.

ainda apresentava o velho aspecto pálido e faminto, ou pelo menos o pouco que eu podia enxergar, uma vez que metade dele estava coberto por uma verdadeira cortina de cabelos. Juro que ele não via um par de tesouras desde a última vez que lhes coloquei os olhos em cima; seus cachos cascateavam em torno do pescoço como um Niagara negro e oleoso.

Quanto ao resto, ele estava menos mirrado, é verdade, mas não havia encorpado tanto quanto sido desajeitadamente *esticado*. Parecia que algum gigante o agarrara pela cabeça e pelos pés, dera um puxão e então fora embora, enfastiado: seu tronco era magro como uma espiga, seus braços e pernas, longos e desengonçados, seus pés e mãos lembravam tranqüilamente os de um macaco.

O efeito desengonçado era realçado por sua escolha de vestuário: um terno pretensioso, tão apertado que parecia ter sido pintado no corpo, um sobretudo preto comprido e ridículo, sapatos em ponta de adaga e um lenço repleto de babados, do tamanho de uma pequena barraca, pendurado no bolso do peito do paletó. Dava para perceber que ele pensava estar fazendo uma bela e ousada figura.

Havia ali algumas sólidas oportunidades de insultos, mas aguardei minha vez. Dei uma olhada rápida em torno do aposento, que parecia ser alguma câmara formal de invocação, provavelmente em um prédio do governo. O assoalho era feito de uma espécie de madeira artificial, inteiramente liso, sem nós ou defeitos, evidentemente perfeito para a construção de pentagramas. Um armário com portas de vidro a um canto continha uma série de pedaços de giz, réguas, compassos e papéis. Um outro, a seu lado, estava repleto de jarros e garrafas de diversas dúzias de incensos. Fora isso, a câmara achava-se completamente vazia. As paredes estavam pintadas de branco. Em uma delas, uma alta janela quadrada dava para o céu negro da noite; um mal-ajambrado cacho de lâmpadas penduradas do teto, sem cúpulas, iluminava o aposento. A única porta era feita de ferro e aferrolhada por dentro.

O garoto chegou ao fim de sua contemplação, ajeitou mais uma vez os punhos e franziu o cenho. Seu rosto assumiu uma expressão levemente dolorosa: ele ou tentava ser solene, ou estava com forte indigestão — exatamente qual das duas coisas era difícil dizer.

— Bartimaeus — disse ele gravemente —, ouça bem. Acredite em mim, lamento profundamente invocá-lo de novo, mas tenho pouca escolha. As circunstâncias mudaram, e ambos ganharemos renovando nossas relações.

Ele fez uma pausa, parecendo achar que eu teria uma observação construtiva a fazer. Nem pensar. A bolha permaneceu opaca e imóvel.

— Essencialmente, a situação é simples — continuou ele. — O governo, do qual agora faço parte,[4] está planejando uma séria ofensiva terrestre nas colônias norte-americanas neste inverno. A luta provavelmente terá um alto custo para ambos os lados, mas, uma vez que as colônias se recusaram a curvar-se à vontade de Londres, lamentavelmente parece haver pouca escolha além de autorizar o derramamento de sangue. Os rebeldes estão bem organizados e têm seus próprios magos, alguns poderosos. Para derrotá-los, enviaremos uma grande força de magos-guerreiros com seus djins e demônios inferiores a reboque.

Ao ouvir isso, agitei-me. Uma boca abriu-se na lateral da bolha.

— Vocês vão perder a guerra. Você já estave na América? Eu morei lá, intermitentemente, por duzentos anos. O país inteiro é uma imensidão... continua aparentemente para sempre. Os rebeldes recuarão e os atrairão a uma campanha de guerrilha sem fim, até sangrá-los.

— Não vamos perder, mas você está certo ao dizer que será difícil. Muitos homens e muitos djins perecerão.

— Muitos homens, com certeza.

— Os djins tombam com a mesma rapidez. Não foi sempre assim? Você já esteve em batalhas suficientes na sua época. Sabe o que acontece. E é por isso que estou lhe fazendo um favor. O arquivista sênior andou examinando os registros e tabulou uma lista de demônios que poderiam ser úteis na campanha norte-americana. O seu nome está entre eles.

---

[4]Aqui, ele alisou o cabelo para trás mais uma vez. Esse gesto de pomposa vaidade lembrava-me vagamente alguém, mas eu não conseguia conceber exatamente quem.

Uma grande campanha? Lista de demônios? Pareceu-me improvável. Mas fui pisando cautelosamente, tentando arrancar mais dele. A bolha retorceu-se, uma ação não diferente de um dar de ombros.

— Bom — disse ela. — Eu gostava da América. Melhor do que esta pocilga de Londres, que você chama de lar. Nada dessa confusão urbana imunda; apenas grandes extensões de céu e prados, com montanhas de picos nevados erguendo-se para sempre... — Para enfatizar minha satisfação, fiz uma cara de búfalo feliz aparecer dentro da bolha.

O garoto deu aquele velho e familiar sorriso de lábios apertados que eu conhecera e com que antipatizara tão sinceramente dois anos antes.

— Ah. Você não vai à América há algum tempo, vai?

O búfalo olhou-o de esguelha.

— Por quê?

— Agora lá também há cidades, enfileiradas ao longo da costa leste. Uma ou duas até se aproximam de Londres em tamanho. É onde ocorrem os problemas. Do outro lado da área habitada, fica a vastidão a que você se refere, mas não estamos interessados nela. Você estará lutando nas cidades.

O búfalo examinou um casco com fingida indiferença.

— Não me incomoda nem um pouco.

— Não? Não preferiria trabalhar para mim? Posso tirá-lo da lista de guerra. Seria por um período fixo, só umas poucas semanas. Um pouco de serviço de vigilância. Bem menos perigoso do que a luta aberta.

— Vigilância? — Fui sarcástico. — Chame um diabrete.

— Os americanos têm afritos, você sabe.

Aquilo já fora longe o bastante.

— Ah, por favor — disse eu. — Posso me virar sozinho. Consegui passar pela Batalha de Al-Arish e pelo Cerco de Praga sem você presente para me segurar a mão. Sejamos francos, você deve estar em uma grande encrenca, ou nunca teria me trazido de volta. Especialmente dado o que eu sei, heim, *Nat*?

Por um instante, pareceu que o garoto ia explodir de fúria, mas ele controlou-se a tempo. Deu um suspiro cansado.

— Está certo — disse ele. — Eu admito. Não o invoquei até aqui apenas para lhe fazer um favor.

O búfalo revirou os olhos.

— Ora, bem, isso é um choque, uma surpresa.

— Estou sob forte pressão — o garoto continuou. — Preciso de resultados rápido. Senão — ele rilhou os dentes com força — posso ser... demitido. Acredite em mim, eu adoraria ter invocado um dem... um djim com melhores maneiras do que você, mas não tenho tempo para pesquisar adequadamente.

— Ora, *isso* tem o toque da verdade — retruquei. — Aquela história sobre a América é uma grande lorota, não é? Tentando ganhar antecipadamente minha gratidão. Bem, então. Não caio nessa. Sei seu nome e pretendo usá-lo. Se você tiver um pouquinho de tutano, vai me dispensar de imediato. Nossa conversa está chegando ao fim. — Para enfatizar isso, a cabeça de búfalo ergueu o focinho para o céu e girou arrogantemente dentro da bolha.

O garoto saltitava de agitação.

— Ah, *vamos lá*, Bartimaeus...

— Não! Suplique o quanto quiser, este búfalo não está ligando.

— *Nunca* irei suplicar! — Agora sua raiva desencadeara-se com toda a fúria. Rapaz, foi uma espantosa torrente de petulância! — Ouça com bastante atenção — rosnou ele. — Se eu não obtiver ajuda, não vou sobreviver. Isso pode não significar coisa alguma para você...

O búfalo olhou por cima do ombro, os olhos arregalados.

— Tantos poderes! Você lê minha mente!

— Mas *isto* simplesmente poderia acontecer. A campanha norte-americana existe *mesmo*. Não há lista, admito, mas se você não me ajudar e eu perder a vida, providenciarei, antes de sumir, para que seu nome seja recomendado para fazer parte das tropas que vão para lá. Então você poderá usar meu nome de batismo bem usado, se achar que isso lhe servirá de alguma coisa. Não estarei por aqui para sofrer. Portanto, estas são as suas opções — concluiu ele, cruzando de novo os braços. — Uma simples vigilanciazinha, ou enfrentar a batalha. Depende de você.

— Então é assim? — perguntei.

Ele respirava com dificuldade; seu cabelo tombara na frente do rosto.

— Sim. Se me trair, é por sua conta e risco.

O búfalo virou-se e lançou-lhe um olhar longo e duro. Na verdade, um pouquinho de vigilância *era* infinitamente preferível a ir para a guerra — as batalhas tinham o péssimo hábito de fugir do controle. E, por mais furioso que eu estivesse com o jovem, sempre o achara um amo ligeiramente mais simpático do que a maioria. Se ele continuava assim, ainda estava longe de ficar claro. Como pouco tempo se passara, era possível que ele não houvesse sido totalmente corrompido. Abri a parte frontal da bolha e inclinei-me para fora, o casco apoiando a queixada.

— Bem, parece que você ganhou outra vez — eu disse baixinho. — Parece que não tenho escolha.

Ele deu de ombros.

— Não, não muita.

— Nesse caso — continuei —, o mínimo que você pode fazer é me botar um pouco por dentro. Posso ver que você subiu na vida. Qual é o seu cargo agora?

— Trabalho para o Departamento de Assuntos Internos.

— Assuntos Internos? Esse não era o departamento de Underwood? — O búfalo ergueu uma sobrancelha. — Aha... *Alguém* está seguindo os passos de seu antigo mestre...

O garoto mordeu o lábio.

— Não, não estou. Isso não tem nada a ver.

— Talvez *alguém* ainda se sinta um pouquinho culpado pela morte dele...[5]

O garoto enrubesceu.

---

[5]Devido a uma complexa série de roubos e enganos, Nathaniel havia (mais ou menos) inadvertidamente provocado a morte de seu mestre dois anos antes. Na época isso lhe pesou na consciência. Eu estava curioso para saber se ainda era assim.

— Besteira! É uma completa coincidência. Minha nova mestra sugeriu que eu pegasse esse trabalho.

— Ah, sim, é claro. A agradável sra. Whitwell. Uma criatura encantadora.[6] — Avaliei-o atentamente, tomando gosto pela tarefa. — Ela o aconselhou também quanto ao vestuário? Afinal, qual é a dessa comédia de calças justas? Posso ler a marca da sua cueca através delas. Quanto a esses punhos...

Ele se enfureceu.

— Esta camisa foi muito cara. Seda de Milão. Punhos grandes são a última moda.

— Parecem desentupidores de privada rendados. É um espanto que você não seja carregado pela ventania. Por que não os corta e os transforma em um segundo terno? Não poderia ser pior do que esse que está usando. Ou eles dariam uma bela tiara para o seu cabelo.

Era notável que ironias a respeito de suas roupas parecessem aborrecê-lo mais do que aquela sobre o sr. Underwood. As prioridades dele certamente haviam mudado ao longo dos anos. Ele esforçou-se para dominar a fúria, puxando incansavelmente os punhos da camisa, alisando repetidamente o cabelo para trás.

— Olhe para você — disse eu. — Tantos habitozinhos novos. Aposto que está imitando algum de seus preciosos magos.

Ele retirou bruscamente a mão do cabelo.

— Não, nada disso.

— Você provavelmente tira meleca do modo como o faz a sra. Whitwell, de tão desesperado que está para ser igual a ela.

Embora fosse ruim estar de volta, era legal voltar a vê-lo se retorcer de fúria. Deixei-o saltando dentro de seu pentagrama por um momento ou dois.

---

[6]Isto se chama ironia. Whitwell era na verdade um espécime totalmente desagradável. Alta e esquelética, seus membros eram como gravetos compridos e secos. Surpreendia-me por ela não pegar fogo quando cruzava as pernas.

— Você com certeza não se esqueceu — eu disse animadamente. — Você me invoca, o papo furado vem junto. Faz parte do pacote.

Ele fechou as mãos em copa sobre a boca e soltou um gemido.

— De repente, a morte não parece tão aterrorizante.

Agora eu me sentia um pouco melhor. Pelo menos nossas regras básicas haviam sido firmemente restabelecidas.

— Fale-me sobre esse serviço de vigilância — pedi. — Você diz que é simples?

Ele se recompôs.

— É.

— E no entanto seu emprego, sua própria vida, pendem na balança por causa disso.

— Isso mesmo.

— Então, não há nada nele nem de longe perigoso ou complexo?

— Não. Bem... — Ele fez uma pausa. — Não muito.

O búfalo deu batidinhas com o casco, carrancudo.

— Continue...

O garoto suspirou.

— Existe alguma coisa à solta em Londres que é altamente destruidora. Não é um marid, não é um afrito, nem um djim. Não deixa vestígios mágicos. Arrebentou com metade de Piccadilly na noite passada, causando uma terrível devastação. A Pinn's Accoutrements foi destruída.

— É mesmo? O que aconteceu com o Simpkin?

— O trasgo? Ah, ele morreu.

— Tsk. Isso é uma pena.[7]

O garoto deu de ombros.

— Tenho alguma responsabilidade pela segurança da capital, e a culpa já caiu sobre minhas costas. O primeiro-ministro está furioso e minha mestra se recusa a me proteger.

— Está surpreso? Eu o preveni sobre Whitwell.

---

[7] Eu disse isso sinceramente. Fora privado de minha vingança.

Ele parecia taciturno.

— Ela vai se arrepender da deslealdade dela, Bartimaeus. De qualquer modo, estamos perdendo tempo. Preciso que você fique de vigia e descubra o agressor. Estou organizando outros magos para que ponham seus djins em campo também. O que me diz?

— Vamos acabar logo com isso — respondi. — Qual é a ordem e quais são as condições?

Ele me lançou um olhar irado por entre os cabelos exuberantes.

— Proponho um contrato semelhante ao da última vez. Você concorda em me servir sem revelar meu nome de batismo. Se for cuidadoso e reduzir as observações ofensivas ao mínimo, a duração de seu serviço será relativamente curta.

— Quero uma duração definida. Nada de coisas vagas.

— Está bem. Seis semanas. É um mero piscar de olhos para você.

— E meus deveres exatos?

— Proteção geral e para todos os propósitos de seu amo (eu). Vigilância de certos locais em Londres. Busca e identificação de um inimigo desconhecido de considerável poder. Que tal?

— Vigilância, OK. A cláusula de proteção é um ligeiro estorvo. Por que não a deixamos de fora?

— Porque senão não poderei ter certeza de que você me manterá seguro. Nunca mago algum se arriscaria numa dessas.[8] Você me enfiaria uma estaca nas costas na primeira oportunidade que tivesse. Então, concorda?

— Sim.

— Então, prepare-se para aceitar suas ordens!

Ele ergueu os braços e projetou o queixo para diante, uma pose que não conseguiu causar a impressão pretendida porque o cabelo não parava de lhe cair na frente dos olhos. Ele parecia ter cada um dos seus 14 anos.

---

[8]Nisso ele errou: um mago *abriu mão* de todas as cláusulas protetoras e confiou em mim. Foi Ptolomeu, claro. Mas ele era inigualável. Nada assim voltará a acontecer algum dia.

— Espere aí. Deixe-me ajudar. É tarde, você deveria estar enfiado na cama. — O búfalo agora estava usando os óculos da donzela encarapitados no focinho. — Que tal assim...? — Entoei a fala com voz entediada, oficial. — "Eu o servirei de novo durante seis semanas inteiras. Sob pena de castigo, prometo não revelar seu nome durante esse tempo..."

— Meu *nome de batismo*.

— Ah, está certo: "seu nome de batismo durante esse tempo a qualquer humano que cruze meu caminho". Que tal?

— Não é o bastante, Bartimaeus. Não é uma questão de confiança, é mais uma questão de estar completo. Eu sugiro: "... durante esse tempo a qualquer humano, diabrete, djim ou outro espírito com vida, seja neste mundo ou em outro, ou em qualquer plano; prometo não deixar escapar as sílabas do nome de tal modo que um eco possa ser ouvido; nem sussurrá-lo dentro de uma garrafa, cavidade ou outro lugar secreto onde seus vestígios possam ser detectados por meios mágicos; nem escrevê-lo ou gravá-lo de alguma outra forma, em qualquer linguagem conhecida, de modo que seu sentido possa ser descoberto."

Bastante justo. Repeti as palavras sombriamente. Seis longas semanas. Ao menos, ele não percebera uma das implicações do palavreado que eu havia escolhido: uma vez acabadas as seis semanas, eu estaria livre para falar. E falaria, se tivesse a menor chance.

— Muito bem — declarei. — Está resolvido. Conte-me mais sobre esse seu inimigo desconhecido.

Parte Dois

Kitty

11

Na manhã seguinte ao Dia do Fundador, o tempo deu uma forte virada para pior. Nuvens de um cinza pardacento se acumularam sobre Londres e uma chuva miúda começou a cair. As ruas rapidamente se esvaziaram de todo o tráfego, exceto o essencial, e os membros da Resistência, que normalmente estariam ao largo, procurando por novos alvos, achavam-se reunidos em sua base.

O ponto de encontro era uma loja pequena, mas bem sortida, no coração de Southwark. Vendia tintas, pincéis e outros artigos do gênero, sendo popular entre plebeus de inclinação artística. Algumas centenas de metros ao norte, por trás de uma fileira de lojas decrépitas, fluía o grande Tâmisa; atrás *dele* localizava-se o centro de Londres, onde os magos se aglomeravam. Mas Southwark era relativamente pobre, ocupada por uma indústria e um comércio insignificantes, e os magos raramente apareciam por lá.

O que servia muito bem aos ocupantes da lojinha de arte.

Kitty estava de pé atrás do balcão de vidro, separando resmas de papel por tamanho e gramatura. No balcão ao lado dela, havia uma pilha de rolos de pergaminho amarrados com barbante, uma pequena prateleira de facas próprias para arte-final e seis vidros grandes, onde abundavam pincéis de crina. Do outro lado, um tanto perto demais para deixar de ser constrangedor, achava-se o traseiro de Stanley. Este se sentava de pernas cruzadas sobre o balcão, a cabeça enterrada no jornal da manhã.

— Eles estão nos culpando, sabe — disse ele.

— Por quê? — perguntou Kitty. Ela sabia muito bem.

— Por aquele negócio feio lá na cidade. — Stanley dobrou o jornal ao meio e vincou-o com perfeição sobre o joelho. — Vou ler: "Em seguida à atrocidade em Piccadilly, o porta-voz do Departamento de Assuntos Internos, sr. John Mandrake, aconselha todos os cidadãos leais a se manterem alerta. Os traidores responsáveis pela carnificina ainda estão à solta em Londres. As suspeitas recaem sobre o mesmo grupo que executou uma série de ataques anteriores em Westminster, Chelsea e na avenida Shaftesbury." Avenida Shaftesbury... Ei, somos nós, Fred!

Fred apenas grunhiu. Estava sentado em uma cadeira de vime trançado, entre dois cavaletes, inclinando-se na direção da parede, de forma que a cadeira oscilava para trás e para frente sobre duas pernas. Achava-se na mesma posição há quase uma hora, olhando fixo para o espaço.

— "Acredita-se que a chamada Resistência seja composta de jovens carentes" — continuou Stanley — "altamente perigosos, fanáticos e dados a violência." Caramba, Fred, foi a sua mãe que escreveu isso? Eles parecem conhecê-lo tão bem... "Não se deve abordá-los. Por favor, informe a Polícia Noturna"... blá, blá, blá. "O sr. Mandrake organizará novas patrulhas noturnas... toque de recolher depois das nove da noite para segurança do público..." A história de sempre. — Ele atirou o jornal sobre o balcão. — Revoltante, é como eu chamo isso. Nosso último serviço mal recebe uma menção. O negócio lá de Piccadilly roubou totalmente nosso impacto. Não é suficiente. Precisamos entrar em ação.

Olhou para Kitty que, no balcão em frente, contava diligentemente folhas de papel.

— Não acha, chefe? Devíamos pegar um pouco daquelas preciosidades na adega e fazer uma visita a Covent Garden ou algum outro lugar. Causar o tumulto adequado.

Ela ergueu os olhos, fuzilando-o por baixo das sobrancelhas.

— Não há necessidade, há? Alguém já fez isso por nós.

— Alguém, sim... E me pergunto quem. — Ele ergueu a parte de trás do boné e coçou-se com precisão. — Eu culpo os tchecos. — Olhou para ela com o canto do olho.

Ele a estava provocando novamente, esbarrando na autoridade dela, tentando detectar fraquezas. Kitty bocejou. Ele teria de tentar um pouco mais a sério do que isso.

— Talvez — disse ela preguiçosamente. — Ou poderiam ser os magiares ou os norte-americanos... ou uns cem outros grupos. Não há falta de candidatos. Quem quer que tenha sido, atacou um lugar público e esse não é o nosso jeito de agir, *como você bem sabe.*

Stanley soltou um grunhido.

— Você *ainda* está irritada com o incêndio dos tapetes? Mas-que-por-re. Sequer seríamos mencionados se não fosse por isso.

— Pessoas saíram feridas, Stanley. Plebeus.

— Colaboradores, é mais certo. Correndo para salvar os tapetes de seus amos.

— Será que você não pode simplesmente...? — Ela calou-se; a porta se abrira. Uma mulher de meia-idade, cabelos escuros e rosto vincado entrara na loja, sacudindo gotinhas de seu guarda-chuva. — Oi, olá, Anne — disse Kitty.

— Olá, todo mundo. — A recém-chegada olhou em torno, sentindo a tensão. — O tempo horroroso está surtindo efeito? Tem um climazinho por aqui. Qual é o problema?

— Nada. Estamos ótimos. — Kitty tentou um sorriso descontraído. Não adiantava prolongar ainda mais a discussão. — Como você se saiu ontem?

— Ah, uma farta colheita. — disse Anne.

Pendurou o guarda-chuva em um cavalete e caminhou até o balcão, desmanchando o cabelo de Fred de passagem. Ela era deselegante, oscilava um pouco para andar, mas seus olhos eram rápidos e vivos como os de um passarinho.

— Todos os magos do mundo foram até o rio na noite passada para ver a parada naval. É incrível como poucos prestavam atenção em seus bolsos. — Ela ergueu uma das mãos e fez um rápido movimento de captura com os dedos. — Afanei umas duas jóias com auras fortes. O chefe vai se interessar. Pode mostrá-las ao sr. Hopkins.

Stanley remexeu-se.

— Está com elas aí? — perguntou.

Anne fez uma careta.

— Dei uma parada nas cocheiras* no caminho e as deixei na adega. Acha que eu as traria para *cá*? Vá me preparar uma xícara de chá, garoto idiota. Elas podem ser a última coisa que vamos conseguir por algum tempo — prosseguiu Anne enquanto Stanley saltava do balcão e desaparecia nos fundos da loja. — Aquele ataque a Piccadilly foi sensacional, não importa quem tenha sido. Como atirar uma pedra em um ninho de vespas. Vocês viram o céu na noite passada? Fervilhando de demônios.

De sua cadeira, Fred rosnou em concordância.

— Formigando — disse ele.

— É o tal Mandrake de novo — informou Kitty. — O jornal está dizendo.

Anne assentiu sombriamente.

— Ele não é nada, além de persistente. Aquelas crianças falsas...

— Segure as pontas. — Kitty indicou a porta com um aceno de cabeça. Um sujeito magro e barbudo entrou, saindo da chuva. Examinou por algum tempo os lápis e blocos; Kitty e Anne arranjaram o que fazer pela loja. Fred dedicou-se a alguma tarefa menor. Por fim, o homem fez a sua compra e foi embora.

Kitty olhou para Anne, que sacudiu a cabeça.

— Ele era OK.

---

*Em inglês, *mews*, sistema londrino de habitação em que antigas cavalariças são convertidas em residências muito confortáveis, valorizadas e procuradas. Elas dão nome a logradouros públicos, como ruas; por exemplo, Howard Mews, em vez de Howard Street. (*N. da T.*)

— Quando é que o chefe volta? — perguntou Fred, livrando-se da caixa que carregava.

— Logo, espero — disse Anne. — Ele e Hopkins estão pesquisando alguma coisa grande.

— Ótimo. E nós só aqui perdendo tempo.

Stanley voltou com uma bandeja de xícaras de chá. Com ele, vinha um rapaz rechonchudo, de cabelos cor de estopa, o braço sustentado por uma tipóia. Abriu um sorriso para Anne, deu tapinhas nas costas de Kitty e pegou uma xícara da bandeja.

Anne olhava para a tipóia de cenho franzido.

— Como? — perguntou simplesmente.

— Me meti em uma briga. — Ele tomou um grande gole de chá. — Na noite passada, na casa de reuniões atrás do *pub* Black Dog. Um *chamado* grupo de ação de plebeus. Eu estava tentando despertar o interesse deles por uma ação positiva, real. Eles ficaram com medo; recusaram de cara. Fiquei meio zangado, disse a eles o que pensava. Saiu uma briguinha. — Ele fez uma careta. — Não é nada.

— Nick, seu idiota — disse Kitty. — Dificilmente você vai recrutar alguém dessa maneira.

Ele fechou uma carranca.

— Você deveria ter ouvido. Eles estavam aterrorizados.

— Covardes. — Stanley sorveu barulhentamente o líquido em sua xícara.

— Com o quê? — perguntou Anne.

— Escolha você: demônios, magos, espiões, esferas, magia de qualquer tipo, polícia, represálias... Inútil.

— Bem, não é de espantar — disse Kitty. — Eles não têm as nossas vantagens, têm?

Nick sacudiu a cabeça.

— Quem sabe? Eles não correm riscos para descobrir. Soltei umas dicas sobre os tipos de coisas que fazíamos. Mencionei aquela loja de tapetes da outra noite, por exemplo, mas eles foram todos ficando calados, tomaram suas cervejas e se recusaram a responder. Não existe *engajamento* em parte alguma. — Ele pousou sua xícara sobre o balcão com um gesto zangado.

— O chefe precisa voltar — disse Fred. — Ele vai nos dizer o que fazer.

A raiva de Kitty subiu à superfície mais uma vez.

— Ninguém quer se meter em um negócio como aquele serviço dos tapetes. É sujo e perigoso, e, acima de tudo, afeta mais aos plebeus do que aos magos. Essa é a questão, Nick: temos de mostrar a eles que estamos fazendo mais do que explodir coisas. Mostrar que os estamos levando a algum lugar...

— *Escutem* só o que ela está dizendo — cacarejou Stanley. — Kitty está ficando molenga.

— Olhe aqui, seu vermezinho...

Anne bateu duas vezes com a borda de sua xícara no balcão de vidro, com tanta força que a louça rachou. Ela olhava para a porta da loja. Lentamente, sem acompanhar seu olhar, todos se dispersaram pelo salão. Kitty foi para trás do balcão; Nick voltou para o aposento dos fundos; Fred pegou de novo sua caixa.

A porta da loja se abriu e um homem magro, usando uma capa de chuva completamente abotoada, esgueirou-se por ela. Ele retirou o capuz, revelando um emaranhado de cabelos escuros. Com um sorriso ligeiramente tímido, aproximou-se do balcão, onde Kitty examinava os recibos da caixa registradora.

— 'Dia — disse ela. — Posso ajudar?

— Bom dia, moça. — Ele coçou o nariz. — Trabalho para o Ministério da Segurança. Pensei que talvez pudesse lhe fazer uma ou duas perguntas.

Kitty pousou os recibos e recompensou-o com sua total atenção.

— Mande bala.

O sorriso aumentou.

— Obrigado. Talvez tenha lido sobre alguns incidentes desagradáveis no noticiário recentemente. Explosões e outros atos de terrorismo não longe daqui.

O jornal jazia ao lado dela sobre o balcão.

— Sim — assentiu Kitty. — Eu li.

— Esses atos perversos feriram muitas pessoas decentes e comuns e danificaram a propriedade de nossos nobres líderes — disse o homem. — É imperativo encontrarmos os criminosos antes que voltem a agir.

Kitty assentiu com a cabeça.

— Absolutamente certo.

— Estamos pedindo a cidadãos honestos que fiquem atentos a qualquer coisa suspeita: estranhos na área, atividades esquisitas, esse tipo de coisa. Observou alguma coisa imprópria, moça?

Kitty considerou a pergunta.

— É complicado. Há sempre estranhos por aqui. Estamos perto dos cais, é claro. Marinheiros e comerciantes estrangeiros... é difícil ficar de olho.

— Não viu alguma coisa específica que lhe venha à mente?

Kitty pensou bastante.

— Temo que não.

O sorriso do sujeito tornou-se pesaroso.

— Bem, procure-nos se *de fato* vir alguma coisa. Há grandes recompensas para os informantes.

— Com certeza os procurarei.

Os olhos dele examinaram o rosto da garota; ele virou-se. Um momento mais tarde, havia ido embora e caminhava do outro lado da rua até a loja seguinte. Kitty notou que ele se esquecera de puxar novamente o capuz, apesar da chuva torrencial.

Um por um, os demais foram saindo de corredores e recantos. Kitty lançou a Anne e Fred olhares inquisidores. Estavam ambos pálidos e suavam.

— Entendo que não era um homem — disse ela secamente. Fred sacudiu a cabeça.

Anne disse:

— Uma coisa com uma cabeça de besouro, toda negra, com as partes da boca vermelhas. Tinha as antenas bem projetadas para fora, quase tocando você. Ugh, como podia não ver?

— Esse não é um dos meus talentos — disse Kitty secamente.

— Eles estão fechando o cerco — murmurou Nick. Tinha os olhos arregalados; falou, quase que consigo mesmo: — Precisamos fazer algo explícito logo, ou eles nos pegarão. Um erro apenas é o necessário...

— Hopkins tem um plano, acho. — Anne tentou tranqüilizá-los. — Ele nos dará a solução. Vocês verão.

— Espero que sim — disse Stanley. Ele praguejou. — Gostaria de poder *ver* como você, Anne.

Ela franziu os lábios.

— Não é um dom agradável. Pois bem, demônio ou não demônio, quero fazer uma lista das coisas que roubei. Quem quer vir até a adega? Sei que está úmido, mas é só a umas duas ruas daqui... — Ela olhou em torno.

— Antenas vermelhas... — Fred teve um arrepio. — Você deveria tê-las visto. Cobertas de pelinhos castanhos...

— Essa foi por *muito pouco* — disse Stanley. — Se ele tivesse escutado nossa conversa...

— Um único erro é o que será necessário. Só um e seremos...

— Ah, cale essa boca, Nick!

Kitty bateu com força a portinhola do balcão e saiu pisando duro até o outro lado da loja. Sabia que estava apenas sentindo o que todos eles sentiam: a claustrofobia dos caçados. Em um dia como aquele, com a chuva batucando incessantemente, estavam reduzidos a passar o tempo impotentemente enclausurados, situação que exacerbava seu senso permanente de medo e isolamento. Estavam separados do resto da cidade fervilhante, com forças cruéis e astuciosas voltadas contra eles.

Aquela não era uma sensação nova para Kitty. Nunca estivera livre dela, nem uma vez, durante três longos anos. Não desde o ataque no parque, quando seu mundo virou de cabeça para baixo.

12

Talvez uma hora houvesse se passado até que um senhor, levando o cachorro para passear, encontrou os corpos na ponte e chamou as autoridades. Uma ambulância chegou logo em seguida e Kitty e Jakob foram afastados do olhar do público.

Ela acordou na ambulância. Uma pequena janela de luz acendeu-se a distância e durante algum tempo ela a observou aproximar-se em uma longa e lenta curva em meio à escuridão. Pequenas formas movimentavam-se dentro da luz, mas ela não conseguia distingui-las. Tinha a sensação de que seus ouvidos estavam tapados com cortiça. A luz aumentava continuamente e então, com súbito ímpeto, seus olhos se abriram. O som voltou a seus ouvidos com um estalido doloroso.

Um rosto de mulher inclinou-se para fitá-la.

— Tente não se mexer. Você vai ficar bem.

— O que... o que...?

— Tente não falar.

Com um pânico súbito, sua memória voltou:

— Aquele monstro! Aquele macaco! — Ela se debateu e descobriu-se com os braços presos à maca.

— Por favor, minha querida. Não. Você vai ficar bem.

Ela recostou-se, cada músculo do corpo rígido.

— Jakob...

— Seu amigo? Ele também está aqui.

— Ele está bem?

— Apenas tente descansar.

E quer fosse o movimento da ambulância ou a profunda fadiga dentro dela, Kitty logo dormiu, acordando no hospital para encontrar enfermeiras cortando-lhe as roupas. A frente de seu casaco e de seu *short* estavam carbonizadas e quebradiças, desfazendo-se no ar como farrapos de jornal queimado. Uma vez vestida com uma leve camisola branca, tornou-se, por um breve momento, o centro das atenções: médicos se apinhavam em torno dela como vespas em torno de geléia, medindo-lhe o pulso, a respiração e a temperatura. Então, subitamente recuaram e Kitty permaneceu deitada e isolada no pavilhão vazio.

Após um longo tempo, uma enfermeira passou.

— Informamos a seus pais. — disse ela. — Eles estão vindo, a fim de levá-la para casa.

Kitty olhou para ela sem compreender. A mulher se deteve.

— Você está muito bem — disse ela. — O Demolidor Negro deve ter errado por pouco; só a acertou com seu pós-choque. Você é uma garota de muita sorte.

Aquilo levou um momento para penetrar em sua mente.

— Então Jakob também está bem?

— Temo que ele não tenha tido tanta sorte.

O terror cresceu dentro dela.

— O que quer dizer? Onde ele está?

— Está aqui perto. Estão cuidando dele.

Ela começou a chorar.

— Mas ele estava parado ao meu lado. Tem de estar bem.

— Vou lhe trazer algo para comer, querida. Isso a fará se sentir melhor. Por que não tenta ler alguma coisa para tirar isso da cabeça? Há revistas sobre a mesa.

Kitty não leu as revistas. Quando a enfermeira saiu, esgueirou-se para fora da cama e ficou de pé, ainda que desconfortável, sobre o chão frio de madeira. Então, passo a passo, ganhando confiança em suas forças, cruzou o pavilhão silencioso, atravessando faixas brilhantes de luz de sol sob as altas janelas em arco, até sair para o corredor.

No lado oposto, havia uma porta fechada. Uma cortina fora corrida por dentro sobre o vidro. Olhando rapidamente para a esquerda e para a direita, Kitty avançou rápida como um fantasma, até pousar os dedos na maçaneta. Tentou escutar, mas o quarto do outro lado estava em silêncio. Kitty girou a maçaneta e entrou.

Era um quarto arejado, pequeno, com uma única cama e uma ampla janela com vista para os telhados do sul de Londres. A luz do sol rasgava o leito com uma diagonal amarela, dividindo-o nitidamente em dois. A metade superior achava-se nas sombras, assim como a figura ali deitada.

O quarto estava carregado com os cheiros normais de hospital — remédios, iodo e antisséptico — mas, subjacente a eles, havia um outro, um odor defumado.

Kitty fechou a porta, atravessou o assoalho na ponta dos pés e parou ao lado da cama. Baixou os olhos cheios de lágrimas sobre Jakob.

Seu primeiro pensamento foi de raiva dos médicos por terem lhe raspado o cabelo. Por que precisavam deixá-lo careca? Levaria um século para crescer de novo, e a sra. Hyrnek adorava os longos cachos pretos do filho. Ele parecia tão estranho, particularmente com as sombras esquisitas riscadas sobre o rosto... Só então ela se deu conta do que significavam as sombras.

Onde o cabelo o havia protegido, a pele de Jakob apresentava sua cor morena normal. Em todos os outros lugares, subindo da base do pescoço até onde começavam os cabelos, achava-se crestada ou manchada com listas pretas e acinzentadas, grosseiramente verticais, da cor de cinza e madeira queimada. Não restava em seu rosto um centímetro de sua cor de pele comum, exceto fracamente nas sobrancelhas. Estas haviam sido raspadas. Em seu lugar, viam-se dois pequenos crescentes de um castanho-rosado. Mas seus lábios, suas pálpebras, os lobos das orelhas estavam todos descoloridos. Era mais como uma máscara tribal, uma efígie feita para um desfile de carnaval do que um rosto vivo.

Sob as cobertas, o peito de Jakob subia e descia de forma irregular. Um pequeno chiado saía de seus lábios.

Kitty estendeu o braço e tocou uma das mãos pousadas sobre o lençol. A palma, que ele erguera para aparar a fumaça, apresentava a mesma cor estriada de seu rosto.

O toque suscitou uma reação: a cabeça virou de um lado para o outro; uma expressão de desconforto cruzou seu rosto lívido. Os lábios cinzentos se abriram; moveram-se como se ele tentasse falar. Kitty retirou a mão, porém inclinou-se mais para perto.

— Jakob?

Os olhos se abriram tão subitamente que ela não pôde deixar de saltar para trás com o choque, batendo dolorosamente em uma quina da mesa-de-cabeceira. Voltou a inclinar-se para diante, embora percebesse instantaneamente que ele não estava consciente. Os olhos fitavam direto em frente, arregalados e sem visão. Contra a pele de um negro-acinzentado, destacavam-se pálidos e límpidos como duas opalinas brancas leitosas. Foi então que ela se perguntou se ele estava cego.

Quando os médicos chegaram, trazendo com eles o sr. e a sra. Hyrnek, e a mãe de Kitty se descabelando atrás, encontraram-na ajoelhada junto à cama, as mãos segurando as de Jakob, a cabeça pousada sobre o lençol. Foi com dificuldade que conseguiram tirá-la de lá.

Em casa, Kitty livrou-se por sua vez do intenso interrogatório dos pais e subiu a escada até o patamar da pequena moradia. Permaneceu muitos minutos parada em frente ao espelho, olhando-se e fitando seu rosto comum e sem manchas. Viu a pele lisa, o espesso cabelo negro, os lábios e sobrancelhas, as sardas nas mãos, o sinal na lateral do nariz. Estava tudo exatamente como antes, como simplesmente não podia estar.

O mecanismo da Lei, que não era lá grande coisa, entrou laboriosamente em ação. Enquanto Jakob jazia inconsciente na cama do hospital, a polícia visitou a família de Kitty para tomar depoimento, para grande ansiedade dos pais dela. Kitty narrou o que sabia de forma sucinta e pouco elaborada, enquanto uma jovem policial tomava notas.

— Esperamos que não venha a haver problemas, agente — disse o pai de Kitty, quando ela terminou.

— Não iríamos querer isso — acrescentou a mãe. — Realmente não.

— Haverá uma investigação — disse a policial, ainda rabiscando o bloco.

— Como vão encontrá-lo? —perguntou Kitty. — Não sei o nome dele, e esqueci o nome da... *coisa*.

— Podemos localizá-lo pelo carro. Se ele bateu, como você diz, o veículo terá sido recolhido por uma garagem qualquer, para ser consertado. Então poderemos determinar a verdade da questão.

— Vocês *têm* a verdade — disse Kitty categoricamente.

— Não queremos problemas — o pai dela voltou a dizer.

— Manteremos contato — disse a policial. Fechou o bloco de anotações com um golpe seco.

O carro, um Rolls-Royce Silver Thruster, foi rapidamente localizado; a identidade do proprietário veio em seguida. Era um tal de sr. Julius Tallow, um mago que trabalhava para o sr. Underwood no Ministério dos Assuntos Internos. Embora não particularmente sênior, era bem relacionado e uma figura familiar nos círculos da cidade. Admitiu alegremente ter mandado disparar o Demolidor Negro sobre as duas crianças em Wandsworth Park; de fato, ele queria que se soubesse que se orgulhava do que fizera. Passava dirigindo pacificamente quando foi atacado pelos indivíduos em questão. Eles haviam estilhaçado seu pára-brisa com um míssil, de forma que ele perdera o controle, e depois o abordaram agressivamente, brandindo dois longos porretes de madeira. Era evidente que pretendiam roubá-lo. Ele agira em legítima defesa, derrubando-os antes que tivessem a oportunidade de atacar. Considerava sua reação moderada, dadas as circunstâncias.

— Bem, ele obviamente está mentindo — disse Kitty. — Só para começar, não estávamos nem perto da rua; e se ele agiu em legítima defesa junto ao acostamento, como explica termos sido encontrados na ponte? Vocês o prenderam?

A policial pareceu surpresa.

— Ele é um mago. Não é tão simples assim. Ele nega as acusações. O caso será julgado nos tribunais no mês que vem. Se quiser levar a questão adiante, deve comparecer e depor contra o sr. Tallow.

— Ótimo — disse Kitty. — Mal posso esperar.

— Ela não vai comparecer — disse seu pai. — Já causou prejuízo suficiente.

Kitty bufou, mas nada disse. Seus pais tinham horror à idéia de confrontação com os magos e desaprovavam decididamente seu ato de invasão do parque. Quando voltou em segurança do hospital, eles quase pareceram mais zangados com a filha do que com Tallow — um estado de coisas que despertou nela forte ressentimento.

— Bem, depende de vocês — disse a policial. — Vou enviar os detalhes de qualquer modo.

Durante uma semana ou mais, houve poucas notícias no hospital sobre o estado de Jakob. Visitas foram proibidas. Em um esforço para obter informação, Kitty finalmente tomou coragem para descer à rua, até a casa dos Hyrnek, pela primeira vez desde o incidente. Atravessou o familiar caminho de entrada de forma ressabiada, insegura de qual seria a recepção; a culpa pesava-lhe na mente.

Mas a sra. Hyrnek foi bastante amável; na verdade, puxou Kitty para junto de seu amplo peito e deu-lhe um abraço bem apertado antes de fazê-la entrar. Levou-a até a cozinha, na qual, como sempre, pairava forte e pungente o cheiro de comida sendo preparada. Tigelas de legumes meio picados jaziam no centro da mesa de armar; tomando a parede, estendia-se o grande armário de carvalho, carregado de pratos vistosamente decorados. Utensílios avulsos de todos os tipos encontravam-se pendurados nas paredes escuras. A avó de Jakob estava sentada em sua poltrona alta ao lado do grande fogão preto, mexendo uma panela de sopa com uma colher de cabo comprido. Tudo estava normal, até a última rachadura familiar no teto.

Exceto pelo fato de que Jakob não estava lá.

Kitty sentou-se à mesa e aceitou um caneco de chá fortemente perfumado. Com um profundo suspiro e um estalido de protesto da madeira, a sra. Hyrnek acomodou-se diante dela. Durante alguns minutos, nada disse — em si uma ocorrência incomum. Kitty, por sua vez, não achava que pudesse dar início à conversa. Junto ao fogão, a avó de Jakob continuava a mexer a sopa fervente.

Por fim, a sra. Hyrnek tomou um sorvo barulhento de chá, engoliu e disse abruptamente:

— Ele acordou hoje.

— Ah! Ele está...?

— Está tão bem quanto seria de se esperar. O que não é bem.

— Não. Mas se ele acordou, isso é bom, não? Ele vai ficar OK?

A sra. Hyrnek fez uma careta expressiva.

— Hah! Foi o Demolidor Negro. O rosto dele não vai se recuperar.

Kitty sentiu as lágrimas brotando.

— Nem um pouquinho?

— A queimadura é violenta demais. Você deveria saber disso. Você viu.

— Mas, por que haveria ele de...? — Kitty franziu as sobrancelhas. — Quero dizer, *eu* estou bem e também fui atingida. Nós dois fomos...

— Você? *Você* não foi atingida!

A sra. Hyrnek sacudiu-lhe o dedo na cara e olhou para Kitty com uma condenação tão feroz que esta se encolheu contra a parede da cozinha e não ousou continuar. A sra. Hyrnek a encarou por um longo instante com um olhar belicoso, depois voltou a bebericar seu chá.

Kitty falou com uma vozinha miúda.

— Eu s-sinto muitíssimo, sra. Hyrnek.

— Não se lamente. *Você* não feriu meu filho.

— Mas não há meios de fazê-lo voltar ao que era? — perguntou Kitty. — Quero dizer, com certeza, se os médicos não tiverem tratamento, os magos não poderiam fazer alguma coisa?

Uma sacudida da cabeça.

— Os efeitos são permanentes. Mesmo que não fossem, eles não iriam querer nos ajudar.

Kitty zangou-se.

— Eles *têm* de nos ajudar. Como poderiam se negar? O que nós fizemos foi um acidente. O que ele fez foi um crime calculado. — A raiva cresceu dentro dela. — Ele queria nos matar, sra. Hyrnek! Os tribunais *têm* de entender isso. Jakob e eu podemos contar a eles, mês que vem, no julgamento. Ele vai estar melhor a essa altura, não vai? Vamos deixar a história de Tallow cheia de buracos e eles podem mandá-lo para a Torre. Então encontrarão algum meio de socorrer o rosto de Jakob, sra. Hyrnek, a senhora vai ver.

Mesmo em meio à paixão de sua fala, Kitty teve consciência de quanto suas palavras soavam ocas. Mas as palavras seguintes da sra. Hyrnek foram, não obstante, inesperadas.

— Jakob não irá ao julgamento, minha querida. E nem você deveria ir. Seus pais não querem que vá e eles têm toda razão. Não é prudente.

— Mas nós *temos* de ir se quisermos contar a eles...

A sra. Hyrnek estendeu o braço sobre a mesa e pousou sua enorme mão rosada sobre a de Kitty.

— O que você acha que vai acontecer a Hyrnek & Filhos se Jakob se envolver em um processo judicial contra um mago? O sr. Hyrnek perderia tudo em 24 horas. Eles nos fechariam o negócio, ou transfeririam seus serviços para o Jaroslav, ou algum outro de nossos concorrentes. Além do que... — Ela sorriu tristemente. — Por que se dar o trabalho? Não teríamos qualquer chance de *ganhar*.

Por um momento, Kitty ficou atônita demais para responder.

— Mas solicitaram a minha presença — disse ela. — E a de Jakob também.

A sra. Hyrnek deu de ombros.

— Um convite desses pode ser facilmente recusado. As autoridades prefeririam não serem perturbadas por uma questão tão insignificante.

Duas crianças plebéias? É uma perda do precioso tempo deles. Siga o meu conselho, meu bem. Não vá aos tribunais. Nada de bom pode sair daí.

Kitty fitou o tampo áspero da mesa.

— Mas isso significa deixá-lo, o sr. Tallow, sair inteiramente livre — disse ela baixinho. — Não posso... não seria direito.

A sra. Hyrnek levantou-se de repente, sua cadeira guinchando sobre as lajotas do chão.

— Não é uma questão de "direito", garota — disse ela. — É uma questão de bom-senso. E, de qualquer modo — ela agarrou uma tigela de repolho picado com uma das mãos e avançou rumo ao fogão —, não é inteiramente certo que o sr. Tallow vá sair tão livremente quanto você acha.

Com uma torção dos punhos, ela despejou o repolho chiando e borbulhando em um caldeirão de água fervendo. Ao lado do fogão, a avó de Jakob, como um goblin, assentiu com a cabeça e arreganhou um sorriso através do vapor, mexendo, mexendo, mexendo a sopa com suas mãos ossudas e nodosas.

13

Três semanas se passaram, durante as quais, por meio de uma combinação de obstinada teimosia e orgulho, Kitty resistiu a todos os esforços para convencê-la a desistir do caminho que escolhera. Quanto mais seus pais tentavam ameaçá-la ou engabelá-la, mais ela se firmava em sua posição: estava determinada a comparecer aos tribunais no dia marcado, para garantir que se fizesse justiça.

Sua resolução foi reforçada por uma notícia sobre o estado de Jakob: ele continuava no hospital, consciente, lúcido, mas impossibilitado de enxergar. Sua família esperava que a visão retornasse com o tempo. Pensar na alternativa fazia Kitty tremer de aflição e fúria.

Se possuíssem autoridade para tal, os pais dela teriam recusado a intimação quando esta chegou. Mas era Kitty a querelante: sua assinatura era necessária para encerrar o caso e isso ela não faria. O processo legal continuou e, na manhã determinada, Kitty chegou aos portões do tribunal exatamente às 8h30, vestindo seu casaco mais elegante e suas melhores calças de camurça. Seus pais não a acompanhavam; recusaram-se a comparecer.

Ao seu redor estendia-se uma multidão diversificada, que a empurrava e acotovelava enquanto esperavam que as portas se abrissem. Na extremidade inferior da hierarquia, uns poucos camelôs moviam-se de um lado a outro vendendo bolos quentes e tortas em amplos tabuleiros de madeira. Kitty agarrava com força a bolsa a tiracolo sempre que eles se aproximavam. Também percebeu vários comerciantes, pessoas comuns como ela, ataviados com seus melhores trajes, os rostos pálidos e enfermiços do nervosismo. De longe, o grupo maior consistia em magos de olhar preocupado, resplandecentes em seus ternos de Piccadilly e capas e becas formais. Kitty examinou seus rostos à procura do sr. Tallow, mas este não se encontrava em lugar algum. Corpulentos integrantes da Polícia Noturna vigiavam na orla da massa de gente.

As portas se abriram, um apito foi soprado; a multidão afluiu para dentro.

Cada visitante passava por um funcionário de uniforme vermelho e dourado. Kitty forneceu-lhe seu nome; o homem examinou uma folha de papel.

— Sala 27 — informou. — Pegue a escada à esquerda, suba até o final. Quarta porta ao longo do corredor. Apresse-se.

Ele a empurrou para frente e ela passou sob um alto arco de pedra, entrando no frio vestíbulo de mármore do Tribunal de Justiça. De nichos na parede, bustos de pedra de grandes homens e mulheres olhavam para baixo inexpressivamente; as pessoas apressavam-se em um vaivém silencioso. O ar zumbia de seriedade, precipitação, e um discreto odor de detergente. Kitty subiu os degraus e percorreu um concorrido corredor até chegar à porta da corte judicial 27. Do lado de fora, havia um banco de madeira. Um letreiro acima dele instruía os querelantes a sentar-se e esperar pela chamada.

Kitty sentou-se e esperou.

Nos quinze minutos seguintes, um ensimesmado grupo de pessoas reuniu-se, uma a uma, do lado de fora da sala de audiências. Permaneciam de pé ou sentavam-se em silêncio, concentradas em seus próprios pensamentos. A maioria constituía-se de magos, que mergulhavam em maços de documentos legais, escritos em papéis encabeçados por complexas estrelas e sinais. Faziam o melhor que podiam para evitar os olhos uns dos outros.

A porta da corte 27 se abriu. Um jovem com uma elegante capa verde e expressão ansiosa projetou a cabeça para fora, olhando ao redor.

— Kathleen Jones! — disse. — Ela está aqui? Ela é a próxima.

— Sou eu. — O coração de Kitty palpitava; seus pulsos latejavam de medo.

— Certo. Julius Tallow. Está aqui? Precisamos dele também.

Silêncio no corredor. O sr. Tallow não havia chegado.

O jovem fez uma careta.

— Bem, não podemos ficar esperando. Se ele não está aqui, não está. Srta. Jones, faça a gentileza...

Ele conduziu Kitty a sua frente, passando pela porta, e fechou-a suavemente atrás dos dois.

— Seu lugar é ali, srta. Jones. A corte está pronta para começar.

A sala de audiências era pequena, quadrada e banhada por uma luz pálida, melancólica, que se filtrava para dentro através de duas gigantescas janelas em arco de vidro colorido. Ambas as figuras nas janelas retratavam heróicos magos-cavaleiros. Um deles, envolto por uma armadura, trespassava com uma espada o ventre de uma enorme besta demoníaca, toda garras e dentes protuberantes. A outra, usando um elmo e o que parecia um longo camisolão branco, exorcizava um horrendo goblin, que despencava em um quadrado negro aberto no chão. As outras paredes do aposento revestiam-se de painéis de madeira escura. O teto também era de madeira, entalhada para assemelhar-se às abóbadas de pedra de uma igreja. A sala era espantosamente antiquada. Talvez como se fosse essa a intenção, Kitty sentiu-se intimidada e terrivelmente deslocada.

Ao longo de uma das paredes, corria um alto tablado, sobre o qual um imenso trono de madeira descansava atrás de uma mesa comprida. Em uma das extremidades da mesa havia uma pequena escrivaninha, onde se sentavam três secretários de terno preto, ocupados em teclar em seus computadores e folhear pilhas de papel. Kitty passou diante da plataforma, seguindo o curso do braço estendido do jovem, em direção a uma cadeira solitária de espaldar alto em frente às janelas. Sentou-se. Cadeira semelhante recortava-se diante dela na parede oposta.

Na outra parede, em frente à plataforma, um par de bancos públicos achava-se separado da corte por um corrimão de metal. Para surpresa de Kitty, uns poucos espectadores já estavam ali reunidos.

O jovem consultou seu relógio, deu um suspiro profundo, depois gritou tão alto que Kitty pulou no assento.

— Todos de pé! — rugiu ele. — Todos de pé para a srta. Fitzwilliam, Maga do Quarto Nível e juíza desta corte! Todos de pé!

Um ranger de cadeiras, um arrastar de pés. Kitty, secretários e espectadores ergueram-se. Enquanto o faziam, uma porta se abriu no painel atrás do trono e uma mulher entrou, vestindo uma toga preta com capuz. Sentou-se no trono e atirou para trás o capuz, revelando-se jovem, de cabelos castanhos curtos e usando muito batom.

— Brigadooo, senhoras e siores, brigadooo! Todos sentados, por favor! — O jovem fez uma saudação na direção do trono e foi sentar-se a um canto discreto.

A juíza concedeu à corte reunida um ligeiro e frio sorriso.

— Bom dia a todos. Começaremos, acredito, com o caso do sr. Julius Tallow, Mago do Terceiro Nível, e Kathleen Jones, uma plebéia de Balham. A srta. Jones preferiu comparecer, pelo que vejo; onde está o sr. Tallow?

O jovem pôs-se de pé de um salto, como um polichinelo.

— Não está presente, senhora! — Fez uma saudação elegante e sentou-se.

— Posso ver isto. Onde está ele?

O jovem saltou novamente.

— Não tenho a menor idéia, senhora!

— Bem, é uma pena. Secretários, inscrevam o sr. Tallow por desacato à corte, pendente. Devemos começar... — A juíza colocou um par de óculos e estudou seus papéis por alguns instantes. Kitty sentava-se com as costas eretas, rígida de nervosismo.

A juíza removeu os óculos e olhou para ela.

— Kathleen Jones?

Kitty ergueu-se de um salto.

— Sim, senhora.

— Sente-se, sente-se. Gostaríamos de manter isto o mais informal que pudermos. Agora, sendo jovem... quantos anos você *tem*, srta. Jones?

— Treze, senhora.

— Entendo. Sendo jovem, e de descendência plebéia como indubitavelmente é, estou vendo aqui que seu pai é *assistente de vendas* e sua mãe é *faxineira* — ela pronunciou aquelas palavras com ligeira aversão —, você poderia muito bem se sentir intimidada por este ambiente imponente. — A juíza abarcou a corte com um gesto. — Mas devo lhe dizer para não ter medo. Esta é uma casa da justiça, onde mesmo os menos favorecidos dentre nós são bem-vindos, com a condição de que falem sinceramente. Você compreende?

Kitty tinha a garganta seca; achou difícil responder com clareza.

— Sim, senhora.

— Muito bem. Devemos ouvir seu lado da questão. Por favor, prossiga.

Durante os minutos seguintes, com voz um tanto áspera, Kitty descreveu sua versão dos acontecimentos. Começou desajeitadamente, mas o tema a entusiasmou e ela entrou em detalhes tanto quanto podia. A corte ouvia em silêncio, incluindo a juíza, que a encarava impassivelmente sobre os óculos. Os secretários dedilhavam seus teclados.

Kitty concluiu com uma descrição apaixonada das condições de Jakob, sujeito ao feitiço do Demolidor Negro. Quando terminou, um pesado silêncio preencheu a sala de audiências. Alguém tossiu a um canto. Durante o depoimento, começara a chover lá fora. Gotas tamborilavam gentilmente nas janelas; a luz no aposento era pálida e enfumaçada.

A juíza sentava-se de braços cruzados em sua cadeira.

— Secretários da corte, vocês anotaram tudo?

Um dos três homens de preto ergueu a cabeça.

— Anotamos, senhora.

— Muito bem. — A juíza franziu o cenho, como se estivesse descontente. — Na ausência do sr. Tallow, devo relutantemente aceitar esta versão dos acontecimentos. O veredicto da corte é...

Uma batida repentina e feroz soou na porta da sala de audiências. O coração de Kitty, que escalara as alturas diante das palavras da juíza, mergulhou até suas botas, repleto de maus presságios. O jovem de capa verde lançou-se através da sala para abrir a porta; quando o fez, quase foi atirado ao chão pela entrada vigorosa de Julius Tallow. Vestindo um terno cinza com finas listras cor-de-rosa e o queixo projetado à frente, ele atravessou o aposento em largas passadas até a cadeira vazia e sentou-se decididamente.

Kitty o contemplou com asco. Ele devolveu o olhar com um sorriso dissimulado e voltou-se para encarar a juíza.

— Sr. Tallow, presumo — disse ela.

— Efetivamente, senhora. — Ele olhava cabisbaixo. — Eu humildemente...

— O senhor está *atrasado*, sr. Tallow.

— Sim, senhora. Humildemente apresento minhas desculpas à corte. Mantiveram-me ocupado no Ministério de Assuntos Internos esta manhã, senhora. Uma emergência... um pequeno problema com três trasgos com cabeça de touro* soltos em Wapping. Uma possível ação terrorista. Precisei ajudar a instruir a Polícia Noturna quanto aos melhores métodos para lidar com eles, senhora. — Ele adotou uma postura expansiva, piscou para a audiência. — Uma pilha de frutas, cobertas de mel... é o truque. A doçura os atrai, entende, então...

A juíza bateu com o martelo sobre a tribuna.

— Se o senhor não se importa, sr. Tallow, isto não tem nada a ver com a questão! A pontualidade é vital para o perfeito andamento da Justiça. Considero-o culpado de desacato à corte e por isso imponho uma multa de quinhentas libras.

Tallow baixou a cabeça, a imagem do mais puro arrependimento.

— Sim, senhora.

— Entretanto... — a voz da juíza desanuviou-se ligeiramente — o senhor chegou justo a tempo de apresentar seu lado da questão. Já

**Bull-headed* é também uma expressão que significa intransigente. (*N. da T.*)

ouvimos a versão da srta. Jones. O senhor conhece as acusações. O que responde?

— Inocente, senhora! — Ele saltou bruscamente, inchando com agressiva confiança. O tecido listrado em seu peito expandia-se como cordas de harpa sendo puxadas. — Lamento dizer, senhora, que tenho de relatar um incidente da mais incrível brutalidade, no qual dois criminosos, incluindo, lamento dizer, aquela delicada jovem ali sentada, assaltaram meu carro com intenção de roubar e ferir. Foi apenas por pura sorte que, com o poder que sou afortunado o bastante para exercer, fui capaz de rechaçá-los e ser bem-sucedido em minha fuga.

Ele continuou a desenrolar sua mentira por quase vinte minutos, fornecendo pavorosos relatos das terríveis ameaças feitas por seus dois agressores. Freqüentemente divagava, contando pequenas anedotas que lembravam à corte seu importante papel no governo. Kitty permaneceu sentada com o rosto pálido de fúria do princípio ao fim, enterrando as unhas nas palmas das mãos. Por uma ou duas vezes, percebeu que a juíza balançava a cabeça ante algum detalhe desagradável; ouviram-se dois secretários arfarem de horror quando o sr. Tallow descreveu a bola de críquete atingindo seu pára-brisa, e os espectadores no balcão soltavam exclamações com regularidade crescente. Kitty podia dizer em que direção o caso se encaminhava.

Por fim, quando com repugnante desfaçatez o sr. Tallow descreveu como ordenara que o Demolidor Negro fosse disparado apenas contra o líder do grupo — Jakob — por seu desejo de reduzir as vítimas a um mínimo, Kitty não conseguiu mais se conter.

— Isto é outra mentira! — gritou. — Ele veio direto na minha direção também!

A juíza golpeou a tribuna com seu martelo.

— Ordem na corte!

— Mas isto é tão obviamente falso! — disse Kitty. — Estávamos juntos. A coisa-macaco disparou contra nós dois, como Tallow ordenou. Fui derrubada por ela. A ambulância me levou para o hospital.

— Silêncio, srta. Jones!

Kitty acalmou-se.

— Eu... sinto muito, senhora.

— Sr. Tallow, o senhor poderia fazer a gentileza de continuar?

O mago terminou logo depois, deixando os espectadores sussurrando excitados. A sra. Fitzwilliam refletiu por algum tempo em seu trono, inclinando-se ocasionalmente para trocar apartes sussurrados com os secretários da corte. Por fim, golpeou a mesa. A sala silenciou.

— Este é um caso difícil e inquietante — começou a juíza — e estamos entravados pela ausência de testemunhas. Dispomos apenas das palavras de uma pessoa contra a outra. *Sim*, srta. Jones, o que é?

Kitty havia levantado a mão educadamente.

— Há outra testemunha, senhora. Jakob.

— Se é assim, por que ele não está aqui?

— Ele não está bem, senhora.

— A família dele poderia ter feito uma petição a seu favor. Eles optaram por não fazê-lo. Talvez tenham percebido que sua posição era delicada?

— Não, senhora — disse Kitty. — Eles estão com medo.

— Com medo? — As sobrancelhas da juíza arquearam-se. — Ridículo! De quê?

Kitty hesitou, mas não podia voltar atrás.

— Represálias, senhora. Se depuserem contra um mago na corte.

Diante disso, uma explosão de ruído proveniente dos bancos da audiência irrompeu na sala. Os três secretários pararam de digitar assombrados. O jovem de capa verde achava-se boquiaberto em seu canto. Os olhos da sra. Fitzwilliam se estreitaram. Precisou golpear repetidamente a mesa para acalmar a situação.

— *Srta. Jones* — disse ela —, se a senhorita ousar proferir tal disparate, eu mesma a processarei! Não fale fora de hora novamente. — Kitty viu Julius Tallow rir abertamente. Lutou para conter as lágrimas.

A juíza cravou os olhos em Kitty com severidade.

— Sua acusação bárbara apenas intensifica o peso das provas que já se acumularam contra você. *Não fale!* — Vencida pelo choque, Kitty abrira automaticamente a boca mais uma vez. — Cada vez que fala, você agrava mais sua situação — continuou a juíza. — Evidentemente, se seu amigo estivesse convencido de sua história, estaria aqui em pessoa. Igualmente evidente, você não foi atingida pelo Demolidor Negro como acaba de afirmar, do contrário dificilmente poderia... como devo colocar isto?... estar tão bem-disposta hoje.

A juíza fez uma pausa para tomar um gole de água.

— Quase admiro seu atrevimento ao trazer à corte sua reivindicação — disse ela —, juntamente com sua ousadia em desafiar um cidadão tão proeminente como o sr. Tallow. — Ela gesticulou na direção do mago, que exibia a expressão complacente de um gato acarinhado. — Entretanto, tais considerações não podem triunfar em uma corte da Lei. A justificativa do sr. Tallow baseia-se em sua boa reputação e na cara fatura da garagem, exigida para pagar os danos que vocês causaram. Suas justificativas não se baseiam em nada, exceto acusações bárbaras, que acredito que tenham sido forjadas. — (Arquejos vindos do público.) — Por quê? Simplesmente porque mentiu no que se refere ao Demolidor, que você afirma que a atacou, quando este claramente não o fez, não há motivos para que a corte aceite o restante de sua história. Além disso, você não apresentou nenhuma testemunha, nem mesmo o seu amigo, a outra "parte ofendida". Como o provaram seus ataques, sua natureza é claramente impetuosa e turbulenta, propensa a explodir de fúria à menor oportunidade. Quando considero tais pontos, isto só pode me conduzir à evidência que fiz o melhor que pude para ignorar. E que é esta: estando tudo dito e feito, você tanto é uma menor como uma plebéia, cujas palavras dificilmente podem sustentar-se contra as de um confiável servidor do Estado.

A essa altura a juíza deu um suspiro profundo e um abatido lamento de "Ouça, ouça" ergueu-se dos bancos da audiência. Um dos secretários levantou os olhos e resmungou "Bem colocado, senhora", e enterrou o nariz em seu computador novamente. Kitty afundou na cadeira, oprimida por pesado desespero. Não conseguia olhar para a juíza, os secretários e, sobretudo, para o odioso sr. Tallow. Em vez disso, cravou os olhos nas sombras das gotas de chuva que escorriam pelo chão. Tudo o que desejava naquele momento era fugir.

— Concluindo — a juíza assumiu uma expressão de suma dignidade —, a corte acha-se contra você, srta. Jones, e rejeita sua acusação. Se fosse mais velha, certamente não escaparia de uma sentença de custódia. Mas diante dos fatos e uma vez que o sr. Tallow já aplicou uma punição apropriada ao seu grupo do crime organizado, eu me limitarei a multá-la por desperdiçar o tempo da corte.

Kitty engoliu em seco. *Por favor*, que não seja em muito, que não seja...

— Você será multada em cem libras.

Não fora tão ruim. Ela podia arcar com aquilo. Possuía quase 75 libras em sua conta bancária.

— Além disso, é costume transferir as custas do vencedor ao lado perdedor. O sr. Tallow deve quinhentas libras por haver chegado tarde. Você deve pagar por isto também. O total devido à corte é, portanto, de seiscentas libras.

Kitty cambaleou de choque, sentindo que as lágrimas agora afloravam abundantes. Conteve-as furiosamente. Não choraria. *Não o faria*. Não ali.

Conseguiu transformar o primeiro soluço em uma tosse alta, retumbante. Nesse momento, a juíza bateu seu martelo duas vezes.

— A corte está dispensada.

Kitty fugiu correndo da sala.

14

Kitty chorou em uma das pequenas ruas laterais pavimentadas que se afastavam da rua Strand. Então enxugou o rosto, comprou um revigorante bolo de passas em um café persa na esquina oposta ao tribunal e tentou calcular o que fazer. Certamente não conseguiria pagar a multa e duvidava que seus pais o conseguissem. O que significava que teria um mês para desenterrar seiscentas libras ou ela — e talvez também seus pais — fossem confinados à prisão dos devedores. Sabia disso porque antes de se afastar das salas de audiência reverberantes, um dos secretários de terno preto aparecera, puxara respeitosamente seu cotovelo e lhe introduzira entre os dedos trêmulos uma Ordem de Pagamento, cuja tinta ainda se achava úmida. O documento explicava exatamente quais eram as multas.

O pensamento de dar a notícia aos pais provocou em Kitty agudas dores no peito. Não conseguia encarar o fato de ir para casa; daria primeiro uma caminhada ao longo do rio.

A rua pavimentada estendia-se da rua Strand ao cais, uma agradável passagem para pedestres seguindo a margem do Tâmisa. Havia parado de chover, mas as pedras estavam escuras e salpicadas da água. De ambos os lados, estendiam-se as lojas habituais: tavernas orientais de *fast-food*, lojas de presentes para turistas repletas de recordações baratas, herbanários cujas cestas de alecrim e outras ervas destacavam-se a meio caminho da rua.

Kitty quase alcançara o cais quando um rápido golpe atrás dela anunciou o aparecimento súbito de uma bengala, seguida de um velho, meio mancando, meio tropeçando sem controle no declive pavimentado. Ela pulou para trás, fora do caminho dele. Para sua surpresa, em vez de precipitar-se para diante e terminar no rio, o homem se deteve, com muito arrastar de pés e respiração arquejante, diretamente ao lado dela.

— Srta. Jones? — As palavras saíam entre cada arfada.

Ela respondeu sombriamente.

— Sim. — Algum outro funcionário com uma nova exigência.

— Bom, bom. Deixe-me... deixe-me recuperar minha voz.

O processo levou alguns segundos, durante os quais Kitty observou-o detidamente. Era um homem magro, ossudo e envelhecido, calvo no topo do crânio, com um semicírculo de cabelos brancos sujos fazendo as vezes de gola atrás da cabeça. Seu rosto era dolorosamente magro, mas os olhos eram brilhantes. Vestia um terno bem-cuidado e um par de luvas de couro verde; suas mãos tremiam à medida que ele se apoiava em sua bengala.

Por fim, disse:

— Desculpe. Tive medo de havê-la perdido. Comecei perto da rua Strand. Voltei. Intuição.

— O que o senhor quer? — Kitty não tinha tempo para velhos intuitivos.

— Sim. Direto ao ponto. Bom. Bem, eu estava no corredor ainda agorinha. Corte 27. Observei-a em ação. — Ele a examinou cuidadosamente.

— E daí?

— Queria perguntar. Uma única pergunta. Simples. Se a senhorita não se importar.

— Não quero conversar a respeito, obrigada. — Kitty fez menção de se afastar, mas a bengala surgiu com surpreendente rapidez e gentilmente barrou-lhe o caminho. A raiva ferveu dentro dela; no humor em que se encontrava, dar um pontapé em um velho na rua não parecia fora das possibilidades. — Sinto muito — declarou —, não tenho nada a dizer.

— Entendo. Realmente. Pode ser em seu benefício, no entanto. Ouça, depois decida. O Demolidor Negro. Sentado no fundo da sala de audiências. Um pouco surdo. Pensei que você tivesse dito que o Demolidor a atacou.

— Eu disse. Ele atacou.

— Ah. Ele a nocauteou, você disse.

— Sim.

— Chamas e fumaça ao seu redor. Calor abrasador?

— Sim. Agora eu...

— Mas a corte não aceitou.

— Não. Agora realmente preciso ir. — Kitty desviou-se da bengala estendida e percorreu rápido os últimos metros até o cais. Mas para sua surpresa e fúria, o velho a alcançou, lançando continuamente a bengala em ângulo tal que a enredava nas pernas dela, ou fazia seus pés tropeçarem, ou a forçava a dar passos demasiado grandes para evitá-la. Por fim, Kitty não conseguiu mais suportar; agarrando a extremidade da bengala, puxou-a com força, desequilibrando o sujeito, que desmoronou contra a muralha do rio. Então recomeçou a andar a passos rápidos, porém mais uma vez ouviu o golpear frenético atrás de si.

Kitty girou nos calcanhares.

— Agora *olhe*...

Ele a seguia de perto, rosto pálido, sem fôlego.

— Srta. Jones, por favor. Entendo sua raiva. De verdade. Mas estou do seu lado. E se eu dissesse... e se eu dissesse que poderia pagar a multa... que a corte fixou? Todas as seiscentas libras. Isto ajudaria?

Ela olhou para ele.

— Ah. Isto a interessa. Consegui um resultado.

Kitty sentiu seu coração bater desordenadamente de confusão e raiva.

— O que o senhor está dizendo? Está tentando me armar uma cilada. Fazer com que me prendam por conspiração ou... ou algo...

Ele sorriu; sua pele esticou-se contra o crânio.

— Srta. Jones, esta não é em absoluto a idéia. Não a estou metendo em nada. Ouça. Meu nome é Pennyfeather. Eis meu cartão. — Ele enfiou a mão no bolso do casaco e estendeu um pequeno cartão a Kitty com um floreio. Decorado com dois pincéis cruzados acima das palavras, o cartão trazia o escrito: T. E. PENNYFEATHER, MATERIAIS PARA ARTISTAS. Havia um número de telefone a um canto. Indecisa, Kitty o aceitou.

— Agora vou indo. Vou deixá-la com sua caminhada. É um bom dia para isto. O sol está saindo. Ligue se estiver interessada. Dentro de uma semana.

Pela primeira vez, Kitty fez uma tentativa de ser educada, sem saber muito bem por quê.

— Mas sr. Pennyfeather — perguntou —, por que o senhor me ajudaria? Não faz sentido.

— Não, mas fará. Ahh! O quê...? — Seu grito fora ocasionado por dois jovens, evidentemente magos, dado o custo de suas roupas, que, percorrendo a rua a passos largos, rindo alto e devorando gulosamente lentilhas para viagem do café persa, haviam passado aos tropeções, quase o derrubando na sarjeta. Eles prosseguiram alegremente, sem olhar para trás. Kitty estendeu uma das mãos para sustentar o velho, mas voltou atrás diante da centelha de raiva nos olhos dele. Ele endireitou-se devagar, apoiando-se pesadamente na bengala e resmungando baixinho.

— Desculpe — disse. — Ah, estes... eles pensam que são os donos do lugar. Como... como talvez sejam. Por enquanto. — Olhou para o cais; ao longe, na distância, as pessoas ocupavam-se de seus assuntos, visitando estandes ou percorrendo as confusas ruas laterais. No rio, quatro barcas de carvão amarradas deslizavam corrente abaixo, os barqueiros reclinados fumando nas laterais. O velho mostrou os dentes. — Alguns desses tolos suspeitam do que voa acima deles ao ar livre — disse. — Ou especulam sobre o que salta atrás deles na rua. Mas se especulam, não ousam desafiá-lo. Permitem que os magos se pavoneiem entre eles; permitem que construam seus palácios sobre as costas alquebradas do povo; permitem que todas as noções de justiça sejam pisoteadas na lama. Mas a senhorita e eu... nós vimos o que fazem os magos. E o que eles fazem *com* isto. Talvez não sejamos tão passivos quanto nossos companheiros, heim?

Ele alisou seu casaco e subitamente forçou um sorriso.

— A senhorita deve raciocinar por si mesma. Não vou dizer mais nada. Apenas isto: acredito em sua história. Em toda ela, claro que acredito; mas mais particularmente no que diz respeito ao Demolidor Negro. Quem, afinal de contas, seria tão estúpido de enfatizar este ponto se não houvesse nenhum ferimento? Ah, é isto que é tão interessante. Esperarei sua ligação, srta. Jones.

Com isso, o velho girou nos calcanhares e afastou-se a passos rápidos, percorrendo de volta a rua lateral, a bengala batendo nas pedras, ignorando as estridentes súplicas de um herbanário de pé na entrada de sua loja. Kitty observou-o até que ele virou na rua Strand e sumiu de vista.

Aguardando na escuridão da adega, Kitty repassava os acontecimentos de outrora. Quão distante tudo aquilo parecia; quão ingênua fora ao permanecer na corte exigindo justiça. Corou de raiva: a lembrança era dolorosa até mesmo naquele momento. Justiça proveniente dos magos? A própria idéia era ridícula. Ação direta era claramente a única alternativa plausível. Ao menos agora estavam fazendo *alguma coisa*, mostrando sua rebeldia.

Ela olhou de relance para o relógio. Anne já se achava na câmara secreta havia algum tempo. No total, onze novos artefatos mágicos haviam sido roubados no Dia do Fundador — nove armas de menor importância e duas jóias de finalidade desconhecida. Naquele instante, Anne as estava guardando. Do lado de fora, a chuva se intensificara. Durante a curta caminhada da loja de arte ao pátio desabitado, todos haviam ficado encharcados. Mesmo na adega, não estavam protegidos da água: uma constante torrente de pingos caía de uma rachadura no teto de gesso. Diretamente abaixo, havia um balde preto de idade excessiva. Estava cheio quase até a borda.

— Você poderia esvaziá-lo, Stanley? — pediu Kitty.

Stanley sentava-se sobre uma caixa de carvão, os ombros arqueados, a cabeça pressionada entre os joelhos. Hesitou apenas um instante mais do que o necessário; por fim saltou, pegou o balde e o conduziu, com alguma dificuldade, a uma grade junto à parede. Deixou a água correr.

— Não sei por que ele não conserta o cano — grunhiu, recolocando o balde em sua posição. A manobra levara apenas alguns segundos, mas uma pequena poça já se formara entre os desgastados ladrilhos do chão da adega.

— Porque ele quer que a adega pareça fora de uso — disse Kitty. — Isso é óbvio.

Stanley resmungou.

— O negócio fica imprestável ali dentro. Não é o lugar para isso.

De seu posto próximo ao arco de entrada, Fred assentiu. Manuseava um canivete aberto.

— Ele deveria permitir que entrássemos — disse.

Na extremidade do pequeno aposento, iluminado debilmente por uma única lâmpada, uma pilha de lenha fora precariamente amontoada. A parede atrás dela parecia sólida, a não ser por um pequeno desmoronamento, mas todos sabiam de que forma o mecanismo funcionava: como uma alavanca de metal podia ser pressionada no solo; como, ao mesmo tempo, os tijolos acima da pilha de lenha podiam ser girados e abertos com um toque. Eles conheciam o ruído áspero e monótono, o odor intenso, químico, que emanava do interior. Mas não sabiam exatamente o que o esconderijo secreto continha, uma vez que apenas Anne, a responsável pelas provisões do grupo, tinha permissão para entrar na câmara do líder. Os demais sempre permaneciam do lado de fora, em guarda.

Kitty deslocou as costas contra a parede.

— Ainda não faz sentido usar tudo isto — disse. — Precisamos poupar o máximo possível, esperar até termos mais suporte.

— Como se isto fosse acontecer algum dia. — Stanley não voltara para a caixa de carvão; marchava impacientemente através da adega. — Nick está certo. Os plebeus são como gado. Nunca farão nada.

— Todas aquelas armas ali — disse Fred tristemente. — Deveríamos estar fazendo mais com elas. Como Mart.

— Não fez muito bem *a ele* — comentou Kitty. — O primeiro-ministro ainda está vivo, não está? E onde está Mart? Comida para peixes.

Sua intenção era ferir, e ela conseguiu. Stanley fora amigo íntimo de Martin. A voz dele ergueu-se um tom acima, áspera e ressentida:

— Ele teve pouca sorte. A esfera não era forte o bastante, eis tudo. Ele poderia ter pego Devereaux e metade do ministério. Onde está Anne? Por que ela não pode se apressar?

— Você está se enganando. — Kitty insistiu cruelmente no assunto. — As defesas deles eram fortes demais. Mart nunca teve sequer uma chance. Quantos magos matamos em todos estes anos? Quatro? Cinco? E nenhum deles foi vantajoso. Estou lhe dizendo, com armas ou não, precisamos de uma estratégia melhor.

— Vou contar a ele que você disse isto — declarou Stanley. — Quando ele voltar.

— Não se *atreva*, seu dedo-duro. — A voz de Kitty era sarcástica. Ainda assim, tal pensamento a fez tremer.

— Estou com fome — disse Fred. Pressionou o botão no fecho de seu canivete e fez saltar a lâmina novamente.

Kitty olhou para ele.

— Seu almoço foi pesado. Eu vi.

— Estou com fome de novo.

— Difícil.

— Não posso lutar se não tiver comido. — Fred de repente se inclinou para frente; seus dedos retorceram-se, tornaram-se imprecisos; houve um zumbido no ar e o canivete cravou-se no cimento entre dois ladrilhos, dez centímetros acima da cabeça de Stanley. Stanley ergueu a cabeça devagar e avaliou o punho oscilante da arma; seu rosto estava ligeiramente esverdeado.

— Viu? — disse Fred. — Péssima pontaria. — Ele cruzou os braços. — É porque estou com fome.

— A mim me pareceu muito boa — disse Kitty.

— Boa? Eu errei.

— Devolva a faca, Stanley. — Kitty sentiu-se subitamente muito cansada.

Stanley lutava sem sucesso para desprender a faca da parede quando a porta oculta acima da pilha de lenha se abriu e Anne apareceu. A pequena sacola que levara para dentro não era mais visível.

— Brigando de novo? — ela perguntou asperamente. — Vamos, crianças.

A caminhada de volta à loja foi tão molhada quanto a ida ao exterior e a disposição do grupo estava pior do que nunca no instante em que chegaram. Quando entraram na bolha de umidade e vapor, Nick se adiantou, o rosto resplandecente de excitação.

— Que foi? — perguntou Kitty. — O que aconteceu?

— Acabo de receber notícias — disse ele sem fôlego. — De Hopkins. Eles estão voltando esta semana. Vão nos contar algo da maior importância. Um novo trabalho. Maior do que qualquer coisa que já fizemos.

— Maior do que Westminster Hall? — Stanley pareceu cético.

Nick forçou um sorriso.

— Preservando a memória de Mart, maior até mesmo do que isto. A carta de Hopkins não diz o que é, mas ele garante que vai mudar tudo. Foi o que sempre quisemos, todos nós. Faremos algo que mudará nossa sorte de uma vez. É perigoso, mas se agirmos certo, diz ele, arrancamos os magos de sua posição. Londres nunca mais vai ser a mesma.

— Já era hora — disse Anne. — Stanley, vá e ligue a chaleira.

Bartimaeus

15

Visualize o cenário. Londres sob chuva. Lençóis de água cinzenta despencavam do céu, chocando-se contra o calçamento com um estrondo mais alto do que disparos de canhão. Um vento forte açoitava a chuva em uma ou outra direção, soprando-a sob vãos de portas e calhas, cornijas e lajes, inundando cada possível refúgio com um jato enregelante. Havia água por toda parte, brotando do asfalto, lavando as sarjetas, acumulando-se em cantos de porões e acima de escoadouros. As cisternas da cidade transbordavam. A água cascateava horizontalmente através de canos, diagonalmente ao longo das telhas, verticalmente paredes abaixo, manchando a alvenaria como lavagens de sangue. Gotejava por entre vigas e rachaduras nos tetos. Estava suspensa no ar sob a forma de uma névoa branca e fria, e acima, invisível, nos limites negros do céu. Infiltrava-se na estrutura dos edifícios e nos ossos de seus ocupantes amedrontados.

Nos subterrâneos escuros, ratos aconchegavam-se em suas tocas, ouvindo os ecos do tamborilar sobre suas cabeças. Em casas humildes, homens e mulheres comuns fechavam as persianas, acendiam todas as luzes e reuniam-se em torno da lareira, sorvendo xícaras de chá quente. Em seus palacetes solitários, até mesmo os magos fugiam da chuva interminável. Escondiam-se em seus gabinetes de trabalho, aferrolhavam firmemente as portas de ferro e, conjurando nuvens quentes de incenso, perdiam-se em sonhos de terras distantes.

Ratos, plebeus, magos: todos seguramente escondidos. E quem os poderia repreender? As ruas se achavam desertas, toda Londres estava parada. Aproximava-se de meia-noite e a tormenta estava piorando.

Ninguém em seu juízo perfeito sairia em uma noite como aquela.

Um tédio.

Em algum ponto sob a chuva torrencial, havia um local onde sete ruas convergiam. No centro do cruzamento jazia um pedestal de granito, encimado por uma estátua eqüestre: um sujeito corpulento sobre um cavalo. O homem agitava uma espada, a face congelada em um grito heróico. O cavalo estava suspenso, as patas traseiras flexionadas, patas dianteiras fora do chão. Talvez exprimisse seu temperamento indomável, talvez se preparasse para lançar-se à batalha. Talvez estivesse simplesmente tentando desalojar o corpulento sujeito acomodado em seu lombo. Nunca saberemos. Mas veja: sob o ventre do cavalo, pousado exatamente no centro do pedestal, a cauda elegantemente metida entre as patas — um enorme gato cinza.

O gato fingia não notar o vento cruel que eriçava sua pelagem encharcada. Seus belos olhos amarelos contemplavam firmemente a escuridão, como se penetrassem a chuva. Apenas o leve movimento descendente de suas orelhas peludas assinalava descontentamento com as circunstâncias. Uma das orelhas ocasionalmente se sacudia; fora isso, o gato poderia ter sido esculpido na pedra.

A noite fez-se mais escura. A chuva aumentou. Escondi minha cauda com raiva e examinei os caminhos.

O tempo se escoava.

Quatro noites não são particularmente muito tempo nem mesmo para humanos, muito menos para nós, seres mais elevados do Outro Lugar.[1] Ainda assim, as quatro últimas noites haviam realmente *se arrastado*. Em

---

[1]Onde o tempo, estritamente falando, não existe. Ou, se existe, existe apenas de forma tortuosa, não-linear. Olhem, este é um conceito complicado e eu gostaria de discuti-lo com vocês, mas agora talvez não seja o melhor momento. Lembrem-me disto mais tarde.

cada uma delas, eu patrulhara as regiões centrais de Londres, perseguindo o assaltante desconhecido. Não estava sozinho, é forçoso reconhecer; contava com a companhia de uns poucos djins desafortunados e um barril lotado de trasgos. Os trasgos, em particular, causavam problemas incessantes, sempre tentando se esquivar das obrigações, escondendo-se sob pontes, deslizando para dentro de chaminés ou se assustando até saírem de si[2] com trovões ou as sombras uns dos outros. Era tudo que se podia fazer para mantê-los na linha. E o tempo todo chovia continuamente, o bastante para provocar uma ferida na essência de alguém.

Nathaniel, é desnecessário dizer, não fora compreensivo. Ele mesmo se achava sob pressão, declarou, e precisava de resultados o mais rápido possível. Por sua vez, encontrava dificuldades para conduzir o pequeno grupo de magos de seu departamento, que forneciam os outros djins para as patrulhas. Lendo nas entrelinhas, eles estavam abertamente amotinados, descontentes de receber ordens de um jovem arrivista. E encaremos os fatos, quem poderia culpá-los? No entanto, a cada noite, djins e trasgos igualmente se reuniam de mau humor sobre os telhados cinzentos de ardósia de Whitehall e eram encaminhados a suas patrulhas.

Nosso objetivo era proteger certas áreas turísticas importantes da cidade, que Nathaniel e seu superior imediato, um tal de sr. Tallow, consideravam ameaçadas. Forneceram-nos uma lista de possíveis locais: museus, galerias, restaurantes caros, o aeroporto, galerias comerciais, estátuas, arcos e outros sítios históricos... resumindo, a lista computava quase a totalidade de Londres. O que significava que tínhamos de percorrer nossos circuitos integrados continuamente, a noite inteira, para ter alguma chance de manter o controle.

Isso era não apenas tedioso e cansativo (e muito molhado), como um negócio enervante, uma vez que a natureza de nosso oponente era tanto misteriosa quanto maligna. Ato contínuo, diversos dos trasgos mais atrevidos deram início a uma campanha de boatos: nosso inimigo era um

[2]Literalmente. Tudo deveras confuso e inconveniente.

afrito trapaceiro; era — pior — um marid; este envolvia-se em um manto de escuridão o tempo todo, assim suas vítimas não conseguiam enxergar a morte se aproximando; não, ele destruía prédios com seu hálito;[3] possuía um odor de túmulo que paralisava igualmente humanos e espíritos. Para melhorar o moral, tentei dar início a um contramovimento, espalhando o boato de que o inimigo era nada mais que um pequeno demônio com uma personalidade irritadiça, o que infelizmente não colou; os trasgos (e um par de djins) saíam à noite de olhos abertos, inseguros de voar.

Uma vantagem a meu favor foi o surgimento, entre os djins, de ninguém mais que minha antiga sócia dos tempos de Praga, Queezle. Ela fora recentemente escravizada por um dos outros magos no departamento de Nathaniel, um sujeito amargo e ressequido chamado Ffoukes. A despeito de seu regime austero, entretanto, Queezle guardava seu antigo vigor. Mexemos nossos pauzinhos para caçar juntos sempre que possível.[4]

Nas primeiras duas noites de busca nada aconteceu, exceto pelo fato de dois trasgos terem sido destruídos sob a Ponte de Londres. Mas na terceira, altas explosões foram ouvidas pouco antes da meia-noite, provenientes da ala oeste da Galeria Nacional. Um djim chamado Zeno foi o primeiro a chegar à cena do crime, logo seguido por mim. Simultaneamente, vários magos, incluindo meu mestre, chegaram em um comboio; envolveram a galeria em um denso Nexus e nos ordenaram que entrássemos em ação.

Zeno demonstrou admirável bravura. Sem hesitação, voou direto para a fonte do distúrbio e nunca mais foi visto. Eu seguia em seus calcanhares mas, devido a uma perna defeituosa e à complexa disposição dos corre-

[3]Conheci magos com poderes semelhantes, especialmente à primeira hora da manhã.

[4]Eu gostava de Queezle. Ela era fresca e juvenil (escassos 1.500 anos neste mundo) e dera sorte com seus mestres. Fora invocada pela primeira vez por um eremita que vivia nos desertos da Jordânia, que comia mel, desidratava tubérculos e a tratava com austera cortesia. Quando ele morreu, ela escapou de serviços posteriores, até que uma maga francesa (no século XV) descobriu-lhe o nome. Essa mestra também foi de modo incomum clemente e nunca a golpeou demasiado com o Perímetro Estimulante. Na ocasião em que chegou a Praga, a personalidade de Queezle era menos amargurada que a de velhos cativos como eu. Ali, liberada do serviço pela morte de nosso mestre, ela, desde então, servira magos na China e no Sri Lanka, sem grandes incidentes.

dores da galeria, retardei-me, perdi-me e não consegui alcançar a ala oeste senão muito mais tarde, momento este em que o assaltante já havia partido.

Minhas desculpas não convenceram meu mestre, que teria empregado alguma punição engenhosa contra mim, não contasse eu com a proteção de saber seu nome. Ele supostamente prometeu encerrar-me em um cubo de ferro, caso eu negligenciasse o combate do inimigo na próxima vez que este aparecesse. Elaborei respostas apaziguadoras, percebendo que ele se achava confundido pela ansiedade: seu cabelo estava desgrenhado, os punhos da camisa pendiam frouxos, suas calças afuniladas caíam soltas no corpo como se ele houvesse perdido peso. Apontei-lhe o fato de maneira compreensiva.

— Coma mais — adverti. — Você está muito magro. Atualmente, a única parte sua que está aumentando é seu cabelo. Se não tomar cuidado, logo vai perder o equilíbrio.

Ele esfregou os olhos vermelhos, insones.

— Quer parar de falar a respeito de meu cabelo? Comer é para pessoas que não têm mais nada a fazer, Bartimaeus. Estou vivendo em tempo emprestado, assim como você. Se conseguir destruir o inimigo, vai ser tudo de bom; se não, ao menos consiga alguma informação a respeito de sua natureza. Do contrário, a Polícia Noturna provavelmente se encarregará do caso.

— E daí? O que isto tem a ver comigo?

Ele falou sério.

— Isto significará minha ruína.

— E daí? O que isto tem a ver comigo?

— Tudo, se eu compactá-lo dentro do cubo de ferro antes de partir. Na verdade, vou fazer um de prata, ainda mais doloroso. E é o que vai acontecer, se eu não obtiver resultados logo.

Parei de argumentar. Era inútil. O garoto estava algo mudado desde que o vira pela última vez, e não para melhor. Sua mestra e sua carreira haviam efetuado nele uma desagradável alquimia: estava mais severo, mais áspero e no geral mais sensível. Seu senso de humor também se achava pior do que antes, o que em si era uma proeza extraordinária. De um jeito ou de outro, eu ansiava pelo fim de minhas seis semanas.

Mas até lá, vigilância, perigo e a chuva.

De minha posição sob a estátua, eu podia observar três das sete ruas. Cada uma delas era demarcada por pomposas fachadas de lojas, escuras e imprecisas, protegidas por grades de metal. Fracas lâmpadas brilhavam em nichos acima das portas, mas a chuva era mais forte que elas e a luminosidade não ia longe. A água fluía pelas calçadas.

Um súbito movimento na rua do lado esquerdo: a cabeça do gato girou. Algo caíra sobre o peitoril de uma janela no primeiro andar. Pousou ali por um momento, uma mancha negra na penumbra — então, com um único movimento vigoroso, derramou-se sobre o peitoril e pela parede, correndo em ziguezague pelos sulcos entre os ladrilhos como um fio de calda quente. Na base da parede, o líquido pingou sobre a calçada, tornou-se uma pequena nódoa negra novamente, criou pernas e começou a chapinhar pela calçada em minha direção.

Observei tudo. Não me movi um milímetro sequer.

A mancha alcançou o cruzamento, atravessou com dificuldade as poças disseminadas e pulou sobre o pedestal. Ali estava ele, completamente a descoberto, um elegante *spaniel* com grandes olhos castanhos. O cão hesitou diante do gato, parou, sacudiu-se vigorosamente.

Um aguaceiro jorrou e atingiu o gato diretamente no focinho.

— Obrigado, Queezle — disse eu. — Você deve ter descoberto que ainda não estou suficientemente molhado.

O *spaniel* piscou, inclinou timidamente a cabeça para um lado e deu um latido de desculpa.

— E pode abandonar esta velha rotina agora mesmo — continuei. — Não sou nenhum humano idiota para ficar enfeitiçado por olhos translúcidos e uma massa de pêlos molhados. Você esquece que posso vê-la claramente no sétimo plano, tubos dorsais e tudo o mais.

— Não consigo evitar, Bartimaeus. — O *spaniel* ergueu uma das patas traseiras e coçou-se despreocupadamente atrás de uma orelha. — É tudo obra deste disfarce. Está se tornando uma segunda natureza para mim. Você deveria se dar por feliz de não estar sentado sob um poste.

Não honrei tal comentário com uma resposta.

— Então, por onde tem andado? — perguntei. — Você chegou duas horas mais tarde do que o combinado.

O *spaniel* assentiu com ar cansado.

— Alarme falso nos armazéns de seda. Um par de trasgos pensou ter visto alguma coisa. Precisei vasculhar todo o lugar cuidadosamente antes de dar o OK. Principiantes estúpidos. Claro que tive de repreendê-los.

— Você não mordeu seus tornozelos, mordeu?

Um ligeiro sorriso deformado percorreu o focinho do *spaniel.*

— Algo assim.

Desloquei-me para o lado para ceder a Queezle um pouco de espaço no centro do pedestal. Não que ali estivesse particularmente menos úmido, mas parecia algo amistoso a fazer. Ela arrastou-se para cima e aconchegou-se ao meu lado.

— Não posso realmente culpá-los — disse eu. — Eles são ariscos. É por causa de toda esta chuva. E o que aconteceu com Zeno. Ser convocado noite após noite também não ajuda. Desgasta a essência depois de algum tempo.

Queezle lançou-me um olhar de esguelha com aqueles grandes olhos castanhos de filhotinho.

— A *sua* essência também, Bartimaeus?

— Estava falando retoricamente. *Eu estou* bem. — Para prová-lo, arqueei as costas com enorme e pomposa elasticidade felina, um estirão do tipo que se estende da ponta do bigode ao penacho da cauda. — Ahhh, assim está melhor. Neca, já vi coisa pior do que isto e você também. Apenas um diabrete inflado emboscado nas sombras. Nada com que não possamos lidar, caso o encontremos.

— Foi o que disse Zeno, segundo me recordo.

— Não me lembro do que disse Zeno. Onde está seu mestre esta noite? A salvo sob as cobertas?

O *spaniel* soltou um pequeno grunhido.

— Ele afirma estar a uma distância segura. Supostamente, o escritório de Whitehall. Na verdade, ele provavelmente está metido em algum bar de magos com uma garrafa em uma das mãos e uma garota na outra.

Rosnei.

— Ele é *desse* tipo?

— Hã-hã. Como é o seu?

— Ah, a mesma coisa. No mínimo pior. Ele estaria com a garota e a garrafa na mesma mão.[5]

O *spaniel* ganiu de forma compreensiva. Ergui-me vagarosamente.

— Bem, é melhor dividirmos os circuitos — disse eu. — Vou começar fazendo a ronda até Soho e voltando. Você pode se encaminhar à área entre as lojas de luxo da rua Gibbet até a zona do museu atrás dela.

— Preciso descansar um pouco — disse Queezle. — Estou cansada.

— Sim. Bem, boa sorte.

— Boa sorte. — O *spaniel* descansou melancolicamente a cabeça sobre as patas. Trotei para dentro da chuva torrencial, na extremidade da base da estátua; flexionei as patas, pronto para partir. Uma vozinha miúda soou atrás de mim: — Bartimaeus?

— Sim, Queezle?

— Ah, nada.

— O que foi?

— É só que... bem, não são *apenas* os trasgos. Também estou assustada.

O gato retrocedeu e sentou-se ao seu lado por um momento, envolvendo-a afetuosamente com a cauda.

---

[5]Manifestamente falso. A despeito de suas camisas ondulantes e sua juba copiosa (ou talvez por causa delas) eu não vira nenhuma evidência até então de que Nathaniel sequer soubesse o que era uma garota. Se houvesse alguma vez cruzado com uma, as chances eram de que ambos saíssem correndo e gritando em direções opostas. Mas em comum com a maioria dos djins, eu geralmente preferia exagerar os pontos fracos de meu mestre nas conversas.

— Não precisa ter medo — disse eu. — Já passa de meia-noite e nenhum de nós viu nada. Todas as vezes que esta coisa atacou, ela o fez por volta da meia-noite. Seu único medo deveria ser o do aborrecimento por uma longa e tediosa vigília.

— Suponho que sim. — A chuva tamborilava por toda parte, como se fosse algo sólido. Estávamos envolvidos por ela. — Cá entre nós — disse Queezle baixinho —, o que você acha que é?

Minha cauda agitou-se.

— Não sei, e prefiro não descobrir. Até agora esta coisa matou tudo que cruzou o seu caminho. Meu conselho é: mantenha uma atenção vigilante e se vir algo incomum se aproximando, fuja na direção contrária imediatamente.

— Mas precisamos destruí-la. É nossa missão.

— Bem, destrua-a fugindo.

— Como?

— Mmm... Obrigue-a a caçá-la, então a atraia para dentro do tráfego pesado? Algo assim. Eu não sei, sei? Só não faça o que fez Zeno, atacando de frente.

O *spaniel* suspirou.

— Eu gostava de Zeno.

— Um pouco entusiasmado demais, este era o problema dele.

Fez-se um pesado silêncio. Queezle nada disse. A chuva incessante fustigava.

— Bem — declarei por fim. — Vejo você mais tarde.

— Sim.

Saltei do pedestal e corri, cauda esticada, em meio à chuva e através da rua alagada. Um único salto depositou-me sobre um baixo muro ao lado de um café deserto. Então, com uma série de pulos e botes — do muro para um pórtico, do pórtico para um peitoril, do peitoril para um telhado — executei meu trajeto de felino atlético, até cair sobre a calha do telhado mais próximo e mais baixo.

Olhei de relance para o cruzamento atrás. O *spaniel* era um ponto solitário e abandonado, enroscado nas sombras sob o ventre do cavalo. Uma rajada de chuva bloqueou minha visão. Girei e me pus a caminho ao longo do topo do telhado.

Naquela parte da cidade, as casas antigas amontoavam-se muito próximas umas das outras, inclinando-se para frente como corcundas mexeriqueiros, de forma que suas cumeeiras quase se encontravam acima da rua. Mesmo sob a chuva, era fácil para um gato ágil abrir caminho com rapidez na direção que quisesse. E assim fiz. Quem quer que fosse afortunado o bastante para olhar para fora de sua janela fechada, poderia ter vislumbrado um *flash* de luz acinzentada (nada mais) saltando do cano de uma chaminé para uma veleta, atravessando como um raio a ardósia e o telhado, jamais dando um passo em falso.

Detive-me por um momento na depressão entre duas águas-de-telhado inclinadas e esquadrinhei os céus ansiosamente. Seria mais rápido saltar até o Soho, mas eu tinha ordens de permanecer próximo ao solo, de olho vivo nos problemas ali. Ninguém sabia exatamente como o inimigo chegava ou partia, mas meu mestre tinha o palpite de que era, de alguma forma, por meios terrestres. Ele duvidava por completo que se tratasse de algo como um djim.

O gato enxugou com a pata a umidade em seu focinho e preparou-se para mais um salto — um grande dessa vez, da largura da própria rua. Nesse instante tudo foi iluminado por uma repentina explosão de luz alaranjada — vi as telhas e chaminés ao meu lado, as nuvens ameaçadoras acima, e até mesmo a cortina de gotas de chuva estendida por toda parte. Então, a escuridão baixou novamente.

O clarão alaranjado era o sinal de emergência combinado. Viera de perto; logo atrás.

Queezle.

Encontrara algo. Ou algo a encontrara.

O tempo das regras havia passado. Virei-me; no instante em que o fiz, realizei a transformação: uma águia com crista negra e as extremidades das asas douradas, lançando-se aos céus, impaciente.

Eu me afastara apenas duas quadras do local onde o corpulento cavaleiro guardava as sete ruas. Mesmo que houvesse se deslocado, Queezle não estaria muito longe. Seriam menos de dez segundos para voltar. Nenhum problema. Não me atrasaria.

Três segundos mais tarde, ouvi o djim gritar.

16

A águia mergulhou, deixando a noite para trás, inclinando-se dolorosamente nas presas da tempestade. Do alto dos telhados para o solitário cruzamento; descendo até a estátua. Pousei na borda do pedestal, onde a chuva golpeava impiedosamente a pedra. Tudo estava exatamente como estivera um ou dois minutos antes. Mas o *spaniel* se fora.

— Queezle? — Nenhuma resposta. Nada além do uivar do vento.

Um momento mais tarde, empoleirado sobre o chapéu do cavaleiro, perscrutei as sete ruas em cada um dos sete planos. O *spaniel* não era visível em parte alguma; tampouco havia djins, diabretes, feitiços ou outras emanações mágicas. As ruas estavam desertas. Achava-me completamente sozinho.

Em dúvida, voltei ao pedestal e submeti-o a uma meticulosa inspeção. Pensei detectar uma débil marca preta sobre a construção de pedra, aproximadamente onde estivéramos sentados, mas era impossível determinar se ela já estava ali antes.

De repente, senti-me muito exposto. Para onde quer que me voltasse sobre o pedestal, minhas costas tornavam-se vulneráveis a algo que avançava lenta e silenciosamente saindo da chuva. Alcei vôo com rapidez, desenhando espirais em torno da estátua, as gotas de chuva tamborilando em meus ouvidos. Ergui-me acima do nível dos telhados, seguramente fora de alcance do que quer que se achasse à espreita na rua.

Foi então que ouvi o choque. Não um tipo de choque suave, contido — como o de uma garrafa sendo quebrada na cabeça de um homem calvo, digamos. Dava antes a impressão de um enorme carvalho da floresta extraído pela raiz e atirado casualmente para o lado, ou um prédio inteiro impacientemente aniquilado para sair do caminho de algo muito grande. Em outras palavras, pouco promissor.

Pior ainda, eu podia dizer de que direção viera. Se a chuva estivesse apenas um pouco mais forte, ou o choque houvesse sido um pouco mais silencioso, eu teria sido capaz de me equivocar e me deslocar bravamente para investigar na direção errada. Mas não tive essa sorte.

Seja como for, havia sempre a pequena possibilidade de que Queezle ainda estivesse viva.

Então fiz duas coisas. Primeiro, enviei novo Clarão, esperando, contra todas as expectativas, que fosse avistado por outro observador em nosso grupo. O mais próximo, se a memória me valia, era um trasgo, fixado em algum lugar perto de Charing Cross. Era um sujeito magro, desprovido de valor ou iniciativa, mas quaisquer reforços seriam bem-vindos naquele momento, ao menos como bucha de canhão.

Em seguida, prossegui rumo ao norte, na altura das chaminés, ao longo da rua da qual viera o som. Dirigia-me à região do museu. Sobrevoei a área tão devagar quanto uma águia o conseguiria sem despencar.[1] Durante todo o tempo, examinava os prédios abaixo. Era uma zona de lojas luxuosas, pequenas, escuras, discretas. Velhos letreiros pintados sobre as portas insinuavam os prazeres no interior: colares, rolos de seda, relógios de bolso cravejados de pedras preciosas. O ouro destacava-se perceptivelmente naquele distrito, assim como os diamantes. Era a tais estabelecimentos que os magos acudiam para comprar os pequenos extras que enfatizavam seu status. Turistas ricos também se concentravam no local.

O choque tremendo não se repetiu; todas as fachadas das lojas pareciam em bom estado, as luzes nos nichos acesas, os letreiros de madeira rangendo ao vento.

A chuva caía ao meu redor, desabando na rua. Em alguns locais, as pedras do calçamento haviam desaparecido sob a superfície pontilhada

[1]Se for possível agitar as asas cuidadosamente, foi exatamente o que fiz.

da água. Não havia sinal de pessoa alguma, mortal ou de outra natureza. Eu poderia estar sobrevoando uma cidade fantasma.

A rua alargou-se um pouco para passar de ambos os lados de um pequeno círculo de grama e belas flores. Parecia uma visão incongruente na rua estreita, talvez ligeiramente deslocada. Então se percebia a velha trave quebrada no centro do gramado, os ladrilhos escondidos por entre as flores, e era possível dar-se conta de seu propósito original.[2] Naquela noite tudo estava parecendo muito encharcado e exposto ao vento, mas o que me interessou e me fez voar em círculos para pousar sobre a trave foram as marcas na grama.

Eram algum tipo de pegadas. Largas. Lembravam vagamente a forma de uma espátula, com a marca de um dedo separado visível na extremidade mais ampla. Cruzavam o círculo de grama de um lado a outro, cada pegada gravada fundo na terra.

Sacudi a umidade das penas em minha cabeça e tamborilei com as garras na trave. Perfeito. Simplesmente perfeito. Meu inimigo era não apenas misterioso e poderoso, como grande e pesado também. A noite estava ficando cada vez melhor.

Segui a direção das pegadas com meu olho de águia. Nos primeiros passos para além do gramado, elas ainda eram parcialmente visíveis, como indicado por um rastro irregular de lama. Depois disso desapareciam, mas era evidente que nenhuma das lojas de cada um dos lados da rua fora alvo da atenção de nenhum assaltante. Minha caça obviamente se encaminhara a outro local. Alcei vôo e prossegui.

A Gibbet Street desembocava em uma ampla avenida que se estendia à esquerda e à direita para dentro da escuridão. Imediatamente em frente, havia uma alta e imponente cerca de grades de metal, cada uma das hastes com seis metros de altura e cinco centímetros de espessura de ferro sólido.

---

[2]O nome da rua, Gibbet [*forca*], meio que entregou o jogo também. As autoridades londrinas sempre foram boas em dar exemplo aos plebeus, embora em anos recentes os corpos dos criminosos fossem deixados pendurados enforcados apenas na região da prisão, ao redor da Torre. Em outras áreas, acreditava-se que desestimulavam o turismo.

A cerca contava com um conjunto de portões duplos, que se achavam abertos. Na verdade, para ser mais exato, eles estavam abertos próximos a um poste de iluminação, junto com uma parcela substancial das barras contíguas. Um enorme buraco retorcido abria-se na cerca. Algo a rasgara em duas metades na pressa de entrar. Que bom ser tão ansioso. Em contrapartida, foi com extrema relutância que me aproximei, sobrevoando vagarosamente a rua.

Pousei em uma das extremidades do metal torcido e tortuoso. Para além do portão arruinado, havia um amplo caminho de acesso que conduzia a um extenso lance de degraus. Acima deles, assentava-se um gigantesco pórtico com oito colunas imponentes, pegado a uma vasta construção, alta como um castelo, sombria como um banco. Reconheci-a dos tempos antigos: o legendário Museu Britânico. O prédio prolongava-se em ambas as direções, ala após ala, para além do que meus olhos conseguiam enxergar. Era do tamanho do quarteirão de uma cidade.[3]

Era eu, ou estava *tudo* claramente maior por ali? A águia eriçou as penas vigorosamente, mas não pôde evitar sentir-se particularmente pequena. Considerei a situação. Nenhum prêmio por adivinhar por que o inimigo desconhecido, de pés grandes e evidentemente bastante forte, viera até ali. O museu continha material que valia a pena destruir suficiente para mantê-lo ocupado por uma semana. Quem quer que desejasse acumular problemas com o governo britânico escolhera bem, e era seguro dizer que a desprezível carreira de meu mestre não se prolongaria

[3]O Museu Britânico era sede de milhares de antigüidades, dúzias das quais legitimamente obtidas. Nos duzentos anos anteriores ao domínio dos magos, os governantes londrinos adquiriram o hábito de roubar tudo que havia de interessante nos países que seus comerciantes visitavam. Era algo como um vício nacional, baseado na curiosidade e na cobiça. Os lordes e as damas, em seu *Grand Tour pela Europa*, mantinham os olhos abertos para pequenos tesouros que podiam ser ocultados, sem que se percebesse, dentro de bolsas de mão; soldados em campanha enchiam seus baús de jóias e relíquias saqueadas; cada mercador de retorno à capital transportava uma caixa extra repleta de objetos de valor. A maioria desses artigos acabava por parar nas sempre crescentes coleções do Museu Britânico, onde eram exibidos com claras etiquetas em muitas línguas, para que os turistas estrangeiros pudessem chegar e ver seus objetos de valor perdidos com um mínimo de inconveniência. Por fim, os magos despojaram o museu de seus itens mágicos, mas este permaneceu uma imponente câmara mortuária cultural.

por muito mais tempo se o saqueador concluísse uma noite ininterrupta de trabalho.

O que significava, é claro, que eu precisava segui-lo até o interior.[4]

A águia avançou, voando baixo por sobre o caminho de acesso e os degraus, para pousar entre as colunas do pórtico. Adiante se estendia a imensa porta de bronze do museu; tipicamente, minha presa decidira ignorá-la e em vez disso abrira caminho através da sólida parede de pedra. Era o tipo de coisa que carecia de estilo, mas possuía a característica impressionante de soltar os intestinos e me fez gastar um par de minutos extras empenhado em evidentes táticas de retardo, tais como inspecionar os escombros do pórtico cuidadosamente, por causa do perigo.

A abertura no prédio dilatava-se ampla e negra. De uma distância respeitável, perscrutei o interior, uma espécie de vestíbulo. Estava tudo tranqüilo. Nenhuma atividade em plano algum. Uma desordem de fragmentos de madeira, alvenaria e um letreiro despedaçado apregoando alegremente BEM-VINDO AO MUS mostravam onde a coisa escavara seu decidido caminho. O pó sustentava-se densamente no ar. Uma parede à esquerda fora derrubada. Escutei com atenção. A distância, por sob o golpear da chuva, imaginei ter ouvido o peculiar som de antigüidades caras sendo despedaçadas.

Enviei outro Clarão para o céu, caso o trasgo evasivo se decidisse a olhar em minha direção. Então realizei minha transformação e entrei no prédio.

O feroz minotauro[5] relanceou imperiosamente ao redor do vestíbulo arruinado, uma torrente aflorando-lhe das narinas, suas mãos repletas de

[4]Vingança era outro de meus motivos naquele momento. Eu não tinha muitas esperanças de ver Queezle com vida novamente.

[5]Garantido para amedrontar um inimigo humano, não há nada melhor que um inflexível minotauro quando se quer um pouco do velho choque e intimidação. E após séculos de cuidadoso aperfeiçoamento, minha aparência de minotauro em particular era uma maravilha. Os chifres continham a quantidade exata de espirais e os dentes eram primorosamente afiados, como se fossem limados. A pele possuía um tom de ébano negro-azulado. Eu teria conservado o torso humano, mas me decidi por sarcásticas pernas de cabra e cascos fendidos, que são ligeiramente mais amedrontadores do que joelhos recobertos de feridas e sandálias.

garras em movimento, os cascos pateando a sujeira. Quem ousaria desafiá-lo? Ninguém! Bem, não, porque, como esperado, não havia nada no aposento. Certo. Muito bem. O que significava que eu tinha de tentar o próximo. Sem problema. Com um suspiro profundo, o minotauro avançou indeciso, na ponta dos pés, em meio aos escombros até a parede despedaçada. Olhou em torno com grande precaução.

Escuridão, chuva tamborilando nas janelas, ânforas e vasos fenícios espalhados pelo chão. E em algum lugar distante: vidros se quebrando. O inimigo ainda se achava diversos cômodos à frente. Bom. O minotauro atravessou corajosamente a sala.

Os minutos seguintes assistiram a um jogo de gato e rato assaz lento, com o processo repetido diversas vezes. Novo aposento: vazio, sons a distância. O saqueador prosseguiu em seu caminho alegremente destruidor; eu seguia vacilante atrás, menos entusiasmado de alcançá-lo do que a rigor poderia ter ficado. Não era exatamente a tradicional autoconfiança de Bartimaeus, devo admitir. Chamem-me de excessivamente cauteloso, mas o destino de Zeno me pesava na mente e eu tentava pensar em um plano infalível para evitar ser morto.

A extensão do massacre que eu testemunhava me fazia crer que era improvável estar lidando com qualquer ação humana; portanto, o que seria aquilo? Um afrito? Possível, mas estranhamente fora de estilo. Seria de se esperar que afritos usassem grandes quantidades de ataques mágicos — Detonações de alta categoria e Infernos, por exemplo — e não havia evidência de nada no local, exceto a absoluta força bruta. Um marid? Mais uma vez o mesmo, e eu certamente teria sentido sua presença mágica antes daquele momento.[6] No entanto, não recebia nenhum *feedback* familiar. Todos os aposentos se achavam frios e sem vida. Isso estava de acordo com o que o garoto me contara sobre os ataques anteriores: não parecia de modo algum que houvesse espíritos envolvidos.

---

[6]Marids irradiam tanto poder que é possível rastrear seus movimentos recentes seguindo um rastro mágico residual: eles o deixam suspenso na atmosfera, assim como um caracol deposita sua secreção. Não é inteligente empregar esta analogia cara a cara com um marid, claro.

Para ter absoluta certeza, enviei uma pequena Pulsação mágica, borbulhando à minha frente, através da próxima abertura irregular, da qual provinham altos ruídos. Esperei que a Pulsação retornasse, mais fraca (se não houvesse mágica adiante) ou mais forte (se algo potente se achasse escondido à espera).

Para minha consternação, ela não voltou de forma alguma.

O minotauro esfregou o focinho, pensativo. Estranho, e vagamente familiar. Eu tinha certeza de ter visto tal efeito antes em algum lugar.

Ouvi diante do buraco; mais uma vez, apenas sons distantes. O minotauro enfiou-se pela abertura...

E desembocou em uma ampla galeria, com o dobro da altura das outras salas. A chuva golpeava as altas janelas retangulares de ambos os lados, e de algum lugar dentro da noite, talvez de alguma torre distante, uma débil luz branca brilhou sobre o conteúdo do vestíbulo. O aposento estava repleto de estátuas antigas de tamanho colossal, todas envoltas em sombras: dois djins guardiães assírios — leões alados com cabeça de homem, que outrora se encontravam diante dos portões de Nimrud;[7] um diversificado conjunto de deuses e espíritos egípcios, esculpidos em uma dúzia de tipos de pedra colorida, com cabeças de crocodilo, gato, íbis e chacal;[8] gigantescas representações esculpidas do escaravelho sagrado; sarcófagos de sacerdotes havia muito esquecidos; e, sobretudo, fragmentos de estátuas monolíticas dos grandes faraós — rostos despedaçados, braços, torsos, mãos e pés, encontrados enterrados na areia e transportados por veleiros e navios a vapor para as terras sombrias do Norte.

Em outra ocasião, eu poderia ter feito ali uma viagem nostálgica, buscando imagens de amigos e mestres distantes, mas aquela não era a hora. Um claro corredor fora aberto até a metade da galeria; vários faraós

---

[7]Essas eram apenas representações de pedra; nos gloriosos dias da Assíria, os djins se faziam presentes impondo enigmas aos desconhecidos, à semelhança da Esfinge e os devorando se a resposta fosse incorreta, gramaticalmente errada ou apenas pronunciada com sotaque rústico. Eram animais meticulosos.

[8]Este último, o velho Anúbis, sempre me punha nervoso se eu o avistasse com o canto do olho. Mas estou gradualmente aprendendo a relaxar. Jabor (ver O *Amuleto de Samarkand*) há muito se foi.

menores haviam sido lançados para o lado e jaziam como estacas de boliche em montes indignados nos cantos, enquanto um par de deuses se achava muito mais próximo do que gostaria em vida. Mas se esses haviam causado poucos problemas, algumas das estátuas maiores pareciam oferecer mais resistência. A meio caminho do vestíbulo, e exatamente na trajetória pela qual seguia o inimigo, erguia-se uma gigantesca imagem sentada de Ramsés, o Grande, de mais de nove metros de altura e esculpida em sólido granito. A extremidade do adorno que levava na cabeça balançava suavemente; sons amortecidos de alguma coisa sendo arrastada vinham da escuridão abaixo, sugerindo que algo tentava empurrar Ramsés de seu caminho.[9]

Até mesmo um utukku* teria calculado, após alguns minutos, que o mais fácil a fazer era contornar um obstáculo tão grande e simplesmente se desviar, seguindo sua jornada. Mas meu inimigo se preocupava com a estátua como um cachorrinho tentando erguer uma tíbia de elefante. Então talvez (um pensamento positivo) meu adversário fosse muito estúpido. Ou talvez (este menos positivo) fosse apenas ambicioso — empenhado em causar o máximo de destruição.

Seja como for, era evidente que ele achava-se alegremente ocupado no momento. O que me deu a possibilidade de lançar um olhar mais atento ao que eu estava enfrentando.

Sem um ruído, o minotauro deslizou através da escuridão do vestíbulo até alcançar um alto sarcófago que até então permanecia intacto. Espreitou por trás dele na direção da base da estátua de Ramsés. E franziu as sobrancelhas de perplexidade.

---

[9]Ramsés não teria se surpreendido por sua estátua revelar-se tão problemática; possuía ego maior do que o de qualquer humano que tive a desventura de servir. Isto, a despeito de ser pequeno, ter pernas arqueadas e um rosto tão repleto de marcas de varíola quanto o traseiro de um rinoceronte. Seus magos, entretanto, eram fortes e inflexíveis — por 40 anos trabalhei em projetos de construções grandiosas em seu interesse, junto com milhares de outros espíritos ignorantes.

*Na mitologia da Suméria, os utukku eram espíritos ou demônios que tanto podiam ser benevolentes como malignos. Em *O Amuleto de Samartkand*, Bartimaeus se depara com dois utukkus e explica que são extremamente fortes e burros. (*N. da T.*)

A maioria dos djins possui visão noturna perfeita; é uma das incontáveis formas pelas quais somos superiores aos humanos. A escuridão pouco significa para nós — mesmo no primeiro plano, onde vocês também enxergam. Mas naquele momento, ainda que me deslocasse através dos outros planos com a velocidade do pensamento, descobri que não conseguia penetrar a profunda fonte de escuridão concentrada na base da estátua. Ela se expandia e contraía nas bordas, mas permanecia tão inescrutável no sétimo plano como no primeiro. O que quer que estivesse fazendo Ramsés balançar, achava-se profundamente escondido na escuridão, embora eu nada conseguisse enxergar.

Contudo, eu certamente conseguia avaliar, *grosso modo*, onde ele estaria, e já que ele estava sendo bom o bastante para permanecer imóvel, parecia haver chegado a hora de um ataque surpresa. Olhei ao redor em busca de um míssil apropriado. Em um estojo de vidro próximo, havia uma estranha pedra negra, de contornos irregulares, pequena o bastante para ser erguida, ainda que volumosa o bastante para golpear primorosamente o crânio de um afrito. Possuía grande quantidade de inscrições em uma face plana, as quais não tive tempo de ler. Tratava-se provavelmente de um conjunto de regras para visitantes do museu, já que as palavras pareciam escritas em duas ou três línguas. O que quer que fosse, era apenas o trabalho.

O minotauro ergueu cuidadosa e silenciosamente o estojo de vidro do chão e sobre o topo da pedra, baixando-o outra vez sem ruído. Inspecionou o espaço a sua frente: o negrume ainda brotava agressivamente dos pés de Ramsés, mas a estátua continuava imóvel. Bom.

Com uma flexão e um alçamento, a pedra estava nos musculosos braços do minotauro, e eu recuava pela galeria, procurando uma posição de superioridade adequada. Meu olhar cruzou com um faraó deveras pequeno. Não o reconheci — poderia ser um dos mais memoráveis. A estátua possuía uma expressão ligeiramente humilde. Mas ele sentava-se no alto, sobre um trono esculpido no topo de um estrado, e seu regaço parecia grande o bastante para que um minotauro se pusesse de pé.

Ainda segurando a pedra, saltei, primeiro para o estrado, então para cima do trono, em seguida para o colo do faraó. Olhei de relance por sobre o ombro da estátua: excelente — achava-me à distância de um arremesso de pedra do negrume pulsante naquele momento, elevado o bastante para conseguir a trajetória perfeita. Retesei minhas pernas de touro, flexionei meu bíceps, resfoleguei para dar sorte e atirei a pedra para o alto e para diante, como se de uma catapulta de cerco militar. Por um único segundo, talvez dois, a face inscrita brilhou à luz das janelas, então mergulhou diante do rosto de Ramsés, descendo até a base da estátua e o centro da névoa negra.

Crac! Uma explosão de pedra sobre pedra, rocha sobre rocha. Pequenos fragmentos negros saltaram da nuvem em todas as direções, produzindo um som metálico na alvenaria e quebrando vidro.

Bem, eu atingira alguma coisa, e com força.

A névoa negra ferveu de súbita raiva. Retrocedeu brevemente; vislumbrei algo muito grande e sólido em seu cerne, agitando um braço gigantesco em fúria irracional. Então a nuvem se encolheu novamente e distendeu-se para fora, engolindo as estátuas mais próximas como se procurasse cegamente o autor do crime.

Na realidade, o heróico minotauro fizera-se de desaparecido: eu estava o mais agachado possível no colo do faraó, espreitando através de uma fenda no mármore. Até mesmo meus chifres haviam se encurvado ligeiramente para não ficarem expostos. Observei a escuridão se deslocar à medida que o que quer que se achava dentro dela começava sua caçada: afastava-se decididamente da base de Ramsés, fluindo para frente e para trás contra as estátuas próximas. Soou uma série de impactos pesados: o ruído de passadas dissimuladas.

Embora fosse verdadeiro afirmar que minhas expectativas quanto a meu primeiro ataque não houvessem sido muito elevadas, dado que meu adversário era capaz de destroçar paredes sólidas, eu estava ligeiramente desapontado com o pouco impacto que a pedra produzira. Mas me *fornecera* um minúsculo vislumbre da criatura lá dentro, e uma vez que — caso eu não conseguisse destruí-la — um de meus deveres era obter informação sobre o saqueador, aquilo era algo com que valia a pena prosseguir. Uma pequena pedra provocara um pequeno afundamento na escuridão... sendo assim, o que uma pedra *grande* faria?

A nuvem ondulante movia-se para investigar um grupo de estátuas suspeito no lado oposto da galeria. Com improvável cautela, o minotauro desceu do colo do faraó e avançou pela galeria, com uma série de pequenos movimentos rápidos entre esconderijos, até onde um grande torso de arenito de outro faraó sustentava-se ao lado da parede.[10]

A estátua era alta — cerca de quatro metros de altura. Encolhi-me nas sombras atrás dela, retirando no caminho um pequeno pote de cinzas de uma prateleira próxima. Uma vez apropriadamente escondido, estiquei um braço peludo e atirei o pote ao chão a cerca de três metros de distância. Este quebrou com uma rápida e satisfatória explosão.

Instantaneamente, como se estivesse apenas esperando pelo ruído, a nuvem de escuridão mudou de posição e começou a fluir rapidamente na direção do barulho. Soaram passos ansiosos; negros tentáculos investigadores se estenderam, açoitando as estátuas por que passavam. A nuvem se aproximou do pote quebrado; parou ali, ondulando vacilante.

Ela estava em posição. A essa altura o minotauro escalara a metade da estátua de arenito, firmara as costas contra a parede atrás e empurrava a estátua com toda a força de seus cascos fendidos. A estátua começou imediatamente a se deslocar, balançando para trás e para frente, produzindo um ligeiro som de raspagem à medida que o fazia.[11] A nuvem de escuridão captou o ruído; dardejou em minha direção.

---

[10]O letreiro em seu peito anunciava que aquele era Amósis, da 18ª dinastia, "ele que unifica em glória". Uma vez que naquele momento lhe faltava a própria cabeça, pernas e braços, a vanglória soava ligeiramente vazia.

[11]Meu adversário deveria ter em mente o princípio da alavanca quando tentava deslocar Ramsés. Como eu certa vez dissera a Arquimedes, "Dêem-me uma alavanca longa o bastante e moverei o mundo". Nesse caso o mundo era uma criatura ambiciosa, mas uma estátua de seis toneladas sem cabeça também me servia muito bem.

Não rápido o bastante. Com uma última oscilação, o centro de equilíbrio da estátua mudou irrevogavelmente; e veio abaixo, assobiando através do vestíbulo escuro, caindo exatamente dentro da nuvem.

A força do impacto fez a nuvem explodir em milhões de filamentos irregulares, que se projetaram em todas as direções.

Saltei desimpedido, pousando com agilidade ao lado dela. Voltei-me ansiosamente, investigando a cena.

A estátua não estava estatelada contra o solo. Havia se quebrado ao meio; a extremidade superior achava-se a um metro do chão, como se repousasse sobre algo grande.

Aproximei-me cuidadosamente. Do ângulo em que me encontrava, não conseguia visualizar o que jazia abaixo em estado comatoso. Ainda assim, eu parecia ter sido bem-sucedido. Em alguns instantes poderia partir, avisar o garoto e me preparar para minha demissão.

Adiantei-me; inclinei-me para olhar por sob a estátua.

Uma mão gigantesca lançou-se para fora, mais rápida que o pensamento, e me agarrou por uma das pernas peludas. Era cinza-azulada, possuía três dedos e um polegar, áspera e fria como pedra soterrada. Veias corriam através dela como no mármore, mas pulsavam com vida. Seu aperto esmagou minha essência como um Vício Sistemático. O minotauro rugiu de dor. Eu precisava me transformar, para libertar minha essência daquela mão cerrada, mas minha cabeça girava — não conseguia me concentrar tempo bastante para fazê-lo. Um frio terrível estendeu-se do exterior e me envolveu como um manto. Senti minhas chamas definhando, minha energia escoando-se para fora do corpo como sangue gotejando de uma ferida.

O minotauro oscilou e desabou no chão como um boneco vazio. A gélida solidão da morte girava à minha volta.

Então, inesperadamente, o punho de pedra dobrou-se, o aperto afrouxou; o corpo do minotauro foi arremessado no ar em um arco desajeitado, para se estatelar com força contra a parede próxima. Minha consciência flutuou; caí no chão, minha cauda chocando-se com meus chifres.

Permaneci ali por um momento, aturdido, cego. Ouvi sons de atrito, como os de uma estátua de arenito sendo deslocada, e nada fiz. Senti o solo tremer como se a estátua estivesse sendo sumariamente atirada para o lado, e nada fiz. Primeiro ouvi um, depois outro abalo firme, como o de grandes pés de pedra endireitando-se, e ainda nada fiz. Mas o tempo todo o frio abominável e torturante do toque da mão gigantesca diminuía vagarosamente, e minhas chamas eram realimentadas. E então, à medida que os imensos pés de pedra se deslocavam decididamente em minha direção, e eu sentia algo me fixando com uma determinação fria, a energia suficiente para a ação ressurgiu.

Abri os olhos; vi uma sombra se aproximando.

Com força de vontade torturante, o minotauro transformou-se mais uma vez no gato; o gato saltou alto no ar, fora do caminho do pé que descia, mergulhando fundo na estrutura do solo. O gato aterrissou a uma curta distância, pêlos eriçados, cauda ampliada como uma escova; com um uivo, saltou novamente.

Enquanto saltava, olhou para o lado e teve uma visão completa do adversário.

As volutas negras já voltavam a se consolidar em torno dele, como globos de mercúrio dentro do envoltório permanentemente dissimulador da criatura. Mas o suficiente permanecia a descoberto para que eu a visse ali, seu perfil exposto à luz da lua, seguindo meu salto com um movimento veloz de cabeça.

Ao primeiro olhar, era como se uma das estátuas da galeria houvesse ganhado vida: uma imensa silhueta, aproximadamente humanóide, de três metros de altura. Dois braços, duas pernas, torso grosseiro, uma cabeça lisa, relativamente pequena, assentada no topo de tudo isso.

A criatura existia apenas no primeiro plano; nos demais, a escuridão era total e absoluta.

O gato pousou na cabeça escamosa de Sobek, o deus crocodilo, e empoleirou-se ali por um momento, sibilando em desafio. Tudo na figura irradiava estranheza; eu sentia minha energia ser drenada simplesmente por vê-la.

Ela caminhou em minha direção com velocidade surpreendente. Por um instante, seu rosto — tal como era — foi capturado pela luminosidade vinda da janela, e foi quando a comparação com as estátuas antigas veio abaixo. Aquelas estátuas eram primorosamente esculpidas, sem exceção; era nisso que os egípcios eram de fato bons, além da religião organizada e da engenharia civil. Mas afora sua escala, o mais óbvio a respeito da criatura era o quanto era tosca, o quanto era artificial. A pele era coberta de irregularidades; com inchaços, fissuras e áreas achatadas, como se ela houvesse sido modelada apenas grosseiramente. Não possuía orelhas nem cabelo. Onde se esperaria que estivessem os olhos, havia dois orifícios redondos que miravam como se houvessem simplesmente sido perfurados na superfície com a extremidade afilada de um lápis gigantesco. Ela não possuía nariz, e apenas um imenso talho fazia as vezes de boca, que pendia ligeiramente aberta à maneira estúpida e voraz de um tubarão. Por fim, no centro de sua testa, havia uma forma oval que eu sabia que já vira antes, não fazia muito tempo.

A forma ovalada era bem pequena, modelada com a mesma substância cinza-azulada do restante da figura, mas era tão complexa quanto eram brutos a face e o corpo. Tratava-se de um olho aberto, sem pálpebra ou cílios, porém completo, com a íris raiada e a pupila redonda. E no centro daquela pupila, pouco antes de o manto de escuridão ocultar a criatura de minha vista, captei o lampejo de uma inteligência tenebrosa me observando.

O negrume fez uma arremetida; o gato deu um salto. Atrás de mim, ouvi Sobek se despedaçar. Pousei no chão, disparei na direção da porta mais próxima. Era hora de ir; eu descobrira o que precisava. Não me gabava de poder fazer mais nada ali.

Algum tipo de míssil voou sobre minha cabeça e chocou-se contra a porta, despedaçando-a. O gato precipitou-se para fora pela abertura. Passos estridentes o seguiam.

Vi-me em um aposento pequeno, escuro, onde se achavam penduradas cortinas e tapeçarias étnicas. Uma alta janela no final prometia uma saída. O gato correu na direção dela, bigodes para trás, orelhas coladas à cabeça, garras raspando o chão. Pulou; atirou-se para o lado no último minuto, lançando uma maldição bastante improvável para um gato. Ele avistara as linhas brancas brilhantes de um Nexus de alta potência para além da janela. Os magos tinham chegado. Eles nos haviam lacrado.

O gato mudou de direção, procurando outra saída. Não encontrou nenhuma.

Malditos magos.

Uma borbulhante nuvem de escuridão bloqueava a porta.

O gato agachou-se na defensiva, encolhendo-se contra o solo. Atrás dele, a chuva tamborilava nas vidraças da janela.

Por um momento, nem o gato nem a escuridão se moveram. Então algo pequeno e branco brotou da nuvem, disparando através do aposento: a cabeça de crocodilo de Sobek, arrancada de seus ombros. O gato atirou-se para o lado. A cabeça explodiu contra a janela, dissolvendo-se quando bateu no Nexus. Chuva quente introduziu-se pela abertura, fumegando do contato com a barreira; com ela entrou uma súbita corrente de ar. As tapeçarias e peças de tecido nas paredes agitaram-se.

Passos. A escuridão se aproximando. Parecia inchar para preencher o aposento.

O gato recuou para um canto, reduzindo seu tamanho o mais que podia. A qualquer momento, agora, o olho me veria...

Outra rajada de chuva: as extremidades das tapeçarias se erguiam. Uma idéia se formou.

Não muito boa, mas eu não estava exigente então.

O gato pulou até o tecido mais próximo, uma peça delicada, possivelmente da América, exibindo humanos de formas quadrangulares em meio a um mar de cereais estilizados. Forcejou para escalar até o topo, onde cordões providentes prendiam a peça à parede. Um *flash* de garras — o tecido foi liberado. Instantaneamente, o vento o capturou; agitou-o em direção ao centro do aposento, fazendo-o colidir com algo no meio da nuvem negra.

O gato já se ocupava da tapeçaria seguinte, liberando-a. Depois a próxima. Em um instante, meia dúzia de peças de tecido haviam sido removidas, voando em direção ao centro da sala, onde dançavam palidamente como fantasmas em meio ao vento e à chuva torrencial.

A criatura dentro da nuvem rasgara a primeira peça, mas outra fora soprada sobre ela. De todos os lados, pedaços de tecido mergulhavam e giravam, confundindo a criatura, obscurecendo-lhe a visão. Percebi braços enormes se agitando, pernas gigantescas tropeçando para trás e para frente nos limites do aposento.

Enquanto a criatura se mantinha ocupada, meu objetivo era rastejar para outro lugar qualquer.

Isso era mais fácil de pensar do que de fazer, uma vez que naquele instante a nuvem negra parecia preencher o cômodo e eu não queria tropeçar no corpo mortífero dentro dela. Então segui cautelosamente, colando-me às paredes.

Eu estava mais ou menos na metade do caminho, quando a criatura, evidentemente alcançando o máximo de frustração, perdeu toda a noção de perspectiva. Houve um súbito bater de pés e uma grande explosão rebentou contra a parede do lado esquerdo. O gesso despencou e uma nuvem de pó e escombros veio ao chão, para juntar-se ao redemoinho de vento, chuva e tecidos antigos.

Na segunda explosão a parede desabou e, com ela, todo o teto.

Por uma fração de segundo, o gato permaneceu imóvel, olhos arregalados; então se enroscou como uma esfera protetora.

Um instante mais tarde, várias toneladas de pedra, tijolo, cimento, aço e alvenaria desabaram diretamente sobre mim, soterrando o aposento.

Nathaniel

17

O homenzinho deu um sorriso desajeitado.

— Removemos a maior parte dos escombros, senhora — disse ele — e até agora nada encontramos.

A voz de Jessica Whitwell era fria e calma.

— Nada, Shubit? Você percebe que o que está me dizendo é absolutamente impossível. Acho que alguém está se esquivando.

— Humildemente acredito que não seja assim, senhora. — Ele decerto parecia humilde o bastante na ocasião, com suas pernas arqueadas ligeiramente flexionadas, a cabeça inclinada, o boné apertado com força nas mãos. Apenas o fato de se achar no centro de um pentagrama revelava sua natureza demoníaca. Isso e seu pé esquerdo, uma pata de urso negra e peluda brotando-lhe das calças, que por descuido ou capricho ele se esquecera de transformar.

Nathaniel olhou ameaçadoramente para o djim e tamborilou com os dedos no que esperava que fosse um gesto reflexivo e inquisidor. Sentava-se em uma cadeira simples de espaldar alto, decorada com couro verde, uma das várias dispostas ao redor do pentagrama em um círculo elegante. Adotara deliberadamente a mesma postura da sra. Whitwell — costas eretas, pernas cruzadas, cotovelos apoiados nos braços da cadeira — em uma tentativa de reproduzir seu ar de poderosa determinação. Tinha a sensação incômoda de que isso não disfarçava seu terror. Manteve a voz no tom mais equilibrado possível.

— Você precisa procurar em cada fenda das ruínas — disse. — Meu demônio tem de estar lá.

O homenzinho lançou-lhe um único olhar com seus olhos verdes brilhantes, mas fora isso o ignorou. Jessica Whitwell se manifestou.

— Seu demônio deve ter sido destruído, John — disse.

— Acho que eu teria sentido a perda, senhora — disse ele educadamente.

— Ou ele pode ter fugido de suas obrigações. — A voz retumbante de Henry Duvall ergueu-se de uma cadeira escura em frente a Nathaniel. O chefe de polícia preenchia cada centímetro dela; seus dedos tamborilavam impacientemente nos braços da peça. Os olhos negros cintilaram. — Com aprendizes superambiciosos sabe-se que tais coisas acontecem.

Nathaniel sabia que não deveria aceitar o desafio. Permaneceu em silêncio.

A sra. Whitwell dirigiu-se a seu servo mais uma vez.

— Meu aprendiz está certo, Shubit — disse ela. — Você precisa examinar os escombros novamente. Faça isso, a toda velocidade.

— Farei, senhora. — Inclinou a cabeça e desapareceu.

Houve um momento de silêncio na sala. Nathaniel manteve o semblante calmo, mas sua mente girava de emoção. Sua carreira e talvez sua vida estavam na balança, e Bartimaeus não podia ser encontrado. Apostara tudo em seu serviçal e, a julgar pelas expressões dos demais no aposento, acreditara-se que ele estava prestes a arruinar-se. Relanceou ao redor, testemunhando a insaciável satisfação nos olhos de Duvall, o inflexível desagrado nos de sua mestra e, das profundezas de uma poltrona de couro, a furtiva esperança nos do sr. Tallow. O chefe de Assuntos Internos passara a maior parte da noite distanciando-se de toda a operação de vigilância e derramando críticas sobre a cabeça de Nathaniel. Na verdade, Nathaniel não podia culpá-lo. Primeiro a Pinn's, depois a Galeria Nacional, agora (e pior de todos) o Museu Britânico. Assuntos Internos estavam em um apuro desesperador, e o ambicioso chefe de polícia preparava-se para fazer sua jogada. Assim que a extensão dos danos ao museu tornara-se clara, o sr. Duvall insistira em estar presente à operação de limpeza. Supervisionara tudo com mal disfarçado triunfo.

— Bem... — O sr. Duvall bateu com as mãos nos joelhos e fez menção de levantar-se. — Acho que já desperdicei tempo bastante, Jessica. Em resumo, acompanhando os esforços dos Assuntos Internos, temos: uma ala do Museu Britânico arruinada e centenas de artefatos perdidos dentro dele. Temos um rastro de destruição no andar térreo, várias estátuas de valor inestimável destruídas ou quebradas e a pedra de Roseta pulverizada. Não temos o autor deste crime e nenhuma perspectiva de encontrá-lo. A Resistência está livre como um passarinho. E o sr. Mandrake perdeu seu demônio. Um cômputo que não é admiravelmente impressionante, mas que ainda assim devo comunicar ao primeiro-ministro.

— *Por favor, continue sentado*, Henry. — A voz da sra. Whitwell soou tão venenosa que Nathaniel sentiu a pele formigar. Até mesmo o chefe de polícia pareceu trespassado por ela: após um momento de hesitação, voltou a relaxar no assento. — A investigação ainda não terminou — continuou ela. — Esperaremos mais alguns minutos.

O sr. Duvall estalou os dedos. Um serviçal humano adiantou-se das sombras, carregando uma bandeja de prata com vinho. O sr. Duvall pegou um copo e fez girar o vinho dentro dele, circunspecto. Fez-se um longo silêncio.

Julius Tallow arriscou uma opinião por sob seu chapéu de abas largas.

— É uma pena que *meu* demônio não estivesse na cena do crime — declarou. — Nemeides é uma criatura competente e teria conseguido alguma comunicação comigo antes de morrer. Esse Bartimaeus era evidentemente mais fraco.

Nathaniel lançou-lhe um olhar furioso, mas nada disse.

— Seu demônio — disse Duvall, olhando de repente para Nathaniel. — De que nível era ele?

— Era um djim de quarto nível, senhor.

— Criaturas instáveis. — Ele girava o copo. O vinho dançava sob a luz de néon do teto. — Ardilosas e difíceis de controlar. Poucas pessoas da sua idade as controlam.

A implicação era clara. Nathaniel ignorou-a.

— Faço o melhor que posso, senhor.

— Eles requerem invocações complexas. Algumas citações incorretas destroem os magos, ou fazem com que o demônio enlouqueça. Pode ser destruidor... resultar em prédios inteiros sendo destruídos. — Os olhos escuros cintilaram.

— Isto não aconteceu no meu caso — disse Nathaniel calmamente. Segurou os dedos com força para impedi-los de tremer.

O sr. Tallow fungou.

— A juventude foi claramente promovida para além da aptidão.

— Exatamente — apoiou Duvall. — Primeira coisa sensata que você disse, Tallow. Talvez a sra. Whitwell, *que o promoveu*, tenha um comentário a fazer a esse respeito? — ele forçou um sorriso.

Jessica Whitwell recompensou Tallow com um olhar de pura maldade.

— Acredito que *você* seja um especialista extraordinário em invocações equivocadas, Julius — disse ela. — Não foi assim que sua pele adquiriu essa cor encantadora?

O sr. Tallow enterrou um pouco mais o chapéu de abas largas sobre a face amarela.

— Não foi minha culpa — disse sombriamente. — Havia um erro de impressão em meu livro.

Duvall sorriu, levou o copo aos lábios.

— Chefe dos Assuntos Internos e interpreta mal o próprio livro. Ai, meu Deus! Que esperança temos? Bem, veremos se *meu* departamento pode lançar alguma luz sobre a Resistência, quando receber seus poderes adicionais. — Deu um curto gole, esvaziou o copo de uma vez. — Primeiro sugerirei...

Sem ruído, odor ou outro truque teatral, o pentagrama foi ocupado mais uma vez. O homenzinho desajeitado estava de volta, desta vez com duas patas de urso no lugar de pés. Carregava delicadamente um objeto com ambas as mãos. Um gato desgrenhado, débil e comatoso.

Ele abriu a boca para falar, então — lembrando-se de sua simulação de humildade — soltou o gato de forma que este balançou em uma de suas mãos, suspenso pela cauda. Usou a outra mão para retirar o boné de maneira apropriadamente servil.

— Madame — começou —, encontramos este espécime no espaço entre duas vigas quebradas; em uma pequena abertura estava ele, madame; metido lá dentro. Não o percebemos da primeira vez.

A sra. Whitwell franziu as sobrancelhas com aversão.

— Esta coisa... é merecedora de nossa atenção?

As lentes de Nathaniel, como as de sua mestra, não projetavam nenhuma luz adicional: para ele, era um gato em todos os três planos. Entretanto, Nathaniel adivinhou o que estava vendo, e o animal parecia morto. Ele mordeu o lábio.

O homenzinho fez uma careta, balançou o gato para frente e para trás pela cauda.

— Depende do que a senhora chama de "merecedor", madame. É um djim de má reputação, isto é certo. Feio, descuidado; exala um mau cheiro desagradável no sexto plano. Além disso...

— *Presumo* — interrompeu a sra. Whitwell — que ele ainda esteja vivo.

— Sim, madame. Precisa simplesmente de um estímulo apropriado para acordar.

— Certifique-se de fazer isto, depois pode partir.

— Com prazer. — O homenzinho lançou o gato informalmente para o alto; apontou, pronunciou uma palavra. Um arco vibrante de eletricidade verde brotou de seu dedo, acertou em cheio o gato e o susteve balançando e dançando no ar, com todo o pêlo eriçado. O homenzinho bateu palmas e desceu até o chão. Um instante se passou. A eletricidade verde extinguiu-se. O gato mergulhou no centro do pentagrama, onde, em desafio a todas as leis normais, pousou sobre o dorso. Permaneceu ali um momento, pernas apontadas para fora em quatro direções, a partir de uma bola de pêlos estática.

Nathaniel ergueu-se.

— Bartimaeus!

Os olhos do gato se abriram; exibiam uma expressão indignada.

— Não precisa gritar. — Ele interrompeu-se e piscou. — O que aconteceu com você?

— Nada. Você está de cabeça para baixo.

— Ah. — Com um turbilhão de movimentos, o gato se endireitou. Olhou ao redor do aposento, percebendo Duvall, Whitwell e Tallow sentados, impassíveis em suas cadeiras de espaldar alto. Coçou-se negligentemente com uma das patas traseiras. — Vejo que tem companhia.

Nathaniel assentiu. Por baixo do sobretudo escuro, mantinha os dedos cruzados, rezando para que Bartimaeus não revelasse nada inapropriado, tal como seu nome.

— *Cuidado* com a forma como me responde — disse ele. — Estamos entre os grandes. — Fez com que a advertência soasse o mais pomposa possível, em respeito a seus superiores.

O gato olhou silenciosamente para os outros magos por um instante. Ergueu a pata, inclinou-se para diante em atitude conspiradora.

— Cá entre nós, já vi maiores.

— Assim como eles, imagino. Você parece um pompom com pernas.

O gato percebeu suas condições pela primeira vez. Sibilou de contrariedade e transformou-se instantaneamente; uma pantera negra acomodou-se no pentagrama, coberta de pêlo macio e brilhante. Enroscou elegantemente a cauda em torno das patas.

— E então, você quer meu relato?

Nathaniel ergueu uma das mãos. Tudo dependia do que o djim anunciaria. Se Bartimeus não possuísse um sólido entendimento da natureza do adversário, a posição de Nathaniel era de fato vulnerável. O nível de destruição no Museu Britânico podia quase comparar-se ao de Picadilly na semana anterior, e ele sabia que um demônio mensageiro já havia visitado a sra. Whitwell, comunicando a fúria do primeiro-ministro. Aquilo era um mau presságio para Nathaniel.

— Bartimaeus — disse ele —, o que sabemos é isto. Seu sinal foi visto fora do museu na noite passada. Cheguei logo depois, junto com outros de meu departamento. Distúrbios foram ouvidos lá dentro. Selamos o museu.

A pantera estendeu as garras e tamborilou no chão significativamente.

— Sim, eu meio que percebi isto.

— Aproximadamente à 1h44 da manhã, uma das paredes internas da ala leste desabou. Logo depois, algo desconhecido rompeu o cordão de segurança, matando demônios nas proximidades. Desde então investigamos a área. Nada foi descoberto, a não ser você... inconsciente.

A pantera deu de ombros.

— Bem, o que você espera quando um prédio cai em cima de mim? Que eu esteja dançando uma mazurca nas ruínas?

Nathaniel tossiu alto e parou.

— Seja como for — disse em tom severo —, na ausência de outras provas, a culpa cairá sobre você como causa de toda essa devastação, a menos que possa nos fornecer informação do contrário.

— O quê! — Os olhos da pantera arregalaram-se de horror. — Você está *me* culpando? Depois de tudo que sofri? Minha essência tornou-se um grande hematoma, posso lhe dizer! Consegui hematomas onde hematomas não devem estar!

— Então — disse Nathaniel —, qual a causa disto?

— Qual a causa de o prédio desabar?

— Sim.

— Você quer saber o que causou toda a devastação da noite passada e ainda por cima desapareceu bem debaixo de seus narizes?

— Certo.

— Então você está me questionando sobre a identidade da criatura que chega como se surgisse de lugar algum, parte novamente sem ser vista e, enquanto está aqui, envolve-se em um manto de escuridão para proteger-se da visão de espíritos, humanos ou animais, neste e em todos os outros planos? É serio que é isto o que está me perguntando?

O coração de Nathaniel afundou até as botas.

— Sim.

— É fácil. É um golem.

Houve um pequeno arquejo vindo da direção da sra. Whitwell e pigarros de Tallow e Duvall. Nathaniel voltou a sentar-se, em choque.

— Um... um golem?

A pantera lambeu uma pata e alisou o pêlo acima de um dos olhos.

— É melhor acreditar, exterminador.

— Você tem certeza?

— Um gigante de barro vivo, resistente como granito, invulnerável ao ataque, com força para derrubar paredes. Envolve-se em escuridão e carrega o odor da terra de seu velório. Um toque que traz a morte a todos os seres do ar e do fogo como eu... que em segundos reduz nossas essências a cinzas ardentes. Sim, eu diria que tenho bastante certeza.

A sra. Whitwell fez um gesto desdenhoso.

— Você pode estar errado, demônio.

A pantera girou os olhos amarelos na direção dela. Por um horrível instante, Nathaniel pensou que o animal fosse tornar-se insolente. Mas pareceu reconsiderar e inclinou a cabeça respeitosamente.

— Madame, eu posso. Mas já vi golens antes, em meu tempo em Praga.

— Em Praga, sim! Há séculos. — O sr. Duvall falou pela primeira vez; parecia irritado com o desenrolar dos acontecimentos. — Eles desapareceram com o Sacro Império Romano. O último registro de seu emprego contra nossas forças foi na época de Gladstone. Impeliram um de nossos batalhões para dentro do Vltava, embaixo das muralhas de seu castelo. Mas os magos que os controlavam foram localizados e destruídos e os golens desintegrados na Ponte de Pedra. Isto é tudo nos registros do dia.

A pantera inclinou-se novamente.

— Senhor, isto pode muito bem ser verdade.

O sr. Duvall golpeou com um punho pesado o braço de sua cadeira.

— *É* verdade! Desde a implosão do Império Tcheco, nenhum golem foi registrado. Os magos que desertaram a nosso favor não trouxeram os segredos de sua construção, enquanto os que permaneceram em Praga eram sombras de seus precursores, amadores em magia. Portanto, o saber se perdeu.

— Evidentemente não para todos. — O djim balançava a cauda para trás e para frente. — As ações do golem estavam sendo controladas por alguém. Ele ou ela estava observando através de um olho mágico na testa do golem. Vi o reflexo de sua inteligência quando as nuvens negras retrocederam.

— Bah! — O sr. Duvall mostrava-se cético. — Isto é um negócio fantasioso. O demônio está mentindo!

Nathaniel olhou de relance para sua mestra; ela franzia o rosto.

— Bartimaeus — disse ele —, ordeno que fale sinceramente. Pode haver alguma dúvida no que você está dizendo?

Os olhos amarelos piscaram devagar.

— Nenhuma. Há quatrocentos anos, testemunhei as atividades do primeiro golem, que o grande mago Loew criou no fundo do gueto em Praga. Ele o enviava, de seu sótão repleto de mortalhas e teias de aranha, para instilar o medo nos inimigos de seu povo. O golem era, em si mesmo, uma criatura proveniente da magia, mas combatia a magia dos djins. Utilizava a essência da terra com grande poder: nossos feitiços falhavam em sua presença, ele nos cegava e enfraquecia, nos derrubava. A criatura que enfrentei na noite passada era do mesmo tipo. Matou um de meus companheiros. Não estou mentindo.

Duvall pigarreou.

— Não sobrevivi até hoje acreditando em cada história que um demônio conta. Isto é uma ficção grosseira para proteger o mestre dele. — Ele empurrou o copo para um lado e, pondo-se de pé, lançou um olhar furioso ao seu redor. — Mas golem ou não, faz pouca diferença. Está claro que Assuntos Internos perderam todo o controle da situação. Solicitarei imediatamente uma entrevista com o primeiro-ministro. Bom dia para vocês.

Ele caminhou em direção à porta com as costas aprumadas, o couro em suas botas de cano longo chiando. Ninguém disse uma palavra.

A porta estava fechada. A sra. Whitwell permaneceu quieta. As luzes raiadas no teto brilhavam dolorosamente sobre ela; seu rosto achava-se mais cadavérico que o habitual. Ela acariciou o queixo saliente de forma pensativa, as longas unhas produzindo um leve ruído de atrito sobre a pele.

— Precisamos considerar isto com muito cuidado — disse ela por fim. — Se o demônio estiver dizendo a verdade, obtivemos informação valiosa. Mas Duvall está certo ao ser cético, embora fale movido pelo desejo de menosprezar nossas realizações. Criar um golem é algo difícil, considerado quase impossível. O que sabe a esse respeito, Tallow?

O ministro fez uma careta.

— Muito pouco, senhora, graças a Deus. É um tipo primitivo de magia que nunca foi praticado em nossa sociedade esclarecida. Nunca me preocupei em investigar.

— E você, Mandrake?

Nathaniel limpou a garganta; sempre apreciava questões de conhecimentos gerais.

— Um mago necessita de dois artefatos poderosos, senhora — disse claramente —, cada um com uma função diferente. Primeiramente, ele ou ela precisa de um pergaminho inscrito com o feitiço que traz o golem à vida; uma vez que o corpo tenha sido modelado a partir de argila de rio, o pergaminho é inserido dentro da boca do golem para animá-lo.

Sua mestra assentiu.

— Exatamente. Esse é o feitiço considerado perdido. Os mestres tchecos nunca deixaram por escrito o segredo.

— O segundo artefato — continuou Nathaniel — é uma peça de argila especial, criada por feitiços separados. É colocada sobre a testa do monstro e ajuda a concentrar seu poder. Atua como um olho mágico para o mago, assim como Bartimaeus descreveu. Então, ele ou ela podem controlar a criatura através de uma esfera de cristal.

— Correto. Portanto, se o seu demônio estiver dizendo a verdade, estamos procurando por alguém que obteve tanto o olho do golem quanto o pergaminho que lhe dá vida. Quem poderia ser?

— Ninguém. — Tallow entrelaçou os dedos e, dobrando-os, fez as juntas estalarem ruidosamente, como uma saraivada de disparos de rifle. — É absurdo. Tais objetos não existem mais. A criatura de Mandrake deveria ser consignada ao Fogo Atrofiante. Quanto a Mandrake, madame, este desastre é responsabilidade *dele*.

— Você parece muito confiante no que diz respeito a estes fatos — observou a pantera, bocejando alto e exibindo um impressionante conjunto de dentes. — É verdade que os pergaminhos se desintegram quando são removidos da boca do golem. E, de acordo com os termos do feitiço, o monstro deve então retornar a seu mestre e se desfazer novamente no barro, a fim de que o corpo também não sobreviva. Mas o olho do golem não é destruído. Pode ser usado muitas vezes. Portanto, pode muito bem haver um aqui, na Londres moderna. Por que você está tão amarelo?

A mandíbula de Tallow despencou de cólera.

— Mandrake, mantenha esta coisa sob controle, ou vou fazê-lo sofrer as conseqüências.

Nathaniel prontamente retirou seu sorriso.

— Sim, sr. Tallow. Silêncio, escravo!

— Oooh, perdoem-me, com certeza.

Jessica Whitwell ergueu uma das mãos.

— Apesar de sua insolência, o demônio está correto em uma explicação ao menos. Olhos de golens existem. Eu mesma vi um deles, dois anos atrás.

Julius Tallow ergueu uma das sobrancelhas.

— Verdade, senhora? Onde?

— Na coleção de alguém que todos temos motivos para lembrar. Simon Lovelace.

Nathaniel teve um ligeiro sobressalto; um frio tremor correu entre suas omoplatas. O nome ainda tinha poder sobre ele. Tallow deu de ombros.

— Lovelace está morto há muito tempo.

— Eu sei... — A sra. Whitwell tinha um ar de preocupação. Recostou-se na cadeira e girou para ficar de frente para outro pentagrama, semelhante àquele onde se sentava a pantera. O aposento continha vários deles, cada um com traçado imperceptivelmente distinto. Ela estalou os dedos e seu djim apareceu, desta vez com a aparência completa de urso. — Shubit — disse ela —, visite as câmaras de artefatos abaixo da Segurança. Localize a coleção de Lovelace; catalogue-a completamente. No meio dela, você vai encontrar um olho esculpido em argila endurecida. Traga-o para mim, rápido.

O urso flexionou as pernas e desapareceu assim como surgiu.

Julius Tallow brindou Nathaniel com um sorriso repugnante.

— *Este* é o tipo de serviçal de que precisa, Mandrake — disse ele. — Nenhuma lábia, nenhuma tagarelice. Obedece sem questionar. Eu me livraria desta cobra aduladora, se fosse você.

A pantera sacudiu a cauda.

— Ei, todos nós temos problemas, amigo. Sou excessivamente falador. Você parece um campo de margaridas dentro de um terno.

— O traidor Lovelace possuía uma coleção interessante — filosofou a sra. Whitwell, ignorando os gritos de fúria de Tallow. — O olho do golem foi um dos vários itens dignos de atenção que confiscamos. Será interessante inspecioná-lo agora.

Com um ruído seco de articulações peludas, o urso voltara, pousando com agilidade no centro de seu círculo. Suas patas estavam vazias, a não ser pelo boné, que ele segurava com postura esplendidamente humilde.

— É, este é o tipo de serviçal que você necessita — disse a pantera. — Nada de conversa. Obediente. Absolutamente inútil. Pode esperar: ele deve ter esquecido suas obrigações.

A sra. Whitwell fez um sinal impaciente.

— Shubit, você esteve na coleção de Lovelace?

— Sim, madame.

— Há um olho de argila entre os itens?

— Não, madame. Não há.

— Ele estava entre os artigos classificados no inventário?

— Estava. Número 34, madame: "Um olho de argila de nove centímetros de largura, decorado com símbolos cabalísticos. Finalidade: olho mágico de golem. Origem: Praga."

— Pode ir embora. — A sra. Whitwell girou novamente a cadeira para encarar os demais. — Então — disse —, *havia* tal olho. Agora se foi.

O rosto de Nathaniel corou de excitação.

— *Não pode* ser uma coincidência, senhora. Alguém o roubou e o colocou em uso.

— Mas Lovelace possuía o pergaminho vitalizador em sua coleção? — perguntou Tallow irritado. — Claro que não! Portanto, de onde veio?

— Isto — disse Jessica Whitwell — é o que precisamos descobrir. — Ela esfregou as mãos magras e brancas uma na outra. — Cavalheiros, temos uma nova situação. Depois da catástrofe desta noite, Duvall pressionará o primeiro-ministro a fim de obter mais poder às minhas custas. Preciso ir a Richmond agora e me preparar para falar contra ele. Em minha ausência, quero que você, Tallow, continue organizando a vigilância. Sem dúvida, o golem, se é que é disso que se trata, atacará novamente. Neste momento, eu o encarrego disto sozinho.

O sr. Tallow assentiu com ar satisfeito. Nathaniel limpou a garganta.

— A senhora... er, a senhora não quer mais que eu esteja envolvido, madame?

— Não. Você está andando na corda bamba, John. Delego a você uma grande responsabilidade e o que acontece? A Galeria Nacional e o Museu Britânico são saqueados. Entretanto, graças ao seu demônio, temos uma pista da natureza de nosso inimigo. Agora precisamos descobrir a identidade de quem quer que o esteja controlando. É um poder estrangeiro? Um traidor local? O roubo do olho do golem sugere que alguém descobriu os meios de criar o feitiço vitalizador. Você deve começar por aí. Busque o conhecimento perdido e faça isto rápido.

— Sim, senhora. Como quiser. — Os olhos de Nathaniel estavam vidrados de dúvida. Ele não fazia a menor idéia de como dar início à tarefa.

— Devemos atacar o golem através de seu mestre — disse a sra. Whitwell. — Quando descobrirmos a origem do conhecimento, descobriremos a face de nosso inimigo. E então poderemos agir de forma decisiva. — Sua voz era dura.

— Sim, senhora.

— Este seu djim parece útil... — Contemplou a pantera, que limpava as patas com as costas voltadas para eles, ignorando intencionalmente a conversa.

Nathaniel exibiu uma expressão relutante.

— Está tudo certo, suponho.

— Ele sobreviveu ao golem, o que é mais do que qualquer outro já fez. Leve-o com você.

Nathaniel deteve-se por um momento.

— Desculpe, senhora, acho que não entendi. Aonde quer que eu vá?

Jessica Whitwell estava de pé, pronta para partir.

— Aonde você acha? O lar histórico de todos os golens. O local onde, acima de qualquer outro, o ensinamento deve ter sido preservado. Quero que vá a Praga.

Kitty

18

Kitty raras vezes permitia que considerações além do grupo a afetassem, mas, um dia depois de as chuvas cessarem, fez uma viagem para ver os pais novamente.

Naquela noite, na reunião de emergência, a Resistência conheceria a nova grande esperança, o maior serviço do qual já haviam sido encarregados. Restava descobrir os detalhes, mas um ar de expectativa quase doloroso prevalecia na loja, um peso de excitação e incerteza que deixava Kitty fora de si de alvoroço. Dobrando-se à sua inquietude, ela saiu cedo, comprou um pequeno ramo de flores em um quiosque e pegou o ônibus lotado para Balham.

A rua estava silenciosa como sempre; a pequena residência, em ordem e bem cuidada. Ela bateu alto na porta, tateando à procura das chaves em sua bolsa, enquanto sustentava as flores o melhor que podia entre o ombro e o queixo. Antes de localizá-las, uma sombra aproximou-se por trás do vidro e sua mãe abriu a porta, espreitando à sua volta com hesitação.

Seus olhos ganharam vida.

— Kathleen! Que amor! Entre, querida.

— Oi, mãe. Isto é para você.

Um complicado ritual de beijos e abraços se seguiu, em meio a flores sendo inspecionadas e Kitty tentando se espremer para entrar no corredor.

Por fim, com dificuldade, a porta foi fechada e Kitty conduzida à cozinha pequena e familiar, onde batatas ferviam no fogão e seu pai sentava-se à mesa lustrando os sapatos. Com as mãos ainda ocupadas com escova e sapato, ele se levantou, permitiu que ela lhe beijasse a bochecha, então a conduziu a uma cadeira vazia.

— Estou fazendo ensopado de carne com batatas, querida — disse a mãe de Kitty. — Vai estar pronto em cinco minutos.

— Ah, isto é ótimo. Obrigada.

— E então... — Após um instante de ponderação, seu pai colocou a escova sobre a mesa e pôs o sapato com o solado para baixo ao lado. Lançou à filha um amplo sorriso. — Como vai a vida entre potes e tintas?

— Agradável. Nada de especial, mas estou aprendendo.

— E o sr. Pennyfeather?

— Está ficando um pouco cansado. Não caminha tão bem agora.

— Deus me livre. E os negócios? Mais importante, vocês têm uma clientela de magos? Eles pintam?

— Não muito.

— *É* nesse sentido que vocês precisam direcionar suas energias, garota. É onde está o dinheiro.

— Sim, pai. Estamos direcionando nossas energias para os magos agora. Como vai o trabalho?

— Ah, você sabe. Fiz uma grande venda na Páscoa.

— A Páscoa foi meses atrás, pai.

— Os negócios estão devagar. Que tal uma xícara de chá, Margaret?

— Não antes do almoço. — Sua mãe pegava talheres extras e arrumava o lugar à mesa diante de Kitty com um cuidado reverente. — Sabe, Kitty — disse ela —, não entendo por que não fica aqui conosco. Não é tão longe assim. E seria mais barato para você.

— O aluguel não é alto, mãe.

— Sim, mas a comida e tudo o mais. Você deve gastar muito, quando poderíamos cozinhar para você. É um desperdício de dinheiro.

— Mmm. — Kitty pegou seu garfo e começou a bater distraidamente na mesa. — Como vai a sra. Hyrnek? — perguntou. — E Jakob, vocês o têm visto ultimamente?

Sua mãe pusera um grande par de luvas de cozinha e estava ajoelhada diante do forno; uma rajada de ar quente, carregado do odor de carnes temperadas, foi expelida pela porta aberta do forno. Sua voz ecoou de forma estranha enquanto inspecionava o interior.

— Jarmilla está bastante bem — disse ela. — Jakob trabalha para o pai, como você sabe. Não o tenho visto. Ele não sai. George, você poderia me trazer o suporte de madeira? Isto está borbulhando de quente. Agora escorra as batatas. Você deveria visitá-lo, querida. Ele ficaria feliz por ter companhia, pobre rapaz. Especialmente se for você. É uma pena que não o veja mais.

Kitty franziu a testa.

— Não era o que você *costumava* dizer, mãe.

— Tudo isto foi há *muito* tempo... Agora você está muito mais sensata. Ah, e a avó morreu, Jarmilla me contou.

— O quê? Quando?

— Algum dia do mês passado. Não me lance este olhar... se você viesse nos ver com mais freqüência, teria sabido mais cedo, não teria? Não que eu veja que isto importa muito para você, em todo caso. Ah, sirva-se, George. Senão vai esfriar.

As batatas estavam cozidas demais, mas o assado estava excelente. Kitty comeu vorazmente e, para o prazer de sua mãe, lançou-se sobre uma segunda porção antes que seus pais houvessem terminado a primeira. Então, enquanto sua mãe lhe contava as novidades a respeito de pessoas que Kitty nunca conhecera ou das quais não se lembrava, ela recostou-se em silêncio, manuseando um objeto pequeno, liso e pesado no bolso da calça, perdida em pensamentos.

A noite que se seguiu ao julgamento foi profundamente desagradável para Kitty, uma vez que primeiro sua mãe, depois seu pai, exprimiram sua fúria diante das conseqüências. Foi em vão que Kitty lembrou-os de sua inocência, da perversidade de Julius Tallow. Foi em vão que jurou de alguma forma encontrar as seiscentas libras necessárias para aplacar a cólera do tribunal. Seus pais mostravam-se insensíveis. O argumento deles resumia-se a uns poucos pontos eloqüentes: (1) Eles não tinham o dinheiro. (2) Precisariam vender a casa. (3) Ela era uma fedelha estúpida e arrogante por pensar em desafiar um mago. (4) O que todos lhe haviam dito? (4b) O que *eles* lhe haviam dito? (5) Para não fazer aquilo. (6) Mas ela era muito cabeça-dura para dar ouvidos. E (7) *agora,* o que eles iriam fazer?

O confronto terminara da forma previsível, com a mãe soluçando, o pai indignado e Kitty precipitando-se furiosamente para o quarto. Foi apenas quando estava lá, sentada sobre a cama, encarando de olhos vermelhos a parede, que se lembrou do velho, o sr. Pennyfeather, e de sua estranha oferta de auxílio. Aquilo lhe fugira por completo da mente durante a discussão, e naquele instante, em meio à sua confusão e angústia, parecia totalmente irreal. Empurrou o assunto para o fundo da mente.

Sua mãe, trazendo-lhe uma conciliatória xícara de chá horas mais tarde, encontrou uma cadeira firmemente apoiada contra a porta pelo lado de dentro. Comunicou, através do fino compensado:

— Esqueci de lhe dizer uma coisa, Kathleen. Seu amigo Jakob saiu do hospital. Foi para casa esta manhã.

— O quê! Por que você não me contou? — A cadeira foi febrilmente removida; um rosto corado lançou um olhar penetrante para fora sob uma madeixa de cabelos despenteados. — Preciso vê-lo.

— Acho que não será possível. Os médicos...

Mas Kitty já havia partido.

Ele estava sentado na cama, vestindo um pijama azul novo em folha, que ainda trazia os vincos nas mangas. Suas mãos manchadas achavam-se cruzadas no colo. Uma tigela de vidro repleta de uvas jazia intocada sobre o cobertor. Dois círculos brancos brilhantes de gaze recente estavam presos sobre seus olhos, e uma curta penugem crescia em seu couro cabeludo. O rosto permanecia do modo como ela se lembrava, manchado do terrível banho de cinza e preto.

Quando ela entrou, ele abriu um ligeiro sorriso deformado.

— Kitty! Isso foi rápido.

Tremendo, ela aproximou-se da cama e segurou a mão dele.

— Como... como você sabia que era eu?

— Ninguém mais sobe as escadas como um elefante, como você faz. Você está bem?

Ela olhou de relance para suas mãos imaculadas e rosadas.

— Sim. Estou ótima.

— Eu *soube*. — Ele tentou manter seu sorriso; fracassou por pouco. — Você teve sorte... Fico feliz.

— Sim. Como está se sentindo?

— Ah, cansado. Doente. Como uma rodela de bacon defumado. Minha pele dói quando me movimento. E coça. Eles dizem que tudo isto vai passar. E meus olhos estão sarando.

Kitty sentiu uma onda de alívio.

— Isto é ótimo! Quando...?

— Em algum momento. Não sei... — Ele pareceu subitamente cansado, irritável. — Não se preocupe com nada disso. Conte-me o que está acontecendo. Eu soube que você esteve no tribunal.

Ela lhe contou toda a história, exceto seu encontro com o sr. Pennyfeather. Jakob sentava-se ereto na cama, rosto enegrecido e sombrio. No final, suspirou.

— Você é *tão* estúpida, Kitty — disse ele.

— Obrigada. — Retirou algumas uvas do cacho e enfiou-as selvagemente na boca.

— Minha mãe lhe disse para não ir. Ela disse...

— Ela e todos os outros. Estão todos, *tão* certos. Eu *tão* completamente errada. — Kitty cuspiu sementes de uva na palma da mão e atirou-as dentro de uma caixa ao lado da cama.

— Acredite-me, sou grato pelo que tentou fazer. Lamento que esteja sofrendo por minha causa agora.

— Não é nada demais. Vamos encontrar o dinheiro.

— Todo mundo sabe que o tribunal é falso; não é o que você fez que conta ali, é quem você é e quem conhece.

— Certo! Não precisa continuar a falar sobre isto. — Kitty não estava com disposição para sermões.

— Não vou continuar. — Ele forçou um sorriso e teve um pouco mais de êxito do que antes. — Posso perceber sua cara feia através das bandagens.

Sentaram-se em silêncio por algum tempo. Por fim, Jakob disse:

— De qualquer forma, não precisa achar que Tallow vai sair dessa livre de pagamento e castigo. — Esfregou a lateral de seu rosto.

— Não coce. O que você está querendo dizer?

— Isto coça tanto! Quero dizer que há outras maneiras além do tribunal...

— Tais como?

— Ahh! Não adianta, tenho de sentar em cima das mãos. Bem, chegue mais perto... algo poderia ser ouvido... Certo. Tallow, sendo um mago, vai achar que está fora e livre de obstáculos. Não vai pensar em mim outra vez, se é que já o fez. E certamente não vai me ligar à Hyrnek's.

— A firma de seu pai?

— Bem, de quem mais? Claro que é a firma de meu pai. E isto vai custar caro a Tallow. Como muitos outros magos, ele encaderna seus livros de magia na Hyrnek's. Karel me contou: ele checou as contas. Tallow faz pedidos conosco a cada dois anos. Gosta de encadernação em pele de crocodilo marrom, então podemos acrescentar ausência de bom gosto a seus outros crimes. Bem, podemos esperar. Mais cedo ou mais tarde, ele nos enviará outro livro para encadernar, ou algo mais... Ah! Não agüento! Tenho de coçar!

— *Não* Jakob, em vez disto coma uma uva. Tire isto da cabeça.

— Não vai adiantar. Acordo à noite coçando o rosto. Mamãe tem de cobrir minhas mãos com ataduras. Mas agora está me *matando*... você vai precisar chamar mamãe para passar creme.

— É melhor que eu vá.

— Daqui a um minuto. Mas eu estava dizendo... não será apenas a encadernação do livro de Tallow que será mudada da próxima vez.

Kitty franziu a testa.

— O quê... os feitiços lá dentro?

Jakob deu um sorriso amargurado.

— É possível substituir páginas, bulas ou alterar diagramas se você sabe o que está fazendo. Na verdade, é mais do que possível... é absolutamente fácil para as pessoas que meu pai conhece. Vamos sabotar uns poucos encantamentos plausíveis e então... veremos.

— Ele não vai perceber?

— Ele vai simplesmente ler o feitiço, desenhar o pentagrama, ou o que quer que faça, e então... Quem sabe? Coisas perigosas acontecem com magos quando os feitiços dão errado. Meu pai me diz que é uma arte precisa. — Jakob recostou-se nos travesseiros. — Pode levar anos antes que Tallow caia na armadilha, mas e daí? Estou dentro pelo tempo que precisar. Meu rosto ainda estará arruinado daqui a quatro, cinco anos. Posso esperar. — Afastou o rosto de repente. — É melhor você chamar minha mãe agora. E não conte o que acabei de lhe dizer.

Kitty localizou a sra. Hyrnek na cozinha; coava uma estranha e oleosa loção branca, espessa com ervas aromáticas verde-escuras, dentro de um frasco de medicamento. Ante as notícias de Kitty, ela assentiu, os olhos sombrios de cansaço.

— Preparei a loção bem a tempo — disse, fechando o frasco precipitadamente e lançando mão de um pano que se achava sobre o aparador. — Você vai sozinha até a porta, não vai? — Com isto, precipitou-se para fora do aposento.

Kitty havia dado não mais do que dois passos arrastados na direção do corredor quando um assobio baixo, curto, paralisou-a em seu caminho.

Virou-se: a avó idosa de Jakob sentava-se em sua cadeira habitual ao lado do fogão, uma grande tigela de ervilhas sem descascar enfiada no colo ossudo. Seus olhos pretos brilhantes cintilaram na direção de Kitty; as inumeráveis rugas em seu rosto deslocaram-se quando ela sorriu. Kitty retribuiu o sorriso de forma vacilante. Uma mão macilenta foi erguida; um dedo enrugado curvou-se e acenou duas vezes. Com o coração aos pulos, Kitty se aproximou. Nunca, em nenhuma de suas muitas visitas, ela trocara duas palavras com a avó de Jakob; jamais a ouvira sequer falar. Um pânico ridículo a engolfou. O que deveria dizer? Não falava tcheco. O que a velha queria? De repente, Kitty sentiu-se parte de um conto de fadas, uma criança abandonada presa na cozinha de uma bruxa canibal. Ela...

— Isto — disse a avó de Jakob com o sotaque claro e áspero do sul de Londres — é para você. — Ela enfiou uma das mãos em algum lugar dentro dos bolsos de sua volumosa saia. Seus olhos não se afastavam do rosto de Kitty. — Você deve mantê-lo perto... Ah, onde está o preguiçoso? Ah-ha... sim. Aqui.

A mão dela, quando a ergueu na direção de Kitty, achava-se fortemente apertada, e Kitty sentiu o peso do objeto, e sua frieza na palma da mão, antes de ver o que era. Um pequeno pingente de metal, com a forma de uma lágrima. Um diminuto laço no topo mostrava onde ele poderia ser fixado a uma corrente. Kitty não soube o que dizer.

— Obrigada — disse. — É... lindo.

A avó de Jakob grunhiu.

— Huh. É prata. Mais apropriado, garota.

— Deve... deve ser muito valioso. Eu... acho que não deveria...

— Pegue-o. E use-o. — Duas mãos curtidas envolveram as de Kitty, dobrando-lhe os dedos sobre o pingente. — Nunca se sabe. Agora, tenho cem ervilhas para descascar. Talvez 102... uma para cada ano, eh? Bem. Preciso me concentrar. Desapareça!

Os dias seguintes assistiram a reiteradas deliberações entre Kitty e seus pais, mas o resultado era sempre o mesmo — com todas as suas economias juntas, ainda lhes faltavam várias centenas de libras para a multa da Corte. Vender a casa, com a incerteza que isso implicava, parecia a única solução.

Exceto, possivelmente, pelo sr. Pennyfeather.

"Ligue se estiver interessada. Dentro de uma semana." Kitty não o mencionara a seus pais, ou a ninguém mais, porém as palavras dele estavam sempre em sua mente. Ele prometera ajudá-la e, em princípio, ela não tinha nenhum problema com isso. A questão era: por quê? Não achava que aquilo fosse fruto da bondade de seu coração.

Mas seus pais perderiam a casa se ela não agisse.

T. E. Pennyfeather certamente existia na lista telefônica: estava registrado como "Fornecedor de Artistas" em Southwark, sob o mesmo número de telefone que Kitty possuía no cartão. De forma que muito de sua história parecia ser verdadeira.

Mas o que ele queria? Em parte, Kitty sentia com todas as forças que deveria deixá-lo em paz; por outro lado, não conseguia enxergar o que tinha a perder. Se não liquidasse logo a dívida, seria presa, e o oferecimento do sr. Pennyfeather era a única corda salva-vidas a que podia se agarrar.

Por fim, Kitty decidiu-se.

Havia uma cabine telefônica a duas ruas de onde morava. Certa manhã, Kitty espremeu-se em seu interior estreito e úmido e ligou o número.

Uma voz atendeu, áspera e ofegante.

— Suprimento para artistas. Alô.

— Sr. Pennyfeather?

— Srta. Jones! Estou encantado. Tive medo de que não ligasse.

— Aqui estou eu. Ouça, estou... estou interessada em sua oferta, mas preciso saber o que quer de mim antes de ir adiante.

— Claro, claro. Eu lhe explicarei. Posso sugerir que nos encontremos?

— Não. Diga agora, por telefone.

— Não seria prudente.

— Para mim seria. Não vou me arriscar. Não sei quem o senhor...

— Certamente. Vou sugerir uma coisa. Se não concordar, tanto melhor. Nosso contato terá terminado. Se concordar, continuaremos avançando. Minha sugestão: nos encontrarmos no Café Druida em Seven Dials. A senhorita conhece? Um local popular... sempre cheio. Lá poderá conversar comigo em segurança. Se estiver em dúvida, posso sugerir outra coisa. Lacre meu cartão em um envelope junto com a informação sobre onde nos encontraremos. Deixe-o em seu quarto, ou envie-o para si mesma. Não importa. Se algo lhe acontecer, a polícia me encontrará. Isso deve deixá-la sossegada. Outra coisa. Qualquer que seja o resultado de nosso encontro, terminarei por lhe dar o dinheiro. Seu débito estará pago no final do dia.

O sr. Pennyfeather parecia esgotado devido ao longo discurso. Enquanto ofegava levemente, Kitty considerou o oferecimento. Não levou muito tempo. Era bom demais para resistir.

— Certo — disse ela. — Combinado. A que horas no Druida?

Kitty preparou-se cuidadosamente, escrevendo um bilhete a seus pais e fazendo-o deslizar para dentro de um envelope junto com o cartão. Depositou o envelope sobre a cama, apoiado no travesseiro. Seus pais não voltariam até as 19h. O encontro estava marcado para as 15h. Se tudo corresse bem, teria tempo suficiente para voltar e recolher o bilhete antes que fosse encontrado.

Saltou do metrô na praça Leicester e pôs-se a caminho em direção a Seven Dials. Um ou outro mago passava disparado em sua limusine conduzida por chofer; os demais forcejavam ao longo das calçadas repletas de turistas, protegendo os bolsos contra os batedores de carteira. Kitty avançava devagar.

Para acelerar a marcha, tomou um atalho, uma viela que contornava uma loja de fantasias e atravessava todo um quarteirão, abrindo-se novamente em uma rua próxima a Seven Dials. A ruela era úmida e estreita, mas não havia artistas de rua ou turistas em toda a sua extensão, o que, na opinião de Kitty, tornava-a um caminho esplêndido. Ela escapuliu por ali, pondo-se a caminhar a passos largos e olhando de relance para o relógio. Dez para as três. Cronometragem perfeita.

Na metade da viela, Kitty levou um susto. Com o guincho estridente de um demônio, um gato malhado saltou de um peitoril às ocultas, passando diante de seu rosto, e desapareceu por uma grade na parede oposta. Seguiu-se o som de garrafas derrubadas no interior. Silêncio.

Com um suspiro profundo, Kitty prosseguiu.

Um momento mais tarde, passos silenciosos insinuaram-se em sua retaguarda.

Os pêlos em sua nuca se eriçaram. Ela acelerou. Não entre em pânico. Era mais alguém pegando um atalho. De qualquer forma, o final da ruela não se achava longe. Podia vislumbrar as pessoas movimentando-se na rua principal mais adiante.

Os passos pareceram se acelerar junto com ela. Olhos arregalados, coração disparado, Kitty começou a trotar.

Então algo avançou das sombras de um portal. Vestia-se de preto e sua face estava coberta por uma máscara fina, com aberturas estreitas para os olhos.

Kitty gritou e virou-se.

Mais duas figuras mascaradas, andando nas pontas dos pés atrás dela.

Abriu a boca para gritar, mas não teve chance. Um de seus perseguidores fez um rápido movimento: algo saiu de suas mãos — uma esfera pequena e escura. O objeto chocou-se contra o solo diante de seus pés, fragmentando-se em nada. Do lugar onde desapareceu, ergueu-se um vapor negro, girando, tornando-se mais espesso.

Kitty estava assustada demais para se mover. Pôde apenas observar enquanto o vapor transformava-se em uma pequena criatura alada negro-azulada, com chifres longos e delgados e grandes olhos vermelhos. A coisa flutuou no ar por um instante, de cabeça para baixo, como se incerta quanto ao que fazer.

A figura que havia atirado a esfera apontou para Kitty e gritou um comando.

A coisa parou de girar. Um amplo sorriso de júbilo malvado quase dividiu sua face em duas.

Então ela abaixou os chifres, agitou freneticamente as asas e, com um guincho estridente de satisfação, lançou-se sobre a cabeça de Kitty.

19

Em um instante a coisa estava em cima dela, seus dois chifres pontiagudos emitindo luz e a boca repleta de dentes escancarada. Asas negro-azuladas bateram em seu rosto, pequenas mãos calejadas arranharam seus olhos. Kitty sentiu na pele o hálito fétido da criatura; o vagido fúnebre a ensurdeceu. Kitty a golpeou loucamente com os punhos, agora gritando alto, gritando...

Com uma forte e úmida explosão, a coisa rebentou, restando dela nada mais que uma chuva de frias gotículas negras e um persistente cheiro acre.

Kitty desabou contra a parede mais próxima, peito ofegante, olhando loucamente ao redor. Não havia dúvida — a coisa havia partido, e as três figuras mascaradas também. De ambos os lados, a viela achava-se vazia. Nada se movia.

Correu o mais rápido que pôde, precipitando-se na direção da rua apinhada, tramando, mergulhando e abrindo caminho através da multidão, subindo o aclive suave que conduzia a Seven Dials.

Ali, sete ruas convergiam em um cruzamento pavimentado, rodeado, de todos os lados, por extensos prédios medievais de madeira preta e argamassa colorida. No centro do entroncamento, havia a estátua de um general montado a cavalo, sob a qual uma multidão relaxada acomodava-se, aproveitando o sol da tarde. Diante dele havia outra estátua, esta de Gladstone em sua pose de legislador. Vestia túnica e segurava um pergaminho aberto, com uma das mãos levantadas como se declamasse para as multidões. Alguém — bêbado ou com tendências anarquistas — escalara o grande homem e colocara um cone laranja de tráfego sobre sua cabeça majestosa, dando-lhe o aspecto de um cômico feiticeiro de livro de histórias. A polícia ainda não havia percebido.

O Café Druida, um local de encontro para os jovens e sedentos, ficava bem atrás de Gladstone. As paredes do andar térreo do prédio haviam sido arrancadas e substituídas por rústicas colunas de pedra decoradas com videiras enroscadas. Uma série de mesas, cobertas com toalha branca, espalhava-se em torno das colunas sobre a rua pavimentada, à moda européia. Todas as mesas estavam ocupadas. Garçons em túnicas azuis precipitavam-se para um lado e para outro.

Kitty parou perto da estátua do general e recuperou o fôlego. Inspecionou as mesas. Precisamente três horas. Estaria ele...? Ali! Quase fora de vista, atrás de uma coluna — o crescente de cabelos brancos, a calva lustrosa.

O sr. Pennyfeather bebericava um café com leite quando ela se aproximou. Sua bengala jazia na horizontal sobre a mesa. Ele a avistou, abriu um amplo sorriso, indicou uma cadeira.

— Srta. Jones! Bem na hora. Sente-se, por favor. O que quer? Café? Chá? Um bolo de passas com canela? São muito bons.

Kitty passou a mão distraída pelo cabelo.

— Mmm, um chá. E chocolate. Preciso de chocolate.

O sr. Pennyfeather estalou os dedos; um garçom se aproximou.

— Um bule de chá e uma bomba de chocolate. Grande. Então, srta. Jones, a senhorita parece um pouco sem fôlego. Andou correndo. Ou estou errado?

Seus olhos cintilaram, seu sorriso se ampliou. Kitty se inclinou para diante furiosa.

— Não é um assunto para rir — sibilou, olhando de relance para as mesas próximas. — Acabo de ser atacada! Em meu caminho para *vê-lo* — acrescentou, esclarecendo a questão.

O divertimento do sr. Pennyfeather não diminuiu.

— Verdade? Isso é muito sério! A senhorita precisa me contar... ah! Eis o seu chá. Que rapidez! E um *éclair* considerável! Bom. Coma um pedaço e me conte tudo.

— Três pessoas me emboscaram numa viela. Jogaram alguma coisa... um recipiente, acho... e um demônio apareceu. Pulou em cima de mim e tentou me matar e... O senhor está levando isso a sério, sr. Pennyfeather, ou devo me levantar e partir neste instante? — O persistente bom humor do sujeito começava a exasperar Kitty, mas, diante de suas palavras, o sorriso dele desapareceu.

— Perdoe-me, srta. Jones. É um assunto sério. Ainda assim, a senhorita conseguiu escapar. Como fez isso?

— Não sei. Eu reagi; atingi a coisa quando ela estava arranhando meu rosto, mas realmente não fiz nada. Ela simplesmente estourou como um balão. Os homens também desapareceram.

Kitty bebeu um longo gole de chá. O sr. Pennyfeather observou-a calmamente, sem nada dizer. Seu rosto permaneceu sério, mas seus olhos pareciam satisfeitos, cheios de vida.

— É aquele mago... Tallow! — prosseguiu Kitty. — *Sei* que é. Está tentando me matar depois do que eu disse na corte. Vai mandar outro demônio, agora que esse falhou. Não sei o quê...

— Coma um pedaço de bomba — disse o sr. Pennyfeather. — É minha primeira sugestão. Então, quando estiver calma, vou lhe contar uma coisa.

Kitty devorou o *éclair* em quatro dentadas, empurrou-a com chá e sentiu-se um pouco mais calma. Olhou ao redor. De onde estava, tinha uma boa visão da maior parte da clientela do café. Alguns eram turistas, mergulhados em mapas coloridos e guias; o restante compunha-se de jovens — provavelmente estudantes — além de um pequeno grupo de famílias passando o dia fora. Não parecia haver possibilidade imediata de outro ataque.

— Certo, sr. Pennyfeather — disse ela —, comece a falar.

— Muito bem. — Ele limpou os cantos da boca com um guardanapo cuidadosamente dobrado. — Voltarei a esse... incidente em um instante, mas primeiro tenho algo a dizer. A senhorita está se perguntando por que eu me interessaria por seus problemas. Bem, na verdade não estou tão interessado em seus problemas quanto *na senhorita*. A propósito, as seiscentas libras estão aqui, a salvo. — Ele sorriu e bateu levemente no bolso sobre o peito. — A senhorita as terá ao final desta conversa. Bem. Eu estava na galeria na corte e ouvi seu depoimento a respeito do Demolidor Negro. Ninguém acreditou... a juíza por sua arrogância, o resto por ignorância. Mas eu levantei as orelhas. Por que a senhorita mentiria?, me perguntei. Por nenhuma razão. Conseqüentemente, tinha de ser verdade.

— *Foi* verdade — disse Kitty.

— Mas ninguém que é atingido por um Demolidor Negro, mesmo por sua borda mais externa, escapa da cicatriz. Sei disso.

— Como? — perguntou Kitty bruscamente. — O senhor é mago?

O velho sobressaltou-se.

— Por favor, pode me insultar da forma que quiser, diga que sou calvo, feio, um velho idiota que cheira a repolho ou o que quiser, mas não me chame assim. Isso ofende minha alma. Com certeza *não* sou mago. Mas não são apenas os magos que têm conhecimento, srta. Jones. Outros de nós podem ler, mesmo que não tenham o pé na maldade como eles. A senhorita lê, srta. Jones?

Kitty deu de ombros.

— Claro. Na escola.

— Não, não, isso não é leitura apropriada. Os magos escrevem os livros que a senhorita vê lá; não pode acreditar neles. Mas estou divagando. Acredite-me, o Demolidor Negro mancha tudo em que toca. Ele a tocou, diz a senhorita, mas a senhorita não ficou manchada. Isso é um paradoxo.

Kitty pensou no rosto marmóreo de Jacob e sentiu uma onda de culpa.

— Não tenho nada a ver com isso.

— Esse demônio que acaba de atacá-la. Descreva-o.

— Asas negras. Uma grande boca vermelha. Dois chifres finos, pontudos...

— Um ventre amplo, coberto de pêlos? Sem rabo?

— Está certo.

Ele assentiu.

— Um bolorento. Um demônio inferior, sem grande poder. Mesmo assim, poderia tê-la deixado inconsciente devido a seu cheiro desagradável.

Kitty franziu o nariz.

— Ele com certeza cheirava mal, mas não *tão* mal.

— Além disso, bolorentos normalmente não explodem. Agarram-se a seu cabelo com as mãos e permanecem presos até que o mestre os libere.

— Esse simplesmente estourou.

— Minha cara srta. Jones, perdoe-me se me alegro novamente. Veja, estou encantado com o que está me contando. Significa apenas que a senhorita possui algo especial: uma *resistência* à magia.

Ele recostou-se no assento, chamou um garçom e ordenou sorridente outra rodada de bebidas e bolos, alheio ao olhar confuso de Kitty. Durante todo o tempo que a comida levou para chegar, o velho nada fez além de sorrir para ela por sobre a mesa, soltando risinhos abafados de vez em quando. Kitty forçou-se a manter a educação. O dinheiro ainda estava fora de alcance, no bolso do casaco dele.

— Sr. Pennyfeather — disse por fim. — Sinto muito, mas absolutamente não compreendo.

— É obvio, certo? Mágica inferior — ainda não podemos ter certeza sobre coisas mais poderosas — têm pouco ou nenhum efeito sobre a senhorita.

Kitty balançou a cabeça.

— Bobagem. O Demolidor Negro me nocauteou.

— Eu disse *pouco* ou nenhum efeito. A senhorita não é imune. Nem eu, de fato, mas *resisti* ao ataque de três trasgos de uma vez, o que acredito que seja bastante incomum.

Aquilo nada significava para Kitty. Seu rosto permaneceu impassível. O sr. Pennyfeather fez um gesto impaciente.

— O que estou dizendo é que a senhorita e eu... e muitos outros, uma vez que não estamos sozinhos... somos capazes de resistir a alguns feitiços dos magos! Não somos magos, mas tampouco somos impotentes, como o resto dos *plebeus* — ele cuspiu a palavra com indisfarçável veneno — neste pobre e abandonado país.

A cabeça de Kitty girava mas, apesar de tudo, ela continuava cética; ainda não acreditava nele.

— Isso não faz nenhum sentido para mim — disse. — Nunca ouvi falar dessa "resistência". Estou interessada apenas em evitar a prisão.

— Verdade? — O sr. Pennyfeather colocou negligentemente a mão dentro do casaco. — Nesse caso, poderá ter seu dinheiro em um instante e seguir seu caminho. Ótimo. Mas acho que a senhorita deseja algo mais do que isso. Vejo em seu rosto. A senhorita quer várias coisas. Quer vingança por seu amigo Jakob. Quer mudar o modo como as coisas são feitas por aqui. Quer um país onde homens como Julius Tallow não prosperem e andem de cabeça erguida. Nem todos os países são como este; em alguns lugares não existem magos! Nenhum! Pense *nisso* na próxima vez que visitar seu amigo no hospital. Estou lhe dizendo — prosseguiu ele, com voz mais tranqüila —, a senhorita pode fazer a diferença. *Se* me der ouvidos.

Kitty contemplou a sujeira no fundo de sua xícara e viu o reflexo da face arruinada de Jakob. Suspirou.

— Não sei...

— Esteja certa de uma coisa: posso ajudá-la em sua vingança.

Ela ergueu os olhos e o encarou. O sr. Pennyfeather sorria, mas seus olhos exibiam o mesmo lampejo cintilante e encolerizado que vira quando ele fora empurrado na rua.

— Os magos a feriram — disse ele delicadamente. — Juntos, podemos brandir a espada da retaliação. Mas apenas se me ajudar primeiro. A senhorita me ajuda. Eu a ajudo. Barganha justa.

Por um instante, Kitty viu Tallow novamente, sorrindo satisfeito na sala de audiências, inchado de autoconfiança e da garantia de proteção de seus amigos. Aquilo a fez estremecer de asco.

— Primeiro me conte como precisa de minha ajuda — disse ela.

Alguém sentado duas mesas adiante tossiu alto e, como se uma pesada cortina houvesse de repente baixado dentro de sua cabeça, Kitty percebeu o perigo que corria. Lá estava ela, sentada entre estranhos, discutindo abertamente traição.

— Estamos loucos! — sibilou furiosa. — Alguém pode nos ouvir! Vão chamar a Polícia Noturna e nos levar.

Diante disso, o velho riu de fato.

— Ninguém vai conseguir ouvir — disse ele. — Não tenha medo, srta. Jones. Está tudo sob controle.

Kitty mal o escutou. Sua atenção foi despertada por uma jovem de cabelos louros em uma mesa atrás do ombro esquerdo do sr. Pennyfeather. Embora seu copo estivesse vazio, ela permanecia sentada, concentrada em seu livro. Mantinha a cabeça inclinada, os olhos modestamente baixos; uma das mãos brincava com o canto da página. De repente, Kitty convenceu-se de que tudo aquilo era uma simulação. Recordou-se de ter percebido a mulher no instante em que chegara, sentada em posição semelhante, e ainda que Kitty a tivesse perfeitamente à vista o tempo todo, não se lembrava de vê-la virar a página uma única vez.

No instante seguinte, teve certeza. Como se a mirada de Kitty a houvesse roçado, a mulher olhou de relance, captou o olhar de Kitty e lançou-lhe um breve e frio sorriso, voltando ao livro. Não podia haver dúvida — ela ouvira tudo!

— A senhorita está bem? — soou a voz do sr. Pennyfeather para além do pânico da garota.

Kitty mal conseguia falar.

— Atrás do senhor... — sussurrou ela. — Uma mulher... uma espiã, uma informante. Ela ouviu tudo.

O sr. Pennyfeather não se voltou.

— Mulher loura? Lendo um livro de capa amarela? É Gladys. Não se preocupe, é uma de nós.

— Uma de...? — A mulher ergueu os olhos novamente e deu uma generosa piscada.

— À esquerda dela está Anne; à minha direita, logo depois do pilar, Eva. Esse à minha esquerda é Frederick; Nicholas e Timothy estão atrás de você. Stanley e Martin não conseguiram mesa, portanto estão no *pub* em frente.

Atônita, Kitty olhou em volta. Uma mulher de meia-idade, cabelos escuros, forçou um sorriso atrás do ombro direito do sr. Pennyfeather; à direita de Kitty, um adolescente sardento, sério, ergueu rapidamente os olhos de um surrado exemplar do *Motorbike Trader.** Sua visão da mulher atrás do pilar achava-se bloqueada por uma jaqueta preta pendurada na cadeira. Arriscando um torcicolo, Kitty inspecionou a área atrás de si, captando um vislumbre de mais dois rostos — jovens, sérios — encarando-a a partir de outras mesas.

— Como pode ver, não há necessidade de se preocupar — disse o sr. Pennyfeather. — A senhorita está entre amigos. Ninguém além deles poderia ouvir o que estamos dizendo, e não há demônios presentes ou saberíamos.

— Como?

— Há tempo suficiente para perguntas mais tarde. Primeiro preciso lhe pedir desculpas. Temo que a senhorita já tenha se encontrado com Frederick, Martin e Timothy. — Kitty ficou sem entender mais uma vez. Aquilo estava se tornando um hábito. — Na viela — incitou o sr. Pennyfeather.

— Na viela? Espere um minuto...

— Foram eles que lançaram o demônio sobre a senhorita. Não tão rápido! Não vá embora! Lamento que a tenham assustado, mas veja, precisávamos ter certeza. Certeza de que a senhorita é *resistente* como nós. Tínhamos o espelho com o demônio à mão; foi uma simples questão de...

Kitty recuperou a fala.

— Seu porco! O senhor é tão ruim quanto Tallow! Eu poderia ter morrido.

*Negociante de Motocicleta. (*N. da T.*)

— Não. Já lhe falei, o pior que esse tipo de demônio pode fazer é nocauteá-la. O cheiro...

— E isso não é ruim o bastante? — Kitty ergueu-se, furiosa.

— Se a senhorita precisa partir, não se esqueça disso. — O velho sacou um grosso envelope branco de seu casaco e atirou-o desdenhosamente sobre o tampo da mesa, em meio às xícaras. — Aí estão as seiscentas libras. Notas usadas. Não quebro minha promessa.

— Não quero! — Kitty estava lívida, exaltada; desejava quebrar alguma coisa.

— Não seja boba! — Os olhos do velho chamejaram. — A senhorita quer apodrecer na prisão de Marshalsea? É para onde vão os devedores, sabe. O dinheiro conclui a primeira parte de nosso acordo. Considere-o uma desculpa pelo demônio. Mas *poderia* ser apenas o começo...

Kitty arrebatou o envelope, quase mandando as xícaras pelos ares quando o fez.

— O senhor é louco. O senhor *e* seus amigos. Ótimo. Vou aceitar. Seja como for, foi por isso que vim. — Ela ainda estava de pé. Empurrou a cadeira para trás.

— Posso lhe contar como começou para mim?

O sr. Pennyfeather se inclinou para frente, os dedos calejados pressionando com força a toalha da mesa, amassando-a. Sua voz era baixa, urgente; ele lutava contra a falta de fôlego na ânsia para falar.

— Eu era como a senhorita a princípio; os magos não significavam nada para mim. Era jovem, casado e feliz. Com o que deveria me preocupar? Então minha querida esposa, que os céus lhe dêem descanso à alma, atraiu a atenção de um mago. Igual ao sr. Tallow, um safado cruel e arrogante. Ele a queria para si, tentou seduzi-la com jóias e roupas refinadas do Oriente. Mas minha esposa, pobre mulher, recusou suas propostas. Riu na cara dele. Foi um ato corajoso, mas imprudente. Desejo agora... desejei isso por trinta anos... que ela tivesse partido com ele.

"Vivíamos em um apartamento em cima de minha loja, srta. Jones; eu trabalhava todos os dias até tarde da noite, classificando meu estoque e fechando minhas contas, enquanto minha mulher subia ao nosso apartamento para preparar a refeição. Uma noite, eu estava como sempre sentado em minha escrivaninha. Havia fogo na lareira. Minha pena riscava o papel. Todos de uma vez, os cachorros na rua começaram a uivar; um instante mais tarde, o fogo na lareira oscilou e se apagou, deixando a brasa quente chiando como a morte. Eu me levantei. Já desconfiava... bem, o que era eu não sabia. E então... ouvi minha mulher gritar. Uma só vez, um grito agudo interrompido. Nunca corri tão depressa. Subi as escadas, tropeçando na afobação, irrompendo porta adentro, em nossa pequena cozinha...

Os olhos do sr. Pennyfeather já não a enxergavam. Contemplavam algo mais, ao longe. Mecanicamente, mal sabendo o que fazia, Kitty sentou-se outra vez e esperou.

— A coisa que fez aquilo — disse o sr. Pennyfeather por fim — tinha acabado de sair. Farejei sua presença persistente. No instante em que me ajoelhei ao lado de minha mulher sobre nosso velho chão de linóleo, os queimadores de gás no fogão explodiram de volta à vida, o cozido na panela retomou a fervura. Ouvi o latido dos cães, as janelas na rua sacudindo com uma súbita corrente de ar... e depois, silêncio. — Ele correu um dedo sobre as migalhas de um *éclair* dentro de um prato, reuniu-as e as levou à boca. — Ela era uma boa cozinheira, srta. Jones — disse. — Ainda me lembro disso, embora trinta longos anos tenham se passado.

No outro extremo do café, um garçom derramou uma bebida sobre um cliente: o alvoroço resultante pareceu afastar o sr. Pennyfeather de suas lembranças. Ele piscou, olhou para Kitty novamente.

— Bem, srta. Jones, vou encurtar minha história. É suficiente dizer que localizei o mago; por algumas semanas eu o segui sutilmente, estudando seus movimentos, sem me entregar nem aos desvarios da tristeza, nem às compulsões da impaciência. No devido tempo, tive minha oportunidade; embosquei-o em um local deserto e o matei. Seu corpo juntou-se à imundície flutuando no Tâmisa. Contudo, antes de morrer, ele convocou três demônios: um por um, eles me atacaram e falharam. Foi dessa maneira, de certa forma para minha surpresa, pois estava resolvido a morrer em minha vingança, que descobri minha resistência. Não vou fingir que a entendo, mas ela é um fato. Eu a possuo, meus amigos a possuem; a senhorita a possui. Está nas mãos de cada um de nós decidir se tiramos vantagem disto ou não.

Ele parou. Pareceu subitamente esgotado, o rosto vincado e envelhecido.

Kitty hesitou alguns instantes antes de reagir.

— Tudo bem — disse por causa de Jakob, do sr. Pennyfeather e de sua esposa morta —, ainda não vou embora. Gostaria que o senhor me contasse mais.

20

Por várias semanas, Kitty encontrou-se regularmente com o sr. Pennyfeather e seus amigos, no Seven Dials, em outros cafés espalhados pelo centro de Londres e no apartamento do sr. Pennyfeather, em cima de sua loja de suprimentos artísticos, em uma movimentada rua ao sul do rio. A cada vez, aprendia mais a respeito do grupo e de seus objetivos; a cada vez, via-se mais estreitamente identificada com eles.

O sr. Pennyfeather parecia ter reunido sua companhia de forma aleatória, baseando-se em conversas e notícias de jornal para conduzi-lo a pessoas com capacidades pouco comuns. Durantes alguns meses, freqüentava as salas de audiências, procurando por gente como Kitty; fora isso, simplesmente utilizava as conversas de bar para destacar rumores interessantes sobre pessoas que haviam sobrevivido à calamidade mágica. Sua loja de arte era modestamente bem-sucedida; em geral ele a deixava nas mãos de seus assistentes e vagava por Londres em suas diligências furtivas.

Seus seguidores haviam se juntado a ele no decorrer de um longo período de tempo. Anne, uma mulher cheia de vida na casa dos 40, conhecera-o havia quase 15 anos. Eram veteranos de muitas campanhas juntos. Gladys, a loura do café, achava-se na casa dos 30; resistira a uma explosão em um duelo com um mago 20 anos antes, quando ainda menina. Ela e Nicholas, um rapaz corpulento e introvertido, trabalhavam para o sr. Pennyfeather desde crianças. O restante do bando compunha-se de jovens de não mais de 18 anos. Kitty e Stanley, ambos com 13, eram os mais novos de todos. O velho os dominava com sua presença, a um só tempo inspiradora e autocrática. Possuía uma vontade férrea e energias mentais inesgotáveis, mas seu corpo gradualmente o traía, o que provocava nele explosões de fúria incoerente. Nos primeiros tempos, tais ocasiões eram raras, e Kitty ouvia atentamente seus relatos apaixonados da grande luta na qual estavam engajados.

Em geral, argumentava o sr. Pennyfeather, era impossível resistir aos magos ou a seu governo. Eles faziam exatamente o que lhes agradava, como a totalidade do grupo havia descoberto às próprias custas. Controlavam tudo o que era importante: o governo, a administração pública, as maiores empresas e os jornais. Mesmo as peças nos teatros precisavam ser oficialmente aprovadas, como precaução contra a possibilidade de conterem mensagens subversivas. E enquanto os magos desfrutavam os luxos de seu governo, todos os demais — a vasta maioria — continuavam a fornecer os serviços essenciais que os magos exigiam. Os plebeus trabalhavam nas fábricas, administravam restaurantes, lutavam no Exército... realizavam tudo que envolvia verdadeiro trabalho. E desde que o fizessem silenciosamente, os magos os deixavam em paz. Mas se houvesse o menor indício de descontentamento, os magos lhes caíam em cima com rigor. Seus espiões estavam por toda parte; uma palavra fora de lugar e a pessoa era arrastada para interrogatório na Torre. Muitos criadores de caso desapareciam para sempre.

O poder dos magos tornava a rebelião impossível: eles controlavam forças obscuras que poucos haviam vislumbrado, mas que todos temiam. Contudo, o bando do sr. Pennyfeather — aquele pequeno punhado de almas reunidas e impelidas para diante pelo ódio implacável de seu líder — era mais afortunado do que a maioria. E sua boa sorte chegava de diversas formas.

Em certo grau, todos os amigos do sr. Pennyfeather partilhavam sua resistência à magia, mas até onde isso ia era impossível dizer. Por seu passado, estava claro que o sr. Pennyfeather conseguiria resistir a um forte ataque; a maioria dos outros, assim como Kitty, até então fora apenas fracamente testada.

Alguns deles — e estes eram Anne, Eva, Martin e Fred, grosseiro e marcado de varíola — possuíam outro talento. Desde a primeira infância, haviam observado regularmente pequenos demônios movendo-se para um lado e para outro pelas ruas de Londres. Alguns voavam, outros andavam em meio à multidão. Ninguém mais os percebia, e sob investigação, tornou-se evidente que, para a maioria das pessoas, os demônios eram ou invisíveis ou ocultavam-se sob disfarces. De acordo com Martin — que trabalhava em uma fábrica de tinta e era, depois do sr. Pennyfeather, o mais ardente e entusiasmado integrante do grupo —, uma boa quantidade de gatos e pombos não eram o que pareciam. Timothy (cabelo castanho encaracolado, 15 anos, ainda na escola) disse que certa vez havia visto um demônio corcunda entrar em uma mercearia e comprar um pacote de alho; sua mãe, que estava com ele, nada vira, a não ser uma velha encurvada fazendo compras.

Penetrar nas ilusões dessa forma foi uma característica que se mostrou muito útil para o sr. Pennyfeather. Outra habilidade que ele prezava sumamente era a de Stanley, um garoto alegre e convencido que, apesar de ser da idade de Kitty, já abandonara a escola. Trabalhava como vendedor de jornais. Stanley não conseguia ver demônios; em vez disso, era capaz de perceber a tênue e vacilante radiação emitida por qualquer objeto contendo energia mágica. Quando criança, ficara tão fascinado por essas auras que dera para roubar os objetos em questão; na ocasião em que o sr. Pennyfeather o conheceu (na Corte Judicial), ele já era um batedor de carteiras consumado. Anne e Gladys possuíam habilidade semelhante, mas nem de perto tão acentuada quanto a de Stanley, que podia detectar objetos mágicos através de roupas e mesmo atrás de finas divisórias de madeira. Como resultado, Stanley era uma das figuras-chave do grupo do sr. Pennyfeather.

Em vez de *enxergar* a atividade mágica, o amável e silencioso Timothy parecia ter o poder de ouvi-la. Até onde era capaz de descrever o fenômeno, percebia uma espécie de zumbido no ar.

— Como uma campainha soando — disse ele quando pressionado. — Ou o som obtido quando alguém dá uma batidinha em um copo vazio. — Caso se concentrasse e não houvesse muitos ruídos em volta, ele, na verdade, conseguia seguir o zumbido até sua fonte, talvez um demônio ou algum tipo de objeto mágico.

Todas essas habilidades reunidas, explicava o sr. Pennyfeather, formavam uma força reduzida, porém eficaz, contra o poder dos magos. Ela não podia manifestar-se abertamente, claro, mas podia trabalhar para enfraquecer o inimigo. Objetos mágicos podiam ser rastreados, perigos ocultos, evitados e — o mais importante de tudo — era possível atacar os magos e seus servidores perversos.

A princípio, tais revelações encantaram Kitty. Em dia de treinamento, observava Stanley identificar uma faca mágica em meio a seis exemplares ordinários, cada qual escondido em uma caixa de papelão separada. Seguia Timothy enquanto este caminhava de um lado para o outro na loja do sr. Pennyfeather, localizando a ressonância de um colar cravejado de pedras escondido dentro de um pote de pincéis.

Os objetos mágicos eram o centro da estratégia do bando. Kitty observava regularmente membros do grupo chegarem à loja com pequenos pacotes ou sacolas que passavam a Anne, a segunda no comando, para serem silenciosamente armazenados. As embalagens continham artigos roubados.

— Kitty — disse o sr. Pennyfeather certa noite —, estudei nossos dirigentes asquerosos por trinta anos, e acredito ter descoberto sua maior fraqueza. Eles são ávidos por tudo: dinheiro, poder, status, você pode mencionar o que quiser, e brigam constantemente por tudo. Mas nada desperta mais seu desejo que bugigangas mágicas.

Ela assentiu.

— Quer dizer, anéis mágicos e braceletes?

— Não precisa ser uma jóia — disse Anne. Ela e Eva os acompanhavam no quarto nos fundos da loja, sentadas ao lado de rolos de papel amontoados. — Pode ser qualquer coisa: pentagramas, potes, lâmpadas, pedaços de madeira. Aquela esfera com um bolorento que atiramos em você... aquilo representa um desses objetos, não, chefe?

— Sem dúvida que sim. Foi por isso que o roubei. E é por isso que roubamos *todas* essas coisas, sempre que podemos.

— Acho que a esfera veio de uma casa em Chelsea, não foi? — perguntou Anne. — Aquela que Eva e Stanley escalaram pelo cano de escoamento até a janela do andar de cima, enquanto a festa acontecia na frente da casa.

Kitty estava boquiaberta.

— Isso não é terrivelmente perigoso? As casas dos magos não são protegidas por... todo tipo de coisas?

O sr. Pennyfeather assentiu.

— Sim, embora dependa do poder do mago em questão. Este possuía apenas dispositivos de segurança menores, ligados através do aposento... Naturalmente, Stanley esquivou-se deles com facilidade... Conseguimos um bom conjunto de objetos naquele dia.

— E o que vocês fazem com eles? — perguntou Kitty. — Isto é, além de atirá-los em mim.

O sr. Pennyfeather sorriu.

— Os artefatos são uma importante fonte de poder para todos os magos. Autoridades menores, como o secretário auxiliar de Agricultura, acho que era ele o dono da esfera, só podem arcar com as despesas de objetos fracos, enquanto os homens e mulheres importantes ambicionam peças raras, de força terrível. Eles fazem isso porque são decadentes e preguiçosos. É muito mais fácil empregar um anel mágico para derrubar um adversário do que invocar um demônio do fundo de uma sepultura para fazer o mesmo.

— Mais seguro também — disse Eva.

— Muito mais. Então veja, Kitty, quanto mais itens conseguirmos agarrar, melhor. Isso enfraquece consideravelmente os magos.

— E podemos usá-los em vez deles — acrescentou prontamente Kitty.

O sr. Pennyfeather fez uma pausa.

— As opiniões a esse respeito estão um pouco divididas. Eva aqui — ele curvou ligeiramente o lábio para trás, mostrando os dentes —, Eva acredita que é moralmente perigoso seguir muito de perto as pegadas dos magos. Acredita que os artigos deveriam ser destruídos. Eu, no entanto, e este é o *meu* grupo e *minha* palavra vale, acredito que devemos usar quaisquer armas que pudermos contra tais inimigos. E isso inclui voltar a própria magia contra eles.

Eva remexeu-se no assento.

— Sou de opinião, Kitty — disse ela —, que usando tais coisas, não nos tornamos melhores do que os próprios magos. É muito mais sábio permanecer afastada das tentações das coisas malignas.

— Ah! — O velho emitiu um resfolegar depreciativo. — De que outra forma podemos derrubar nossos governantes? Precisamos de ataques diretos para desestabilizar o governo. Mais cedo ou mais tarde, as pessoas se erguerão em nosso apoio.

— Bem, *quando*? — perguntou Eva. — Não tem havido...

— Não estudamos magia como os magos — interrompeu o sr. Pennyfeather. — Não corremos risco moral. Mas com um pouco de pesquisa, uma rápida leitura em livros roubados, por exemplo, podemos aprender a operar armas básicas. Sua esfera com o bolorento, Kitty, necessitou apenas de um simples comando em latim. Isso é suficiente para pequenas... demonstrações de nosso desagrado. Os artefatos mais complexos podem ser armazenados em segurança, longe das mãos dos magos.

— Acho que estamos seguindo pelo caminho errado — disse Eva baixinho. — Algumas explosões sem importância não farão nenhuma diferença. Eles serão sempre mais fortes. Nós...

O sr. Pennyfeather bateu a bengala com força em sua bancada de trabalho, fazendo tanto Eva quanto Kitty pularem.

— Vocês preferem não fazer nada? — gritou ele. — Muito bem! Voltem para o meio do rebanho de ovelhas, abaixem a cabeça e desperdicem suas vidas!

— Eu não quis dizer isso. Simplesmente não vejo...

— Minha loja está fechando! É tarde. A senhorita sem dúvida é esperada em casa, srta. Jones.

A mãe e o pai de Kitty ficaram enormemente aliviados com o pronto pagamento da multa da corte. Em conformidade com sua personalidade indiferente, não investigaram em detalhes de onde viera o dinheiro, aceitando reconhecidamente as histórias de Kitty sobre um generoso benfeitor e um fundo para erros de justiça. Com alguma surpresa, assistiram ao gradual afastamento de Kitty de seus antigos hábitos, como o fato de, durante todas as férias de verão, passar mais e mais tempo com seus novos amigos em Southwark. Seu pai, em particular, não escondeu a satisfação.

— É melhor que você fique longe daquele garoto dos Hyrnek — disse. — Ele só vai metê-la em confusão novamente.

Embora Kitty continuasse a visitar Jakob, suas visitas em geral eram curtas e insatisfatórias. O retorno das forças de Jakob era um processo lento, e a mãe dele mantinha atenta vigilância à sua cabeceira, expulsando Kitty tão logo detectava exaustão no filho. Kitty não podia contar a Jakob a respeito do sr. Pennyfeather, e Jakob, por sua parte, estava preocupado com seu rosto repleto de listras e comichão. Tornou-se mais introspectivo e talvez, achava Kitty, ligeiramente ressentido pela saúde e energia da amiga. Gradualmente, suas incursões ao lar dos Hyrnek tornaram-se menos freqüentes e, depois de alguns meses, cessaram.

Duas coisas mantiveram Kitty envolvida com o grupo. Em primeiro lugar, gratidão pelo pagamento da multa. Sentia-se positivamente em dívida com o sr. Pennyfeather. Embora o velho jamais houvesse mencionado o assunto outra vez, era possível que detectasse os sentimentos de Kitty sobre a questão; se era esse o caso, não tentou refutá-los.

O segundo motivo era, em muitos sentidos, o mais importante. Kitty queria saber mais a respeito da "resistência" que o sr. Pennyfeather identificara nela e descobrir o que isso poderia acarretar. Juntar-se ao grupo parecia a única forma de alcançar seu objetivo; também lhe assegurava uma direção, uma sensação de finalidade, e o atrativo de pertencer a uma pequena sociedade secreta, escondida do mundo em geral. Não demorou muito para que estivesse acompanhando os demais em suas expedições de saque.

A princípio era uma espectadora, vigiando enquanto Fred ou Eva grafitavam paredes com frases de oposição ao governo ou arrombavam carros e moradias de magos à procura de artefatos. Kitty permanecia nas sombras, manuseando o pendente de prata em seu bolso, pronta para assobiar ao menor sinal de perigo. Mais tarde, acompanhava Gladys ou Stanley enquanto seguiam os magos até em casa, rastreando a aura dos objetos que estes carregavam. Kitty anotava os endereços como preparação para invasões posteriores.

Ocasionalmente, tarde da noite, observava Fred ou Martin partirem da loja em um tipo diferente de missão. Eles vestiam roupas escuras, sujavam o rosto de fuligem, carregavam sacolas pequenas e pesadas debaixo do braço. Ninguém mencionava abertamente seus objetivos, mas, quando os jornais da manhã seguinte noticiavam ataques inexplicáveis a propriedades do governo, Kitty tirava suas próprias conclusões.

No devido tempo, por ser inteligente e decidida, Kitty começou a assumir um papel mais destacado. Era costume do sr. Pennyfeather dividir seus amigos em pequenos grupos, nos quais cada membro possuía função diferente: depois de alguns meses, ele permitiu que Kitty se encarregasse de um desses grupos, formado por Fred, Stanley e Eva. A agressividade obstinada de Fred e as opiniões francas de Eva eram notoriamente incompatíveis, mas Kitty conseguiu controlar seus temperamentos com tanta eficácia que voltaram de uma expedição a alguns armazéns de magos com vários prêmios de primeira qualidade — incluindo um par de grandes globos azuis, que o sr. Pennyfeather declarou serem possivelmente esferas de elementos, muito raras e valiosas.

Para Kitty, o tempo longe do bando logo se tornou infinitamente tedioso; assumiu uma atitude cada vez mais desafiadora no que dizia respeito ao ponto de vista limitado de seus pais e à propaganda com que a abasteciam na escola. Em contrapartida, deleitava-se com a excitação das operações noturnas do grupo, ainda que repletas de riscos. Certa noite, um mago descobriu Kitty e Stanley escalando a janela de seu gabinete de trabalho de posse de uma caixa mágica. Invocou uma pequena criatura semelhante a um rato, que os perseguiu, expelindo gotículas de fogo pela boca aberta. Eva, esperando embaixo na rua, lançou uma esfera com bolorento sobre o demônio, que, distraído pela aparência da criatura que dela surgiu, deteve-se por um momento, permitindo-lhes escapar. Em outra ocasião, no jardim de um mago, Timothy foi atacado por um demônio sentinela, que se arrastou para o alto e o abraçou com seus finos dedos azuis. As coisas teriam corrido mal para Timothy, não houvesse Nick conseguido podar a cabeça da criatura com uma espada antiga que roubara minutos antes. Por causa de sua resistência, Timothy sobreviveu, mas queixou-se mais tarde de um leve odor do qual nunca conseguiu se livrar.

Afora os demônios, a polícia era um problema contínuo e, por fim, sempre conduzia ao desastre. Quando os assaltos do bando tornaram-se mais ambiciosos, um maior número de policiais noturnos apareceu nas ruas. Uma noite de outono em Trafalgar Square, Martin e Stanley notaram um demônio disfarçado carregando um amuleto que emitia uma vibração mágica. A criatura seguia a pé, mas deixava uma forte ressonância em sua trilha, que Tim era capaz de seguir com facilidade. O demônio logo se viu encurralado em uma viela sossegada, onde o grupo resistiu a ataques dos mais cruéis. Infelizmente, essa explosão de mágica atraiu a atenção da Polícia Noturna. Kitty e seus companheiros debandaram, perseguidos por coisas que se assemelhavam a cães. No dia seguinte, todos se apresentaram a Pennyfeather, menos um — Tim —, que nunca mais foi visto.

A perda de Timothy atingiu duramente o bando e resultou em uma segunda, e quase imediata, baixa. Vários integrantes do grupo, Martin e Stanley em particular, exigiam em alto e bom som uma estratégia mais audaciosa contra os magos.

— Poderíamos preparar uma emboscada em Whitehall — disse Martin — quando eles estivessem entrando no Parlamento. Ou atacar Devereaux quando saísse de seu palácio em Richmond. Se o primeiro-ministro morrer, eles vão ficar abalados. Precisamos de alguma coisa sísmica agora, para começar a revolta.

— Ainda não — disse o sr. Pennyfeather com irritação. — Preciso pesquisar mais. Agora saiam e me deixem em paz.

Martin era pequeno, olhos castanhos, nariz reto e afilado e uma veemência que Kitty jamais vira em pessoa alguma. Havia perdido os pais para os magos, dissera alguém, mas Kitty não se inteirara das circunstâncias. Ele nunca encarava diretamente o interlocutor quando falava; ficava sempre de olhos baixos e ligeiramente voltados para o lado. Sempre que o sr. Pennyfeather recusava suas demandas por ação, ele a princípio discutia calorosamente, depois de súbito retrocedia, o rosto inexpressivo, como se incapaz de expressar a força de seus sentimentos.

Poucos dias depois da morte de Tim, Martin não apareceu para a ronda noturna; quando o sr. Pennyfeather entrou em sua adega, descobriu que o depósito de armas secretas fora aberto. Uma esfera de elementos havia sido levada. Horas mais tarde, houve um ataque ao Parlamento. Uma esfera foi lançada próximo ao primeiro-ministro, matando várias pessoas. O primeiro-ministro escapou por pouco. Em algum momento no dia seguinte, o corpo de um jovem era banhado pelas águas às margens do Tâmisa.

Quase da noite para o dia, o sr. Pennyfeather tornou-se mais solitário e irritável, raramente visitando a loja, a não ser por questões da Resistência. Anne informou que ele estava aprofundando suas pesquisas nos livros de magia roubados.

— Ele quer acesso a armas melhores — disse ela. — Até agora só arranhamos a superfície. Precisamos de mais conhecimento se quisermos vingança por Tim e Martin.

— Como vai fazer isso? — protestou Kitty. Gostava particularmente de Tim e a perda a afetara muito. — Os livros são escritos em centenas de línguas. Ele nunca vai conseguir decifrá-los.

— Ele fez um contato — disse Anne. — Alguém que pode nos ajudar.

E de fato foi por essa época que um novo membro juntou-se ao grupo. O sr. Pennyfeather valorizava profundamente suas opiniões.

— O sr. Hopkins é um estudioso — disse ele, apresentando-o ao grupo pela primeira vez. — Um homem de grande sabedoria. Tem muito conhecimento sobre os malditos procedimentos dos magos.

— Faço o melhor que posso — disse o sr. Hopkins com modéstia.

— Ele trabalha como secretário na Biblioteca Britânica — prosseguiu o sr. Pennyfeather, dando-lhe tapinhas nos ombros. — Quase fui pego quando tentava mmm... me apropriar de um livro sobre magia. O sr. Hopkins me protegeu dos guardas, me permitiu escapar. Fiquei agradecido; começamos a conversar. Nunca conheci um plebeu com tanto conhecimento! Aprendeu muitas coisas lendo os textos ali. Desgraçadamente, seu irmão foi morto por um demônio anos atrás e, como nós, ele quer vingança. Ele sabe... quantas línguas, Clem?

— Quatorze — disse o sr. Hopkins. — E sete dialetos.

— Aí está! O que acham disso? Ele não tem resistência como nós, infelizmente, mas pode nos apoiar.

— Farei o que puder — disse o sr. Hopkins.

Sempre que Kitty tentava se lembrar do sr. Hopkins, a tarefa era estranhamente difícil. Não que ele fosse excepcional de alguma forma — na verdade, era justo o oposto. Era extremamente comum. O cabelo talvez fosse liso e acanhado, o rosto regular, bem barbeado. Era difícil dizer se era velho ou jovem. Não possuía nenhuma característica proeminente, nenhuma excentricidade divertida ou jeito de falar pouco comum. Em tudo e por tudo, havia algo tão instantaneamente esquecível quanto ao sujeito em si que, mesmo em sua companhia, quando ele estava de fato falando, Kitty se pegava desligando-se, ouvindo as palavras, mas ignorando o orador. Era algo decididamente estranho.

A princípio, o sr. Hopkins foi tratado com alguma suspeita pelo bando, em primeiro lugar porque, carente de resistência, não saía em assaltos para levar artefatos para casa. Em vez disso, seu ponto forte era a informação, e nisso logo provou seu valor para o grupo em geral. Seu emprego na biblioteca, aliado, talvez, a seu feitio estranhamente comum, permitiam-lhe escutar às escondidas. Como resultado, era muitas vezes capaz de adivinhar os movimentos dos magos, possibilitando invasões em suas propriedades enquanto estavam fora; ele ouvia falar de artefatos recentemente vendidos pela Pinn's, o que permitia ao sr. Pennyfeather organizar os roubos adequados. Acima de tudo, o sr. Hopkins desvendou uma ampla gama de encantamentos, o que possibilitou o emprego de novas armas em um conjunto maior de ataques da Resistência. A precisão de suas dicas era tamanha, que logo todos passaram a contar implicitamente com ele. O sr. Pennyfeather ainda era o líder o grupo, mas a inteligência do sr. Hopkins era o farol condutor.

O tempo passou. Kitty deixou a escola na idade padrão de 15 anos. Possuía as poucas qualificações que a escola concedia, mas não via futuro no triste trabalho nas fábricas ou nos empregos de secretariado oferecidos pelas autoridades. Uma alternativa agradável se apresentou: por sugestão do sr. Pennyfeather, e para a satisfação de seus pais, ela tornou-se sua assistente, trabalhando na loja de arte. Entre centenas de outras tarefas, aprendeu a compor o livro caixa, cortar papel de aquarela e classificar pincéis em uma dezena de variedades de cerda. O sr. Pennyfeather não pagava bem, mas Kitty estava bastante satisfeita.

A princípio, apreciava o perigo de suas atividades com o grupo; gostava do estremecimento quente e secreto que sentia quando passava por trabalhadores do governo lutando para cobrir de tinta algum *slogan* grafitado, ou via uma escandalizada manchete no *The Times* queixando-se dos últimos assaltos. Depois de alguns meses, para escapar do escrutínio dos pais, alugou um pequeno quarto em uma casa de cômodos caindo aos pedaços a cinco minutos da loja. Passava longas horas trabalhando na loja de dia e com o grupo à noite; seu semblante tornou-se mais pálido, seus olhos se endureceram com a perpétua exposição ao perigo e as repetidas perdas. A cada ano ocorriam fatalidades adicionais: Eva morta por um demônio em uma casa em Mayfair, sua resistência incapaz de suportar o ataque; Gladys desaparecida durante um incêndio em um armazém, quando uma esfera caída desencadeou o fogo.

À medida que o bando encolhia, sobrevinha a súbita consciência de que as autoridades se empenhavam em capturá-los. Um novo mago chamado Mandrake estava na ativa: viam-se demônios disfarçados de crianças, interrogando sobre a Resistência e oferecendo artigos mágicos para vender. Informantes humanos apareceram em *pubs* e cafés, sacudindo notas de libras em troca de informação. Havia um ar de cerco militar nas reuniões no quarto dos fundos da loja do sr. Pennyfeather. A saúde do velho decaía; ele andava irritadiço e seus lugar-tenentes, inquietos. Kitty podia perceber que uma crise se aproximava.

Então ocorreu a funesta reunião, e o maior de todos os desafios.

21

— Eles estão aqui.

Stanley vigiava por uma grade na porta, espreitando o recinto principal da loja. Estava ali havia algum tempo, tenso e imóvel; naquele instante, lançou-se à ação, puxou o ferrolho e franqueou a passagem. Deu um passo para o lado, arrancando o boné da cabeça.

Kitty ouviu os golpes lentos e familiares da bengala se aproximando. Levantou-se, arqueando as costas para se livrar das dores e do frio. Ao lado dela, os demais fizeram o mesmo, Fred esfregando o pescoço e xingando baixinho. Nos últimos tempos, o sr. Pennyfeather tornara-se mais insistente nessas pequenas cortesias.

A única luz no quarto dos fundos provinha de uma lanterna sobre a mesa; era tarde e eles não queriam atrair a atenção das esferas que passavam. O sr. Hopkins entrou primeiro, parou no umbral para permitir que seus olhos se acostumassem, depois se deslocou para o lado para guiar o sr. Pennyfeather através da porta. À meia-luz, a figura encolhida do líder parecia ainda mais reduzida do que de costume; entrou arrastando os pés como um esqueleto animado. O corpanzil reconfortante de Nick cuidava da retaguarda. Os três entraram no aposento, Nick fechando suavemente a porta atrás deles.

— Boa noite, sr. Pennyfeather, senhor. — A voz de Stanley estava menos animada que de costume; aos ouvidos de Kitty, transmitia uma falsa humildade nauseante. Não houve resposta. Vagarosamente, o sr. Pennyfeather aproximou-se da cadeira de vime de Fred; cada passo parecia doloroso. Sentou-se. Anne atravessou o aposento para colocar a lanterna em um nicho ao lado dele; o rosto do velho estava envolto pela escuridão.

O sr. Pennyfeather apoiou a bengala contra a cadeira. Devagar, um dedo por vez, arrancou as luvas das mãos. O sr. Hopkins pôs-se de pé ao lado dele, impecável, silencioso, instantaneamente esquecível. Anne, Nick, Kitty, Stanley e Fred permaneceram de pé. Aquele era um ritual familiar.

— Bem, bem, sentem-se, sentem-se. — O sr. Pennyfeather depositou as luvas sobre os joelhos. — Meus amigos — começou — percorremos um longo caminho juntos. Não preciso enfatizar o que sacrificamos... — ele interrompeu-se, tossiu — ... e com que objetivo. Ultimamente, eu era de opinião, reforçada aqui pelo meu bom Hopkins, de que carecíamos de recursos para continuar a luta contra o inimigo. Não temos dinheiro suficiente, armas suficientes, conhecimento suficiente. Acredito que agora possamos corrigir tudo isso.

Parou, fez um sinal impaciente. Anne adiantou-se com um copo de água. O sr. Pennyfeather engoliu ruidosamente.

— Assim está melhor. Então. Hopkins e eu temos estado afastados, estudando certos pergaminhos roubados da Biblioteca Britânica. São documentos antigos, do século XIX. Através deles, descobrimos a existência de um importante esconderijo de tesouros, muitos de considerável poder mágico. Se conseguirmos nos apoderar desse material, estaremos em condições de transformar nossa sorte.

— Quem é o mago dono dos tesouros? — perguntou Anne.

— No momento, eles estão além do alcance dos magos.

Stanley deu um passo à frente, entusiasmado.

— Viajaremos para onde o senhor quiser — gritou. — Para a França, ou Praga, ou... ou os confins da Terra. — Kitty voltou os olhos para o céu.

O velho soltou um riso abafado.

— Não precisamos ir tão longe assim. Para ser exato, precisamos apenas cruzar o Tâmisa. — Ele permitiu que a onda de tumulto se extinguisse. — Esses tesouros não estão em algum templo distante. Estão muito próximos de casa, em um local onde todos passamos milhares de vezes.

Vou contar a vocês — ergueu as mãos para acalmar a crescente algazarra —, por favor, vou contar. Estão no coração da cidade, o coração do império dos magos. Estou falando da Abadia de Westminster.

Kitty ouviu a respiração profunda dos demais e sentiu um calafrio de excitação percorrer-lhe a espinha. A abadia? Mas ninguém se atreveria...

— O senhor quer dizer em uma tumba? — perguntou Nick.

— Sem dúvida, sem dúvida. Sr. Hopkins, quer explicar mais?

O secretário tossiu.

— Obrigado. A abadia é o local de sepultamento de muitos dos maiores magos do passado: Gladstone, Pryce, Churchill, Kitchener, para citar apenas uns poucos. Estão sepultados em câmaras secretas a grande profundidade do solo, e com eles jazem seus tesouros, objetos de poder que os tolos inseguros de hoje podem apenas imaginar.

Como sempre, quando o sr. Hopkins falava, Kitty quase não *o* reconhecia; brincava com suas palavras, com as possibilidades que encerravam.

— Mas eles colocaram maldições em suas tumbas — começou Anne. — Punições terríveis esperam aqueles que as abrirem.

Das profundezas de seu assento, o sr. Pennyfeather soltou uma gargalhada ofegante.

— Os líderes atuais, sem muita justificativa, certamente evitam as tumbas como a peste. São todos uns covardes. Desanimam ante o pensamento da vingança de seus ancestrais, caso se dessem o trabalho de perturbar seus ossos.

— As armadilhas podem ser evitadas com planejamento cuidadoso — declarou o sr. Hopkins. — Não partilhamos do medo quase supersticioso dos magos. Andei procurando entre os registros, e descobri uma cripta que contém maravilhas com as quais vocês dificilmente conseguiriam sonhar. Ouçam isto... — O secretário retirou de seu casaco uma folha de papel dobrada. Em absoluto silêncio, abriu-a, extraiu do bolso um par de óculos minúsculo e o assentou sobre o nariz. Leu: — "Seis barras de ouro, quatro estatuetas cravejadas de pedras preciosas, duas adagas com punho de esmeralda, um conjunto de globos de ônix, um cálice de estanho, um..."

Ah, esta é a parte interessante. "Uma bolsa encantada de cetim preto, com cinqüenta moedas de ouro." — O sr. Hopkins ergueu a vista e olhou-os de relance por sobre os óculos. — Essa bolsa parece sem importância, mas levem em conta isto: não importa a quantidade de ouro que seja retirada, ela nunca fica vazia. Uma infinita fonte de renda para nosso grupo, acho.

— Poderíamos comprar armas — murmurou Stanley. — Os tchecos nos forneceriam o material se pudéssemos pagar.

— O dinheiro pode conseguir o que você quiser — riu o sr. Pennyfeather. — Continue, Clem, continue. Isso não é tudo.

— Deixe-me ver... — O sr. Hopkins voltou ao papel. — A bolsa... ah, sim, e uma esfera de cristal, na qual, e aqui estou citando, "vislumbres do futuro e os segredos de todas as coisas enterradas e escondidas podem ser desvendados".

— Imaginem só! — gritou o sr. Pennyfeather. — Imaginem o poder que *isso* nos daria! Poderíamos prever cada movimento dos magos! Poderíamos localizar maravilhas perdidas do passado, jóias esquecidas...

— Ninguém conseguiria nos deter — sussurrou Anne.

— Seríamos ricos — disse Fred.

— Se for verdade — observou Kitty baixinho.

— Há também uma pequena sacola — continuou o sr. Hopkins — na qual demônios podem ser apanhados; isso pode ser útil, se conseguirmos descobrir seu encantamento. E uma multidão de itens de menor importância, incluindo, deixem-me ver, um manto, um pentagrama de madeira e diversos outros efeitos pessoais. A bolsa, a bola de cristal e a sacola são o melhor de tudo.

O sr. Pennyfeather inclinou-se para frente no assento, sorrindo como um duende.

— Então, meus amigos — disse ele —, o que acham? Esse é um prêmio que vale a pena possuir?

Kitty sentiu que era hora de injetar um comentário de advertência.

— Tudo muito bem, senhor — disse ela —, mas como essas maravilhas não foram roubadas antes? Qual é o truque?

O comentário pareceu estragar um pouco a atmosfera de euforia. Stanley a olhou de cara feia.

— Qual é o problema? — perguntou. — O serviço não é grande o bastante para você? Era *você* que ficava se queixando de que precisávamos de uma estratégia melhor.

Kitty percebeu que o sr. Pennyfeather a encarava. Tremeu e encolheu-se.

— O argumento de Kitty é válido — disse o sr. Hopkins. — *Existe* um truque, ou antes, uma defesa ao redor da cripta. De acordo com os registros, uma Pestilência foi fixada à pedra angular da abóbada. É acionada pela abertura da porta. Se alguém entrar na tumba, a Pestilência infla a partir do teto e mata todos nas imediações — ele olhou mais uma vez para o papel —, “a fim de arrancar dos ossos a carne dos invasores”.

— Formidável — disse Kitty. Seus dedos brincavam com o pingente em forma de lágrima em seu bolso.

— Er... como o senhor propõe que evitemos essa armadilha? — perguntou Anne ao sr. Pennyfeather educadamente.

— Existem maneiras — disse o velho —, mas no momento elas estão fora de nosso alcance. Não possuímos o conhecimento mágico. Entretanto, o sr. Hopkins aqui conhece alguém que poderia ajudar.

Todos olharam para o secretário, que adotou uma expressão humilde.

— Ele é, ou era, um mago — esclareceu o sr. Hopkins. — Por favor — suas palavras produziram um coro de desaprovação —, ouçam. Está descontente com nosso regime por razões pessoais, e quer derrubar Devereaux e o restante. Possui o conhecimento necessário, além de artefatos que nos possibilitarão escapar da Pestilência. — O sr. Hopkins esperou até que houvesse silêncio no aposento. — Ele tem a chave da tumba em questão.

— Quem é ele? — perguntou Nick.

— Tudo o que posso dizer é que é um membro destacado da sociedade, um estudioso e conhecedor das artes. É amigo de algumas das pessoas mais importantes da região.

— Qual é o nome dele? — perguntou Kitty. — Isso não adianta.

— Temo que ele proteja sua identidade com muito cuidado. Como todos nós deveríamos fazer, claro. Também não lhe contei nada a respeito de vocês. Mas se aceitarem sua colaboração, ele vai querer se encontrar com um de vocês muito em breve. Vai passar a informação de que precisamos.

— Mas como vamos confiar nele? — protestou Nick. — Poderia vir a nos trair.

O sr. Hopkins tossiu.

— Acho que não. Ele já os ajudou antes, muitas vezes. Muitas das informações que dei a vocês foram passadas por esse homem. Há muito tempo ele deseja promover nossos objetivos.

— Examinei os documentos do sepultamento na biblioteca — acrescentou o sr. Pennyfeather. — Parecem autênticos. É muito esforço para uma falsificação. Além disso, ele nos conhece há anos, através do Clem aqui. Por que não nos trai se deseja prejudicar a Resistência? Não, acredito no que ele diz. — O sr. Pennyfeather se levantou precariamente, sua voz tornando-se áspera, congestionada. — E esta é *minha* organização, afinal de contas. Vocês deveriam confiar em minha palavra. Então, têm alguma pergunta?

— Apenas isso — disse Fred, fazendo disparar o mecanismo de abertura de seu canivete. — Quando começamos?

— Se tudo correr bem, invadiremos a Abadia amanhã à noite. Só fica faltando... — O velho interrompeu-se, dobrando-se em um súbito acesso de tosse. Suas costas arqueadas desenhavam estranhas sombras na parede. Anne adiantou-se e o ajudou a se sentar. Por um longo momento, ele ficou ofegante demais para falar novamente. — Sinto muito — disse por fim. — Mas vocês estão vendo em que condições estou. Minhas forças estão diminuindo. Na verdade, meus amigos, a Abadia de Westminster é a melhor oportunidade que tenho. De conduzi-los todos a... a algo melhor. Isso será um novo começo.

"E um fim apropriado para *você*", pensou Kitty. "Esta é sua última chance de alcançar algo concreto antes de morrer. Só espero que seu julgamento se sustente."

Como se houvesse lido a mente da garota, o sr. Pennyfeather girou subitamente a cabeça em sua direção.

— Resta apenas — disse ele — visitar nosso misterioso benfeitor e discutir as condições. Kitty, já que você está tão esperta hoje, *você* irá encontrá-lo amanhã.

Kitty retribuiu seu olhar.

— Muito bem — disse ela.

— Agora — o velho voltou-se para encará-los, um a um —, preciso dizer que estou um pouco decepcionado. Nenhum de vocês ainda perguntou a identidade da pessoa em cuja tumba estamos prestes a entrar. Não estão curiosos? — riu ele, respirando com dificuldade.

— Er... quem é, senhor? — perguntou Stanley.

— Alguém com quem todos estão familiarizados desde os dias de escola. Acredito que ele ainda figure em destaque na maioria das lições. Ninguém mais do que o fundador do nosso Estado, o maior e mais terrível dentre nossos líderes, o próprio herói de Praga: nosso adorado William Gladstone.

Parte Três

Nathaniel

22

O plano de Nathaniel consistia em deixar o aeroporto Box Hill precisamente às 6h30. O carro oficial chegaria ao ministério uma hora mais cedo, às 5h30. O que significava dispor aproximadamente de metade do dia para preparar-se para a missão mais importante de sua breve carreira no governo: sua viagem a Praga.

Sua primeira tarefa era lidar com seu servo e companheiro de viagem. No retorno a Whitehall, encontrou uma câmara de invocação disponível e, batendo palmas, convocou Bartimaeus mais uma vez. Quando este se materializou, livrara-se de seu disfarce de pantera e apresentou-se em uma de suas formas favoritas: um menino de pele escura. Nathaniel observou que o garoto não estava usando a habitual saia em estilo egípcio; em vez disso, achava-se prodigamente embonecado, com um antiquado terno de *tweed*, próprio para viagem, polainas, perneiras e, incongruentemente, um capacete de piloto de couro, rematado por um par de óculos protetores, frouxos sobre a cabeça.

Nathaniel olhou de cara feia.

— Pode tirar isso, para começar. Você não vai voar.

O garoto pareceu magoado.

— Por que não?

— Porque vou viajar incógnito, e isso significa nada de demônios dançando pela alfândega.

— O quê, eles agora nos colocam em quarentena?

— Os magos tchecos examinam todos os vôos de chegada à procura de magia, e os vôos britânicos são submetidos aos exames mais minuciosos de todos. Nenhum artefato, livro de mágica ou demônio idiota passarão. Terei de ser um "plebeu" durante o vôo; *você*, vou invocar quando tiver chegado.

O garoto ergueu os óculos o mais que pôde para parecer cético.

— Pensei que o Império Britânico mandasse no galinheiro na Europa — disse. — Vocês arruinaram Praga anos atrás. Como é possível que eles estejam dizendo a vocês o que fazer?

— Eles não estão. Ainda controlamos a balança do poder na Europa, mas oficialmente há uma trégua com os tchecos agora. No momento, garantimos que não vai haver incursões mágicas em Praga. Eis por que esta viagem tem de ser sutil.

— Falando em sutil... — o garoto deu uma generosa piscada —, me saí muito bem mais cedo, não?

Nathaniel apertou os lábios.

— O que você está querendo dizer?

— Bem, eu estava em meu melhor comportamento esta manhã, não percebeu? Eu poderia ter dado aos seus mestres um bocado de minha insolência, mas me contive para ajudá-lo.

— Verdade? Pensei que fosse sua personalidade irritante de sempre.

— Está de brincadeira? Fui tão escorregadio que meus pés praticamente deslizaram embaixo de mim. Ainda consigo sentir o gosto da falsa humildade em minha língua. Mas isso é melhor do que ser atirado dentro de uma das preciosas Esferas Fúnebres de Jessica novamente. — O garoto estremeceu. — No entanto, *meu* puxa-saquismo só durou alguns minutos. Deve ser horrível se humilhar diante deles *o tempo todo* como *você*, e sabendo que pode acabar com o jogo no momento em que quiser e seguir seu próprio caminho... exceto pelo fato de que você não tem o topete para fazer isso.

— Pode parar por aí. Não estou interessado em sua opinião. — Nathaniel não ouviria nada daquilo; demônios freqüentemente lançavam meias-verdades aos magos para desorientá-los. Era melhor não dar ouvidos a suas manobras. — Além disso — acrescentou —, Duvall, por exemplo, não é meu mestre. Eu o desprezo.

— E Whitwell é diferente? Não percebi nenhum grande amor entre vocês.

— Chega. Preciso arrumar as malas e tenho de fazer uma visita ao Ministério das Relações Exteriores antes de ir. — Nathaniel consultou seu relógio. — Precisarei de você outra vez daqui a... 12 horas, em meu hotel em Praga. Até que o invoque novamente, vou amarrá-lo dentro de um Nexus aqui. Fique calado e invisível dentro deste círculo, fora do alcance de qualquer coisa sensível, até que eu mande buscá-lo.

O garoto deu de ombros.

— Se for preciso.

— É preciso.

A figura no pentagrama cintilou e se desvaneceu devagar, como a lembrança de um sonho. Quando havia desaparecido completamente, Nathaniel realizou um par de feitiços de defesa para prevenir que alguém, sem se dar conta, libertasse o djim, caso optasse por usar o círculo, e saiu com pressa. Tinha algumas horas atarefadas pela frente.

Antes de ir para casa para arrumar as malas, Nathaniel passou pelo Ministério das Relações Exteriores, um prédio semelhante ao Museu Britânico em extensão, importância e no poder ameaçador dos veteranos. Ali ocorria grande parte do funcionamento diário do Império — magos transmitindo avisos e instruções por telefone e através de mensageiros para seus colegas em escritórios menores ao redor do mundo. Enquanto subia os degraus para a porta giratória, Nathaniel olhou para cima, para a cobertura. Mesmo nos três planos que era capaz de observar, o céu sobre o edifício achava-se povoado de formas apressadas e incorpóreas: rápidos emissários carregando ordens em envelopes codificados por meio de magia, demônios maiores atuando como escolta. Como sempre, a escala do grandioso Império, percebida somente em visões como esta, deixava-o atemorizado e um pouco preocupado. Como conseqüência, teve certo problema com a porta giratória; por empurrar com força no sentido errado, infelizmente lançou para trás, do outro lado do vestíbulo, uma mulher idosa de cabelos grisalhos, e a braçada de papéis que ela carregava derramou-se pelo chão de mármore.

Após ser bem-sucedido em suas negociações com a porta, Nathaniel adiantou-se e, com uma dúzia de pedidos de desculpa envergonhados, ajudou a vítima a se pôr de pé, antes de dar início à tarefa de recolher os papéis. À medida que o fazia, acompanhado pela contínua saraivada de reclamações débeis e agudas da velha, viu uma figura esbelta e familiar emergir de uma porta no lado oposto do vestíbulo, atravessando o aposento. Era Jane Farrar, a aprendiz de Duvall, elegante e de cabelos escuros tão brilhantes como sempre.

O rosto de Nathaniel ficou escarlate; ele acelerou freneticamente, mas havia muitos papéis a recolher e o vestíbulo não era extenso. Muito antes que houvesse terminado, e enquanto a velha ainda declarava corajosamente o que pensava a respeito dele, a srta. Farrar chegou ao local. Nathaniel vislumbrou os sapatos da moça com o canto de um dos olhos: estava parada e o observava. Ele podia muito bem imaginar seu ar de divertimento contido.

Com um suspiro profundo, levantou-se e enfiou os papéis nas mãos da velha.

— Aí está. Mais uma vez, lamento muito.

— Eu também deveria pensar assim... de todos os descuidados, arrogantes, mais pestilentos...

— É verdade, me deixe ajudá-la a passar por esta porta...

Com mão firme, Nathaniel a fez girar e, com um ligeiro empurrão entre as omoplatas para guiá-la, rapidamente a encaminhou. Ajeitando-se, virou e piscou, como se estivesse imensamente surpreendido.

— Srta. Farrar! Que prazer.

Ela abriu um sorriso indolente, misterioso.

— Sr. Mandrake. O senhor parece ligeiramente ofegante.

— Pareço? Bem, na verdade *estou* particularmente ocupado esta tarde. E as pernas daquela pobre velha cederam, então tentei ajudar... — Os olhos frios da garota o avaliaram. — Bem... é melhor que eu me vá...

Nathaniel fez menção de desviar para um dos lados, mas Jane Farrar subitamente se aproximou um pouco mais.

— *Sei* que está ocupado, John — disse ela —, mas eu *adoraria* ouvir sua opinião a respeito de um assunto, se é que posso ser tão atrevida. — Ajeitou vagarosamente uma mecha de cabelos com um dedo. — Que sorte a minha. Estou *tão* contente por termos nos encontrado por acaso. Ouvi boatos de que você conseguiu invocar um djim do quarto nível. Isso é *realmente* verdade? — Olhou para ele com os olhos sombrios e arregalados, transbordantes de admiração.

Nathaniel deu um ligeiro passo atrás. Talvez tenha sentido um pouco de calor, certamente se sentiu meio bajulado mas, ainda assim, muito pouco disposto a discutir questões tão pessoais quanto sua escolha de demônio. Era um infortúnio que o incidente no Museu Britânico houvesse se tornado tão público — a especulação a respeito de seu servo seria enorme. Mas não era prudente ficar desprevenido: *seguro, secreto, sólido*. Ele abriu um sorriso perturbado.

— É verdade. A senhorita foi bem informada. Não é nada tão difícil, posso garantir. Agora, se não se importa...

Jane Farrar deu um ligeiro suspiro e ajustou uma mecha de cabelo atrás da orelha.

— Você *é* esperto — disse ela. — Sabe, tentei fazer exatamente isso, recrutar um demônio do quarto nível, mas devo ter me confundido de alguma forma, porque simplesmente não consigo. Não *imagino* qual seja o problema. Você poderia vir comigo agora e me orientar nos encantamentos? Tenho um círculo de invocação só meu. Fica em meu apartamento, não longe daqui. É muito reservado, não seríamos interrompidos... —

Ela inclinou ligeiramente a cabeça para um dos lados e sorriu. Seus dentes eram muito brancos.

Nathaniel estava consciente de uma gota de suor escorrendo desajeitadamente na lateral de sua testa. Conseguiu alisar o cabelo para trás e afastar a gota no que esperava que fosse um movimento casual. Sentiu-se inconfundivelmente estranho: lânguido, ainda que excitado e cheio de energia ao mesmo tempo. Afinal de contas — seria uma coisa fácil ajudar a srta. Farrar. Invocar um djim era muito simples com sua experiência prévia. Não era nada demais. De repente, Nathaniel percebeu que se achava particularmente ansioso pela gratidão da garota.

Ela tocou-lhe o braço gentilmente com os dedos finos.

— O que me diz, John?

— Mmm... — Ele abriu e fechou a boca, franzindo a testa. Algo o refreava. Algo a respeito do tempo, ou a falta dele. O que era? Fora ao ministério para... para fazer o que exatamente? Estava tão difícil lembrar.

O rosto dela exprimiu descontentamento.

— Você está preocupado com sua mestra? Ela nunca descobrirá. E eu não vou contar ao meu mestre. Sei que não *devemos*...

— Não é isso — disse ele. — É só que...

— Então *tudo bem*.

— Não, preciso fazer uma coisa hoje... uma coisa importante. — Tentou afastar os olhos dos dela; não conseguia se concentrar, esse era o problema, e seu coração batia alto demais para que sua memória fosse ouvida. Além disso, ela estava usando um perfume delicioso, não o que usava normalmente, mas uma essência mais oriental, mais floral. Era muito bom, ainda que um pouco opressor. O odor de sua proximidade o aturdia.

— O que *é* essa alguma coisa? — perguntou ela. — Talvez eu possa ajudá-lo.

— Mmm, estou indo a algum lugar... a Praga...

Ela pressionou um pouco mais.

— Está? Para quê?

— Para investigar... er... — Ele piscou, balançou a cabeça. Algo estava errado.

— Vou lhe dizer uma coisa — disse ela —, podemos sentar juntos e ter uma boa conversa. Você poderia me contar tudo o que está planejando.

— Acho...

— Tenho um lindo e longo sofá.

— Verdade?

— Podemos nos aconchegar juntos e tomar sorvete de frutas e você me conta tudo a respeito desse demônio que invocou, esse Bartimaeus. Eu ficaria *muito* impressionada.

Quando ela pronunciou o nome, uma pequena nota de advertência soou na mente de Nathaniel, abrindo caminho em meio ao seu voluptuoso ofuscamento. Onde descobrira o nome de Bartimaeus? Só poderia ter sido com Duvall, seu mestre, que o aprendera naquela mesma manhã, na câmara de invocação. E Duvall... Duvall não era amigo dele. Desejaria frustrar o que quer que Nathaniel estivesse fazendo, inclusive sua viagem a Praga... Ele encarou Jane Farrar com suspeita crescente. A razão voltou a inundá-lo e, pela primeira vez, percebeu o sensor emitindo uma pulsação monótona em seu ouvido, avisando-o da presença de uma magia sutil sobre sua pessoa. Uma Sedução, ou um Glamour talvez... À medida que pensava nisso, o brilho nos cabelos da garota pareceu diminuir um pouco, a chama em seus olhos vacilou e se apagou.

— Eu... eu sinto muito, srta. Farrar — disse com voz rouca. — Seu convite é muito gentil, mas devo recusar. Por favor, dê minhas recomendações ao seu mestre.

Ela o observou silenciosamente, o olhar admirador de fêmea substituído, rapidamente, pelo de profundo desprezo. Um momento mais tarde, a familiar e comedida frieza havia retornado ao rosto de Jane Farrar. Ela sorriu.

— Ele ficará satisfeito em recebê-las.

Nathaniel fez uma rápida saudação e partiu. Quando olhou de relance para trás, para o outro extremo do vestíbulo, ela já havia desaparecido.

Ainda se sentia ligeiramente desorientado pelo encontro, cinco minutos mais tarde, quando saiu do elevador no terceiro andar do ministério, cruzou um corredor amplo e repleto de ecos e alcançou a porta do segundo-secretário. Ajustou os punhos, compôs-se rapidamente, bateu e entrou.

Era um aposento de pé-direito alto e paredes revestidas de carvalho; a luz jorrava para dentro através de janelas elegantes e afiladas, com vistas para o tráfego intenso de Whitehall. A sala estava dominada por três mesas de madeira colossais, cujas superfícies eram marchetadas com tiras de couro verde pontilhado. Sobre elas, uma dezena de mapas de tamanhos variados estavam abertos: alguns de simples papel, outros de pergaminho antigo, fragmentado, todos cuidadosamente presos às superfícies em couro das mesas. Um homenzinho calvo, o segundo-secretário do Ministério das Relações Exteriores, inclinava-se sobre um dos mapas, seguindo algum detalhe com o dedo. Olhou de relance e acenou cordialmente.

— Mandrake. Bom. Jessica disse que você passaria por aqui. Entre. Tenho os mapas de Praga prontos para você.

Nathaniel atravessou o aposento para postar-se ao lado do secretário, cuja minúscula silhueta mal alcançava a altura de seus ombros. A pele do sujeito era castanho-amarelada, da cor de pergaminho manchado de sol, e parecia seca e empoeirada. Ele apontou com um dedo na direção do mapa.

— Esta aqui é Praga: um mapa razoavelmente recente, como pode ver; mostra as trincheiras deixadas por nossas tropas na Grande Guerra. A princípio você está familiarizado com a cidade, suponho.

— Estou, senhor. — A mente eficiente de Nathaniel acessou facilmente as informações relevantes. — A jurisdição do castelo fica na margem oeste do Vltava; a Cidade Velha, na leste. O antigo bairro dos magos ficava próximo ao castelo, certo, senhor?

— Certo. — O dedo deslocou-se. — Aqui, abraçando a colina. A Viela de Ouro era onde a maioria dos magos e alquimistas do imperador estavam localizados, até que os companheiros de Gladstone atacassem, claro. Atualmente, quaisquer magos que os tchecos *possuam* estão acampados fora do centro, nos subúrbios, portanto há pouca coisa, se há alguma, acontecendo próximo ao castelo. Acredito que tudo esteja em ruínas por ali. O outro centro antigo de magia — o dedo moveu-se para leste, cruzando o rio — é o Gueto, *aqui*. Foi onde Loew criou os primeiros golens, ainda na época de Rodolfo.* Outros nessa área deram continuidade à prática até o século passado, portanto imagino que seja aí, se é que o conhecimento apropriado foi guardado em algum lugar. — Ele olhou de relance para Nathaniel. — Você se dá conta de que esta é uma missão idiota, não, Mandrake? Se eles tivessem a capacidade para criar golens esse tempo todo, por que não o teriam feito? Deus sabe que muitas vezes os derrotamos sem lutas. Não, eu mesmo não consigo entender isso.

— Estou apenas agindo baseado em informação recebida, senhor — disse Nathaniel respeitosamente. — Praga parece ser o local apropriado para começar. — Seu tom e postura neutros encobriam o fato de que concordava sem reservas com tudo o que o secretário dissera.

— Mmm. Bem, você sabe melhor que eu. — A voz do segundo-secretário deixou claro que ele não achava que Nathaniel soubesse. — Agora... vê este envelope? Contém seu passaporte falso para a viagem. Você vai viajar como Derek Smithers, um jovem aprendiz trabalhando para a companhia Watt's Wine, de Marylebone. O envelope contém documentos que confirmam isso, caso a alfândega tcheca se torne exigente.

— Derek... Smithers, senhor? — Nathaniel não parecia muito entusiasmado.

— Certo. O único nome que pudemos conseguir. O pobre rapaz morreu de edema no mês passado, com cerca da sua idade; desde então nos apropriamos de sua identidade para uso do governo. Você vai oficialmente a Praga para importar a excelente cerveja deles. Coloquei uma lista de fabricantes de cerveja no envelope, para que você memorize durante o vôo.

---

*Rodolfo II foi imperador germânico (1576-1612), rei da Hungria (1572-1608) e da Boêmia (1575-1611). (*N. da T.*)

— Sim, senhor.

— Certo. Acima de tudo, você precisa ser discreto nesta missão, Mandrake. Não chame atenção sobre si mesmo de forma alguma. Se tiver de usar magia, faça-o silenciosa e rapidamente. Ouvi dizer que você poderá usar um demônio. Se o fizer, *mantenha-o sob controle.*

— Claro, senhor.

— Os tchecos não devem saber que você é um mago. Parte de nosso tratado atual com eles é termos prometido não realizar nenhuma atividade mágica no território deles. E vice-versa.

Nathaniel franziu as sobrancelhas.

— Mas, senhor, ouvi dizer que espiões tchecos estavam em atividade na Inglaterra recentemente. Eles com certeza estão violando o tratado.

O secretário olhou irritado para Nathaniel e tamborilou com os dedos sobre o mapa.

— É verdade. Eles não são nada confiáveis. Quem sabe, podem estar até mesmo por trás deste seu incidente do golem.

— Neste caso...

— Sei o que você vai dizer, Mandrake. Claro, não há nada que eu gostaria mais do que fazer avançar nossos exércitos sobre a praça Wenceslas amanhã e mostrar aos tchecos como são as coisas, mas não podemos fazer isto agora.

— Por que não, senhor?

— Por causa dos rebeldes americanos. Infelizmente, estamos um pouco pressionados neste momento. Isso não vai durar muito. Vamos exterminar os ianques e então voltar nossa atenção outra vez para a Europa. Mas exatamente neste momento, não queremos que nada provoque tumultos. Entendeu?

— Claro, senhor.

— Além disso, também *estamos* rompendo o cessar-fogo de uma dezena de maneiras. Isso é uma lição de diplomacia para você. Na verdade, os tchecos têm se achado o máximo nos últimos dez anos. As campanhas do sr. Devereaux na Itália e na Europa central foram inconseqüentes e o

Conselho de Praga começou a pôr à prova nosso Império, desafiando seus pontos fracos. Eles estão nos mordendo como pulgas a um cachorro. Não faz mal. Tudo virá no momento certo... — A expressão do segundo-secretário era uma mescla de crueldade e complacência. Voltou mais uma vez sua atenção para o mapa. — Então, Mandrake — disse energicamente —, suponho que deva querer um contato em Praga. Alguém para ajudá-lo a conseguir suas conexões.

Nathaniel assentiu.

— Vocês têm alguém lá, senhor?

— Temos. Um de nossos melhores agentes... O nome dele é Arlequim.

— Arlequim... — Em sua imaginação, Nathaniel viu uma figura esbelta, camuflada, infiltrando-se nas sombras com passos sinuosos e deixando em seu rastro uma atmosfera carnavalesca e ameaçadora...

— De fato. Esta é a denominação do agente. Não posso revelar seu verdadeiro nome; possivelmente nem ele mesmo sabe. Se está imaginando um homem esbelto, mascarado, vestindo roupas coloridas e de pés ágeis, então repense. Nosso Arlequim é um sujeito rechonchudo, idoso, de temperamento fúnebre. Além disso, costuma se vestir de preto. — O secretário exibiu uma expressão de puro desgosto. — Praga faz isso quando se fica lá por muito tempo. É uma cidade melancólica. Vários de nossos agentes se suicidaram ao longo dos anos. Arlequim parece bastante sólido até agora, mas de sensibilidade um tanto mórbida.

Nathaniel afastou os cabelos dos olhos.

— Estou certo que saberei lidar com isto, senhor. Como vou encontrá-lo?

— Hoje à meia-noite, deixe o hotel e vá até o cemitério no Gueto... é aqui, por falar nisto, Mandrake... está vendo? Perto da praça da Cidade Velha. Você deve usar um gorro leve, enfeitado com uma pena vermelha, e andar por entre as lápides. Arlequim o encontrará. Você o reconhecerá pela vela especial que ele estará carregando.

— Uma vela especial.

— Correto.

— O que... ela é particularmente longa ou instável, ou o quê?

— Ele não me forneceu essa informação.

Nathaniel fez uma careta.

— Perdoe-me, mas isso tudo parece um tanto... melodramático, não parece, senhor? Todos esses cemitérios, e velas, e penas vermelhas. Ele não poderia apenas me telefonar em meu quarto de hotel quando eu já houvesse tomado uma ducha e me encontrar em um café no andar de baixo?

O secretário sorriu com ar triste. Entregou o envelope a Nathaniel e contornou a mesa mais distante, dirigindo-se a uma cadeira de couro acamurçado, onde se sentou com um pequeno suspiro. Girou-a para ficar de frente para as janelas, onde se viam nuvens escuras pairando baixo sobre Londres. Estava chovendo ao longe, a oeste: manchas no céu desciam em diagonal sobre regiões da cidade e não era possível enxergá-las. O secretário olhou para fora durante algum tempo, sem nada dizer.

— Observe a cidade nova — disse por fim —, construída segundo os mais belos padrões modernos. Veja os prédios altivos de Whitehall: nenhum deles com mais de 150 anos! Claro que ainda existem áreas pobres, atrasadas, mas o coração de Londres, onde trabalhamos e vivemos, é inteiramente arrojado. Uma cidade do futuro. Uma cidade digna de um grande império. O apartamento da sra. Whitwell, Mandrake... um lindo prédio; ilustra a tendência moderna. Deveria haver muitos mais como ele. O sr. Devereaux planeja nivelar grande parte de Covent Garden no ano que vem, reconstruir todas aquelas casinhas emolduradas em madeira, transformando-as em gloriosas visões de concreto e vidro...

A cadeira voltou a girar na direção do aposento; ele gesticulou para os mapas.

— Agora Praga... aquilo é diferente, Mandrake. Sem dúvida é um lugar particularmente *melancólico*, nostálgico demais para as glórias de seu extinto passado. Existe uma fixação mórbida em coisas que estão mortas e acabadas: os magos, os alquimistas, o grande Império tcheco. Bem, qualquer médico poderia lhe dizer que é uma espécie de ponto de vista pouco saudável... se Praga fosse um ser humano, nós o trancaríamos em um sanatório. Ouso dizer que poderíamos sacudir Praga de seus devaneios se quiséssemos, Mandrake, mas *não* queremos. Não. Muito melhor mantê-la confusa e misteriosa, do que bem definida e completamente visível como Londres. E pessoas como Arlequim, que ficam de olho nas coisas por lá para nós, precisam pensar da mesma forma que os tchecos. Ou não nos serviriam de nada, certo? Arlequim é um espião melhor do que a maioria, Mandrake. Eis o porquê de suas instruções repletas de colorido. Sugiro a você que as siga à risca.

— Sim, senhor. Certamente farei o melhor que puder.

Bartimaeus

23

Pude dizer que era Praga assim que me materializei. A decadente ostentação do candelabro de ouro pendendo do teto do quarto de hotel; as molduras excessivamente ornamentadas e sujas ao redor dos cantos mais altos das paredes; as pregas empoeiradas do cortinado acima da pequena cama de quatro colunas; o melancólico zumbido no ar — tudo apontava em uma única direção. Assim como a expressão de odiosa irritação no rosto de meu mestre. Mesmo enquanto murmurava as últimas sílabas do chamamento, olhava ao redor do aposento como se esperasse que este se rebelasse e o mordesse.

— Viagem agradável? — perguntei.

Ele concluiu alguns vínculos de proteção e saiu do círculo, indicando que eu fizesse o mesmo.

— Dificilmente. Ainda havia alguns vestígios de magia em mim quando passei pela alfândega. Eles me pegaram pelo colarinho e me levaram para um quarto nos fundos cheio de correntes de ar, onde tive de falar muito rápido. Eu disse que meu armazém de vinhos ficava próximo a um complexo do governo e feitiços ocasionais se desviavam e penetravam as paredes. Por fim, acreditaram e me deixaram ir. — Fez uma careta. — Não consigo entender! Mudei todas as minhas roupas antes de sair de casa para evitar que quaisquer vestígios ficassem grudados em mim!

— As cuecas também?

Ele fez uma pausa.

— Ah... eu estava com pressa. Esqueci.

— Então foi isso. Você ficaria surpreso com o que se acumula ali.

— E olhe para este quarto — continuou o garoto. — Isto supostamente é o melhor hotel deles! Juro que não foi redecorado neste século. Veja as teias de aranha nessas cortinas! Pavoroso. E você consegue dizer de que cor é este tapete? Porque eu não consigo. — Saltou da cama irritado; ergueu-se uma nuvem de pó. — E o que significa esta coisa estúpida de quatro colunas? Por que eles simplesmente não podem ter um sofá-cama agradável e limpo ou algo assim, como em casa?

— Ânimo! Ao menos você tem seu próprio banheiro. — Inspecionei uma porta lateral com aspecto hostil: balançava aberta com um rangido teatral, revelando um esquálido banheiro ladrilhado, iluminado por uma única lâmpada. Uma banheira monstruosa de três pernas ocultava-se a um canto; era do tipo onde se assassinavam recém-casadas ou onde filhotes de crocodilo eram engordados, alimentados com carnes pouco comuns.[1] Um vaso sanitário igualmente imponente achava-se disponível no lado oposto, sua corrente pendia do teto como a corda de uma forca.[2] Teias de aranha e limo lutavam com afinco pelo domínio dos recantos mais afastados no teto. Uma complexa série de canos de metal enroscavam-se uns nos outros ao longo da parede, conectando banheira e vaso sanitário e parecendo por tudo no mundo com os intestinos esparramados de um... Fechei a porta. — Pensando melhor, eu não me daria o trabalho de ver aquilo lá. É só um banheiro. Nada especial. Que tal a vista?

Ele me olhou com raiva.

— Verifique você mesmo.

---

[1]Esta é uma das estranhas características de Praga: algo em sua atmosfera, talvez provocado por cinco séculos de tenebrosa feitiçaria, manifesta o potencial macabro de cada objeto, não importa o quão mundano seja.

[2]Entende o que quero dizer?

Afastei as pesadas cortinas escarlate e observei a encantadora vista de um grande cemitério municipal. Filas de lápides bem-cuidadas estendiam-se dentro da noite, pastoreadas por fileiras de freixo e lariço. A intervalos, lanternas amarelas penduradas nas árvores emitiam uma luz desolada. Viam-se uns poucos indivíduos encurvados e solitários vagando pelos caminhos de pedra entre as lápides; o vento transportava seus suspiros até a janela.

Puxei as cortinas com rapidez.

— Sim... Não exatamente animador, admito.

— Animador? Este é o local mais sombrio em que já estive!

— Bem, o que você esperava? Você é inglês. Claro que eles o colocariam em um quarto nojento, com vistas para um cemitério.

O garoto estava sentado diante de uma escrivaninha pesada, inspecionando alguns papéis em um envelope marrom.

— Eu deveria ficar com o melhor quarto pelo mesmo motivo — disse ele distraidamente.

— Está de brincadeira? Depois do que Gladstone fez a Praga? Sabe, eles não esquecem.

Diante disso, ele ergueu os olhos.

— Aquilo foi uma guerra. Nós vencemos de maneira justa. Com um mínimo de perdas de vidas civis.

Eu era Ptolomeu a essa altura, de pé ao lado das cortinas, braços cruzados, olhando para ele com raiva.

— Você acha? — perguntei sarcástico. — Diga isto às pessoas nos subúrbios. Ainda há terrenos baldios por lá, onde as casas foram queimadas.

— Ah, você sabe, não?

— Claro que sei! Eu estava lá, não estava? Lutando pelos tchecos, devo acrescentar. Enquanto tudo o que *você* aprendeu foi inventado pelo Ministério da Propaganda de Gladstone depois da guerra. Não me dê aulas a respeito disso, *garoto*.

Ele ficou olhando por um momento, como se fosse irromper em um de seus velhos ataques de fúria. Então um botão pareceu ser desligado dentro dele e, em vez disso, tornou-se todo frieza e indiferença. Voltou a seus papéis, rosto inexpressivo, como se o que eu havia dito não fosse digno de atenção e sequer o aborrecesse. De alguma forma, eu preferia a raiva.

— Em Londres — disse ele, quase para si mesmo —, os cemitérios ficam fora dos limites da cidade. Muito mais higiênico. Temos trens fúnebres especiais para carregar os corpos. É o método moderno. Este lugar está vivendo no passado.

Eu nada disse. Ele não merecia o privilégio de minha sabedoria.

Por uma hora mais ou menos, o garoto examinou os papéis à luz fraca de uma vela, fazendo ligeiras anotações nas margens. Ele me ignorou; eu o ignorei, a não ser para enviar sutilmente uma brisa através do aposento a fim de que a vela pingasse de forma irritante sobre seu trabalho. Às 10h30 ele ligou para a recepção e, em perfeito tcheco, pediu um prato de cordeiro grelhado e uma jarra de vinho a serem servidos no quarto. Então, deixou de lado a caneta e voltou-se para mim, alisando o cabelo com a mão.

— Lembrei! — disse eu das profundezas das quatro colunas, onde estava relaxando. — Agora sei quem você me lembra. Está me incomodando desde que você me invocou na semana passada. Lovelace! Você perde tempo com o cabelo exatamente como ele. Não consegue deixá-lo em paz.

— Quero conversar a respeito dos golens de Praga — disse ele.

— É uma vaidade, deve ser. Todo este óleo.

— Você viu golens em ação. Que tipo de magos os utilizam?

— Acho que também demonstra insegurança. Uma necessidade constante de se enfeitar.

— Eram sempre os magos tchecos que os criavam? Um mago inglês poderia fazer isso?

— Gladstone *nunca* se ocupou com bobagens... com o cabelo ou com o que quer que seja. Sempre foi muito tranqüilo.

O garoto piscou; mostrou interesse pela primeira vez.

— Você conheceu Gladstone?

— *Conheceu* é colocar a coisa de modo um pouco forte. Eu o vi de longe. Normalmente estava presente durante a batalha, apoiando-se em seu Cajado, observando suas tropas promoverem a carnificina; aqui em Praga, através da Europa... Como eu ia dizendo, ele era muito tranqüilo; observava tudo, falava pouco; então, quando algo era importante, cada movimento era definitivo e calculado. Nada como os seus bruxos tagarelas de hoje.

— *Verdade?* — Era possível ver que o garoto estava fascinado. Nenhum prêmio por adivinhar em quem ele se espelhava. — Então — disse ele —, você meio que o admirava, do seu jeito venenoso, demoníaco?

— Não. Claro que não. Ele era um dos piores. Os sinos das igrejas na Europa ocupada soaram quando ele morreu. Você não quer ser como ele, Nathaniel, vá por mim. Além disso — sacudi uma almofada empoeirada —, você não possui o necessário.

Ah, diante disso ele se enfureceu.

— Por quê?

— Você não é nem de longe repugnante o bastante. Eis seu jantar.

Uma batida na porta anunciou a chegada de um empregado vestido de preto e uma camareira idosa, carregando várias bandejas cobertas e vinho gelado. O garoto dirigiu-se a eles com a cortesia apropriada, fazendo umas poucas perguntas a respeito da disposição das ruas próximas e dando-lhes uma gorjeta pelo incômodo. Durante a visita dos dois, transformei-me em um rato confortavelmente enroscado entre as almofadas; mantive o disfarce enquanto meu mestre devorava sua comida. Por fim, ele abaixou o garfo com estrépito, tomou um último gole de seu copo e levantou-se.

— Certo — disse ele. — Não tenho tempo para conversas. São 11h15. Temos de ir.

O hotel situava-se em Kremencova, uma pequena rua na extremidade da Cidade Velha, não distante do rio caudaloso. Saímos e perambulamos rumo ao norte ao longo das ruas iluminadas por lampiões, encaminhando-nos vagarosa e firmemente na direção do Gueto.

Apesar da destruição da guerra, apesar da devastação na qual a cidade caiu depois que seu imperador foi assassinado e da transferência de seu poder para Londres, Praga ainda conservava algo de seu antigo misticismo e esplendor. Mesmo eu, Bartimaeus, indiferente como geralmente sou aos vários buracos humanos onde fui aprisionado, reconhecia sua beleza: as casas em tons pastéis, com seus altos e pronunciados telhados de terracota, densamente agrupadas em torno das torres e campanários das intermináveis igrejas, sinagogas e teatros; o volumoso e serpeante rio de águas acinzentadas, transposto por uma dezena de pontes, cada uma delas construída em estilo diferente por sua própria mão-de-obra de djins suarentos;[3] acima de tudo isso, o castelo dos imperadores, tristemente pousado em sua colina.

O garoto estava silencioso enquanto caminhávamos. O que não era de surpreender — raramente saíra de Londres na vida. Supus que estivesse contemplando os arredores com muda admiração.

— Que lugar pavoroso — disse ele. — As medidas de Devereaux de despejo de favelas seriam úteis aqui.

Olhei para ele.

— Devo entender que a cidade dourada não obtém sua aprovação?

— Bem... ela é simplesmente *confusa* demais, não?

É verdade que à medida que alguém se aprofunda na Cidade Velha, as ruas tornam-se mais estreitas e labirínticas, conectadas por um sistema capilar de vielas e pátios secundários, onde as cumeeiras protuberantes tornam-se tão excessivas que a luz do dia mal alcança as pedras do calçamento abaixo. Os turistas provavelmente acham fascinante esse formigueiro; para mim, com minha visão de mundo ligeiramente mais poluída,

---

[3]Estive envolvido na construção da Ponte de Pedra, a mais nobre de todas, nos idos de 1357. Nenhum de nós executou a tarefa, como exigido, em uma única noite, fixando as fundações com o sacrifício habitual: o sepultamento de um djim. Fizemos as "honras" quando a madrugada chegou. O pobre Humphrey presumivelmente ainda está lá, entediado e rígido, embora tenhamos lhe dado um baralho com o qual passar o tempo.

ele incorpora perfeitamente a irremediável desordem de todo esforço humano. E para Nathaniel, o jovem mago inglês, acostumado às vias públicas amplas e brutais de Whitehall, tudo aquilo era um pouco confuso demais, um pouco fora de controle demais.

— Grandes magos viveram aqui — lembrei-lhe.

— Aquilo foi antes — disse ele de mau humor. — Isto é agora.

Passamos pela Ponte de Pedra, com sua torre velha e arruinada no lado oriental; morcegos giravam ao redor das vigas protuberantes, e a luz vacilante das lanternas resplandecia nas janelas superiores. Mesmo àquela hora tardia, havia bastante tráfego: um ou dois carros antiquados, com capôs altos e estreitos e incômodas capotas conversíveis, cruzando vagarosamente a ponte; muitos homens e mulheres montados a cavalo também; outros conduzindo bois, ou guiando carroças de duas rodas repletas de vegetais ou barris de cerveja. A maioria dos homens usava gorro preto ao estilo francês; a moda evidentemente havia mudado desde meu tempo na cidade, tantos anos antes.

O garoto fez uma careta depreciativa.

— Isso me faz lembrar. É melhor completar logo esta farsa. — Ele carregava uma pequena mochila de couro; procurou dentro dela e puxou um gorro grande e macio. Pesquisa adicional revelou uma pena encurvada e bastante amassada. Ergueu-a para que captasse a luz das lanternas.

— Que cor você diria que é esta? — perguntou ele.

Refleti.

— Não sei. Vermelho, suponho.

— Que espécie de vermelho? Quero uma descrição.

— Humm, vermelho-tijolo? Vermelho-brilhante? Vermelho-tomate? Vermelho-queimadura-de-sol? Poderia ser qualquer um, ou todos estes.

— Não vermelho-sangue, então? — Ele praguejou. — Eu estava tão sem tempo... foi tudo o que pude conseguir. Bem, preciso fazer isso. — Enfiou a pena através do tecido do gorro e colocou o conjunto na cabeça.

— Para que isso? — perguntei. — Espero que você não esteja tentando ser arrojado, porque está parecendo um idiota.

— Isso é estritamente profissional, posso garantir. Não foi idéia minha. Venha, é quase meia-noite.

Distanciamo-nos do rio, dirigindo-nos ao coração da Cidade Velha, onde o Gueto guardava os mais profundos segredos de Praga.[4] As casas tornaram-se menores e mais deterioradas, tão amontoadas umas sobre as outras que algumas, sem dúvida, sustentavam-se apenas pela proximidade de suas vizinhas. Nosso humor alterou-se em direções opostas à medida que seguíamos. Minha essência sentia-se energizada pela magia que fluía das velhas pedras, pelas lembranças de minhas façanhas do passado. Nathaniel, ao contrário, parecia tornar-se mais e mais deprimido, resmungando e lamentando-se sob seu chapéu demasiado grande, como se se tratasse de um velho rabugento.

— Há alguma chance — perguntei — de você me contar exatamente o que estamos fazendo?

Ele olhou para o relógio.

— Dez para meia-noite. Tenho de estar no velho cemitério quando os relógios começarem a soar. — Fez um muxoxo. — *Outro* cemitério! Pode acreditar nisso? *Existem* quantos neste lugar? Bem, um espião vai se encontrar comigo aqui. Vai me reconhecer pelo gorro; eu o reconhecerei pela... e estou repetindo as palavras... "vela especial" — Ergueu uma das mãos. — Não me pergunte. Não tenho nenhuma pista. Talvez ele possa nos indicar alguém que conhece algo sobre a ciência do golem.

— Você acha que algum mago tcheco está causando o problema em Londres? — perguntei. — Você sabe que não precisa ser necessariamente assim.

Ele assentiu, ou ao menos sua cabeça fez algo abrupto sob seu gorro gigantesco.

---

[4]No tempo de Rodolfo, quando o Sacro Império Romano estava em seu auge e seis afritos patrulhavam as muralhas recém-construídas de Praga, a comunidade judaica na região era responsável pela maior parte do dinheiro e muito da magia do imperador. Forçosamente restritos às vielas apinhadas do Gueto, desacreditados pelo restante da sociedade de Praga, que ao mesmo tempo deles dependia, os magos judeus tornaram-se mais poderosos durante certo tempo. Uma vez que os *pogroms* e a difamação contra seu povo era rotina, seus magos adotaram uma perspectiva amplamente defensiva — a exemplo do grande mago Loew, que criou o primeiro golem para proteger os judeus contra ataques tanto de humanos quanto de djins.

— Realmente. Alguém de dentro deve ter roubado o olho de argila da coleção de Lovelace: há um traidor trabalhando em algum lugar. Mas o conhecimento para *usá-lo* deve ter vindo de Praga. Ninguém em Londres fez isso antes. Talvez nosso espião possa nos ajudar. — Ele suspirou. — Embora eu duvide. Alguém que se chama "Arlequim" está obviamente em muito mau estado.

— Não está mais iludido que o restante de vocês, com seus nomes falsos idiotas, sr. *Mandrake*. E o que vou ficar fazendo enquanto você se encontra com este cavalheiro?

— Fique escondido e de olho aberto. Estamos em território inimigo, e não vou confiar em Arlequim nem em mais ninguém. Certo, deve ser este o cemitério. É melhor você se transformar.

Havíamos chegado a um terreno pavimentado com pedras, cercado de todos os lados por construções com pequenas janelas pretas. À nossa frente, havia um lance de degraus que conduzia a um portão de metal aberto, preso a uma grade arruinada. Mais adiante, erguia-se um conglomerado sombrio e recortado — as lápides mais altas do velho cemitério de Praga.

O cemitério possuía pouco mais que cinqüenta metros quadrados, de longe o menor da cidade. Ainda assim, fora usado por muitos séculos, repetidamente, o que contribuía para seu caráter peculiar. Na verdade, a quantidade de enterros naquele espaço restrito resultara em corpos sendo enterrados uns sobre os outros, uma e outra vez, até a superfície do cemitério haver se elevado dois metros mais que o terreno circundante. Com sua tumultuada indiferença por claridade e ordem, o cemitério era exatamente o tipo de lugar programado para desestabilizar a mente metódica de Nathaniel.[5]

— Bem, ande logo com isso, então — disse ele. — Estou esperando.

---

[5]Na verdade, o lugar também me fazia tremer um pouco, mas por razões distintas. A terra era muito forte ali — seu poder emanava, roubando minhas energias. Os djins não eram bem-vindos; era um local privado, a serviço de uma magia diferente.

— Ah, é isso o que você está fazendo? Eu não conseguiria dizer por baixo desse chapéu.

— Transforme-se em uma cobra nojenta ou um rato infecto, ou qualquer criatura imunda das trevas que deseje. Vou entrar. Esteja preparado para me proteger se necessário.

— Nada me dará mais prazer.

Escolhi tornar-me um morcego de orelhas compridas desta vez, asas parecendo couro, um penacho na cabeça. Acho um disfarce flexível — facilita a rapidez de movimentos, é silencioso e está bem de acordo com o tom de cemitérios à meia-noite. Esvoacei em meio à selva sólida de pedras desordenadas. Como precaução inicial, fiz uma varredura dos sete planos: estavam claros o bastante, embora tão impregnados de magia que cada um deles vibrava levemente com a memória das ações passadas. Não notei armadilhas ou sensores, ainda que uns poucos feitiços nas construções próximas implicassem que magos inferiores ainda residiam ali.[6] Não havia ninguém por perto; àquela hora tardia, o emaranhado de vielas do cemitério estava vazio, envolto em sombras malévolas. Lanternas enferrujadas presas à grade emitiam uma luz fraca. Encontrei uma lápide saliente, onde me pendurei elegantemente, metido dentro de minhas asas. Inspecionei o caminho principal no cemitério.

Nathaniel atravessou o portão, os sapatos rilhando levemente no caminho. Nesse instante, as dezenas de relógios das igrejas de Praga começaram a tocar, assinalando o início da hora misteriosa que era a meia-noite.[7] O garoto deu um suspiro audível, balançou a cabeça com aversão e começou

[6]Eram defesas fracas. Um diabrete desarmado poderia ter aberto caminho por ali. Como centro de magia, Praga achava-se, há um século, em pronunciado declínio.

[7]Por razões complexas possivelmente ligadas à astronomia e ao ângulo da órbita da Terra, é no ponto duplo da meia-noite e do meio-dia que os sete planos ficam mais próximos, permitindo relances humanos sensíveis que normalmente seriam impossíveis a ele. Nesses momentos, entretanto, aumenta a conversa entre fantasmas, espectros, cachorros-negros, *doppelgängers* [duplicatas] e retornantes — que são geralmente diabretes e trasgos errando disfarçados. Porque a noite estimula a imaginação humana particularmente, as pessoas prestam menos atenção às aparições do meio-dia, mas elas ocorrem: figuras lampejantes vislumbradas no nevoeiro, transeuntes que — sob inspeção — carecem de sombra, rostos pálidos no meio da multidão, e que, quando procurados novamente, não estão em lugar nenhum.

a percorrer indeciso o caminho, uma das mãos estendidas, tateando entre as pedras. Uma coruja piou nas vizinhanças, talvez como um arauto de morte violenta, talvez tecendo comentários sobre as ridículas proporções do gorro de meu mestre. A pena vermelho-sangue balançava para um lado e para outro atrás da cabeça dele, brilhando fracamente à luz escassa.

Nathaniel avançava. O morcego sustentava-se imóvel. O tempo passava tão lentamente quanto sempre acontece quando se está em cemitérios. Apenas uma vez houve movimento no caminho embaixo da grade: uma estranha criatura de quatro pernas e dois braços, com uma espécie de cabeça dupla, brotou das trevas arrastando-se. Meu mestre a avistou, parou duvidoso. Ela passou sob uma lanterna, para se revelar um casal enamorado, as cabeças apoiadas uma na outra, braços entrelaçados. Beijaram-se persistentemente, lançaram alguns risinhos nervosos e seguiram caminho afora. Meu mestre os observou afastando-se, com uma estranha expressão no rosto. Acho que tentava parecer desdenhoso.

Daí em diante, seu passo, não especialmente enérgico, tornou-se distintamente frouxo. Passou a arrastar-se, chutando seixos invisíveis e enroscando-se em seu longo casaco preto de forma descuidada. Sua mente não parecia concentrada no trabalho. Decidindo que ele precisava de uma conversa estimulante, flutuei e pairei ao lado de uma lápide.

— Anime-se — disse eu. — Você está parecendo um pouco apagado. Vai afastar esse sujeito, Arlequim, se não tiver cuidado. Imagine que está em um encontro amoroso com alguma maga bonita e jovem.

Eu não poderia jurar — estava escuro e tudo o mais — mas acho que ele corou. Interessante... Aquele talvez fosse um terreno fértil a cultivar no devido tempo.

— Não adianta nada. — sussurrou ele. — Já é quase meia-noite e meia. Se ele fosse aparecer, teríamos visto alguma coisa a esta altura. Acho... você está me ouvindo?

— Não. — Os ouvidos penetrantes do morcego captaram uma espécie de rangido ao longe no cemitério. Elevei-me um pouco mais, espreitei a escuridão. — Deve ser ele. Pena a postos, Romeu.

Inclinei-me e voei baixo por entre as pedras, adotando uma trajetória circular para evitar a colisão direta com o que quer que estivesse vindo em nossa direção.

Por sua vez, o garoto assumiu uma postura mais empinada; com o gorro em ângulo extravagante, mãos causalmente atrás das costas, vagava pelo caminho como se estivesse em intensa, profunda meditação. Não dava sinais de haver percebido os sons arrastados cada vez mais persistentes, ou a estranha e pálida luz que se aproximava por entre as lápides.

Nathaniel

24

Com o canto do olho, Nathaniel avistou o morcego voar para um dos extremos do cemitério, em direção a um antigo teixo que, de alguma forma, conseguira sobreviver às centenas de enterros. Um galho particularmente ressecado oferecia uma boa visão do caminho. O morcego pousou ali e pendurou-se imóvel.

Nathaniel deu um profundo suspiro, ajeitou o chapéu e avançou do modo mais despreocupado que pôde. Todo o tempo, seus olhos fixavam algo que se movia nas profundezas do cemitério. Apesar de seu forte ceticismo diante de toda aquela confusão, a insalubridade e solidão daquele lugar ermo haviam contaminado seu espírito. Contrariamente a seus desejos, percebeu que seu coração golpeava-lhe dolorosamente o peito.

O que era aquilo que estava vendo diante dele? Uma pálida luz cadavérica se aproximando, em tom esverdeado leitoso, manchando as pedras pelas quais passava com um brilho doentio. Atrás dela, uma sombra se movia, encurvada e caminhando com dificuldade, enredando-se por entre as pedras, cada vez mais perto.

Nathaniel apertou os olhos: não conseguia enxergar qualquer atividade demoníaca em nenhum dos três planos observáveis. Aquela coisa era, presumivelmente, humana.

Por fim, o ranger de cascalho indicou que a sombra saíra do caminho. Ela não parou; avançou suavemente, um manto ou capa andrajosa balançando-se sombriamente às suas costas. Quando se aproximou, Nathaniel notou um par de mãos desagradavelmente brancas projetando-se da frente da capa, segurando algo que emitia a débil luz enfeitiçada. Tentou com todas as forças distinguir também um rosto, mas este se achava dissimulado por um capuz negro e pesado que se curvava para baixo como a garra de uma águia. Nada mais era possível enxergar. Voltou sua atenção para o objeto sustentado pelas mãos pálidas, o objeto que projetava o brilho estranho, esbranquiçado. Era uma vela, firmemente cravada em...

— Uuuch! — exclamou Nathaniel em tcheco. — Isso é nojento.

A figura parou de repente. Uma voz alta e fina soou indignada sob o capuz.

— O que *cê tá* querendo dizer? — A criatura tossiu precipitadamente; uma voz mais profunda, lenta, no conjunto mais estranha, elevou-se ato contínuo: — Isto é, o que... você está querendo dizer?

Nathaniel franziu os lábios.

— Essa coisa horrível que você está carregando. É imunda.

— Cuidado! É um objeto de poder.

— É anti-higiênico, isso sim. Onde conseguiu isso?

— Eu mesmo cortei de uma forca, entre o quarto crescente e a lua cheia.

— Aposto que não foi sequer curtido. Veja!... há pedaços se soltando!

— Não, não. São pingos de cera de vela.

— Bem, talvez, mas ainda assim é errado carregar isso por aí com você. Sugiro que o atire atrás daquelas lápides e depois lave as mãos.

— Você percebe — disse a figura, que agora pressionava o punho com irritação contra o quadril — que está se referindo a um objeto que tem o poder de lançar meus inimigos em estupor e detectar mágica de vigilância a cinqüenta passos? É um item valioso. Não vou jogar fora.

Nathaniel balançou a cabeça.

— Você deveria ser preso. Esse tipo de comportamento não seria tolerado em Londres, posso lhe garantir.

A figura deu um salto repentino.

— Londres? O que significa isso para mim?

— Bem, você é Arlequim, não é? O agente.

Uma longa pausa.

— Pode ser.

— Claro que é. Quem mais estaria perambulando pelo cemitério a esta hora da noite? Não preciso ver essa coisa repulsiva para saber que é você, preciso? Além disso, você está falando tcheco com sotaque britânico. Já chega! Quero alguma informação rápido.

A figura ergueu a mão livre.

— Um momento! Ainda não sei quem *você* é.

— Sou John Mandrake, a serviço do governo. Como você bem sabe.

— Não é o bastante. Preciso de uma prova.

Nathaniel girou os olhos.

— Está vendo isso? — Ele apontou para cima. — Pena vermelho-sangue.

A figura refletiu.

— Para mim parece vermelho-tijolo.

— É vermelho-*sangue*. Ou será dentro de um minuto se você não parar com essa bobagem e começar a trabalhar.

— Bem... certo, então. Mas primeiro — a figura adotou uma postura estranha —, preciso verificar se não há espectadores entre nós. Para trás! — A figura levantou o objeto nas mãos, disse uma palavra. Instantaneamente, a pálida chama alargou-se, tornando-se um arco radiante de luz, que flutuou no ar entre eles. A outro comando, e com uma súbita precipitação, o arco se expandiu, ondulando em todas as direções através do cemitério. Nathaniel vislumbrou o morcego cair de seu galho em cima da árvore como uma pedra, pouco antes que o facho de luz passasse por ele. O que aconteceu com o morcego ele não viu; o arco prosseguiu para além da orla do cemitério e desvaneceu-se em nada.

A figura assentiu.

— É seguro conversar.

Nathaniel apontou para a vela, que retomara suas dimensões anteriores.

— Conheço esse truque. É um Arco Iluminado, disparado por um diabrete. Você não precisa das extremidades de um morto para conseguir isso. Esses negócios góticos são embustes, convenientes para deixar pasmos os plebeus. Não vai funcionar comigo, Arlequim.

— Talvez... — Uma mão ossuda desapareceu dentro do capuz e raspou algo pensativamente. — Mesmo assim, acho que você está sendo muito exigente, Mandrake. Está ignorando a base fundamental de nossa mágica. Ela não é tão clara e pura quanto você percebe. Sangue, ritual, sacrifício, morte... isso está no centro de cada feitiço que proferimos. Quando tudo está dito e feito, todos nós dependemos desse "negócio gótico".

— Aqui em Praga talvez — disse Nathaniel.

— Nunca se esqueça, o poder de Londres foi construído em Praga. Então... — De repente a voz de Arlequim assumiu um tom formal. — O demônio que me contatou disse que você estava aqui em missão ultrasecreta. O que é, e que informação você quer de mim?

Nathaniel falou rapidamente e com algum alívio, esquematizando os principais acontecimentos dos dias anteriores. O homem sob o capuz o ouviu em silêncio.

— Um golem no exterior, em Londres? — perguntou ele, quando Nathaniel fez uma pausa. — Os mistérios nunca terminam. Eis o seu negócio gótico vindo para casa para pernoitar, quer você goste ou não. Interessante...

— Interessante e inteligível? — perguntou Nathaniel, esperançosamente.

— Não sei nada a esse respeito. Mas posso ter alguns detalhes para você... Rápido! Abaixe-se! — Com a velocidade de uma cobra, ele jogou-se no chão; sem hesitação, Nathaniel fez o mesmo. Estendeu-se com o rosto pressionado contra o solo do cemitério, ouvindo o som de botas militares ecoar nas pedras do calçamento adiante. Um fraco cheiro de fumaça de cigarro foi trazido pelo vento. Os sons se extinguiram. Após cerca de um minuto, o agente ergueu-se lentamente. — Patrulha — disse ele. — Felizmente, o olfato deles é aplacado pelos cigarros que fumam; está tudo bem por ora.

— Você estava dizendo... — instigou Nathaniel.

— Certo. Primeiro, a questão do olho do golem. Vários desses objetos são mantidos em depósitos de magia pertencentes ao governo tcheco. O Conselho de Praga impede qualquer acesso a eles. Até onde sei, não têm sido usados para propósitos mágicos, mas possuem grande valor simbólico, uma vez que os golens contribuíam para causar danos enormes ao exército de Gladstone em sua primeira campanha européia. Muitos anos atrás, uma dessas pedras foi roubada, e o culpado nunca foi encontrado. Eu me pergunto, e note que isso é só especulação, se essa pedra que faltava é a que foi mais tarde encontrada na coleção do seu amigo Simon Lovelace.

— Desculpe — disse Nathaniel rigidamente —, mas ele não era meu amigo.

— Bem, *agora* ele não é amigo de ninguém, certo? Porque fracassou. Se houvesse vencido, vocês todos estariam escutando atentamente cada palavra dele e o convidariam para jantar. — De algum lugar dentro do capuz, o agente fungou longa e melancolicamente em sinal de desprezo. — Espere um minuto, preciso de uma bebida.

— Ai! Está frio e úmido. Ande logo!

— Já estou indo. — As mãos de Arlequim realizaram uma busca complicada dentro da capa. Emergiram um momento mais tarde, segurando uma garrafa verde-escura com uma rolha de cortiça. Ele arrancou a rolha e inclinou a garrafa em direção às profundezas de seu capuz. Ouviu-se um ruído de deglutição, seguido do cheiro de bebida alcoólica forte.

— *Assim* está melhor. — Lábios invisíveis estalaram, a rolha retornou à garrafa e a garrafa ao bolso. — Vou retomar o assunto. Você não perdeu o fio da meada, perdeu? *É* um pouco delicado. Então... — continuou Arlequim — talvez Lovelace pretendesse ele mesmo usar o olho; se é assim, seu plano foi frustrado por sua morte. Alguém mais, talvez um companheiro dele, quem sabe, agora o tenha roubado de nosso governo e parece ter posto a coisa para funcionar... É onde a situação fica difícil.

— Eles precisam do feitiço formativo também — disse Nathaniel. — É escrito em um pergaminho e inserido na boca do golem antes que ele desperte para a vida. Essa é a parte que ninguém conhece durante todos estes anos. De qualquer forma, ninguém em Londres.

O agente assentiu.

— O segredo *pode* ter sido perdido; do mesmo modo, pode ainda ser conhecido em Praga, mas simplesmente não ser utilizado. O Conselho não quer irritar Londres no momento; os ingleses são fortes demais. Eles preferem enviar espiões e pequenos grupos a capital britânica para trabalhar em silêncio, colhendo informação. Esse seu golem... é uma manobra muito dramática para os tchecos; eles esperariam uma invasão como conseqüência direta. Não, acho que você está perseguindo um dissidente, alguém trabalhando com objetivos pessoais.

— Então, onde devo procurar? — perguntou Nathaniel. Ele não conseguia deixar-se de bocejar à medida que falava; estava acordado desde o incidente do Museu Britânico na noite anterior. Aquele fora um dia atribulado.

— Preciso pensar... — O agente continuou perdido em pensamentos por alguns instantes. — Preciso de tempo para investigar. Vamos nos encontrar novamente amanhã à noite e eu fornecerei a você alguns nomes. — Enrolou a capa ao seu redor com um movimento dramático. — Encontre-me...

Nathaniel o interrompeu.

— Espero que não vá dizer "à sombra da forca" ou "na Doca da Execução" ou nada lúgubre como isto.

A figura endireitou-se.

— Ridículo. A idéia em si.

— Bom.

— Eu ia sugerir as antigas covas da peste na rua Hybernska.

— *Não.*

O agente pareceu bastante ofendido.

— Certo — rosnou. — Seis horas no quiosque de cachorro-quente na praça da Cidade Velha. Isso é comum o bastante para você?

— Assim está ótimo.

— Até lá então... — Com uma ondulação de capa e um rangido de joelhos invisíveis, a figura girou e afastou-se, varrendo o caminho do cemitério, a luz cadavérica oscilando debilmente a distância. Em breve a luz havia desaparecido, e nada, a não ser por uma sombra fugaz e um palavrão abafado quando a figura chocou-se contra uma lápide, indicavam que ela sequer existira.

Nathaniel sentou-se em um túmulo para esperar que Bartimaeus aparecesse. O encontro havia sido satisfatório, ainda que um pouco irritante; agora dispunha de tempo bastante para descansar antes da noite seguinte. Sua mente cansada vagava sem rumo. A lembrança de Jane Farrar voltou. Que agradável tê-la tão perto... Aquilo o afetara quase como uma droga. Ele franziu as sobrancelhas — *claro* que fora como uma droga. Ela lhe havia lançado um Encanto, não? E ele quase caíra, ignorando completamente o aviso de seu sensor. Que *idiota* era.

A garota ou queria retardá-lo ou descobrir o que ele sabia. De ambas as formas, ela estava trabalhando para seu mestre, Duvall, que evidentemente não desejava que os Assuntos Internos tivessem nenhum tipo de sucesso naquela questão. Quando voltasse, sem dúvida enfrentaria mais hostilidade da mesma espécie. Duvall, Tallow, Farrar... Ele não podia contar nem mesmo com sua mestra, sra. Whitwell, se não lhe apresentasse resultados.

Nathaniel esfregou os olhos. De repente, sentiu-se muito cansado.

— *Bendito seja*, você parece prestes a cair. — O djim estava sentado na lápide diante dele, em seu familiar disfarce de menino. Cruzava as pernas de maneira idêntica a Nathaniel e soltou um bocejo exagerado. — Você deveria estar enfiado na cama *horas* atrás.

— Você ouviu tudo?

— A maior parte. Perdi um pedaço depois que ele soltou o Arco. Ele quase me acertou, e tive de realizar uma ação evasiva. Bom trabalho essas raízes das árvores terem deslocado algumas lápides. Pude baixar para uma cavidade subterrânea enquanto o sensor passava. — O menino fez uma pausa para retirar um pouco de pó acinzentado do cabelo. — Não que eu geralmente recomende túmulos como um lugar para se esconder. Você nunca sabe o que pode encontrar. Mas o ocupante deste, em particular, era bastante hospitaleiro. Deixou que eu me aconchegasse a ele por alguns instantes. — Deu uma piscadela maliciosa.

Nathaniel estremeceu.

— Que idiota.

— Por falar nisso — disse o djim —, aquela vela que o sujeito estava carregando. Era realmente...?

— Era. Estou tentando não pensar naquilo. Arlequim é mais do que meio louco, que é sem dúvida o resultado de morar em Praga por tanto tempo. — Nathaniel levantou-se e abotoou seu casaco. — Mas ele tem sua utilidade. Espera nos fornecer alguns contatos amanhã à noite.

— Bom — disse o garoto, abotoando rapidamente o casaco de forma semelhante. — Então talvez tenhamos um pouco de ação. Minha fórmula para informantes é ou assá-los em fogo lento ou pendurá-los pela perna para fora de uma janela alta. Isso normalmente faz um tcheco soltar a língua.

— Não haverá nada disso se pudermos evitar. — Nathaniel começou a percorrer o caminho para fora do cemitério. — As autoridades não devem saber que estamos aqui, então não podemos chamar atenção. Isso significa nada de violência ou magia ostensiva. Entendeu?

— *Claro*. — O djim abriu um largo sorriso quando acertou o passo com seu mestre. — Você me conhece.

Kitty

25

Às 9h25 da manhã do dia do grande assalto, Kitty percorria uma travessa no West End de Londres. Seguia rápido, quase correndo; o tráfego na Ponte de Westminster retivera o ônibus e ela estava ficando atrasada. Uma pequena mochila balançava em suas costas; seu cabelo esvoaçava à medida que caminhava.

Precisamente às 9h30, desgrenhada e um pouco ofegante, Kitty chegou à entrada do Teatro Coliseu, puxou a porta devagar e a encontrou destrancada. Lançou um rápido olhar para trás, para a rua repleta de lixo, não viu nada, entrou.

Um corredor pardacento e sujo, repleto de baldes e estruturas de madeira obscuras, presumivelmente destinadas ao palco. Uma luz acanhada filtrava-se através de uma janela imunda; havia um forte cheiro de tinta no ar fétido.

Adiante havia outra porta. Obedecendo às instruções que memorizara, Kitty atravessou-a silenciosamente e cruzou um segundo aposento, este ocupado por cabides de roupas. O mau cheiro se acentuou. Os restos do almoço de alguém — pedaços de sanduíche e batatas fritas, xícaras de café pela metade — achavam-se espalhados sobre uma mesa. Kitty entrou em um terceiro cômodo e deparou com uma súbita mudança: sob os pés sentiu um grosso tapete e as paredes eram recobertas por papel decorado. O ar agora recendia levemente a fumaça e cera. Achava-se perto da fachada do teatro, nos corredores públicos.

Kitty parou e escutou. No prédio vazio, nenhum som.

Mas em algum lugar, no andar de cima, alguém estava esperando.

Ela recebera as instruções naquela manhã em um clima de preparação febril. O sr. Pennyfeather mantivera a loja fechada aquele dia e se encaminhara ao depósito na adega para começar a separar o equipamento que eles levariam para o assalto. Os demais também se achavam ocupados, reunindo roupas escuras, polindo ferramentas e, no caso de Fred, praticando lançamento de faca na privacidade da adega. O sr. Hopkins havia dado instruções a Kitty a respeito do Coliseu. O misterioso benfeitor, dissera ele, havia escolhido o teatro abandonado como um local de encontro neutro e apropriado, um lugar onde um mago e um plebeu poderiam se encontrar em condições idênticas. Ali, ela receberia o auxílio de que precisavam para arrombar a tumba de Gladstone.

Apesar de certas dúvidas a respeito do projeto como um todo, Kitty não podia deixar de tremer diante do nome. *Gladstone*. Eram inúmeras as histórias sobre sua grandeza. Amigo do Povo, Terror dos Inimigos... Profanar sua tumba era uma ação tão impensável que a mente de Kitty mal a compreendia. Ainda assim, se fossem bem-sucedidos, se voltassem para casa com os tesouros do fundador, que maravilhas a Resistência não poderia realizar.

Se falhassem, Kitty não tinha ilusões quanto às conseqüências. A sociedade estava se desmantelando. Pennyfeather estava velho: apesar de seu entusiasmo, apesar de sua fúria, as forças do velho estavam definhando. Sem sua austera orientação, o grupo se desintegraria — voltariam todos a sua vida monótona sob as rédeas dos magos. Mas se obtivessem a esfera de cristal e a sacola mágica, o que aconteceria? Talvez a sorte deles sofresse uma reviravolta e conseguissem sangue novo para lutar pela causa. Pensar naquilo fez o coração de Kitty disparar.

Mas primeiro ela precisava se encontrar com o benfeitor desconhecido e obter sua ajuda.

O corredor percorria inúmeras portas semi-abertas, através das quais Kitty vislumbrava recantos obscuros da platéia do teatro. O local estava bastante silencioso, os sons abafados pelo tapete pesado e o papel felpudo e elegante nas paredes. O tapete era cor de vinho, o papel de parede listrado de rosa e terracota. Pôsteres de teatro desbotados e candelabros de metal esculpido, que desprendiam uma luz fraca, vacilante, eram a única decoração. Kitty caminhou a toda pressa até alcançar a escada.

Para cima por um lance comprido e recurvo de degraus baixos, em seguida — quase voltando ao ponto de partida — subindo um segundo lance, percorrendo um corredor silencioso, e então o local onde seis alcovas cobertas por cortinas velavam no lado esquerdo. Cada uma delas dava entrada para os camarotes ocupados pelos magos, com vistas para o palco.

Cada alcova possuía um número inscrito em uma placa de metal acima da cortina. Sem se deter, Kitty encaminhou-se à ultima. Era a de número sete; o local onde o benfeitor estaria esperando.

Assim como nas demais, a cortina estava totalmente fechada. Kitty parou do lado de fora, prestou atenção, não ouviu nada. Uma mecha de cabelos caíra-lhe sobre o rosto. Ela a ajeitou e, para dar sorte, tocou o pendente de prata em seu bolso. Então segurou firmemente as cortinas e entrou.

O camarote estava vazio, exceto por duas pesadas cadeiras douradas voltadas para o palco. Uma cortina fora corrida a partir da esquerda, resguardando o camarote das vistas da platéia abaixo. Kitty franziu as sobrancelhas em sinal de perplexidade e frustração. Teria confundido o número ou ido na hora errada? Não. Era mais provável que o benfeitor houvesse se acovardado e sequer aparecido.

Havia um pedacinho de papel preso ao braço de uma das cadeiras. Kitty adiantou-se para soltá-lo. Quando o fez, percebeu um leve deslocamento de ar, um ruído ínfimo atrás de si. Enfiou rápido a mão dentro do casaco. Algo pontiagudo pressionou levemente a parte posterior de seu pescoço. Ela congelou.

Uma voz, baixa e ponderada.

— Por favor, não tente se virar em momento algum, minha cara. A espetadela que você está sentindo é a ponta de um estilete fabricado em Roma, para os Bórgias. Cortar não é sua única qualidade: um dedo acima da lâmina há uma gota de veneno; se este encostar na ferida, a morte ocorre em 30 segundos. Estou mencionando isso apenas para que observemos a devida cortesia. Por favor, sem se virar, pegue a cadeira e coloque-a de frente para a parede... Bom. Agora, sente-se. Vou me sentar bem atrás de você, depois conversaremos.

Kitty arrastou a cadeira para a frente da parede, contornou-a devagar e sentou-se cuidadosamente, sentindo o tempo todo a leve pressão em seu pescoço. Ouviu um roçar de tecido, o ruído de sapatos de couro, um fraco suspiro quando alguém se sentou e relaxou. Olhou para a parede e nada disse.

A voz se fez ouvir novamente.

— Bom. Agora estamos prontos e espero que possamos negociar. Você entende que as precauções que estou tomando aqui são mera segurança? Não quero feri-la.

Kitty continuou a olhar para a parede.

— Nem nós a você — disse ela no mesmo tom. — Mas também tomamos nossas precauções.

A voz grunhiu.

— Que são...?

— Uma companheira está me esperando fora do teatro. Está carregando uma sacola de couro. Dentro dela estão seis demônios pequenos presos em um gel explosivo. Acredito que seja uma arma de guerra eficaz e pode derrubar um prédio inteiro. Roubamos esse material recentemente de um depósito do Ministério de Defesa. Estou mencionando isso para impressionar: somos capazes de praticar ações extraordinárias. Mas também porque se eu não voltar em quinze minutos, minha amiga vai ativar os diabretes e lançá-los dentro do teatro. — O rosto de Kitty era inexpressivo. Aquilo era uma completa mentira.

Um riso nervoso.

— Muito bem colocado, minha cara. Então precisamos nos apressar. Como o sr. Hopkins sem dúvida contou a vocês, sou um homem que gosta dos prazeres da vida, com muitos contatos entre os magos; cheguei até mesmo a me interessar pela arte certa ocasião. No entanto, como vocês, estou cansado do governo deles! — Uma nota de cólera insinuou-se na voz. — Devido a um pequeno desacordo financeiro, o governo roubou minha fortuna e meus bens! Agora sou pobre, quando antes dormia envolto em sedas de Tashkent! É uma situação intolerável. *Nada* me daria mais prazer do que ver os magos caírem. É por isso que ajudo a causa de vocês.

Tais comentários foram proferidos com grande emoção; a cada ênfase, a ponta do estilete alfinetava a parte posterior do pescoço de Kitty. Ela umedeceu os lábios.

— O sr. Hopkins disse que o senhor tem informações valiosas para nós.

— Sem dúvida. Você deve entender que não tenho nenhuma simpatia pelos plebeus, a cuja causa vocês servem. Mas suas atividades desestabilizam os grandes do governo e isso me agrada. Então, aos negócios. Hopkins explicou a natureza da proposta? — Kitty assentiu com cuidado. — Bem, através de meus contatos, tive acesso aos papéis de Gladstone e fiz um pequeno estudo sobre eles. Decifrando certos códigos, descobri detalhes a respeito da Pestilência que ele deixou guardando seus restos mortais.

— Isso parece uma defesa insignificante para alguém com o poder que ele tinha — disse Kitty. — Se é que posso dizer isso.

— Você é uma garota inteligente, segura de suas opiniões — disse a voz em tom aprovador. — Quando morreu, Gladstone estava velho e fraco, uma casca fina, incapaz de mais do que esse simples feitiço. Mesmo assim, o encantamento cumpriu sua tarefa. Ninguém o perturbou, com medo de ser atingido pela Pestilência. No entanto, ela pode ser contornada se vocês adotarem as precauções adequadas. Posso lhe dar essa informação.

— Por que deveríamos acreditar nisso? — perguntou Kitty. — Não entendo. Qual a implicação disso para o senhor?

A voz não pareceu ofender-se com a pergunta.

— Se eu quisesse destruir o seu grupo — disse ele calmamente —, você estaria nas mãos da polícia no momento em que enfiou a cabeça no meio destas cortinas. Além disso, já disse que quero ver os magos caírem. Mas você está certa, claro. *Estou* interessado em mais uma coisa. Quando busquei nos arquivos de Gladstone, descobri a lista dos bens em seu túmulo. Ele contém objetos que interessam tanto a você quanto a mim.

Kitty deslocou-se ligeiramente na ampla cadeira dourada.

— Tenho só dois minutos para deixar o prédio — disse. — E garanto que minha amiga é muito pontual.

— Serei breve. O sr. Hopkins deve ter mencionado as maravilhas que a cripta contém. Vocês podem ficar com elas, as armas mágicas e tudo o mais. Não preciso delas; sou um homem pacífico. Mas *coleciono* objetos raros e ficaria agradecido se conseguisse a capa de Gladstone, que foi dobrada e colocada sobre seu sarcófago. Ela não tem propriedades mágicas, portanto é inútil para vocês. Ah, e se o bastão de carvalho estiver conservado, eu também gostaria de obtê-lo. Seu valor mágico é insignificante; acredito que esteja equipado com um pequeno feitiço para afastar insetos. Mas ficaria satisfeito de vê-lo em minha humilde coleção.

— Se conseguirmos os outros tesouros — disse Kitty —, ficaremos felizes em poder dar esses objetos ao senhor.

— Muito bem, então temos um acordo. Vamos ambos lucrar com ele. Aqui está o equipamento de que vão precisar. — Com um leve ruído, uma pequena sacola preta foi empurrada sobre o tapete para dentro do campo visual de Kitty. — Não mexa nela ainda. A sacola contém um cofrezinho e um martelo. Eles vão protegê-los da Pestilência. As instruções completas estão incluídas. Se as seguirem, vocês viverão. Ouça com atenção — prosseguiu a voz. — Hoje à noite, às 23h30, os curadores da abadia vão sair. Vocês devem se dirigir à porta do claustro: vou providenciar para que esteja aberta. Uma segunda porta barra o caminho para a abadia em si; geralmente é protegida por dois cadeados medievais e uma trave. Também vou deixar aberta essa porta. Encontrem o caminho até o transepto* e localizem a estátua de Gladstone. Atrás dela, em um pilar, está a entrada da tumba. Para conseguir entrar, vocês precisam simplesmente girar a chave.

Kitty movimentou-se.

— A chave?

Algo pequeno e brilhante cruzou o ar para pousar ao lado da sacola.

— Guarde bem isso — disse a voz — e *lembre-se* de se cobrir com minha mágica antes de abrir a tumba, ou toda esta estratégia cansativa não terá servido de nada.

— Vou me lembrar — disse Kitty.

— Bom. — Ela ouviu o som de alguém se levantando da cadeira. A voz se fez ouvir acima dela, bem próxima. — Isso é tudo. Boa sorte. Não se vire.

A sensação aguda atrás do pescoço da garota diminuiu, mas de forma tão suave, tão sutil que Kitty a princípio mal conseguiu detectar que a pressão cessara. Esperou um minuto inteiro, sem se mover, olhos arregalados e fixos.

Por fim, perdeu a paciência.

Girou com um único movimento, sua própria faca já na mão.

O camarote estava vazio. E quando ela deslizou para o corredor silencioso, a chave e a sacola seguras em seu poder, não viu sinal de ninguém nas proximidades.

*Galeria transversal que separa a nave do corpo da igreja, formando os braços da cruz nas construções que apresentam essa disposição. (*N. da T.*)

26

Em algum ponto no passado distante, muito antes que os primeiros magos chegassem a Londres, a grande catedral da Abadia de Westminster exercera considerável poder e influência na cidade. Construída ao longo de séculos por uma dinastia de reis esquecidos, a abadia e seus terrenos estendiam-se por uma vasta área, com uma população de monges eruditos conduzindo seus ofícios religiosos, estudando em sua biblioteca e trabalhando em seus campos. A igreja principal erguia-se a mais de trinta metros, com torres pontiagudas elevando-se na extremidade oeste e no centro do edifício, bem acima do santuário. O prédio foi construído em pedra branca resistente, que gradualmente mudou de cor devido à fumaça e às emanações mágicas da cidade em crescimento.

Os anos se passaram; os reis perderam o poder para serem substituídos por uma sucessão de parlamentos, que se reuniam em Westminster Hall, não distante da abadia. A influência da Igreja diminuiu lentamente, assim como a cintura dos monges remanescentes, que a essa altura enfrentavam tempos difíceis. Muitas das dependências da abadia se deterioraram, e apenas os claustros — quatro amplas galerias cobertas, ao redor de um gramado quadrangular central — permaneceram em boas condições. Quando o próprio Parlamento foi substituído por um novo tipo de autoridade — um grupo de magos poderosos que dispunham de pouco tempo para as tradições da Igreja —, pareceu que a antiga abadia logo estaria em ruínas.

Mas uma tradição salvou o prédio. Os maiores líderes do país, fossem reis ou ministros parlamentares, havia muito eram enterrados nas criptas da abadia. Inúmeras tumbas e monumentos agrupavam-se entre os pilares da nave, enquanto o solo abaixo se achava coalhado de criptas e sepulcros. Os magos, que cortejavam eterno renome, como muitos dos reis antes deles, decidiram continuar essa prática; tornou-se uma grande honra para qualquer indivíduo ser enterrado dentro da igreja.

Os monges remanescentes foram expulsos, um pequeno clero empossado para conduzir cerimônias ocasionais, e a abadia sobreviveu na idade moderna como pouco mais que uma gigantesca tumba. Poucos plebeus iam até lá durante o dia e, à noite, até mesmo seu perímetro era evitado. O lugar tinha uma reputação mórbida.

Como conseqüência, a segurança do prédio era relativamente falha. Na verdade, não havia nenhuma probabilidade de o grupo encontrar qualquer espécie de vigilância quando, precisamente às 23h30, o primeiro deles chegou à porta destrancada do claustro anexo e silenciosamente deslizou para dentro.

Kitty gostaria de ter visitado a abadia durante as horas em que esta se mantinha aberta, a fim de fazer um reconhecimento adequado e observar o exterior da tumba de Gladstone. Mas o sr. Pennyfeather a proibira.

— Não podemos levantar nenhuma suspeita — disse ele.

Na verdade, Kitty não precisava ter se preocupado. O sr. Hopkins assumira sua personalidade útil de sempre ao longo daquele dia comprido e tenso, arranjando inúmeros mapas da abadia e seus arredores. Mostrou-lhes a disposição do transepto, sob o qual a maioria das tumbas se achava escondida; mostrou os claustros cobertos, onde, nos tempos antigos, os monges se sentavam para ler ou, durante o mau tempo, faziam suas caminhadas. Mostrou as ruas vizinhas, destacando as guaritas da Polícia Noturna e as trajetórias conhecidas das esferas de vigilância. Indicou as portas que estariam destrancadas e sugeriu, para o caso de patrulhas ocasionais, que eles se reunissem na abadia um a um. Estava tudo muito bem organizado pelo sr. Hopkins.

— Eu só queria ter resistência como vocês — disse ele tristemente. — Então eu mesmo poderia participar da missão.

O sr. Pennyfeather estava supervisionando Stanley, que trabalhava em uma caixa de armamentos retirada da adega.

— Ora, ora, Clem — gritou ele. — Você fez a sua parte! Deixe o resto com a gente. Somos os profissionais do roubo e da discrição.

— Perdão, senhor — disse Kitty. — O senhor também vem?

O rosto do velho coloriu-se de fúria.

— Claro! Esse vai ser o momento culminante da minha vida! Como você ousa sugerir outra coisa? Acha que estou fraco demais?

— Não, não, senhor. Claro que não. — Kitty inclinou-se sobre os mapas da abadia novamente.

Uma enorme expectativa e desconforto apoderaram-se do grupo naquele dia; todos, até mesmo a geralmente inalterável Anne, estavam irritadiços e bastante excitados. Durante a manhã, o equipamento foi distribuído, e cada pessoa preparou seu próprio *kit* em silêncio. Quando Kitty voltou com os presentes do benfeitor, o sr. Pennyfeather e o sr. Hopkins retiraram-se para o quarto nos fundos da loja para estudar os encantamentos. Os demais vaguearam por entre as tintas e cavaletes, falando pouco. Anne preparou sanduíches para o almoço.

Naquela tarde Kitty, Fred, Stanley e Nick encaminharam-se à adega para praticar suas habilidades. Fred e Stanley revezaram-se lançando discos em uma viga repleta de marcas, enquanto Nick envolveu Kitty em uma luta simulada com faca. Quando voltaram, encontraram o sr. Hopkins e o sr. Pennyfeather ainda trancados em reunião. Às 17h30, em uma atmosfera tensa, Anne chegou com bandejas de chá e biscoitos de amêndoas. Uma hora mais tarde, o sr. Pennyfeather emergiu do quarto dos fundos. Com grande deliberação, derramou chá frio em uma xícara.

— Nós deciframos o feitiço — disse ele. — Agora estamos realmente prontos. — Ergueu a xícara em um brinde solene. — Ao que quer que esta noite possa trazer! Temos a justiça do nosso lado. Estejam confiantes e entusiasmados, meus amigos. Se formos corajosos e não vacilarmos, nossa vida nunca mais será a mesma!

Ele bebeu e colocou ruidosamente a xícara no pires.

As discussões finais começaram.

Kitty foi a segunda do grupo a entrar no anexo da abadia. Anne a precedera em menos de um minuto. Ela fitou a escuridão, ouvindo a respiração de Anne ao seu lado.

— Vamos nos arriscar a acender uma luz? — sussurrou.

— Uma minilanterna — disse Anne. — Está comigo.

Um fino feixe de luz iluminou a parede oposta e em seguida, por um breve instante, o rosto de Kitty. Kitty piscou e ergueu uma das mãos.

— Abaixe isso — disse. — Não temos informação sobre as janelas.

Agachando-se no chão ladrilhado, Anne fez a lanterna oscilar ao seu redor, lançando uma luz fugaz sobre pilhas de latas de tinta, pás, ancinhos, um cortador de grama brilhando de novo e diversas outras ferramentas. Kitty retirou a mochila das costas, largou-a diante de si e consultou seu relógio.

— Está na hora de chegar o próximo.

Em resposta, ouviu um fraco rangido em algum lugar no exterior, atrás da porta. Anne apagou a lanterna. Ambas se agacharam na escuridão.

A porta foi aberta e fechada, seguindo-se o som de uma respiração pesada. O ar circulou rapidamente pelo aposento, carregando um poderoso perfume de loção pós-barba.

Kitty relaxou.

— Oi, Fred — disse.

A intervalos de cinco minutos, o restante do grupo chegou. O último a aparecer foi o próprio sr. Pennyfeather, já cansado e sem fôlego. Ele deu uma ordem ofegante:

— Frederick, Stanley! Lanternas... acesas! Não... não... existem janelas neste aposento. Não precisamos ter medo de nada.

À luz de duas poderosas lanternas, os seis revelaram-se: todos carregavam mochilas, todos se vestiam de preto. O sr. Pennyfeather pintara de preto até mesmo sua bengala e havia coberto a extremidade com um pedaço de tecido. Apoiava-se nela naquele instante, examinando o bando um a um com lenta deliberação, reunindo suas forças.

— Muito bem — disse por fim. — Anne... os capuzes, por favor.

Capuzes de lã escura foram apresentados e distribuídos. Fred observou o seu com ar desconfiado.

— Não gosto destas coisas — murmurou. — Elas arranham.

O sr. Pennyfeather estalou a língua com impaciência.

— Apenas pintar de preto a cabeça não vai ser suficiente esta noite, Frederick. É muito importante. Ponha o seu. Certo... última verificação. Então, a abadia. Nicholas, você tem a caixa com o Manto Hermético?

— Tenho.

— E o martelo para bater nele?

— Também.

— Frederick, você trouxe o pé-de-cabra? Bom. E seu jogo de facas? É muito útil. Excelente. Stanley, corda e bússola; Kitty, band-aid, ataduras e pomadas. Bom, e eu estou com a chave da tumba. Quanto às armas, todos precisamos ter pelo menos uma esfera de bolorento e outra de elementos. Muito bem.

Ele gastou um minuto para recuperar o fôlego.

— Mais uma coisa — acrescentou. — Antes de continuar. As armas só serão usadas como último recurso, se formos atacados. Fora isso, precisamos ser discretos. Invisíveis. Se a porta da abadia estiver trancada, recuamos. Na tumba em si, vamos localizar os tesouros; vou dividi-los entre vocês. Encham suas mochilas e voltem pelo mesmo caminho em que viemos. Nós nos encontraremos outra vez neste cômodo. Se alguma coisa der errado, dirijam-se à adega na primeira oportunidade. Evitem a loja. Se, por alguma razão, alguma coisa me acontecer, o sr. Hopkins também pode assessorá-los. Ele estará esperando no Café Druida amanhã à tarde. Alguma pergunta? Não? Nicholas, faça o favor...

Ao final do anexo havia uma segunda porta. Nick aproximou-se em silêncio e a empurrou. A porta balançou e se abriu; para além dela, estendia-se a escuridão azulada do céu descoberto.

— Vamos — disse o sr. Pennyfeather.

Esta foi a ordem em que eles entraram: Nick, seguido de Kitty; depois Fred, Anne, Stanley e o sr. Pennyfeather, cuidando da retaguarda.

Silenciosos como morcegos, eles se deslocaram rapidamente através dos claustros, grânulos móveis contra a parede de escuridão. Débeis faixas de sombras mais claras delimitavam as janelas arqueadas à direita deles, mas o pátio interno dos claustros era invisível. Não havia luar que revelasse o caminho. Seus pés calçados de tênis arranhavam as placas de pedra com o rangido suave de folhas mortas impulsionadas pelo vento. A bengala do sr. Pennyfeather, acolchoada na extremidade, golpeava na retaguarda. Adiante, a lanterna coberta de Nick balançava silenciosamente em uma longa corrente, tecendo sua luminosidade próximo ao chão como um fogo-fátuo; ele a carregava abaixo dos peitoris das janelas, temeroso de olhares vigilantes.

Kitty contava os arcos à medida que seguia. Depois da oitava placa cinzenta, a luz que os guiava lançou-se à direita, seguindo a curva dos claustros. A garota deslizou atrás dela e continuou sem se deter, contando os arcos novamente. Um, dois... O peso da mochila pressionava-lhe as costas; ouvia seu conteúdo se deslocar. Esperava de todo o coração que as esferas estivessem adequadamente protegidas na embalagem de tecido. Quatro, cinco... Automaticamente, verificou a posição das outras armas: uma faca no cinto, um disco de arremesso no casaco. Eles lhe proporcionavam uma sensação de segurança muito maior do que qualquer arma mágica: não haviam sido corrompidos pelo toque de demônios.

Seis, sete... Estavam no extremo da banda norte dos claustros. A luz-guia oscilou e desacelerou. Kitty quase se chocou contra as costas de Nick, mas parou a tempo. Atrás dela, o arrastar de pés continuou por um instante; cessou.

Kitty sentiu Nick girar a cabeça. A voz do garoto, em um meio-sussurro:

— Porta da nave. Agora vamos ver.

Ele ergueu a lanterna, balançando-a a sua frente por um momento. Kitty vislumbrou a superfície negra de uma porta antiga, excessivamente marcada e tachonada com pregos gigantes, suas sombras deslocando-se e alternando-se à medida que a iluminação passava. Enfraqueceram a luz. Escuridão, silêncio, um rangido esmaecido. Kitty esperou, os dedos roçando o pingente em seu bolso. Imaginou os dedos de Nick percorrendo os grãos escuros e os pregos incrustados, procurando pela enorme tranca de metal. Ouviu um leve arranhão e os sons de um esforço prolongado e reprimido — arfadas curtas e xingamentos de Nick, o roçar do casaco do companheiro. Ele evidentemente encontrava dificuldades.

— *Vamos.*

Um ruído leve; uma luz débil derramou-se sobre os ladrilhos. Nick pousara a lanterna no chão e forcejava contra a tranca com as duas mãos. Logo atrás, quase diretamente em seu ouvido, Kitty ouviu Fred sussurrar um xingamento. Deu-se conta de que, em seu nervosismo, trincava os dentes com tanta força que sua mandíbula doía. Será que o benfeitor estava errado? A porta ainda estaria trancada? Se assim fosse, achavam-se completamente bloqueados. Aquela era a única forma de entrar e a porta não podia ser destruída. Não podiam arriscar nenhum tipo de explosão.

Algo passou roçando por ela; pelo perfume, soube que era Fred.

— Deixe comigo. Chegue para lá...

Mais sussurros enquanto Nick se afastava para o lado, uma curta explosão de rangidos, então um gemido de Fred. Instantaneamente, seguiram-se um forte estalo e um golpe seco, junto com o ranger de dobradiças enferrujadas. A voz de Fred tinha um tom de satisfação.

— Pensei que houvesse algum problema. A porta não estava nem agarrada.

Ele retornou a sua posição na fila; sem mais palavras, o bando passou pela porta e fechou-a. Com isso, viram-se na nave da Abadia de Westminster.

Nick ajustou a cobertura de sua lanterna, restringindo-a a um círculo mínimo de luz. Eles esperaram alguns instantes, permitindo que seus olhos se adaptassem. A igreja não se achava completamente às escuras: gradualmente, Kitty começou a vislumbrar as sombras fantasmagóricas das enormes janelas arqueadas adiante, estendendo-se ao longo da parede norte da nave. Seus contornos ficaram mais fortes, iluminados pela claridade distante no exterior, incluindo os carros que passavam. Figuras estranhas cobriam o vidro das janelas — mas a luz não era forte o bastante para que as enxergassem com clareza. Som algum chegava das ruas abaixo; Kitty teve a sensação de estarem fechados em um casulo gigantesco.

Logo atrás dela, Kitty distinguiu uma coluna de pedra, a parte superior perdida em meio às sombras arqueadas. Outros pilares erguiam-se a intervalos regulares ao longo da nave, rodeados, próximo à base, por enormes remendos em preto, de proporções estranhas e muito numerosos. Seu aspecto deixava Kitty com dor de barriga: eram, todos eles, monumentos e tumbas.

Golpes amortecidos indicaram que o sr. Pennyfeather continuava avançando. Suas palavras, embora sussurradas sob o capuz, despertaram uma multidão de ecos, que flutuaram por entre as pedras, espalhando-se em todas as direções.

— Rápido. Atrás de mim.

Cruzaram o espaço aberto da nave, sob o teto encoberto, seguindo a luz incandescente. O sr. Pennyfeather avançou primeiro, tão rápido quanto podia, os demais amontoando-se em seus calcanhares. Stanley desviou-se para a esquerda. Enquanto eles cruzavam a escuridão disforme, ele ergueu a lanterna curioso — e soltou um grito de pavor. Pulou para trás, a luz oscilante lançando sombras velozes ao redor deles. Reverberações do grito de Stanley dançavam nos ouvidos de todos.

O sr. Pennyfeather girou nos calcanhares; a faca de Kitty pulou para a mão da garota; discos de prata surgiram nas mãos de Fred e Nick.

— O que *foi*? — sibilou Kitty por sobre as batidas de seu coração.

Uma voz queixosa no escuro.

— Bem ao nosso lado... ali... um fantasma...

— Fantasmas não existem. Levante a lanterna.

Com óbvia relutância, Stanley obedeceu. À luz trêmula, surgiu um pedestal de pedra aninhado em um nicho. Havia um arco em uma de suas laterais, no qual fora esculpido um esqueleto, envolto em mortalhas e brandindo uma lança.

— Ah... — disse Stanley baixinho. — É uma estátua.

— Seu idiota — sussurrou Kitty. — É só a tumba de alguém. Você não podia ter gritado *mais* alto?

— Vamos. — O sr. Pennyfeather já se afastava. — Estamos perdendo tempo.

Quando deixaram a nave e contornaram um amplo pilar para entrar no transepto norte, a quantidade de monumentos que atulhava as naves laterais aumentou. Nick e Stanley ergueram as lanternas para projetar luz sobre as tumbas; Gladstone devia estar em algum lugar por ali. Muitas das estátuas eram representações em tamanho natural de magos mortos: sentavam-se em cadeiras esculpidas, estudando pergaminhos desenrolados; erguiam-se heroicamente vestindo longas túnicas, o rosto pálido, rígido, contemplando às cegas o bando apressado. Uma delas carregava uma gaiola na qual um pobre sapo se acomodava; essa mulher em particular fora representada sorrindo. Apesar de sua férrea determinação, Kitty sentiu-se tensa. Quanto antes saíssem daquele lugar, melhor.

— Aqui — sussurrou o sr. Pennyfeather.

Uma estátua modesta, em mármore branco — um homem de pé sobre um pedestal baixo e circular. Trazia arqueada uma das sobrancelhas, o rosto um modelo de austera preocupação. Vestia uma túnica esvoaçante e, sob ela, um terno antiquado, com um alto colarinho engomado. Suas mãos estavam frouxamente unidas diante do corpo. No pedestal havia uma palavra, gravada fundo no mármore:

GLADSTONE

Algo da reputação do nome lançava seu poder sobre eles. O grupo se afastou da estátua, amontoando-se a uma distância respeitosa. O sr. Pennyfeather disse baixinho:

— A chave da tumba está no meu bolso. A entrada é no pilar ali. Uma porta pequena de bronze. Kitty, Anne... vocês têm olhos melhores. Encontrem a porta e localizem o buraco da fechadura. De acordo... — ele conteve a tosse — de acordo com os registros, deve estar do lado esquerdo.

Kitty e Anne contornaram a estátua e aproximaram-se do pilar, Anne dirigindo sua lanterna para a construção de pedra adiante. Com passos cuidadosos, as duas circundaram a coluna, até que o apagado brilho do metal revelou-se à luz da lanterna. Chegaram mais perto. O painel de metal era pequeno, de apenas um metro e meio de altura, e estreito também. Não tinha nenhum ornamento, exceto por um traçado de minúsculas tachas ao redor das bordas.

— Encontramos — sussurrou Kitty. Um diminuto orifício de meia-altura, à esquerda. Anne aproximou a lanterna; o orifício estava coberto de teias de aranha. O sr. Pennyfeather conduziu os demais; eles se reuniram ao lado do pilar.

— Nicholas — disse ele. — Prepare o Manto.

Talvez por cerca de dois minutos Kitty tenha permanecido com eles na escuridão, respirando regularmente através das fibras de lã de seu capuz, esperando que Nick se preparasse. Ocasionalmente, um zumbido amortecido indicava a passagem de uma limusine em algum ponto na praça do Parlamento; fora isso, tudo estava quieto — exceto pelo som do sr. Pennyfeather tossindo baixo nas luvas.

Nick limpou a garganta.

— Pronto.

Naquele instante, eles ouviram o som de sirenes, tornando-se mais alto, depois passando sombriamente sobre a Ponte de Westminster e se perdendo na noite. Relaxaram. Por fim, o sr. Pennyfeather fez um breve sinal com a cabeça.

— Agora — disse ele. — Fiquem juntos, ou o Manto não vai protegê-los.

Nem Kitty nem os outros precisavam ser advertidos. Amontoaram-se em um círculo irregular, voltados para dentro, seus ombros se tocando. No meio deles, Nick segurava um bonito cofre de ébano; com a outra mão, brandia um pequeno martelo. O sr. Pennyfeather assentiu.

— Tenho a chave aqui. No momento em que o Manto nos cobrir, vou girar a chave na fechadura. Quando isso acontecer, fiquem parados, não importa o que ocorra.

Nick ergueu o martelo e o abaixou bruscamente sobre a tampa do cofre de ébano. A tampa se partiu no meio; o estalo preciso que produziu ecoou como um tiro de pistola. Um fluxo de partículas amarelas elevou-se do cofre, girando em espiral e cintilando com luz própria. As partículas redemoinharam sobre o grupo, talvez até uma altura de quatro metros, depois se curvaram e desceram como água caindo de uma fonte, atingindo o chão de pedra e desaparecendo dentro dele. As partículas continuavam a sair do cofre, lançar-se para o alto e se precipitar, formando um frouxo e tênue dossel que os confinava, como se estivessem no interior de uma cúpula.

O sr. Pennyfeather segurava a minúscula chave dourada. A grande velocidade, ele a estendeu, cuidando para que sua mão não ultrapassasse a borda da cúpula reluzente, e inseriu a chave na fechadura. Girou-a, retirou a mão rápido como uma cascavel.

Eles esperaram. Ninguém movia um músculo. Os lados do rosto de Kitty estavam cobertos de suor frio.

Silenciosamente, a pequena porta de bronze oscilou para dentro. Atrás dela, no escuro, uma lâmpada verde brilhante se aproximou, flutuando lentamente. Quando alcançou o nível da abertura, acelerou de repente, expandindo-se enquanto o fazia, com um silvo particularmente repelente. Um instante mais tarde, uma brilhante nuvem verde precipitou-se para fora através do transepto, iluminando todas as estátuas e monumentos como uma chama lívida. O grupo encolheu-se dentro de seu Manto protetor à medida que a Pestilência queimava o ar ao redor, erguendo-se a meia altura das paredes do transepto. Eles estariam seguros, desde que não se deslocassem para fora do domo; mesmo assim, um odor tão infecto e podre chegou-lhes às narinas que eles lutaram para não vomitar.

— Espero — arfou o sr. Pennyfeather à medida que a nuvem verde encapelava-se para frente e para trás — que a duração do Manto seja maior que a da Pestilência. Se não... se não, Stanley, temo que os próximos esqueletos que você vá ver são os nossos.

Estava muito quente dentro do Manto. Kitty sentiu a cabeça começar a flutuar. Mordeu o lábio e tentou se concentrar: desmaiar naquele instante certamente seria fatal.

Com brusquidão surpreendente, a Pestilência se apagou. A nuvem verde pareceu implodir, como se — carente de vítimas — houvesse sido forçada a consumir a própria essência. Em um instante, o transepto inteiro incandescia com a luminosidade enfermiça; no seguinte, esta fora absorvida e a escuridão retornara.

Um minuto se passou. O suor gotejava do nariz de Kitty. Ninguém se mexia.

De repente, o sr. Pennyfeather começou a rir. Foi um som alto, quase histérico, que deixou Kitty perturbada. Continha um tom de euforia levemente acima dos limites normais. Instintivamente, ela retrocedeu, afastando-se dele, e deu um passo para fora do Manto. Sentiu um formigamento quando atravessou o dossel amarelo, e então mais nada. Olhou ao redor por um instante e deu um suspiro profundo.

— Bem, a tumba está aberta — disse ela.

Bartimaeus

27

A noite se aproximava; os proprietários dos pequenos cafés nas travessas ao redor da praça movimentavam-se por fim, acendendo as lâmpadas suspensas nos portais e empilhando as cadeiras de madeira que haviam sido espalhadas pelas calçadas durante o dia. Sinos vespertinos repicavam nas torres escuras da velha igreja Tyn, onde meu bom amigo Tycho está enterrado,[1] e as ruas zumbiam com a população de Praga voltando para casa.

O garoto passara grande parte do dia sentado a uma mesa forrada de branco do lado de fora de uma taverna, lendo uma sucessão de jornais tchecos e revistas baratas. Quando erguia os olhos, tinha uma boa visão da praça da Cidade Velha, diante da qual a rua se abria a uma dezena de metros; caso olhasse para baixo, a vista era ainda melhor: uma mixórdia de xícaras de café vazias e pratos salpicados de restos de salsicha e migalhas de *pretzels*, os resíduos de seu consumo vespertino.

[1]Tycho Brahe (1546 –1601), mago, astrônomo e duelista, talvez o menos ofensivo de meus mestres. Bem, na verdade, muito possivelmente o *mais* ofensivo, se você fosse um de seus contemporâneos humanos, uma vez que Tycho era um indivíduo apaixonado, sempre entrando em brigas e tentando beijar as mulheres de seus amigos. Foi assim que perdeu incidentalmente o nariz — decepado em um golpe perfeito durante um duelo por causa de uma mulher. Moldei-lhe um excelente substituto em ouro, junto com uma delicada haste guarnecida com um penacho para lustrar as narinas e ganhei sua amizade. Depois disso, ele me invocava principalmente quando desejava uma boa conversa.

Eu estava sentado na mesma mesa, usando enormes óculos escuros e um casaco pretensioso, semelhante ao dele. Para produzir um efeito autêntico, havia colocado um *pretzel* em meu prato e o partira em pedaços, para parecer que o estava provando. Mas claro que não comi nem bebi nada.[2]

A praça da Cidade Velha era uma das mais extensas áreas descobertas no leste da cidade, um espaço assimétrico pavimentado com pedras brilhantes, pontilhado de pedestres e barracas de flores. Bandos de pássaros pousavam preguiçosamente diante das elegantes casas de cinco andares; a fumaça se erguia de milhares de chaminés; era uma paisagem tão tranqüila quanto se podia desejar, ainda assim, eu não me sentia relaxado.

— Quer parar de se *remexer*? — O garoto bateu com a revista na mesa. — Não consigo me concentrar.

— Não posso evitar — disse eu. — Estamos muito expostos aqui.

— Relaxe, não corremos perigo.

Olhei furtivamente ao redor.

— Isso é o que você diz. Deveríamos ter ficado no hotel.

O garoto balançou a cabeça.

— Eu teria enlouquecido se tivesse ficado naquele pulgueiro mais um instante. Não consegui dormir naquela cama empoeirada. *E* uma tribo de percevejos se banqueteou comigo a noite inteira; eu os ouvia pularem longe cada vez que espirrava.

— Se você estava sujo, deveria ter tomado um banho.

Ele pareceu constrangido.

— De certo modo não consegui encarar aquela banheira. Parecia meio... faminta demais. Seja como for, Praga é segura o bastante; dificilmente ainda há *alguma* magia por aqui. Você não viu nada durante esse tempo todo que estamos sentados aqui: nenhum diabrete, nenhum djim,

---

[2]A comida mortal obstrui nossa essência de forma crônica. Se devorarmos qualquer coisa — como um humano, digamos —, ela geralmente precisa estar ainda com vida, para que sua essência viva energize a nossa própria. Isso vale mais que a agonia de ingerir a carne e os ossos sem valor. Desculpe, não estou atrapalhando seu chá, estou?

nenhum feitiço... e estamos no centro da cidade! Ninguém é capaz de vê-lo como é. Relaxe.

Dei de ombros.

— Se você está dizendo. Não quero ficar correndo em volta das muralhas com soldados enfiando lanças nas minhas calças.

Ele não estava me ouvindo. Pegara sua revista novamente e a examinava carrancudo. Voltei a meu ofício vespertino: verificar os planos cuidadosamente, uma e outra vez.

A situação era a seguinte: o garoto estava absolutamente certo — não víramos nada mágico durante o dia. O que não queria dizer que as autoridades não se achassem representadas: alguns soldados em uniformes azul-escuros com botas de cano alto, brilhantes e capacetes muito polidos[3] *haviam* circulado repetidas vezes pela praça. (Uma vez, pararam na mesa de meu mestre e pediram nossa identificação; meu mestre apresentou sua identidade falsa e lancei sobre eles uma Cobertura, para que esquecessem o motivo da averiguação e voltassem a circular.) Mas não vimos nenhuma incursão mágica como as que seriam de se esperar em Londres: esferas de vigilância, trasgos disfarçados de pombos etc. Tudo parecia muito inocente.

Ainda assim, mesmo tendo dito isso, eu podia sentir uma mágica forte em algum lugar nas vizinhanças, não longe de onde estávamos, operando vigorosamente em todos os planos. Todos eles zumbiam de magia, especialmente o sétimo, que em geral era de onde vinha o problema maior. Não era dirigida contra nós. Ainda. Contudo, ela me deixava nervoso, particularmente por causa do garoto que — sendo humano, jovem e arrogante — não percebia nada e insistia em agir como turista. Eu não gostava de estar a descoberto.

---

[3]Como um princípio básico, quanto mais chamativo o uniforme, menos poderoso um exército. Em sua era dourada, os soldados de Praga usavam um uniforme sóbrio, com poucos enfeites; agora, para meu desgosto, desfilavam sob uma pesada carga de ornamentos pomposos: uma dragona emplumada aqui, um enfeite de bronze extra acolá. Era possível ouvir os metais tinindo como guizos em coleira de gato a distância na rua. Compare isso com a Polícia Noturna de Londres: usavam trajes da cor de lama de rio, ainda assim eram *eles* quem devíamos temer.

— Devíamos ter combinado de encontrá-lo em um lugar pouco freqüentado — insisti. — Este é simplesmente muito concorrido.

O garoto bufou.

— E dar a ele outra vez a chance de chegar vestido como um fantasma? Acho que não. Ele pode usar um terno e uma gravata como todo mundo.

As seis horas se aproximavam. O garoto pagou nossa conta e entulhou apressadamente revistas e jornais dentro de sua mochila.

— A barraca de cachorro-quente vem em seguida — disse ele. — Como antes, fique na retaguarda e me proteja se acontecer alguma coisa.

— OK, chefe. Você não está usando uma pena vermelha desta vez. Que tal uma rosa, ou uma fita no cabelo?

— Não. Obrigado.

— Estou só perguntando.

Separamo-nos em meio ao aglomerado de gente; afastei-me, permanecendo próximo aos prédios de um dos lados, enquanto o garoto seguiu em direção ao centro da praça. Uma vez que a maioria das pessoas que ia para casa, por uma razão ou outra, se mantinha em seus contornos, isso o fez parecer ligeiramente isolado. Observei-o se afastar. Um bando de pardais brotou das pedras do calçamento próximas a seus pés e bateu asas na direção dos telhados elevados. Chequei-os ansiosamente, mas não havia observadores escondidos entre eles. Até então, tudo estava bem.

Um senhor com um pequeno e bravo bigode e ar empreendedor afixara um braseiro giratório a uma bicicleta e pedalara até um ponto estratégico no meio da praça. Ali, acendera o carvão e tostava diligentemente salsichas temperadas para os cidadãos famintos de Praga. Uma pequena fila se formara, e a ela meu mestre acrescentou sua pessoa, relanceando o olhar casualmente ao redor, aguardando o surgimento de Arlequim.

Posicionei-me de forma despreocupada ao lado de uma das paredes de esquina e inspecionei a praça. Não gostei: muitas janelas brilhantes da luz do sol poente — era impossível dizer quem poderia estar olhando para baixo a partir delas.

As seis horas vieram e passaram. Arlequim não apareceu.

A fila da salsicha diminuiu. Nathaniel era o último. Ele avançou arrastando os pés, apalpando o bolso à procura de moedas.

Examinei os pedestres ao longo do contorno distante da praça. Um pequeno grupo fofocava embaixo da Prefeitura, mas a maioria das pessoas ainda corria para casa, entrando e saindo das ruas que davam para a praça.

Se Arlequim se achava em algum lugar ali por perto, não dava nenhum sinal.

Minha sensação de desconforto aumentou. Não havia nenhuma magia visível, mas ainda aquela impressão de zumbido em todos os planos.

Por hábito, verifiquei cada rua. Havia sete... Isso ao menos era bom: grande quantidade de avenidas por onde escapar, caso a necessidade surgisse.

Nathaniel era agora o segundo da fila. Havia uma garotinha na sua frente, pedindo *ketchup* extra na salsicha.

Um homem alto atravessou a praça. Vestia terno e chapéu; carregava uma mochila surrada. Devorei-o com os olhos. Parecia ter a altura exata de Arlequim, embora fosse difícil ter certeza.

Nathaniel ainda não o havia notado. Observava a garotinha se afastar, cambaleando sob o peso de seu enorme cachorro-quente.

O homem avançou na direção de Nathaniel, andando rápido. Talvez rápido *demais* — quase como se tivesse uma determinação oculta...

Comecei a avançar.

O homem passou bem atrás de Nathaniel, sem lhe lançar sequer uma espiada. Afastou-se com rapidez sobre as pedras do calçamento.

Relaxei uma vez mais. Talvez o garoto tivesse razão. Eu *estava* um pouco nervoso.

Agora Nathaniel estava comprando sua salsicha. Parecia discutir com o vendedor a respeito da quantidade de repolho extra.

Onde andava Arlequim? O relógio na torre da Prefeitura mostrava 6h12. O agente estava muito atrasado.

Ouvi um repicar longínquo em meio aos pedestres nos contornos da praça — fraco, ritmado, como os sinos dos trenós da Lapônia a distância na neve. Parecia vir de todos os lados ao mesmo tempo. O som era familiar, ainda que de certa forma diferente de qualquer coisa que eu tivesse ouvido antes... Não consegui localizá-lo.

Então vi as manchas azuis costurando em meio aos transeuntes na entrada de cada uma das sete ruas e entendi. Suas botas golpeavam as pedras, a luz do sol cintilava nos fuzis, a parafernália de metal retinia no peito de metade das Forças Armadas de Praga à medida que abriam caminho, fazendo-se visíveis. A multidão retrocedeu, vozes elevando-se amedrontadas. Os soldados pararam de repente; linhas compactas bloqueavam cada rua.

Eu já estava correndo pela praça.

— Mandrake! — gritei. — Esqueça Arlequim. Temos de ir.

O garoto girou, segurando seu cachorro-quente. Percebeu pela primeira vez os soldados.

— Ah — disse ele. — Irritante.

— Definitivamente. E não podemos ir por cima dos telhados. Estamos em desvantagem por lá também.

Nathaniel olhou para cima, proporcionando-se uma visão privilegiada de várias dezenas de trasgos, que evidentemente haviam rastejado para o alto dos telhados pelo lado mais distante, e naquele instante agachavam-se nas telhas mais elevadas e chaminés de todas as casas no quarteirão, olhando atravessado para nós e fazendo gestos ofensivos com a cauda.

O vendedor de cachorros-quentes avistara o cordão de isolamento do Exército; com um uivo de terror, saltou sobre o selim da bicicleta e deu uma furiosa guinada, afastando-se através do calçamento, deixando um rastro de salsichas, molho de repolho e pedras de carvão incandescente atrás de si.

— Eles são apenas humanos — disse Nathaniel. — Isto aqui não é Londres, é? Vamos abrir caminho através deles.

A essa altura, corríamos em direção à rua mais próxima — Karlova.

— Pensei que você não queria que eu usasse nenhuma violência ou mágica ostensiva — disse eu.

— Essas delicadezas são coisas do passado. Se nossos amigos tchecos querem começar alguma coisa, nós podemos... Oh.

Ainda avistávamos o ciclista quando aconteceu. Como se houvesse enlouquecido de pavor, incerto quanto ao que fazer, ele havia dado duas arrancadas sem sentido para frente e para trás através da praça; de repente, com a cabeça abaixada, os pés calcando os pedais, mudou de direção e arremeteu direto contra uma das fileiras do Exército. Um dos soldados ergueu o rifle; um disparo soou. O ciclista contraiu-se, a cabeça tombou para o lado, os pés deslizaram dos pedais, despencaram e começaram a vibrar violentamente contra o chão. Ainda impulsionada pelo próprio movimento, a bicicleta continuou a avançar a grande velocidade, o braseiro batendo e chacoalhando atrás dela, até penetrar direto na linha de frente de soldados e cair, derrubando corpo, salsichas, carvão quente e repolho frio sobre o homem mais próximo.

Meu mestre se deteve, respirando com dificuldade.

— Preciso de um Escudo — disse ele. — Agora.

— Como quiser.

Ergui um dedo, dispus o Escudo ao redor de nós dois: ele ficou ali cintilando, visível no segundo plano — um orbe irregular, em forma de batata, que se deslocava quando nos movíamos.

— Agora — disse o garoto furiosamente — uma Detonação. Vamos abrir caminho com uma explosão.

Olhei para ele.

— Você tem *certeza*? Esses homens não são djins.

— Bem, derrube-os de alguma forma. Machuque-os um pouco. Não me importa. Desde que passemos a salvo...

Um soldado desvencilhou-se da confusão de pernas e braços estendidos e mirou rápido. Um tiro: uma bala assoviou ao longo dos trinta metros, atravessando direto o Escudo e saindo outra vez, dividindo o cabelo de Nathaniel no alto da cabeça em sua trajetória.

O garoto me lançou um olhar furioso.

— Que tipo de Escudo é este?

Fiz uma careta.

— Eles estão usando balas de prata.[4] O Escudo não é seguro. Venha... — Virei-me, estendi a mão até a nuca do garoto e, no mesmo movimento, realizei a mudança necessária. A forma esbelta e elegante de Ptolomeu cresceu e tornou-se mais tosca; a pele transformou-se em pedra, o cabelo escuro, em líquen esverdeado. Por todo o quarteirão, os soldados tiveram uma excelente visão da gárgula de tez escura, pernas arqueadas, afastando-se velozmente com pesadas passadas, arrastando consigo um adolescente zangado.

— Para onde você está indo? — protestou o garoto. — Estamos cercados aqui!

A gárgula rangeu seu bico resistente.

— Fique quieto. Estou pensando.

O que era bastante difícil no meio de todo aquele tumulto. Recuei em disparada para o centro da praça. De todas as ruas, soldados avançavam lentamente, os rifles de prontidão, as botas retumbando no chão, insígnias chocalhando. Lá em cima, nos telhados, os trasgos trinavam com avidez e começavam a avançar, descendo a inclinação abrupta, o ruído das garras nas telhas soando como milhares de insetos. A gárgula desacelerou e parou. Mais balas passaram voando por nós. Suspenso como estava, o garoto achava-se vulnerável. Agarrei-o a minha frente, as asas de pedra descendo ao redor de seu corpo, bloqueando a linha de fogo. Aquilo tinha a vantagem adicional de lhe abafar suas queixas.

---

[4]Da mesma forma que é profundamente venenosa para nossa essência, a prata é capaz de atravessar muitas de nossas defesas mágicas como faca quente na manteiga. Ainda que no presente Praga houvesse se tornado modesta no que se refere a magia, ao que parece eles não haviam esquecido todos os antigos truques. Não que as balas de prata fossem usadas sobretudo contra os djins nos velhos tempos — eram em geral empregadas contra um inimigo mais cabeludo.

Uma bala de prata ricocheteou em minha asa, aguilhoando minha essência com seu toque venenoso.

Estávamos cercados por todos os lados: prata no nível da rua, trasgos no alto. O que deixava apenas uma opção. O caminho do meio.

Retraí brevemente uma das asas e ergui o garoto para que tivesse uma rápida visão da praça.

— Dê uma olhada — disse eu. — Qual das casas você acha que tem as paredes mais finas?

Por um momento ele não compreendeu. Então seus olhos se ampliaram.

— Você não está...

— *Aquela*? De persianas rosa? É, talvez você esteja certo. Bem, vamos ver...

E com isso caímos fora, disparando em meio a uma chuva de balas — eu, de bico lançado para frente, olhos apertados; ele, ofegante, tentando enroscar-se como uma bola e proteger a cabeça com os braços, tudo ao mesmo tempo. A pé, as gárgulas alcançam uma velocidade muito boa, desde que inflem as asas enquanto correm, e tenho a satisfação de dizer que deixávamos um fino rastro chamuscado nas pedras atrás de nós à medida que seguíamos.

Uma breve descrição de meu objetivo: uma pitoresca construção de quatro andares, regular, ampla, com altos arcos na base assinalando a galeria de um *shopping*. Atrás dela, erguiam-se as desoladas torres da igreja Tyn.[5] O proprietário da casa a adorava. Cada uma das janelas possuía persianas duplas recentemente pintadas em um tom de rosa encantador. Sacadas compridas e estreitas assentavam-se em todos os peitoris, explodindo de peônias cor-de-rosa e brancas; cortinas de filó decoradas com

---

[5]Eu quase poderia ouvir Tycho me chamando. Ele adorava uma aposta. Uma vez apostamos a minha liberdade que eu não conseguiria saltar pelo Vltava de uma só vez. Se eu tivesse sucesso, ele era meu e eu poderia fazer o que quisesse. Claro que o canalha engraçadinho calculou as datas da cheia de primavera antes de apostar. No dia combinado, o rio extrapolou suas margens e inundou uma área ainda maior que o normal. Posei minhas patas no líquido, para divertimento do meu mestre. Ele riu tanto que seu nariz caiu.

rufos pendiam castamente dentro de cada janela. Tudo muito delicadinho. As persianas não tinham corações entalhados na madeira, mas faltava pouco.

Os soldados avançavam correndo a partir de duas ruas transversais; convergiram para nos cercar.

Os trasgos saltaram para as calhas e desceram girando com o auxílio de pára-quedas formados pela pele do braço.

Refleti que, em última instância, deveria ter como alvo o segundo andar, situado no meio do caminho entre nossos inimigos.

Corri, pulei, minhas asas rangendo e agitando-se; dois berros de gárgula foram orgulhosamente lançados no ar. Duas balas subiram para nos alcançar; um pequeno trasgo, um pouco à frente de seus companheiros, também desceu interpondo-se em nosso caminho. As balas passaram voando dos dois lados; por sua vez, o trasgo foi recebido com um punho de pedra, que o compactou em algo redondo e chato, que lembrava uma torta machucada.

Dois sons de gárgula atingiram uma janela no segundo andar.

Meu Escudo ainda funcionava. Assim, o garoto e eu estávamos amplamente protegidos do vidro e da madeira, os tijolos e a argamassa explodindo por toda a volta. Isso não o impediu de gritar de aflição, que foi mais ou menos o que fez a velha sentada em sua cadeira de banho quando passamos voando no ponto mais alto de nosso arco. Tive um breve vislumbre de um banheiro requintado, no qual a passamanaria era exageradamente proeminente; então estávamos fora da vida dela mais uma vez, saindo a toda velocidade pela parede oposta.

Lá fomos nós, para baixo em meio às sombras frescas de uma ruela, junto com uma tempestade de tijolos, através de um emaranhado de roupa lavada que algum tipo sem consciência havia pendurado em um fio do lado de fora da janela. Aterrissamos pesadamente, a gárgula absorvendo a maior parte do impacto em suas velhas panturrilhas; o garoto, arrancado de seu abraço e rolando para a sarjeta.

Ergui-me cansado; o garoto fez o mesmo. O clamor atrás de nós agora vinha abafado, mas nem soldados nem trasgos demorariam a chegar. Uma ruela conduzia ao coração da Cidade Velha. Sem uma palavra, seguimos por ela.

Meia hora mais tarde, estávamos jogados à sombra da vegetação que cobria um jardim maltratado, recuperando o fôlego. Por vários minutos, não ouvimos som algum de perseguição. Eu voltara à forma menos importuna de Ptolomeu havia muito tempo.

— Então — perguntei. — Esse negócio de não-chamar-atenção-sobre-nós. Como estamos nos saindo?

O garoto não respondeu. Olhava para algo fortemente apertado em suas mãos.

— Sugiro que esqueçamos Arlequim — declarei. — Se ele tem algum juízo, vai emigrar para as Bermudas depois de toda esta confusão. Você nunca vai conseguir localizá-lo novamente.

— Não preciso — disse meu mestre. — Além disso, não teria utilidade alguma. Ele está morto.

— Hã? — Minha famosa eloqüência fora severamente testada pelos acontecimentos. Foi nesse ponto que percebi que o garoto ainda segurava seu cachorro-quente. O sanduíche estava parecendo uma porcaria miserável depois da aventura, o molho de repolho tendo sido largamente substituído por uma atraente camada de argamassa, lascas de madeira, vidros quebrados e pétalas. O garoto olhava fixamente para ele.

— Olha, eu sei que você está com fome — declarei —, mas isso está indo um pouco longe demais. Vou encontrar um hambúrguer ou coisa parecida para você.

O garoto balançou a cabeça. Com dedos empoeirados, afastou o pão.

— Isto — disse ele devagar — é o que Arlequim nos prometeu. Nosso próximo contato em Praga.

— Uma salsicha.

— Não, idiota. Isto... — Da parte de baixo do cachorro-quente, ele extraiu um pequeno cartão, meio amassado e manchado de *ketchup*. — Arlequim era o vendedor de cachorro-quente — continuou. — Esse era o seu disfarce. E ele morreu pelo seu país, portanto vingá-lo é parte de nossa missão. Mas primeiro... este é o mago que devemos localizar.

Ele estendeu o cartão. Nele, estavam rabiscadas apenas quatro palavras:

KAVKA
VIELA DE OURO, 13

28

Para meu grande alívio, o garoto pareceu aprender alguma coisa com o fato de termos escapado por um triz na praça da Cidade Velha. Eu não via mais o turista inglês despreocupado; em vez disso, pelo restante daquela noite escura e incômoda, ele me permitiu guiá-lo através do labirinto de vielas arruinadas de Praga da maneira apropriada — o avanço furtivo e cauteloso de dois espiões no exterior, em território inimigo. Rumamos para o norte com infinita paciência, despistando as patrulhas a pé que agora se irradiavam da praça, enredando-nos sob Encobrimentos ou, de vez em quando, entrando em prédios abandonados para nos esconder enquanto os soldados circulavam. Fomos ajudados pela escuridão e a relativa escassez de perseguição mágica. Uns poucos trasgos tropeçavam pelos telhados, lançando Pulsações de busca, mas eu as desviava facilmente sem detecção. Além disso, nada: não havia nenhum semi-afrito às soltas, nenhum djim com alguma habilidade. Os líderes de Praga estavam profundamente confiantes em suas tropas humanas distraídas, e tirei disso completa vantagem. Menos de uma hora depois de termos começado nossa fuga, havíamos cruzado o Vltava na traseira de um caminhão de verduras e atravessávamos a pé uma área de parques em direção ao castelo.

Nos grandes dias do Império, a baixa colina onde se estendia o castelo era iluminada, todos os dias ao anoitecer, por milhares de lampiões; estes mudavam de cor, e por vezes de posição, ao capricho do imperador, lançando múltiplas luzes sobre as árvores e casas pegadas a suas encostas.[1]

[1]Cada lampião continha um reservatório de vidro fechado, no qual vivia um demônio irritável. O Mestre das Lanternas, um funcionário hereditário entre os magos da corte, desfilava ao longo da vertente da colina todas as tardes, instruindo seus cativos quanto às cores e intensidade exigidas para a noite que estava por vir. Através da formulação sutil de cada instrução, as nuances alcançadas podiam ser delicadas ou espetaculares, mas combinavam sempre com o humor da corte.

Agora os lampiões se achavam quebrados e enferrujados em seus postes. A não ser por uns poucos pontos alaranjados que demarcavam as janelas, o Colind do Castelo estava às escuras diante de nós, envolto pela noite.

Chegamos por fim à base de um pronunciado lance de degraus de pedra. Lá em cima ficava a Viela de Ouro — vislumbrei suas luzes cintilantes contrapondo-se às estrelas, bem nos bordos do bloco frio e escuro da encosta. Ao lado da base dos degraus havia um muro baixo, e atrás dele um amontoado de lixo; deixei Nathaniel escondido ali enquanto voava, como um morcego, em um rápido reconhecimento degraus acima.

Os degraus orientais haviam mudado pouco desde aquele dia distante em que a morte de meu mestre me liberara de seu serviço. Era pedir demais esperar que um afrito surgisse agora para agarrar meu mestre atual. As únicas presenças que consegui detectar foram três corujas gordas escondidas nas avenidas de árvores escuras de cada um dos lados do caminho. Verifiquei outra vez; eram corujas mesmo no sétimo plano.

Ao longe, do outro lado do rio, a perseguição ainda estava em vigor. Eu podia ouvir os assovios dos soldados ecoando com melancólica futilidade, um som que estimulou minha essência. Por quê? Porque Bartimaeus era rápido demais para eles, eis o porquê; porque o djim que eles queriam já estava longe, sobrevoando e agitando as asas sobre os 256 degraus que conduziam à Colina do Castelo. E porque em algum lugar à minha frente, no silêncio da noite, achava-se a fonte do distúrbio que eu ainda sentia zumbir em cada plano — a singular e desconhecida atividade mágica. As coisas iam ficar interessantes.

O morcego passou pelo revestimento caído da velha torre Negra, antigamente ocupada pela Guarda de Elite, mas agora lar de nada mais que uma dúzia de corvos sonolentos. Para além dela, estava meu objetivo. Uma rua estreita e modesta, cercada por uma série de humildes chalés de paredes meias — todos altos, chaminés manchadas, janelas pequenas, fachada rachada e portas de madeira simples dando direto para a rua. O lugar fora sempre assim, mesmo nos bons tempos. A Viela de Ouro funcionava sob regras diferentes.

Os telhados, sempre empenados, estavam agora sem possibilidade de qualquer conserto — uma confusão de estruturas tortas e telhas soltas. Arrumei uma trava de madeira exposta no último chalé e inspecionei a rua. Nos dias de Rodolfo, o mais ambicioso dos imperadores, a Viela de Ouro era um centro de grande empenho mágico, cujo objetivo era nada menos que a criação da Pedra Filosofal.[2] Cada casa era alugada para um alquimista diferente e, por algum tempo, os minúsculos chalés fervilharam de atividade.[3] Mesmo após a busca ter sido abandonada, a rua continuou sendo o lar dos magos estrangeiros trabalhando para os tchecos. O governo os queria perto do castelo, onde poderia ficar de olho neles. E assim permaneceu a situação, até a maldita noite em que as forças de Gladstone tomaram a cidade.

Nenhum mago estrangeiro residia ali agora. As construções eram menores do que eu me lembrava, amontoadas como aves marinhas sobre uma ponta de terra. Senti a magia antiga ainda entranhada nas construções de pedra, mas pouca coisa nova. A não ser... O fraco tremor nos planos estava mais forte nesse momento, sua fonte muito mais próxima. O morcego olhou ao redor cuidadosamente. O que ele conseguiu distinguir? Um cachorro fuçando um buraco ao pé de uma velha parede. Uma janela

---

[2]Uma pedrinha fictícia que se acreditava possuir a capacidade de transformar metais básicos em ouro ou prata. Claro que sua existência é uma completa bobagem, como se pode descobrir perguntando a qualquer diabrete. Nós, djins, podemos alterar a *aparência* das coisas lançando um Glamour ou uma Ilusão; mas alterar permanentemente a verdadeira natureza de algo é realmente impossível. Acontece que os humanos nunca prestam atenção ao que não lhes convém e incontáveis vidas foram desperdiçadas nessa busca sem sentido.

[3]Os magos chegavam de todas as partes do mundo conhecido — da Espanha, da Inglaterra, da Rússia bloqueada pela neve, das margens do deserto indiano — na esperança de obter uma recompensa incalculável. Cada um deles era mestre em uma centena de artes, cada um deles torturador de uma dezena de djins. Todos impeliram seus escravos durante anos na grande busca; todos, um após o outro, falharam completamente. Um por um, suas barbas se tornaram grisalhas, suas mãos frágeis e paralisadas, suas túnicas desbotaram e mudaram de cor, em decorrência das incessantes invocações e dos experimentos. Um por um, eles tentaram abandonar sua posição, apenas para descobrir que Rodolfo recusava-se a deixar que partissem. Aqueles que tentaram escapar encontraram soldados esperando por eles nos degraus do castelo; outros, tentando uma partida mágica, descobriram um forte Nexus ao redor do castelo, trancando-os em seu interior. Eles não escaparam. Muitos terminaram nas masmorras; o restante aceitou a própria vida. Para aqueles de nós, espíritos, que assistiram ao processo, foi uma fábula profundamente moral: nossos captores haviam sido presos no cárcere de suas próprias ambições.

iluminada, enfeitada com cortinas finas; do lado de dentro, um velho encurvado junto a um aquecedor. Uma mulher jovem sob a claridade de um poste de rua, percorrendo com cuidado o calçamento com sapatos de salto alto, talvez se encaminhando ao castelo. Janelas vazias, postigos fechados, buracos nos telhados e chaminés quebradas. Detritos levados pelo vento. Um cenário otimista.

No número 13, na metade da rua, uma cabana indistinguível do restante em sua imundície e melancolia, mas com um Nexus de força verde brilhante ao seu redor no sexto plano. Havia alguém lá dentro, e esse alguém não queria ser perturbado.

O morcego deu uma rápida arrancada subindo e descendo a rua, evitando cuidadosamente o Nexus onde este se curvava para o alto no ar. O resto da Viela de Ouro estava escuro e quieto, completamente obcecado por suas pequenas atividades noturnas. Desci rapidamente, pelo caminho em que viera, até a base da colina, para animar meu mestre.

— Encontrei o lugar — declarei. — Defesas leves, mas devemos ser capazes de entrar. Rápido, enquanto não tem ninguém por perto.

Eu já disse isso antes, mas humanos são simplesmente imprestáveis no que diz respeito a se mexer. O *tempo* que o garoto levou para subir aqueles míseros 256 degraus, o número de ufs e pufs e pausas desnecessárias para respirar de que precisou, a cor assombrosa que adquiriu... nunca vi nada parecido.

— Eu gostaria que tivéssemos comprado um saco de papel ou algo assim — eu disse a ele. — Seu rosto está brilhando tanto que provavelmente pode ser visto do outro lado do Vltava. Não é nem mesmo uma encosta muito alta.

— Que... que... tipo de... defesas existem lá? — Sua mente estava estritamente no trabalho.

— Um Nexus fraco — informei. — Sem problemas. Você não faz nenhum exercício?

— Não. Sem tempo. Muito ocupado.

— Claro. Você agora é muito importante. Eu me esqueci.

Mais ou menos dez minutos depois, alcançamos a torre arruinada e me transformei em Ptolomeu novamente. Com esse disfarce, liderei o caminho até o local onde um declive pouco íngreme baixava na direção da rua. Ali, enquanto meu mestre arfava e ofegava apoiado a uma parede, inspecionamos os chalés da Viela de Ouro.

— Falta de condições espantosa — comentei.

— É. Eles deveriam... derrubar todos eles... e começar de novo.

— Eu estava falando sobre *você*.

— Qual... qual deles é o tal?

— O número 13? Aquele à direita, o terceiro. Fachada de cimento branca. Quando você parar de agonizar, veremos o que é possível fazer.

Uma caminhada cautelosa ao longo das sombras da viela nos conduziu a poucos metros do chalé. Meu mestre era inteiramente a favor de avançar para a porta da frente. Estendi um braço.

— Pare aí mesmo. O Nexus está bem na sua frente. Mais um dedinho e você vai acionar esse negócio.

Ele parou.

— Você *acha* que consegue entrar?

— Eu não *acho*, garoto. Eu sei. Eu fazia esse tipo de coisa quando a Babilônia era uma estação de gado de pouca monta. Chegue para o lado, observe e aprenda.

Dei um passo adiante em direção à frágil e brilhante rede de filamentos que bloqueava nosso caminho, aproximei a cabeça. Escolhi um pequeno orifício entre os fios e soprei gentilmente em sua direção. Minha mira foi perfeita: a minúscula porção de Sopro Obediente[4] entrou no buraco e ficou suspenso ali, nem o atravessando, nem retrocedendo. Era leve demais para acionar o alarme. O resto foi fácil. Expandi a porção devagar, gentilmente; à medida que crescia, ela forçava os filamentos. Em poucos minutos, um buraco enorme fora produzido na rede, não muito acima do

---

[4] Um tipo de feitiço formado por uma expulsão de ar pela boca e um sinal mágico. Nem remotamente associado ao Vento Asqueroso, produzido de maneira bem diferente.

chão. Remodelei o Sopro dando-lhe a forma de aro e o atravessei despreocupadamente.

— Pronto — eu disse. — Sua vez.

O garoto franziu as sobrancelhas.

— De fazer o quê? Ainda não consigo ver nada.

Com alguma exasperação, reconfigurei o Sopro para torná-lo visível no segundo plano.

— Está feliz agora? — perguntei. — Apenas atravesse o aro com cuidado.

Ele o fez, ainda parecendo pouco impressionado.

— Huh — disse ele. — Pelo que sei, você poderia estar inventando isso.

— Não é minha culpa os humanos serem tão cegos — rebati. — Mais uma vez, você está tomando minha perícia como algo garantido. Cinco mil anos de experiência a seu serviço e não recebo nem mesmo um obrigado. Ótimo. Se você não acredita que existe um Nexus aí, vou acioná-lo alegremente para você. Você vai ver o mago Kavka vir correndo.

— Não, não. — Ele parecia apressado e ríspido agora. — Acredito em você.

— Tem *certeza*? — Suspendi meu dedo na direção das linhas brilhantes.

— Tenho! Fique calmo. Agora... vamos entrar por uma janela e pegá-lo desprevenido.

— Ótimo. Eu sigo você.

Ele avançou com raiva, direto para dentro das linhas de um segundo Nexus que eu não havia percebido.[5] Uma alta sirene, aparentemente consistindo em uma dúzia de sinos e campainhas, explodiu na casa. O barulho persistiu por vários segundos. Nathaniel olhou para mim. Olhei para Nathaniel. Antes que os dois reagíssemos, o barulho foi interrompido e um ruído metálico soou por trás da porta do chalé. A porta foi escancara-

---

[5]Este era muito sutil. Apenas no último plano. Os mais finos dos fios. Qualquer um poderia tê-lo deixado passar.

da e um sujeito alto, de olhar selvagem, usando um solidéu, saiu apressado,[6] gritando furiosamente.

— Eu avisei — gritou ele. — É muito cedo! Não estarei pronto antes do amanhecer! Quer me deixar em p...? Ah. — Ele prestou atenção em nós pela primeira vez. — Quem diabos são vocês?

— Passou perto — respondi. — Meio que depende do seu ponto de vista. — Saltei para frente e o imobilizei no chão. Em um instante suas mãos estavam atrás das costas e bem amarradas pelo cordão de seu roupão.[7] Isso foi feito para prevenir algum gesto rápido com as mãos capaz de invocar algo para ajudá-lo.[8] Sua boca achava-se obstruída por um pedaço da camisa de Nathaniel, para o caso de querer pronunciar comandos. Isso feito, levantei o pacote e o fiz voltar para dentro de casa antes que meu mestre conseguisse sequer abrir a boca para proferir uma ordem. *Isso demonstra* o quão rápido um djim pode agir quando necessário.

— Veja só! — disse eu orgulhosamente. — Nem mesmo a menor violência considerável.

Meu mestre piscou.

— Você *arruinou* minha camisa — disse ele. — Você a rasgou pela metade.

— Uma pena — retruquei. — Agora feche a porta. Podemos discutir isso lá dentro.

Com a porta fechada, conseguimos fazer um inventário de nossos arredores. A casa do sr. Kavka poderia ser melhor descrita pelo termo "desleixo erudito". Todo o chão, e cada item de mobília sobre ele, achava-se recoberto de livros e manuscritos soltos: em alguns lugares, estes formavam uma camada complexa de muitos centímetros de espessura. Esta, por sua vez, encontrava-se coberta por uma fina crosta de pó, canetas e penas espalhadas, e numerosos itens sombrios e pungentes, que tinham a

---

[6] Ele não usava *só* o solidéu; também usava outras roupas. Apenas para o caso de vocês estarem ficando excitados. Olhem, entrarei em detalhes mais tarde; é uma questão de *momentum* da narrativa.
[7] Viram? Ele também tinha um roupão. E pijamas, falando nisso. Perfeitamente respeitável.
[8] Também seres violentos, que poderiam molestar o garoto.

aparência repugnante de serem sobras dos almoços do mago ao longo de um ou dois meses anteriores. Debaixo de tudo isso, havia uma ampla mesa de trabalho, uma cadeira, um sofá de couro e, a um canto, uma pia retangular primitiva, com uma única torneira. Uns poucos pergaminhos errantes haviam migrado para dentro da pia também.

Esse andar do chalé em particular parecia inteiramente ocupado pelo único cômodo. Uma janela nos fundos dava vista para a encosta e, a noite, para as luzes da cidade muito abaixo que brilhavam fracamente através do vidro. Uma escada de madeira erguia-se através de um buraco no teto, conduzindo provavelmente a um dormitório. Ao que parecia, o mago não seguia nessa direção havia algum tempo: sob inspeção mais detalhada, seus olhos tinham contornos acinzentados e suas faces estavam amarelas de cansaço. Ele também era extremamente magro, com a postura encurvada, como se toda a energia houvesse sido drenada para fora de seu corpo.

Portanto, uma visão não particularmente impressionante — nem o mago nem sua habitação. Ainda assim, aquela era a fonte do tremor nos sete planos: eu a sentia mais forte do que nunca. Fazia meus dentes chacoalharem nas gengivas.

— Coloque-o sentado — disse meu mestre. — O sofá serve. Afaste aquelas bobagens do caminho. Certo. — Ele sentou-se em uma quina da mesa de trabalho, uma das pernas no chão, a outra balançando despreocupadamente. — Agora — continuou ele, dirigindo-se ao prisioneiro diretamente em tcheco —, não disponho de muito tempo, sr. Kavka. Espero que coopere comigo.

O mago o contemplou com olhos cansados. Encolheu perceptivelmente os ombros.

— Estou lhe avisando — continuou o garoto —, sou um mago muito poderoso. Controlo muitas entidades assustadoras. Este ser que o senhor vê diante de si — aqui endireitei os ombros e inflei o peito ameaçadoramente — é nada mais que o menor e menos impressionante de meus escravos. — Aqui meus ombros desabaram e distendi a barriga. — Se o senhor não me der a informação que desejo, será pior para o senhor.

O sr. Kavka produziu um ruído incoerente; acenou com a cabeça e virou os olhos.

O garoto olhou para mim.

— O que você acha que isto quer dizer?

— Como vou saber? Eu sugiro retirar a mordaça e descobrir.

— Tudo bem. Mas se ele pronunciar uma sílaba de qualquer tipo de feitiço, destrua-o no mesmo instante! — Como acompanhamento, o garoto ensaiou uma expressão de malignidade terrível, que fez com que parecesse ter uma úlcera. Removi a mordaça. O mago tossiu e balbuciou por algum tempo. Não estava sendo mais coerente do que antes.

Nathaniel golpeou com os nós dos dedos uma pequena parte exposta da mesa.

— Preste atenção, sr. Kavka! Quero que ouça com muito cuidado todas as minhas perguntas. O silêncio, vou lhe avisando, não vai levá-lo a lugar nenhum. Para começar...

— Sei por que veio! — A voz irrompeu da boca do mago com a força de um rio caudaloso. Exprimia desafio, desgosto, infinito cansaço. — Você não precisa me dizer. É o manuscrito! Claro! Como poderia ser algo mais, quando empreguei todas as minhas forças em seus mistérios nos últimos seis meses? Ele devorou minha vida durante todo esse tempo; veja... roubou minha juventude! Minha pele se enrugou a cada rangido da caneta. O manuscrito! Não poderia ser outra coisa!

Nathaniel foi pego de surpresa.

— Um manuscrito? Bem, possivelmente. Mas me deixe escl...

— Fui obrigado a jurar segredo — continuou o sr. Kavka —, fui ameaçado de morte... mas o que me importa agora? Uma vez foi o bastante. Duas... é impossível para um único homem. Veja como minha energia murchou... — Ele ergueu contra a luz os pulsos amarrados; eram raquíticos e tremiam, a pele tão fina que a luz resplandeceu por entre os ossos. — Foi *isso* que ele fez comigo. Antes disso, eu transbordava de vida.

— Certo... mas o quê...?

— Sei exatamente quem você é — continuou o homem, dirigindo-se a algo além de meu mestre, como se este não existisse. — Um agente do governo britânico. Eu o esperava daqui há algum tempo, embora admita que não esperava alguém tão jovem e tão desesperadamente inexperiente. Se você tivesse chegado um mês atrás, poderia ter me salvado. Do jeito como as coisas estão, isso significa muito pouco. Não me importo. — Ele deu um suspiro sentido. — Está atrás de você. Em cima da mesa.

O garoto olhou para trás, estendeu o braço e apanhou um papel. Quando o fez, gritou, sentindo uma dor repentina; largou-o instantaneamente.

— Aahh! Está carregado! Um truque...

— Não demonstre a sua juventude e inexperiência — disse eu. — Você está me envergonhando. Você não consegue entender o que *é* isso? Qualquer pessoa com discernimento poderia lhe dizer que é o centro de toda a atividade mágica em Praga. Não é de admirar que tenha lhe dado um choque. Use esse lenço pretensioso em seu bolso e o examine com mais cuidado. Depois me diga o que é.

Eu já sabia, claro. Havia visto tais coisas antes. Mas me fez bem ver aquele garoto afetado tremendo de medo, assustado demais para desobedecer a minhas instruções, envolvendo a mão em seu lenço enfeitado e pegando o documento novamente com extremo cuidado. Era um extenso manuscrito, em couro de bezerro, sem dúvida esticado e seco de acordo com os velhos métodos — um pergaminho grosso, oleoso, magnificamente liso e estalando de poder. Esse poder vinha não do material, mas das palavras escritas nele. Haviam sido traçadas com tinta incomum, igualmente vermelha e preta,[9] e fluía lindamente da direita para a esquerda, da base da página em direção ao topo; linha após linha de intricadas runas caligráficas. Os olhos do garoto estavam arregalados de assombro. Ele pressentia o talento artístico, o esforço que demandara aquele trabalho,

[9]Pergunto-me se isso não simboliza o poder da terra (preto) e o sangue do mago (vermelho), que dá vida à terra. Mas isso é apenas especulação: não sou especialista em magia de golem.

mesmo que não conseguisse ler os sinais. Talvez houvesse manifestado sua admiração se fosse capaz de entender uma única palavra. Mas o mago, o velho Kavka, ainda cantava como um verdadeiro canário.

— Ainda não terminei — disse ele. — Como você pode ver, outra meia linha precisa ser acrescentada. Uma noite inteira de trabalho à minha frente: uma noite que será minha última em todo caso, já que com certeza ele vai me matar, se a tinta em si não esgotar meu sangue. Está vendo o espaço no alto... aquela caixa pequena, quadrada? O controlador dele vai escrever ali o próprio nome. É o único sangue de que *ele* precisa gastar para controlar a criatura. Funciona muito bem para *ele*, ah funciona. Pior para o pobre Kavka.

— Qual *é* o nome dele? — perguntei. Acho melhor ir direto ao ponto.

— Do controlador? — Kavka riu; um som áspero, como um velho pássaro enlouquecido. — Não sei. Nunca o vi.

O garoto ainda olhava fixamente o manuscrito, deslumbrado:

— Isto é para um outro golem. Será colocado em sua boca para animá-lo. Kavka está dando seu sangue ao papel, que vai alimentar o golem... — Ele ergueu os olhos na direção do mago com um assombro horrorizado no rosto. — *Por que* você está fazendo isso? — perguntou. — Isso o está matando.

Fiz um gesto impaciente.

— Não é isso o que precisamos saber — cortei. — Temos de descobrir *quem*. O tempo está passando e o amanhecer não está longe.

Mas o mago falava novamente, um leve embotamento em seu olhar sugerindo que ele não mais nos enxergava com clareza.

— Por causa de Karl, claro — disse ele. — E Mia. Eles me prometeram que os dois voltariam em segurança se eu criasse essas coisas. Vocês precisam entender que não *acredito* nisso, mas não posso abrir mão da minúscula esperança que tenho. Talvez ele cumpra a promessa. Talvez não. Provavelmente os dois já estão mortos. — Ele desatou a tossir de forma abominável e torturante. — Na verdade... temo que seja assim.

O garoto estava confuso.

— Karl, Mia? Não estou entendendo.

— Eles são a única família que tenho — disse o mago. — Que tristeza eles terem desaparecido. Este é um mundo injusto. Mas quando lhe oferecem um vestígio de luz, você se lança na direção dele... mesmo você, um maldito inglês, deve entender isso. Eu não poderia ignorar minha única chance de vê-los outra vez.

— Onde estão eles, sua família? — perguntou Nathaniel.

— Ah! — O mago se emocionou; um momentâneo fulgor brilhou em seus olhos. — Como vou saber? Alguma prisão esquecida em um navio? A Torre de Londres? Ou seus ossos já foram incinerados e enterrados? Esse é o *seu* departamento, garoto inglês... *me* diga você. *É* você que pertence ao governo britânico, suponho.

Meu mestre assentiu.

— A pessoa que você procura não deseja nada de bom ao seu governo — Kavka tossiu novamente. — Mas você sabe disso. É por isso que está aqui. *Meu* governo me mataria se soubesse o que fiz. Eles não querem que um novo golem seja criado, por precaução, caso a criatura imponha outro Gladstone sobre Praga, empunhando aquele Cajado terrível.

— Suponho que seus parentes sejam espiões tchecos — disse o garoto. — Eles foram para a Inglaterra?

O mago assentiu.

— E foram capturados. Não tive mais notícias deles. Então um cavalheiro veio me visitar, disse que seu empregador os devolveria a mim, vivos, se eu revelasse os segredos do golem, se criasse o pergaminho necessário. O que eu podia fazer? O que qualquer pai poderia fazer?

Estranhamente, meu mestre permaneceu em silêncio. Estranhamente, eu também. Olhei para o rosto e as mãos macilentas de Kavka, seus olhos entorpecidos, enxerguei dentro deles as infindáveis horas de meditação em cima dos livros e papéis, vi-o vertendo a própria vida sobre a página, apoiando-se na remota possibilidade de que sua família lhe fosse restituída.

— Terminei o primeiro pergaminho há um mês — disse Kavka. — Foi quando o mensageiro alterou suas exigências. A essa altura eram necessários *dois* golens. Argumentei inutilmente que isso me mataria, que eu não viveria para ver Mia e Karl novamente... Ah, ele é cruel. Não me deu ouvidos.

— Fale a respeito desse mensageiro — disse o garoto de repente — e se seus filhos estiverem vivos, vou devolvê-los a você. Prometo.

O homem agonizante fez um enorme esforço. Seus olhos focalizaram meu mestre; o ofuscamento em seu olhar foi substituído por uma força penetrante. Ele avaliou Nathaniel com cuidado.

— Você é muito jovem para fazer tais promessas — sussurrou.

— Sou um membro respeitado do governo — disse Nathaniel. — Tenho o poder...

— Certo, mas posso confiar em você? — Kavka deu um profundo suspiro. — Você *é* inglês, afinal de contas. Vou perguntar a seu demônio. — Ele não afastou os olhos de Nathaniel enquanto falava. — O que me diz? Ele é confiável?

Inflei minhas bochechas, soltei o ar com força.

— É um trapaceiro. Ele é um mago. Por definição, venderia a própria avó para fazer sabão. Mas é um pouco menos corrupto do que alguns deles. Possivelmente. Um pouquinho.

Nathaniel olhou para mim.

— Obrigado pelo nítido apoio, Bartimaeus.

— De nada.

Mas, para minha grande surpresa, Kavka estava assentindo.

— Muito bem. Deixo isso a encargo da sua consciência, garoto. De qualquer forma, não vou viver para vê-los. Na verdade, estou esgotado. Estou pouco me lixando para você ou para ele... vocês podem continuar a cortar as gargantas uns dos outros até que toda a Inglaterra fique devastada. Mas vou lhe dizer o que sei, e permitir que isso acabe. — Começou a tossir fracamente, o queixo apoiado no peito. — Esteja certo de uma coisa. Agora, não vou terminar este manuscrito. Vocês não vão ter dois golens alvoroçando as ruas de Londres.

— Isso *é* uma pena — disse uma voz profunda.

Nathaniel

29

Exatamente como ele havia chegado ali, Nathaniel não saberia dizer. Nem o Nexus externo fora acionado, nem qualquer um deles — Nathaniel, Kavka e até mesmo Bartimaeus — o havia ouvido entrar na casa. Ainda assim lá estava ele, despreocupadamente recostado na escada que dava para o andar de cima, os braços musculosos cruzados sobre o peito.

Nathaniel abriu a boca. Nenhuma palavra saiu — nada além de um horrorizado arquejar de reconhecimento.

O mercenário barbudo. O matador de aluguel de Simon Lovelace.

Após a luta em Heddleham Hall dois anos antes, o mercenário havia escapado da captura. Os agentes do governo o caçaram por toda parte, na Inglaterra e através do continente, mas sem sucesso — nunca encontraram nenhuma pista. Com o tempo, a polícia seguiu seu caminho, fechou seus arquivos e desistiu da busca. Mas Nathaniel não conseguia esquecer. Uma imagem terrível ficara gravada em sua memória: o mercenário surgindo das sombras no gabinete de Lovelace, carregando o Amuleto de Samarkand, seu casaco manchado com o sangue de um homem assassinado. Durante anos a imagem pairou como uma nuvem na mente de Nathaniel.

E agora o assassino achava-se a dois metros de distância, seus olhos frios avaliando-os um de cada vez.

Como antes, ele irradiava uma vitalidade maligna. Era alto e musculoso, tinha olhos azuis e sobrancelhas espessas. Parecia ter aparado um pouco a barba, mas os cabelos pretos estavam mais longos, na metade do pescoço. Suas roupas eram negras como azeviche — uma camisa solta, uma túnica acolchoada, calças largas acima dos joelhos, botas de cano longo que se alargavam na panturrilha. Sua confiança arrogante golpeou Nathaniel como um punho cerrado. Nathaniel teve imediata consciência de sua força desprezível, da fraqueza dos próprios membros.

— Não se dê o trabalho de nos apresentar, Kavka — disse o sujeito. Sua voz era preguiçosa, profunda e lenta. — Nós três somos velhos conhecidos.

O velho deu um suspiro longo e triste, difícil de interpretar.

— Em todo caso não faria sentido. Não sei o nome de nenhum deles.

— Nomes nunca foram assunto nosso.

Se o djim estava assustado, não deu mostras disso:

— Vejo que conseguiu recuperar suas botas.

As sobrancelhas negras se cerraram.

— Eu *disse* que você pagaria por isso. E vai pagar. Você *e* o garoto.

Até esse momento, Nathaniel estava sentado na escrivaninha de Kavka, transido de choque. Nesse instante, na tentativa ansiosa de exprimir alguma autoridade, ele avançou e ficou de pé, mãos nos quadris.

— Você está preso — disse, olhando ferozmente para o mercenário enquanto falava.

O homem devolveu-lhe o olhar com despreocupação tão maléfica que Nathaniel encolheu-se e acovardou-se ali mesmo onde estava. Furioso, limpou a garganta.

— Você ouviu o que eu disse?

O braço do sujeito se moveu — tão rápido que Nathaniel mal registrou o movimento — e uma espada apareceu em sua mão. Apontava lentamente na direção de Nathaniel.

— Onde está *sua* arma, menino?

Nathaniel ergueu o queixo com jeito desafiador e sacudiu o indicador na direção de Bartimaeus.

— Ali — respondeu. — Ele é um afrito sob meu exclusivo comando. Uma palavra minha e ele o faz em pedaços.

O djim pareceu ligeiramente surpreso.

— Er, é — disse indeciso. — Isso mesmo.

Um sorriso glacial espalhou-se por sob a barba.

— Esta é a criatura que você tinha com você antes. Ela não conseguiu me matar na ocasião. O que o faz pensar que desta vez vai ter mais sorte?

— A prática leva à perfeição — disse o djim.

— Bem verdadeiro. — Outra centelha de movimento, outra vez sua pessoa tornou-se imprecisa... e na outra mão ele segurava um disco de metal em forma de S. — Pratiquei muito tempo com isto — disse o mercenário. — Ele vai atravessar sua essência e *ainda por cima* voltar a minha mão estendida.

— A essa altura você não vai ter mão sobrando para agarrá-lo — disse Nathaniel. — Meu afrito é rápido. Como uma cobra dando o bote. Ele o pegaria antes que essa coisa saísse da sua mão. — E relanceava o olhar entre o djim e o mercenário. Nenhum dos dois parecia muito convencido.

— *Nenhum* demônio é tão rápido quanto eu — disse o mercenário.

— É mesmo? — replicou Nathaniel. — Faça um teste com ele.

Bartimaeus ergueu um dedo apressado.

— Agora, olhe aqui...

— Use com ele a melhor pontaria.

— Posso fazer exatamente isso.

— Veja o que acontece com você.

— Ei, cuidado — disse o djim. — Essa postura de macho é ótima, mas me deixe fora disso, por favor. Por que vocês dois não fazem uma queda-de-braço, ou comparam o bíceps ou coisa parecida? Resolvam suas diferenças para lá.

Nathaniel o ignorou.

— Bartimaeus — começou ele —, eu ordeno...

Nesse momento, algo inesperado aconteceu. Kavka se pôs de pé.

— Fique onde está! — Os olhos do mercenário giraram, a ponta da espada mudou de posição.

Kavka não pareceu ter ouvido. Oscilou levemente no lugar depois cambaleou para frente, para longe do sofá, em direção ao chão coberto de papéis. Seus pés descalços produziam um ligeiro farfalhar à medida que caminhava sobre os pergaminhos. Com dois passos, havia alcançado a mesa. Um braço esquelético adiantou-se e arrancou o manuscrito do golem da mão frouxa de Nathaniel. Kavka recuou, apertando-o contra o peito.

O mercenário fez menção de arremessar o disco, mas parou.

— Larque isso, Kavka! — rosnou ele. — Pense em sua família; pense em Mia.

Os olhos de Kavka estavam fechados; ele oscilava novamente. Ergueu o rosto para o teto.

— Mia? Ela está perdida para mim.

— Termine esse pergaminho esta noite e você a verá amanhã, eu juro!

Os olhos se abriram. Estavam embaçados, mas lúcidos.

— O que me importa? Vou estar morto ao amanhecer. Minha força vital já se esgotou.

Um olhar de profunda irritação surgira no rosto do mercenário. Não era o tipo de homem que apreciava uma negociação.

— Meu empregador me garante que eles estão a salvo e bem — disse. — Podemos retirá-los da prisão esta noite e trazê-los a Praga de avião pela manhã. Pense bem... você quer que *todo* esse trabalho seja desperdiçado?

Nathaniel olhou de relance para o djim. Este mudava de posição vagarosamente. O mercenário não parecia ter notado. Nathaniel limpou a garganta, tentou distraí-lo ainda mais.

— Não lhe dê ouvidos, Kavka — disse. — Ele está mentindo.

O mercenário lançou um rápido olhar para Nathaniel.

— Foi um profundo desgosto para mim — disse ele — você não ter sido capturado esta tarde na praça. Dei à polícia as instruções mais cuidadosas, *ainda assim* eles estragaram tudo. Eu mesmo deveria ter cuidado de você.

— Você *sabia* que nós estávamos aqui? — perguntou Nathaniel.

— Claro. A cronometragem de vocês foi a mais inapropriada possível. Mais um dia ou dois, e seria irrelevante. Eu estaria de volta a Londres com o manuscrito concluído. Suas investigações não levariam a nada. Mas da forma como aconteceu, eu precisava mantê-los ocupados. Eis o motivo de meu aviso à polícia.

Os olhos de Nathaniel se estreitaram.

— *Quem* lhe contou que eu viria?

— Meu empregador, claro — disse o mercenário. — Contei aos tchecos e eles seguiram aquele agente britânico se arrastando por aí o dia inteiro, sabendo que no fim ele os conduziria a vocês. Diga-se de passagem, eles acreditam que você esteja em Praga para plantar uma bomba. Mas tudo isso é irrelevante agora. Eles me decepcionaram.

Mantinha a espada e o disco estendidos enquanto falava, seus olhos alternando-se entre Nathaniel e o mago. A cabeça de Nathaniel dava voltas — quase *ninguém* sabia que ele viria a Praga, ainda assim, de alguma forma o mercenário fora informado. O que significava... Não, precisava se concentrar. Viu Bartimaeus ainda se deslocando para o lado, sutil como uma lesma. Um pouco mais e o djim estaria fora de vista, exatamente na posição certa para atacar...

— Vejo que você encontrou outro traidor imundo para substituir Lovelace — cortou ele.

— Lovelace? — As sobrancelhas do sujeito se ergueram. — Ele não era meu principal empregador, mesmo naquela ocasião. Nada mais era que uma atração secundária, um amador, ávido demais pelo sucesso. Meu mestre o encorajou o quanto pôde, mas Lovelace não era sua única ferramenta. Nem eu sou seu único servidor agora.

Nathaniel estava fora de si de fúria.

— *Quem* é? Para quem você trabalha?

— Alguém que paga bem. Sem dúvida, isso é óbvio. Você é um magozinho estranho.

Nesse momento o djim, que havia se arrastado com êxito até a extremidade do campo de visão do mercenário, ergueu a mão para atacar. Mas no mesmo instante, Kavka agiu. Esse tempo todo ele estava de pé ao lado de Nathaniel, segurando o pergaminho do golem nas mãos. Nesse exato momento, sem uma palavra, os olhos fortemente apertados, ele se retesou de repente e rasgou o manuscrito no meio.

O efeito foi inesperado.

Uma emanação de poder mágico brotou do pergaminho rasgado e explodiu pelo chalé como um terremoto. Nathaniel voou pelos ares em meio a um redemoinho de objetos voadores: djim, mercenário, mesa, sofá, papel, canetas, respingos de tinta. Por uma fração de segundo, Nathaniel conseguiu enxergar os três planos visíveis tremendo com intensidades diferentes: tudo foi triplicado. As paredes estremeceram, o chão inclinou-se. A lâmpada elétrica crepitou e apagou. Nathaniel chocou-se pesadamente contra o piso.

A explosão fluiu através das tábuas do assoalho, para dentro da terra. A carga do manuscrito se fora. Os planos se estabilizaram, as reverberações morreram. Nathaniel ergueu a cabeça. Estava caído debaixo do sofá virado, olhando na direção da janela. As luzes da cidade ainda brilhavam através dela, mas pareciam estranhamente mais altas do que antes. Levou um momento para compreender o que havia acontecido. O chalé inteiro despencara e aterrissara exatamente na borda da encosta. As tábuas do assoalho haviam se inclinado ligeiramente na direção da janela. À medida que ele observava, vários pequenos objetos escorregaram para descansar sobre a parede inclinada.

O aposento estava completamente escuro e era preenchido pelo rumor do papel caindo suavemente. Onde estava o mercenário? Onde estava Bartimaeus? Nathaniel ficou imóvel debaixo do sofá, os olhos arregalados como os de um coelho na noite.

Podia enxergar Kavka bastante bem. O velho mago jazia, o rosto voltado para cima, dentro da pia inclinada com uma dezena de folhas de papel flutuando sobre ele como uma mortalha provisória. Mesmo a alguma distância, Nathaniel pôde perceber que estava morto.

O peso do sofá pressionava com força uma das pernas de Nathaniel, imobilizando-a no chão. Ele desejava encarecidamente movimentá-la, mas sabia que era muito arriscado. Ficou quieto, observou e escutou.

Um passo; uma figura entrando devagar em seu campo visual. O mercenário parou ao lado do corpo na pia, examinou-o por um momento, lançou uma praga silenciosa e continuou avançando para inspecionar por entre a mobília espalhada perto da janela. Seguia devagar, as pernas retesadas em oposição à inclinação do piso. Não carregava mais a espada, mas algo prateado brilhava em sua mão direita.

Nada encontrando entre os escombros, o mercenário começou a atravessar de volta o aposento, a cabeça girando metodicamente para um lado e para outro, os olhos esquadrinhando a escuridão. Horrorizado, Nathaniel percebeu que ele chegava cada vez mais perto do sofá. Nathaniel não podia escapar: o sofá que o protegia de ser visto também o prendia. Mordeu o lábio, tentando lembrar-se das palavras de uma invocação adequada.

O mercenário pareceu notar o sofá virado pela primeira vez. Por dois segundos, permaneceu completamente imóvel. Então, com o disco de prata na mão, dobrou os joelhos e agachou-se para erguer o sofá de cima da cabeça encolhida de Nathaniel.

E Bartimaeus surgiu por trás dele.

O garoto egípcio flutuava acima do chão inclinado; seus pés pendendo frouxos, as mãos estendidas. Um halo prateado brincava ao redor da figura, brilhando sobre o tecido branco ao redor de sua cintura e cintilando misteriosamente em seu cabelo. O djim assobiou uma vez, um som alegre. Com um movimento confuso, o mercenário girou; o disco abandonou sua mão; sibilou no ar, atravessou a radiação ao lado de Bartimaeus e esvoaçou através do aposento.

— Nã-nã, você errou — disse o djim. Um Inferno irrompeu de seus dedos e engoliu o mercenário no local em que este se encontrava. Uma pequena chama envolveu a parte superior de seu corpo; ele gritou, agarrando com força o rosto. Cambaleou para a frente, lançando no aposento uma radiação vermelho-amarelada, que cintilava através dos dedos apertados, em chamas.

O disco sibilante alcançou o ponto mais distante do cômodo; com uma mudança de tom, o objeto voltou, disparando na direção da mão do mercenário. No caminho, cortou o flanco do garoto egípcio. Nathaniel ouviu o djim gritar; viu a forma do garoto tremeluzir e balançar.

O disco voltou à mão em chamas.

Nathaniel livrou a perna do sofá; puxou-a freneticamente e, tropeçando no chão desnivelado, conseguiu a duras penas ficar de pé.

O garoto egípcio desapareceu. Em seu lugar, iluminado pelas chamas, um rato coxo disparou para dentro das sombras. O homem em chamas seguiu em seu encalço, os olhos piscando no calor. As roupas estavam enegrecendo em seu corpo; o disco cintilava rubro em seus dedos.

Nathaniel tentou ordenar seus pensamentos. Perto dele, localizava-se a escada que conduzia ao andar de cima, que tombara para se apoiar na diagonal contra o teto. Segurou-se nela.

O rato atravessou correndo um pergaminho antigo. O papel estalou alto sob suas patas.

O disco cortou o pergaminho na metade; o rato guinchou e desviou para o lado.

Os dedos em chamas se moveram; mas dois discos apareceram entre eles. O rato corria freneticamente, mas não era rápido o bastante. Um disco penetrou nas tábuas do assoalho, colhendo a cauda do rato sob a borda prateada. O rato lutou fracamente, tentando libertar-se.

O mercenário se aproximou. Ergueu uma de suas botas, que ardia lentamente.

Com um esforço selvagem, Nathaniel deslocou a escada, fazendo-a cair pesadamente sobre as costas do mercenário. Pego de surpresa, o homem perdeu o equilíbrio e tombou para o lado em uma chuva de fagulhas. Aterrissou no piso do chalé, iluminando os manuscritos ao redor.

O rato deu um forte puxão e libertou a cauda. Com um salto, pousou ao lado de Nathaniel.

— Obrigado por isso — arquejou. — Você viu como o ajeitei para você?

Nathaniel olhava fixo, de olhos arregalados, para a figura que se movia pesadamente e arremessava para longe a escada em um espasmo de fúria, parecendo indiferente às chamas circundantes.

— Como ele *consegue* sobreviver? — sussurrou. — O fogo o cobriu inteiro. Está em chamas.

— Receio que só as roupas — disse o rato. — Seu corpo é totalmente invulnerável. Mas nós o temos perto da janela agora. Preste atenção.

O animal ergueu uma pequena pata rosada. O homem barbado virou-se e viu Nathaniel pela primeira vez. Grunhiu de raiva, ergueu uma das mãos; algo prateado brilhou nela. Retrocedeu...

E foi colhido em cheio pela violência absoluta de um Furacão: este se precipitou da pata do rato, ergueu o sujeito do chão e o projetou para trás através da janela, em meio a uma cascata brilhante de vidro quebrado e pedaços incendiados de papel, que se ergueram do chão junto com ele. O homem despencou, para fora e para longe, montanha abaixo e noite adentro, sua descida marcada pelas chamas que ainda lhe lambiam o corpo. Nathaniel o viu ricochetear uma vez, a distância, depois jazer imóvel.

O rato já escalava a toda pressa o chão inclinado na direção da porta do chalé.

— Venha — gritou. — Acha que isso vai detê-lo? Nós temos cinco minutos, talvez dez.

Nathaniel arrastou-se atrás dele sobre pilhas de papel ardente, ao encontro da noite, acionando primeiro um Nexus, em seguida o outro. O zumbido dos alarmes ergueu-se em direção ao céu e despertou os habitantes da Viela de Ouro de seus sonhos melancólicos, mas rato e garoto já se achavam para além da torre em ruínas, descendo em disparada os degraus do castelo como se todos os demônios já invocados vociferassem em seus calcanhares.

No fim da manhã seguinte, usando roupas novas, a peruca de um chapeleiro e abanando um passaporte recém-roubado, Nathaniel cruzou a fronteira tcheca em direção à Prússia, controlada pelos ingleses. Pegando carona até a cidade de Chemnitz na caminhonete de um padeiro, seguiu direto para o Consulado Britânico e explicou sua situação. Chamadas telefônicas foram feitas, senhas checadas e sua identidade verificada. No meio da tarde, encontrava-se a bordo de um avião que partia do aeroporto local para Londres.

O djim fora dispensado na fronteira, uma vez que o estresse da invocação prolongada esgotava Nathaniel. Havia dias que vinha dormindo pouco. A aeronave era aquecida, e, apesar de seu desejo de refletir sobre as palavras do mercenário, o cansaço e o zumbido dos motores produziram seu efeito. Pouco antes de decolar, Nathaniel havia adormecido.

Uma comissária o acordou em Box Hill.

— Chegamos, senhor. Um carro o aguarda. Pedem que o senhor se apresse.

Ele assomou nos degraus de saída sob uma garoa leve e fria. Uma limusine preta aguardava ao lado da pista de pouso. Nathaniel desceu devagar, ainda mal desperto. Meio que esperava ver sua mestra ali, mas o banco traseiro estava vazio. O motorista tocou o boné quando abriu a porta.

— Instruções da sra. Whitwell, senhor — disse. — O senhor deve ir para Londres imediatamente. A Resistência atacou o coração de Westminster e... Bem, o senhor verá os resultados por si mesmo. Não há tempo a perder. Temos uma calamidade desdobrando-se em nossas mãos.

Sem dizer uma palavra, Nathaniel entrou no carro. A porta se fechou atrás dele com um ruído seco.

Kitty

30

O lance de escadas seguia os contornos do pilar acima, descendo em círculos, no sentido horário, dentro da terra. A passagem era estreita e o teto baixo. Até mesmo Kitty foi forçada a inclinar-se, e Fred e Nick — que estavam praticamente dobrados ao meio — tiveram de descer de lado, como dois caranguejos desajeitados. O ar estava quente e ligeiramente fétido.

O sr. Pennyfeather liderava o caminho, a lanterna ajustada para produzir iluminação mais forte. Todos fizeram o mesmo, os ânimos elevando-se com a luz renovada. Agora que se achavam em segurança no subsolo, não havia nenhuma probabilidade de que alguém os visse. A parte perigosa havia terminado.

Kitty seguia o briguento Nick, com Stanley logo atrás. Mesmo com a lanterna dele às suas costas, as sombras pareciam decididas a se aproximar; lançavam-se e saltavam incessantemente em seu campo visual.

Um número considerável de aranhas fizera seus lares nas fendas de cada um dos lados dos degraus. Pelas pragas do sr. Pennyfeather, era evidente que estava tendo que abrir caminho através de uma centena de anos de teias de aranhas sufocantes.

A descida não levou muito tempo. Kitty contou 33 degraus, e então se viu caminhando ao longo de uma grade de metal suspensa e saindo em um espaço aberto, mal delineado pela luz da lanterna. Deu um passo ao lado para permitir que Stanley também saísse da escadaria, então removeu o capuz. O sr. Pennyfeather acabara de fazer o mesmo. Seu rosto achava-se levemente corado, o anel de cabelos grisalhos eriçado e desordenado.

— Bem-vindos à tumba de Gladstone — sussurrou ele com voz alta e rouca.

A primeira sensação de Kitty foi a de puro peso imaginário devido ao chão acima dela. O teto fora construído com blocos de pedra esculpidos de forma primorosa; com a passagem dos anos, o alinhamento dessas pedras havia mudado. Agora, acentuavam-se ameaçadoramente no centro da câmara, oprimindo a luz fraca como se quisessem aspirá-la. O ar estava repleto de impurezas, e a fumaça redemoinhava das lanternas e envolvia densamente o teto. Kitty viu-se instintivamente ofegando a cada respiração.

A cripta em si era bastante estreita, talvez com apenas quatro metros de largura no ponto mais amplo; seu comprimento era indeterminado, prolongando-se dentro da escuridão para além do brilho das lanternas. O chão era marcado e sem adornos, a não ser por uma grossa camada branca de mofo que, em certos locais, subia até a metade das paredes. As habilidosas aranhas das escadas, ao que parecia, não haviam se aventurado através da grade de metal: não se viam teias de aranha por ali.

Recortando a parede lateral da câmara, diretamente à frente da entrada, havia uma longa prateleira vazia, só com três hemisférios de vidro. Embora o vidro estivesse sujo e rachado, Kitty pôde distinguir os vestígios de um anel de flores secas dentro de cada um: lírios, papoulas e hastes de alecrim antigos, pontilhados por um líquen ingrato. As flores do funeral do grande mago. Kitty estremeceu e virou-se para o foco principal da atenção do grupo — o sarcófago de mármore imediatamente abaixo da prateleira.

Tinha três metros de comprimento e mais de um metro de altura, esculpido com simplicidade, sem ornamentos ou inscrições de qualquer espécie, exceto uma placa de bronze afixada no centro de uma das laterais. A tampa, também em mármore, assentava-se no topo, embora Kitty a achasse ligeiramente torta, como se houvesse sido lançada às pressas no lugar, sem ser ajeitada.

O sr. Pennyfeather e os outros apinhavam-se ao redor do sarcófago com grande excitação.

— É em estilo egípcio — explicava Anne. — A típica grandiosidade, querendo imitar os faraós. No entanto, não tem hieróglifos.

— O que quer dizer isso? — Stanley olhava para a placa com olhos de míope. — Não consigo entender.

O sr. Pennyfeather também entrecerrava os olhos.

— É alguma língua diabólica. Hopkins teria lido, mas não tem utilidade para nós. Então — ele apontou sua bengala para a tampa do sarcófago e a golpeou de leve —, como podemos abrir essa coisa?

Kitty franziu a testa com desgosto e quase com apreensão.

— Precisamos fazer isso? O que o faz pensar que o negócio está aí dentro?

O nervosismo do sr. Pennyfeather revelou-se em sua leve irritação.

— Bem, dificilmente vai estar jogado por aí pelo chão, certo, garota? O diabo velho iria querer que ficasse bem perto dele, mesmo na morte. O resto do espaço está vazio.

Kitty manteve-se firme em sua posição.

— O senhor *verificou*?

— Ah! Uma perda de tempo! Anne, pegue uma lanterna e verifique o canto mais afastado. Assegure-se de que não há nenhuma alcova no lado mais distante. Frederick, Nicholas, Stanley, vamos precisar de toda a nossa força para deslocar isso. Conseguem segurar firme do lado de vocês? Podemos precisar da corda.

Enquanto os homens reuniam-se ao redor do túmulo, Kitty ficou para trás observando o avanço de Anne. Tornou-se imediatamente óbvio que o sr. Pennyfeather estava certo. Depois de poucos passos, a lanterna de Anne iluminou a parede distante da câmara, uma superfície lisa de blocos de pedra claros. Ela correu rapidamente a luz ao longo da parede algumas vezes, procurando por nichos ou pelo contorno de portas, mas não havia nada. Dando de ombros na direção de Kitty, Anne voltou ao centro do espaço. Stanley havia apanhado sua corda e avaliava uma das extremidades da tampa.

— Vai ser difícil de amarrar — disse, coçando a parte posterior da cabeça. — Não consigo prender a corda em volta de nada. E a tampa é muito pesada para...

— Podemos empurrá-la para o lado — disse Fred. — Estou pronto.

— Não, é muito pesada. Pedra maciça.

— Talvez não tenha muito atrito — apontou Nick. — O mármore é bem liso.

O sr. Pennyfeather enxugou o suor da testa.

— Bem, garotos, vamos ter de tentar. A única alternativa é ativar uma esfera em cima dela, mas isso pode danificar os objetos. Se você, Fred, colocar as botas contra a parede, conseguimos alavancagem extra. Agora, Nick...

Enquanto a discussão prosseguia, Kitty inclinou-se para inspecionar a placa de bronze. Era densamente revestida de pequenos e elegantes sinais cuneiformes, reunidos para formar o que evidentemente eram palavras ou símbolos. Não pela primeira vez, Kitty lamentou a própria ignorância. O conhecimento de escritas obscuras não era algo que a escola ensinasse, e o sr. Pennyfeather recusara-se a permitir que o grupo estudasse os livros de magia que eles haviam roubado. Kitty perguntou-se em vão se o pai de Jakob seria capaz de ler aquela escrita, e o que ela revelaria.

— Kitty, saia do caminho, certo? Boa menina.

Stanley havia agarrado um dos cantos da tampa, Nick se achava na outra ponta e Fred — que ficara com uma extremidade inteira para si — havia firmado um pé contra a parede, imediatamente abaixo da prateleira. Os três preparavam-se para a primeira tentativa. Mordendo o lábio diante da alegria de Stanley, Kitty levantou-se e se afastou, enxugando o rosto com a manga da camisa. O suor porejava em sua pele; o ar na cripta estava muito abafado.

— Agora, meninos! Empurrem! — Grunhindo de esforço, os homens se lançaram à tarefa. Anne e o sr. Pennyfeather seguravam lanternas ao redor dos três para iluminar seu avanço. A luz brilhava nos rostos contorcidos, dentes à mostra, testas suadas. Por um momento apenas, um leve rangido se fez ouvir acima de seus gemidos.

— Tudo bem, descansem! — Nick, Fred e Stanley desabaram, ofegantes. O sr. Pennyfeather os rodeou mancando, dando-lhes pancadas firmes nos ombros. — Ela se moveu! Um movimento claro! Muito bom, meus jovens! Nenhum sinal do interior ainda, mas vamos chegar lá. Façam um intervalo, depois vamos tentar outra vez.

E assim fizeram eles. E novamente. A cada vez, seus arquejos se tornavam mais altos, os músculos estalando com o esforço; a cada vez, a tampa deslocava-se um pouco mais para o lado, então parou novamente. O sr. Pennyfeather os encorajava, dançando ao seu redor como um demônio, sua deformidade quase esquecida, o rosto contorcido à luz oscilante.

— Empurrem! Isso! Nossa fortuna está alguns centímetros abaixo de nosso nariz se fizerem mais força! Empurre, maldito Stanley! Um pouco mais! Façam força, garotos!

Pegando uma lanterna sem uso, Kitty perambulou pela cripta vazia, arrastando os sapatos de lona na grossa camada branca de mofo, marcando tempo. Caminhou até o extremo da câmara, quase até a parede, depois se virou e percorreu o caminho de volta.

Algo lhe ocorreu; uma coisa estranha, semi-advertida, agitando-se vagamente no fundo de sua mente. Por um momento, não conseguiu identificar o que era, e a aclamação dos demais após um esforço particularmente bem-sucedido forneceu distração adicional. Ela girou nos calcanhares, olhando na direção da parede mais distante e ergueu a lanterna.

Uma parede — nem mais, nem menos.

Então o que foi que...?

O mofo. A ausência dele.

A sua volta, sob seus pés, a camada branca de mofo expandia-se; dificilmente um único ladrilho permanecia imune. E de ambos os lados, as paredes achavam-se igualmente expostas. O mofo estendia-se de forma gradual em direção ao teto. Talvez, um dia, todo o local fosse coberto por ele.

Contudo, na parede mais distante, não havia uma única partícula de mofo. Os blocos estavam limpos, seus contornos tão nítidos quanto se os construtores houvessem partido naquela mesma tarde.

Kitty virou-se na direção dos demais.

— Ei...

— Isso! Mais uma vez e está feito, rapazes! — O sr. Pennyfeather praticamente dava cambalhotas. — Agora posso ver um espaço no canto! Mais um empurrão e seremos os primeiros a ver o velho Gladstone desde que esconderam seus ossos!

Ninguém deu ouvidos a Kitty; ninguém lhe prestou a mínima atenção.

Ela tornou a virar-se para a parede distante. Absolutamente nenhum mofo... Não fazia sentido. Talvez aqueles blocos limpos fossem feitos de um tipo diferente de pedra?

Kitty avançou para tocar os blocos; quando o fez, seu sapato prendeu-se em um ladrilho irregular e ela caiu para frente. Ergueu as mãos para firmar-se na parede — e a atravessou em cheio.

Um instante mais tarde, chocou-se com força contra os ladrilhos do piso, machucando os pulsos e os joelhos. A lanterna soltou-se de sua mão estendida e caiu com ruído ao lado dela.

Kitty revirou os olhos de dor. Seu joelho latejava seriamente e todos os seus dedos formigavam com o choque da queda. Mas a sensação mais forte era a de perplexidade. Como aquilo acontecera? Estava certa de ter caído contra a parede, ainda assim, parecia ter passado através dela como se não estivesse ali.

Lá atrás, Kitty ouviu um rangido assustador, seguido de um terrível estrondo, várias aclamações de triunfo e também, em algum lugar no meio de tudo isso, um grito de dor. Escutou a voz do sr. Pennyfeather.

— Bom trabalho, rapazes! Bom trabalho! Pare de choramingar, Stanley... você não está muito machucado. Cheguem mais perto... vamos dar uma olhada nele!

Foi o que fizeram. Ela precisava ver aquilo. Firme e penosamente, Kitty apoiou-se nas mãos e nos joelhos e pegou a lanterna. Ficou de pé e, quando o fez, a luz da lanterna iluminou parcialmente o espaço em que se encontrava.

A despeito de si mesma, a despeito do tempo que passara em ação, a despeito de todas as escapadas por um triz, das armadilhas, dos demônios e das mortes de seus amigos, o choque provocado pelo que viu naquele momento a deixou arquejando e tremendo novamente, como a criança na ponte de ferro tantos anos atrás. O sangue latejava em seus ouvidos, sua cabeça flutuava. Ela ouviu um gemido longo, alto e penetrante ecoar através da câmara e pulou, antes de perceber que saíra de sua própria boca.

Atrás dela, a comemoração entusiasmada silenciou de repente.

A voz de Anne.

— O que foi isso? Onde está Kitty?

Kitty ainda olhava direto para a frente.

— Estou aqui — sussurrou.

— Kitty!

— Onde você está?

— Maldita garota... ela subiu as escadas? Nicholas, vá ver.

— *Kitty!*

— Estou bem aqui. No canto. Vocês não conseguem enxergar? — Ela era incapaz de erguer a voz; sua garganta estava muito apertada. — Estou aqui. E não estou sozinha...

A verdadeira extremidade da câmara não se achava muito distante da ilusória, pela qual ela havia caído, talvez a apenas três metros de onde se encontrava. A camada branca de mofo não fizera caso da falsa barreira e a atravessara direto: revestia as paredes, o chão, o que jazia nele e brilhava com um resplendor doentio à fria luz da lanterna. Mas a despeito da grossa camada, o mofo não obscurecia os objetos que se achavam dispostos em perfeita ordem entre as paredes; sua natureza era absolutamente clara. Havia seis deles arrumados juntos, lado a lado, as cabeças voltadas na direção de Kitty, os sapatos em decomposição apontando para a parede dos fundos da câmara, as mãos ossudas calmamente pousadas sobre o peito. As condições da cripta lacrada haviam assegurado que a carne não estivesse inteiramente decomposta; em vez disso, enrugava-se ao redor dos esqueletos, de forma que as mandíbulas das caveiras se achavam puxadas para baixo pela pele retesada, conferindo-lhes uma expressão permanente de pavor desenfreado. A pele em si era escura como madeira fóssil ou couro curtido. Os olhos estavam completamente murchos. Todos os seis se achavam estranhamente vestidos, com ternos antiquados. Botas pesadas assentavam-se em seus pés relaxados. A cavidade torácica de um deles sobressaía através da camisa. Os cabelos continuavam exatamente como em vida; fluíam das horrendas cabeças como erva de rio. Kitty percebeu que um dos homens ainda tinha um redemoinho de lindos cachos castanhos.

Seus companheiros continuavam a gritar seu nome; a estupidez deles a assombrava.

— Estou *aqui*! — Com um esforço repentino, ela venceu a inércia do choque, virando-se e gritando em resposta na direção da câmara.

Nick e Anne estavam ambos próximos; ao som da voz dela, suas cabeças giraram para um lado e outro, mas seus olhos permaneceram vazios e desconcertados, passando por Kitty como se ela não estivesse ali. Kitty gemeu de exasperação e deu um passo na direção deles; quando o fez, um estranho formigamento percorreu-lhe o corpo.

Nick gritou. Anne deixou cair a lanterna.

— É melhor que vocês venham ver isto — disse Kitty laconicamente; depois, quando eles não responderam: — Qual é o maldito problema de vocês?

A raiva da garota arrancou Nick do choque.

— O-olhe para você — gaguejou ele. — Você está meio dentro, meio fora da parede.

Kitty olhou para baixo. Sem dúvida, daquele lado, a ilusão se mantinha: sua barriga, peito e pé dianteiro projetavam-se das pedras como se houvessem sido cortados por ela. O corpo de Kitty formigava nos pontos em que a mágica a tocava.

— Nem mesmo treme — sussurrou Anne. — Nunca vi uma ilusão tão forte.

— Podem atravessar — disse Kitty em tom entediado. — Tem umas coisas aqui atrás.

— O tesouro? — Nick era o próprio entusiasmo.

— Não.

Em segundos, o restante do bando havia se aproximado da parede; após uma ligeira hesitação, um por um atravessou a ilusão. As pedras não fizeram mais que ondular. Do outro lado, a barreira era completamente invisível.

Os seis olharam fixo, mudos e assustados, para os cadáveres iluminados.

— Voto a favor de sairmos agora — disse Kitty.

— Olhe para o *cabelo* — sussurrou Stanley. — E as unhas. Veja como estão *compridas*.

— Arrumados como sardinha num prato...

— Como você acha...?

— Sufocados, talvez...

— Veja o peito dele... aquele buraco. Aquilo não é natural...

— Não precisamos ficar preocupados. Eles são muito *velhos*. — O sr. Pennyfeather falou com sincera convicção, destinada talvez a confortar a si próprio tanto quanto aos demais. — Vejam a cor da pele. Eles estão praticamente mumificados.

— O senhor acha que são do tempo de Gladstone? — perguntou Nick.

— Sem dúvida. O estilo das roupas prova isso. Final do século XIX.

— São seis... Um para cada um de nós...

— Cale a boca, Fred.

— Mas por que eles estariam...?

— Algum tipo de sacrifício talvez...

— Ouça, sr. Pennyfeather, nós realmente...

— Não, mas por que escondê-los? Não faz sentido.

— Ladrões de sepulturas então? Punição por sepultamento.

— ... nós realmente precisamos ir.

— Isso é mais provável. Mas, uma vez mais, por que escondê-los?

— E quem fez isso? E a Pestilência? É isso que não entendo. Se eles a detonaram...

— Sr. Pennyfeather! — Kitty bateu com o pé e gritou; o barulho ecoou pela câmara. A discussão parou de repente. Ela forçou as palavras através da garganta apertada. — Existe alguma coisa aqui que não conhecemos. Alguma espécie de armadilha. Deveríamos esquecer o tesouro e partir agora.

— Mas esses ossos são *velhos* — disse Stanley, adotando os modos decididos do sr. Pennyfeather. — Fique calma, garota.

— Não banque o condescendente *comigo*, seu idiota.

— Concordo com Kitty — disse Anne.

— Minhas *queridas* — o sr. Pennyfeather pousou uma das mãos sobre o ombro de Kitty e esfregou-o com falso bom humor —, isso *é* muito desagradável, concordo. Mas não devemos exagerar. Qualquer que seja a forma pela qual esses pobres indivíduos morreram, eles foram colocados aqui muito tempo atrás... provavelmente enquanto a tumba ainda estava aberta. É por isso que a parede ilusória que os esconde não está coberta de mofo, vêem? Ele cresceu desde então. As paredes estavam limpas e novas quando eles encontraram seu fim. — O sr. Pennyfeather gesticulou na direção dos corpos com sua bengala. — Pensem a respeito. Esses rapazes estavam aqui *antes* da tumba ser lacrada... do contrário a Pestilência teria sido acionada quando eles a invadiram. E ela não havia sido acionada... porque acabamos de vê-la e dispersá-la.

Suas palavras tiveram um efeito tranqüilizador sobre o grupo; houve alguns gestos de assentimento e murmúrios de concordância. Mas Kitty balançou a cabeça.

— Temos seis homens mortos gritando para nós — disse ela. — Precisamos ser loucos para ignorá-los.

— Uh! Eles são *antigos*. — Pelo alívio na voz de Fred, as implicações da idéia pareciam haver acabado de alcançá-lo. — Ossos velhos. — Estendeu uma bota e cutucou zombeteiramente o crânio mais próximo; este rolou para o lado, para longe do pescoço, e oscilou brevemente sobre os ladrilhos, com um som suave como o de louça chocalhando.

— Você precisa aprender, Kitty querida, a ser menos sensível — disse o sr. Pennyfeather, retirando um lenço do bolso e enxugando a testa. — Já abrimos o sarcófago do velho demônio... e a terra não nos engoliu, engoliu? Venha e *veja*, garota: você ainda não viu. Um lençol sedoso lindamente dobrado por cima... só ele deve valer uma fortuna. Cinco minutos, Kitty. Cinco minutos é tudo de que precisamos para levantar aquele lençol e afanar a bolsa e a esfera de cristal. Não vamos perturbar o sono de Gladstone por muito tempo.

Kitty nada disse; girou e atravessou a barreira com o rosto pálido, voltando à câmara. Não podia confiar em si própria para falar. Sua raiva dirigia-se tanto a si mesma — por sua fraqueza e medo irracional —, quanto a seu líder. As palavras dele pareciam-lhe superficiais; bastante insinceras e fáceis. Mas ela não estava acostumada a opor-se diretamente à sua vontade; e sabia que ele contava com a disposição do grupo.

O tic-tac da bengala do sr. Pennyfeather aproximou-se dela por trás. Ele estava ligeiramente sem fôlego.

— Espero, minha cara Kitty, que você... que você tenha a honra... de pegar a esfera de cristal... em sua mochila. Veja, eu confio em você... confio em você implicitamente. Vamos todos ser fortes por mais cinco minutos, depois sairemos deste maldito lugar para sempre. Reúnam-se e preparem suas mochilas. Nossa fortuna nos espera!

A tampa do sarcófago permanecia onde havia caído, em um ângulo entre a tumba e o chão. Um pedaço de uma das quinas havia se quebrado com o impacto e achava-se ligeiramente separado em meio ao mofo. Uma lanterna pousada no chão brilhava alegremente, mas nenhuma luz era lançada no interior escancarado e escuro da tumba. O sr. Pennyfeather posicionou-se em uma das extremidades do sarcófago, firmou sua bengala na pedra e agarrou o mármore em busca de apoio. Sorriu para o grupo e flexionou os dedos.

— Frederick, Nicholas, segurem as lanternas aqui em cima. Eu gostaria de ver *exatamente* no que estou tocando. — Stanley soltou um risinho nervoso.

Kitty olhou de relance para o fundo da câmara. Através da escuridão, conseguiu apenas vislumbrar os contornos impassíveis da falsa parede, o terrível segredo escondido atrás dela. Lançou um profundo suspiro. Por quê? Não fazia sentido...

Ela tornou a virar-se na direção do sarcófago. O sr. Pennyfeather se inclinou, agarrou indeciso alguma coisa e puxou.

31

O lençol de seda foi erguido do sarcófago com um som quase inaudível, um ínfimo e áspero assovio e uma delicada nuvem de poeira marrom que irrompeu para o alto como os esporos de um fungo. O pó rodopiou na luz da lanterna e desceu lentamente. O sr. Pennyfeather recolheu o lençol e o depositou cuidadosamente sobre a borda de mármore; então, só então, inclinou-se e olhou para dentro.

— Abaixem a luz — sussurrou ele.

Nick obedeceu; todos esticaram o pescoço e olharam.

— Ahh... — O suspiro do sr. Pennyfeather foi o de um *gourmet* à mesa, com a refeição diante de si, sabendo que a satisfação estava próxima. Um coro de arquejos e gritos abafados fez eco ao líder. Mesmo os temores de Kitty foram momentaneamente esquecidos.

Todos eles conheciam o rosto como se fosse o seu próprio. Era a atração principal da vida em Londres, uma inevitável presença em cada local público. Haviam visto sua imagem milhares de vezes em estátuas, monumentos, murais de beira de estrada. Seu perfil achava-se registrado nos livros escolares, em formulários do governo, em pôsteres e cartazes suspensos no topo das pilhas de produtos em todos os mercados. Olhava para baixo com autoridade espartana, do alto de pedestais, na metade das praças cobertas de folhas; contemplava-os a partir das notas de libras amarrotadas em seus bolsos. Em meio a toda a pressa e confusão, todas as esperanças e ansiedades diárias, o rosto de Gladstone era uma companhia constante, vigiando suas modestas vidas.

Ali, na tumba, eles olharam para o rosto com um tremor de reconhecimento.

Talvez fosse confeccionada em ouro, delicadamente cunhado e primorosamente moldado; uma máscara mortuária digna do fundador de um império. Enquanto o corpo ainda esfriava, artesãos experientes haviam obtido o modelo, feito o molde, derramado o metal líquido. No funeral, a máscara fora fixada ao rosto, uma imagem incorruptível com vistas a contemplar para sempre a escuridão, à medida que a carne sob ela desaparecia. Era o rosto de um velho: nariz adunco, lábios finos, faces macilentas — onde insinuações de costeletas prolongavam-se no ouro — e vincado por milhares de rugas. Os olhos, mergulhados fundo nas cavidades, haviam sido vazados, o ouro seccionado. Dois orifícios escancarados encaravam sinistramente a eternidade. O grupo, que contemplava boquiaberto, parecia enxergar a face de um imperador dos tempos antigos, envolto em seu terrível poder.

Ao redor de toda a máscara, havia um emaranhando de cabelos brancos.

Ele jazia da forma apropriada, em pose semelhante aos corpos no anexo secreto, mãos enlaçadas sobre o estômago. Os dedos eram só ossos. Usava um terno preto, ainda abotoado, bastante esticado acima das costelas, mas desagradavelmente fundo nas outras partes. Aqui e acolá, vermes diligentes ou pequenas aranhas no tecido haviam dado início ao processo de decomposição e era possível distinguir pequenas manchas brancas. Os sapatos eram pequenos, pretos e estreitos, com uma pátina adicional de pó sobre o couro desbotado.

O corpo descansava sobre almofadas de cetim vermelho, em uma alta prateleira que ocupava metade da largura do sarcófago interno. Enquanto os olhos de Kitty demoravam-se na máscara dourada, os dos demais foram atraídos pela prateleira mais baixa na lateral.

— Vejam o brilho... — sussurrou Anne. — É inacreditável!

— Vale a pena levar *tudo* — disse Stanley, sorrindo estupidamente. — Nunca vi uma aura como esta. *Alguma coisa* aqui deve ser realmente forte, mas tudo tem poder... até mesmo a capa.

Transversalmente aos joelhos e dobrado com esmero, havia um traje preto e púrpura, encimado por um pequeno broche de ouro.

— A Capa de Cerimônia — murmurou o sr. Pennyfeather. — Nosso amigo e benfeitor a quer. Vai recebê-la com prazer. Vejam o resto...

E lá estavam eles, empilhados sobre a prateleira inferior: os maravilhosos bens da sepultura, que eles tinham ido buscar. Havia um grupo de objetos de ouro — pequenas estatuetas com formato de animais, caixas ornamentadas, espadas e adagas cravejadas; uma fileira de esferas de ônix preto; um pequeno crânio triangular de algum ser desconhecido; um par de pergaminhos lacrados. Acima, perto da cabeça, assentava-se algo pequeno em forma de cúpula, coberto por um tecido negro, agora acinzentado devido à poeira — provavelmente a profética bola de cristal. Próxima aos pés, entre um frasco arrolhado esculpido em forma de cabeça de cachorro e um cálice de estanho sem brilho, uma bolsa de cetim assentava-se dentro de um recipiente de vidro. Ao lado, havia uma pequena sacola preta com fecho de bronze. Ao longo de todo o comprimento do sarcófago, próxima ao corpo em si, estendia-se uma espada cerimonial e, ao lado dela, um cajado de madeira escurecida, liso e sem adornos, a não ser por um pentagrama entalhado dentro de um círculo no topo.

Mesmo sem os dons dos demais, Kitty pôde sentir o poder que emanava daquele conjunto. Ele praticamente vibrava no ar.

O sr. Pennyfeather recobrou o controle em um repente.

— Certo, grupo. Sacolas abertas e prontas. Vamos levar o lote. — Olhou de relance para o relógio e ficou boquiaberto de surpresa. — Quase uma hora! Já perdemos tempo demais. Anne, você primeiro.

Ele inclinou o corpo contra a borda do sarcófago, espichando-se para o interior e agarrando os objetos com ambas as mãos.

— Aqui. Estes são egípcios, se não me engano... Ali está a bolsa... *Cuidado* com ela, mulher! Sacola cheia? Certo. Stanley, fique no lugar dela...

Enquanto o sarcófago era saqueado, Kitty ficou para trás, mochila aberta, braços relaxados ao lado do corpo. O desconforto que a envolvera com a descoberta dos corpos apoderou-se dela mais uma vez. Olhava de relance na direção da parede falsa e de volta para a escadaria da entrada, sua pele comichando e formigando com medos imaginários. A ansiedade vinha acompanhada de um crescente arrependimento pelas atividades daquela noite. Nunca seus ideais — seu desejo de ver os magos vencidos e o poder restituído aos plebeus — lhe pareceram tão divorciados da realidade do grupo do sr. Pennyfeather. E que realidade grotesca aquela. A evidente avidez de seus companheiros, os gritos excitados, o rosto vermelho e brilhante do sr. Pennyfeather, o retinir suave dos objetos de valor à medida que desapareciam dentro das sacolas escancaradas — de repente tudo aquilo lhe pareceu repugnante. A Resistência era pouco mais que um bando de ladrões e assaltantes de túmulo — e ela era um deles.

— Kitty! Aqui!

Stanley e Nick haviam enchido suas sacolas e se afastado. Era a vez dela. Kitty se aproximou. O sr. Pennyfeather achava-se mais espichado do que nunca agora, a cabeça e os ombros invisíveis dentro do sarcófago. Ele emergiu por instantes, entregou-lhe uma pequena urna funerária e uma jarra decorada com uma cabeça de cobra e inclinou-se para diante novamente.

— Aqui... — A voz dele ecoou de forma estranha na tumba. — Pegue a capa... E o cajado também. Esses dois são para o benfeitor do sr. Hopkins, que... uf!... nos orientou tão bem. Não consigo alcançar os outros objetos por este lado; Stanley, você pode se encarregar disso, por favor?

Kitty pegou o cajado e enfiou a capa no fundo da mochila, hesitando um pouco diante de seu toque frio e levemente engordurado. Observou Stanley erguer-se sobre a borda do sarcófago e lançar a parte superior do corpo para baixo, alcançando o fundo enquanto suas pernas ondulavam momentaneamente no ar. Na extremidade oposta, o sr. Pennyfeather apoiou-se na parede, enxugando a testa.

— Só faltaram umas poucas coisas — arquejou. — Então nós... Ah, maldito garoto! *Por que* ele não pode ter mais cuidado?

Talvez em um excesso de entusiasmo, Stanley caíra de cabeça dentro do sarcófago, largando a lanterna no chão atrás de si. Ouviu-se um ruído surdo.

— Seu idiota! Se você tiver quebrado alguma coisa... — O sr. Pennyfeather inclinou-se para olhar para dentro, mas não conseguiu ver nada no poço de escuridão. Sussurros intermitentes vinham do fundo, acompanhados dos sons de movimentos descoordenados. — Levante com *cuidado*. Não estrague a esfera de cristal.

Kitty resgatou a lanterna que rolava sobre os ladrilhos, resmungando ante a estupidez de Stanley. Ele sempre fora um idiota, mas aquilo era inimaginável, mesmo para ele. Ela trepou na tampa quebrada para segurar a lanterna acima do sarcófago, mas pulou para trás de susto quando, com grande velocidade e de supetão, a cabeça de Stanley surgiu acima da borda. O gorro estava puxado para baixo, ocultando seu rosto completamente.

— Ups! — disse ele em voz alta, irritante. — Desajeitado, sou um *desajeitado*.

O sangue de Kitty ferveu.

— O que você pensa que está fazendo, me assustando assim? Isso não é brincadeira!

— Ande logo, Stanley — disse o sr. Pennyfeather.

— Sinto *muito*. Sinto *muito*. — Mas Stanley não parecia nada pesaroso. Não ajeitou o gorro nem saiu da tumba.

O humor do sr. Pennyfeather tornou-se perigoso.

— Vou mandar minha bengala em você, garoto — gritou ele — se você não se mexer.

— Mexer? Ah, posso fazer isso. — E a cabeça de Stanley começou a balançar para um lado e outro estupidamente, como se acompanhasse um ritmo que apenas ele conseguia ouvir. Para a estupefação de Kitty, ela mergulhou saindo de vista, parou um momento e surgiu novamente com um risinho nervoso. A atitude pareceu proporcionar a Stanley um prazer infantil; repetiu o movimento, acompanhando-o de vários gritos de alegria.

— Agora você está me vendo! — gritou ele, a voz amortecida pelo gorro. — E agora... não está!

— Esse garoto ficou maluco — disse o sr. Pennyfeather.

— Saia *já* daí, Stanley — disse Kitty, em um tom completamente diferente. De repente, inexplicavelmente, seu coração estava batendo rápido.

— Eu sou Stanley? — perguntou a cabeça. — Stanley... Mmm, me agrada. Um bom e honesto nome inglês. O sr. G. aprovaria.

Fred estava ao lado de Kitty agora.

— Ei... — Seus modos eram estranhamente hesitantes. — Como foi que a voz dele mudou?

A cabeça imobilizou-se, depois se inclinou de forma faceira para um dos lados.

— Bem — disse ela. — *Eis* uma boa pergunta. Me pergunto se alguém consegue adivinhar. — Kitty deu um lento passo atrás. Fred estava certo. A voz não soava mais como a de Stanley, se é que em algum momento soara.

— Ah, não tente fugir, garotinha. — A cabeça balançou-se vigorosamente para frente e para trás. — Senão isso só vai ficar confuso. Vamos dar uma olhada em você. — Dedos esqueléticos prolongando-se de uma manga preta esfarrapada ergueram-se do sarcófago. A cabeça inclinou-se para o lado. Com um cuidado amoroso, os dedos removeram o gorro do rosto e o deixaram sobre a cabeça em um ângulo extravagante. — *Assim* está melhor — disse a voz. — Agora podemos nos ver claramente.

Abaixo do gorro, um rosto que não era o de Stanley brilhou com um reflexo dourado. Um punhado de cabelos brancos espalhava-se ao seu redor.

Anne deu um súbito gemido e correu para a escadaria. A cabeça saltou de surpresa.

— A maldita atrevida! Não fomos apresentados! — Com a súbita pancada de um pulso ossudo, algo foi arrancado de dentro do sarcófago e lançado no ar. A bola de cristal chocou-se com o som de uma explosão contra a base dos degraus, rolando diretamente no caminho de Anne. Ela gritou e caiu para trás.

Todos os integrantes do bando haviam assistido ao vôo precipitado da bola. Todos a haviam visto pousar. Agora todos tornavam a virar-se devagar para o sarcófago, onde algo se erguia sobre os próprios pés, rígida e desastradamente, com um rangido estridente de ossos. Por fim o ser ficou de pé, envolto em escuridão, estalando a língua enquanto sacudia o pó de seu casaco, como uma velha meticulosa.

— *Vejam* essa bagunça! O sr. G. ficaria bastante agitado. E os vermes fizeram *estragos* nas roupas de baixo dele. Há buracos lá embaixo, onde o sol não brilha.

Inclinou-se de repente e estendeu um braço, os longos dedos ossudos pegando uma lanterna caída no chão ao lado do sarcófago. Ergueu-a como um vigia, e à sua luz contemplou os rostos horrorizados, um a um. A vértebra do pescoço rangia à medida que o crânio atrás da máscara se movia, e a máscara mortuária dourada lançou um brilho opaco dentro de seu halo de longos cabelos brancos.

— Então. — A voz não tinha um tom consistente. Mudava a cada sílaba, a princípio estridente como a de uma criança, em seguida profunda e rouca; a princípio feminina, depois masculina, então rosnando como um animal. Ou o falante não conseguia se decidir, ou apreciava a variedade. — Então — disse. — *Aqui* estão vocês. Cinco almas solitárias, muito abaixo da superfície, sem nenhum lugar seguro para o qual correr. Por gentileza, quais são seus nomes?

Kitty, Fred e Nick estavam imóveis, a meio caminho do gradil de metal. O sr. Pennyfeather achava-se muito atrás, encolhido contra a parede abaixo da prateleira. Anne era a mais próxima da escada, mas estava estendida no chão, chorando em silêncio. Nenhum deles pôde responder.

— Ah, *vamos*. — A máscara dourada se inclinou para o lado. — Estou tentando ser amistoso. O que considero excepcionalmente decente de minha parte, dado que acabei de acordar para encontrar um idiota maldoso, com um capuz grande demais, vasculhando minhas posses. Pior ainda... vejam essas pisadas no terno do funeral! Ele fez isso com toda a agitação lá dentro. As crianças de hoje, vou contar a vocês... O que me faz lembrar, em que ano estamos? Você. A garota. A que não está choramingando. Fale!

Os lábios de Kitty estavam tão secos que ela mal deixou escapar as palavras. A máscara dourada assentiu.

— *Achei* que fosse muito tempo. Por quê? Por causa do tédio, vocês diriam. E estariam certos. Mas também por causa da dor! Ah, vocês não acreditariam na dor de tudo isso. Era tanta que eu não conseguia me concentrar, com a agonia, a solidão e o barulho dos vermes roendo no escuro. Deixaria louco um sujeito inferior. Mas não eu. Solucionei a dor anos atrás, e o resto eu agüentei. E agora, com um pouco de luz e companhia para conversar, não me importo de dizer a vocês, estou me sentindo *bem*. — O esqueleto estalou um dedo ossudo e saltitou de um lado para o outro. — Estou um pouco duro... não é de admirar... não sobrou nenhum tendão... mas isso vai passar. Todos os ossos presentes e corretos? Conferindo. Todos os objetos também? Ah, não... — A voz tornou-se mais melancólica. — Alguns ratos vieram e deram sumiço neles. Ratos *levados*... Vou pegá-los pelo rabo e arrancar seus bigodes.

Kitty enfiara lentamente a mão dentro da sacola, por baixo da capa e dos outros objetos, para localizar sua esfera de elementos. Nesse instante, trazia-a na mão, presa na palma suada. Ao seu lado, percebeu que Fred fazia o mesmo, ainda que com menos precisão; temia que o rumor dos movimentos dele logo fosse percebido. Ela falou, mais à guisa de distração do que com qualquer esperança real.

— Por favor, sr. Gladstone, senhor — gaguejou. — Temos todos os seus bens aqui e vamos devolvê-los alegremente ao senhor exatamente como estavam.

Com um rangido desagradável, o crânio girou 180 graus sobre as vértebras para enxergar atrás de si. Nada vendo, inclinou-se para o lado em sinal de perplexidade e tornou a girar.

— A quem você está se dirigindo, garotinha? — perguntou ele. — A *mim*?

— Er... é. Pensei...

— *Eu*... Gladstone? Você está louca, ou é idiota como um pato?

— Bem...

— Olhe para esta mão. — Cinco dedos ossudos foram estendidos contra a luz e girados sobre um pulso nodoso. — Olhe para esta pélvis, olhe para esta cavidade torácica. — A cada vez os dedos afastavam para o lado o tecido apodrecido a fim de fornecer um vislumbre dos ossos amarelados. — Olhe para este rosto. — Por um instante, a máscara dourada foi inclinada para o lado e Kitty captou um vislumbre da cabeça, com dentes arreganhados e as órbitas oculares vazias. — Com toda a honestidade, garotinha, o sr. Gladstone parece estar vivo para você?

— Er... na verdade, não.

— "*Na verdade, não*"... A resposta é NÃO! Não, ele não está. Por quê?, você perguntaria. Porque está morto. Morto há 110 anos e apodrecendo no túmulo. "*Na verdade, não.*" Que espécie de resposta é essa? Você é realmente idiota, garotinha, você e seus amigos. Falando nisso... — Apontou um dedo ossudo na direção da placa de bronze na lateral do sarcófago. — Você consegue ler?

Kitty balançou silenciosamente a cabeça. O esqueleto bateu com os dedos na testa em sinal de desdém.

— Não sabe ler sumério e bisbilhota a tumba de Gladstone! Então vocês não entenderam a parte de "deixar o Glorioso Líder descansar em paz"?

— Não, não entendemos. Sentimos muito.

— Ou as partes a respeito de "guardião perpétuo", ou "vingança cruel", ou "desculpas não serão aceitas"?

— Não, nada disso. — Com o canto do olho, Kitty viu Fred abaixar ligeiramente a sacola, a mão direita ainda escondida dentro dela. Ele estava pronto agora.

— Bem, o que vocês podem esperar então? A ignorância colhe sua própria recompensa, que neste caso é uma morte desagradável. O primeiro grupo também se desculpou profusamente. Vocês deveriam ter visto eles se ajoelharem e pedir perdão aos prantos. São aqueles ali. — Sacudiu um polegar ossudo na direção da falsa parede. — Eles sem dúvida eram ratos ambiciosos. Chegaram em poucas semanas. Um deles era o secretário particular do sr. Gladstone, se me recordo, um tipo muito leal;

conseguiu fazer uma duplicata da chave e evitou a Pestilência de algum jeito. Eu os escondi, apenas para ser organizado, e se vocês forem bons, farei o mesmo. Esperem bem ali.

O esqueleto enganchou uma rígida perna de calça na lateral do sarcófago. Kitty e Fred se entreolharam. Juntos, puxaram as esferas de elementos das mochilas e as atiraram no esqueleto. Este ergueu uma mão ressentida; algo invisível bloqueou o vôo das esferas; estas desabaram pesadamente no chão, onde, em vez de explodir, pareceram implodir com chiados amortecidos e patéticos, deixando nada mais que pequenas manchas negras nos ladrilhos.

— Eu realmente *não posso* deixar que vocês façam uma bagunça aqui — disse o esqueleto em tom de censura. — Na época do sr. Gladstone os visitantes tinham mais consideração.

De sua própria sacola, o sr. Pennyfeather retirou um disco de prata; apoiando-se em sua bengala, arremessou-o lateralmente na direção do esqueleto. O objeto cortou o antebraço do paletó empoeirado e ficou firmemente cravado. A voz atrás da máscara dourada soltou um grito agudo.

— Minha essência! Eu *senti* isto. Prata é algo que realmente não consigo suportar. Vamos ver o que *você* acha de ser intencionalmente agredido, seu velho. — Um dardo verde brilhante brotou da máscara e lancetou o peito do sr. Pennyfeather, empurrando-o violentamente contra a parede. Ele desabou no chão. O esqueleto deu um grunhido de satisfação e voltou-se para os demais. — Isso vai ensinar a ele — disse.

Mas Fred estava se movendo novamente, recuperando de lugares secretos em seu próprio corpo um disco de prata após outro e atirando-os no mesmo piscar de olhos. O esqueleto esquivou-se do primeiro, pulou por cima do segundo e teve uma mecha dos cabelos mirrados e grisalhos raspada pelo terceiro. Ele se livrara do sarcófago e parecia ter redescoberto seu poder de movimento; a cada salto e a cada passo, tornava-se mais esperto, até seu contorno parecer quase indistinto.

— Isso é divertido! — gritou ele, à medida que se desviava e girava. — Sou realmente muito grato a vocês, companheiros!

O suprimento de mísseis de Fred parecia inesgotável; ele manteve uma chuva constante, enquanto Nick, Anne e Kitty recuavam prudentemente em direção às escadas. De repente, outro dardo verde foi lançado e atingiu Fred nas pernas, fazendo-o se estatelar no chão. Em um instante, estava de pé outra vez, um pouco vacilante, sobrancelhas contraídas de dor, mas bem vivo.

O esqueleto parou surpreso.

— *Muito bem* — disse. — Resistência natural. Desvia a magia. Eu não via isso desde Praga. — Golpeou de leve a boca dourada com um dedo ossudo. — O que *vou* fazer? Estou me perguntando. Deixe-me pensar... Aha! — Com um salto, ele havia voltado ao sarcófago e remexia dentro dele. — Fora do caminho, Stanley; preciso pegar... isso! Achei que sim. — Sua mão reapareceu, segurando a espada cerimonial. — Nada de mágica envolvida aqui. Só um pedaço do aço maciço do império. Acha que consegue se desviar disto, sr. Sardento? Vamos ver. — Brandiu a espada sobre a cabeça e avançou arrogante.

Fred se manteve firme. Tirou sua navalha do bolso; abriu-a de um golpe.

Kitty achava-se na grade de metal, hesitante ao pé da escada. Nick e Anne já haviam desaparecido degraus acima; ela podia ouvir a escalada frenética. Olhou para o sr. Pennyfeather, cuja resistência fora útil. Arrastava-se na direção dela, apoiado sobre as mãos e os joelhos. Ignorando seus instintos, que gritavam para lhe desse as costas e corresse, ela lançou-se mais uma vez dentro da catacumba, agarrou o sr. Pennyfeather pelos ombros e, empregando toda a sua força, arrastou-o na direção das escadas.

Fora de seu alcance de visão, Kitty ouviu Fred soltar um rugido de fúria. Ouviu um silvo, seguido de um impacto suave.

Kitty puxou o sr. Pennyfeather para frente com uma força que não sabia que possuía.

Através da grade de metal e subindo os primeiros degraus. A essa altura, Kitty pusera o sr. Pennyfeather de pé; com uma das mãos ele ainda segurava a bengala; com a outra, agarrava a jaqueta de Kitty. Sua respiração era rápida, escassa, difícil. Ele não conseguia falar. Nenhum dos dois tinha uma lanterna; seguiam na mais completa escuridão. Kitty apoiava-se no cajado que recolhera na tumba. Sondava com ele cada degrau.

De algum lugar atrás e abaixo deles, uma voz os chamou.

— Iu-hu! Tem alguém aí em cima? Ratinhos brigando. Quantos ratinhos? Um ratinho... dois. Ai, meu Deus, e um deles manco.

O rosto de Kitty estava envolto em teias de aranha. A respiração do sr. Pennyfeather era agora um lamento arquejante.

— Vocês *não vão* descer? — a voz implorou. — Estou sozinho. Nenhum de seus dois amigos quer mais conversar.

Ela sentiu o rosto do sr. Pennyfeather próximo a seu ouvido.

— Eu... eu... preciso descansar.

— *Não*. Continue andando.

— Não consigo.

— Se não consegue, desça então... Eu vou ter de subir!

No mais fundo da terra, a grade de metal rangeu.

— *Venham*.

Outro degrau. E mais outro. Ela não conseguia se lembrar de quantos eram; em todo caso, perdera a conta. Certamente se achavam quase lá. Mas o sr. Pennyfeather estava desacelerando; Agarrava-se às suas costas como um peso morto.

— Por favor — sussurrou ela. — Uma última tentativa.

Mas ele parara de vez agora; Kitty sentiu-o encolher-se sobre os degraus ao lado dela, ofegando a cada respiração. Ela puxou seu braço em vão, em vão suplicou-lhe que reagisse.

— Sinto muito, Kitty...

Ela desistiu; apoiou as costas nas pedras arredondadas, tirou sua faca do cinto e esperou.

Um roçar de tecido. Um chocalhar na penumbra. Kitty ergueu a faca.

Silêncio.

E então, com uma súbita precipitação e um único grito breve e ofegante, o sr. Pennyfeather foi puxado para dentro da escuridão. Em um instante ele estava ali, no seguinte havia sumido, e algo pesado estava sendo arrastado para longe dela e escadas abaixo, bamp, bamp, bamp.

Kitty talvez tenha congelado no lugar por cinco segundos; então disparou degraus acima, através dos véus de teias de aranha oscilantes como se eles não existissem, chocou-se repetidas vezes contra a parede, tropeçou nos degraus irregulares; avistou por fim um retângulo de luz cinza adiante; irrompeu na penumbra bem ventilada da nave, onde postes de luz cintilavam contra as janelas e as estátuas dos magos contemplavam implacavelmente seu desespero e angústia.

Disparou através do transepto, evitando por pouco vários pedestais e de fato colidindo com uma fila de cadeiras de madeira; o som da queda estrondosa retumbou de um lado a outro do enorme espaço. Passando por uma imensa coluna, depois outra, ela diminuiu a marcha e, com a entrada da tumba agora a boa distância, desatou em um choro ofegante.

Só então se deu conta de que deveria ter girado a chave na fechadura.

— Kitty. — Uma voz baixa nas sombras. O coração de Kitty martelou contra o peito; com a faca estendida diante dela, recuou.

— Kitty, sou eu. — O fino feixe de luz da pequena lanterna. O rosto de Anne, pálido, olhos acinzentados. Ela estava agachada atrás de um alto púlpito de madeira.

— Temos que sair daqui. — A voz de Kitty soou entrecortada. — Para que lado fica a porta?

— Onde está Fred? E o sr. Pennyfeather?

— *Para que lado fica a porta*, Annie? Você consegue lembrar?

— Não. Isto é, acho que é para aquele lado, talvez. É muito difícil no escuro. Mas...

— Então vamos. Apague a lanterna por enquanto.

Continuou a trotar, Anne tropeçando atrás dela. Nos primeiros momentos de seu pânico, Kitty simplesmente correra de forma impulsiva, sem qualquer senso de direção. A escuridão imunda do subsolo provocara essa reação — embotando-lhe o cérebro, impedindo-a de pensar com clareza. Mas naquele instante, embora ainda estivesse escuro e o ar se achasse repleto de mofo, ao menos estava fresco — o que a ajudava a dominar o ambiente a sua volta, orientando-lhe a posição. Uma fileira de pálidas janelas brilhou no alto: haviam voltado à nave outra vez, no lado oposto à porta dos claustros. Ela parou; permitiu que Anne a alcançasse.

— É logo ali do outro lado — sussurrou. — Pise com cuidado.

— Onde está...?

— Não pergunte. — Esgueirou-se por mais alguns passos. — E Nick?

— Foi embora. Eu não vi...

Kitty xingou baixinho.

— Não faz mal.

— Kitty... larguei minha sacola.

— Bem, isso agora não tem importância, tem? Nós perdemos tudo. — No momento em que disse isso, Kitty de repente percebeu que ainda segurava o cajado do mago na mão esquerda. De certa forma, aquilo a surpreendeu; durante a fuga desesperada, não se dera conta do fato, absolutamente. A mochila, com a capa e os outros objetos de valor, havia se perdido em algum lugar na escada.

— O que foi isso?

As duas ficaram imóveis no centro do espaço escuro da nave.

— Não ouvi...

— Alguma coisa correndo. Você não...?

— Não... *Não*, eu não. Continue andando.

Mais alguns passos; elas perceberam a coluna erguendo-se alta à frente. Kitty se virou para Anne.

— Depois do pilar, vamos precisar da lanterna para localizar a porta. Não sei a que distância chegamos.

— Tudo bem. — Nesse momento, o som de uma corrida apressada soou bem atrás delas. Ambas gritaram e se lançaram em direções opostas. Kitty caiu contra o pilar, perdeu o equilíbrio e desabou no chão. Sua faca ficou fora de alcance. Ela se levantou o mais rápido que pôde, girou.

Escuridão; em algum lugar um débil rangido. A lanterna estava caída no chão, derramando um mesquinho feixe de luz contra a coluna. Não enxergava Anne em lugar nenhum.

Muito lentamente, Kitty retrocedeu para trás do pilar.

A porta dos claustros estava em algum lugar, fechada, tinha certeza disso, mas exatamente onde ela não saberia dizer. Ainda segurando o cajado, deslizou para frente, a mão estendida, tateando às cegas em direção à parede sul da nave.

Para sua surpresa e quase insuportável alívio, seus dedos tocaram a madeira áspera e o sopro do ar fresco caiu sobre seu rosto. A porta estava ligeiramente aberta; forçou-a desesperadamente, para empurrá-la para o lado, e espremeu-se através dela.

Foi só então que ouviu o ruído familiar; em algum ponto da nave. O toc-toc-toc de um aleijado.

Kitty não ousava respirar; manteve-se imóvel, meio para dentro, meio para fora da porta da abadia.

Toc, toc, toc. O mais débil dos sussurros.

— Kitty... me ajude...

Não podia ser. *Não podia.* Ela fez menção de sair para os claustros; parou.

— Kitty... por favor... — A voz era fraca, os passos, vacilantes.

Ela fechou os olhos com força; soltou um suspiro, longo, fundo, deslizou para dentro novamente.

Alguém arrastava os pés no meio da nave, batendo de forma hesitante com a bengala. Estava escuro demais para distinguir a figura; parecia confusa, desorientada, movendo-se para um lado e outro, tossindo fracamente e chamando seu nome. Kitty a observou de trás de uma coluna, retrocedendo sempre que ela parecia virar-se em sua direção. Pelo que podia ver, a figura tinha o aspecto exato, o tamanho exato dele; movia-se da forma correta. A voz também soava familiar, mas, a despeito de tudo isso, seu coração a inquietava. A coisa estava tentando armar-lhe uma cilada, com certeza. Ainda assim, ela não podia simplesmente se virar e correr, e nunca saber ao certo se havia deixado o sr. Pennyfeather ali, sozinho e ainda vivo.

Precisara da lanterna.

O exíguo facho de luz ainda brilhava inutilmente contra o próximo pilar, a lanterna de Anne situada exatamente onde caíra. Kitty esperou até que a figura coxa houvesse avançado um pouco mais ao longo da nave, então rastejou para frente com cautela felina, ajoelhou-se e pegou a lanterna. Apagou-a e recuou para dentro da escuridão.

A figura pareceu ter pressentido o movimento. No meio da nave, ela girou, emitindo um trêmulo suspiro.

— Tem... alguém aí?

Escondida atrás do pilar, Kitty não fez ruído algum.

— Por favor... ele logo vai me encontrar. — Os golpes recomeçaram Aproximavam-se uniformemente.

Kitty mordeu o lábio. Ela sairia rápido, lanterna acesa; daria uma olhada, correria. Mas o medo a enrijecia, seus membros recusavam-se a se mover.

Toc, toc... então, com um ruído oco, ela ouviu a bengala cair sobre as pedras, seguida do impacto abafado de um corpo desabando no chão.

Kitty tomou uma decisão. Prendendo a lanterna entre os dentes, puxou algo pequeno do bolso da calça: o pendente de prata de vovó Hyrnek, frio e pesado em sua mão. Segurou a lanterna mais uma vez e saiu de trás da coluna. Acendeu o facho de luz.

Bem ao lado dela, o esqueleto apoiava-se despreocupadamente contra o pilar, mão no quadril, máscara dourada cintilando.

— Surpresa — disse ele. E saltou sobre a garota.

Com um grito, Kitty caiu para trás, largando a lanterna e estendendo o pendente de prata na escuridão crescente. Uma agitação no ar, um ranger de ossos, um grito rouco.

— *Isso* agora não é justo. — A forma parou bruscamente. Pela primeira vez, Kitty vislumbrou seus olhos: dois pontos vermelhos brilhantes chamejando de irritação.

Kitty recuou, ainda segurando o pendente de prata diante de si. Os dois olhos avançaram junto com ela, mantendo o passo, mas girando e desviando-se na escuridão, à medida que ela balançava o pendente de um lado para o outro.

— Solte *isso*, garotinha — disse o esqueleto em tom de grande irritação. — Está me queimando. Deve ser de boa qualidade, já que é tão pequeno.

— Para trás — grunhiu Kitty. Em algum ponto às suas costas achava-se a porta do claustro.

— Agora, existe *alguma* chance de que eu faça isso? Estou cumprindo um dever, sabe? Na verdade, dois. Proteger os bens de Gladstone, antes de tudo. Verificando. Bom trabalho, Honorius. Nenhum problema aí. Segundo, destruir todos os invasores da tumba. Pontuação até agora? Dez a doze. Nada mal, mas pode melhorar. E *você*, garotinha, *é o número onze*.

Ele deu uma súbita arremetida; Kitty pressentiu os dedos ossudos rasgando a escuridão; com um grito, esquivou-se rapidamente, ergueu o pendente. Houve um breve redemoinho de fagulhas verdes e um uivo animal.

— Uau! Maldita! Largue isso! Agora, existe *alguma* chance de que eu faça isso? — Kitty sentiu uma brisa fresca atrás de si, recuou mais dois passos e quase colidiu com a porta aberta. Contornou-a devagar, desceu o degrau para o claustro.

O esqueleto era uma forma escura e encurvada na passagem arqueada. Ele agitou um punho.

— Eu devia ter trazido minha espada, Kitty — disse. — Estou quase voltando e indo buscar... — Então ele se enrijeceu e levantou a cabeça. Algo captara sua atenção.

Kitty recuava sem parar ao longo do corredor.

— As estrelas... Eu havia me esquecido completamente. — A figura sob o arco deu um súbito salto e pôs-se de pé sobre uma saliência, olhando para cima, na direção do céu. — Tantas... tão brilhantes e de um azul perolado. — Mesmo da extremidade mais afastada do claustro, a vários metros de distância e recuando rápido, Kitty podia ouvi-lo farejando o ar, resmungando consigo mesmo e soltando gritinhos de fascinação e deleite. Parecia ter esquecido completamente a existência da garota.

— Nenhuma pedra. Nenhum verme. Que diferença isso faria! Nada de mofo, nada daquele silêncio sepulcral empoeirado. Nada daquilo. Tantas estrelas... E tanto espaço...

Kitty contornou a curva e deu uma arrancada na direção da porta do claustro.

Parte Quatro

Nathaniel

32

A limusine de Nathaniel seguia em disparada pelos subúrbios distantes do sul de Londres, uma região de indústria pesada, de construções de tijolos e fábricas de alquimistas, onde uma leve névoa vermelha pairava permanentemente ao redor das casas e resplandecia de forma maligna ao sol poente. Para maior velocidade e conveniência, a autoestrada do aeroporto que servia aos magos fora construída sobre aterros e viadutos acima do labirinto de favelas poluídas. A estrada era pouco utilizada, e não havia nada ao seu redor além de telhados; por vezes o carro parecia deslizar sozinho através de um mar de ondas avermelhadas e sujas. Nathaniel contemplou esse imenso espaço, mergulhado em pensamentos.

O motorista era o tipo taciturno habitual, e, apesar das melhores tentativas de Nathaniel, pouco revelara sobre a catástrofe da noite anterior.

— Eu mesmo não sei muito a respeito, senhor — disse ele. — Mas havia uma multidão reunida na rua diante do meu apartamento esta manhã. Um bocado de pânico entre os plebeus, senhor. Eles estavam muito assustados. Um alvoroço.

Nathaniel se inclinou para frente.

— Que tipo de alvoroço?

— Acredito que um monstro esteja envolvido, senhor.

— Um monstro? Você pode ser mais específico? Um homem imenso de pedra, envolto em escuridão?

— Não sei, senhor. Logo estaremos na abadia. Os ministros vão se reunir lá.

Na Abadia de Westminster? Com grande desagrado, Nathaniel voltou a se acomodar no assento e tranqüilizou-se para esperar. Tudo se esclareceria no devido tempo. Muito provavelmente, o golem havia atacado outra vez, caso, em que, seu relato dos acontecimentos em Praga seria ansiosamente aguardado. Repassou tudo o que sabia, tentando parecer lógico, pesando os sucessos e as derrotas na tentativa de ver se saíra com crédito. No final das contas, a coisa estava apertada.

Como crédito, ele desfechara um golpe claro contra o inimigo: com a ajuda de Arlequim, descobrira a fonte dos pergaminhos do golem e a destruíra. Inteirara-se do envolvimento do terrível mercenário barbado e, por trás dele, de outra figura obscura que, se é que era possível crer no mercenário, também estivera envolvida na conspiração de Lovelace dois anos antes. A existência de tal traidor era uma informação importante. Em contrapartida, Nathaniel não descobrira a identidade do traidor. Claro, era difícil ver como ele poderia ter feito isso, uma vez que nem mesmo o desgraçado Kavka sabia seu nome.

Aqui, Nathaniel remexeu-se com nervosismo no banco, lembrando-se de sua impulsiva promessa ao velho mago. Os espiões tchecos, filhos de Kavka, estavam — aparentemente — ainda vivos em alguma prisão britânica. Se assim fosse, seria muito difícil obter sua liberação. Mas que importância tinha isso? Kavka estava morto! Não importava para *ele* agora, de uma forma ou de outra. A promessa podia ser tranqüilamente esquecida. Apesar dessa lógica bem delineada, Nathaniel achou difícil afastar o problema da mente. Balançou a cabeça irritado e voltou a questões mais importantes.

A identidade do traidor era um mistério, mas o mercenário fornecera a Nathaniel uma pista importante. Seu empregador *sabia* que Nathaniel fora a Praga e instruíra o mercenário a entrar em ação. Mas a missão de

Nathaniel fora quase espontânea e mantida em muito sigilo. Dificilmente alguém se inteirara do fato.

Quem, na verdade, *havia tomado conhecimento*? Nathaniel podia contar nos dedos de uma das mãos. Ele mesmo; Whitwell, claro — fora ela a primeira a mandá-lo para lá; Julius Tallow — ele estivera presente à reunião. Depois, havia o segundo-secretário do Ministério das Relações Exteriores, que tinha dado as instruções prévias a Nathaniel antes do vôo — Whitwell lhe pedira para preparar os mapas e documentos. E era isso. A não ser... espere aí... uma leve incerteza importunou Nathaniel. O encontro com Jane Farrar no vestíbulo, quando ela usara o Encanto... Será que havia deixado algo escapar ali? Estava muito difícil de lembrar; o feitiço dela nublara-lhe um pouco a mente... Não tinha remédio. Ele não conseguia lembrar.

Ainda assim, a gama de suspeitos era consideravelmente pequena. Nathaniel mordeu o canto de uma unha. Precisaria ser cuidadoso dali por diante. O mercenário também dissera algo mais: seu empregador possuía vários servidores. Se o traidor se achava tão próximo quanto Nathaniel agora supunha, precisava ter muito cuidado. Alguém entre os poderosos estava operando o golem em segredo, dirigindo-o através do olho mágico. Eles não iriam querer que Nathaniel avançasse em suas investigações. Poderiam muito bem ocorrer atentados contra sua vida. Era preciso que Bartimaeus ficasse colado com ele.

Apesar dessas preocupações, Nathaniel sentia-se suficientemente satisfeito consigo mesmo quando os viadutos acabaram e o carro se aproximou do centro de Londres. No final das contas, impedira que um segundo golem fosse liberado na capital, e por isso certamente receberia o justo louvor. Investigações seriam realizadas e o traidor descoberto. A primeira coisa a fazer era informar Whitwell e Devereaux. Sem dúvida, eles abandonariam tudo e reagiriam.

Esta feliz certeza começou a declinar um pouco antes mesmo que o carro entrasse em Westminster Green. Aproximando-se do Tâmisa, Nathaniel começou a notar certos fatos inusitados: focos de plebeus na rua, conversando muito; aqui e ali, o que pareciam escombros — chaminés partidas, blocos de alvenaria e vidro quebrado. A própria Ponte de Westminster achava-se atravessada por um cordão de isolamento da Polícia Noturna, os guardas verificando os documentos do motorista antes de permitir que passasse. Quando cruzaram o rio, Nathaniel viu uma fumaça densa erguendo-se de um escritório rio abaixo: o mostrador de um relógio na lateral do prédio havia sido destruído, os ponteiros arrancados e cravados nas paredes. Outros grupos de curiosos perambulavam pelo aterro, em evidente desatenção às leis contra vagabundagem.

O carro passou rapidamente pelas Casas do Parlamento e subiu em direção ao grande vulto cinzento da Abadia de Westminster, onde os últimos vestígios de tranqüilidade de Nathaniel reduziram-se a nada. A grama na extremidade oeste estava coberta de veículos oficiais — ambulâncias, vans da Polícia Noturna, uma série de limusines resplandecentes. Entre elas, havia uma com o estandarte dourado de Devereaux tremulando acima do capô. O primeiro-ministro em pessoa estava ali.

Nathaniel saltou e, mostrando rapidamente sua identidade para os guardas na porta, entrou na igreja. Lá dentro, a atividade era intensa. Magos do Departamento de Assuntos Internos enxameavam pela nave com demônios de serviço, medindo, registrando, rastreando a construção de pedra em busca de informação. Dúzias de oficiais da Segurança e policiais noturnos vestindo uma capa cinza os acompanhavam; o ar zumbia de conversas sussurradas.

Uma mulher do Departamento de Assuntos Internos reparou nele, gesticulou com o polegar.

— Eles estão no transepto norte, Mandrake, perto da tumba. Whitwell está esperando.

Nathaniel olhou para ela.

— Que tumba?

Os olhos da mulher ardiam de desprezo.

— Ah, você vai ver. Você vai ver.

Nathaniel percorreu a nave, o sobretudo preto balançando frouxo atrás de si. Um grande temor tomou conta dele. Um ou dois policiais noturnos estavam de guarda ao lado de uma bengala quebrada pousada nos ladrilhos; eles riram abertamente quando o garoto passou.

Nathaniel saiu no transepto norte, onde estátuas dos grandes magos do Império agrupavam-se em um amontoado de mármore e alabastro. Havia estado ali muitas vezes, para olhar com deferência o rosto dos sábios; portanto, foi com certa comoção que percebeu que metade das estátuas se achava desfigurada: cabeças haviam sido arrancadas e recolocadas de trás para frente, membros removidos; um feiticeiro com um chapéu particularmente generoso fora até mesmo virado de cabeça para baixo. Era um assombroso ato de vandalismo.

Magos de terno preto amontoavam-se por todo lado, realizando testes e rabiscando anotações. Nathaniel perambulou no meio deles aturdido, até chegar a um espaço aberto onde, sentados em um círculo de cadeiras, o sr. Devereaux e seus mais graduados ministros achavam-se reunidos. Estavam todos presentes: o volumoso e pensativo Duvall, a pequena Malbindi, o tedioso Mortensen, o corpulento Fry. Jessica Whitwell também estava presente, olhando de cara feia para o vazio, braços cruzados. Em uma cadeira ligeiramente afastada dos demais, acomodava-se o amigo e confidente do sr. Devereaux, o dramaturgo Quentin Makepeace, com o rosto bem-humorado grave e ansioso. Todos se achavam em silêncio, contemplando uma grande esfera luminosa que pairava a vários centímetros dos ladrilhos do piso. Nathaniel percebeu de imediato que era o globo de observação de uma esfera de vigilância; no momento, retratava o que parecia ser uma vista aérea parcial de Londres. A distância, e bastante fora de foco, uma pequena figura saltava de um telhado a outro. Pequenas explosões verdes brotavam onde ela pousava. Nathaniel franziu as sobrancelhas, aproximou-se para ver melhor...

— Quer dizer que você voltou de sua caça às sombras? — Dedos amarelados agarraram a manga da camisa de Nathaniel; Julius Tallow estava de pé ao lado dele, o nariz pontudo destacando-se, feições dispostas em uma expressão de desgosto. — Já era hora. Isso aqui virou um pandemônio.

Nathaniel libertou-se.

— O que está acontecendo?

— Você descobriu o misterioso gênio por trás do golem? — A voz de Tallow destilava sarcasmo.

— Bem, não, mas...

— Surpreendente. Pode ser que lhe interesse saber, Mandrake, que enquanto você estava vagabundeando no exterior, a Resistência atacou outra vez. Não um golem misterioso, não um misterioso traidor manejando poderes esquecidos, mas a mesma Resistência humana com a qual você tem fracassado todo esse tempo em lidar. Não satisfeitos em destruir metade do Museu Britânico na outra noite, eles agora arrombaram a tumba de Gladstone e libertaram um de seus afritos. O qual, como você pode ver, está agora alegremente à solta pela cidade.

Nathaniel piscou, tentou entender tudo aquilo.

— A Resistência fez isso? Como o senhor sabe?

— Porque encontramos os corpos. Não havia nenhum golem gigante de argila envolvido, Mandrake. Pode desistir dessa idéia agora. E logo estaremos fora de nossas funções. Duvall...

Tallow hesitou. A mestra de Nathaniel, Jessica Whitwell, saíra de seu lugar e encaminhava-se, magra e imponente, na direção dele. Nathaniel limpou a garganta.

— Senhora, preciso falar urgentemente com a senhora. Em Praga...

— Eu *o* culpo por isso, Mandrake. — Avançou para ele, os olhos chispando de fúria. — Graças ao fato de você ter me distraído com as mentiras de seu demônio, parecemos mais incompetentes do que nunca! Vocês me fizeram parecer uma boba e perdi a proteção do primeiro-ministro. Duvall ganhou o controle do meu departamento de Segurança esta manhã. Também foi encarregado das operações anti-Resistência.

— Senhora, sinto muito, mas escute, por favor...

— Sente muito? Tarde demais, Mandrake. A catástrofe do Museu Britânico já foi ruim o bastante, mas *isto* foi a última gota. Duvall simplesmente conseguiu o que queria. Seus brutamontes estão por toda parte agora e ele...

— Senhora! — Nathaniel não conseguiu mais se conter. — Localizei o mago tcheco que criou o pergaminho do golem. Ele estava confeccionando um segundo... para um traidor em nosso governo! — Ele ignorou as manifestações de incredulidade de Tallow.

A sra. Whitwell o avaliou.

— Quem é o traidor?

— Ainda não sei.

— Você tem provas dessa sua história? O pergaminho, por exemplo?

— Não. Foi tudo destruído, mas acho...

— Então — disse a sra. Whitwell com esmagadora determinação — de nada adianta para mim, e tampouco para *você*. Londres está em alvoroço, Mandrake, e é preciso encontrar um bode expiatório. Pretendo me afastar de você... e se o sr. Tallow tiver algum juízo, vai fazer o mesmo.

Ela girou nos calcanhares e marchou de volta para a cadeira. Tallow a seguiu, forçando um sorriso para Nathaniel por cima do ombro. Após um momento de hesitação, Nathaniel deu de ombros e se aproximou da esfera de vigilância que girava. O semi-afrito que transmitia a imagem estava tentando se aproximar da figura saltitante sobre os telhados. A imagem foi aproximada. Nathaniel avistou um terno preto, cabelos brancos, um rosto dourado... Então, rápida como um raio, uma luz verde foi disparada da figura: com um *flash* esmeralda, a esfera se apagou.

O sr. Devereaux suspirou.

— Lá se foi a terceira esfera. Logo vamos ficar sem nenhuma. Certo... algum comentário ou informação?

O sr. Mortensen, ministro do Interior, ficou de pé e ajeitou uma mecha de cabelo oleoso no alto do couro cabeludo.

— Senhor, precisamos agir contra esse demônio imediatamente. Se não agirmos, o nome de Gladstone será arrastado na lama! Ele não é nosso maior líder? A quem devemos nossa prosperidade, nosso domínio, nossa autoconfiança? E agora, o que é ele? Nada mais que um saco de ossos sanguinário saltitando através de nossa capital, produzindo um alvoroço em seu rastro! Os plebeus não vão demorar a perceber isso, nem nossos inimigos no estrangeiro. Digo que...

Marmeduke Fry, o ministro do Exterior, pronunciou-se.

— Tivemos várias ocorrências de pânico coletivo, que nenhuma medida violenta da polícia de Duvall foi capaz de evitar. — Ele lançou um olhar dissimulado ao chefe de Polícia, que grunhiu irritado.

— A criatura está evidentemente louca — acrescentou a ministra da Informação, srta. Malbindi — e, como diz Mortensen, isso se soma à dificuldade da situação. Temos o cadáver de nosso Fundador dando cambalhotas em cima dos telhados, balançando-se em mastros, dançando no meio de Whitehall e, se nossas fontes são confiáveis, dando repetidos saltos mortais pelo mercado de peixe. A coisa também insiste em matar pessoas, aparentemente ao acaso. Tenta conseguir rapazes e moças; principalmente plebeus, mas também pessoas influentes. Ela afirma que está procurando pelas "duas últimas", o que quer que isto signifique.

— Os dois últimos sobreviventes do assalto — disse o sr. Fry. — Isso é bastante óbvio. E um deles está com o Cajado. Mas nosso problema imediato é que os plebeus sabem de quem é o cadáver que estão vendo.

Das margens do grupo chegou a voz glacial de Jessica Whitwell.

— Deixem-me esclarecer isso — disse ela. — Esses *são* realmente os ossos de Gladstone? Não é só um disfarce?

A srta. Malbindi ergueu duas sobrancelhas impertinentes.

— São os ossos dele com certeza. Entramos na tumba e o sarcófago estava vazio. Há um bocado de corpos lá dentro, acredite-me, mas nosso Fundador sumiu completamente.

— Estranho, não? — O sr. Makepeace manifestou-se pela primeira vez. — O afrito guardião confinou sua própria essência dentro dos ossos. Por quê? Quem sabe?

— O *porquê* não importa. — O sr. Devereaux exprimiu-se com uma formalidade opressiva, lançando o punho contra a palma da mão em concha. — Nossa prioridade deve ser nos livrarmos dele. Até que seja destruído, a dignidade de nosso Estado está irremediavelmente comprometida. Quero a criatura morta e os ossos de volta à terra. Todos os ministros graduados devem colocar um demônio no caso a partir desta tarde. O que significa todos *vocês*. Os ministros menores falharam visivelmente até agora. Essa coisa *é* Gladstone, afinal de contas; ela tem algum poder. Enquanto isso, existe a questão do Cajado a ser levada em conta.

— É verdade — disse o sr. Fry. — No frigir dos ovos, isso é muito mais importante. Com as guerras americanas se aproximando...

— Não se pode permitir que caia em mãos inimigas. Se o tchecos se apoderarem dele...

— Perfeitamente. — Houve um breve silêncio.

— Perdão. — Nathaniel vinha ouvindo tudo com um silencioso respeito, mas naquele momento sua frustração levou a melhor. — É do Cajado de Cerimônia de Gladstone que estamos falando? O que ele usou para destruir Praga?

O sr. Devereaux olhou para ele friamente.

— Fico satisfeito que você tenha por fim se dignado a juntar-se a nós, Mandrake. É, é o mesmo Cajado.

— Então, se suas palavras de comando forem controladas, podemos aproveitar suas energias para novas campanhas?

— Nós... ou nossos inimigos. Neste instante seu paradeiro é desconhecido.

— Temos certeza disso? — perguntou Helen Malbindi. — O... esqueleto, ou afrito, ou o que quer que seja... ele não está com o Cajado?

— Não. Está carregando uma sacola nas costas... que suspeitamos contenha a maior parte dos tesouros de Gladstone. Mas o Cajado em si desapareceu. Um dos ladrões do túmulo deve estar com ele.

— Fechei os portos e os aeroportos — disse o sr. Mortensen. — Esferas estão de guarda ao longo da costa.

— Perdão — perguntou Nathaniel. — Mas se o Cajado *sempre* esteve na abadia, por que não o utilizamos antes?

Vários dos magos moveram-se em seu assento. Os olhos do sr. Duvall faiscaram.

— Isto deveria ser uma reunião de veteranos do Conselho, não uma creche. Sugiro, Rupert, que esse imbecil seja retirado daqui.

— Um momento, Henry. — O sr. Devereaux parecia tão irritado quanto seus ministros, mas ainda assim falou com cortesia. — O garoto tem razão. O motivo, Mandrake — disse ele —, é o medo de um desastre como este. Em seu leito de morte, Gladstone jurou vingança contra quem quer que perturbasse sua tumba, e nós todos sabemos que sua autoridade não era facilmente transgredida. Não se sabia exatamente que feitiços ele forjou ou que demônios empregou, mas...

— Fiz uma pequena pesquisa a respeito do assunto — disse Quentin Makepeace, interrompendo com um sorriso espontâneo. — Gladstone sempre me interessou. No funeral, a tumba foi lacrada com uma Pestilência em seu interior... um numerozinho poderoso, embora nada que não pudesse ser facilmente contornado. Mas o próprio Gladstone havia feito arranjos para o seu sarcófago; fontes da época dizem que a aura de magia que emanava de seu corpo matou vários demônios que oficiavam a cerimônia com as velas. Como se isso não fosse advertência suficiente, não muito depois da morte dele, vários magos em seu governo ignoraram suas proibições e partiram para recuperar o Cajado. Eles congelaram a Pestilência e desceram até a tumba: e nunca mais foram vistos. Cúmplices esperando do lado de fora ouviram algo fechar a porta por dentro. Ninguém desde então foi imprudente o bastante para testar as defesas do nobre velho. Até a noite passada.

— O senhor acredita que a Resistência tenha feito isso? — perguntou Nathaniel. — Se restam corpos, eles devem fornecer algumas pistas. Eu gostaria...

— Desculpe, Mandrake — disse Duvall. — Isso não é mais trabalho seu. A polícia está encarregada agora. Basta dizer que meus soldados vão realizar as investigações. — O chefe de polícia virou-se para o primeiro-ministro. — Acho que este é o momento, Rupert, para que sejam ditas algumas palavras duras. Este garoto, Mandrake, deveria estar atrás da Resistência. Agora a Abadia de Westminster, o local de descanso dos grandes, foi saqueada e a tumba de Gladstone profanada. O Cajado foi roubado. E o garoto não fez nada.

O sr. Devereaux olhou para Nathaniel.

— Você tem alguma coisa a dizer?

Por um momento, Nathaniel considerou a possibilidade de relatar os acontecimentos em Praga, mas sabia que seria inútil. Não tinha prova nenhuma. Além disso, era mais do que provável que o traidor estivesse sentado bem ali, observando-o. Ele aguardaria sua chance.

— Não, senhor.

— Estou decepcionado, Mandrake, profundamente decepcionado. — O primeiro-ministro afastou-se. — Senhoras e senhores — disse —, precisamos localizar os membros restantes da Resistência e recuperar o Cajado. Quem quer que tenha êxito será bem recompensado. Primeiro, precisamos destruir o esqueleto. Reúnam seus melhores magos em — ele olhou de relance para o relógio — duas horas. Quero tudo resolvido. Ficou claro? — Houve um suave murmúrio de assentimento. — Então o Conselho está suspenso.

O bando de ministros retirou-se da abadia, a sra. Whitwell e Tallow ocupando ansiosamente a retaguarda. Nathaniel não fez qualquer movimento para segui-los. "Muito bem", pensou, "também vou me afastar de vocês. Vou realizar investigações por minha própria conta."

Uma maga do escalão inferior estava sentada em um banco na nave, consultando seu caderno. Nathaniel endireitou os ombros e aproximou-se com toda a arrogância que conseguiu reunir.

— Olá, Fennel — disse bruscamente. — Um mau negócio, este.

A mulher pareceu assustada.

— Ah, sr. Mandrake. Eu não sabia que o senhor ainda estava no caso. Sim, um mau negócio.

Ele inclinou a cabeça para trás, na direção da tumba.

— Descobriu alguma coisa sobre eles?

Ela deu de ombros.

— Pode ser. Os documentos no bolso do velho o identificam como um tal de Terence Pennyfeather. Possuía uma loja de suprimentos para artistas em Southwark. Os outros eram muito mais jovens. Devem ter trabalhado com ele na loja. Ainda não sei seus nomes. Estava justamente indo até Southwark para consultar os registros dele.

Nathaniel olhou de relance para o relógio. Duas horas até a convocação. Ele tinha tempo.

— Vou com você. Uma coisa, entretanto... — Hesitou, o coração batendo um pouco mais rápido. — Voltando à cripta... havia uma garota entre eles... magra, de cabelos pretos e lisos?

Fennel franziu as sobrancelhas.

— Não entre os corpos que eu vi.

— Certo. Certo. Bem, então vamos?

Corpulentos agentes da Polícia Noturna estava parados do lado de fora da Suprimentos Artísticos Pennyfeather, e magos de vários departamentos vasculhavam diligentemente o interior. Nathaniel e Fennel mostraram seus passes e entraram. Ignoraram a busca a artefatos roubados que prosseguia ao redor deles e, em vez disso, começaram a examinar uma pilha de livros comerciais encontrados atrás do balcão. Em alguns minutos, Fennel havia descoberto uma lista de nomes.

— É uma lista de pagamento dos empregados — disse ela. — De dois meses atrás. Devem todos fazer parte da Resistência. Nenhum deles estava aqui hoje.

— Vamos dar uma olhada. — Nathaniel a examinou rapidamente. *Anne Stephens*, *Kathleen Jones*, *Nicholas Drew*... Aqueles nomes não significavam nada para ele. Espere... *Stanley Hake* e *Frederick Weaver*. Fred e Stanley, claro como o dia. Ele estava no caminho certo, mas ali não havia sinais de uma Kitty. Virou para a página dos pagamentos do mês seguinte. A mesma coisa. Devolveu o livro a Fennel, tamborilando com os dedos no balcão de vidro.

— Eis outro, senhor.

— Não perca tempo. Já vi... *Espere.* — Nathaniel quase arrancou o papel das mãos de Fennel, olhou de perto, piscou, olhou novamente. Ali estava... a mesma lista, com uma única diferença: *Anne Stephens*, *Kitty Jones*, *Nicholas Drew*... Não havia dúvida: Kitty Jones e Kathleen Jones eram uma e a mesma pessoa.

Durante seus muitos meses de busca, Nathaniel havia procurado nos registros oficiais por evidências de uma Kitty e nada encontrara. Agora estava claro que estivera procurando pelo nome errado durante todo o tempo.

— O senhor está bem, sr. Mandrake? — Fennel o encarava com ar ansioso.

Tudo entrou em foco novamente.

— Sim, sim, estou bem. É só... — Sorriu para ela, ajustou um dos punhos da camisa. — Acho que tive uma boa idéia.

Bartimaeus

33

Era a maior invocação conjunta em que eu já estivera envolvido desde os memoráveis dias de Praga. Quarenta djins materializando-se mais ou menos ao mesmo tempo em uma vasta câmara construída para esse fim nas entranhas de Whitehall. Como todas as coisas desse tipo, aquele era um negócio confuso, apesar dos melhores esforços dos magos. *Estes* se alinhavam em ordenadas fileiras de pentagramas idênticos, vestindo os mesmos ternos pretos e dizendo seus encantamentos baixinho, enquanto os secretários de serviço escreviam-lhes os nomes em mesas laterais. Nós, djins, é claro, estávamos menos preocupados com o decoro regulamentar: chegamos em quarenta disfarces completamente diferentes, apregoando nossa individualidade através de chifres, caudas, aros brilhantes, espinhos e tentáculos; em cores que abrangiam do negro-obsidiana ao delicado amarelo-dente-de-leão; em um zoológico de gritos e gorjeios; com uma magnífica variação de odores e maus-cheiros sulfurosos. Como resultado do mais absoluto tédio, eu havia me transformado em um de meus velhos favoritos, uma serpente alada com plumas prateadas dobrando-se atrás de minha cabeça.[1] A minha direita havia uma espécie de coisa-

[1]Isso costumava colocar a casa abaixo em Yucatán, onde se viam os sacerdotes despencando pelos degraus da pirâmide ou mergulhando em lagos infestados de jacarés para escapar de meu vaivém hipnótico. Não teve exatamente o mesmo efeito no garoto aqui. Em resposta a minha ameaça ondulante, ele bocejou, palitou os dentes com um dedo e começou a rabiscar em um bloco de notas. Sou eu, ou as crianças de hoje simplesmente já viram de tudo?

pássaro com pernas de pau, a minha esquerda, um estranho miasma de fumaça verde-azulada. Depois dele, havia uma águia acorrentada e, para além dela — esse mais desconcertante do que ameaçador —, via-se um atarracado e imóvel escabelo.* Todos nós olhamos para nossos mestres, aguardando nossas ordens.

O garoto mal prestou atenção em mim; estava ocupado demais escrevendo algumas anotações.

— Ahã. — A serpente de plumas prateadas tossiu com educação. — *A-hã*. — Ainda nenhuma reação. Aquilo não era grosseiro? Você convoca alguém, e então não lhe dá importância. Tossi um pouco mais alto. — *A-thaniel*.

Isso provocou uma reação. A cabeça do garoto ergueu-se de um salto e girou para um lado e outro.

— Cale a *boca* — sibilou ele. — Alguém poderia ter ouvido.

— O que *é* tudo isto? — perguntei. — Pensei que tivéssemos um negócio particular. Agora qualquer pessoa e seus demônios estão se envolvendo.

— É de máxima prioridade. Temos um demônio louco às soltas. Precisamos fazer com que seja destruído.

— Ele não será a única coisa louca nas redondezas se vocês deixarem este lote partir. — Chicoteei minha língua para o lado esquerdo. — Dê uma olhada naquele lá no final. Ele assumiu a forma de um escabelo. Estranho... mas de certo modo gosto do estilo dele.

— Aquilo *é* um escabelo. Ninguém está usando o pentagrama. Agora ouça. As coisas estão acontecendo rápido. A Resistência arrombou a tumba de Gladstone e libertou o guardião de seus tesouros. Ele está à solta em Londres, causando um pandemônio. Você vai reconhecê-lo pelos ossos mofados e pelo cheiro comum de decomposição. O primeiro-ministro quer que ele suma; é por isso que este grupo está sendo reunido.

---

*Banquinho de descanso para os pés. (*N. da T.*)

— *Todos nós*? Essa coisa deve ser potente. É um afrito?[2]

— É, nós achamos que é. Poderoso... e constrangedor. Foi visto pela última vez girando a pélvis de Gladstone no desfile da Polícia Montada. Mas escute, quero que você faça mais uma coisa. Se encontrar o dem... o afrito, veja se consegue alguma informação a respeito da Resistência, especialmente sobre uma garota chamada Kitty. Acho que ela deve ter fugido com um cajado valioso. A criatura pode ser capaz de dar uma descrição.

— Kitty... — A língua da serpente movia-se para frente e para trás pensativamente. Uma garota da Resistência com esse nome já havia cruzado nossos caminhos. Se eu me lembrava corretamente, ela era um espécime mal-humorado, com calças grandes demais... Bem, depois de vários anos, seu mau humor evidentemente não a havia decepcionado.[3] Lembrei-me de algo mais. — Não foi ela que roubou seu espelho mágico?

Ele fez sua cara de buldogue-que-sentou-num-espeto.

— É possível.

— E agora ela roubou o Cajado de Gladstone... Isso é que é subir na vida.

— Não havia nada de errado com o espelho mágico.

— Não, mas você vai admitir que ele nunca devastaria a Europa. Aquele Cajado é uma produção tenebrosa. E você está dizendo que ele esteve na tumba de Gladstone esse tempo todo?

— Aparentemente. — O garoto relanceou os olhos com cuidado ao redor, mas todos os magos nas proximidades estavam ocupados transmitindo ordens a seus servidores, gritando sobre a balbúrdia geral. Ele se

---

[2]Eu tivera alguns contatos mais estreitos com os afritos de Gladstone durante sua guerra de conquista e era justo dizer que não ansiava por mais um. Em geral, eles eram um lote espinhoso, que se tornava impaciente e agressivo com o tratamento desagradável. É claro que, mesmo que aquele afrito houvesse começado com a afetuosa personalidade de uma garota gentil (pouco provável), ela não teria sido aprimorada por um século de inumação em uma tumba.

[3]Eu não tinha nenhuma informação a respeito das calças até o momento.

inclinou com ar conspirador. — É ridículo! — sussurrou. — Todos sempre estiveram apavorados demais para abrir a tumba. E agora um bando de plebeus fez de bobo todo o governo. Mas pretendo encontrar a garota e corrigir isso.

Movimentei minha capa.

— Você poderia simplesmente lhe desejar boa sorte e deixá-la em paz.

— E permitir que ela venda o Cajado para o melhor comprador? Não me faça rir! — Meu mestre inclinou-se mais. — Acho que consigo capturá-la. E quando eu fizer... bem, li um bocado a respeito do Cajado. É poderoso, claro, mas suas Palavras de Comando eram absolutamente simples. É necessário um mago forte para controlá-lo, mas nas mãos certas... quem sabe o que ele poderia conseguir? — Ele endireitou-se com impaciência. — Por que a demora aqui? Eles deveriam estar dando a ordem geral de debandar. Tenho coisas mais importantes a fazer.

— Eles estão esperando a Margarida ali no canto terminar seu feitiço.

— Quem? *Tallow*? O que aquele idiota está inventando? Por que ele simplesmente não invoca sua coisa-macaco verde?

— A julgar pela quantidade de incenso que empregou e pelo tamanho do livro que está segurando, ele está metido em alguma coisa grande.

O garoto grunhiu.

— Está tentando impressionar todo mundo com um demônio de alto nível, acho. Típico. Ele faria *qualquer coisa* para manter a preferência de Whitwell.

A serpente alada recuou violentamente.

— Uau, aí!

— Qual é o problema agora?

— Foi a sua cara! Por um momento você teve um olhar de desprezo realmente desagradável. Foi horrível.

— Não seja ridículo. É você quem é uma cobra gigante. Tallow vem me criticando há muito tempo, só isso. — Praguejou. — Ele e todo o resto. Não posso confiar em ninguém por aqui. O que me faz lembrar... — Ele se inclinou para frente mais uma vez; a serpente abaixou sua cabeça majestosa para ouvi-lo. — Vou precisar mais do que nunca de sua proteção. Você ouviu o que o mercenário disse. Alguém no governo britânico o informou de que estávamos indo a Praga.

A serpente emplumada assentiu.

— Fico satisfeito que você tenha entendido. Eu havia percebido isso há muito tempo. A propósito, você já libertou aqueles espiões tchecos?

O rosto do garoto tornou-se sombrio.

— Dê um tempo! Tenho coisas mais urgentes em que pensar. Alguém próximo do topo está controlando o olho do golem, causando problemas aqui. Eles podem tentar me silenciar.

— Quem sabia que você estava indo a Praga? Whitwell? Tallow?

— É, e um ministro do Ministério das Relações Exteriores. Ah, e possivelmente Duvall.

— Aquele chefe de polícia cabeludo? Mas ele saiu da reunião antes...

— Eu sei que saiu, mas sua aprendiz, Jane Farrar, pode ter arrancado de mim a informação.

Era a luz, ou o garoto havia corado um pouco?

— Arrancado? Como foi isso exatamente?

Ele olhou de cara feia.

— Ela usou um Encantamento e...

Para minha grande decepção, aquela história interessante foi subitamente interrompida por um acontecimento repentino e, para os magos ali reunidos, perturbador. O mago amarelo e rechonchudo, Tallow, que estava de pé em um pentagrama no extremo da fileira seguinte, havia por fim terminado sua longa e complexa invocação, e com um flexão de seus braços rajados baixou o livro em que lia. Alguns segundos se passaram; o mago esperou, respirando com dificuldade, que seus chamamentos fossem ouvidos. De repente, uma coluna ondulante de fumaça negra começou a emanar do centro do segundo pentagrama, pequenos relâmpagos amarelos crepitando em seu cerne. Era um pouco trivial, mas muito bem-feito à sua maneira.[4]

O mago ficou vesgo com o mau pressentimento; com razão quando o ser se apresentou. A fumaça aglutinou-se em uma forma negra musculosa de cerca de dois metros de altura, terminando com quatro braços ondulantes.[5] Arrastou-se devagar pelo perímetro do pentagrama, procurando por brechas.

E, para sua evidente surpresa, encontrou uma.[6]

Os quatro braços imobilizaram-se por um momento, como se estivessem em dúvida. Então, um filete de fumaça emergiu da base da figura e perfurou a extremidade do pentagrama com uma precaução exploratória. Duas dessas perfurações foi tudo o que o ser precisou fazer. O ponto fraco foi localizado: um pequeno orifício na barreira encantatória. Instantaneamente, o pseudópode expandiu-se para frente e começou a fluir através da brecha, encolhendo-se quase a um ponto quando passou, expandindo-se novamente do outro lado. A fumaça fluía cada vez mais rápido; inchou e cresceu e tornou-se um volumoso tentáculo que se lançava avidamente em direção ao outro pentagrama, onde se achava o mago, transido de horror. As trilhas de alecrim e sorveira-brava que ele havia colocado ao redor das extremidades da coisa foram espalhadas ao vento. A fumaça inchou para o alto em torno dos sapatos do mago, rapidamente lhe envolvendo as pernas em uma grossa coluna preta. O mago fez alguns ruídos incoerentes a essa altura, porém não teve tempo para muito mais; a figura no primeiro pentagrama agora se reduzira a nada; toda a sua

[4]Vários de nós rondando por perto andáramos meio que observando com a curiosidade desprendida do conhecedor. É sempre interessante estudar o estilo uns dos outros quando se tem oportunidade, já que nunca se sabe quando é possível conseguir uma nova dica de apresentação. Em minha juventude, eu era sempre a favor de uma entrada apoteótica. Agora, em harmonia com meu temperamento, tendo mais ao sutil e ao refinado. OK, com a ocasional serpente prateada incluída.

[5]Esse disfarce sugeria que a carreira desse djim incluía um período no Hindu Kush — o conjunto de montanhas da Ásia Central. Incrível como essas influências permanecem com a gente.

[6]As palavras de uma invocação agem como reforços decisivos das runas e linhas desenhadas no chão. Criam faixas de poder invisíveis que circundam o pentagrama, produzindo nó em cima de nó, amarrando-se a si mesmas, até que se forme uma barreira intransponível. No entanto, uma única palavra minimamente fora de lugar pode produzir um defeito fatal na proteção inteira. Como Tallow estava prestes a descobrir.

essência havia passado através do orifício e envelopava a presa. Em menos de cinco segundos, o mago inteiro, terno listrado e tudo o mais, haviam sido tragados pela fumaça. Vários relâmpagos triunfantes foram emitidos perto da cabeça da coluna, então ela afundou no chão como algo sólido, levando o mago consigo.

Um instante mais tarde, ambos os pentagramas se achavam vazios, exceto por uma intrigante queimadura onde o mago estivera, e um livro carbonizado situado ao lado dela.

Por toda a câmara de invocação reinava um aturdido silêncio. Os magos permaneciam chocados, seus secretários amedrontados e afundados em seus assentos.

Então o lugar inteiro irrompeu em um alvoroço; os magos que já haviam sujeitado adequadamente seus servidores, meu mestre entre eles, saíram de seus pentagramas e reuniram-se ao redor da queimadura, rostos aflitos e dizendo coisas incoerentes. Nós, seres superiores, demos início a uma tagarelice alegre e aprovadora. Troquei alguns comentários com o miasma verde e o pássaro de perna de pau.

— Essa foi *boa*.

— Foi feito com classe.

— Aquele *sortudo*. Era possível perceber que ele mal podia acreditar naquilo.

— Bem, com que freqüência aparece uma chance como essa?

— Rarissimamente. Eu me lembro de uma vez, voltando aos tempos de Alexandria. Havia um aprendiz jovem...

— O idiota deve ter pronunciado errado uma das injunções de fechamento.

— Ou isso ou um erro de impressão. Vocês viram que ele estava lendo direto de um livro? Bem, ele disse *conligi* antes de *torqui*; eu ouvi.

— Não! Verdade? Um erro de principiante.

— Exatamente. Aconteceu o mesmo com o jovem aprendiz que mencionei; ele esperou até que seu mestre estivesse longe e então... Vocês não vão *acreditar* nisso...

— Bartimaeus, preste atenção em mim! — O garoto voltou a passos largos para o seu pentagrama, o sobretudo ondulando atrás dele. Os outros magos faziam o mesmo por todo o aposento. Surgiu entre eles um repentino senso de veemência eficiente. Os servos meus companheiros e eu encaramos nossos mestres com relutância. — Bartimaeus — disse o garoto novamente e sua voz tremia —, você deve fazer o que eu ordenei: sair pelo mundo e capturar o afrito renegado. Ordeno que volte só quando ele tiver sido destruído.

— Tudo bem, estou pronto. — A serpente emplumada o observou com algo semelhante ao divertimento. Ele estava ficando todo nervoso e burocrático comigo de repente, com montes de "ordeno" e "ordenei", o que sugeria que se achava bastante transtornado. — O que está havendo com você? — perguntei. — Você está completamente abalado. Pensei que sequer gostasse do sujeito.

Seu rosto corou.

— Cale a boca! Nem mais uma palavra! Eu sou seu mestre, como você tão freqüentemente se esquece. Você vai fazer o que eu ordenei!

Nada mais de segredos conspiradores para nós. O garoto havia voltado ao seu estilo de bater pé. Estranho o que um pequeno tranco de realidade era capaz de provocar.

Não era vantagem alguma conversar com ele em um humor como aquele. A serpente emplumada virou de costas, enroscou-se sobre si mesma e em companhia dos servos seus companheiros, desapareceu do aposento.

34

Havia muita atividade sobre os telhados de Londres naquela noite. Além dos cerca de quarenta djins de batalha como eu, que, depois de deixar a câmara de Whitehall, haviam mais ou menos espontaneamente se dispersado em todas as direções da bússola, o ar estava repleto de demônios e trasgos de vários níveis de inaptidão. Dificilmente existia uma torre ou bloco de escritórios onde não houvesse um ou dois deles emboscados no alto à espreita.

Mais abaixo, batalhões da Polícia Noturna marchavam, varrendo as ruas com certa relutância à procura de sinais do afrito traiçoeiro. Em resumo, a capital estava inundada de empregados do governo de todos os tipos. Era um espanto que o afrito não houvesse sido localizado em poucos segundos.

Gastei um pouco de tempo vagando pelo centro de Londres em forma de gárgula, sem qualquer plano definido em mente. Como sempre, minha tendência a ficar fora de situações perigosas rivalizava com meu desejo de concluir o serviço e acelerar o máximo possível minha liberação. O problema era que afritos são sem-vergonha trapaceiros: muito difíceis de matar.

Depois de algum tempo, na falta de coisa melhor para fazer, voei para o outro lado, em direção a um moderno arranha-céu pouco apetecível — um capricho de magos, construído em concreto e vidro — para falar com as sentinelas de serviço ali.

A gárgula pousou com um bailado gracioso.

— Vocês dois aí. O esqueleto passou por aqui? Falem. — Isso foi relativamente educado, dado o fato de se tratar de dois pequenos diabretes azuis, uma espécie sempre difícil.

O primeiro diabrete respondeu prontamente.

— Passou.

Esperei. Ele bateu uma continência e voltou a esfregar a cauda. A gárgula deu um suspiro cansado e tossiu forte.

— Bem, *quando* você o viu? Em que direção ele foi?

O segundo diabrete se deteve em um detalhado exame de seus dedos dos pés.

— Ele passou por aqui cerca de duas horas atrás. Não sei aonde foi. Estávamos muito ocupados nos escondendo. Ele está louco, sabe?

— Em que direção?

O diabrete refletiu.

— Bem, vocês criaturas superiores são muito repugnantes, claro, mas a maioria de vocês é previsível. Este... fala coisas estranhas. Em um minuto está feliz, no seguinte... *bem,* veja o que fez com Hibbet.

— Ele parece bastante satisfeito.

— Esse é Tibbet. Ele não pegou Tibbet. Ou a mim. O esqueleto disse que nos pegaria da próxima vez.

— Próxima vez?

— É, até agora ele já passou cinco vezes. A cada vez faz um sermão monótono, então come um de nós. Cinco engolidos, faltam dois. Vou lhe dizer, a combinação de medo e tédio é um golpe duro. Você acha que esta unha do pé está encravando?

— Não tenho nenhuma opinião a respeito desse assunto. Quando o esqueleto deve voltar?

— Em cerca de dez minutos, se mantiver a programação atual.

— *Obrigado*. Por fim... alguma informação definida. Vou esperar aqui.

A gárgula encolheu-se e minguou, tornando-se um diabrete azul apenas moderadamente menos abominável que os outros dois. Acomodei-me ao contrário deles e me sentei de pernas cruzadas sobre um parapeito com vistas para o horizonte de Londres. As chances eram de que outro djim alcançasse o afrito antes que ele voltasse, mas, se isso não acontecesse, eu precisava fazer uma tentativa. Exatamente por que motivo ele estava dando voltas pela cidade era o que qualquer um quereria saber; talvez a longa vigília na tumba houvesse debilitado sua imaginação. Fosse como fosse, havia bastante respaldo nas redondezas: eu podia ver vários outros djins circulando em algumas ruas.

Enquanto esperava, uns quantos pensamentos estéreis passaram por minha mente. Inquestionavelmente, muitas coisas curiosas estavam acontecendo em Londres, todas ao mesmo tempo. Primeira: o golem estava causando problemas, e o controlador era desconhecido. Segunda: a Resistência havia arrombado uma tumba de segurança máxima e escapara com um item valioso. Terceira, resultante direta da segunda, tínhamos um afrito desequilibrado à solta, causando dano adicional. Tudo isso trazia resultado: eu havia experimentado o medo e a confusão entre os magos durante a invocação geral. Teria sido uma coincidência? Eu achava pouco provável.

Não me parecia plausível que um grupo de plebeus houvesse obtido acesso à tumba de Gladstone completamente sozinho. Achava, em vez disso, que alguém os havia ajudado, dado a eles algumas dicas para que passassem pelas primeiras defesas e descessem até a catacumba. Então, ou essa pessoa muito útil não tinha conhecimento do guardião da tumba, ou talvez ele (ou ela) *soubesse*; em qualquer dos dois casos, eu duvidava que a garota Kitty e seus amigos tivessem muita noção do que estavam enfrentando.

Ainda assim, ela ao menos sobrevivera. E agora, enquanto os magos se atrapalhavam tentando alcançar o esqueleto ambulante de Gladstone, o temido Cajado estava à solta pelo mundo.[1] Alguém tiraria vantagem disso, e eu não achava que seria a garota.

[1]Na década de 1860, quando a saúde e o vigor extraordinários de Gladstone estavam diminuindo, o velho miserável dotou seu Cajado de considerável poder, aperfeiçoando-o para que pudesse acioná-lo com facilidade. Ele terminou por conter diversas entidades, cuja agressividade natural foi exacerbada pelo fato de serem encarceradas juntas em um único ponto do tamanho de um dedal dentro da madeira. A arma resultante talvez fosse a mais formidável desde os dias de glória do Egito. Eu a vislumbrara a distância durante as guerras de conquista de Gladstone, rasgando a noite com explosões de luz em forma de foice. Eu vira a silhueta do velho, estática, ombros erguidos, segurando o Cajado, os únicos pontos fixos em meio às parábolas dos disparos. Tudo dentro de seu campo de ação — as fortificações, os palácios, as muralhas bem construídas — o Cajado transformava em pó; até mesmo os afritos se acovardavam diante de seu poder. E agora essa Kitty o havia roubado. Eu me perguntava se ela sabia exatamente em que se metera.

Lembrei-me da inteligência desconhecida me observando através do olho do golem, enquanto a criatura tentava me matar no museu. Era possível, analisando o assunto todo com isenção, imaginar uma presença tenebrosa semelhante por trás do roubo da abadia também. A mesma pessoa? Eu achava mais do que provável.

Enquanto esperava, ocupado com uma porção de especulações astuciosas como estas,[2] examinei automaticamente os planos, atento a problemas. E então ocorreu que, em pouco tempo, no sétimo plano, vislumbrei uma irradiação informe aproximando-se através da luminosidade noturna. Deslocava-se rápido, aqui e acolá, por entre as chaminés, às vezes chamejando enquanto atravessava as sombras, às vezes desaparecendo no brilho rubro das telhas iluminadas pelo sol. Do segundo ao sexto plano, a irradiação era idêntica; não possuía forma evidente. Tudo bem, era a aura de alguma coisa — o rastro da essência de algo — mas sua forma material era impossível de distinguir. Tentei o primeiro plano e ali, privado de cor pelo sol poente, captei meu primeiro vislumbre de uma forma humana saltitante.

Lançava-se de uma cumeeira para um cata-vento com a precisão de uma cabra montesa, balançando-se no menor dos cumes, girando como um pião, depois continuando a saltar. À medida que se aproximava, comecei a ouvir gritinhos finos, como os de uma criança excitada, brotando-lhe da garganta.

Os demônios que me acompanhavam foram possuídos por uma ansiedade repentina de última hora. Pararam de morder as unhas do pé e esfregar a cauda e começaram a saltitar de um lado para outro pelo telhado, tentando se esconder um atrás do outro e encolhendo a barriga em uma tentativa de dar menos na vista.

— Uh-oh — disseram eles. — Uh-oh.

---

[2]Havia muitos outros pensamentos incrivelmente inteligentes, com os quais não vou me dar o trabalho de perturbar suas lindas cabecinhas. Vão por mim, era tudo plausível, diabolicamente plausível.

Avistei um ou dois de meus companheiros djins seguindo a figura saltitante a uma distância cuidadosa. Exatamente por que ainda não haviam atacado, não consegui compreender. Talvez logo descobrisse. O esqueleto vinha em minha direção.

Levantei-me, coloquei a cauda sobre o ombro pelo bem da ordem, e esperei. Os outros diabretes lançavam-se ao meu redor, guinchando sem cessar. Por fim, estendi um dos pés e fiz um deles tropeçar. O outro se chocou com ele e terminou por cima.

— *Quietos* — resmunguei. — Tentem mostrar um pouco de dignidade. — Eles olharam para mim em silêncio. — Assim está melhor.

— Vou dizer uma coisa... — O primeiro diabrete deu uma cotovelada no outro e apontou em minha direção. — *Ele* pode ser o próximo.

— É. A coisa deve pegar *ele* dessa vez. Podemos ser salvos!

— Atrás dele. Rápido.

— Primeiro eu! Atrás de mim!

Seguiram-se uma disputa e uma corrida tão indignas enquanto eles brigavam entre si para se esconder às minhas costas, que minha atenção nos momentos seguintes foi inteiramente ocupada em administrar uns tapas bem merecidos, cujo ruído ecoou pela cidade. No meio dessa atuação ergui os olhos; e ali, montado em um peitoril na beirada do telhado do edifício, a menos de dois metros de distância, estava o renegado afrito.

Admito que sua aparência me assustou.

Não me refiro à máscara dourada, moldada segundo os traços mortais do grande mago. Não me refiro ao cabelo fino ondulando ao sabor do vento ao seu redor. Não me refiro às mãos do esqueleto, comodamente pousadas nos quadris, nem às vértebras assomando acima da gravata, nem ao terno empoeirado do funeral pendendo frouxo sobre o esqueleto. Nada disso era particularmente excitante; eu assumira a aparência de um esqueleto dezenas de vezes — todos nós já não assumimos? Não, o que me surpreendeu foi a compreensão de que aquilo *não era uma aparência*, mas ossos verdadeiros, roupas verdadeiras e uma máscara dourada verdadeira no alto. A própria essência do afrito era completamente invisível, escondida em alguma parte dentro dos restos mortais do mago. Ele não possuía forma própria — neste ou em quaisquer dos outros planos. Eu nunca vira isso antes.[3]

No que quer que o esqueleto houvesse se metido durante do dia, fora evidentemente bastante drástico, suas roupas pareciam o que há de pior para se usar: havia um rasgo bem moderno no joelho,[4] uma marca de queimado em um dos ombros e um punho de camisa esfarrapado que parecia ter sido retalhado por garras. Meu mestre provavelmente teria pago um bom dinheiro por esse conjunto se o houvesse visto em alguma butique milanesa, mas para um afrito honrado, era um negócio de muito má qualidade. Entretanto, os ossos abaixo da roupa pareciam suficientemente íntegros: as juntas suavemente unidas, como se houvessem sido lubrificadas.

O esqueleto observou o monte de diabretes com a cabeça inclinada para o lado. Ficamos imóveis como traves, boquiabertos, congelados no meio de nossa disputa. Por fim, ele falou.

— Vocês estão se reproduzindo?

— Não — respondi. — Isso é só um pequeno arranca-rabo.

— Estou falando da quantidade. Havia dois da última vez.

— Reforços — disse eu. — Eles me chamaram para ouvir você falar. E para ser devorado, claro.

O esqueleto fez piruetas na beirada do parapeito.

— Que fascinante! — gritou alegremente. — Que elogio a minha eloqüência e lucidez! Vocês demônios são mais inteligentes do que parecem.

---

[3]É um fato simples que, para nos materializarmos no mundo humano, precisamos assumir *uma* forma ou outra, mesmo que seja apenas uma coluna de fumaça ou um fluxo de líquido. Embora alguns de nós tenhamos o poder de ficar invisíveis nos planos inferiores, no mais alto, precisamos manifestar uma aparência — isso faz parte da sujeição cruel forjada pelos magos. Uma vez que não possuímos forma definida no Outro Lugar, o esforço que isso demanda é considerável e provoca dor; quanto mais tempo permanecemos aqui, pior torna-se a dor, embora a mudança de formas possa aliviar temporariamente esses sintomas. O que *não* fazemos é "possuir" objetos materiais: quanto menos tivermos a ver com coisas terrenas melhor e, de qualquer maneira, esse procedimento é estritamente proibido segundo as cláusulas de nossa invocação.

[4]Menos moderna era a rótula ossuda sobressaindo.

Olhei de relance para Tibbet e seu amigo, ambos imóveis como traves, a boca aberta e babando. Coelhos sob faróis os teriam olhado com desprezo.

— Eu não contaria com isso — observei.

Em resposta a minha sutileza mordaz, o esqueleto soltou uma risada vibrante e ensaiou um sapateado improvisado com os braços para o alto. Cerca de cinqüenta metros adiante, demorando-se atrás de uma chaminé como dois adolescentes espertos, eu podia ver os outros djins, esperando e observando.[5] Portanto, eu calculava que tínhamos os ossos de Gladstone convenientemente cercados.

— Você parece estar bastante otimista — observei.

— E por que não deveria estar? — O esqueleto se deteve, estalando os ossos dos dedos como castanholas, a tempo para o clímax de seu sapateado final. — Estou livre! — disse ele. — Tão livre quanto posso estar! Isso é animador, sabe?

— Sei... muito bom. — O diabrete coçou a cabeça com a ponta da cauda. — Mas você ainda está no mundo — eu disse devagar. — Ao menos, é o que estou vendo aqui de onde estou sentado. Portanto não está realmente *livre*, certo? A liberdade só chega quando você quebra seu vínculo e volta para casa.

— Era o que eu *costumava* pensar — disse o esqueleto — enquanto estava em minha tumba fedorenta. Mas não mais. Olhe para mim! Posso ir aonde quiser, fazer o que desejar! Se quiser contemplar as estrelas... posso, com o contentamento de meu coração. Se quiser passear por entre as flores e as árvores... também posso. Se quiser agarrar um velho e atirá-lo de cabeça para baixo dentro do rio... sem problema também! O mundo está me chamando: *Dê um passo à frente, Honorius, e faça o que lhe agradar.* Então, diabrete, eu chamaria isso de liberdade, você não?

---

[5]Um era meu amigo da convocação em massa — o pássaro com pernas de pau. O outro tinha a forma de um orangotango barrigudo. Boas, honestas e tradicionais figuras, em outras palavras; nada de se materializar com ossos apodrecidos no que dizia respeito a eles.

Ele ensaiou um avanço ameaçador na minha direção quando disse isso, seus dedos fazendo pequenos movimentos de garras e um fulgor vermelho homicida repentinamente luzindo nos orifícios vazios atrás dos olhos da máscara dourada. Pulei rapidamente para trás, fora de seu alcance. Um instante mais tarde, a luz vermelha desbotou um pouco e o avanço do esqueleto tornou-se uma brincadeira jovial.

— Veja o pôr-do-sol! — suspirou ele, como se falasse consigo mesmo. — Como sangue e queijo fundido.

— Uma imagem deliciosa — concordei.

Sem dúvida, os diabretes estavam certos. O afrito estava muito doido. Mas doido ou não, algumas coisas ainda me desconcertavam.

— Perdão, sr. Esqueleto — declarei —, como um humilde diabrete de entendimento limitado, desejo saber se o senhor me prestaria certos esclarecimentos. O senhor ainda está atuando sob ordens?

Uma unha longa e encurvada apontou para a máscara dourada.

— Está vendo ele? — perguntou o esqueleto, e sua voz agora era cheia de melancolia. — É tudo culpa dele. Ele me confinou dentro destes ossos com seu último suspiro. Me mandou protegê-los para sempre, e guardar suas posses também. Tenho a maior parte delas aqui... — Girou para mostrar uma mochila moderna, pendurada de cabeça para baixo em suas costas. — E também — acrescentou — exterminar todos os invasores da tumba. Ouça, dez em 12 não é *muito* ruim, é? Fiz o melhor que podia, mas os que escaparam ficam me incomodando.

O demônio foi apaziguador.

— Está muito bom. Ninguém poderia fazer melhor. E acho que os outros dois eram osso duro de roer, heim?

A luz vermelha chamejou outra vez; ouvi dentes rilhando por trás da máscara.

— Um deles era um homem, acho. Eu não vi. Era um covarde; saiu correndo enquanto os companheiros lutavam. Mas a outra... Ah, ela era uma lebrezinha ligeira. Eu adoraria prender entre meus dedos aquele pescoço branco. Mas... você acreditaria em tanta astúcia em alguém tão jovem?... ela trazia a mais pura *prata* em sua pessoa; provocou um forte abalo nos pobres ossos velhos de Honorius quando ele tentou atacá-la.

— Deplorável. — O diabrete balançou a cabeça tristemente. — E aposto que ela nem mesmo lhe disse seu nome.

— *Ela* não disse, mas eu ouvi por acaso... e *quase* a peguei também. — O esqueleto ensaiou uma ligeira dança de raiva. — Ela se chama Kitty e, quando eu a encontrar, Kitty vai morrer. Mas não estou com pressa nenhuma. Tenho tempo de sobra. Meu mestre está morto, e ainda estou obedecendo a suas ordens, protegendo seus ossos velhos. Estou carregando-os comigo, eis tudo. Posso ir aonde quiser, comer qualquer demônio que me agrade. Especialmente — os olhos vermelhos brilharam — os tagarelas, cheios de opiniões.

— Mmm. — O diabrete assentiu, a boca bem fechada.

— E quer saber o melhor de tudo? — O esqueleto deu um rodopio certeiro (ao longe, no alto do telhado seguinte, vi os djins se esconderem rapidamente atrás da chaminé) e inclinou-se para perto de mim. — Sem dor!

— Mm-*mmm*? — Eu ainda estava calado, mas tentei exprimir bastante interesse.

— Isso mesmo. *Absolutamente nenhuma.* Que é exatamente o que estou dizendo a todos os espíritos com quem encontro. Esse par — ele apontou para os outros diabretes, que a essa altura haviam reunido iniciativa suficiente para rastejar para a extremidade oposta do telhado — esse par já ouviu tudo isso várias vezes. Você, não menos abominável do que eles, está tendo o privilégio de ouvir agora. Quero partilhar minha alegria. Estes ossos protegem minha essência: não preciso forjar minha própria forma vulnerável. Me aconchego confortavelmente dentro deles, como um pinto dentro do ninho. Portanto, meu mestre e eu estamos unidos para nosso mútuo benefício. Estou obedecendo a seu comando, mas ainda posso fazer o que quiser, com muita alegria e sem dor. Não consigo *imaginar* por que ninguém pensou nisso antes.

O diabrete quebrou seu voto de silêncio.

— Aqui vai uma reflexão. Talvez porque envolva a morte do mago? — sugeri. — A maioria dos magos não vai querer fazer esse sacrifício. *Eles* não se importam que nossa essência encolha enquanto estamos a serviço deles; na verdade, provavelmente preferem, uma vez que isso faz com que nossa mente se concentre. E com certeza não querem que perambulemos por aí fazendo qualquer coisa que desejarmos, querem?

A máscara dourada me examinou.

— Você é um diabrete dos mais impertinentes — disse por fim. — O próximo que vou comer vai ser você, já que minha essência está exigindo abastecimento.[6] Mas você fala com lógica, apesar de tudo. Na verdade, eu sou inigualável. Por mais desafortunado que eu tenha sido, preso por longos e sombrios anos na tumba de Gladstone, sou agora o mais afortunado dos afritos. Daqui para frente, vou perambular pelo mundo, me vingando calmamente tanto nos humanos quanto nos espíritos. Talvez um dia, quando minha vingança estiver saciada, eu volte para o Outro Lugar... *mas ainda não.* — Ele deu um súbito bote em minha direção; dei uma cambalhota para trás, fora de seu alcance, pousando sobre o traseiro e oscilando na extremidade do parapeito.

— Então não o incomoda o fato de ter perdido o Cajado? — perguntei rápido, fazendo sinais frenéticos com a cauda para os djins no telhado oposto. Era hora de dar um fim em Honorius e sua megalomania.[7] Com o canto do olho, vi o orangotango coçar a axila. Ou aquilo era um sinal sutil prometendo suporte imediato, ou ele não havia me visto.

— O Cajado... — Os olhos do esqueleto faiscaram. — É verdade, minha consciência está me cutucando um pouco. Ainda assim, que

[6]Era possível dizer que Honorius estava em mau estado pelo fato de que ele evidentemente não se dera o trabalho de checar os planos. Se houvesse feito isso, teria percebido que eu era um demônio apenas nos três primeiros planos. No restante, eu era Bartimaeus, em toda a minha magnífica glória.

[7]Preciso declarar que, estranhamente, suas divagações não eram desprovidas de interesse. Desde tempos imemoriais, cada um de nós, do mais resistente marid ao menor dos diabretes, havia sido amaldiçoado pelo duplo problema da obediência e da dor. Precisamos obedecer aos magos, e isso nos causa dor. Por meio da imposição de Gladstone, Honorius parecia ter encontrado uma saída para essa cruel deficiência. Mas perdera sua sanidade no processo. Quem preferiria permanecer na Terra em vez de voltar para casa?

importa? Está com a garota Kitty. Ela está em Londres, e mais cedo ou mais tarde vou encontrá-la. — Ele animou-se. — É... E com o Cajado nas mãos, quem sabe *o que* eu seria capaz de fazer. Agora fique quieto para que eu possa devorá-lo.

Ele estendeu a mão sem pressa, evidentemente sem esperar resistência adicional. Acho que os outros diabretes devem ter se sentado calmamente, aceitando seu destino, revelando-se um grupo pouco decidido. Mas Bartimaeus era feito de matéria mais resistente, como Honorius estava prestes a descobrir. Dei um pequeno salto entre os braços estendidos e me agarrei à horrível cabeça grisalha, fazendo com que a máscara mortuária se desprendesse.[8]

Ela se soltou sem dificuldade, estando presa somente por alguns fios eriçados do sujo cabelo branco do esqueleto. Honorius lançou um grito de surpresa e girou, seu crânio olhando de esguelha, completamente exposto.

— Devolva isso!

Como resposta, o diabrete dançou pelo telhado.

— Você não quer isto — gritei por sobre o ombro. — Pertencia ao seu mestre e ele está morto. Uuiii, ele não tinha dentes muito bons, não é? Veja aquele pendurado por um fio.

— Me devolva o meu rosto!

— Seu "rosto"? Isso não é uma fala saudável para um afrito. Uups, lá vai ela. Que desajeitado. — Com toda a minha força, arremessei-a, como um pequeno disco dourado, para longe da beirada do prédio e no vazio.

O esqueleto rugiu de raiva e lançou três Detonações em rápida sucessão, inflamando o ar ao meu redor. O demônio se atirou para o alto e se deixou cair, para cima, para baixo, para cima e para baixo do parapeito, onde imediatamente usei minhas ventosas para grudar na janela mais próxima. Desse lugar estratégico, acenei novamente para os dois djins escon-

---

[8]Meus seis dedos de demônio foram convenientes nesse ponto; todos possuíam uma pequena ventosa na extremidade.

didos perto da chaminé e assoviei do modo mais estridente que consegui. Evidentemente, a competência de Honorius com suas Detonações havia sido a razão para a precaução anterior dos dois, mas a essa altura fiquei aliviado ao ver o pássaro de perna de pau se mexer, seguido relutantemente pelo orangotango.

Eu podia ouvir o esqueleto de pé na borda acima, esticando o pescoço para fora à minha procura. Seus dentes se chocavam e rangiam de raiva. Achatei-me o mais que pude contra a janela. Como Honorius então descobriu, um evidente transtorno de sua residência nos ossos era não poder mudar de forma. Qualquer afrito honrado a essa altura teria desenvolvido asas e descido para me localizar, mas sem um parapeito ou telhado por perto para o qual saltar, o esqueleto achava-se bloqueado. Sem dúvida estava calculando seu próximo movimento.

Nesse meio tempo, eu, Bartimaeus, fiz o meu. Com notável discrição, desloquei-me ao longo da janela e da parede e contornei a quina do prédio. Aí, prontamente subi gateando e espreitei por cima do alto do parapeito. O esqueleto ainda inclinava-se para fora de forma precária. Visto de trás, ele parecia bem menos ameaçador do que de frente: suas calças estavam descosidas e rasgadas, e caíam de forma tão catastrófica que eu estava sujeito a uma visão indesejada de seu cóccix.

Se ele apenas se mantivesse naquela posição mais um momento...

O diabrete saltou sobre o telhado e transformou-se na gárgula, que o atravessou na ponta dos pés, as palmas das mãos estendidas.

Só então meu plano foi destruído pelo súbito aparecimento do pássaro e do orangotango (agora completo, com asas alaranjadas), que baixaram do céu diante do esqueleto. Ambos dispararam uma explosão de mágica — uma Detonação e um Inferno, para ser exato; os raios gêmeos golpearam o esqueleto, lançando-o para trás, longe do precipício. Com o raciocínio rápido que é minha marca registrada, abandonei minha idéia e juntei-me a eles, escolhendo uma Convulsão, a bem da variedade. Negros anéis ondulantes enxamearam sobre o esqueleto, procurando despedaçá-lo, sem nenhum efeito. O esqueleto pronunciou uma palavra, bateu com os pés no chão e os resíduos dos três ataques se desviaram, murchando e desaparecendo.

O pássaro, o orangotango e a gárgula retrocederam ligeiramente, em todas as direções. Previamos confusão.

O crânio de Gladstone girou para se dirigir a mim.

— Por que você acha que meu mestre *me* escolheu para ter a honra de morar nestes ossos? Eu sou Honorius, um afrito de nono grau, invulnerável à magia de meros djins. Agora... me deixem em paz! — Círculos verdes de força estalaram dos dedos do esqueleto; a gárgula saltou do telhado para evitá-los, enquanto o pássaro e o orangotango despencaram no espaço sem qualquer cerimônia.

Com um bote, o esqueleto desabou sobre um telhado mais baixo e escapuliu ligeiro. Os três djins organizaram uma rápida reunião aérea.

— Não gosto muito desse jogo — disse o orangotango.

— Nem eu — disse o pássaro. — Vocês ouviram. Ele é invulnerável. Eu me lembro de uma vez, no antigo Sião. Havia um afrito da realeza...

— Não é invulnerável a prata — interrompeu a gárgula. — Ele me contou.

— Nem nós — protestou o orangotango. — Vai fazer o meu pêlo cair.

— *Nós* não precisamos tocar nela, precisamos? Por favor.

Uma rápida descida até a rua resultou em um pequeno acidente, quando o motorista de um caminhão nos avistou de passagem e o veículo se desgovernou. Desagradável, mas poderia ter sido pior.[9]

Meu colega parou indignado.

— Qual o problema dele? Nunca viu um orangotango antes?

[9]O caminhão, que levava um carregamento de melões para algum lugar, precipitou-se dentro da fachada de vidro de uma peixaria, fazendo uma avalanche de gelo e peixe cascatear sobre a calçada. A trava na traseira do caminhão se abriu e os melões foram lançados à rua, que a percorreram em conjunto, seguindo a inclinação natural. Várias bicicletas foram derrubadas ou forçadas a desviar para a sarjeta, antes que a descida dos melões fosse interrompida por uma loja que vendia objetos de cristal no pé da ladeira. Os poucos pedestres que conseguiram evitar os mísseis rolantes foram posteriormente atingidos de passagem pelo bando de gatos de rua convergindo para a peixaria.

— Provavelmente, não um com asas. Eu sugiro que nos tornemos pombos no primeiro plano. Agora, quebre para mim três dessas barras. Elas não são de ferro, são? Bom. Vou procurar um joalheiro.

Uma rápida pesquisa na região varejista revelou algo ainda melhor: um prateiro genuíno, ostentando uma complexa vitrine de jarros, canecas, troféus de golfe e pratos comemorativos que haviam evidentemente sido reunidos com terno cuidado. O pássaro e o orangotango, que haviam conseguido obter três longas barras, mantiveram-se cautelosamente afastados da loja, já que a aura enregelante da prata agredia nossa essência até mesmo do outro lado da rua. Mas a gárgula não tinha tempo para demoras. Agarrei uma das barras, cerrei os dentes e, saltando até a vitrine, despedacei o vidro e entrei.[10] Com um rápido movimento da barra, ergui uma grande caneca de prata pela alça e me afastei da loja, ignorando os gritos queixosos que vinham do interior.

— Estão vendo isso? — Balancei a caneca na extremidade da barra diante de meus espantados companheiros. — Um arpão. Agora precisamos de mais dois.

Foram necessários vinte minutos de vôo baixo para localizar o esqueleto mais uma vez. Isto na realidade foi fácil; simplesmente seguimos o som dos gritos. Ao que parece, Honorius havia redescoberto as delícias de aterrorizar as pessoas e perambulava ao longo do aterro, balançando nos postes de luz e surgindo por trás do muramento do rio para assustar estupidamente os passantes. Era um *hobby* bastante inofensivo, mas tínhamos nossa responsabilidade coletiva, o que significava que precisávamos agir.

Cada um de nós possuía um arpão de fabricação caseira, rematado por seu objeto de prata. O pássaro contava com uma taça de arremesso de dardo balançando na extremidade de sua barra, enquanto o orangotango, que havia perdido alguns minutos inúteis tentando equilibrar um grande

[10]Imaginem o desconforto de chegar bem perto de um violento incêndio: era esse o efeito que tamanha quantidade de prata me causava — a não ser pelo fato de que fazia *frio*.

prato na ponta da sua, havia se resolvido afinal por um porta-torradas. Eu havia instruído ambos apressadamente em métodos táticos, e nos aproximamos do esqueleto como três cães pastores atacando um carneiro rebelde. O pássaro sobrevoou o aterro a partir do sul, o orangotango aterrissou partindo do norte, e eu me aproximei dele pela margem. Nós o encurralamos na área do obelisco de Cleópatra.[11]

Honorius viu primeiro o pássaro. Outro espetacular jato de força foi disparado, passou por entre as pernas arqueadas do djim e pulverizou um banheiro público. Nesse meio tempo, o orangotango aproximou-se veloz e lançou o porta-torradas entre as omoplatas de Gladstone. Uma explosão de fagulhas esverdeadas, um odor de tecido queimado; o esqueleto se atirou para o alto. Chocou-se contra o solo com um grito agudo, saltou para a rua e evitou por pouco uma pancada de meu caneco que se aproximava.

— Ahh! Traidores! — O próximo disparo de Honorius passou zunindo pelo ouvido da gárgula; ainda assim, enquanto ele lutava para manter minha silhueta fugidia à vista, o pássaro se aproximou furtivamente e roçou com o troféu a perna ossuda. Quando ele girou para enfrentar o novo perigo, o porta-torradas voltou a funcionar. E assim foi. Quanto mais o esqueleto girava e dava voltas, uma ou outra arma de prata estava sempre em ação atrás dele. Em pouco tempo, seus mísseis se tornaram erráticos, perdendo força; ele estava mais interessado na fuga do que no combate. Gritando e praguejando, fugiu pela vastidão do aterro, aproximando-se cada vez mais das muralhas do rio.

Nós três o cercamos com grande precaução. Por um momento, não consegui me dar conta do quão inusitado era tudo aquilo. Então percebi: era uma caçada, e para variar *eu* estava caçando. Normalmente é o contrário.

---

[11]Um obelisco egípcio de quinze metros de altura, pesando 180 bizarras toneladas, que não tinha absolutamente nada a ver com Cleópatra. Eu deveria saber, uma vez que fui um dos trabalhadores que o erigiram para Tutmés III em 1475 a.C. Como o havíamos fincado na areia em Heliópolis, fiquei bastante surpreso quando o vi em Londres 3.500 anos mais tarde. Mas suponho que alguém o tenha roubado. Não se pode perder nada de vista nos dias de hoje.

Em poucos minutos havíamos imprensado o esqueleto na base do obelisco. O crânio girava freneticamente para a esquerda e para a direita, os pontos vermelhos faiscando, procurando alamedas por onde escapar.

— Honorius — disse eu —, esta é sua última chance. Entendemos o estresse pelo qual tem passado. Se você não consegue se desmaterializar espontaneamente, sem dúvida um dos magos atuais pode libertá-lo de seu compromisso. Então se entregue e peço ao meu mestre para pesquisar o feitiço necessário.

O esqueleto lançou um alto grito de desdém.

— *Pedir* ao seu mestre? Isso vai ser assim tão fácil? Vocês estão tão em par de igualdade? Duvido muito. *Todos* vocês estão sujeitos aos caprichos de mestres humanos, e eu sozinho estou livre!

— Você está preso num saco de ossos podres — retruquei. — Olhe para você! Não pode nem mesmo se transformar num pássaro ou num peixe e fugir.

— Estou em melhor situação do que *você* — rosnou o esqueleto. — Há quantos anos você trabalha para eles? Mudar de forma à vontade não altera o fato de que você é um escravo, com ameaças e algemas que o prendem a sua tarefa. Aah, veja, agora sou um duende, agora um demônio! Quem se importa? Grande coisa!

— Gárgula na verdade — resmunguei. Mas baixinho; o argumento me afetara pessoalmente.

— Se você tivesse alguma chance, estaria aqui comigo, perambulando à vontade por Londres, ensinando uma ou duas coisas a esses magos. Hipócrita! Eu o desprezo! — As vértebras estalaram, o torso girou, ossos brancos estenderam-se e agarraram a coluna de granito. Erguendo-se e respirando fundo, o esqueleto de Gladstone escalou o obelisco, usando os antigos hieróglifos esculpidos como pontos de apoio.

Meus companheiros e eu o observamos subir.

— Aonde ele pensa que vai? — perguntou o pássaro.

A gárgula deu de ombros.

— Ele não tem lugar algum *para* ir — respondi. — Está apenas adiando o inevitável. — Falei com irritação, já que as palavras de Honorius continham mais do que um grão de verdade, e saber disso me magoava. — Vamos liquidar com ele.

Mas à medida que subíamos, as lanças erguidas, os ornamentos de prata luzindo sombriamente ao crepúsculo, o esqueleto alcançou o ponto mais alto da antiga pedra. Ali, equilibrou-se desajeitadamente sobre os próprios pés e ergueu os braços andrajosos em direção ao oeste e ao sol poente. A luz brilhou através do longo cabelo branco e dançou nas entranhas cavernosas do crânio. Então, sem outro som qualquer, ele arqueou as pernas e se atirou no rio com um salto gracioso.

O orangotango arremessou a lança na direção dele, mas na verdade não havia nenhuma necessidade.

A maré do Tâmisa naquela noite estava alta e em plena enchente; o esqueleto atingiu a superfície a grande distância e submergiu instantaneamente. Reapareceu apenas uma vez, corrente abaixo, com água jorrando das cavidades oculares, a mandíbula se abrindo e fechando, os ossos dos braços agitando-se. Ainda assim, não emitiu um único som. Depois desapareceu.

Se o esqueleto foi levado diretamente para o mar ou puxado para baixo, na direção do lodo no fundo do Tâmisa, os espectadores na margem não podiam afirmar. Mas Honorius, o afrito, junto com os ossos de Gladstone que o abrigavam, não foram mais vistos.

Kitty

35

Kitty não chorou.

Se seus anos na Resistência não haviam servido de nada, haviam conseguido insensibilizar suas emoções. Lastimar-se não a ajudaria em coisa alguma naquele momento. A extensão do desastre era tanta que as reações normais eram inadequadas. Nem durante a situação crítica na abadia, nem imediatamente após — quando interrompeu pela primeira vez a fuga desesperada em uma praça silenciosa a dois quilômetros de distância —, ela se permitiu mergulhar em autopiedade.

O medo a estimulava, uma vez que não conseguia acreditar que houvesse escapado do demônio. Em cada esquina, usando as velhas técnicas da Resistência, esperava 30 segundos, então espreitava o caminho pelo qual viera. Em todas as ocasiões, a rua estava livre de perseguição: viu apenas casas sonolentas, postes bruxuleantes, alamedas de árvores silenciosas. A cidade parecia indiferente a sua existência; o céu repleto de estrelas impassíveis e a lua inexpressiva. Não havia ninguém na rua no meio da noite ou qualquer esfera de vigilância do lado de fora.

Seus pés produziam o mais leve dos ruídos enquanto ela corria pelo calçamento, conservando-se nas áreas cobertas pelas sombras.

Não ouviu quase nada: uma vez um carro passou zunindo em uma rua próxima; uma vez, uma sirene distante; uma vez, um bebê chorando alto em um quarto de um andar superior.

Ainda carregava o cajado na mão esquerda.

Em seu primeiro breve refúgio, um porão arruinado em um conjunto de prédios residenciais à vista das torres da abadia, quase abandonara o cajado sob uma pilha de entulho. Ainda que inútil — o benfeitor dissera que não servia para nada além de matar insetos —, fora a única coisa que saíra com ela daquele horror. Não podia abandoná-la.

Descansou por alguns minutos no porão, mas não se permitiu dormir. Ao amanhecer, o centro de Londres estaria enxameando de policiais. Seria fatal permanecer ali. Além disso, temia o que podia ver se fechasse os olhos.

Durante as horas mais secretas da noite, Kitty rumou para leste ao longo da margem do Tâmisa, antes de alcançar a Ponte de Southwark. Aquela era a parte mais exposta e perigosa de toda a jornada, especialmente estando de posse do cajado. Aprendera com Stanley que os objetos mágicos irradiavam suas qualidades para aqueles com olhos para ver, e achava que demônios poderiam detectar sua carga de longe, do outro lado do rio. Portanto, esperou em meio aos arbustos junto à ponte por vários minutos, criando coragem, antes de arremeter para o outro lado.

Quando as primeiras luzes do amanhecer começaram a brilhar sobre a cidade, Kitty cruzou, com passos miúdos e rápidos, um pequeno arco e entrou no pátio das cocheiras, onde se ocultava a adega das armas. Era o único lugar em que conseguia pensar para conseguir abrigo imediato, o que era uma necessidade premente. Seus pés tropeçavam de cansaço; pior, ela estava começando a ver coisas — *flashes* de movimento com o canto dos olhos — que faziam seu coração disparar. Não podia se dirigir à loja de arte — isso era bastante evidente, com o sr. Pennyfeather agora nitidamente estendido (com que intensidade conseguia imaginar a cena) à espera de que as autoridades o encontrassem. Fazer uma visita a seu quarto alugado também era desaconselhável (Kitty voltou de forma brutal ao aspecto prático do assunto que tinha em mãos), uma vez que os magos que investigassem a loja tomariam conhecimento do local e logo apareceriam para uma visita.

Às cegas, localizou a chave da adega; às cegas, girou-a na fechadura. Sem parar para acender a luz elétrica, tateou, guiando-se pela memória, ao longo de um emaranhado de corredores até alcançar o aposento interno, onde o encanamento no teto ainda gotejava sobre o balde transbordante. Ali, largou o cajado, estendeu-se ao lado dele no chão de concreto e dormiu.

Acordou em meio à escuridão e permaneceu deitada, rígida e enregelada, por um longo tempo. Então se levantou, tateou em busca da parede e acendeu a única lâmpada elétrica. A adega estava exatamente como na tarde anterior — quando os outros também se achavam ali. Nick praticando seus movimentos de combate, Fred e Stanley arremessando discos. Ela ainda podia ver os orifícios nas vigas onde o disco de Fred as havia atingido. Grande benefício aquilo lhes trouxera.

Kitty sentou-se ao lado da pilha de lenha e encarou a parede oposta, as mãos pousadas no colo. Sua cabeça estava mais clara agora, ainda que ligeiramente atordoada pela falta de comida. Deu um suspiro profundo e tentou concentrar-se no que fazer. Era difícil, uma vez que sua vida fora virada de cabeça para baixo.

Por mais de três anos, suas energias e emoções haviam ajudado a construir a Resistência; agora, em uma única noite, como se por obra de uma avalanche feroz, tudo fora destruído. Bem verdade que era uma estrutura bastante frágil mesmo em condições favoráveis: nenhum deles concordava muito quanto às estratégias que empregavam, e as discórdias entre eles haviam crescido nos últimos meses. Mas agora não restara absolutamente nada. Seus companheiros haviam desaparecido e com eles os ideais que partilhavam.

Porém, quais exatamente *eram* esses ideais? Os acontecimentos na abadia haviam não apenas mudado o futuro de Kitty, também haviam transformado seu senso de passado. A essa altura, a futilidade de tudo aquilo era evidente. A futilidade — assim como a loucura. Agora, quando tentava lembrar-se do sr. Pennyfeather a essa altura, via não o líder honrado que seguira por tanto tempo, porém pouco mais que um ladrão de sorriso debochado, rosto vermelho e suado à luz da lanterna, explorando locais repulsivos à procura de objetos perigosos.

Afinal, o que esperavam alcançar? O que teriam os artefatos de fato conseguido? Os magos não seriam derrubados, nem mesmo com uma esfera de cristal. Não, eles haviam se enganado desde o princípio. A Resistência nada mais era que uma pulga mordendo as orelhas de um cão de guarda: um golpe de uma das patas do animal e pronto.

Ela retirou o pendente de prata do bolso e o fitou lentamente. O presente de vovó Hyrnek lhe salvara a vida: nada mais, nada menos. Fora a mais pura das sortes ter sobrevivido.

Em seu coração, ela sabia havia tempos que o grupo estava se evaporando, mas a revelação de que poderia ser tão facilmente destruído veio como um choque devastador. Um único demônio atacara — e a resistência deles não resultara em nada. Todas as falas corajosas do grupo — todos os conselhos inteligentes do sr. Hopkins, toda a arrogância de Fred, toda a retórica emocionante de Nick — haviam-se mostrado inúteis. Kitty mal se lembrava dos argumentos deles agora: suas lembranças haviam sido apagadas pelos acontecimentos na tumba.

Nick. O demônio dissera (Kitty não tinha dificuldades para trazer à mente as palavras dele) que havia matado dez dos doze invasores. Levando em conta as vítimas existentes, isso significava que Nick também sobrevivera. Sua boca contorceu-se em uma expressão de ligeiro desprezo; ele saíra tão rápido que sequer o vira partir. Não pensara, uma única vez, em ajudar Fred, Anne, ou o sr. Pennyfeather.

Além disso, havia o talentoso sr. Hopkins... Quando Kitty pensou no erudito de rosto afável, um tremor de raiva a percorreu. Onde *ele* estivera durante todo esse tempo? Bem longe, seguro e protegido. Nem ele, nem o misterioso benfeitor, o cavalheiro cujas informações sobre as defesas de Gladstone haviam se mostrado tão tristemente deficientes, ousaram estar presentes à tumba. Se não fosse pela influência deles sobre o sr. Pennyfeather nos últimos meses, o restante do grupo ainda estaria vivo naquela manhã. E o que haviam conseguido com o sacrifício deles? Nada além de um pedaço nodoso de madeira.

O cajado jazia ao lado dela em meio aos escombros no chão. Em um súbito ímpeto de raiva, Kitty pôs-se de pé, agarrou-o com ambas as mãos e baixou-o com força contra o joelho. Para sua surpresa, não conseguiu nada além de um baque em ambos os pulsos: a madeira era muito mais resistente do que parecia. Com um grito, arremessou-o contra a parede mais próxima.

Mas tão logo começou, a raiva de Kitty foi substituída por um grande vazio. Talvez fosse concebível entrar em contato com o sr. Hopkins no devido tempo. Para discutirem um possível plano de ação. Mas não naquele dia. Por ora, precisava de algo diferente, algo para combater o sentimento de completa solidão. Precisava ver seus pais novamente.

A tarde já estava quase no fim quando Kitty emergiu da adega para o pátio das cocheiras e escutou. Fracas sirenes e uma ou duas batidas soaram a distância, vindas do centro de Londres, onde algo estava evidentemente em andamento. Ela deu de ombros. Tanto melhor. Não seria molestada. Trancou a porta, escondeu a chave e pôs-se a caminho.

Apesar de deslocar-se com pouca bagagem — havia deixado o cajado na adega — Kitty gastou grande parte do começo da noite para caminhar até Balham e o céu estava escurecendo quando alcançou o familiar cruzamento de ruas próximo a seu antigo lar. A essa altura estava cansada, com os pés doloridos e faminta. Exceto por um par de maçãs roubadas de uma mercearia, não havia comido nada. Degustações imaginárias da culinária de sua mãe começaram a se desenrolar tentadoramente em sua língua, acompanhadas por lembranças de seu antigo quarto, com a pequena cama aconchegante e o armário com a porta que não fechava. Quanto tempo fazia que dormira nele? Anos, agora. Se fosse apenas por uma noite, ela se encolheria alegremente ali outra vez.

O crepúsculo baixava quando Kitty percorreu a velha rua e, diminuindo inconscientemente o passo, aproximou-se da casa de seus pais. Uma luz estava acesa na sala de estar: isso lhe provocou um doloroso soluço de alívio, mas também uma pontada de ansiedade. Por mais distraída que fosse sua mãe, ela *não* poderia imaginar que algo estava errado, não até que Kitty tivesse uma chance de planejar o que fazer. Examinou-se no reflexo pálido da janela de um vizinho, alisou o cabelo desgrenhado e ajeitou as roupas da melhor forma possível. Não pôde fazer nada quanto à sujeira em suas mãos ou às bolsas sob seus olhos. Suspirou. Não era o máximo, mas aquilo teria de servir. Com isso, deu um passo em direção à porta e bateu. Deixara a chave em seu quarto.

Após uma ligeira demora, durante a qual Kitty foi levada a bater novamente, uma sombra magra e familiar apareceu no vestíbulo. Vacilou na metade do caminho, como se indecisa quanto a abrir a porta. Kitty golpeou o vidro.

— Mãe! Sou eu.

Desconfiada, a sombra se aproximou; sua mãe entreabriu a porta e olhou para fora.

— Ah — disse ela. — Kathleen.

— Oi, mãe — disse Kitty, sorrindo da melhor forma possível. — Sinto muito ter aparecido de surpresa.

— Ah. Certo. — Sua mãe não abriu mais a porta. Olhava para Kitty com uma expressão assustada, levemente desconfiada.

— Alguma coisa errada, mãe? — perguntou Kitty, esgotada demais para se importar.

— Não, não. Absolutamente.

— Então posso entrar?

— Pode... claro. — Sua mãe deu um passo para o lado para permitir que Kitty entrasse, ofereceu uma bochecha fria para ser beijada e fechou cuidadosamente a porta atrás das duas.

— Onde está papai? Na cozinha? Sei que é tarde, mas estou morrendo de fome.

— Acho que a sala de estar talvez seja melhor, querida.

— OK. — Kitty percorreu o vestíbulo e entrou na pequena sala de estar. Em grande medida, estava tudo como se lembrava: o tapete gasto, sem cor; o pequeno espelho sobre o consolo da lareira; o velho sofá e a cadeira que seu pai herdara do pai *dele*, cobertos por capas protetoras rendadas nos apoios para a cabeça. Sobre a pequena mesa de centro havia um bule de chá fumegante e três xícaras. Seu pai estava sentado no sofá. Na cadeira oposta, acomodava-se um rapaz.

Kitty parou de repente. Sua mãe fechou silenciosamente a porta.

O jovem ergueu os olhos na direção dela e sorriu e Kitty lembrou-se imediatamente da expressão do sr. Pennyfeather quando examinara os tesouros na tumba. Era um sorriso jubiloso, ávido, contido a duras penas.

— Oi, Kitty — disse o rapaz.

Kitty não respondeu. Sabia muito bem o que ele era.

— Kathleen. — A voz de seu pai era quase imperceptível. — Este é o sr. Mandrake. Do... Departamento de Assuntos Internos, creio?

— Certo — disse o sr. Mandrake sorrindo.

— Ele quer... — Seu pai hesitou. — Ele quer lhe fazer algumas perguntas.

Um súbito lamento saiu da boca de sua mãe.

— Oh, *Kathleen* — choramingou ela. — O que você andou *fazendo*?

Kitty continuou sem responder. Tinha um único disco de arremesso em sua jaqueta, mas fora isso estava desprotegida. Seus olhos percorreram rapidamente as vidraças fechadas da janela. Era um mecanismo com tranca; poderia subir e pular para fora por ali — se seu pai houvesse lubrificado o fecho. Ou quebrá-la se fosse necessário — a mesinha de centro a atravessaria. Ou havia o vestíbulo, com opções de saída, mas sua mãe estava de pé diante da porta...

O jovem gesticulou na direção do sofá.

— A senhorita não quer se sentar, srta. Jones? — perguntou educadamente. — Podemos discutir as coisas de maneira agradável se for de seu interesse. — Os cantos de sua boca se contorceram. — Ou a senhorita vai se lançar pela janela de um único salto?

Ao verbalizar o pensamento exato que passara pela mente dela, o mago — intencionalmente ou não — a pegou de surpresa. Aquela não era a hora. Ela corou, apertou os lábios e sentou-se no sofá, de onde fixou o mago da forma mais tranqüila possível.

Então *aquele* era Mandrake, cujos servidores haviam perseguido a Resistência durante tantos meses. Ela teria adivinhado sua profissão a quilômetros de distância — um longo sobretudo preto, um terno preto ridiculamente apertado, sapatos reluzentes de couro envernizado. Um lenço excessivamente grande elevava-se de um bolso no peito como uma lâmina de coral. Seus cabelos brotavam longos ao redor do rosto, que era magro e pálido. Kitty percebeu pela primeira vez quão jovem ele na verdade era: ainda adolescente, decerto não mais velho do que ela, talvez consideravelmente mais jovem. Como se para compensar esse fato, ele uniu as mãos de forma assertiva, pernas cruzadas, um dos pés agitando-se como a cauda de um gatinho, e adotou um sorriso que teria sido cortês, não fosse a incontida avidez.

A juventude do rapaz deu a Kitty um pouco de confiança.

— O que o senhor quer, sr. Mandrake? — perguntou com voz firme.

O mago estendeu o braço, ergueu a xícara e o pires mais próximos e tomou um gole de chá. Com um cuidado teatral, depositou o conjunto sobre o braço da cadeira e o ajeitou esmeradamente. Kitty e seus pais o observavam em silêncio.

— Muito bom, sra. Jones — disse ele por fim. — Uma bebida bastante razoável. Obrigado por sua admirável hospitalidade. — O cumprimento provocou apenas um pequeno soluço por parte da mãe de Kitty.

Kitty não olhou para ela. Seu olhar estava cravado no mago.

— O que o senhor quer? — perguntou.

Desta vez, ele respondeu.

— Primeiramente informá-la de que, a partir deste momento, a senhorita está presa.

— Sob que acusação? — Kitty sabia que sua voz estava tremendo.

— Bem, deixe-me ver... — Os dedos estendidos tamborilaram juntos, como se emitissem a lista. — Terrorismo; pertencer a um grupo criminoso; traição contra o sr. Devereaux, seu governo e o Império; vandalismo, dano injustificado à propriedade; conspiração para assassinato; roubo intencional; profanação de um local de descanso sagrado... Eu poderia continuar, mas isso apenas atormentaria sua mãe. É uma situação lamentável que dois pais tão honestos, tão leais, tenham sido amaldiçoados com uma filha como a senhorita.

— Não estou entendendo — disse Kitty firmemente. — Essas são acusações sérias. O senhor tem provas?

— A senhorita foi vista na companhia de criminosos conhecidos, membros da assim chamada Resistência.

— Vista? O que isso significa? Quem está dizendo isso?

— Kathleen, sua garota estúpida, conte a ele a verdade — disse seu pai.

— Cale a boca, pai.

— Esses criminosos conhecidos — prosseguiu o mago — foram encontrados esta manhã, mortos em uma catacumba na Abadia de Westminster, que eles haviam previamente saqueado. Um deles era o sr. Pennyfeather, para quem creio que a senhorita trabalhe.

— Eu sempre soube que ele era uma pessoa ruim — sussurrou a mãe de Kitty.

Kitty deu um suspiro profundo.

— Lamento ouvir isso, mas dificilmente posso conhecer tudo em que meu empregador está metido no tempo que dedica a sua vida pessoal. O senhor vai ter que fazer melhor do que isso, sr. Mandrake.

— Então a senhorita nega sua ligação, fora do horário de trabalho, com esse Pennyfeather?

— Certamente que sim.

— E o que me diz dos outros traidores, companheiros dele? Dois jovens; de nome Fred e Stanley?

— Muitas pessoas trabalhavam para o sr. Pennyfeather em meio-expediente. Eu os conhecia, mas não muito bem. Então é isso, sr. Mandrake? Não acredito que o senhor tenha absolutamente prova *alguma*.

— Bem, já que as coisas chegaram a este ponto... — O mago reclinou-se na cadeira e forçou um sorriso. — Alguém poderia perguntar por que suas roupas estão cobertas de manchas verdes. Quase parece mofo de sepultura, quando visto sob certa luz. Alguém poderia perguntar por que a senhorita não esteve na loja de seu empregador esta manhã, quando era seu dever abrir as portas. Alguém poderia talvez chamar a atenção para documentos que acabo de ler no Gabinete de Registros Públicos. Eles se relacionam a um certo julgamento... *Kathleen Jones versus Julius Tallow*, um caso muito interessante. A senhorita tem antecedentes criminais, srta. Jones. Foi multada em uma quantia considerável por atacar um mago. Sem falar da testemunha que a viu de posse de objetos roubados em companhia dos lamentavelmente falecidos Fred e Stanley; uma testemunha a quem a senhorita atacou e abandonou para morrer.

— E quem *é* essa preciosa testemunha? — rosnou Kitty. — Quem quer que seja, está mentindo.

— Ah, acho que ele é *muito* confiável. — O mago soltou uma pequena risada e afastou os cabelos das laterais de seu rosto. — Está lembrada agora?

Kitty olhou para ele com ar inexpressivo.

— Lembrada de quê?

O mago franziu a testa.

— Bem... de *mim*, é claro.

— Do senhor? Nós já nos encontramos antes?

— A senhorita não se lembra? Bem, foi há vários anos; admito que eu era diferente então.

— Menos afetado talvez? — Kitty ouviu sua mãe lançar um débil gemido de angústia; o som produziu tão pouco efeito sobre ela como se houvesse sido articulado por um estranho.

— Não me desrespeite, garota. — O mago cruzou novamente as pernas; com alguma dificuldade, devido ao aperto de suas calças, e sorriu levemente. — Na verdade, por que não? Dispare todos os comentários desprezíveis que quiser. Não vai fazer qualquer diferença no que diz respeito a sua sorte.

Agora que o fim chegara, Kitty descobriu que não sentia medo algum; apenas uma esmagadora irritação contra o jovem pretensioso sentado diante dela. Cruzou os braços e o encarou em cheio.

— Então continue — disse ela. — Me esclareça.

O garoto limpou a garganta.

— Talvez *isto* refresque sua memória. Três anos atrás no norte de Londres... Uma noite fria de dezembro... Não? — Ele suspirou. — Um incidente numa viela?

Kitty deu de ombros, cansada.

— Tive muitos incidentes em vielas. Você devia ter um rosto fácil de esquecer.

— Ah, mas eu nunca esqueci o *seu*. — Naquele instante a raiva do garoto subiu à superfície; ele se adiantou no assento, dando uma cotovelada na xícara e derramando chá sobre a cadeira. Seus olhos brilharam de culpa na direção dos pais de Kitty. — Oh... sinto muito.

A mãe de Kitty atirou-se sobre a nódoa, dando-lhe pancadinhas com um guardanapo.

— Não se preocupe, sr. Mandrake! *Por favor,* não se preocupe.

— Como vê, srta. Jones — continuou o mago, erguendo a xícara do braço da cadeira para que a mãe de Kitty pudesse limpar ao seu redor com mais eficiência —, eu nunca *a* esqueci, embora a tenha visto apenas por um momento. Também não esqueci seus companheiros, Fred e Stanley, uma vez que foram eles que me roubaram, eles que tentaram me matar.

— Roubaram o senhor? — Kitty franziu as sobrancelhas. — O que eles levaram?

— Um espelho mágico valioso.

— Ah... — Uma vaga lembrança flutuou na mente de Kitty. — O senhor era aquele garoto na viela? O espião-mirim. Estou me lembrando do senhor agora... *e* do seu espelho. Um trabalho fajuto.

— Eu mesmo fiz!

— Não conseguimos sequer fazê-lo funcionar.

O sr. Mandrake se recompôs com dificuldade e falou em um tom de voz perigosamente controlado.

— Percebi que a senhorita parou de negar as acusações.

— Ah, é mesmo — disse Kitty, e quando o fez, tornou-se mais consciente de estar viva do que em muitos meses. — Está certo, elas são verdadeiras. Tudo o que o senhor disse e mais. Lamento apenas que tudo tenha terminado. Não, espere... eu nego uma coisa. O senhor disse que o deixei para morrer na viela. Não foi isso. Fred teria cortado sua garganta, mas eu o poupei. Sabe-se lá por que, espião miserável. Eu teria feito um favor ao mundo.

— Ela não quis dizer isso! — Seu pai se pusera de pé de um salto e colocara-se entre eles, como se seu corpo pudesse proteger o mago das palavras da filha.

— Ah, ela quis, quis sim. — O garoto sorria, mas seus olhos dançavam de raiva. — Continue, deixe-a falar.

Kitty mal parara para respirar.

— Eu o desprezo e a todos os outros magos! O senhor não se importa nem um pouco com pessoas como nós! Estamos aqui apenas para... para fornecer comida e limpar suas casas e fazer suas roupas! Trabalhamos como escravos em suas fábricas e oficinas, enquanto vocês e os seus demônios vivem no luxo! Quando cruzamos o caminho de vocês, nós sofremos! Como Jakob! Todos vocês são insensíveis, perigosos, cruéis e vaidosos!

— Vaidosos? — O garoto ajeitou o caimento de seu lenço. — Que criatura incrivelmente histérica. Eu estou apenas bem-arrumado. A apresentação é importante, sabe?

— *Nada* é importante para vocês... me *deixe em paz*, mãe. — Em sua fúria, Kitty se levantara; sua mãe, semi-enlouquecida pelo sofrimento, havia tentado agarrá-la com força. Kitty empurrou-a. — Ah — rosnou —, e se o senhor quiser um conselho sobre apresentação, essas calças estão apertadas demais.

— Verdade? — O garoto ergueu-se também, o sobretudo ondulando ao seu redor. — Já ouvi o bastante. A senhorita vai poder aperfeiçoar suas opiniões sobre roupas durante o seu tempo livre na Torre de Londres.

— Não! — A mãe de Kitty afundou no chão. — Por favor, sr. Mandrake...

O pai de Kitty continuava de pé, em uma posição tal que era como se seus ossos o afligissem.

— Não há nada que possamos fazer?

O mago balançou a cabeça.

— Temo que sua filha tenha escolhido seu caminho há muito tempo. Lamento por causa de vocês, já que são leais ao Estado.

— Ela sempre foi uma cabeça-dura — disse o pai de Kitty, baixinho —, mas nunca percebi que era perigosa também. Aquele incidente com Jakob Hyrnek deveria ter nos ensinado alguma coisa, mas sempre esperamos o melhor, Íris e eu. E agora, com nossos exércitos partindo para a guerra na América, e ameaças por todos os lados, descobrir que nossa filha é uma traidora, envolvida no crime... Bem, isso acabou comigo, realmente acabou, sr. Mandrake. Sempre tentei criá-la da forma certa.

— Tenho certeza que sim — disse o mago precipitadamente. — No entanto...

— Eu costumava levá-la para assistir à revista das tropas, ver os soldados nos desfiles. Eu a colocava nos ombros no Dia do Império, quando o povo aclamava o primeiro-ministro durante uma hora. O senhor não deve se lembrar disso, sr. Mandrake, o senhor é tão jovem, mas era um evento grandioso. E agora minha filhinha se foi, e no lugar dela está essa megera perigosa, que não tem respeito algum por seus pais, seus superiores... ou seu país. — Sua voz se partiu quando ele terminou.

— Você é realmente um idiota, pai — disse Kitty.

Sua mãe ainda estava meio ajoelhada no chão, implorando ao mago.

— Não a leve para a Torre, sr. Mandrake, *por favor*.

— Sinto muito, sra. Jones...

— Está tudo bem, mãe. — Kitty não escondia seu desprezo. — Pode se levantar. Ele não vai me levar para a Torre. Não vejo como possa fazer isso.

— Ah, é? — O garoto parecia estar se divertindo. — A senhorita está duvidando, não está?

Kitty espreitou os cantos mais afastados do aposento.

— O senhor parece estar sozinho.

Um débil sorriso.

— Só na maneira de falar. Um carro oficial está esperando na próxima rua. A senhorita vem comigo calmamente?

— Não, sr. Mandrake, não vou. — Kitty avançou; impeliu para diante um punho, que atingiu o rosto do garoto com um baque surdo; ele caiu e se esparramou sobre a cadeira. Kitty passou por cima da mãe ajoelhada e dirigiu-se à porta, mas alguém agarrou seus ombros com força e puxou-a para trás. Seu pai: rosto pálido, olhos inexpressivos e fixos.

— Pai... me solte! — Ela agarrou-lhe a manga da camisa, mas seu aperto era firme como aço.

— O que você fez? — Ele a encarava como se fosse algo monstruoso, abominável. — O que você *fez*?

— Pai... me deixe ir. Por favor, me deixe partir.

Kitty debateu-se, mas seu pai apenas a agarrou com mais força. De sua posição no chão, sua mãe estendeu o braço para segurar com pouco entusiasmo a perna de Kitty, como se indecisa entre suplicar ou contê-la. Na cadeira, o mago, que balançava a cabeça como um cachorro atordoado, voltou o olhar na direção deles. Seus olhos, quando entraram em foco, eram venenosos. Pronunciou umas poucas sílabas ásperas em uma língua estranha e bateu palmas. Kitty e seus pais interromperam a luta; um vapor repulsivo infiltrou-se no ar, partindo de lugar nenhum. No centro, uma forma escura: negro-azulada, com chifres delgados e asas que pareciam de couro, avaliando-os com olhar maldoso.

O mago esfregou a lateral de seu maxilar e o movimentou.

— A garota — disse ele. — Vigie-a e não a deixe partir. Pode agarrá-la pelos cabelos com toda a força que quiser.

A criatura lançou um gorjeio rouco em resposta, bateu asas e voou para fora de seu ninho de vapor. O pai de Kitty soltou um gemido baixo; o aperto no ombro de Kitty afrouxou. Sua mãe retrocedeu para o canto do guarda-louça e escondeu o rosto.

— Isso é o melhor que o senhor consegue fazer? — perguntou Kitty. — Um bolorento? *Por favor.*

Ela estendeu uma das mãos e, antes que a surpresa criatura pudesse sequer alcançá-la, agarrou-a pelo pescoço, girou-a em torno da cabeça algumas vezes e a atirou contra o rosto do mago, onde rebentou com um som flatulento. Uma erupção de gotículas púrpura e um odor acre bombardearam o sobretudo e o terno do mago e a mobília ao redor. Ele gritou em choque; estendendo uma das mãos para pegar o lenço, fez um sinal místico com a outra. Imediatamente, um pequeno diabrete de rosto vermelho apareceu em seu ombro, saltou sobre o guarda-louça e abriu a boca. Um dardo de chama alaranjada foi disparado na direção de Kitty, atingindo-a no peito e fazendo-a chocar-se contra a porta. Sua mãe gemeu, seu pai gritou. O demônio dava cambalhotas, triunfante... e parou no meio de uma delas. Kitty estava se endireitando, sacudindo as cinzas de sua jaqueta queimada e encarando o mago com um sorriso cruel. Com um movimento rápido, sacou seu disco da jaqueta e o agitou; o mago, que se lançara na direção dela em sua fúria, recuou com rapidez.

— O senhor pode vestir calças tão apertadas quanto quiser, sr. Mandrake — disse Kitty —, o que não o impede de ser um fichinha arrogante. Se o senhor me seguir, vou matá-lo. Adeus. Ah, e não se preocupem, mãe, pai — virou-se para olhar calmamente para cada um deles — não vou arruinar ainda mais a reputação de vocês. Vocês não vão me ver novamente.

Com isso, e deixando pais, mago e demônio encarando suas costas, ela girou, abriu a porta e a atravessou. Em seguida transpôs o vestíbulo calma e deliberadamente, cruzando a porta da frente ao encontro da noite cálida. Na rua, escolheu uma direção qualquer e fugiu, sem olhar para trás uma vez sequer. Só quando já havia contornado a esquina mais próxima e começado a correr, as lágrimas finalmente começaram a cair.

Nathaniel

36

A fúria de Nathaniel ante o fracasso de seu ataque desconhecia limites. Ele voltou a Whitehall com disposição violenta, instigando o motorista a desenvolver velocidades cada vez maiores e golpeando com o punho o assento de couro em conseqüência do menor atraso. Despachou o carro em frente ao Departamento de Assuntos Internos e, apesar do tardio da hora, atravessou o pátio em direção a seu avançado escritório, pisando duro. Ali, acendeu as luzes com um golpe seco, atirou-se em sua poltrona e começou a pensar.

Equivocara-se seriamente, e o fato de ter estado tão próximo do êxito tornava seu fracasso ainda mais amargo. Estava absolutamente certo em ter checado os Registros Públicos à procura do nome de Kathleen Jones: descobrira a transcrição de seu julgamento — junto com o endereço de sua casa — em menos de uma hora. Também estava certo em ter visitado os pais dela. Eram uns tolos maleáveis, os dois, e o plano original dele — fazê-los deter a filha se ela voltasse para casa, enquanto o informavam às escondidas — teria funcionado perfeitamente, não houvesse a garota voltado antes do esperado.

No entanto, até mesmo *aquilo* teria sido bom se ela não houvesse inesperadamente manifestado uma espécie de defesa contra demônios menores. Intrigante... Os paralelos com o mercenário eram óbvios, claro;

a verdadeira questão era se os poderes deles eram próprios, ou fruto de algum feitiço. Seus sensores não haviam detectado nada.

Se Bartimaeus estivesse com ele, teria lançado alguma luz sobre a origem do poder da garota e talvez a houvesse impedido de fugir. Era uma pena que o djim estivesse em outra missão.

Nathaniel contemplou a manga de seu casaco, permanentemente manchada pelos resíduos do demônio. Praguejou. *Fichinha arrogante*... Era difícil não admirar a força de caráter da garota. Apesar disso, Kathleen Jones pagaria caro por aquele insulto.

Além da raiva, Nathaniel também se achava inquieto. Ele poderia, muito simplesmente, ter requisitado apoio policial, ou pedido a Whitwell para providenciar vigilância das esferas na casa dos pais da garota. Mas não o fizera. Quisera o êxito apenas para si próprio. Resgatar o Cajado elevaria imensamente o seu *status* — o primeiro-ministro o teria louvado. Talvez fosse promovido, recebesse permissão para explorar os poderes do Cajado... Duvall e Whitwell ficariam olhando por cima dos ombros com nervosismo.

Mas a garota havia escapado — e se alguém tomasse conhecimento de seu fracasso, seria chamado para prestar contas. A morte de Tallow havia deixado seus colegas de pavio curto, agitados e ainda mais paranóicos que de costume. Não era uma boa hora para ser investigado. Precisava localizar a garota, e rápido.

Nesse momento, uma campainha em seu ouvido o preveniu da aproximação de magia. Permaneceu atento e, um instante mais tarde, viu Bartimaeus materializar-se em meio a uma nuvem azul. O djim exibia sua forma de gárgula. Nathaniel esfregou os olhos e acalmou-se.

— Bem? Você tem alguma coisa a relatar?

— Estou contente em vê-lo também. — A gárgula agachou-se, afofou a nuvem, fazendo-a assumir a forma de uma almofada e sentou-se com um suspiro. — Tenho. *Veni, vidi, vici* e esse tipo de coisa. O afrito já era. Estou exausto. Embora, possivelmente, não tanto quanto você. Você está com um aspecto terrível.

— Você eliminou o demônio? — animou-se Nathaniel. Aquilo eram boas novas. Iria pesar muito para Devereaux.

— Claro que eliminei. Eu o afoguei no Tâmisa. A notícia já está se espalhando. E por falar nisso, você estava certo... *foi* aquela Kitty quem roubou o Cajado. Você já a capturou? Não? Bem, é melhor parar de fazer cara feia e pegar a garota. Ei... — A gárgula o examinou mais de perto. — Você está com uma mancha roxa na bochecha. Alguém andou brigando!

— Não, não andei. Isso não tem importância.

— Lutando como um garoto de rua! Foi por causa de uma garota? Uma questão de honra? Vamos, pode me contar!

— Simplesmente esqueça. Escute... estou satisfeito com seu sucesso. Agora precisamos localizar a garota. — Nathaniel cutucou cuidadosamente a mancha com um dedo. Doeu.

A gárgula suspirou.

— É mais fácil falar do que fazer. Por onde, ó céus, vou começar?

— Não sei. Preciso pensar. Por enquanto você está dispensado. Vou convocá-lo novamente amanhã de manhã.

— Muito bem. — Gárgula e nuvem recuaram para dentro da parede e desapareceram.

Quando tudo estava mais uma vez silencioso, Nathaniel pôs-se de pé ao lado da escrivaninha, mergulhado em pensamentos. A noite encobria as janelas do escritório; da rua não chegava ruído algum. Ele sentia-se esgotado; seu corpo gritava por cama. Mas o Cajado era importante demais para ter sumido com tanta facilidade. Precisava localizá-lo de alguma forma. Talvez um livro de referência pudesse...

Nathaniel foi rapidamente devolvido à realidade por uma súbita batida na porta do pátio.

Prestou atenção, o coração martelando no peito. Outras três batidas: suaves, mas decididas.

Quem estaria por ali a uma hora daquelas? Visões do terrível mercenário brotaram em sua mente; ele as afastou, endireitou os ombros e se aproximou da porta.

Umedecendo os lábios, girou a maçaneta e deslocou a porta para o lado...

Um senhor baixo e gorducho estava de pé no degrau, piscando à luz que escoava do escritório. Vestia um terno de veludo verde-flamboiã, com polainas e um casaco de viagem lilás, fechado no pescoço. Na cabeça, usava um pequeno chapéu de camurça. Deu um sorriso radiante em conseqüência da perplexidade de Nathaniel.

— Olá, Mandrake, meu rapaz. Posso entrar? Está frio aqui fora.

— Sr. Makepeace! Mmm, sim. Por favor entre, senhor.

— Obrigado, meu rapaz, obrigado. — Com uma investida e um salto, o sr. Quentin Makepeace estava dentro da sala. Retirou o chapéu, que foi lançado através do aposento, indo pousar com grande precisão sobre um busto de Gladstone. Piscou para Nathaniel. — De um jeito ou de outro, acho que já tivemos o bastante no que diz respeito a *ele*. — Rindo baixo de sua piadinha, o sr. Makepeace espremeu-se em uma cadeira.

— Isto é uma honra inesperada, senhor. — Nathaniel andava para um lado e outro, hesitante. — Posso lhe oferecer alguma coisa?

— Não, não, Mandrake. Sente-se, sente-se. Só passei para termos uma conversinha. — Sorriu abertamente para Nathaniel. — Espero não estar interrompendo seu trabalho.

— Decerto que não, senhor. Eu estava justamente pensando em ir para casa.

— Muito bom também. "O sono é tão vital, e tão difícil de conseguir", como diz o Sultão na cena do balneário... Segundo Ato, Cena Três de *Meu amor é uma donzela oriental*, claro. Você viu?

— Temo que não, senhor. Eu era muito jovem. Meu mestre anterior, o sr. Underwood, não costumava freqüentar o teatro.

— Uma grande lástima. — O sr. Makepeace balançou a cabeça com pesar. — Com uma educação tão incompleta como essa, é um milagre você ter se tornado um rapaz tão promissor.

— Vi *Cisnes da Arábia*, claro — disse Nathaniel apressadamente. — Um trabalho maravilhoso. Muito comovente.

— Mmm. Foi aclamada minha obra-prima por diversos críticos, mas acredito que vá sobrepujá-la com minha próxima realização. Fui inspirado pelos problemas americanos e voltei minha atenção para o Ocidente. Um continente misterioso, sobre o qual sabemos muito *pouco*, Mandrake. O título do meu trabalho é *Anáguas e rifles*; inclui uma jovem do interior... — À medida que falava, o sr. Makepeace fazia vários sinais obscuros com as mãos; de suas palmas ergueu-se uma pequena quantidade de fagulhas alaranjadas, que flutuaram para o alto e para o exterior, assumindo posição em pontos ao redor do aposento. Assim que elas se imobilizaram, o dramaturgo parou no meio da frase e piscou para Nathaniel. — Viu o que eu fiz, garoto?

— Uma teia de detecção. Para detectar ouvidos ou olhos vigilantes.

— Exatamente. E tudo, no momento, está tranqüilo. Pois bem, não vim até aqui para conversar sobre minha obra, por mais fascinante que seja. Eu queria sondá-lo... sendo você um rapaz promissor... sobre uma certa proposta.

— Ficarei honrado em ouvi-la, senhor.

— É óbvio que não preciso pedir para que o conteúdo desta pequena conversa fique apenas entre nós — disse o sr. Makepeace. — Sofreríamos graves danos se uma palavra sequer fosse sussurrada fora dessas quatro paredes. Você tem a reputação de ser tão inteligente quanto é jovem e ágil, Mandrake; estou certo de que compreende.

— Claro, senhor. — Nathaniel transformou suas feições em uma máscara de atenção cortês. Por debaixo dela, estava perplexo, quando não lisonjeado. Por que o dramaturgo o havia abordado, a essa altura, com tanto sigilo, não conseguia imaginar. A estreita amizade do sr. Makepeace com o primeiro-ministro era amplamente comentada, mas

Nathaniel nunca pensara que o autor fosse, ele mesmo, um mago. Na verdade, baseado nas peças a que assistira, julgara improvável essa possibilidade: secretamente, Nathaniel as considerava uma pavorosa tapeação, com fins unicamente comerciais.

— Em primeiro lugar, as congratulações estão garantidas — disse o sr. Makepeace. — O afrito renegado desapareceu. E acredito que seu djim tenha participado dessa eliminação. Bom trabalho! Pode ter certeza que o primeiro-ministro tomou nota. Foi, na verdade, por conta disso, que o procurei esta noite. Alguém com sua eficiência pode me ajudar em um problema difícil.

Fez uma pausa, mas Nathaniel nada disse. Era melhor ser cauteloso ao confiar em um estranho. Os objetivos de Makepeace ainda não estavam claros.

— Você esteve na abadia esta manhã — continuou o sr. Makepeace — e ouviu a discussão entre os membros do Conselho. Não pode ter deixado de notar que nosso amigo, o chefe de polícia, sr. Duvall, alcançou grande prestígio.

— Sim, senhor.

— Como comandante dos soldados confederados, ele há muito tempo está em uma posição de poder considerável, e não faz segredo de seu desejo de obter ainda mais. Já usou os distúrbios atuais para ganhar autoridade às custas de sua mestra, a srta. Whitwell.

— Percebi certa competição dessa ordem — disse Nathaniel. Não achava prudente dizer mais.

— Muito cuidadosamente colocado, Mandrake. Agora, como amigo pessoal de Rupert Devereaux, não me importo de lhe contar que tenho encarado o comportamento de Duvall com uma boa dose de preocupação. Homens ambiciosos são perigosos, Mandrake. Desestabilizam as coisas. São indivíduos grosseiros e pouco civilizados como Duvall... você vai ficar chocado ao saber que ele nunca assistiu a uma de minhas *premières* na vida... São os piores de todos, já que não têm nenhum respeito por seus colegas. Duvall vem reforçando sua base de poder há anos, vem se reunindo com o primeiro-ministro enquanto destrói outras personalidades importantes. Sua ambição exacerbada é óbvia há muito tempo. Acontecimentos recentes, tais como o desastroso falecimento de nosso amigo Tallow, desestabilizaram enormemente nossos ministros seniores, e isso talvez forneça a Duvall novas oportunidades de levar vantagem. Na verdade... e não me importo de dizer isso a *você*, Mandrake, já que é tão extraordinariamente inteligente e leal... com a quantidade de poder que Duvall agora possui, temo uma rebelião.

Talvez por sua experiência no teatro, o sr. Makepeace possuía um modo de falar particularmente intenso: sua voz soava alta e trêmula, depois descia para tornar-se baixa e ressonante. A despeito de sua cautela, Nathaniel estava fascinado; inclinou-se mais.

— É, meu rapaz, você ouviu bem: é da *rebelião* que tenho medo, e, como amigo leal do sr. Devereaux, estou ansioso para impedi-la. Estou procurando aliados nesse sentido. Jessica Whitwell é poderosa, claro, mas não nos entendemos. Ela não é grande amante do teatro. Mas você, Mandrake, você é muito mais o meu tipo. Acompanho a sua carreira há um bom tempo, desde aquele infeliz incidente do Lovelace, na verdade, e acho que podemos nos sair admiravelmente bem juntos.

— Isso é muito gentil da sua parte, senhor — disse Nathaniel devagar. Sua mente fervilhava: era por *aquilo* que estivera esperando: uma linha direta com o primeiro-ministro. A srta. Whitwell não era uma verdadeira aliada; já deixara claro que planejava sacrificar a carreira dele. Bem, se jogasse aquele jogo com cuidado, poderia conseguir uma rápida promoção. Talvez não precisasse da proteção dela, afinal de contas.

Mas aquele era um território perigoso. Precisava manter-se em guarda.

— O sr. Duvall é um adversário terrível — disse brandamente. — É perigoso agir contra ele.

O sr. Makepeace sorriu.

— Bastante verdadeiro. Mas você já não fez alguma coisa nesse sentido? Creio que fez uma visita ao Gabinete de Registros Públicos esta tarde... e então se encaminhou às pressas a um endereço obscuro em Balham.

As palavras foram casuais, mas fizeram Nathaniel retesar-se do choque.

— Perdão — gaguejou ele —, como o senhor sabe...?

— Muitas informações chegam até mim, meu rapaz. Como amigo do sr. Devereaux, há muito mantenho olhos e ouvidos abertos. Não fique tão preocupado! Não faço a menor idéia do que você estava fazendo, somente que parecia uma iniciativa *pessoal*. — O sorriso dele se ampliou. — Duvall é responsável pelas táticas contra-revolucionárias agora, mas acho que você não o informou a respeito de suas atividades...?

Decerto que não. A cabeça de Nathaniel girava; precisava ganhar tempo.

— Mmm, o senhor mencionou uma espécie de colaboração entre nós — disse. — O que tem em mente?

Quentin Makepeace recostou-se na cadeira.

— O Cajado de Gladstone — disse ele. — É isso, pura e simplesmente. A questão do afrito foi resolvida, e parece que a maior parte da Resistência está morta também. Tudo muito bem. Mas o Cajado é um talismã poderoso; confere grande poder ao portador. Posso lhe garantir que, enquanto conversamos, o sr. Duvall está empregando todos os seus recursos para encontrar a pessoa que o pegou. Se conseguir — o mago olhou diretamente para Nathaniel com seus brilhantes olhos azuis —, pode decidir usá-lo *ele mesmo*, em vez de devolvê-lo ao governo. Acredito que a situação seja grave a esse ponto. Grande parte de Londres pode estar em perigo.

— Certo, senhor — disse Nathaniel. — Li a respeito do Cajado e creio que suas energias podem ser facilmente acessadas com alguns feitiços simples. Duvall é muito bem capaz de usá-lo.

— Sem dúvida. E acho que *nós* deveríamos nos adiantar a ele. Se você encontrar o Cajado e devolvê-lo ao sr. Devereaux, sua posição será grandemente melhorada, e o sr. Duvall terá sofrido uma derrota. Eu também vou ficar satisfeito, uma vez o primeiro-ministro vai ajudar a financiar meus trabalhos pelo mundo. O que acha da proposta?

A cabeça de Nathaniel dava voltas.

— Um... plano interessante, senhor.

— Bom, bom. Então, estamos de acordo. Precisamos agir depressa. — O sr. Makepeace inclinou-se para frente e bateu no ombro de Nathaniel.

Nathaniel piscou. Em seu amistoso entusiasmo, Makepeace tomava inteiramente como certo o seu consentimento. A proposta *era* sedutora, claro, mas ele sentia-se indeciso, manipulado; precisava de um momento para decidir o que fazer. Contudo, não dispunha de tempo. O conhecimento do mago a respeito de suas atividades o pegara horrivelmente desprevenido e ele perdera o controle. Nathaniel tomou uma decisão relutante: se Makepeace sabia de sua visita a Balham, não valia a pena ocultá-la de qualquer jeito.

— Já realizei algumas investigações — disse com presteza — e acredito que o Cajado possa estar nas mãos de uma garota, uma tal de Kitty Jones.

O mago assentiu em sinal de aprovação.

— Vejo que minha ótima opinião a seu respeito estava correta, Mandrake. Alguma idéia de onde ela possa estar?

— Eu... eu quase a peguei na casa dos pais esta noite, senhor. Eu... a deixei escapar por questão de minutos. Não acredito que estivesse com o Cajado na ocasião.

— Mmm... — O sr. Makepeace coçou o queixo; não fez qualquer tentativa de interrogar Nathaniel sobre os detalhes. — E agora ela deve ter desaparecido. Vai ser difícil localizá-la... a não ser que possamos encorajá-la a sair de seu esconderijo. Você prendeu os pais dela? Um pouco de tortura bem divulgada deve fazer a garota aparecer.

— Não, senhor. Pensei nisso, mas eles não são próximos. Não acredito que ela se rendesse por eles.

— Ainda assim, é uma opção. Mas tenho uma outra idéia, Mandrake. Tenho um contato com um pé no tenebroso submundo de Londres. Ele conhece mais mendigos, ladrões e batedores de carteira do que se poderia enfiar em um teatro. Vou falar com ele esta noite; ver se pode nos dar informação sobre essa Kitty Jones. Com um pouco de sorte, podemos agir amanhã. Enquanto isso, sugiro que você vá para casa e durma um pouco. E lembre-se, estamos jogando com apostas altas, meu rapaz, e o sr. Duvall é um rival perigoso. Nenhuma palavra com ninguém sobre o nosso acordo.

Bartimaeus

37

Era meio-dia e as sombras escasseavam. O céu exibia um azul fosco, pontilhado de nuvens amistosas. O sol brilhava amigavelmente sobre os telhados do subúrbio. No todo, era uma hora feliz, uma hora para empreendimentos honestos e trabalho decente. Como se para provar isso, alguns negociantes laboriosos percorriam a rua, empurrando seu carrinho de mão de casa em casa. Tiravam o chapéu para senhoras idosas, davam palmadinhas na cabeça de crianças pequenas, sorriam educadamente enquanto apresentavam a mercadoria. As barganhas eram feitas, bens e dinheiro mudavam de mãos; os negociantes se afastavam, assoviando hinos religiosos.

Difícil crer que algo ruim estava prestes a acontecer.

Empoleirada nas profundezas de um sabugueiro afastado da rua, uma forma negra encurvada examinava a cena. Era um amontoado de penas sujas e molhadas, com bico e pernas projetando-se para fora quase que de forma aleatória. Um corvo de tamanho médio: uma ave desleixada e de mau agouro. A ave mantinha seus olhos injetados de sangue firmemente focalizados nas janelas do andar superior de uma casa grande e de formato irregular, no outro extremo de um jardim coberto de vegetação.

Mais uma vez, eu zanzava com um propósito.

O que é importante lembrar a respeito desse negócio de invocação é que, estritamente falando, nada nunca é culpa sua. Se um mago o obriga a uma tarefa, você a realiza — e rápido — ou está sujeito ao Fogo Atrofiante. Com esse tipo de intimação pairando sobre a cabeça, você logo aprende a deixar de lado quaisquer escrúpulos. O que quer dizer que durante os cinco mil anos que andei de um lado para o outro pela Terra, estive sem querer envolvido em um bom número de operações vis.[1] Não que eu *tenha* uma consciência, claro, mas até mesmo nós, djins endurecidos, às vezes nos sentimos um pouco enojados com as coisas que somos obrigados a fazer.

Esta, em escala menor, era uma dessas ocasiões.

O corvo agachava-se melancolicamente em sua árvore, mantendo outras aves a distância pelo simples expediente de liberar uma Fetidez. No momento, não desejava companhia.

Agitei o bico em leve sinal de desânimo. *Nathaniel.* O que eu podia dizer? Apesar de nossas divergências ocasionais,[2] eu tinha esperanças de que se tornasse ligeiramente diferente do tipo normal de mago. Ele demonstrara um bocado de iniciativa no passado, por exemplo, e mais do que uma migalha de altruísmo. Teria sido quase possível que seguisse seu *próprio* caminho na vida, e não apenas afundasse na velha estrada do poder/riqueza/notoriedade que todos os seus companheiros haviam escolhido.

Mas ele fizera isso? Não.

Os indícios agora eram piores do que nunca. Talvez ainda alterado por testemunhar a morte de seu colega Tallow, meu mestre fora seco ao ponto da descortesia quando me invocara aquela manhã. Estava mais pálido e taciturno do que nunca. Nada de conversas amigáveis, nada de gracejos diplomáticos. Não recebi elogio pelo despacho do renegado afrito

[1]Houve a triste derrubada de Akhenaton, por exemplo. Nefertiti nunca me perdoou por isso, mas o que eu podia fazer? Responsabilizem os Sumos Sacerdotes de Ra, não a mim. Então houve aquele negócio desagradável do anel mágico de Salomão, que um de seus rivais me incumbiu de roubar e atirar ao mar. Posso garantir que precisei de uma certa lábia na ocasião. E aí houve todos os outros incontáveis assassinatos, seqüestros, roubos, difamações, intrigas e fraudes... pensando bem, verdadeiras missões *bona fide*, não-sórdidas, são muito poucas e bem espaçadas.
[2]Tudo bem: perpétuas.

na noite anterior e, embora eu assumisse a forma de algumas fêmeas sedutoras, não consegui a mínima melhora de disposição da parte dele. O que consegui foi uma imediata e nova tarefa — do tipo que se ajusta instantaneamente na categoria "sórdida e lamentável". Era um novo processo em Nathaniel, a primeira vez que ele descia a tais profundezas, e devo admitir que o fato me surpreendeu.

Mas uma obrigação é uma obrigação. Portanto lá estava eu, uma ou duas horas mais tarde, perdendo tempo em um arbusto em Balham.

Parte de minhas instruções era manter a coisa toda o mais silenciosa possível, motivo pelo qual eu não havia simplesmente arrebentado o teto para abrir caminho.[3] Sabia que minha presa estava em casa e provavelmente no andar de cima; então esperei, com meus olhinhos brilhantes fixos nas janelas.

Esta não era uma casa de mago. Pintura descascando, molduras podres nas janelas, ervas daninhas crescendo por entre as fendas no piso da entrada. Uma propriedade de bom tamanho, é verdade, ainda que malcuidada e um pouco triste. Havia até mesmo alguns brinquedos de criança enferrujados fincados na grama.

Após uma hora ou mais de imobilidade, o corvo estava ficando inquieto. Embora meu mestre quisesse discrição, também desejava rapidez. Em breve, eu teria de parar de perder tempo e terminar o serviço. Mas queria, de preferência, esperar até que a casa estivesse vazia e a vítima, sozinha.

Como se em resposta a essa necessidade, a porta da frente de repente se abriu e uma mulher grande e imponente avançou, segurando uma sacola de lona. Passou precisamente embaixo de mim e deslocou-se rua afora. Não me dei o trabalho de tentar me esconder. Para ela, eu era apenas uma ave. Não havia nenhum Nexus, nenhuma defesa mágica, nenhum sinal de que alguém por ali conseguisse enxergar além do primeiro plano. Em outras palavras, dificilmente aquilo era um teste adequado para meus poderes. A missão inteira era sórdida, do começo ao fim.

---

[3]Também rejeitei esse procedimento por questões estéticas. Detesto deixar tudo bagunçado.

Então — um movimento em uma das janelas. Um trecho da cortina cinzenta e empoeirada foi afastado e um braço esquelético se estendeu para abrir o trinco e empurrar o caixilho para cima. Eis minha deixa. O corvo decolou e voejou sobre o jardim, como um par de cuecas pretas soprado pelo vento. A ave pousou no peitoril da janela em questão e, arrastando as pernas escamosas, avançou devagar ao longo das cortinas sujas, até localizar pequena fenda vertical. O corvo enfiou a cabeça através dela e deu uma olhada no interior.

A finalidade principal do aposento era evidente pela cama encostada na parede mais distante: um edredom desordenado indicava que fora recentemente ocupada. Mas na ocasião, a cama achava-se semi-oculta por uma quantidade colossal de pequenas bandejas de madeira, cada uma delas subdividida em compartimentos. Algumas continham pedras semipreciosas: ágata, topázio, opala, granada, jade e âmbar, todas lapidadas, polidas e classificadas por tamanho. Outras continham frisos de metal fino, ou punhados de marfim entalhado, ou peças triangulares de tecido colorido. De uma ponta a outra, em uma das laterais do quarto, uma tosca bancada fora erguida e achava-se coberta por bandejas adicionais, junto com prateleiras de ferramentas esguias e potes de cola de odor repugnante. Em um dos cantos, cuidadosamente empilhados e etiquetados, repousavam livros com capas novas de couro liso, em uma dezena de cores. Marcas a lápis nas capas indicavam onde seria acrescentada a ornamentação e, no centro da mesa, sob um facho de luz proveniente de duas luminárias, uma dessas operações se achava em andamento. Em um grosso volume de pele de crocodilo marrom, uma estrela-padrão formada por minúsculas granadas era acrescentada à capa dianteira. Enquanto o corvo no peitoril da janela observava, a última gema recebeu por baixo uma gota de cola e foi aplicada com um par de pinças.

Profundamente concentrado no trabalho e, portanto, desatento à minha presença, estava o rapaz que eu fora buscar. Vestia um roupão bastante usado e pijamas de um azul desbotado. Seus pés, cruzados sob a banqueta, estavam cobertos por um enorme par de meias de dormir.

O cabelo negro era longo — caindo até os ombros — e em uma classificação cabelos-sebo comum, até mesmo a juba maligna de Nathaniel deixava a desejar. A atmosfera no quarto era pesada, devido ao couro, à cola e ao cheiro do garoto.

Bem, era isso. Nada como o presente, etc. Hora de agir.

O corvo deu um suspiro, apoderou-se da cortina com o bico e com um único e rápido movimento de cabeça rasgou o tecido ao meio.

Atravessei para o peitoril interno e saltei para a pilha de livros mais próxima, justamente quando o garoto levantou os olhos do trabalho.

Ele estava muito fora de forma; as carnes pendiam pesadas em seu corpo e seus olhos pareciam cansados. Avistou o corvo e passou uma das mãos pelo cabelo de forma destraída. Um olhar fugaz de pânico cruzou seu rosto, depois se transformou em resignação. Depositou as pinças sobre a bancada.

— Que espécie de demônio é você? — perguntou ele.

O corvo foi pego de surpresa.

— Você está usando lentes ou algo parecido?

O garoto deu de ombros com ar cansado.

— Minha avó sempre disse que demônios vinham como corvos. E pássaros normais não abrem caminho rasgando cortinas, abrem?

Essa última parte era reconhecidamente verdadeira.

— Bem, se você quer saber, sou um djim de grande antigüidade e poder. Conversei com Salomão e Ptolomeu, e persegui e capturei os Povos do Mar na companhia de reis. Atualmente, entretanto, sou um corvo. Mas chega de falar de mim. — Adotei um tom mais eficiente, mais formal. — Você é o plebeu Jakob Hyrnek? — Um aceno de cabeça. — Bom. Então prepare...

— Sei quem o mandou.

— Er... Sabe?

— Há muito tempo eu imaginava que isso iria acontecer.

O corvo piscou de surpresa.

— Poxa! Eu só descobri esta manhã.

— Faz sentido. Ele decidiu terminar o serviço. — O garoto enfiou as mãos bem fundo nos bolsos do roupão e suspirou com emoção.

Fiquei confuso.

— Ele decidiu? Que serviço é esse? Escute... pare de suspirar feito uma garota e se explique.

— Me matar, claro — disse Hyrnek. — Presumo que você seja um demônio mais eficiente do que o último. Embora eu tenha que admitir que ele *parecia* muito mais assustador. Você é um pouco desmazelado e fraco. E pequeno.

— Fique quieto só um instante. — O corvo esfregou os olhos com a ponta de uma asa. — Há algum engano aqui. Meu mestre nunca ouviu falar de sua existência até ontem. Ele me disse isso.

Foi a vez de o garoto ficar confuso.

— Por que Tallow diria isso? Ele está maluco?

— *Tallow?* — O corvo estava praticamente vesgo de perplexidade. — Vá mais devagar! O que *ele* tem a ver com isso?

— Ele mandou o macaco verde atrás de mim, claro. Então naturalmente presumi...

Ergui uma das asas.

— Vamos começar outra vez. Fui enviado para encontrar Jakob Hyrnek neste endereço. Jakob Hyrnek é você. Correto? Certo. Até aqui tudo bem. Agora, não sei nada a respeito de nenhum macaco verde... e seja dito de passagem, aparência não é tudo. Posso não parecer grande coisa no momento, mas sou muito mais maligno do que aparento.

O garoto assentiu com tristeza.

— Achei que seria.

— Definitivamente, fracote. Sou mais sórdido do que qualquer macaco com que você poderia topar, isso é certo. Agora, onde eu estava? Perdi o fio da meada... Ah, sim... Não sei nada a respeito do macaco e certamente não fui invocado por Tallow. O que seria impossível de qualquer jeito.

— Por quê?

— Porque ele foi engolido por um afrito na noite passada. Mas isso foi por acaso...

Não para o garoto. Diante daquelas notícias, seu rosto se iluminou: seus olhos se arregalaram, a boca alargou-se em um longo e lento sorriso. Todo o seu corpo, que desabava sobre a banqueta como um saco de cimento, subitamente começou a se endireitar e ganhar nova vida. Seus dedos agarraram a borda da bancada com tanta força que as articulações estalaram.

— Ele está *morto*? Você tem certeza?

— Vi com estes olhos. Bem... não com *estes* exatamente. Eu era uma serpente na ocasião.

— Como aconteceu? — Ele parecia estranhamente interessado.

— Uma invocação deu errado. O idiota interpretou mal as palavras, ou algo parecido.

O sorriso de Hyrnek se ampliou.

— Ele estava lendo em um livro?

— Um livro, sim... que é onde em geral os feitiços são encontrados. Agora, podemos *por favor* voltar ao assunto em andamento? Não tenho o dia inteiro.

— Certo, mas sou muito grato por sua informação. — O garoto fez o melhor que pôde para se recompor, mas continuou rindo estupidamente e soltando risinhos. Aquilo realmente me fez perder o rebolado.

— Olhe, estou tentando ser sério aqui. Vou lhe avisando para tomar cuidado... Droga! — O corvo dera um passo ameaçador para frente e enfiara o pé em um pote de cola. Após algumas tentativas, consegui me livrar do pote sacudindo-o através do quarto e comecei a limpar meus dedos esfregando-os na borda de uma caixa de madeira. — Agora ouça — rosnei enquanto esfregava os pés —, vim até aqui, não para matá-lo, como você supôs... mas para levá-lo e eu o aviso para não resistir.

Aquilo lhe infundiu algum juízo.

— Me levar? Para onde?

— Você vai ver. Você quer se vestir? Posso lhe dar um pouco de tempo.

— Não, não posso! — De repente ele pareceu angustiado, esfregando o rosto e coçando as mãos.

Tentei ser tranqüilizador.

— Não vou lhe fazer mal...

— Mas eu *nunca* saio. Nunca!

— Você não tem escolha, filho. Agora, que tal uma calça? O fundilhos desse pijama parecem meio frouxos e eu vôo a muita velocidade.

— *Por favor.* — Ele estava desesperado, suplicante. — Eu *nunca* saio. Não faço isso há três anos. *Olhe* para mim. Olhe para mim. Está vendo?

Olhei para ele sem entender.

— O quê? Você é um pouco rechonchudo. Há piores do que você lá fora andando nas ruas, e você resolveria esse problema bastante rápido se fizesse algum exercício em vez de ficar aqui sentado em cima do traseiro. Incrustar livros de magia dentro do quarto não é vida para um garoto em crescimento. Vai destruir sua vista também.

— Não... minha pele! E minhas mãos! Olhe para elas! Estou horrendo! — A essa altura, ele estava gritando, lançando as mãos na direção de meu bico e afastando o cabelo do rosto.

— Desculpe, eu não...

— A cor, é claro! Veja! Por todo o meu corpo. — E sem dúvida, agora que ele mencionava, vi uma série de faixas pretas e cinzentas percorrendo de cima a baixo seu rosto e o dorso de suas mãos.

— Ah, *isso* — disse eu. — Qual é o problema? Achei que fosse de propósito.

Diante disso, Hyrnek emitiu uma espécie de riso bobo, soluçante, do tipo que denota muito tempo passado em divagações solitárias. Não lhe dei tempo para falar.

— Foi um Demolidor Negro, não foi? — prossegui. — Bem, o povo banja, do Grande Zimbábue,* costumava usar esse, entre outros feitiços, para ficar mais atraente. Era considerado muito chique, para um jovem noivo, ter o corpo todo coberto de listas antes do casamento, e as mulheres eram partidárias disso também, de forma mais localizada. Só os ricos podiam se dar a esse luxo, claro, já que os bruxos cobravam uma fortuna. Seja como for, do ponto de vista deles, você parece extremamente aceitável. — Fiz uma pausa. — A não ser pelo cabelo, que *está* muito ruim. Mas o do meu mestre é a mesma coisa, o que não o impede de andar de um lado para o outro em plena luz do dia. Portanto — em meio a tudo isso, pensei ter ouvido uma porta bater em algum lugar da casa —, é hora de ir. Temo que não tenhamos tempo para calças; você vai ter que tentar a sorte com as correntes de ar.

Dei um salto ao longo da bancada. O garoto deslizou do assento em súbito pânico e começou a recuar.

— Não! Me deixe em paz!

— Lamento, não posso. — Ele estava fazendo muito barulho; eu podia perceber movimento em um cômodo no andar de baixo. — Não ponha a culpa em mim, não tive escolha.

O corvo pulou para o chão e começou a se transformar, expandindo-se a um tamanho sinistro. O garoto gritou, virou-se e se lançou para a porta. Um grito chegou do andar de baixo em resposta; pareceu maternal. Ouvi pés pesados dispararem escada acima.

Jakob Hyrnek lutava com a maçaneta, mas não conseguiu completar o segundo giro. Um gigantesco bico dourado desceu sobre o colarinho de seu roupão; garras de aço descreveram um círculo sobre o tapete, partindo as tábuas embaixo dele. O garoto foi impulsionado para o alto e girado, como um filhote indefeso balançando nas mandíbulas da mãe. Asas poderosas agitaram-se uma vez, derrubando bandejas e lançando as pedras

*O *Grande Zimbábue* é um conjunto de muros de pedra na região leste do país, próximo à fronteira com Moçambique. É um monumento nacional e foi inscrito pela Unesco como Patrimônio da Humanidade em 1986. (*N. da T.*)

preciosas tamborilando contra a parede. Uma rajada de vento; o garoto foi lançado na direção da janela. Uma asa de penas escarlates ergueu-se para envolvê-lo; vidro estilhaçado foi arremessado para todos os lados; o ar frio golpeou o corpo do garoto. Ele gritou, debateu-se selvagemente — e desapareceu.

Alguém que se aproximasse da parede escancarada atrás de nós não teria visto ou ouvido nada, a não ser talvez a sombra de um grande pássaro atravessando rápido o jardim e alguns gritos distantes elevando-se em direção aos céus.

Kitty

38

Naquela tarde Kitty passou três vezes pelo Café Druida. Nas duas primeiras ocasiões, não viu nada nem ninguém de interesse, mas na terceira, sua sorte mudou. Atrás de um bando de turistas europeus eufóricos, que ocupavam várias mesas afastadas, discerniu a tranqüila figura do sr. Hopkins, sentado sozinho em silêncio, mexendo seu expresso com uma colher. Ele parecia absorto na tarefa, acrescentando distraidamente um cubo de açúcar após o outro à bebida escura. Mas não tomou um gota sequer.

Das sombras da estátua no centro da praça, Kitty o observou por longo tempo. Como sempre, o rosto do sr. Hopkins era afável e bastante inexpressivo: Kitty achou impossível descobrir o que ele estava pensando.

A traição de seus pais a deixara mais exposta do que nunca, sem amigos e só, e uma segunda noite com fome na adega a convenceu da necessidade de conversar com o único aliado que tinha esperanças de encontrar. Acreditava firmemente que Nick estaria bem escondido; mas o sr. Hopkins, sempre separado do restante da Resistência, ainda poderia estar acessível.

E, como previra, lá estava ele, esperando no local combinado; mesmo assim, Kitty ainda hesitava, torturada pela incerteza.

Talvez não tivesse sido exatamente culpa do sr. Hopkins que a invasão tivesse corrido tão mal. Talvez nenhum dos velhos documentos que ele havia estudado mencionassem o servidor de Gladstone. Apesar disso, Kitty não podia deixar de associar suas recomendações cuidadosas ao terrível desenlace na tumba. O sr. Hopkins os apresentara ao benfeitor desconhecido; ajudara a orquestrar todo o esquema. No mínimo, sua estratégia fora lamentavelmente deficiente; na pior das hipóteses, colocara imprudentemente todos eles em perigo.

Entretanto, com os outros mortos e os magos nos calcanhares dela, Kitty tinhas poucas opções. Por fim, saiu de trás da estátua e cruzou as pedras do calçamento até a mesa do sr. Hopkins.

Sem um cumprimento, ela puxou uma cadeira e se sentou. O sr. Hopkins ergueu os olhos; seus pálidos olhos cinzentos a avaliaram. A colher produzia pequenos ruídos contra os bordos da xícara enquanto ele mexia a bebida. Kitty o encarou impassível. Um garçom alvoroçado se aproximou; Kitty fez um pedido apressado e esperou que ele se afastasse. Nada disse.

O sr. Hopkins retirou a colher, deu leves pancadinhas na borda da xícara e depositou cuidadosamente a colher sobre a mesa.

— Ouvi as notícias — disse abruptamente. — Procurei por você ontem o dia todo.

Kitty deu uma risada melancólica.

— O senhor não é o único.

— Deixe que eu diga de uma vez... — O sr. Hopkins interrompeu-se quando o garçom reapareceu, depositou um *milkshake* e um pão doce diante de Kitty com um floreio e partiu. — Deixe que eu diga de uma vez o quanto... lamento terrivelmente tudo isso. É uma tragédia pavorosa. — Fez uma pausa; Kitty o observou. — Se serve de algum consolo, meu... informante ficou profundamente angustiado.

— Obrigada — disse Kitty. — Não serve.

— A informação que tínhamos... e que partilhamos aberta e completamente com o sr. Pennyfeather, não fazia qualquer menção ao guardião — continuou o sr. Hopkins sem se perturbar. — A Pestilência... sim, e mais nada. Se soubéssemos, claro que nunca teríamos aprovado um plano como aquele.

Kitty estudou seu *milkshake*; não confiava em si mesma para falar. De repente, sentiu-se completamente nauseada.

O sr. Hopkins observou-a por um momento.

— Todos os outros estão...? — começou ele, depois parou. — Você é a única...?

— Pensei — disse Kitty amargamente — que, com uma rede de informação sofisticada como a sua, a esta altura o senhor *soubesse*. — Ela suspirou. — Nick também sobreviveu.

— Ah? Verdade? Bom, bom. E onde está Nick?

— Não tenho a menor idéia. E não me interessa. Ele fugiu enquanto os outros lutavam.

— Ah. Entendo. — O sr. Hopkins brincava com sua colher novamente. Kitty olhou fixo para o próprio colo. Percebeu naquele momento que não sabia o que pedir, que ele se achava tão inseguro quanto ela. Aquilo de nada adiantava; estava completamente sozinha.

— Claro que agora é secundário — começou o sr. Hopkins, e algo em seu tom fez Kitty erguer os olhos com severidade. — Dada a natureza da tragédia que aconteceu, é secundário e irrelevante, claro, mas suponho... que, com os perigos inesperados com que vocês se depararam e o infortúnio de perder tantos de seus admiráveis companheiros... que você não conseguiu trazer nada de valor da tumba?

A pergunta foi tão incoerente e tortuosa que teve imediatamente o efeito oposto do pretendido por seu cauteloso emitente. Os olhos de Kitty se arregalaram de incredulidade; suas sobrancelhas cerraram-se lentamente em um olhar carrancudo.

— O senhor está certo — disse ela de forma decidida. — É irrelevante. — Comeu o pão doce em duas mordidas e tomou um gole de seu *milkshake*.

O sr. Hopkins começou a mexer seu café novamente.

— Mas então nada *foi* roubado? — insistiu. — Vocês não conseguiram... — Sua voz apagou-se.

Quando Kitty se sentou à mesa, tinha a vaga intenção de mencionar o Cajado ao sr. Hopkins; o objeto não era, afinal, de nenhuma utilidade para ela e era possível que o benfeitor, que o desejava para sua coleção, estivesse disposto a pagar alguma coisa em troca — dinheiro para sobreviver vinha agora em primeiro lugar em sua mente. Presumira, diante das circunstâncias, que o sr. Hopkins traçaria um plano decente para o negócio; não esperava que ele a pressionasse tão abertamente pela recompensa do roubo. Pensou em Anne e na morte penosa que tivera em seu caminho através da nave escura, torturando-se por ter abandonado a sacola com os tesouros. Os lábios de Kitty tornaram-se uma linha inflexível.

— Nós pegamos o conteúdo da tumba — disse ela. — Mas não conseguimos escapar. Talvez Nick tenha trazido alguma coisa, não sei.

Os olhos pálidos do sr. Hopkins a avaliaram.

— Mas você... você não pegou nada?

— Abandonei minha sacola.

— Ah. Claro. Entendo.

— O manto estava dentro dela, entre outras coisas. O senhor vai ter de pedir muitas desculpas ao seu informante; esse era um dos objetos que ele queria, não?

O homem fez um gesto evasivo.

— Não me lembro. Suponho que você não saiba o que foi feito do Cajado de Gladstone, sabe? Acho que meu informante *estava* de olho.

— Imagino que tenha sido deixado para trás.

— Certo... Só que não houve menção ao fato de ele ter sido localizado na abadia, nem nenhum sinal de estar com o esqueleto enquanto este circulava por Londres.

— Então Nick o pegou... não sei. O que importa? Não é valioso, é? De acordo com o senhor. — Kitty falou casualmente, mas observou o rosto do outro enquanto o fazia.

Ele balançou a cabeça.

— Não. Mas mesmo assim. Meu informante vai ficar decepcionado, só isso. Ele o queria tanto que pagaria uma quantia generosa para tê-lo nas mãos.

— *Todos* nós estamos decepcionados — disse Kitty. — E a maioria de nós está morta. Ele pode viver com isso.

— Pode. — O sr. Hopkins tamborilava com os dedos na toalha; parecia refletir. — Bem — disse alegremente —, e você, Kitty? Quais são seus planos agora? Onde vai ficar?

— Não sei. Vou pensar em alguma coisa.

— Precisa de ajuda? De algum lugar para ficar?

— Não, obrigada. Seria melhor que saíssemos do caminho um do outro. Os magos localizaram minha família; não quero colocá-lo, ou ao seu informante, em risco. — Tampouco desejava associar-se mais um minuto sequer ao sr. Hopkins. A evidente indiferença dele diante da morte de seus companheiros a surpreendera; agora desejava ficar o mais longe possível do sujeito. — Na verdade — ela empurrou sua cadeira para trás —, talvez eu deva ir embora agora.

— Sua preocupação é louvável. Obviamente lhe desejo muita sorte. Antes de ir, no entanto — o sr. Hopkins coçou o nariz, como se perguntasse a si mesmo como expressar algo um tanto difícil —, acho que você talvez deva ouvir o que descobri através de uma de minhas fontes. Isso a afeta muito de perto.

Kitty parou a meio caminho de se levantar.

— A mim?

— Temo que sim. Eu soube há pouco mais de uma hora. É muito sigiloso; a maior parte do governo não tem conhecimento disso. Um dos magos que a está perseguindo... o nome dele creio que é John Mandrake... esteve pesquisando seu passado. Descobriu que alguns anos atrás uma tal de Kathleen Jones compareceu à corte judicial, acusada de agressão.

— E daí? — Kitty manteve o rosto tranqüilo, mas seu coração subitamente disparou. — Isso foi há muito tempo.

— De fato. Examinando os registros do julgamento, ele descobriu que você perpetrou um ataque gratuito a um mago importante, pelo qual foi multada. Ele considera este um dos primeiros ataques da Resistência.

— Ridículo! — Kitty explodiu de fúria. — Foi um acidente! Não tínhamos a menor idéia...

— Além do mais — continuou o sr. Hopkins —, ele sabe que você não praticou esse ataque sozinha.

Kitty sentou-se, completamente imóvel.

— O quê? Ele não está achando...

— O sr. Madrake acredita, e se está certo ou errado talvez não venha ao caso, que seu amigo... qual o nome dele?... Jakob alguma coisa...

— Hyrnek. Jakob Hyrnek.

— Isso mesmo. Ele acredita que o jovem Hyrnek também esteja ligado à Resistência.

— Isso é ridículo...!

— Ainda assim, em algum momento esta manhã, ele enviou um demônio para seqüestrar seu amigo para um interrogatório. Ai, meu Deus, *achei* que isso poderia perturbá-la.

Kitty levou alguns segundos para se recompor. Quando falou, sua voz era hesitante.

— Mas não *vejo* Jakob há anos. Ele não sabe de nada.

— O sr. Mandrake sem dúvida vai descobrir isso. No final.

A cabeça de Kitty girava. Ela tentou ordenar seus pensamentos.

— Para onde o levaram? Para... a Torre?

— Espero, minha cara, que você não esteja pensando em fazer nada precipitado — murmurou o sr. Hopkins. — Dos magos mais jovens, o sr. Mandrake é considerado um dos mais poderosos. Um garoto talentoso; um dos favoritos do primeiro-ministro. Não seria prudente...

Kitty fez força para não gritar. Cada momento que demoravam, Jakob podia estar sendo torturado; demônios piores que o esqueleto podiam estar ao seu redor, ferindo-o com suas garras... E ele era completamente inocente; não tinha nada a ver com tudo aquilo. Que idiota havia sido!

Suas ações impulsivas nos últimos anos haviam colocado em perigo alguém por quem em outros tempos teria dado a vida.

— Eu tentaria esquecer o jovem Hyrnek — estava dizendo o sr. Hopkins. — Você não pode fazer nada...

— *Por favor* — disse ela. — É a Torre de Londres?

— Na verdade não. Esse seria o procedimento normal. Mas acho que Mandrake está tentando fazer as coisas sozinho, em sigilo; passar à frente de seus rivais no governo. Ele seqüestrou seu amigo em segredo e o levou a um esconderijo para interrogatório. Provavelmente não é muito protegido. Mas haverá demônios...

— Eu conheci Mandrake. — Kitty o interrompeu violentamente. Inclinou-se para frente de forma decidida, atingindo o copo de *milkshake*, que foi arremessado para o lado, derramando líquido na toalha. — Eu o conheci, o desafiei e me afastei sem nem mesmo olhar para trás. Se esse garoto ferir Jakob — disse ela —, se o ferir de algum jeito, acredite em mim, sr. Hopkins, vou matá-lo com minhas próprias mãos. Ele e qualquer demônio que se coloque no meu caminho.

O sr. Hopkins retirou as mãos da mesa e as abaixou. Um gesto que poderia significar alguma coisa.

— Mais uma vez — disse Kitty —, o senhor sabe onde fica esse esconderijo?

Os olhos cinza pálido a observaram por certo tempo; depois piscaram.

— Sei — disse ele brandamente. — *Conheço* o endereço. Posso dá-lo a você.

39

Kitty nunca estivera no armazém secreto do sr. Pennyfeather, mas sabia como acionar o mecanismo da porta. Abaixou a alavanca de metal escondida entre os escombros no chão da adega e simultaneamente empurrou os tijolos acima da pilha de lenha. A alvenaria deslocou-se para o interior com um movimento lento e pesado; houve um súbito odor de produto químico e uma fenda surgiu na parede.

Kitty espremeu-se através da passagem e deixou que a porta se fechasse atrás dela.

Absoluta escuridão. Kitty ficou paralisada. Então estendeu as mãos e tateou hesitante em ambas as direções, procurando por alguma espécie de interruptor. Para seu completo horror, primeiro topou com algo frio e peludo; justo quando recolhia a mão, a outra se fechou sobre um fio pendurado.

Ela o puxou: um estalo, um zumbido; uma luz amarela se acendeu.

O objeto peludo, Kitty sentiu-se imediatamente aliviada ao descobrir, era o capuz de um velho casaco, suspenso em um cabide. Ao lado dele, havia três mochilas penduradas. Kitty escolheu a maior, colocou a alça na cabeça e examinou o restante do aposento.

Era uma câmara pequena, coberta, do chão ao teto, por toscas prateleiras de madeira. Ali estavam as sobras da coleção do sr. Pennyfeather: os artefatos mágicos que Kitty e o restante do bando haviam conseguido roubar nos anos anteriores. Muitos objetos haviam sido removidos para o ataque à abadia, mas restava grande quantidade de itens. Fileiras ordenadas de globos explosivos e esferas com bolorentos estendiam-se lado a lado com uma ou duas esferas de elementos, bastões de Inferno, estrelas de prata para lançamento e outras armas facilmente manejáveis. Elas brilhavam intensamente sob a luz: ao que parece, o sr. Pennyfeather as mantinha bem polidas. Kitty visualizou-o descendo à adega, regozijando-se sozinho com sua coleção. Por alguma razão, aquele pensamento a aborreceu. Pôs-se a trabalhar, enfiando na mochila tantos itens quanto podia.

Em seguida, aproximou-se de uma prateleira de adagas, punhais e outras facas. Algumas talvez fossem mágicas, outras eram apenas bastante afiadas. Selecionou duas, enfiando a de prata em um compartimento secreto no interior de sua bota direita e a outra em seu cinto. Quando se levantou, sua jaqueta a cobriu, escondendo-a de vista.

Outra prateleira continha diversos frascos de vidro empoeirados, de tamanhos variados, a maior parte contendo um líquido incolor. Haviam sido roubados de residências de magos, mas sua finalidade era desconhecida. Kitty olhou-os de relance e se afastou.

O conjunto de prateleiras restante era preenchido, de cima a baixo, por objetos cujo propósito o sr. Pennyfeather não descobrira: jóias, adornos, túnicas e vestes, um par de pinturas da Europa central, bricabraques asiáticos, conchas de cores vivas e pedras com estranhos contornos e espirais. Stanley e Gladys haviam observado uma espécie de aura mágica nos dois últimos itens, mas a Resistência fora incapaz de fazê-los funcionar. Nesses casos, o sr. Pennyfeather os havia simplesmente armazenado.

Kitty pretendia ignorar tais prateleiras, mas, quando voltava para a porta secreta, avistou, semi-oculto na parte de trás de uma delas, um disco pequeno e sem brilho, coberto de teias de aranha.

O espelho mágico de Mandrake.

Sem saber muito bem por quê, Kitty pegou o disco e o enfiou, com teias de aranha e tudo, no bolso interno da jaqueta. Então se dirigiu à porta, que por dentro era equipada com uma maçaneta convencional. Girou-a e saiu para a adega.

O cajado ainda estava no chão, onde o havia atirado aquela manhã. Em um súbito impulso, Kitty o agarrou e levou para o compartimento secreto. Ainda que imprestável, seus amigos haviam morrido para obtê-lo;

o mínimo que podia fazer era guardá-lo em segurança. Largou-o a um canto, deu uma última olhada ao redor do depósito da Resistência e apagou a luz com um estalido. A porta se fechou com um rangido triste enquanto ela atravessava a adega em direção à escada.

O esconderijo onde Jakob era mantido ficava em uma área desabitada no leste de Londres, oitocentos metros ao norte do Tâmisa. Kitty a conhecia muito bem: era uma região de armazéns e terrenos baldios, muitos remanescentes do bombardeio aéreo da Grande Guerra. A Resistência a achava uma área útil para operar: haviam assaltado vários armazéns e utilizado alguns dos prédios abandonados como esconderijos temporários. A presença de magos no local era relativamente pequena, sobretudo após o anoitecer. Apenas umas poucas esferas de vigilância tendiam a passar por ali, e as que o faziam em geral podiam ser evitadas. Sem dúvida fora exatamente por esse anonimato que o mago Mandrake também escolhera o lugar: desejava conduzir seu interrogatório sem ser perturbado.

O plano de Kitty, tal como o concebera, era duplo. Se possível, libertaria Jakob, usando suas armas e sua resistência natural para encurralar Mandrake e quaisquer demônios. Então daria sumiço em Mandrake no cais e ali tentaria passar para o Continente. Permanecer em Londres era impraticável por enquanto. Se o resgate e a fuga fossem impossíveis, a alternativa era menos agradável: pretendia se entregar, cuidando para que Jakob fosse libertado. As implicações disso eram claras, mas Kitty não hesitou. Vivera tempo demais como inimiga dos magos para ter medo das conseqüências a essa altura.

Mantendo-se nas ruas secundárias, Kitty abriu caminho lentamente pelo leste de Londres. Às 21h, soou um zumbido monótono e familiar vindo das torres do centro da cidade: em resposta à incursão na abadia duas noites atrás, o toque de recolher achava-se em vigor. Pessoas passavam por ela de ambos os lados da rua, cabeças baixas, seguindo depressa para casa. Kitty lhes prestou pouca atenção; violara mais toques de recolher do que conseguia lembrar. Ainda assim, sentou-se em um banco em um pequeno parque deserto por meia hora ou mais, esperando que a agitação se dissipasse. Era melhor que não houvesse testemunhas quando se aproximasse de seu objetivo.

O sr. Hopkins não perguntou o que ela havia planejado, e ela não fornecera espontaneamente a informação. Salvo o endereço, não queria ter mais nada a ver com ele. Sua cruel indiferença no café a chocara. A partir daquele momento, não contaria com ninguém mais, a não ser consigo mesma.

As 22h chegaram e se foram; a lua surgiu, alta e cheia sobre a cidade. Movendo-se com precaução, sapatos com solados de borracha, a mochila pesada ao lado do corpo, Kitty deslocou-se através das ruas desertas. Em vinte minutos, chegou ao seu destino: um acanhado beco sem saída, com pequenas oficinas de ambos os lados. Na esquina, encolhendo-se nas sombras, avaliou o terreno a sua frente.

A rua era estreita, iluminada apenas por duas lâmpadas, uma delas a poucos metros da esquina de Kitty, a outra mais adiante, próxima ao final da rua. As lâmpadas e o luar pálido brilhando no alto forneciam aos prédios uma iluminação marginal.

As oficinas em geral eram baixas, com um ou dois pavimentos. Algumas delas se achavam cobertas por pranchas; outras traziam as portas e janelas desmoronadas, exibindo as cavidades escuras e escancaradas. Kitty observou-as por longo tempo, respirando no silêncio da noite. Para ela, era regra geral nunca atravessar espaços abertos, desconhecidos, no escuro. Mas não viu ou ouviu nada imprevisto. Estava tudo muito quieto.

No final da rua, para além da segunda lâmpada, havia um prédio de três andares, um pouco mais alto que os demais. O andar térreo talvez houvesse sido uma espécie de garagem: havia uma ampla passagem para veículos, agora mal coberta por uma rede. Acima dela, amplas janelas indicavam antigos escritórios ou alojamentos privados. Todas as janelas estavam às escuras e vazias — à exceção de uma, onde brilhava uma luz baça.

Kitty não sabia qual das construções era o esconderijo de Mandrake, mas aquilo — a única janela iluminada em toda a rua — imediatamente atraiu sua atenção. Manteve os olhos fixos nela durante algum tempo, mas nada enxergou, a não ser possivelmente uma espécie de cortina ou forro puxado através da abertura. Estava longe demais para ver com clareza.

A noite estava fria; Kitty fungou e assoou o nariz na manga do casaco. Seu coração batia aflitivamente contra o peito, mas ela ignorou seus protestos. Era hora de agir.

Deslocou-se para a calçada oposta ao primeiro poste de iluminação e avançou furtivamente, uma das mãos na parede, a outra apoiada na mochila. Seus olhos não paravam: observava a rua, os prédios silenciosos, as janelas escuras acima, a janela guarnecida por cortinas adiante. A cada poucos passos parava e escutava, mas a cidade estava silenciosa, encerrada em si mesma; ela prosseguiu.

Kitty agora se achava diante de uma das entradas escancaradas; manteve os olhos firmes nela enquanto passava, a pele ao longo de sua coluna formigando. Mas nada se moveu.

A essa altura estava perto o bastante para ver que a janela iluminada achava-se coberta por um extenso e sujo lençol. Evidentemente, o lençol não era muito espesso, porque ela distinguiu uma sombra passando devagar atrás dele. Seu cérebro tentou em vão decifrar a imagem; era humana, isso ela era capaz de reconhecer, porém era impossível dizer mais.

Continuou a deslizar ao longo da rua. Exatamente à sua esquerda, havia um vão de entrada arruinado, o interior um abismo de completa escuridão. Uma vez mais, os pêlos no pescoço de Kitty se eriçaram quando o atravessou na ponta dos pés; uma vez mais, manteve os olhos firmemente fixos na cavidade; uma vez mais, nada viu que a alarmasse. Seu nariz crispou-se ante um leve odor; da casa deserta, fluía o cheiro de um animal. Gatos, talvez; ou um dos cães desamparados que infestavam as áreas abandonadas da grande cidade. Kitty avançou.

Passou pelo segundo poste de iluminação e à sua luz estudou o prédio no final da rua. Dentro da ampla abertura de garagem, antes da malha de redes, enxergou uma porta estreita em uma parede lateral. Àquela distância, parecia até mesmo ligeiramente entreaberta.

Bom demais para ser verdade? Talvez. Ao longo dos anos, Kitty aprendera a tratar algo assim tão fácil com profunda cautela. Faria o reconhecimento de toda a área antes de se embrenhar por aquela porta extremamente convidativa.

Saiu do caminho mais uma vez e, nos cinco segundos seguintes, observou duas coisas.

A primeira dizia respeito à janela iluminada no andar de cima. Por um breve momento, a sombra passou novamente por trás dos lençóis, e desta vez seu perfil tornou-se claro. O coração de Kitty deu um salto; ela soube com certeza então. Jakob estava lá.

A segunda relacionava-se ao andar térreo do outro lado da rua. Ali, o poste lançava sua luz em um círculo malfeito, espalhando-se pela rua e sobre a parede do prédio atrás. Essa parede tinha uma janela estreita e, mais adiante, um vão de porta aberto, e Kitty percebeu nesse momento, à medida que se esgueirava um pouco à frente, que a luz que entrava pela janela podia ser vista através do vão da porta, estendendo-se em uma diagonal plana ao longo do assoalho interno. Também percebeu — e isto a fez parar a meio-caminho —, nitidamente delineada em uma das extremidades desse facho de luz, a silhueta de um homem.

Ele evidentemente se encolhia contra a parede interna da construção, junto à janela, já que apenas o alto de sua testa e a ponta do nariz distinguiam-se no contorno. Eram traços especialmente proeminentes — talvez se projetassem mais do que o possuidor consentisse, sobressaindo-se na luz. Fora isso, ele estava fazendo um excelente trabalho, mantendo-se à espera.

Mal respirando, Kitty recuou, colando-se à parede. Com força impactante, veio a compreensão: ela já havia passado por dois vãos de porta — ambos escancarados — e havia pelo menos mais dois antes do final da rua. As chances eram de que, em cada um deles, houvesse um ocupante escondido. Uma vez que tivesse alcançado a casa, a armadilha seria disparada.

Mas a armadilha de quem? De Mandrake? Ou — e esta era uma idéia nova e assustadora — do sr. Hopkins?

Kitty rangeu os dentes de fúria. Se continuasse, estaria cercada; se batesse em retirada, estaria abandonando Jakob a qualquer que fosse o destino que os magos haviam traçado. A primeira opção era possivelmente suicida, mas a segunda era intolerável, qualquer que fosse o preço a pagar.

Ela ajustou a tira da mochila para que esta se assentasse melhor em seu ombro e a abriu. Agarrou a arma mais próxima — uma bastão de Inferno — e avançou lentamente, mantendo os olhos fixos na silhueta no vão da porta.

A figura não se moveu. Kitty manteve-se colada à parede.

De um esconderijo bem à frente de Kitty, um homem se aproximou.

Seu uniforme cinza-escuro mesclava-se perfeitamente à noite: mesmo completamente à vista, sua forma alta e corpulenta parecia ali apenas pela metade, um espírito evocado das sombras. Mas a voz, áspera e profunda, era bastante real.

— Aqui é a Polícia Noturna. Você está presa. Coloque a mochila no chão e vire-se para a parede.

Kitty não respondeu. Recuou lentamente, desviando-se para o centro da rua, longe dos vãos de porta abertos atrás dela. O bastão de Inferno jazia frouxo entre seus dedos.

O policial não fez qualquer menção de segui-la.

— Esta é sua última chance. Pare onde está e coloque as armas no chão. Senão, você vai morrer.

Kitty recuou mais. Então: um movimento a sua direita — a silhueta no vão da porta. Com o canto do olho, Kitty a viu mudar de posição. A figura inclinou-se para frente e, quando o fez, suas características mudaram. O nariz protuberante começou a projetar-se de forma alarmante; o queixo moveu-se para cima para acompanhar; a testa saliente desapareceu; orelhas pontudas surgiram no alto da cabeça, flexíveis e móveis. Por um instante, Kitty vislumbrou, na janela iluminada, a efetiva ponta de um focinho preto como azeviche, que em seguida baixou em direção ao chão, sumindo de vista.

A silhueta havia desaparecido do vão da porta. De dentro do aposento, chegaram os sons de uma respiração audível e de tecido sendo rasgado.

Kitty trincou os dentes, tornou a olhar para o policial na rua. Ele também estava se transformando; seus ombros inclinavam-se para baixo e para frente, as roupas sendo arrancadas pelos longos pêlos cinzentos que brotavam ao longo da coluna. Os olhos da criatura brilharam amarelos na escuridão; os dentes rangiam furiosamente à medida que a cabeça era envolvida pelas sombras.

Para Kitty, aquilo foi o bastante; ela virou-se e fugiu.

Algo de quatro patas marchava no final da rua, na escuridão para além do poste de iluminação. Ela viu seus olhos chamejantes e, engolindo em seco, sentiu o mau cheiro.

Parou, momentaneamente indecisa. De um vão à direita, esgueirou-se outra forma baixa e escura. O ser a avistou, rilhou os dentes e se lançou em sua direção.

Kitty atirou o bastão.

O objeto pousou na calçada entre as patas dianteiras da criatura, partindo-se e emitindo uma chama alta. Um lamento, um grito bastante humano; o lobo empinou, as patas dianteiras agitando-se como os braços de um boxeador no ar inflamado, e retrocedeu, batendo em retirada.

Kitty já tinha uma esfera — ela não saberia informar de que tipo — pronta na mão. Correu em direção à janela fechada mais próxima no andar térreo e atirou contra ela a esfera. A explosão quase a fez voar pelos ares; vidros se quebraram, tijolos despencaram na rua. Kitty saltou através do espaço recém-aberto, raspando a mão em uma lasca de vidro. Caiu em pé no aposento.

Do exterior, chegou um rugido e o som de garras arranhando as pedras do calçamento.

Diante de Kitty, em um cômodo vazio, um estreito lance de escadas elevava-se na escuridão. Correu nessa direção, pressionando a mão ferida contra a jaqueta para amortecer a dor aguda do corte.

No primeiro degrau, virou-se para a janela.

Um lobo saltara através da abertura, mandíbula escancarada. A esfera o atingiu no meio do focinho.

Houve uma explosão de água no aposento, derrubando Kitty nos degraus inferiores e cegando-a momentaneamente. Quando ela conseguiu abrir os olhos, o fluxo se esgotava ao redor de seus pés, enchendo o ar de pequenos esguichos e ruídos de sucção. O lobo havia desaparecido.

Kitty lançou-se escada acima.

O cômodo no andar superior tinha várias janelas abertas: o luar prateado estendia-se ao longo do piso. Alguma coisa embaixo, na rua, uivou. Kitty imediatamente esquadrinhou o espaço em busca de saídas; não encontrou nenhuma, praguejou furiosa. Pior, não conseguiria proteger sua retaguarda: os degraus conduziam direto ao andar superior — não havia alçapão ou outros meios de bloquear o caminho. Do andar de baixo, veio o som de algo pesado chapinhando em água rasa.

Recuando para longe da escada, Kitty acercou-se da janela mais próxima. Estava velha e podre, a madeira ao redor da vidraça retorcida na moldura. Kitty a atingiu com um pontapé. Madeira e vidro despencaram no espaço. Antes que os fragmentos se despedaçassem na rua, ela estava na abertura, a luz prateada derramando-se sobre seu rosto; e esticou o pescoço à procura de um apoio.

Na rua, uma forma escura mudou de direção e rangeu os dentes, os pés pesados esmagando fragmentos de vidro. Kitty percebeu que a criatura olhava para o alto e a fixava, desejando que caísse.

Algo se projetou escada acima com força tão prodigiosa que quase se chocou contra a parede oposta. Kitty avistou uma tosca verga pouco acima da janela. Atirou uma esfera no aposento, estendeu o braço e oscilou para o alto, as botas arranhando a borda da janela, os músculos estalando, o tempo todo sentindo uma dor aguda do corte na palma da mão.

Uma explosão embaixo dela. Colunas amarelo-esverdeadas de fogo jorraram da janela debaixo de suas botas em movimento, e por um instante a rua pareceu iluminada por um sol pálido.

A luz mágica se extinguiu. Kitty colava-se à parede, procurando por outro apoio. Descobriu um, testou, achou-o seguro. Começou a subir. Um pouco acima havia um parapeito; para além dele, talvez um telhado plano: era este seu objetivo.

A falta de comida e de sono lhe haviam drenado as energias; seus braços e pernas pareciam cheios d'água. Minutos depois, parou para respirar.

Ruídos de raspagem logo abaixo; sons de salivação curiosamente próximos. Com cuidado, os dedos escavando o tijolo macio, Kitty olhou para baixo por cima do ombro, seguindo a extensão de seu corpo, na direção da rua distante, iluminada pela luz da lua. A meio caminho entre ela e o calçamento, uma forma subia rápido. Para os propósitos da escalada, a figura modificara ligeiramente a aparência de lobo: as patas do animal haviam se transformado em dedos com longas garras; as patas dianteiras tinham readquirido cotovelos humanos; músculos para escalada haviam retomado posição em torno dos ossos. Mas o focinho continuava inalterado: boca escancarada, dentes brilhando à luz prateada, língua estendida e espumosa de lado. Os olhos amarelos estavam pousados nela.

A visão quase fez Kitty perder o controle e despencar no vazio. Em vez disso, ela colou-se aos tijolos, sustentou o próprio peso com uma das mãos e enfiou a outra dentro da mochila. Apoderou-se do primeiro objeto que encontrou — algum tipo de esfera — e, apontando rápido, soltou-a na direção de seu perseguidor.

Cintilando à medida que girava, a esfera errou o dorso malhado por centímetros; um instante mais tarde, atingiu o calçamento, lançando chamas breves.

O lobo emitiu um gorgolejo do fundo da garganta. Avançou.

Mordendo o lábio, Kitty voltou a dedicar-se à escalada. Ignorando os protestos de seu corpo, subiu freneticamente, temendo, a qualquer momento, o aperto de garras ao redor da própria perna. Podia ouvir o animal rastejando em seus calcanhares.

O parapeito... Com um grito, Kitty deu um impulso para o alto, na direção dele, tropeçou e caiu. A mochila enroscou-se sob seu corpo; não podia alcançar seus mísseis.

Ela girou sobre as costas. Quando o fez, a cabeça do lobo surgiu devagar acima do parapeito, fungando avidamente ante o rastro de sangue deixado pela mão da garota. Os olhos amarelos se ergueram e fixaram-se direto nos dela.

Os dedos de Kitty tatearam o forro da bota; puxou uma faca.

Lutou para ficar de pé.

Com um salto repentino e flexível, o lobo precipitou-se para a borda do parapeito e para cima do telhado, agachando-se sobre as quatro patas, cabeça baixa, músculos retesados. Olhou para Kitty com o canto dos olhos, avaliando a força da garota, decidindo se saltava ou não. Kitty agitava o facão para um lado e outro em sinal de advertência.

— Está vendo isso? — arquejou ela. — É prata.

O lobo a olhou de esguelha. Suas patas dianteiras ergueram-se devagar, o dorso encurvado alongou-se e se endireitou. Ficou de pé sobre as patas traseiras como um homem, elevando-se acima dela, oscilando para frente e para trás, pronto para o ataque.

A mão livre de Kitty tateou o interior da mochila à procura de outro míssil. Sabia que não tinha muitos...

O lobo saltou, atacando com as patas de garras afiadas, arremetendo com a boca vermelha. Kitty baixou a cabeça, girou e impeliu a faca para o alto. O lobo emitiu um som agudo, estendeu um braço e agarrou Kitty dolorosamente no ombro. As garras enredaram-se na alça da mochila; o lobo caiu. Kitty o apunhalou outra vez. O lobo pulou para trás, fora de alcance. Kitty também recuou. O corte em seu ombro latejava dolorosamente. O lobo pressionava um pequeno ferimento no flanco. Balançou a cabeça melancolicamente na direção dela. Parecia apenas levemente incomodado. Eles giraram ao redor um do outro por alguns segundos, iluminados pela lua prateada. Kitty agora mal tinha forças para erguer a faca.

O lobo estendeu uma pata cheia de garras e arrastou a mochila pelo telhado, bem longe do alcance de Kitty. Deu uma risada baixa e cavernosa.

Um leve ruído atrás dela. Kitty arriscou um rápido giro de cabeça. Na outra extremidade do telhado plano, as telhas elevavam-se diagonalmente em direção a um cume baixo, de formato triangular. Havia dois lobos montados ali; quando ela olhou, eles deram início a uma descida rápida, escorregando.

Kitty puxou a segunda faca do cinto, mas sua mão esquerda estava fraca devido ao ferimento no ombro; os dedos mal conseguiam agarrar o cabo. Perguntou-se vagamente se devia se atirar da borda do telhado — uma morte rápida devia ser preferível às garras dos lobos.

Mas essa era uma saída covarde. Faria alguns estragos antes do fim.

Três lobos partiram para cima dela, dois sobre as quatro patas, um caminhando como um homem. Kitty afastou o cabelo dos olhos e ergueu suas facas pela última vez.

Nathaniel

40

— Isso é realmente muito cansativo — disse o djim. — Não vai acontecer nada.

Nathaniel interrompeu seu giro ao redor do aposento.

— Claro que vai. Fique quieto. Se quiser sua opinião, eu peço. — Ele tinha consciência de que sua voz não transmitia nenhuma convicção. Olhou de relance para o relógio para se tranqüilizar. — A noite ainda é uma criança.

— Claro, claro. Estou vendo que você está absolutamente confiante. Você já fez um sulco no assoalho. E aposto que está completamente faminto também, uma vez que se esqueceu de trazer provisões.

— Não vai ser preciso. Ela logo vai aparecer. Agora pare de falar nisso.

De seu posto no alto de um velho armário, o djim, que havia voltado à forma do garoto egípcio, estendeu os braços acima da cabeça e bocejou de forma exagerada.

— Todos os planos dos grandes mestres têm seus inconvenientes — disse ele. — Todos têm suas pequenas falhas, o que os reduz a ruínas. É essa a natureza humana: vocês nascem imperfeitos. A garota não vai aparecer; você vai esperar, não trouxe nenhuma comida, conseqüentemente, você e seu prisioneiro vão morrer de fome.

Nathaniel olhou de cara feia.

— Não se preocupe com ele. *Ele* está bem.

— Na verdade, *estou* com muita fome. — Jakob Hyrnek sentava-se em uma cadeira decrépita a um canto do aposento. Por baixo de um velho sobretudo do Exército, que o djim localizara em um dos andares do esconderijo, não usava nada além do pijama e de um par de meias de dormir, tamanho grande. — Não tomei café-da-manhã — acrescentou, balançando mecanicamente, para frente e para trás, a cadeira instável. — Eu poderia fazer uma boquinha.

— Está vendo? — disse o djim. — Ele está com fome.

— Não está, e se sabe o que é melhor para ele, vai ficar *calado* também. — Nathaniel recomeçou sua marcha, olhando o prisioneiro de esguelha. Hyrnek parecia ter superado seu medo do vôo àquela altura, e uma vez que fora trancado em uma casa vazia, sem ninguém para vê-lo, a paranóia a respeito do próprio rosto havia diminuído um pouco. O cativeiro em si não parecia aborrecê-lo muito, o que deixava Nathaniel levemente surpreso; por outro lado, Hyrnek *encontrava-se*, havia anos, em uma prisão auto-imposta.

O mago desviou o olhar para a janela, escondida atrás da proteção de lençóis. Venceu o desejo de ir até lá espreitar a noite. Paciência. A garota apareceria; tudo o que precisava era tempo.

— Que tal um jogo? — O garoto em cima do armário arreganhou os dentes na direção do mestre. — Eu poderia procurar uma bola e uma cesta de parede e ensinar a vocês dois o jogo de bola asteca. É muito divertido. É preciso usar os joelhos e os cotovelos para lançar a bola na cesta. É a única regra. Ah, e os perdedores são sacrificados. Sou muito bom nisso, como vocês vão descobrir.

Nathaniel fez um aceno cansado com a mão.

— Não.

— Adivinhação, então.

Nathaniel bufou. Já era bastante difícil manter a calma sem o falatório do djim. Estava apostando alto ali, e era melhor não pensar nas conseqüências do fracasso.

O sr. Makepeace o visitara cedo naquela manhã, em segredo, levando novidades. Seu contato no submundo acreditava que era possível ter acesso à foragida Kitty Jones e tentar fazê-la sair do esconderijo se descobrissem o estímulo apropriado. A mente rápida e engenhosa de Nathaniel imediatamente se voltara para o amigo de infância da garota, Jakob Hyrnek, mencionado nos registros do julgamento, por quem Kitty nutria comprovada lealdade. Pelo que Nathaniel observara — aqui ele tocou cuidadosamente a contusão arroxeada em sua face —, a garota não teria medo de vir em auxílio de Hyrnek, se este corresse perigo.

O resto havia sido fácil. A captura de Hyrnek fora rapidamente efetuada e Makepeace levara a notícia a seu contato. Tudo o que Nathaniel tinha a fazer no momento era esperar.

— Pssst. — Olhou para cima. O djim acenava para ele, o tempo todo fazendo gestos com a cabeça e piscando furiosamente às escondidas.

— O quê?

— Venha até aqui um instante. Longe dos ouvidos de quem quer que seja. — Ele cabeceou na direção de Hyrnek, que oscilava para frente e para trás em sua cadeira a pouca distância.

Com um suspiro, Nathaniel se aproximou.

— E então?

O djim inclinou a cabeça sobre a borda do armário.

— Estive pensando — sussurrou. — O que vai acontecer com você quando a sua preciosa sra. Whitwell descobrir tudo isso? Porque ela não sabe que você seqüestrou o garoto, sabe? Não entendo o jogo que está planejando. Você normalmente é um subordinado muito bem-comportado, um cachorrinho de estimação ansioso por agradar.

A farpa atingiu o alvo. Nathaniel trincou os dentes.

— Isso é passado — respondeu. — Ela não vai descobrir até que eu tenha a garota e o Cajado a sete chaves. Então vai ser obrigada a aplaudir com o restante deles. Vou estar perto demais do sr. Devereaux para que *algum* deles faça qualquer outra coisa além de comemorar.

O garoto sentou-se habilmente de pernas cruzadas, à maneira de um escriba egípcio.

— Você não está fazendo isso sozinho — disse ele. — Alguém o ajudou a armar tudo isso. Alguém que sabe como encontrar a garota e dizer a ela que estamos aqui. *Você* não sabe onde ela está, ou já a teria capturado a esta altura.

— Tenho contatos.

— Contatos que sabem muita coisa a respeito da Resistência, parece. É melhor ter cuidado, Nat. Coisas desse tipo podem funcionar em ambas as direções. O chefe de polícia peludo daria seus dentes carniceiros para ligá-lo de alguma forma àqueles traidores. Se souber que você está fazendo acordos com eles...

— Não estou fazendo acordos!

— Aah. Isso foi um berro. Você está agitado.

— Não estou. Só estou dizendo. Eu a estou capturando, não estou? Apenas quero fazer as coisas a meu modo.

— Ótimo, mas quem é seu contato? Como ele ou ela sabe tanto a respeito da garota? É o que você deveria estar se perguntando.

— Isso não importa. E não quero falar mais nesse assunto. — Nathaniel deu as costas ao djim. O djim estava certo, claro: a facilidade com que o sr. Makepeace se infiltrara no submundo era assustadora. Mas o teatro *era* uma profissão de má reputação; Makepeace era obrigado a conhecer todos os tipos de plebeus estranhos — atores, dançarinos, escritores — que estavam apenas a um passo do tipo criminoso. Embora pouco confortável com a súbita e nova aliança, Nathaniel ficaria bastante feliz de colher seus benefícios, desde que tudo corresse bem. Mas se veria em uma posição perigosa, caso Duvall ou Whitwell descobrissem que agira pelas costas deles. Esse era o principal risco que corria. Ambos haviam pedido informações aquela manhã a respeito de suas atividades; para ambos, ele havia mentido. Aquilo lhe produzia alfinetadas na nuca.

Jakob Hyrnek levantou uma mão queixosa.

— Desculpe, senhor.

— O quê?

— Por favor, sr. Mandrake. Estou com um pouco de frio.

— Bem, então se levante e ande de um lado para o outro. Mas mantenha essas meias estúpidas fora das minhas vistas.

Apertando o casaco ao seu redor, Hyrnek começou a arrastar os pés pelo aposento, as meias de dormir com listras coloridas assomando de forma incongruente por sob o pijama.

— Difícil de acreditar que *alguém* arriscaria a vida por esse espécime — observou o djim. — Se eu fosse a mãe dele, olharia para o outro lado.

— Você não conheceu essa Kitty — disse Nathaniel. — Ela virá atrás dele.

— Ela não virá. — Hyrnek estava de pé perto da janela; havia escutado a última parte da troca de idéias. — Éramos muito chegados, mas não somos mais. Não a vejo há anos.

— Mesmo assim — disse Nathaniel. — Ela virá.

— Não desde que... meu rosto ficou arruinado — continuou o garoto. Sua voz tremia de autopiedade.

— Ah, dê um tempo! — A tensão de Nathaniel explodiu em forma de irritação. — Seu rosto está ótimo! Você consegue falar, não consegue? Consegue ver? Ouvir? Então. Pare de se queixar. Já vi coisa muito pior.

— Foi o que *eu* disse a ele. — O djim levantou-se de modo descuidado e pulou do armário sem um ruído. — Ele está preocupado demais com isso. Veja o *seu* rosto... também é permanente e você não tem medo de exibi-lo para o mundo. Não, no caso de ambos é o cabelo que é o verdadeiro desastre. Vi penteados melhores no traseiro de um texugo. Só me dêem cinco minutos com um par de tesouras de tosquiar...

Nathaniel girou os olhos e tentou reassumir alguma autoridade. Agarrou o colarinho de Hyrnek e o fez girar.

— De volta para sua cadeira — grunhiu. — Sente-se. Quanto a *você* — ele se dirigiu ao djim —, o homem do meu contato deu este endereço à garota algumas horas atrás. Ela deve estar a caminho agora, quase com certeza trazendo o Cajado, já que essa é sua arma mais poderosa. Quando chegar à escada lá embaixo, uma esfera sensitiva será acionada e fará soar um alarme aqui em cima. Você vai desarmá-la quando ela passar pela porta, vai me entregar o Cajado e impedir que ela fuja. Entendeu?

— Claro como o dia, chefe. Já que é a quarta ou quinta vez que você me fala.

— Só não se esqueça. Pegue o Cajado. Essa é a parte importante.

— E eu não sei? Eu estava na Queda de Praga, está lembrado?

Nathaniel resmungou e reiniciou sua marcha. Quando o fez, ouviu um ruído na rua. Voltou-se para o djim, olhos arregalados.

— O que foi isso?

— Uma voz. De homem.

— Você ouviu...? Outra vez!

O djim indicou a janela.

— Quer que eu olhe?

— Não deixe que o vejam.

O garoto egípcio avançou furtivamente até a janela; desapareceu. Um escaravelho rastejou por trás dos lençóis. Uma luz brilhante cintilou em algum lugar do outro lado do vidro. Nathaniel pulava de um pé para o outro.

— E então?

— Acho que sua garota chegou. — A voz do djim soou acanhada e distante. — Por que não dá uma olhada?

Nathaniel afastou o lençol para o lado e olhou para fora, a tempo de ver uma pequena labareda irromper do chão, embaixo na rua. Apagou-se. Na viela antes deserta, vários vultos corriam — alguns sobre duas pernas, outros sobre quatro, e alguns evidentemente indecisos quanto à posição, mas ainda assim se deslocando corajosamente sob o luar brilhante. Ouviu-se uma explosão e um uivo. Nathaniel sentiu a cor esvair-se de seu rosto.

— Maldição — disse ele. — A Polícia Noturna.

Outra pequena explosão; o aposento foi levemente sacudido. Uma forma pequena e ágil sobre duas pernas disparou pela rua e atravessou de um salto um buraco recentemente aberto na parede de um dos prédios. Um lobo a perseguiu, apenas para ser tragado por outra explosão.

O escaravelho assoviou em sinal de aprovação.

— Ótimo emprego de uma esfera de elementos. Sua garota é boa. Mesmo assim, dificilmente vai escapar de todo o batalhão.

— São quantos?

— Uma dúzia, talvez mais. Veja, eles estão vindo de cima dos telhados.

— Você acha que eles vão pegar...?

— Claro. E comê-la. Estão furiosos agora. O sangue deles está fervendo.

— Certo... — Nathaniel afastou-se da janela. Tomara uma decisão. — Bartimaeus, vá lá para fora e pegue-a. Não podemos correr o risco de que seja morta.

O escaravelho tremeu de desgosto.

— Outro trabalho agradável. Maravilha. Você tem *certeza*? Você vai estar se opondo diretamente à autoridade do chefe de polícia.

— Com sorte ele não vai saber que sou eu. Leve-a para... — A mente de Nathaniel disparava; estalou os dedos. — Aquela antiga biblioteca... aquela em que nos escondemos quando os demônios de Lovelace estavam atrás de nós. Eu levo o prisioneiro e o encontro mais tarde. Nós todos precisamos sair daqui.

— Concordo com você nisso. Muito bem. Saiam do caminho. — O escaravelho deu rápidos saltos para trás no peitoril, afastando-se da janela, ergueu-se sobre as patas traseiras e agitou as antenas na direção do vidro. Uma luz brilhante, um jato de calor; um orifício assimétrico tomou forma no centro da vidraça. O escaravelho abriu seu conjunto de asas e saiu zumbindo noite adentro.

Nathaniel tornou a se virar em direção ao quarto, justo a tempo de receber uma cadeirada na lateral do rosto.

Desabou no chão de forma desajeitada, meio atordoado. Uma esticada de olho captou um vislumbre distorcido de Jakob Hyrnek atirando a cadeira para o lado e correndo para a porta. Nathaniel balbuciou um comando em aramaico; um pequeno diabrete materializou-se sobre seu ombro e disparou um dardo ligeiro nos fundilhos do pijama de Hyrnek. Houve um breve chamuscar e um uivo agudo. Missão cumprida, o demônio desapareceu. Hyrnek parou momentaneamente, agarrando com força o traseiro, depois persistiu em seu avanço hesitante na direção da porta.

A essa altura, Nathaniel havia se levantado; lançou-se para frente e para baixo em um ataque desajeitado; sua mão estendida agarrou um dos pés cobertos pela meia de dormir e o puxou para o lado. Hyrnek caiu; Nathaniel fincou-se em cima dele e começou a esmurrá-lo freneticamente na cabeça. Hyrnek revidou na mesma moeda. Eles rolaram ao acaso durante certo tempo.

— Que espetáculo pouco edificante.

Nathaniel congelou no ato de puxar o cabelo de Hyrnek. Da posição em que estava, de barriga para baixo, olhou para o alto.

Jane Farrar estava de pé no vão da porta, guardada por dois gigantescos oficiais da Polícia Noturna. Usava o uniforme e o quepe pontudo dos soldados confederados e seus olhos eram claramente desdenhosos. Um dos oficiais ao lado dela emitiu um profundo som gutural.

Nathaniel esquadrinhou a mente em busca de uma explicação adequada, mas não encontrou nenhuma. Jane Farrar balançou a cabeça com ar triste.

— Como os poderosos foram derrotados, sr. Mandrake — disse ela. — Afaste-se, se puder, desse plebeu semi-vestido. O senhor está preso por traição.

Bartimaeus

41

Lobisomens na rua, Nathaniel lá atrás, entre quatro paredes. O que *você* escolheria? Para dizer a verdade, eu estava satisfeito por sair e circular um pouco.

O comportamento dele me perturbava cada vez mais. Nos anos desde nosso primeiro encontro, sem dúvida sob a cuidadosa proteção de Whitwell, ele se tornara um serviçal rude, obedecendo cuidadosamente às ordens dela, sempre de olho em promoção. Agora se arriscava deliberadamente, fazendo coisas às escondidas e expondo-se em demasia. Aquilo não era uma idéia boa. Alguém o havia persuadido; alguém o estava controlando. Nathaniel me parecera muitas coisas, a maioria delas inqualificáveis, mas nunca se parecera tanto com uma marionete quanto naquele momento.

E tudo já dera errado.

O cenário na rua era de caos. Seres feridos jaziam aqui e ali em meio a pilhas de tijolos e vidro quebrado. Contorciam-se, rosnavam, apertavam o flanco, suas formas alternando-se a cada espasmo. Homem, lobo, homem, lobo... Esse é o problema da licantropia: é muito difícil de controlar. A dor e as emoções fortes fazem o corpo mudar.[1]

---

[1]Essa instabilidade crônica é uma das razões pelas quais os lobisomens recebem críticas tão ruins. Além do fato de serem vorazes, cruéis, sanguinários e muito mal domesticados. Licáon da Arcádia reuniu a primeira divisão de lobos como sua guarda pessoal por volta de 2000 a.C. e, apesar de eles terem imediatamente devorado vários de seus hóspedes, a idéia de que desempenhavam um papel de reforço conveniente difundiu-se rápido. Muitos governantes tirânicos que recorriam à magia os empregaram desde então, lançando feitiços complexos de transformação em humanos convenientemente musculosos, mantendo-os em isolamento e às vezes realizando planos de procriação para aperfeiçoar a raça. Como tantas outras coisas, foi Gladstone quem inaugurou a Polícia Noturna inglesa; ele compreendia seu valor como instrumento para infundir o terror.

A garota havia derrotado cerca de cinco, calculei, sem contar o que fora despedaçado pela esfera de elementos. Contudo, muitos mais andavam desnecessariamente na rua, e outros, demonstrando um pouco mais de inteligência, subiam às pressas em canos de escoamento ou procuravam saídas de incêndio para escalar.

Nove ou dez permaneciam vivos. Era muito para qualquer humano.

Mas ela continuava lutando: eu a via agora, um vulto pequeno movendo-se rápido no topo do telhado. Algo brilhante faiscou em cada uma de suas mãos — ela agitava os objetos para todos os lados em breves ataques e golpes simulados, a fim de manter três lobos a distância. Mas a cada investida, as formas negras avançavam um pouco mais.

Um escaravelho, apesar de todas as suas muitas qualidades, não é grande coisa em um combate. Além disso, teria levado cerca de uma hora para voar até o local e tomar parte na ação. Portanto, realizei a transformação, agitei minhas grandes asas vermelhas duas vezes e estava em cima deles em um instante. Minhas asas bloquearam a lua, lançando os quatro combatentes no telhado na mais negra das sombras. De quebra, articulei o grito apavorante da roca* quando esta se lançava sobre os elefantes para arrebatar seu filhote.[2]

Tudo isso surtiu o efeito conveniente. Um dos lobos saltou um metro para trás, seu pêlo eriçado de terror, e desapareceu com um uivo por sobre a borda do parapeito. Outro se ergueu sobre as patas traseiras e recebeu um golpe das garras unidas da roca no diafragma: voou pelos ares como uma bola de futebol coberta de pêlos e desapareceu com estrépito atrás de uma chaminé.

---

*Pássaro mitológico gigantesco das *Mil e uma noites*. (*N. da T.*)

[2]Em geral, elefantes indianos. As rocas viviam em ilhas remotas no oceano Índico, surgindo ocasionalmente em terra à procura de presas. Seus ninhos tinham quatro mil metros quadrados de diâmetro, seus ovos eram cúpulas enormes, visíveis a distância no mar. Os adultos eram adversários terríveis, e afundavam a maioria dos navios enviados para saquear os ninhos, lançando pedras de uma grande altura. Os califas pagavam somas gigantescas por penas de rocas, cortadas furtivamente do peito da ave adormecida.

O terceiro, que estava ereto imitando um homem, foi mais ágil e pensou rápido. A chegada da roca também pegou de surpresa a garota: boquiaberta de espanto diante do esplendor de minha plumagem, ela baixou as facas. Sem um ruído, o lobo saltou sobre sua garganta.

Os dentes do animal chocaram-se ruidosamente com o fechar de sua mandíbula, lançando faíscas na noite.

A garota já estava vários metros acima e continuava subindo, suspensa por minhas garras. O cabelo ondulava diante de seu rosto, suas pernas balançavam sobre o telhado, a rua e seus apressados ocupantes, que diminuíam rapidamente de tamanho. Os sons de fúria e frustração desapareceram e ficamos subitamente sozinhos, suspensos bem acima das infinitas luzes da cidade, puxados para o alto por minhas asas protetoras, para um espaço de silenciosa tranqüilidade.

— Uau! Minha perna! Uau! Maldita, isso é prata! Pare com isso!

A garota espetava repetidamente uma das facas na carne escamosa logo acima de minhas garras. Dá para acreditar? Essa mesma perna, lembrem-se, a impedira de sucumbir a uma fuliginosa destruição em meio às chaminés do leste de Londres. Inacreditável. Chamei sua atenção para o fato com minha elegância usual.

— Não precisa xingar, demônio — disse ela, parando por um momento. Sua voz era débil e aguda sob o ruído do vento. — E seja como for, não me importo. Quero morrer.

— Acredite, se eu pudesse ajudá-la a sair disso... Pare! — Outra pontada de dor, outra sensação de vertigem em minha cabeça. É o que a prata faz com a gente; mais um pouco daquilo e ambos acabaríamos caindo. Balancei-a vigorosamente, até que os dentes da garota chocalharam e as facas se soltaram de suas mãos. Mas mesmo isso não foi o fim: ela começou a se contorcer e se balançar para frente e para trás em um esforço febril para relaxar a pressão. A roca aumentou a força do aperto. — Quer parar de balançar, garota? Não vou deixá-la cair, mas *vou* suspendê-la de cabeça para baixo na chaminé de um curtume.

— Não me importo!

— Ou mergulhá-la no Tâmisa.

— Não me importo!

— Ou vou levá-la até os esgotos e...

— Eu não me importo, eu não me importo, eu não me importo! — Ela parecia apoplética de raiva e tristeza, e até mesmo com minha força de roca aquilo foi tudo o que pude fazer para impedi-la de soltar-se.

— Kitty Jones — disse eu, mantendo os olhos fixos nas luzes do norte de Londres (nos aproximávamos de nosso destino a essa altura) —, você não quer rever Jakob Hyrnek?

Então ela ficou quieta, completamente largada e pensativa, e voamos durante algum tempo em abençoado silêncio. Aproveitei a trégua para circular um pouco, mantendo um olho atento nas esferas de rastreamento. Mas tudo estava tranqüilo. Prosseguimos.

Uma voz surgiu de algum lugar abaixo dos ossos de meu peito. Soou mais moderada, ainda que a energia não a houvesse abandonado.

— Demônio — disse a voz —, por que não deixou que os lobos me devorassem? Sei que você e seus mestres planejam me matar de qualquer jeito.

— Não posso fazer comentários sobre isso — disse a roca. — Mas sinta-se à vontade para me agradecer se quiser.

— Você está me levando para ver Jakob agora?

— Estou, se tudo sair como planejado.

— E depois?

Mantive-me em silêncio. Eu fazia uma idéia bastante clara.

— E então? Fale! E diga a verdade... se *puder.*

Tentando mudar de assunto, a roca fingiu desdém.

— Eu teria cuidado, querida. É desaconselhável fazer comentários maliciosos quando se está suspensa a grande altitude.[3]

---

[3]A exemplo de Ícaro, antigo pioneiro da aviação. Segundo Faquarl (ver O *amuleto de Samarkand*), que não era a mais confiável das fontes, o mago grego Dédalo construiu um par de asas mágicas, cada uma delas abrigando um trasgo violento. Essas asas foram testadas por Ícaro, um jovem excêntrico e brincalhão, que fez comentários mesquinhos à custa dos trasgos a milhares de pés de altitude sobre a superfície do mar Egeu. Em protesto, eles desprenderam suas penas uma a uma, fazendo Ícaro e suas gracinhas mergulharem em uma sepultura de água.

— Você não vai me largar. Você acabou de dizer.

— É, eu disse. — A roca suspirou. — A verdade é que não sei o que está planejado para você. Agora cale a boca um minuto. Estou quase pousando.

Penetramos na escuridão, através do oceano de luzes amarelas, descendo até a rua onde o garoto e eu havíamos nos escondido na noite do incêndio de Underwood. A biblioteca arruinada ainda estava lá: eu avistava seu vulto comprimido entre as luzes das lojas menores ao redor. O prédio havia se deteriorado um pouco desde então, e um buraco de tamanho considerável surgira onde uma ampla clarabóia de vidro desaparecera. A roca diminuiu suas proporções à medida que se aproximava, avaliou o ângulo cuidadosamente, enfiou os pés da garota através do buraco como se estivesse colocando uma carta no correio. Baixamos no espaço cavernoso, iluminado aqui e ali por raios de luar. Apenas quando estávamos a uma distância segura dos escombros no chão, soltei minha carga.[4] Ela caiu com um grito e rolou rapidamente.

Desci um pouco mais e a avaliei de verdade pela primeira vez. Era a mesma, tudo bem — a garota que havia tentado roubar o Amuleto de Samarkand na viela. Estava mais velha agora, mais magra e mais cansada, o rosto triste e exausto, os olhos desconfiados. Os últimos anos haviam sido duros para ela; os últimos minutos, certamente cruéis. Um braço pendia frouxo, o ombro estava cortado e coberto de sangue. Mesmo assim, a rebeldia nela era palpável: levantou-se com cuidado, o queixo deliberadamente erguido, e me encarou através de uma coluna de luz prateada.

— Não estou gostando nada *disso* — advertiu a garota. — Você não pode me interrogar em um lugar mais limpo? Eu esperava ao menos a Torre.

— Aqui é preferível, acredite em mim. — A roca estava afiando uma garra contra a parede. Eu não me sentia com muita disposição para conversas.

---

[4]Estávamos a cerca de dois metros de altura. Ei, ela era jovem e flexível.

— Bem, ande logo com isso então. Onde está Jakob? Onde estão os magos?

— Vão chegar em um minuto.

— *Em um minuto?* Que espécie de grupo é esse? — Ela colocou as mãos nos quadris. — Pensei que fossem todos terrivelmente eficientes. Isso tudo é incompreensível.

Ergui minha enorme cabeça emplumada.

— Agora *escute*. Não se esqueça de que acabei de salvá-la das garras da Polícia Noturna. Um pouco de gratidão não pegaria mal aqui, jovem. — A roca tamborilou significativamente com suas garras no chão e fixou-a com o tipo de olhar que faria navegadores persas mergulharem no mar.

Ela me fixou com o tipo de olhar que faz o leite coalhar.

— Suma daqui, demônio! Desprezo você e sua maldade. Você não me assusta!

— Não?

— Não. Você é só um demônio imprestável. Suas penas estão sujas e cobertas de mofo.

— O quê? — A roca fez uma rápida inspeção. — Bobagem! É o luar que dá esse reflexo!

— É um espanto elas não terem caído. Já vi pombos com penas melhores.

— Agora escute...

— Destruí demônios com poder *de verdade*! — gritou ela. — Pensou que eu ficaria impressionada com uma galinha gigante?

O atrevimento da garota!

— Esta nobre roca — declarei com amarga dignidade — não é minha única forma. Nada mais é do que uma, entre milhares de aparências que posso assumir. Por exemplo... — A roca ergueu-se: tornei-me, em rápida sucessão, um feroz minotauro de olhos vermelhos, espumando pela boca; uma gárgula granítica, rangendo as mandíbulas; uma serpente debatendo-se, cuspindo veneno; um fantasma queixoso; um cadáver ambulante;

um crânio asteca flutuante, brilhando no escuro. Foi um sortimento variado de maldade,[5] se é que posso me exprimir assim. — E então? — inquiriu o crânio significativamente. — Carece comentar?

Ela engoliu em seco de forma audível.

— Nada mau — disse —, mas todos esses disfarces são grandes e espalhafatosos. Aposto como você não consegue se transformar em alguma coisa mais sutil.

— Claro que consigo!

— Aposto como não consegue ficar bem *pequeno*... digamos, pequeno o bastante para... para entrar naquela garrafa ali. — Ela apontou para a extremidade de uma garrafa de cerveja que despontava sob uma pilha de detritos, enquanto me observava o tempo todo com o canto dos olhos.

Essa era velha! Já tinha sido tentada comigo umas cem vezes. O crânio balançou devagar para um lado e outro e forçou um sorriso.[6] Bela tentativa, mas não havia funcionado comigo nem nos velhos tempos.[7]

— Agora — continuei —, por que você não se senta e descansa? Está parecendo exausta.

A garota fungou, espichou os lábios e cruzou os braços penosamente. Eu podia vê-la olhando ao redor, avaliando as saídas.

— E não tente nada — adverti. — Ou vou esmagar sua cabeça com uma viga.

— Vai segurá-la com os dentes? — Aah, ela era arrogante.

Em resposta, o crânio murchou e tornou-se Ptolomeu. Transformei-me sem pensar — essa é sempre minha forma preferida[8] — mas assim que o fiz, vi-a dar um salto e recuar um passo.

---

[5]Embora não particularmente original. Eu estava cansado e mal-humorado.

[6]Na verdade, ele já estava rindo, que é uma das poucas coisas que os crânios fazem.

[7]Você conhece o truque. O inteligente mortal convence o estúpido djim a se espremer dentro da garrafa (ou algum outro espaço confinado), então o arrolha, recusa-se a deixá-lo sair, a não ser que o djim lhe conceda três desejos etc., etc. Bem. Por mais improvável que possa parecer, entretanto, se o djim entra na garrafa por vontade própria, essa armadilha tem de fato bastante poder. Mas nem mesmo o menor e mais imbecil dos diabretes cai nesse velho truque hoje em dia.

[8]Tomem isso como sinal de respeito pelo que ele fez por mim.

— Você! O demônio da viela!

— Não fique tão excitada. Não pode me culpar pelo acontecimento. *Você* pulou em cima de *mim*.

Ela resmungou.

— É verdade. A Polícia Noturna quase me pegou na ocasião também.

— Você deveria tomar mais cuidado. Em todo caso, para que você queria o Amuleto de Samarkand?

A garota pareceu confusa.

— O quê? Ah, a jóia. Bem, ela era mágica, não era? Nós roubávamos artefatos mágicos naquela época. Era o maior objetivo de nosso grupo. Roubar os magos, tentando usar os objetos deles. Estúpido. Realmente estúpido. — Ela chutou um tijolo. — Ai.

— Devo concluir que você não apóia mais essa política?

— Dificilmente. Já que ela nos matou a todos.

— Menos você.

Os olhos dela faiscaram no escuro.

— Você realmente espera que eu sobreviva esta noite?

Ela tinha razão quanto a isso.

— Nunca se sabe — eu disse sinceramente. — Meu mestre pode tentar poupá-la. Ele a salvou dos lobos.

Ela bufou.

— Seu mestre. Ele tem um nome?

— John Mandrake é o que ele usa. — Eu estava proibido, por meu juramento, de dizer mais.

— *Ele?* Aquele idiotinha pretensioso?

— Ah, então você já esteve com ele?

— Duas vezes. E da última vez o fiz ver estrelas.

— *Fez?* Não admira que ele não tenha dito nada a respeito.

A cada momento, eu gostava mais da garota. Na verdade, ela era um sopro de ar fresco. Em todos os meus longos anos de labuta, eu havia passado consideravelmente pouco tempo na companhia de plebeus —

por instinto, os magos tentavam nos manter ocultos e afastados de homens e mulheres comuns. Posso contar nas garras de uma das mãos o número de plebeus com quem conversei. Claro, em geral não é um processo gratificante — o equivalente a um golfinho batendo papo com uma lesma-do-mar — mas encontram-se eventuais exceções. E essa Kitty Jones era uma delas. Eu gostava de seu estilo.

Estalei os dedos e fiz uma pequena Iluminação flutuar e se alojar entre as vigas. De um monte de entulho próximo, puxei algumas tábuas e escoras e ajeitei uma cadeira.

— Sente-se — disse eu. — Fique à vontade. Ótimo. Então... você esmurrou John Mandrake, não foi?

Ela falou com uma satisfação um tanto amarga.

— Foi. Você parece contente.

Parei de gargalhar.

— Ah, você pode me contar?

— Estranho, já que você e ele são aliados na perversidade, já que você realiza todos os caprichos dele.

— Aliados na perversidade? Ei, há uma relação incontestável de mestre-servidor em andamento aqui, sabe? Sou um escravo! Não tenho escolha nesse caso.

Os lábios dela se crisparam.

— Apenas obedecendo ordens, hein? Com certeza. É uma *ótima* desculpa.

— É, quando desobedecer significa destruição certa. Experimente o Fogo Atrofiante em *seus* ossos... veja se gosta.

Ela franziu as sobrancelhas.

— Isso me parece uma desculpa bem esfarrapada. Você está dizendo que sua maldade é executada a contragosto?

— Eu não colocaria as coisas *exatamente* assim, mas... é isso. De diabrete a afrito, estamos todos presos à vontade dos magos. Não há nada que possamos fazer a respeito. Eles nos têm sob a mira de um revólver.

Neste momento, por exemplo, preciso ajudar e proteger Mandrake, quer eu goste disso ou não.

— Patético — disse ela decidida. — Absolutamente patético.

E de fato, quando me ouvi dizendo tudo aquilo, também pensei o mesmo. Nós escravos vivemos tanto tempo nessa nossa servidão que raramente a mencionamos;[9] ouvir a resignação em minha própria voz enojou o cerne de minha essência. Tentei ocultar minha vergonha com uma pitada de justificada indignação.

— Ah, nós resistimos — disse eu. — Nós os pegamos quando eles são negligentes, e distorcemos as coisas sempre que podemos. Nós os incitamos a competir entre si e os fazemos pular na garganta uns dos outros. Nós os enchemos de luxos até que seus corpos engordem e suas mentes fiquem embotadas demais para perceber a própria queda. Fazemos o melhor possível. O que é mais do que vocês *humanos* conseguem fazer na maior parte do tempo.

Diante disso, a garota deu uma risada estranha, dissonante.

— O que você acha que venho *tentando* fazer todos esses anos? Sabotar o governo, roubar artefatos, desbaratar a cidade... foi tudo inútil. Eu poderia ter me tornado uma secretária, como minha mãe queria. Meus amigos foram mortos ou corrompidos, e demônios como *você* fizeram isso. E não me diga que não gosta. Aquela coisa na cripta adorou cada segundo de... — Ela estremeceu violentamente; parou, esfregou os olhos.

— Bem, *existem* exceções — comecei, depois desisti.

De repente, como se uma delicada barreira houvesse sido rompida, os ombros da garota balançaram e ela começou a chorar, em fortes espasmos de tristeza reprimida. Fez isso em silêncio, abafando o ruído com o punho, como se quisesse me poupar do embaraço. Eu não soube o que dizer. Era tudo muito estranho. Ela continuou por longo tempo. Sentei-me

---

[9]Apenas uns poucos, como o velho Faquarl, tramam abertamente (e inutilmente) a revolta. Mas eles vêm tagarelando a respeito disso há tanto tempo sem resultado que ninguém presta atenção.

de pernas cruzadas um pouco afastado, desviei respeitosamente o olhar e fixei as sombras.

Onde *estava* o garoto? Por favor, por favor. Ele estava demorando.

Patético. Absolutamente patético. Por mais que eu tentasse ignorar, as palavras dela me atormentavam na quietude da noite.

Kitty

42

Kitty recompôs-se afinal. As últimas manifesções de desespero pouco a pouco se acalmaram. Deu um suspiro profundo. O prédio arruinado estava às escuras, a não ser por uma pequena área próxima ao telhado, onde uma luz mágica cintilava fracamente. Seu brilho perdera intensidade. O demônio sentou-se ao lado da garota, ainda exibindo a forma do jovem de pele escura envolto em uma saia trespassada. Seu rosto estava voltado para o lado, a luz projetando sombras angulosas em seu pescoço fino e nos ombros nus arqueados. Parecia estranhamente frágil.

— Se servir de algum consolo — disse o demônio —, destruí o afrito da cripta. — Ele não se virou.

Kitty tossiu e endireitou as costas, afastando o cabelo dos olhos. Não respondeu de imediato. O ardente desespero que a dominara quando o demônio a puxara para o alto havia diminuído, arrastado pela súbita torrente de pesar pelos amigos perdidos. Sentia-se vazia e atordoada. Ainda assim, tentou concatenar as idéias.

Fugir. Ela *poderia* tentar fugir... Não, havia Jakob a considerar — precisava esperar por ele. *Se* ele de fato estivesse vindo... Franziu o cenho: contava apenas com a palavra do demônio a esse respeito. Talvez *fosse* melhor escapar... Moveu a cabeça para um lado e outro, buscando inspiração.

— Você o matou...? — perguntou com ar distraído. — Como? — Havia um lance de escadas ali perto; portanto, estavam no primeiro andar. A maioria das janelas se achava coberta por tábuas.

— Eu o fiz mergulhar no Tâmisa. Ele estava completamente louco depois de tanto tempo. Confinou sua essência dentro dos ossos de Gladstone. Não queria, ou não podia, se libertar. Um negócio triste, mas aí está. Ele era uma ameaça a tudo, djim ou humano, e a melhor forma de detê-lo foi debaixo de centenas de metros de água.

— É, realmente... — Parecia haver uma janela quebrada ali perto; talvez pudesse atravessá-la. O demônio atacaria com magia quando ela escapasse, mas sua resistência a ajudaria. Então poderia saltar para a rua, procurar abrigo...

— Espero que você não esteja pensando em fazer nada imprudente — disse o garoto de repente.

Ela teve um sobressalto culpado.

— Não.

— Você está pensando em fazer *alguma coisa*; posso perceber em sua voz. Bem, não faça. Não vou me dar o trabalho de usar um ataque de magia. Sou um bocado experiente, sabe. Estou ciente das suas defesas. Já vi isso antes. Vou simplesmente tacar um tijolo em você.

Kitty mordeu o lábio. Com relutância, e apenas por um momento, afastou da mente a idéia de fugir.

— O que você está querendo dizer com "já vi isso antes"? — perguntou. — Você está falando da viela?

O garoto lançou-lhe um olhar por cima do ombro.

— Bem, houve isso, claro... seus amigos resistiram a um Inferno razoavelmente intenso. Mas quero dizer muito tempo atrás, muito antes que os preciosos magos de Londres começassem a se achar o máximo. Já vi isso muitas vezes. Sempre acontece, mais cedo ou mais tarde. Sabe, levando-se em conta o que está em jogo, você não acha que aquele miserável do Mandrake faria um mínimo de esforço para chegar até aqui? Nós já estamos aqui há uma hora.

As sobrancelhas de Kitty se contraíram.

— Você está querendo dizer que já viu gente como eu antes?

— Claro! Dezenas de vezes. Mmm, imagino que os magos não os deixem ler livros de história... não é de espantar que vocês sejam tão ignorantes. — O demônio girou sobre o traseiro para encará-la. — Como você acha que Cartago foi derrubada? Ou a Pérsia? Ou Roma? Claro, havia estados inimigos prontos para tirar vantagem das fraquezas dos impérios, mas foram as cisões *internas* que realmente fizeram isso por eles. Rômulo Augusto, por exemplo, passou metade do seu reinado tentando controlar o próprio povo, e durante todo esse tempo os ostrogodos de bigodes enormes marchavam pela Itália. O djim dele não conseguia mais controlar a plebe. Por quê? Porque muitos deles se tornaram como você, resistentes a nossa magia. Detonações, Fluxos, Infernos mal chamuscavam suas barbas. E é claro que o povo *sabia* disso, então exigia seus direitos, queria ver os magos destruídos ao final. Houve tanta confusão que ninguém percebeu a horda de bárbaros antes que ela houvesse saqueado Roma. — O garoto coçou o nariz. — De certo modo, acho que isso veio como um alívio. Começar de novo e tudo o mais. Nada de magos na Cidade Eterna por um longo, longo tempo.

Kitty piscou. Seu conhecimento de história era deficiente, os nomes e lugares estranhos significavam pouco para ela, mas as implicações eram surpreendentemente claras.

— Você está dizendo que a maioria dos romanos era resistente à magia?

— Ah, não. Cerca de 30%, talvez. Em graus variados, claro. Não é necessário mais do que isso para uma boa rebelião.

— Mas nunca conseguimos mais do que 11! E Londres é imensa!

— Onze por cento? Não está tão mal.

— Não. Onze. Só isso.

O garoto ergueu as sobrancelhas.

— Caramba, a política de recrutamento de vocês não era muito ágil. Mas por outro lado, é o começo. Quanto tempo faz desde que Gladstone organizou esse negócio? Cento e cinqüenta anos mais ou menos? Bem, eis a sua resposta. A resistência à magia leva muito tempo para se desenvolver na população em geral. Os magos governaram Roma por 500 anos antes que viessem as revoluções. É uma quantidade terrível de magia se infiltrando na cidade. A coisa cresce: mais e mais crianças nascem com um ou outro tipo de talento. O que mais *você* consegue fazer, por exemplo? Consegue nos ver?

— Não. — Kitty fez uma careta. — Anne e Fred conseguiam fazer isso. Eu só... sou boa em sobreviver.

O garoto arreganhou os dentes.

— Não é pouca coisa. Não se menospreze.

— Stanley conseguia enxergar a magia *nos* objetos também... foi como descobrimos que você estava com aquele colar.

— O quê? Ah, o Amuleto. Essa espécie de visão é um outro tipo. Bem, provavelmente há vários tipos de talentos amadurecendo na população de Londres neste momento. Devem ser centenas de pessoas com o poder. Mas é preciso lembrar que a maioria das pessoas não sabe absolutamente que possui um dom. Leva tempo para que o conhecimento se espalhe. Como você descobriu?

Tudo o que Kitty podia fazer era lembrar-se de que aquele garoto frágil, educado e muito instrutivo era na verdade um demônio, algo a ser odiado e evitado. Abriu a boca para falar e hesitou. O garoto girou os olhos aborrecido e ergueu as mãos.

— Olhe, não pense que vou contar isso a alguém, muito menos a meu mestre. Não devo nada a ele. Ainda assim, longe de mim forçá-la a dizer alguma coisa. Não sou um mago. — Ele pareceu particularmente ressentido.

— Um demônio me atacou com um Demolidor Negro. — A confidência pegou Kitty de surpresa; viu-se dizendo aquilo sem pensar.

— Ah, é. O macaco do Tallow. Esqueci. — O garoto estendeu-se preguiçosamente. — Bem, você vai gostar de saber que Tallow está morto. Um afrito o pegou. Com muita classe, aliás. Não... não vou contar os detalhes. Não, a menos que você me fale mais a respeito. O que aconteceu depois do Demolidor? — E Kitty, a contragosto, logo estava relatando sua história.

No final, o demônio encolheu os ombros melancolicamente.

— Sabe, o problema é que esse Pennyfeather era muito parecido com os magos, não? Ganancioso, tacanho, apegado. Queria manter tudo em segredo, só para si. Não é de espantar que vocês só tivessem onze membros. Se quiser deflagrar uma revolução, minha dica é colocar as pessoas do seu lado. Todas aquelas explosões e roubos nunca os levariam a lugar nenhum.

Kitty olhou de cara feia. A segurança jovial do demônio sobre o assunto a exasperava.

— Acho que não.

— Claro que não. O negócio é educação. Conhecimento do passado. É por isso que os magos fornecem um ensino de tão má qualidade. Aposto que vocês foram submetidos a um material ufanista interminável sobre a importância da Inglaterra. — Deu uma risada. — O engraçado é que a crescente resistência das pessoas também pega os magos de surpresa. Cada império acha que é diferente, pensa que não vai acontecer com ele. Eles esquecem as lições do passado, mesmo lições recentes. Gladstone só conquistou Praga tão rápido porque metade do Exército tcheco estava em greve na ocasião. Isso enfraqueceu seriamente o Império. Mas meu mestre e seus amigos já esqueceram o fato. Ele não fazia a menor idéia do motivo pelo qual você havia escapado do demônio outro dia. Por falar nisso, ele realmente *está* demorando séculos para trazer Hyrnek. Estou começando a achar que deve ter acontecido alguma coisa. Nada fatal, infelizmente, ou eu não estaria mais aqui.

Jakob. Kitty estivera tão concentrada nas palavras do demônio que a lembrança do amigo quase lhe fugira da mente. Corou. Aquele era o *inimigo* com quem estava conversando — um assassino, um seqüestrador, um demônio desumano. Como podia ter esquecido?

— Sabe — disse o demônio em tom amigável —, eu estava me perguntando uma coisa. Por que você veio buscar esse Hyrnek? Você devia saber que era uma armadilha. Ele contou que você não o vê há anos.

— É verdade. Mas é minha culpa que ele esteja metido nesta confusão, não? — Kitty cuspiu as palavras.

— Si-i-im... — O demônio fez uma careta. — Acho estranho, só isso.

— O que *você* pode saber a esse repeito, demônio?! — Kitty estava branca de raiva. — Você é um monstro! Como você ousa sequer *imaginar* o que estou sentindo! — Estava tão furiosa que quase o atacou.

O garoto fez um muxoxo.

— Deixe-me dar-lhe um conselho amigável — disse ele. — Você não gostaria de ser chamada de "filhote de lama fêmea", gostaria? Bem, da mesma maneira, quando se dirige a um espírito como eu, a palavra "demônio" é um pouco degradante para nós. O termo correto é "djim", embora você possa acrescentar adjetivos como "nobre" ou "resplandecente" se quiser. É só uma questão de educação. Torna as coisas mais amistosas entre nós.

Kitty deu uma risada cruel.

— *Ninguém* é amistoso com um demônio!

— Normalmente, não. As diferenças cognitivas são muito grandes. Mas *aconteceu*... — Ele parou pensativo.

— E então?

— Tome por mim.

— Quando, por exemplo?

— Ah, há muito tempo... Não importa. — O garoto egípcio deu de ombros.

— Você está inventando.

Kitty esperou, mas o garoto examinava as unhas com atenção. Não prosseguiu.

Após uma longa pausa, ela quebrou o silêncio.

— Por que Mandrake me salvou dos lobos? Não faz sentido.

O garoto resmungou.

— Ele quer o Cajado. Obviamente.

— O cajado? Por quê?

— O que você acha? Poder. Ele está tentando obtê-lo antes dos outros. — A voz do garoto soou brusca. Parecia de mau humor.

Um começo de entendimento insinuou-se na mente de Kitty.

— Você está querendo dizer que o cajado é importante?

— Claro. Pertenceu a Gladstone. Você *sabia* disso, do contrário, por que arrombar a tumba?

Na imaginação, Kitty reviu o camarote do teatro e a chave dourada sendo lançada para dentro de seu campo de visão. Ouviu a voz do benfeitor do grupo, mencionando o Cajado como se se tratasse de uma lembrança de última hora. Viu os olhos cinza pálido do sr. Hopkins observando-a, ouviu-lhe a voz, baixa em meio à agitação do café, perguntando pelo Cajado. Sentiu a náusea da traição.

— Ah. Você *não* sabia. — Os olhos brilhantes do djim a observavam. — Vocês foram enganados? Por quem? O tal Hopkins?

A voz de Kitty soou abatida.

— Sim. E mais alguém... Nunca vi seu rosto.

— É pena. É quase certo que seja um dos magos no poder. Dentre os quais, você pode escolher. Uns são tão ruins quanto os outros. E sempre existe mais alguém, djim ou humano, para fazer o trabalho sujo por eles. — Piscou, como se uma idéia o houvesse fulminado. — Suponho que você não saiba nada a respeito do golem? — Aquela palavra nada significava para Kitty; ela balançou a cabeça. — Achei que não. É uma criatura mágica enorme, horrível... andou provocando o caos em Londres recentemente. *Alguém* o está controlando e eu gostaria muito de saber quem. Quase me matou, para início de conversa.

O garoto pareceu tão ofendido quando disse isso que Kitty quase sorriu satisfeita.

— Pensei que você fosse um djim nobre, com um poder terrível — disse ela. — Como esse golem o atacou?

— Ele é resistente à magia, foi por isso. Drena minha energia quando me aproximo. *Você* teria mais chances de detê-lo do que eu. — Fez aquilo soar como a coisa mais ridícula do mundo.

Kitty empertigou-se.

— Muito obrigada.

— Estou falando sério. Um golem é controlado por um manuscrito escondido em sua boca. Se você se aproxima e retira o papel, o golem volta para seu mestre e se desintegra, tornando-se lama novamente. Vi isso acontecer uma vez, em Praga.

Kitty assentiu distraída.

— Não parece muito difícil.

— É claro que você teria que penetrar na sufocante névoa negra que paira ao seu redor...

— Ah... certo.

— E evitar seus punhos gigantescos que podem atravessar o concreto...

— Ah.

— Fora isso, você estaria rindo.

— Bem, se é assim tão *fácil* — perguntou Kitty com irritação —, por que os magos não o detiveram?

O djim deu um sorriso frio.

— Porque exigiria coragem. Eles nunca fazem *nada* por si mesmos. Contam conosco o tempo todo. Mandrake me dá uma ordem, eu obedeço. Ele fica em casa sentado, eu saio e sofro. É dessa forma que funciona.

A voz do garoto soou madura e cansada. Kitty assentiu.

— Parece duro.

Um encolher de ombros.

— É desse jeito que funciona. Não tenho escolha. Foi por isso que me interessei pelo fato de você ter aparecido para salvar Hyrnek. Encaremos a questão, foi uma decisão estúpida, e você não precisava tomá-la. Ninguém a estava forçando a fazer coisa alguma. Você se equivocou, mas por motivos admiráveis. Acredite, testemunhar isso depois de passar tanto tempo com os magos faz diferença.

— Eu não me equivoquei — disse Kitty. — Quanto tempo faz?

— Cinco mil anos ou mais. Intermitentemente. Há intervalos ocasionais ao longo dos séculos, mas assim que um império cai, outro sempre se ergue. A Grã-Bretanha é apenas o atual.

Kitty contemplou as sombras.

— E a Grã-Bretanha vai cair também; na hora certa.

— Ah, vai. As rachaduras já estão aparecendo. Você deveria ler mais, entenderia os padrões. Aha... tem alguém lá embaixo. Até que enfim...

O garoto se levantou. Kitty fez o mesmo. Agora chegavam aos seus ouvidos ruídos abafados, um par de imprecações sussurradas ecoando escada acima. Seu coração começou a bater rápido. Mais uma vez, ela se perguntou se deveria correr; mais uma vez, reprimiu o impulso.

O djim olhou para ela, forçou um sorriso. Seus dentes faiscaram muito brancos.

— Sabe, gostei muito de nossa conversa — disse ele. — Espero que eles não me mandem matá-la.

Garota e demônio permaneceram juntos, aguardando no escuro. Passos escalaram os degraus.

Nathaniel

43

Nathaniel foi escoltado a Whitehall em uma limusine blindada, acompanhado por Jane Farrar e três silenciosos oficiais da Polícia Noturna. Jakob Hyrnek sentava-se a sua esquerda, um policial à direita. Nathaniel percebeu que o policial tinha cortes e rasgos enormes nas calças do uniforme e que as unhas de suas imensas mãos calejadas estavam feridas. O ar achava-se pesado com cheiro de almíscar. Ele olhou de esguelha para Jane Farrar, sentada impassível no banco da frente, e viu-se perguntando se ela seria um lobisomem também. No conjunto, ele duvidava: a garota parecia muito controlada, de constituição frágil demais. Por outro lado, nunca se sabia.

Em Westminster Hall, Nathaniel e Jakob foram conduzidos direto à grande Câmara de Recepção, onde o teto cintilava repleto de esferas de vigilância e o primeiro-ministro e seus lordes acomodavam-se em torno da mesa polida. Surpreendentemente, não havia iguarias à mostra, indicando a evidente gravidade da situação. Cada ministro contava apenas com uma modesta garrafa de água gasosa e um copo. A essa altura, o chefe de polícia sentava-se na cadeira de honra, próximo ao primeiro-ministro, o rosto carregado de satisfação. A sra. Whitwell fora relegada às extremidades. Nathaniel não olhou para ela. Seus olhos estavam fixos no primeiro-ministro, buscando sinais decifráveis; mas o sr. Devereaux contemplava a mesa.

Ninguém além dos principais ministros estava ali. O sr. Makepeace não se achava presente.

Os oficiais que o escoltavam bateram continência para o chefe de polícia Duvall e, a um sinal dele, arrastaram-se para fora do aposento. Jane Farrar deu um passo à frente. Tossiu discretamente.

O sr. Devereaux ergueu os olhos. Lançou o suspiro de um homem prestes a realizar uma tarefa abominável.

— Sim, srta. Farrar. A senhorita tem alguma coisa a relatar?

— Sim, senhor. O sr. Duvall já lhe passou algum detalhe?

— Mencionou alguma coisa sobre o assunto. Por favor, seja breve.

— Sim, senhor. Há alguns dias venho observando as atividades de John Mandrake. Várias pequenas discrepâncias em suas ocupações recentes nos tornaram atentos: ele demonstrou certa imprecisão e inconsistência em suas ações.

— Protesto! — Nathaniel interrompeu o mais suavemente possível. — Meu demônio destruiu o afrito renegado... dificilmente posso ser acusado de imprecisão aqui.

O sr. Devereaux ergueu a mão.

— Sim, sim, Mandrake. Você terá sua chance de falar. Enquanto isso, por favor, fique em silêncio.

Jane Farrar limpou a garganta.

— Continuando, senhor: nos últimos dias Mandrake embarcou diversas vezes em viagens solitárias através de Londres, em um momento de crise no qual todos os magos deveriam permanecer em Westminster para receber ordens. Esta tarde, quando saiu misteriosamente mais uma vez, enviamos esferas de vigilância em seu encalço. Nós o seguimos até uma casa no leste de Londres, onde ele se encontrou com seu demônio e com este desgracioso jovem. Eles assumiram posição ali, evidentemente à espera de alguém. Decidimos postar oficiais da Polícia Noturna por perto. No final da tarde, uma garota se aproximou da casa; interpelada por nossos policiais, resistiu à prisão. Estava fortemente armada: dois homens foram mortos e quatro ficaram feridos na luta. Entretanto, nossos oficiais estavam prestes a efetuar a captura, quando o demônio do sr. Mandrake apareceu e ajudou a suspeita a escapar. A essa altura, senti que era meu dever prender o sr. Mandrake.

O primeiro-ministro tomou um pequeno gole de água.

— A garota? Quem é ela?

— Acreditamos que seja um membro da Resistência, senhor, uma sobrevivente do ataque à abadia. Parece claro que o sr. Mandrake mantinha contato com ela há algum tempo. Com certeza, ajudou-a a escapar da justiça. Achei apropriado trazer a questão ao seu conhecimento.

— Sem dúvida. — Os olhos negros do sr. Devereaux examinaram Nathaniel por algum tempo. — Quando suas tropas a enfrentaram, a garota levava o Cajado de Gladstone?

Jane Farrar franziu os lábios.

— Não, senhor.

— Por favor, senhor, se eu puder...

— Não pode, Mandrake. Henry, quer fazer algum comentário?

O chefe de polícia arrastava inquietamente os pés em sua cadeira; nesse instante, inclinou-se para frente, colocando as imensas e pesadas mãos sobre a mesa, palmas voltadas para baixo. Moveu a cabeça devagar para um lado e para outro, examinando os ministros um a um.

— Tenho minhas dúvidas a respeito desse garoto há algum tempo, Rupert — começou ele. — Quando o vi pela primeira vez, disse a mim mesmo: "Esse Mandrake é talentoso, certo, e visivelmente esperto... mas dissimulado também; tem algo de impenetrável". Bem, todos nós conhecemos sua ambição, a forma como conquistou a afeição de Jessica, como ela lhe deu poder no Departamento de Assuntos Internos em idade bastante precoce. Que ordens recebeu na função? Paralisar a Resistência, destruí-la se possível e tornar as ruas um lugar seguro para todos nós. O que aconteceu nos últimos meses? A Resistência ganhou cada vez mais força, e sua campanha de terror culminou com o saque à tumba de nosso Fundador. Não há limite para as afrontas que eles cometeram: o Museu

Britânico, os empórios de Piccadilly, a Galeria Nacional... todos foram atacados e ninguém foi preso como responsável.

Nathaniel adiantou-se furioso.

— Como eu já disse várias vezes, essas coisas não tiveram nada a ver... — Uma faixa verde-oliva de substância gelatinosa materializou-se no ar e envolveu com força a cabeça de Nathaniel, amordaçando-o dolorosamente. O sr. Mortensen abaixou a mão.

— Continue, Duvall — disse.

— Obrigado. — O chefe de polícia fez um gesto expansivo. — Bem, a princípio a srta. Farrar e eu presumimos que toda essa singular falta de sucesso era devido à incompetência da parte de Mandrake. Então começamos a nos perguntar: poderia haver mais coisa aí? Poderia esse jovem talentoso e ambicioso fazer parte de algo mais sinistro? Começamos a ficar de olho nele. Após a destruição do museu, ele fez uma viagem clandestina a Praga, onde, embora seus movimentos sejam um pouco imprecisos, acreditamos que tenha se encontrado com magos estrangeiros. Sim, a senhorita pode muito bem ficar de boca aberta, srta. Malbindi! Quem sabe que estragos esse garoto pode ter causado, que segredos pode ter revelado. Por último, um dos nossos melhores espiões em Praga, um homem que nos serviu bem por muitos anos, foi morto durante a visita do sr. Mandrake.

Diante disso, muitos dos ministros começaram a resmungar entredentes. O sr. Duvall bateu na mesa com dedos que pareciam tábuas.

— Mandrake vem apregoando uma história inverossímil sobre ataques a Londres, declarando que um golem, é verdade, a senhorita ouviu corretamente, srta. Malbindi, pode estar por trás deles. Ainda que isso seja ridículo, parece ter enganado Jessica facilmente e a história do golem serviu como desculpa para sua visita a Praga. Ele voltou sem provas de suas declarações espantosas e, como já ouvimos, desde então foi pego comunicando-se com a Resistência e desafiando nossa polícia. Está bastante claro que deseja o Cajado de Gladstone; pode ser que tenha conduzido os traidores à tumba para começar. Sugiro que escoltemos imediatamente o sr. Mandrake à Torre de Londres para o interrogatório adequado. Na verdade, proponho cuidar da questão pessoalmente.

Houve um murmúrio de assentimento. O sr. Devereaux deu de ombros. A sra. Whitwell manteve-se calada, rosto inflexível. Fry, o corpulento ministro das Relações Exteriores, declarou:

— Bom. Nunca gostei desse garoto. O cabelo dele é longo demais e ele possui um rosto insolente. Você tem algum método em mente, Duvall?

— Talvez o Poço do Arrependimento? Sugiro pendurá-lo lá dentro até o nariz para passar a noite. Isso normalmente faz os traidores falarem, se as enguias lhe pouparem a língua.

Fry assentiu.

— Enguias. Isso me faz lembrar. Que tal uma segunda ceia?

O sr. Mortensen inclinou-se para diante.

— O que me diz do Guincho, Duvall? É sempre eficaz.

— Um Globo Fúnebre é o método mais adotado e efetivo, eu acho.

— Talvez algumas horas em cada um deles?

— Talvez. Devo transferir o miserável, Rupert?

O primeiro-ministro encheu de ar as bochechas, recostou-se na cadeira. Declarou em tom hesitante:

— Acho que sim, Henry. Acho que sim.

O sr. Duvall estalou os dedos; das sombras surgiram quatro policiais noturnos, cada um mais musculoso que o outro. Atravessaram no mesmo passo o aposento em direção ao prisioneiro, o líder retirando do cinto um par de pequenas algemas prateadas. Diante dos acontecimentos, Nathaniel, que se movia e gesticulava vigorosamente algum tempo, armou um protesto tão agitado que um pequeno grito abafado escapou por trás da mordaça. O primeiro-ministro pareceu lembrar-se de alguma coisa; ergueu uma das mãos.

— Um momento, Henry. Devemos conceder ao garoto sua defesa.

O chefe de polícia franziu as sobrancelhas, impaciente.

— *Devemos*, Rupert? Tome cuidado. Ele é um demoniozinho persuasivo.

— Acho que vou decidir isso por mim mesmo. — O sr. Devereaux olhou de relance para Mortensen, que fez um gesto relutante. A mordaça gelatinosa sobre a boca de Nathaniel dissolveu-se, deixando um sabor amargo. Ele retirou o lenço do bolso e secou o suor de seu rosto.

— Ande com isso, então — disse Duvall. — E preste atenção, nada de mentiras.

Nathaniel endireitou-se e passou a língua pelos lábios. Nada viu, além de hostilidade, no olhar dos magos seniores, exceto talvez — e aquela era sua única esperança agora — os olhos do próprio sr. Devereaux. Neles, o garoto percebeu algo que poderia ser incerteza, mesclado com extrema irritação. Nathaniel limpou a garganta. Orgulhara-se por muito tempo de sua ligação com o primeiro-ministro. Era hora de testá-la.

— Obrigado pela oportunidade de falar, senhor — começou. Tentou imprimir à voz uma assertividade cooperativa e calma, mas o medo reduziu-a a um grunhido. A simples lembrança da Casa da Persuasão, uma área da Torre de Londres destinada ao interrogatório de prisioneiros, fazia-o tremer. Bartimaeus estava certo: através de suas ações, tornara-se vulnerável a seus inimigos. Agora precisava vencê-los pela argumentação. — As insinuações do sr. Duvall são infundadas — disse ele — e a srta. Farrar é extremamente ansiosa, o mínimo que se pode dizer. Espero que ainda haja tempo para compensar o prejuízo que eles causaram.

Ele ouviu Jane Farrar pigarrear discretamente em algum lugar ao seu lado. O sr. Duvall emitiu um rosnado de protesto, interrompido por um único olhar do primeiro-ministro. Sentindo-se encorajado, Nathaniel foi em frente.

— Minha viagem a Praga e o caso da garota são duas coisas inteiramente distintas, senhor. É verdade que acredito que muitos dos ataques a Londres sejam obra de um golem; minhas investigações a respeito ainda não terminaram. Nesse meio tempo, eu estava usando este jovem — ele fez um aceno de cabeça na direção de Hyrnek — para atrair a traidora Kitty Jones para fora de seu esconderijo. É um antigo companheiro dela e supus que ela tentaria salvá-lo. Uma vez em meu poder, ela logo me informaria a localização do Cajado, que eu poderia entregar em suas mãos. A chegada dos lobos da srta. Farrar arruinou completamente minha emboscada. Tenho fé que ela seja firmemente repreendida.

Jane Farrar soltou um grito de raiva.

— *Meus* homens haviam agarrado a garota! Seu demônio a seqüestrou.

— Claro. — Nathaniel era a urbanidade em pessoa. — Porque *seus* homens a teriam despedaçado. Estavam ávidos por sangue. E então, como obteríamos o Cajado?

— Eles pertenciam à Polícia Imperial, sob responsabilidade direta do sr. Duvall aqui...

— Ainda assim, e uma organização mais inexperiente e desorganizada seria difícil de achar — prosseguiu Nathaniel em seu ataque. — Reconheço que fui dissimulado, senhor — disse amavelmente, dirigindo-se com entusiasmo ao sr. Devereaux —, mas eu sabia que esta era uma operação delicada. A garota é teimosa e determinada. Para localizar o Cajado, eu precisava avançar com cuidado: precisava oferecer a ela a segurança do garoto em troca da devolução do objeto. Eu temia que a habitual mão pesada do sr. Duvall comprometesse tudo. Como, infelizmente, foi o caso.

A fúria nos olhos do chefe de polícia era digna de ser vista. Seu rosto moreno tornou-se vermelho-beterraba, as veias em seu pescoço e mãos incharam como cordas de ancoragem e as unhas — que pareciam ligeiramente mais longas que antes — cravavam-se fundo no tampo da mesa. Ele mal conseguia falar de tão sufocado.

— Guardas! Levem embora esse jovem depravado. Vou cuidar dele neste instante.

— Você está descontrolado, Henry. — O sr. Devereaux falou baixo, mas a ameaça em sua voz era clara. — Eu sou Juiz e Júri neste governo; sou em quem vai decidir o destino de Mandrake. Não estou absolutamente convencido de que ele seja o traidor que você afirma. John — continuou ele —, seu demônio tem a garota, essa Kitty Jones, sob custódia?

— Sim, senhor. — O rosto de Nathaniel achava-se contraído de tensão. Ele ainda não estava livre; a negra sombra do Poço do Arrependimento ainda pairava diante dele. Precisava avançar com cuidado. — Eu a enviei a um local tranqüilo, onde poderia executar meu plano. Espero que esta longa demora não estrague tudo.

— E você planejava me restituir o Cajado? — Devereaux o avaliou com o canto de um dos olhos.

— Claro, senhor! Eu esperava vê-lo algum dia ao lado do Amuleto de Samarkand nos cofres do governo, senhor. — Nathaniel mordeu o lábio, esperou. Aquele era seu trunfo, claro. Salvara a vida de Devereaux recuperando o Amuleto, e não queria que o primeiro-ministro se esquecesse do fato agora. — Ainda posso fazer isso, senhor. Se eu levar Hyrnek até a garota e prometer a segurança dos dois, acredito que ela me entregue o Cajado em pouco tempo.

— E a garota? Vai ficar livre?

Nathaniel lançou um sorriso malicioso.

— Ah, não, senhor. Uma vez que eu esteja de posse do Cajado, ela e Hyrnek podem ser interrogados à vontade. — Seu sorriso desapareceu prontamente quando Jakob Hyrnek chutou e acertou sua canela.

— O garoto é um perfeito mentiroso. — O sr. Duvall recuperara em parte a compostura. — Por favor, Rupert, você certamente não vai ser levado a...

— Já tomei minha decisão. — O primeiro-ministro inclinou-se para a frente, formando um arco com os dedos. — Mandrake provou seu valor e sua lealdade no passado; precisamos conceder a ele o benefício da dúvida. Vamos acreditar em suas palavras. Deixem-no obter o Cajado. Se conseguir, sua dissimulação nesta questão será perdoada. Se não conseguir, aceitarei a versão de Henry dos acontecimentos e o despacharei para a Torre. É um acordo favorável? Todos estão satisfeitos? — Sorridente, ele olhou do desapontamento desdenhoso do sr. Duvall à ansiedade doentia de Nathaniel e retrocedeu novamente o olhar. — Bom. Mandrake pode partir. Alguém mencionou comida ainda há pouco? Um vinho bizantino para começar!

Uma brisa morna encheu o aposento. Escravos invisíveis se adiantaram, carregando copos e jarras de cristal repletos de vinho de cor adamascada. Jane Farrar esquivou-se quando um prato de salsichas de carne de veado passou perto de sua cabeça.

— Mas senhor, certamente não vamos permitir que Mandrake faça isso sozinho!

— Certo... precisamos mandar um batalhão de tropas! — Impaciente, Duvall empurrou para o lado um copo que lhe foi oferecido. — Seria uma imprudência confiar nele.

Nathaniel já se achava a meio caminho da porta. Voltou correndo.

— Senhor, esta é uma situação muito delicada. Um bando de cabeças de lobo vai arruinar tudo.

O sr. Devereaux estava provando um copo de vinho.

— Delicioso. A essência de Mármara... Bem, vamos chegar a um acordo novamente. Várias esferas de vigilância serão designadas para seguir Mandrake, para que possamos conferir seus movimentos. Agora, alguém pode me passar aquele cuscuz de aspecto delicioso?

Nathaniel atou Jakob Hyrnek em um laço invisível e, conduzindo-o pelo braço, abandonou o salão. Não sentia animação alguma. Havia frustrado Duvall por enquanto, mas, se não conseguisse o Cajado, e logo, as perspectivas eram desanimadoras. Sabia que esgotara toda a boa vontade que o primeiro-ministro nutria em relação a ele, e a antipatia dos demais ministros era palpável. Sua carreira e sua vida estavam por um fio.

No momento em que cruzavam o átrio do edifício, a sra. Whitwell saiu para interceptá-los. Nathaniel fitou-a implacável, mas não falou. Os olhos de falcão da mulher perfuraram os seus.

— Você pode ou não ter convencido nosso caro primeiro-ministro — disse ela em um sussurro ríspido — e pode ou não conseguir o Cajado, mas sei que vem agindo pelas minhas costas, buscando promoção às minhas custas, e não vou perdoá-lo por isso. Nossa associação chegou ao fim e não lhe desejo nenhum sucesso. No que me diz respeito, você está livre para apodrecer na Torre de Duvall.

Ela se afastou rápido, as roupas farfalhando como folhas mortas. Nathaniel a seguiu com os olhos por algum tempo; depois, percebendo que Hyrnek o observava com um prazer amargo no olhar, recompôs-se e sinalizou, através do saguão, para o grupo de motoristas à espera.

Enquanto o carro rumava para norte, quatro esferas de vigilância vermelhas materializaram-se acima da entrada do prédio e deslizaram silenciosamente em seu encalço.

Bartimaeus

44

Percebi que algo havia acontecido no instante em que eles surgiram na escada. Pude adivinhar pelo sorriso forçado do jovem Hyrnek e a relutância com que subia cada degrau. Pude perceber pelo olhar frio e duro de meu mestre, e pela ameaçadora proximidade com que seguia no encalço de seu prisioneiro. Ah sim, Nathaniel tentava dar a entender que tudo estava ótimo e tranqüilo, procurando deixar a garota despreocupada. Chamem-me de intuitivo, mas eu não considerava que as coisas fossem absolutamente tão cor-de-rosa quanto ele queria que ela pensasse. Claro, o trasgo invisível empoleirado nos ombros de Hyrnek, apertando com força sua garganta entre os pés de longas garras, tinha algo de revelador. As mãos de Hyrnek achavam-se imobilizadas ao lado do corpo pela laçada fina e escamosa de um rabo, portanto ele era incapaz de falar, gritar ou fazer qualquer gesto. Garras afiadas perfuravam-lhe as bochechas, encorajando-o a manter o sorriso. O trasgo cuidava de sussurrar algo em seu ouvido também, e era pouco provável que fossem palavras românticas.[1]

Mas a garota não tinha consciência disso. Ela soltou um pequeno grito quando viu Hyrnek surgir no alto da escada e deu um involuntário passo à frente. Meu mestre lançou um brado de aviso:

---

[1]Espíritos inferiores como este são muitas vezes mesquinhos e vingativos, e agarram qualquer oportunidade de atormentar um humano em seu poder com conversas sobre torturas e outros horrores. Outros possuem uma lista interminável de piadas obscenas. É um cara-ou-coroa para saber o que é pior.

— Por favor, afaste-se, srta. Jones!

Ela permaneceu onde estava, mas não tirou os olhos do amigo.

— Oi, Jakob — disse.

O trasgo afrouxou um pouco as garras, permitindo que o prisioneiro resmungasse.

— Oi, Kitty.

— Você está ferido?

Uma pausa. O trasgo fez cócegas na bochecha de Hyrnek em sinal de advertência.

— Não.

Ela deu um ligeiro sorriso.

— Eu-eu vim salvá-lo.

Um rígido aceno de cabeça foi tudo o que obteve dessa vez. As garras do trasgo haviam reforçado o aperto. O sorriso falso de Hyrnek estava de volta, mas eu podia perceber o aviso desesperado em seus olhos.

— Não se preocupe, Jakob — disse a garota com determinação. — Vou nos tirar dessa.

Bem, aquilo tudo era muito comovente, tudo muito emocionante, e pude ver que a amizade da garota pelo jovem[2] era exatamente o que meu mestre desejava. Ele observou os dois se cumprimentarem com uma malícia ávida.

— Vim com boas intenções, srta. Jones — disse ele, mentindo gentilmente. Pendurado sem ser visto no pescoço de Hyrnek, o trasgo girou os olhos e articulou um risinho silencioso.

Mesmo que eu *quisesse* prevenir a garota a respeito do trasgo, era impossível, com meu mestre de pé bem ali na minha frente.[3] Além disso, ele não era o único problema. Percebi, naquele momento, um par de esferas

---

[2]Ainda que aquilo fosse incompreensível. Ele me parecia um pouco delicado.

[3]Não que eu tivesse feito isso, claro. Os humanos e seus assuntos lamentáveis não têm nada a ver comigo. Se eu pudesse escolher entre ajudar a garota e me desmaterializar de imediato, eu provavelmente teria desaparecido com uma sonora risada e um jato de enxofre no olho dela. Ainda que ela fosse encantadora, aproximar-se de pessoas nunca é compensador para um djim. Nunca. Tirem por alguém que sabe.

vermelhas flutuando bem alto, em meio aos caibros. Os magos nos observavam a distância. Não fazia sentido criar problemas. Como sempre, mantive-me em patética prontidão e esperei por minhas ordens.

— Vim com boas intenções — disse mais uma vez meu mestre. Suas mãos estavam estendidas em sinal de paz, as palmas voltadas para cima e vazias.[4] — Ninguém mais sabe que a senhorita está aqui. Estamos sozinhos.

Bem, aquilo era outra mentira. As esferas de vigilância atropelavam-se faceiras atrás de uma viga, como se estivessem envergonhadas. O trasgo fez uma careta de falso horror. Os olhos de Hyrnek eram suplicantes, mas a garota nada percebeu.

— E os lobos? — perguntou ela bruscamente.

— Estão muito longe... ainda procurando-a, pelo que sei. — Ele sorriu. — A senhorita não pode querer mais provas das minhas intenções — disse. — Se não fosse por mim, a esta altura a senhorita não seria nada além de ossos em um beco.

— Na última vez em que o vi, o senhor certamente não foi tão benevolente.

— É verdade. — Nathaniel fez o que evidentemente achou que fosse um floreio cortês; com o cabelo e o punho da camisa ondulando, pareceu ter tropeçado. — Peço desculpas por minha precipitação naquela ocasião.

— O senhor ainda tem intenção de me prender? Suponho que tenha sido por isso que seqüestrou Jakob.

— Achei que isso a faria sair do esconderijo. Mas prendê-la? Com toda a honestidade, isso depende da senhorita. Talvez possamos chegar a um acordo.

— Continue.

— Mas, primeiro... a senhorita precisa de descanso ou de primeiros socorros? Estou vendo que está ferida e deve estar cansada. Posso fazer com que meu servidor — aqui ele estalou os dedos na minha direção —

[4]Isto é, o que era possível enxergar delas sob suas descomunais mangas rendadas.

consiga o que quer que deseje: comida, vinhos quentes, fortificantes... Peça e será feito!

Ela balançou a cabeça.

— Não quero nenhuma de suas imundícies mágicas.

— Você com certeza está precisando de alguma coisa. Ataduras? Ervas aromáticas? Uísque? Bartimaeus pode produzir tudo isso num piscar de olhos.[5]

— Não. — Ela estava carrancuda, indiferente à bajulação dele. — Qual é a sua proposta? Presumo que queira o Cajado.

A atitude de Nathaniel mudou ligeiramente à menção da palavra; talvez tenha ficado perturbado com a objetividade dela, raras vezes os magos sendo tão honestos e diretos. Ele assentiu devagar.

— Você está de posse dele? — O corpo do garoto estava rígido de tensão; mal respirava.

— Estou.

— Pode ser obtido com rapidez?

— Pode.

Na mesma hora ele expirou.

— Bom. Bom. Então eis minha proposta. Tenho um carro esperando lá embaixo. A senhorita me leva ao local onde está o Cajado e o entrega aos meus cuidados. Uma vez que eu o tenha em segurança, a senhorita e Hyrnek receberão um salvo-conduto para ir para onde quiserem. Essa anistia terá a duração de um dia. Presumo que vocês queiram deixar o país e isso lhes dará tempo para fazê-lo. Pensem com cuidado em minhas palavras! É uma oferta generosa para uma traidora incorrigível como a senhorita. Outros no governo, como viu, não seriam tão gentis.

A garota não estava convencida.

---

[5]Mais uma vez, há um pouco de exagero aqui, a menos que alguém tivesse um olho particularmente grudento e reumático que levasse algum tempo para descolar. A um comando preciso e uma retração parcial de minhas obrigações atuais, posso certamente me desmaterializar, me materializar em outro lugar, localizar os objetos necessários e voltar, mas isso leva alguns bons segundos — ou mais, se os objetos forem difíceis de achar. Não posso simplesmente fazer as coisas surgirem do nada. Isso seria uma bobagem.

— Que garantia eu tenho de que o senhor vai manter sua palavra?

Ele sorriu, retirou um cisco da manga da camisa.

— Nenhuma. A senhorita vai ter de confiar em mim.

— Muito pouco provável.

— Que escolha tem, srta. Jones? A senhorita já está meio encurralada. Um demônio selvagem a está guardando...

Ela olhou para um lado e outro, confusa. Eu tossi.

— Sou eu — declarei.

— ...e a senhorita tem de lutar *comigo* também — continuou meu mestre. — Não vou subestimá-la outra vez. Na verdade — acrescentou ele, quase como uma reflexão tardia —, estou curioso para conhecer a fonte de suas defesas mágicas. De fato, muito curioso. Onde as conseguiu? Quem as forneceu? — A garota nada disse. — Se me der essa informação, se falar francamente sobre seu tempo na Resistência, vou fazer mais do que libertá-la. — A essa altura, ele se adiantou e estendeu a mão para tocar o braço da garota. Ela retraiu-se, mas não se afastou. — Também posso lhe dar dinheiro — disse. — Sim, e muito mais *status* do que em seus sonhos mais loucos. Plebeus como a senhorita, com cérebro, coragem e talento de sobra, podem obter cargos no cerne do governo, posições de verdadeiro poder. Não é nenhum segredo. A senhorita vai trabalhar todos os dias com os grandes de nossa sociedade e aprender coisas que farão sua cabeça girar. Posso tirá-la da sordidez de sua vida, lhe proporcionar visões do passado maravilhoso, dos dias em que os magos-imperadores dominavam o mundo. Então a senhorita poderá fazer parte de nossa história magnífica. Quando as guerras atuais forem vencidas, por exemplo, estabeleceremos um ministério colonial na América, e precisaremos de homens e mulheres inteligentes para fazer cumprir nossa vontade. Dizem que há estados imensos a serem conquistados por lá, srta. Jones, extensões de terra com nada além de animais e uns poucos selvagens. Imagine... a senhorita como uma grande dama do Império...

Ela se afastou; a mão dele soltou o braço da garota.

— Obrigada, mas não creio que isso me convenha.

Ele exibiu uma expressão de raiva.

— É uma pena. E quanto a minha primeira proposta? A senhorita aceita?

— Quero conversar com Jakob.

— Ali está ele. — Despreocupadamente, o mago colocou-se a curta distância. Eu também recuei. A garota se aproximou de Hyrnek.

— Você está realmente bem? — sussurrou ela. — Está tão calado.

O trasgo relaxou o aperto na garganta do garoto, mas movimentou as garras diante de seu rosto como um amável lembrete. Ele assentiu fracamente.

— Estou ótimo. Ótimo.

— Vou aceitar a oferta do sr. Mandrake. Você tem alguma coisa a dizer?

O mais débil dos sorrisos.

— Não, não, Kathleen. Pode confiar nele.

Ela hesitou, assentiu e virou-se.

— Muito bem, então. Sr. Mandrake, suponho que não queira se atrasar mais. Onde está seu carro? Vou levá-lo até o Cajado.

Durante o trajeto, Nathaniel era o perfeito e velho misto de emoções. Excitação, agitação e medo inequívoco misturavam-se, de forma pouco apetecível, em sua fisionomia. Ele não conseguia sossegar, remexendo-se no assento, virando-se repetidamente para olhar para fora, pela janela traseira, para as luzes da cidade. Tratava a garota com a desconcertante combinação de amabilidade prestativa e desprezo mal disfarçado, em um momento fazendo perguntas ansiosas, no outro, proferindo ameaças veladas. Em contrapartida, o restante de nós seguia sério e calado. Hyrnek e Kitty olhavam rigidamente para a frente (Hyrnek com o trasgo ainda enlaçado ao redor de seu rosto), enquanto o motorista, do outro lado do vidro, fazia da impassibilidade um tipo de arte.[6] Eu — embora forçado

[6] Um toco de madeira usando um boné pontudo teria demonstrado mais entusiasmo e individualidade.

pela falta de espaço a assumir a forma de um estóico porquinho-da-índia, agachado entre a bota da garota e o porta-luvas — exibia minha digna personalidade de praxe.

Seguimos sem parar pela noite londrina. Não havia nada nas ruas. As estrelas começavam a se apagar sobre os telhados: a madrugada aproximava-se rápido. O motor do carro zumbia melancolicamente. Fora da vista de Nathaniel, quatro luzes vermelhas subiam, desciam e se entrelaçavam bem em cima do teto da limusine.

Em contraste com meu mestre, a garota parecia muito controlada. Ocorreu-me que soubesse que ele a trairia — encaremos os fatos, não é necessário o cérebro de um djim para adivinhar isso — mas apesar de tudo seguia calmamente ao encontro de sua sorte. O porquinho-da-índia moveu a cabeça, pesaroso. Mais do que nunca, eu admirava sua determinação — e a graça com que a exercia. Mas isso é uma questão de livre arbítrio para vocês. Eu não dispunha desse luxo neste mundo.

Orientados pela garota, rumamos para o sul através do centro da cidade, cruzando o rio e entrando em uma área de mercado popular, de indústria e comércio leves, onde prédios decrépitos erguiam-se à altura de três andares. Uns poucos pedestres encurvados já eram visíveis, cambaleando rumo aos primeiros turnos. Um par de semi-afritos entediados passou flutuando e também um corpulento diabrete mensageiro, avançando com dificuldade sob um gigantesco pacote. Por fim, viramos em uma passagem estreita e pavimentada, que se estendia sob um arco baixo na direção de uma cocheira deserta.

— Aqui. — A garota bateu na divisória de vidro. O toco de madeira encostou no meio-fio e sentou-se imóvel, aguardando ordens. O restante de nós desembarcou, todos rígidos e gelados à primeira luz da manhã. O porquinho-da-índia expandiu sua essência e reassumiu a forma de Ptolomeu. Dei uma olhada ao redor e vi as esferas de vigilância pairando a alguma distância.

Em ambos os lados havia fileiras de cocheiras residenciais e algo desleixadas, estreitas e pintadas de branco. Sem uma palavra, a garota aproximou-se de um lance de degraus que conduzia à porta de um porão. Empurrando Hyrnek à sua frente, Nathaniel a seguiu. Eu fechava a retaguarda.

Meu mestre olhou de relance para mim por sobre o ombro.

— Se ela tentar algum truque, mate-a.

— Você vai ter que ser mais específico — disse eu. — Que espécie de truque? Carta, moeda, corda indiana... o quê?

Ele me lançou um olhar.

— Qualquer coisa que viole meu acordo com ela, com a intenção de me causar dano ou que a ajude a fugir. Ficou claro o bastante?

— Como cristal.

A garota pelejava na escuridão perto da porta; de uma fenda qualquer, retirou uma chave. Um instante mais tarde, a porta abriu-se com um rangido. Sem uma palavra, ela a atravessou; nós três nos arrastamos atrás dela.

Seguimos sinuosamente através de uma série de porões labirínticos, Kitty, Hyrnek, Nathaniel e eu, um colado ao outro, como se dançássemos uma conga lenta e sombria. Ela parecia conhecer muito bem o caminho, acionando interruptores de luz de vez em quanto, mergulhando sob arcos baixos nos quais o resto de nós batia com a testa, sem nunca olhar para trás; comecei a me perguntar se meu disfarce de minotauro não teria sido mais apropriado.

Olhando por cima do ombro, vi o brilho de pelo menos uma esfera seguindo nosso rastro. Ainda éramos observados a distância.

Por fim, a garota parou em um pequeno cômodo ao lado do porão principal. Acendeu uma lâmpada fraca. O aposento estava vazio, a não ser por uma pilha de lenha no canto mais afastado. Do teto, a água pingava e escorria em regatos pelo chão. Nathaniel franziu o nariz.

— E então? — perguntou bruscamente. — Não estou vendo nada.

A garota se aproximou dos feixes de lenha; enfiou o pé em algum lugar dentro da pilha. Um rangido; um segmento da alvenaria se abriu diante dela, revelando suas sombras.

— Pare aí! Você não vai entrar. — Abandonando Hyrnek pela primeira vez, meu mestre avançou correndo, interpondo-se entre Kitty e a porta secreta. — Bartimaeus, entre e informe o que encontrar. Se o Cajado estiver lá, traga-o para mim.

Com muito mais reserva do que estou habituado, aproximei-me da porta, erguendo um Escudo ao meu redor como precaução contra armadilhas estúpidas. Quando cheguei mais perto, senti um pulsar de advertência em todos os sete planos, o que indicava a presença de magia poderosa adiante. Enfiei uma cabeça vacilante na abertura e olhei ao redor.

Era pouco mais que um armário pretensioso, um buraco miserável repleto de artefatos de pouco valor, que ela e seus amigos haviam roubado dos magos. Havia as bolas de cristal de praxe e recipientes de metal — todos de má qualidade, nenhum deles de qualquer utilidade.[7]

A exceção era o item casualmente apoiado no canto mais afastado, lutando absurdamente por espaço com algumas lanças explosivas.

Quando vi o Cajado a distância por sobre os telhados incandescentes de Praga, este crepitava com um poder violento. De um céu lacerado e revolto, relâmpagos convergiam em sua direção e sua sombra se estendia ao longo das nuvens. Uma cidade inteira fora subjugada por sua fúria. Agora jazia inativo e empoeirado, e uma aranha tecia inocentemente uma teia entre seu topo entalhado e uma reentrância na parede.

Mesmo assim, a energia ainda se achava latente dentro dele. Sua aura pulsava forte, enchendo o aposento (nos planos superiores) de luz. Aquele não era um objeto para brincadeiras, e foi com a ponta de um dos dedos e a do polegar encurvadas, do jeito relutante de alguém que extrai uma larva de uma maçã, que carreguei o Cajado de Gladstone para fora do depósito secreto e o apresentei a meu mestre.

---

[7]Da mesma forma que vegetais enlatados nunca são tão bons e nutritivos quanto os naturais, as esferas de elementos, os bastões de Inferno, ou qualquer outra arma produzida pelo aprisionamento de um diabrete ou outro espírito qualquer dentro de um globo ou de uma caixa, nunca são tão eficazes ou duradouros quanto feitiços realizados espontaneamente pelos próprios espíritos. No entanto, os magos os empregam sempre que podem — é muito mais fácil do que realizar o negócio trabalhoso que é a invocação.

Ah, na mesma hora ele ficou satisfeito. Simplesmente transbordou de alívio. Ele o pegou e contemplou, e a aura do objeto iluminou os contornos de seu rosto com uma radiação sombria.

— Sr. Mandrake — era a garota falando. Ela estava de pé ao lado de Hyrnek nesse momento, com um braço protetor ao seu redor. O trasgo invisível havia se pendurado no ombro oposto de Hyrnek e a olhava com profunda desconfiança. Talvez sentisse sua resistência inata. — Sr. Mandrake — disse ela —, cumpri minha parte no acordo. Agora o senhor deve nos libertar.

— Sim, sim. — Meu mestre mal interrompeu sua apreciação do Cajado. — Claro. Vou tomar as providências adequadas. Providenciarei uma escolta para vocês. Mas primeiro, vamos sair desse lugar macabro.

No instante em que saímos, a primeira luz da manhã começava a se derramar sobre os ângulos das cocheiras revestidas de pedras e brilhava fracamente na cromagem da limusine no outro extremo da travessa. O motorista permanecia completamente imóvel no assento, olhando para frente; não parecia ter se movido durante todo o tempo em que nos mantivéramos afastados. A garota fez nova tentativa. Estava muito cansada; sua voz exprimia uma grande esperança.

— O senhor não precisa nos escoltar daqui, sr. Mandrake — disse ela. — Podemos seguir nosso próprio caminho.

Meu mestre acabara de subir as escadas segurando o Cajado. Não pareceu ouvi-la a princípio; sua mente estava longe, em outros assuntos. Ele piscou, parou de repente e fixou-a como se a visse pela primeira vez.

— O senhor fez uma promessa — disse a garota.

— Uma promessa... — Ele franziu vagamente a testa.

— De que nos deixaria partir. — Percebi-a deslocar sutilmente o peso do corpo para a ponta dos pés enquanto falava, preparando-se para um movimento rápido. Perguntei-me com algum interesse o que ela planejava fazer.

— Ah sim. — Houve um tempo, um ano ou dois atrás, em que Nathaniel teria honrado qualquer acordo. Consideraria a quebra de uma promessa algo aquém de sua dignidade, a despeito da inimizade que nutria pela garota. Mesmo naquele momento, era possível que parte dele ainda não gostasse do que ia fazer. Hesitou um instante, como se estivesse realmente em dúvida. Então o vi olhar de relance para as esferas vermelhas, que acabavam de emergir da adega e pairavam no alto mais uma vez. Seus olhos se ensobreceram. O olhar de sua mestra estava pousado nele, e aquilo decidiu a questão.

Ele puxava uma das mangas da camisa enquanto ela falava, mas sua semelhança com os outros magos era agora mais profunda do que essa imitação superficial.

— Promessas feitas a terroristas raramente são obrigatórias, srta. Jones — disse ele. — Nosso acordo não tem validade. A senhorita será interrogada e julgada por traição imediatamente e eu mesmo vou me encarregar de escoltá-la à Torre. Não tente nada! — A voz dele elevou-se em sinal de advertência; a garota havia deslizado a mão para dentro de sua jaqueta. — A vida de seu amigo está por um fio. Sófocles, apareça! — O trasgo sorridente nos ombros de Hyrnek descartou sua invisibilidade no primeiro plano, lançou uma piscadela insolente para a garota e trincou os dentes ao lado da orelha do prisioneiro.

Os ombros de Kitty curvaram-se ligeiramente; ela pareceu baixar a crista.

— Muito bem — disse.

— Sua arma... o que quer que esteja em seu casaco. Apresente-a. Devagar.

Ela hesitou.

— Não é uma arma.

A voz de Nathaniel tornou-se mais ameaçadora.

— Não tenho tempo para isso! Apresente-a ou seu amigo vai perder a orelha.

— Não é uma arma. É um presente. — Dizendo isso, ela estendeu a mão. Em seus dedos havia algo pequeno, redondo, cintilando sob a luz. Um disco de bronze.

Os olhos de Nathaniel se arregalaram.

— Isso é meu! Meu espelho mágico![8]

A garota assentiu.

— Tome. — Ela moveu repentinamente o pulso. O disco girou no ar. Instintivamente, observamos sua trajetória: Nathaniel, o trasgo e eu. Enquanto observávamos, a garota agiu. Suas mãos se estenderam e enlaçaram o trasgo pelo pescoço magro, lançando-o para trás, para longe dos ombros de Hyrnek. Ele foi pego de surpresa, seu aperto se afrouxou, as garras cortando o ar, mas sua cauda fina se enroscou ao redor do rosto de Hyrnek, rápida como um chicote, e começou a apertar. Ele gritou, rasgando a cauda com as unhas.

Nathaniel recuou, seguindo o disco giratório. Ainda segurava o Cajado, mas sua mão livre achava-se estendida, na esperança de agarrá-lo.

Os dedos da garota se fecharam sobre o pescoço do trasgo; os olhos do ser se esbugalharam, seu rosto ficou roxo.

O rabo apertou a cabeça de Hyrnek.

Eu observava tudo aquilo com grande interesse. Kitty contava com sua resistência, com seu poder de neutralizar a magia do trasgo. Tudo dependia da intensidade de sua resistência. Era bem possível que o trasgo logo se reaprumasse, esmagasse o crânio de Hyrnek e avançasse para lidar com ela. Mas a garota era forte e estava furiosa. O rosto do trasgo inchou; ele emitiu um som vergonhoso. Houve um momento decisivo. Com o ruído de um balão que estoura, o trasgo rebentou em vapor, cauda e tudo mais; desapareceu no ar. Tanto Kitty quanto Hyrnek perderam o equilíbrio e caíram.

O espelho mágico pousou em segurança na mão de Nathaniel. Ele ergueu os olhos e pela primeira vez compreendeu a situação. Seus prisioneiros se levantavam cambaleantes.

Ele lançou um grito de contrariedade.

---

[8]Reconhecível pelo acabamento externo pavoroso. O diabrete preguiçoso e insolente no interior era ainda pior.

— Bartimaeus!

Eu estava tranqüilamente sentado sobre um mourão. Olhei para ele.

— Sim?

— Por que você não agiu para impedir que isso acontecesse? Eu lhe dei instruções precisas.

— Deu, deu. — Cocei a parte posterior da cabeça.

— Eu lhe disse para matá-la se ela tentasse alguma coisa!

— O carro! Vamos! — A garota já estava em movimento, arrastando Hyrnek com ela. Atravessaram correndo o calçamento de pedras na direção da limusine. Aquilo era melhor do que assistir a um jogo de bola asteca. Se eu ao menos tivesse uma porção de pipoca...

— E então? — Ele estava fervendo de raiva.

— Você me disse para matá-la se ela violasse os termos do acordo de vocês.

— Sim! Escapando, como agora! Então aja! O Fogo Atrofiante...

Sorri alegremente.

— Mas o acordo é nulo, ficou sem validade. Você mesmo o violou, menos de dois minutos atrás, de forma particularmente nociva, se é que posso dizer. Portanto, ela não está violando o acordo, certo? Escute, se você abaixar esse Cajado, pode arrancar os cabelos com mais facilidade.

— Ahh! Anulo todas as ordens anteriores e emito uma nova, que você não vai poder deturpar! Impeça-os de partirem naquele carro!

— Muito bem. — Eu tinha de obedecer. Afastei-me preguiçosamente do mourão e encetei uma perseguição relutante e vagarosa.

Durante toda a nossa tagarelice, Nathaniel e eu observáramos o frenético avanço de nossos amigos pela travessa. A garota seguia na dianteira; nesse instante, ela alcançou a limusine e abriu a porta do motorista, provavelmente com a intenção e forçá-lo a tirá-los dali. O motorista, que em momento algum manifestara o menor interesse em nossa briga, continuava olhando para frente. Kitty gritava com ele nesse instante, emitindo ordens frenéticas. Ela deu-lhe um puxão no ombro. Ele ensaiou uma espécie de bamboleio hesitante e deslizou para o lado, para fora do assento, chocando-se com a garota alarmada, antes de desabar de bruços sobre as pedras do calçamento. Um braço estendeu-se de modo desalentador.

Por alguns segundos, todos interrompemos o que estávamos fazendo. A garota continuava paralisada, talvez admirada da própria força. Contemplei a extraordinária ética do trabalhador britânico tradicional. Até mesmo meu mestre parou de espumar por um momento, perplexo. Todos nos aproximamos lentamente.

— Surpresa! — De trás da fuselagem do carro, surgiu de chofre uma face sorridente. Bem, na verdade, de dentes arreganhados, os crânios, como sabemos, não sorriem de fato. Apesar disso, ele destilava uma certa alegria irreprimível, que contrastava nitidamente com os escassos cabelos brancos cobertos de lodo de rio, com os trapos negros ensopados agarrados aos ossos, com o cheiro fétido de cemitério agora pairando no ar.

— Uh-ah. — Brilhantemente articulado, esse era eu.

Com um estalar de ossos e um grito radiante, Honorius, o afrito, saltou sobre o capô do carro, os fêmures arqueados, mãos nas cadeiras, o crânio erguido em ângulo elegante. Dali, emoldurado pela luz do sol novo em folha, ele nos avaliou um a um.

Kitty

45

Nos primeiros segundos, Kitty não se achava mais na travessa pavimentada, não mais respirava o ar da manhã; estava outra vez embaixo da terra, presa na cripta escura, com o odor da morte no rosto e seus amigos mortos diante dos olhos. O terror era o mesmo, e a impotência; sentiu sua força e determinação reduzirem-se a nada, como papel consumido pelo fogo. Mal conseguia respirar.

Seu primeiro pensamento foi de raiva contra o demônio Bartimaeus. Sua declaração de que destruíra o esqueleto revelava-se apenas outra mentira. Seu segundo pensamento foi para Jakob, que tremia ao seu lado: devido às ações que praticara, ele morreria — ela sabia com absoluta certeza, e detestava-se por isso.

A maior parte das roupas do esqueleto desaparecera; o pouco que restava pendia disforme sobre os ossos amarelados. A máscara dourada sumira; minúsculas labaredas vermelhas ardiam nas órbitas escuras do crânio. Abaixo, a luz do sol filtrava-se por entre as costelas e saía através dos restos do paletó. As calças e sapatos haviam desaparecido por completo. Mas a energia da criatura estava inalterada. Ela saltava de um pé para o outro com uma rapidez espantosa.

— Bem, chamo a isso de uma alegria incrível. — A voz divertida soava clara como um sino por entre os dentes oscilantes. — Eu não poderia pedir mais. Aqui estou eu, feliz como um cordeirinho, ainda que um pouco úmido no que diz respeito à cartilagem, trabalhando com afinco. O que eu quero? Simplesmente seguir a pista de minhas posses perdidas, recolhê-las e continuar meu caminho. O que encontro? Meu Cajado... sim! Em boas condições, como se fosse novo, mas mais do que isso... Dois *outros* cordeirinhos com quem brincar, dois cordeirinhos em quem andei pensando muito e com afinco enquanto bebia litros de água no estuário, água fria, fria, e minhas lindas roupas apodreciam nos ossos. Ah, não se faça de inocente, minha cara — a voz alta reduziu-se a um rosnado; o crânio inclinou-se na direção de Kitty —, você é um deles. O rato que perturbou o descanso do meu mestre, que pegou seu Cajado e acha que é elegante carregar a odiosa prata dentro da bolsa. Com *você*, vou lidar por último.

O esqueleto se endireitou de um salto, bateu com os metatarsos no capô da limusine e lançou um dedo na direção de Bartimaeus, que ainda exibia a aparência do garoto de pele escura.

— Então aí está *você* — disse ele —, o que roubou meu rosto. O que me afogou no Tâmisa. Ah, estou terrivelmente furioso com você.

Se estava nervoso, o demônio fazia um bom trabalho escondendo o fato.

— Posso entender — disse ele friamente. — Na verdade, estou um pouco decepcionado. Se importa em me dizer como chegou até aqui?

O crânio rangeu as mandíbulas, irritado.

— A mais pura sorte me salvou do esquecimento — sussurrou ele. — Enquanto era levado, impotente contra a correnteza e a escuridão fria, a dobra do meu cotovelo enganchou na corrente enferrujada de uma âncora no leito do rio. Num instante, agarrei a corrente com os dedos e a mandíbula; lutei contra o empuxo da água, subi em direção à luz. Onde fui parar? Em um barco velho, amarrado para passar a noite. À medida que a água cruel escorria de meus ossos, minhas forças retornavam. O que eu queria? Vingança! Mas, primeiro, o Cajado, para recuperar meu poder. Rastejei pela margem noite e dia, farejando sua aura como um cachorro...

E hoje — a voz irrompeu em súbita e ruidosa alegria — eu o encontrei, segui seu rastro até este pátio, esperei confortavelmente aqui com aquele companheiro no chão. — Indicou o corpo do motorista com um dedo do pé desdenhoso. — Desconfio que não fosse muito bom conversador.

Bartimaeus assentiu.

— Os humanos não são conhecidos por sua sagacidade. Muito maçantes.

— São mesmo?

— Extremamente.

— Mmm. Ei! — O esqueleto recompôs-se indignado. — Você está tentando mudar de assunto.

— De jeito nenhum. Você estava dizendo que está terrivelmente furioso comigo.

— Bastante. Onde eu estava? Terrivelmente furioso... Dois cordeirinhos, uma garota e um djim... — Ele parecia ter perdido por completo o fio da meada.

Kitty lançou um dedo na direção do mago Mandrake.

— E ele?

Mandrake sobressaltou-se.

— Nunca vi esse fantástico afrito em toda a minha vida! Ele não pode ter nenhum ressentimento contra mim.

As labaredas nas órbitas oculares do crânio reluziram.

— A não ser pelo fato de que você está carregando meu Cajado. *Isso* não é uma questão sem importância. E o que é mais... você está planejando *usá-lo*! Sim! Não negue... você é um mago!

Valia a pena aumentar o ultraje do afrito. Kitty limpou a garganta.

— *Ele* me fez roubá-lo — disse ela. — É tudo culpa dele. Tudo. Ele também fez Bartimaeus atacar você.

— Verdade...? — O esqueleto estudou John Mandrake. — Que interessante... — Inclinou-se novamente na direção de Bartimaeus. — Ela está errada, não está? Esse almofadinha com o Cajado é *realmente* seu mestre?

O garoto egípcio pareceu sinceramente atrapalhado.

— Temo que sim.

— Tsk. Meu Deus. Bem, não se preocupe. Vou matá-lo... depois de matar você.

No momento em que disse isso, o esqueleto ergueu um dedo. Chamas verdes surgiram no lugar em que o demônio estivera, mas o garoto já havia desaparecido, dando cambalhotas no calçamento, para pousar com habilidade sobre uma lata de lixo vizinha à casa mais próxima. Como se impulsionados por um único pensamento, Kitty, Jakob e Mandrake viraram-se e fugiram, dirigindo-se ao arco que conduzia do pátio das cocheiras à rua. Kitty foi a mais rápida, e foi a primeira a perceber o súbito escurecimento da atmosfera, o rápido desaparecimento da luz da manhã ao redor, como se algum poder empurrasse fisicamente a luminosidade para longe do chão. Ela desacelerou e parou. Filetes estreitos e alongados de escuridão flutuavam e penetravam na passagem em arco à frente, e atrás deles surgia uma nuvem escura. A visão para além dela fora completamente bloqueada, o pátio isolado do mundo exterior.

E agora? Kitty trocou um rápido olhar impotente com Jakob e olhou para trás, por sobre o ombro. O garoto egípcio havia desenvolvido asas e atirava-se para um lado e para outro no pátio, fora do alcance do esqueleto saltitante.

— Fique longe dessa nuvem. — Era a voz de John Mandrake, baixa e hesitante. Ele havia se aproximado a essa altura, olhos arregalados, recuando devagar. — Acho que é perigosa.

Kitty olhou-o com desprezo.

— Como se o senhor se importasse. — Ainda assim, ela também recuou.

A nuvem estendia-se na direção deles. Um terrível silêncio a envolvia, e um odor opressivo de terra molhada.

Jakob tocou o braço da amiga.

— Você está ouvindo...?

— Estou. — Passos pesados no fundo das sombras, de algo se aproximando.

— Temos que cair fora — disse ela. — Vá para a adega.

Eles giraram e correram para a escada que conduzia ao depósito do sr. Pennyfeather. No pátio, o esqueleto, que disparava em vão raios de magia contra o ágil demônio, percebeu os dois e bateu palmas. Um tremor, as pedras do calçamento chocalharam. A verga acima da porta do porão dividiu-se em duas e uma tonelada de alvenaria caiu de repente sobre os degraus. A poeira diminuiu; a porta desaparecera.

Com um salto e uma corrida, o esqueleto estava sobre eles.

— Aquele maldito demônio é rápido demais — disse ele. — Mudei de idéia. Vocês dois são os primeiros.

— Por que eu? — ofegou Jakob. — Eu não fiz nada.

— Eu sei, criança. — As órbitas oculares cintilaram. — Mas você está cheio de vida. E depois do tempo que passei embaixo d'água, francamente preciso de energia. — Estendeu uma das mãos; quando o fez, percebeu pela primeira vez a nuvem escura insinuando-se pelo pátio, devorando a luz. O esqueleto contemplou o negrume, o maxilar caído, revelando indecisão.

— Bem, bem — disse baixinho. — O que é isso?

Kitty e Jakob lutaram para recuar até a parede. O esqueleto não prestou atenção. Girou os quadris e se endireitou para encarar a nuvem, gritando algo em uma língua estranha. Ao lado dela, Kitty sentiu Jakob sobressaltar-se.

— Isso é tcheco — sussurrou ele. — Algo como: "Eu o desafio!"

O crânio girou 180 graus e os encarou.

— Desculpem-me um instante, crianças. Tenho assuntos inacabados para resolver. Vou cuidar de vocês em meio segundo. Esperem aí.

Ossos estalando, ele se afastou, girando no centro do pátio, as órbitas oculares fixadas na nuvem em expansão. Kitty tentou concentrar seus talentos. Olhou em torno. A rua fora engolida pelas sombras, o sol um disco encoberto brilhando fracamente no céu. A saída das cocheiras achava-se bloqueada pela escuridão ameaçadora; em todas as outras direções, destacavam-se paredes vazias e janelas trancadas. Kitty praguejou. Se tivesse uma única esfera, poderia explodi-la e abrir caminho; nas atuais circunstâncias, eram impotentes. Ratos presos em uma armadilha.

Uma lufada de ar ao lado dela, uma figura descendo suavemente. O demônio Bartimaeus enfiou as asas transparentes atrás das costas e acenou educadamente. Kitty recuou.

— Ah, não se preocupe — disse o garoto. — Minhas ordens eram para impedir que você partisse no carro. Faça qualquer coisa parecida com isso e vou ter de impedir. Fora isso, faça o que quiser.

Kitty franziu as sobrancelhas.

— O que está acontecendo? O que é essa escuridão?

O garoto deu um suspiro triste.

— Lembra daquele golem que mencionei? Ele apareceu. *Alguém* decidiu intervir. Nenhum prêmio por adivinhar por quê. Esse maldito Cajado é a raiz de todos os nossos problemas. — Espreitou através da névoa. — O que me faz lembrar... O que ele...? Ah, não, ele *não* está fazendo isso. Diga que não... Ele está, definitivamente. O idiota.

— O quê?

— Meu querido mestre. Está tentando ativar o Cajado.

Quase diante deles, não longe da limusine, o mago John Mandrake havia recuado para a parede. Ignorando as atividades do esqueleto — que agora saltava para frente e para trás sobre o calçamento, gritando insultos contra a nuvem que continuava a avançar —, inclinou-se sobre o Cajado, cabeça baixa, os olhos aparentemente fechados, como se estivesse dormindo. Kitty pensou ver os lábios dele moverem-se, balbuciando palavras.

— Isso *não* vai acabar bem — disse o demônio. — Se ele está tentando fazer uma ativação simples, sem Reforço ou feitiços silenciosos, está chamando problema. Ele não tem idéia de quanta energia o Cajado contém. Vale por dois marids pelo menos. Excesso de ambição, esse sempre foi o problema dele. — O djim balançou a cabeça com tristeza.

Kitty entendeu pouco e importava-se menos ainda.

— Por favor... Bartimaeus, é este o seu nome? Como podemos sair daqui? Você pode nos ajudar? Você poderia abrir caminho através de uma parede.

Os olhos escuros do garoto a avaliaram.

— Por que eu deveria fazer isso?

— Mmm... Você... você não quer que acabemos feridos. Estava simplesmente obedecendo a ordens... — Ela não parecia muito confiante.

O garoto olhou de cara feia.

— Sou um demônio perverso. Foi você quem disse. Seja como for, mesmo que eu *quisesse* ajudar, não podemos chamar atenção neste momento. Nosso amigo afrito nos esqueceu por enquanto. Ele se lembrou do Cerco de Praga, quando golens como esse devastaram as tropas de Gladstone.

— Ele está fazendo alguma coisa — sussurrou Jakob. — O esqueleto...

— Está. Abaixem a cabeça. — Por alguns instantes, a nuvem de escuridão interrompeu seu avanço, como se considerasse as travessuras do esqueleto saltitante. Enquanto eles observavam, pareceu tomar uma decisão. Cirros flutuaram para frente, na direção de Mandrake e do Cajado. Diante disso, o esqueleto agiu: ergueu um braço. Um jato brilhante de luz clara saiu disparado e penetrou na nuvem. Ouviu-se um golpe abafado, como o som de uma explosão atrás de portas resistentes; fragmentos de nuvem negra se dispersaram em todas as direções, girando e desaparecendo no calor do sol da manhã, subitamente renovado.

Bartimaeus produziu um som de aprovação.

— Nada mau, nada mau. De qualquer forma, não vai ajudar em nada.

Jakob e Kitty prenderam a respiração. De pé no centro do pátio, viram a descoberto uma figura gigantesca, com forma de homem mas muito maior, de membros sólidos e grosseiros, uma cabeça colossal e achatada empoleirada nos ombros. Parecia aborrecida com a destruição de sua nuvem; balançava os braços inutilmente, como se tentasse reunir a escuridão ao seu redor. Falhando na tarefa, e ignorando deliberadamente os gritos de triunfo do esqueleto, a figura pôs-se a caminho através do pátio com passos pesados.

— Mmm, é melhor Mandrake se apressar com sua invocação... — disse Bartimaeus. — Ups, lá vai Honorius outra vez.

— Pare! — O grito do esqueleto ecoou pelo pátio. — O Cajado é de minha propriedade! Eu o desafio! Não guardei o Cajado por cem anos para ver um covarde me roubar. Estou percebendo que você está enxergando por esse olho! Vou arrancá-lo e esmagá-lo em minha mão! — Com isso, disparou várias rajadas de magia no golem, que as absorveu sem sofrer qualquer dano.

A figura de pedra avançou. Kitty podia perceber os detalhes da cabeça com mais nitidez agora: dois olhos simbólicos e, acima deles, um terceiro, muito maior, mais bem definido, plantado no centro da testa. Este girava para a esquerda e para a direita; brilhava como uma labareda branca. A boca, embaixo, era pouco mais que um buraco enrugado, emblemático e desnecessário. Kitty lembrou-se das palavras do demônio — em algum ponto naquela boca terrível, achava-se o pergaminho mágico que conferia ao monstro o seu poder.

Um grito de desafio. Honorius, o afrito, apoplético com o insucesso de sua mágica, lançara-se para frente, atravessando o caminho do golem que continuava a avançar. Diminuído pela figura gigantesca, o esqueleto inclinou os joelhos e saltou: quando o fez, energias mágicas irromperam de sua boca e mãos. Pousou direto no peito do golem, os braços esqueléticos envolvendo-lhe o pescoço, as pernas enlaçadas ao redor de seu tronco. Chamas azuis brotaram nas áreas de contato. O golem se imobilizou, ergueu uma das mãos pesadas como porretes e agarrou o esqueleto pela omoplata.

Por um longo instante, os dois adversários permaneceram unidos, imóveis, em completo silêncio. As chamas cresceram. Um cheiro de queimado e uma radiação de frio extremo se fizeram sentir.

Então, de repente — uma onda de som, uma pulsação de luz azul...

O esqueleto se despedaçou.

Fragmentos de osso projetaram-se sobre o calçamento como uma rajada de granizo.

— Estranho... — Bartimaeus estava sentado no chão, de pernas cruzadas. Seu olhar era o de um espectador fascinado. — Realmente muito estranho. Honorius não precisava fazer isso, sabe? Foi totalmente imprudente, um ato suicida... ainda que corajoso, claro. Apesar de louco, ele *deveria* saber que isso o destruiria, não acha? Os golens neutralizam nossa magia, pulverizam nossa essência, mesmo quando encerrada em ossos. Muito estranho. Talvez ele estivesse cansado deste mundo, afinal de contas. Está entendendo, Kitty Jones?

— Kitty... — Era Jakob, puxando com insistência a manga do casaco da garota. — A saída está limpa. Podemos escapar.

— Podemos... — Ela deu outra olhada na direção de Mandrake. De olhos fechados, ele ainda recitava as palavras de algum feitiço.

— Vamos...

O golem estava imóvel desde a destruição do esqueleto. Nesse instante, o gigante moveu-se novamente. Seu olho verdadeiro cintilou, girou, fixou Mandrake e o Cajado.

— Parece que é a vez de Mandrake. — A voz de Bartimaeus soou neutra, casual.

Kitty deu de ombros e começou a avançar devagar atrás de Jakob ao longo da parede.

Nesse momento, Mandrake ergueu os olhos. A princípio pareceu inconsciente do perigo; depois seu olhar caiu sobre o golem que avançava. Seu rosto se abriu em um sorriso. Ergueu o Cajado e pronunciou uma única palavra. Uma luz nebulosa em tons de rosa e púrpura flutuou ao longo do Cajado, erguendo-se em direção ao topo. Kitty interrompeu seu avanço. Uma reverberação suave, um zumbido — como se milhares de abelhas estivessem presas sob a terra — um tremor no ar; o chão oscilou levemente.

— Ele *não pode* — disse Bartimaeus. — Ele *não pode* ter controlado o Cajado. Não da primeira vez.

O sorriso do garoto se ampliou. Ele apontou o Cajado de Gladstone na direção do golem, que parou indeciso. Luzes coloridas brincavam ao redor dos entalhes da madeira; o rosto do garoto adquiriu vida com o brilho das luzes e um tremendo contentamento. Em tom profundo, imponente, ele pronunciou um feitiço complicado. O fluxo ao redor do Cajado se expandiu. Kitty apertou os olhos, desviou parcialmente o olhar; o golem girou sobre os calcanhares. O fluxo vibrou, faiscou, retrocedeu rapidamente ao longo do Cajado e do braço do mago. A cabeça do garoto saltou para trás; ele foi erguido do chão e lançado contra a parede com um baque surdo.

O garoto se estatelou no calçamento de pedras, a língua de fora. O Cajado lhe escapou da mão.

— Ah. — Bartimaeus fez um sábio aceno de cabeça. — Ele *não* o controlou. Achei que era demais.

— Kitty! — Jakob já estava a alguma distância, encostado à parede. Gesticulava furiosamente. — Enquanto ainda é tempo.

A gigantesca figura de argila havia reiniciado seu vagaroso avanço na direção do corpo emborcado do mago. Kitty fez menção de seguir Jakob, depois se virou outra vez para Bartimaeus.

— O que vai acontecer?

— Agora? Depois do pequeno equívoco de meu mestre? Bastante simples. Você vai fugir. O golem vai matar Mandrake, pegar o Cajado e levá-lo para quem quer que seja o mago que está observando através daquele olho.

— E você? Não vai ajudá-lo?

— Sou impotente contra um golem. Já tentei uma vez. Além disso, quando você estava fugindo ainda há pouco, meu mestre anulou todas as suas ordens anteriores, o que inclui meu dever de protegê-lo. Se Mandrake morrer, estou livre. Não tenho interesse algum em salvar esse idiota.

O golem estava diante da limusine nesse momento, aproximando-se do corpo do motorista. Kitty olhou outra vez para Mandrake, inconsciente perto da parede. Mordeu o lábio e afastou-se.

— Na maior parte do tempo, não disponho de livre arbítrio — disse o demônio em voz alta, atrás dela. — Quando isso acontece, é muito pouco provável que eu aja de forma a me prejudicar, se puder evitar. É o que me torna superior a humanos confusos como você. Isso se chama bom senso. Mas ande logo — acrescentou. — Sua resistência pode muito bem não funcionar contra o golem. É animador vê-la fazer exatamente o que eu faria e cair fora enquanto é possível.

Kitty bufou e deu mais alguns passos. Olhou por cima do ombro novamente.

— Mandrake não *me* ajudaria — disse ela.

— *Exatamente*. Você é uma garota esperta. Vá embora e ele que morra.

Ela olhou para o golem.

— É grande demais. Eu nunca conseguiria atacá-lo.

— Especialmente depois que ele tiver passado por aquela limusine.

— Ah, *maldição*. — Então Kitty viu-se correndo, não em direção ao aterrorizado Jakob, mas através do calçamento de pedras rumo ao gigante desajeitado. Ignorou a dor e a dormência no ombro, ignorou os gritos desesperados de seus amigos; acima de tudo, ignorou as vozes em sua cabeça que a ridicularizavam, alardeando o perigo, a inutilidade de sua atitude. Abaixou a cabeça, aumentou a velocidade. Ela não era nenhum demônio, nenhum mago — era melhor do que eles. Ganância e egoísmo *não* eram suas únicas preocupações. Contornou às pressas a retaguarda do golem, perto o bastante para ver as manchas ásperas na superfície de pedra e sentir o cheiro terrível de terra molhada em seu rastro. Saltou sobre o capô da limusine, avançou, nivelou-se com o tronco do monstro.

Os olhos cegos estavam fixos à frente, como os de um peixe morto; acima deles, o terceiro olho cintilava com uma inteligência maligna. Encarava firmemente o corpo de Mandrake; não percebeu Kitty saltar com toda a força para pousar sobre as costas do golem.

O frio extremo da superfície fez com que a garota arquejasse de dor: mesmo com sua resistência, era como mergulhar em uma corrente gelada — o fôlego a abandonou, cada nervo a aguilhoou. Sua cabeça girou com o mau cheiro da terra, a bile lhe subiu à garganta. Ela lançou o braço bom ao redor do ombro do golem, segurou-se a ele desesperadamente. Cada passo da criatura ameaçava fazê-la soltar-se.

Kitty esperava que o golem a agarrasse e atirasse para longe, mas ele não o fez. O olho não a enxergava; seu controlador não podia sentir o peso dela sobre o corpo da criatura.

Kitty estendeu o braço ferido; seu ombro latejou, fazendo-a gritar. Ela dobrou o cotovelo e tateou a face da criatura, procurando pela enorme boca escancarada. Era o que o demônio havia dito: um manuscrito, um pergaminho, depositado ali dentro. Seus dedos tocaram a pedra gelada que constituía o rosto; seus olhos giraram, ela quase desmaiou.

Não adiantava. Não conseguia alcançar a boca...

O golem parou. Com surpreendente rapidez, suas costas começaram a curvar-se. Kitty foi arremessada para frente, quase de ponta-cabeça nos ombros dele. Vislumbrou a mão disforme mais abaixo, estendendo-se na direção do garoto inconsciente: ela o agarraria pelo pescoço e o quebraria como um galho fino.

As costas continuaram a se inclinar. Kitty começou a cair; seu controle enfraqueceu. Seus dedos golpeavam freneticamente a enorme face achatada e, de repente, pousaram na cavidade que fazia as vezes de boca; enfiou os dedos lá dentro. Pedra fria e áspera... saliências irregulares que quase poderiam ser dentes... algo mais, de uma rugosidade macia. Ela agarrou o objeto e ao mesmo tempo perdeu todo apoio nas costas da criatura. Resvalou por cima de seu ombro, desabando com força sobre o corpo estendido do garoto.

Kitty caiu de costas, abriu os olhos e gritou.

O rosto do golem estava bem em cima dela: a boca escancarada, os olhos sem visão, o terceiro olho fixo nela, chamejante de fúria. Enquanto ela observava, a fúria desapareceu. A inteligência se apagou. O olho na testa tornou-se nada mais que uma forma ovalada, detalhadamente esculpida, mas inerte e sem vida.

Kitty ergueu a cabeça obstinadamente, olhou para a mão esquerda.

Um rolo de pergaminho amarelo estava preso entre um de seus dedos e o polegar.

A duras penas, a garota apoiou-se nos cotovelos. O golem imobilizara-se por completo, um dos punhos a poucos centímetros do rosto de John Mandrake. A forma de pedra estava rachada e repleta de cicatrizes; devia ter sido uma estátua. Já não irradiava frio extremo.

— Louca. Muito louca. — O garoto egípcio estava de pé ao lado dela, mãos nos quadris, balançando gentilmente a cabeça. — Você é tão doida quanto o afrito. Ao menos teve uma aterrissagem suave — e indicou o corpo do mago.

Por trás do demônio, ela viu Jakob se aproximar timidamente, olhos arregalados. Kitty gemeu. Seu ombro ferido estava sangrando novamente, e cada músculo em seu corpo doía. Com cuidado, ela se endireitou e ficou de pé, puxando a mão estendida do golem.

Jakob olhava na direção de John Mandrake. O Cajado de Gladstone jazia atravessado no peito do mago.

— Ele está morto? — Sua voz soou esperançosa.

— Infelizmente ainda está respirando. — O demônio suspirou; olhou para Kitty de soslaio. — Por suas atitudes temerárias, você me condenou a trabalho adicional. — Olhou de relance para o alto. — Eu lutaria com você, mas havia esferas de busca por aqui antes. Acho que a nuvem do golem as fez recuar, mas elas vão voltar... e logo. É melhor você fugir depressa.

— Certo. — Kitty deu alguns passos, então se lembrou do pergaminho em sua mão. Com súbita aversão, afrouxou os dedos; ele caiu sobre as pedras do calçamento.

— E o Cajado? — perguntou Bartimaeus. — Você *poderia* levá-lo, sabe. Ninguém aqui vai impedir.

Kitty franziu as sobrancelhas, contemplou o objeto. Era um artefato magnífico, ela sabia muito bem. O sr. Pennyfeather o teria levado. Assim como Hopkins, o benfeitor, Honorius o afrito, o próprio Mandrake... Muitos outros haviam morrido por ele.

— Acho que não — disse ela. — Não me serve de nada.

Ela girou e começou a mancar atrás de Jakob, em direção ao arco. Meio que esperava que o demônio a chamasse novamente, mas este não o fez. Em menos de um minuto, Kitty alcançou o arco. Quando o contornou, voltou-se e viu o garoto de pele escura ainda olhando para ela no outro extremo do pátio. Um instante mais tarde, ele estava fora de vista.

Nathaniel

46

Um súbito choque gelado; Nathaniel ofegou, balbuciou, abriu os olhos. O garoto egípcio estava de pé acima dele, empunhando um balde gotejante. A água gelada escorreu para dentro dos ouvidos, das narinas e da boca aberta de Nathaniel; ele tentou falar, tossiu, teve ânsias de vômito, tossiu novamente e virou para o lado, consciente da dor violenta no estômago e do leve formigamento em cada músculo. Gemeu.

— Levante-se e anime-se! — Era a voz do djim. Soava extremamente satisfeita.

Nathaniel pousou a mão trêmula ao lado da cabeça.

— O que aconteceu? Estou me sentindo... horrível.

— Você está *parecendo* horrível, acredite. Você foi atingido por uma considerável reversão mágica do Cajado. Seu cérebro e seu corpo vão ficar ainda mais confusos do que o normal por algum tempo, mas você tem sorte de estar vivo.

Nathaniel tentou apoiar-se para conseguir sentar.

— O Cajado...

— As energias mágicas aos poucos fluíram para o seu sistema — continuou o djim. — Sua pele fumegou de leve e a ponta de cada fio de cabelo seu brilhou. Uma visão extraordinária. Sua aura também se desgovernou. Bem, é um processo delicado, livrar-se de uma carga como essa. Eu queria acordá-lo de imediato, mas sabia que precisava esperar várias horas para garantir que estivesse recuperado com segurança.

— O quê! Quanto tempo durou?

— Cinco minutos. Fiquei entediado.

Lembranças recentes inundaram a mente de Nathaniel.

— O golem! Eu estava tentando...

— Dominar um golem? Uma tarefa quase impossível para qualquer djim ou mago, e duas vezes mais quando operando um artefato tão misterioso e potente quanto o Cajado. De qualquer forma, você conseguiu ativá-lo. Agradeça por não estar carregado o bastante para matá-lo.

— Mas o golem! O Cajado!... Ah, não... — Com súbito horror, Nathaniel percebeu as implicações do fato. Com ambos desaparecidos, ele teria fracassado completamente, estaria impotente diante de seus inimigos. Com enorme cansaço, apoiou a cabeça nas mãos, mal se dando o trabalho de reprimir o começo de uma choradeira.

Um dedo de pé rígido e firme golpeou-lhe a perna com força.

— Se você tivesse o bom senso de olhar em volta — disse o djim —, veria alguma coisa em seu benefício.

Nathaniel abriu os olhos, afastou os dedos do rosto. Olhou: o que viu praticamente o fez saltar longe das pedras do calçamento. A menos de meio metro de onde ele estava sentado, o golem erguia-se contra o firmamento; a criatura pendia na direção dele, a mão enorme tão próxima que poderia tocá-la, a cabeça ameaçadoramente inclinada; mas a centelha de vida desaparecera por completo. A criatura não exibia mais movimentos que uma estátua ou um poste de rua.

E apoiado em uma de suas pernas, de forma tão natural que quase poderia ser a bengala de um cavalheiro: o Cajado de Gladstone.

Nathaniel franziu as sobrancelhas e olhou, franziu mais um pouco, porém a solução daquele quebra-cabeça lhe escapou totalmente.

— Eu fecharia a boca — advertiu o djim. — Algum passarinho de passagem pode usá-la como ninho.

Com dificuldade, já que seus músculos pareciam água, Nathaniel se levantou.

— Mas como...?

— *Esta* não é uma pergunta difícil? — O garoto arreganhou os dentes. — Como você acha que aconteceu?

— Eu devo ter feito isso, pouco antes de perder o controle. — Nathaniel assentiu devagar; sim, era a única solução possível. — Eu estava tentando imobilizar o golem e devo ter conseguido, exatamente quando a reversão aconteceu. — Começou a sentir-se muito melhor.

O djim resfolegou alta e longamente.

— Tente outra vez, filhinho. O que me diz da garota?

— Kitty Jones? — Nathaniel esquadrinhou o pátio. Quase se esquecera dela. — Ela... ela deve ter fugido.

— Errou de novo. Vou lhe contar, posso? — O djim o encarou com seus olhos negros. — Você se pôs fora de combate, como o idiota que é. O golem estava se aproximando, sem dúvida planejando pegar o Cajado e esmagar sua cabeça como se fosse um melão. Ele foi impedido...

— Por sua reação imediata? — perguntou Nathaniel. — Se foi isso, sou grato, Bartimaeus.

— *Eu? Salvar você?* Por favor, alguém que eu conheço pode estar ouvindo. Não. Minha mágica é anulada pelo golem, está lembrado? Eu me sentei de braços cruzados para assistir ao show. Na verdade... foram a garota e o amigo dela. *Eles* o salvaram. Espere, não ria! Não estou mentindo. O garoto distraiu o golem enquanto a garota subiu nas costas do monstro, arrancou o manuscrito de sua boca e o jogou no chão. No instante em que fez isso, o golem a agarrou e ao garoto... os reduziu a cinzas em segundos. Depois a força vital da criatura diminuiu e ela finalmente congelou, a centímetros desse seu triste pescoço.

Os olhos de Nathaniel se apertaram em dúvida.

— Ridículo! Não faz o menor sentido!

— Eu sei, eu sei. Por que ela deveria salvá-lo? A mente se espanta, Nat, mas ela o salvou. E se você acha que não é verdade, bem... é ver para crer. — O djim tirou uma das mãos de trás das costas, estendeu algo. — Foi isso o que ela arrancou da boca do golem. — Nathaniel reconheceu o pergaminho instantaneamente; era idêntico ao que vira em Praga, mas dessa vez dobrado e lacrado com uma porção de cera grossa e preta. Ele o pegou devagar, olhou para a boca escancarada do monstro e outra vez para o manuscrito.

— A garota... — Ele não conseguia ordenar os pensamentos. — Mas eu ia levá-la para a Torre; eu a persegui. Não... ela teria me matado, não salvado minha vida. Não acredito em você, djim. Você está mentindo. Ela está viva. Fugiu.

Bartimaeus deu de ombros.

— Como quiser. Foi por isso que ela deixou o Cajado com você, enquanto estava indefeso.

— Ah... — Aquilo era um ponto importante. Nathaniel franziu a testa. O Cajado era o grande prêmio da Resistência. A garota nunca abriria mão dele voluntariamente. Talvez *estivesse* morta. Olhou para o manuscrito mais uma vez. Um súbito pensamento lhe ocorreu.

— De acordo com Kavka, o nome de nosso inimigo está escrito no pergaminho — disse ele. — Vamos olhar! Podemos descobrir quem está por trás do golem.

— Duvido que você tenha tempo — disse o djim. — Cuidado... lá vai ele!

Com um silvo melancólico, uma chama amarela brotou da superfície do rolo de papel. Nathaniel gritou e largou precipitadamente o pergaminho em chamas, que oscilou e se incendiou.

— Uma vez fora da boca do golem, o feitiço é tão forte que logo consome a si mesmo — continuou Bartimaeus. — Não tem importância. Sabe o que vai acontecer agora?

— O golem vai ser destruído?

— Vai... mais do que isso. Primeiro ele vai voltar para seu mestre.

Nathaniel olhou para seu servo com súbita compreensão. Bartimaeus ergueu uma sobrancelha, divertido.

— Pode ser interessante, não acha?

— Muito. — Nathaniel sentiu uma onda de cruel entusiasmo. — Você tem certeza?

— Vi isso acontecer há muito tempo em Praga.

— Bem, então... — Ele passou por cima dos fragmentos em chamas do pergaminho e caminhou com dificuldade até o golem, estremecendo com a dor que sentia no corpo. — Ahh, minha barriga está *realmente* doendo. É quase como se alguém tivesse caído em cima dela.

— Estranho.

— Não importa. — Nathaniel estendeu a mão e pegou o Cajado. — Agora — disse ele, afastando-se do corpanzil do golem mais uma vez — vamos ver.

As chamas se apagaram; o manuscrito nada mais era do que cinzas sendo levadas pela brisa. Um odor estranho e misterioso pairava no ar.

— O sangue de Kavka — disse Bartimaeus. — Agora desapareceu por completo.

Nathaniel fez uma careta.

Quando o último fragmento de papel desapareceu, um tremor percorreu o corpo paralisado do golem; os braços balançaram, a cabeça oscilou em movimentos espasmódicos, o peito se ergueu, depois abaixou. Ouviu-se uma exalação fraca, como um derradeiro suspiro. Um instante de silêncio; o gigante de pedra estava completamente imóvel. Então, com o repelão barulhento de uma árvore velha no meio de uma tempestade, o dorso enorme se ergueu, o braço estendido despencou ao seu lado, o golem se pôs de pé mais uma vez. A cabeça se inclinou, como se estivesse mergulhada em pensamentos. No fundo da testa, o olho do golem jazia inexpressivo e imóvel: a inteligência que o comandava não estava mais ali. Mas o corpo ainda se movia.

Nathaniel e o djim mantiveram-se afastados enquanto a criatura girava e, com passos cansados, começava a caminhar com dificuldade para fora do pátio. Ela não lhes prestou atenção. Seguia no passo implacável de sempre; a certa distância, transmitia a mesma energia de antes. Mas a transformação já estava ocorrendo: pequenas fendas expandiam-se na superfície do corpo. Começavam no centro do tronco, onde a pedra fora lisa e forte, e irradiavam-se na direção dos membros. Pequenas porções de argila soltavam-se da superfície e caíam sobre o calçamento no rastro do gigante.

Atrás do golem, Nathaniel e o djim acompanhavam a caminhada. O corpo de Nathaniel doía; usava o Cajado de Gladstone como apoio enquanto prosseguia.

O golem atravessou a arcada e deixou as cocheiras. Virou à esquerda, onde, ignorando o regulamento do trânsito, continuou a caminhar até o meio da rua. A primeira pessoa a deparar com ele, um comerciante corpulento e calvo com braços tatuados e um carrinho de mão repleto de legumes, lançou um grito patético e fugiu em pânico para uma rua lateral. O golem o ignorou, Nathaniel e Bartimaeus fizeram o mesmo. A pequena procissão continuou a avançar.

— Supondo que o controlador do golem seja um mago graduado — observou Bartimaeus, — preste atenção, estou só *supondo*, pode ser que neste exato momento estejamos nos encaminhando a Westminster. É o centro da cidade. Isto vai causar algum tumulto, sabe?

— *Bom* — disse Nathaniel. — É exatamente o que eu quero. Seu humor melhorava a cada minuto e a ansiedade e o medo que se acumularam dentro dele nas últimas semanas começava a desaparecer. Os detalhes exatos de seu salvamento naquela manhã ainda estavam obscuros em sua mente, mas isso agora pouco importava; depois do revés da noite anterior, quando os magos em peso se voltaram contra ele e a ameaça da Torre pairava sobre sua cabeça, ele sabia que estava livre de suspeitas, mais uma vez estava salvo. Conseguira o Cajado — Devereaux cairia a seus pés por isso — e melhor, capturara o golem. Nenhum deles havia acreditado em sua história; agora se humilhariam de tantas desculpas — Duvall, Mortensen e o restante. Por fim seria aceito no círculo e, na verdade, importava muito pouco se a sra. Whitwell optasse ou não por perdoá-lo.

Nathaniel concedeu-se um amplo sorriso enquanto penetrava em Southwark, seguindo o golem.

O destino de Kitty Jones era desconcertante, mas mesmo aí as coisas tinham corrido bem. Apesar dos apelos da praticidade e da lógica, Nathaniel sentira-se pouco confortável por quebrar sua promessa à garota. De nada teria adiantado, claro — as esferas de vigilância os observavam, portanto ele dificilmente poderia ter permitido que ela fugisse — mas o assunto *pesara* um pouco em sua consciência. Agora, não precisava se preocupar. Quer ajudando-o (ainda achava difícil de acreditar), quer tentando escapar (mais provável), a garota estava morta, acabada e ele não precisava perder tempo pensando nela. Até certo ponto era uma pena... Pelo que presenciara, ela parecia possuir energia, talento e força de vontade extraordinários, muito mais do que qualquer dos grandes magos com suas disputas intermináveis e vícios tolos. Estranhamente, ela o fizera lembrar-se de si mesmo, e era quase uma pena que houvesse morrido.

O djim caminhava em silêncio ao lado dele, como se estivesse mergulhado em pensamentos. Não parecia muito disposto a conversar. Nathaniel deu de ombros. Quem poderia adivinhar os devaneios estranhos e mal-intencionados de um djim? Melhor não tentar.

À medida que prosseguiam, seus pés esmagavam pequenas porções de argila úmida. O golem espalhava sua substância com velocidade crescente; buracos consideráveis eram visíveis em trechos de sua superfície e o contorno de seus membros mostrava-se ligeiramente irregular. O monstro se locomovia em seu ritmo normal, porém com as costas levemente inclinadas, como se estivesse ficando velho e frágil.

O prognóstico de Bartimaeus, de que o golem causaria um certo tumulto, provava-se mais correto a cada momento. Agora estavam firmes na Southwark High Street, com suas barracas de feira, comerciantes de roupas e seu aspecto geral de indústria de artigos ordinários. À medida que prosseguiam, os plebeus debandavam gritando, conduzidos como gado a um pânico irracional e excessivo diante do gigante que seguia a passos largos. As pessoas atiravam-se dentro de lojas e casas, arrombando portas e quebrando janelas na tentativa de escapar; um ou dois indivíduos subiram em postes; os mais magros pulavam para dentro dos bueiros nos esgotos. Nathaniel ria baixinho. O caos não era inteiramente lamentável. Faria bem aos plebeus serem provocados, ter sua tranqüilidade roubada. Precisavam *ver* contra que tipos de perigos o governo os protegia, entender a magia perversa que os ameaçava por todos os lados. Isso os tornaria menos propensos a dar ouvidos a fanáticos como a Resistência no futuro.

Grande número de esferas vermelhas surgiu sobre os telhados e sobrevoou silenciosamente a rua, observando-os. Nathaniel adotou um ar sóbrio e olhou de relance, para as barracas quebradas e os rostos assustados ao seu redor com o que esperava que fosse uma compaixão generosa.

— Seus amigos estão nos observando — disse o djim. — Acha que estão satisfeitos?

— Com inveja, é mais provável.

Quando passaram pela estação ferroviária de Lambeth e se encaminharam para oeste, o perfil do golem tornou-se perceptivelmente mais irregular, seu arrastar de pés mais evidente. Uma porção grande e úmida de argila, talvez um dedo, desprendeu-se e caiu no chão.

A Ponte de Westminster ficava logo adiante. Agora parecia não haver dúvida de que Whitehall era o destino deles. A mente de Nathaniel voltou-se para o confronto por vir. Era positivamente um mago graduado, disso ele não duvidava, que havia descoberto sua viagem a Praga e então enviado o mercenário contra ele. Mais do que isso, era impossível afirmar. O tempo rapidamente diria.

O Cajado de Gladstone jazia confortável em sua mão; Nathaniel apoiava-se pesadamente sobre ele, já que o lado de seu corpo ainda doía. Enquanto caminhava, olhava para o objeto quase com carinho. Aquilo fora uma lição para Duvall e os demais. Makepeace ficaria muito satisfeito com o rumo que as coisas haviam tomado.

De repente, ele franziu as sobrancelhas. Para onde iria o Cajado agora? Provavelmente, seria colocado em uma das caixas-fortes do governo até que alguém precisasse usá-lo. Mas quem, dentre eles, possuía a competência para fazer isso — além dele? Empregando nada mais que encantamentos improvisados, quase conseguira utilizá-lo na primeira invocação! Poderia controlá-lo facilmente se tivesse a chance. E então...

Nathaniel suspirou. Era uma pena imensa não poder continuar com ele.

Entretanto, uma vez tendo recuperado o favoritismo de Devereaux, tudo era possível. Paciência era o mais importante. Precisava esperar a sua vez.

O cortejo passou afinal por uma pequena elevação entre duas guaritas de vidro e concreto sobre a própria Ponte de Westminster. Do outro lado, ficavam os prédios do Parlamento. O Tâmisa cintilava à luz da manhã; pequenas embarcações serpenteavam com a correnteza. Vários turistas saltavam sobre o parapeito ante a visão do golem em decomposição e mergulhavam dentro d'água.

O golem prosseguia a passos largos, os ombros caídos, os braços e pernas parecendo tocos mutilados que desprendiam pedaços de argila de tamanho considerável. Seu ritmo era visivelmente mais desarticulado; as pernas cambaleavam inseguras a cada passo. Como se reconhecesse que seu tempo era curto, ele aumentou a velocidade, e Nathaniel e o djim foram forçados a trotar atrás dele.

Desde que alcançaram a ponte, havia pouco trânsito na rua, e agora Nathaniel entendia por quê. No meio do caminho, uma unidade da Polícia Noturna, pequena e exaltada, instalara um cordão de isolamento. Consistia de estacas de concreto, arame farpado e alguns demônios ferozes do segundo plano, cobertos de espinhos e com dentes afiados, esvoaçando a meia altura. Quando perceberam a aproximação do golem, os demônios recolheram tanto os espinhos quanto os dentes e bateram em retirada, lançando guinchos agudos. Um tenente da polícia avançou devagar, deixando o resto de seus homens indeciso à sombras dos postes.

— Pare agora! — rugiu ele. — Você está entrando em uma área controlada do governo. Demonstrações de magia perigosa são estritamente proibidas sob pena de punição imediata e ter... — Ganindo como um cachorrinho, ele saltou para o lado, fora do caminho do golem. A criatura ergueu um braço, atirou uma das estacas no Tâmisa e rompeu o cordão de isolamento, deixando pequenas porções de argila penduradas no arame destruído. Nathaniel e Bartimaeus seguiram atrás, piscando alegremente para os guardas encolhidos de medo.

Sobre a ponte, passando pelas torres de Westminster, cruzando o próprio parque. Um grupo considerável de magos subalternos — burocratas de rosto pálido dos ministérios de Whitehall — havia sido alertado sobre o distúrbio e pestanejava à luz do dia. Ladeavam a rua assombrados, enquanto o gigante inseguro, agora consideravelmente reduzido, parou um momento na esquina de Whitehall, antes de virar à esquerda, em direção ao palácio de Westminster. Várias pessoas gritaram para Nathaniel e acenaram quando eles passaram.

— Era isso o que estava aterrorizando a cidade — bradou Nathaniel. — Eu o estou devolvendo ao seu controlador.

Sua declaração despertou grande interesse; sozinhos ou em pequenos grupos, e depois como uma multidão precipitada, o público alinhou-se atrás dele, mantendo-se sempre a uma distância segura.

O imenso portão de entrada do palácio de Westminster estava entreaberto, os guardiões tendo fugido à vista da criatura que se aproximava e da multidão atrás dela. O golem abriu caminho com os ombros e entrou, baixando ligeiramente a cabeça sob a arcada. A essa altura, sua cabeça quase perdera a forma; derretera como uma vela à luz da manhã. A boca juntara-se ao tronco; o olho ovalado estava torto, pendurado no meio da face.

Nathaniel e o djim entraram no saguão. Dois afritos de pele amarela com cristas lilás materializaram-se com ar ameaçador nos pentagramas do piso. Contemplaram o golem e engoliram em seco.

— Eu não me daria o trabalho — advertiu de passagem o djim. — Vocês só vão se machucar. Ainda assim, tomem cuidado, temos metade da cidade nos nossos calcanhares.

O momento se aproximava. O coração de Nathaniel batia acelerado. Agora percebia para onde estava indo: o golem percorria o corredor em direção à Câmara de Recepção, onde apenas os magos de elite eram admitidos. A cabeça de Nathaniel girava diante das implicações do fato.

Uma figura surgiu de um corredor lateral — frágil, vestindo uniforme verde, olhos brilhantes e ansiosos.

— Mandrake! Seu idiota! O que você está fazendo?

Ele sorriu educadamente.

— Bom dia, srta. Farrar. A senhorita parece desnecessariamente agitada.

Ela mordeu o lábio.

— O Conselho quase não dormiu esta noite; agora estão outra vez reunidos e observando através das esferas. E o que estão vendo? O caos em Londres! Southwark está um pandemônio: tumultos, manifestações, destruição de propriedades!

— Tenho certeza de que não é nada que seus preciosos oficiais não possam controlar. Além disso, estou apenas fazendo o que me foi... pedido na noite passada. Tenho a posse do Cajado — ele o sacudiu — e, além disso, estou devolvendo um bem ao seu dono legítimo, quem quer que seja ele. Ups... isso é valioso, não?

Mais adiante, o golem, penetrando em uma parte mais estreita do corredor, quebrara um vaso de porcelana chinesa.

— Você vai ser preso... o sr. Devereaux...

— Vai adorar conhecer a identidade do traidor. Assim como essas pessoas atrás de mim... — Ele não precisou olhar de relance por sobre o ombro. O vozerio da multidão que o seguia era ensurdecedor. — Agora, se a senhorita não se importa de nos acompanhar...

Um conjunto de portas duplas adiante. O golem, agora pouco mais que uma massa informe, oscilando para um lado e para outro, abriu caminho aos trancos. Nathaniel, Bartimaeus e Jane Farrar, com o primeiro dos espectadores atrás, o seguiram.

A um só tempo, os ministros do governo britânico ergueram-se. Um faustoso café da manhã estendia-se diante deles sobre a mesa, mas fora posto de lado para acomodar os Nexus giratórios de várias esferas de vigilância. Em uma delas, Nathaniel reconheceu uma vista aérea da Southwark High, com multidões perambulando agitadas em meio aos escombros do mercado; em outra, viu o povo aglomerado diante dos prédios de Westminster; em uma terceira, uma vista da própria câmara em que se achavam.

O golem parou no centro do recinto. Abrir caminho até ali cobrara seu preço e parecia lhe restar muito pouca energia. A figura arruinada oscilou onde parou. Seus braços haviam desaparecido, as pernas mesclavam-se em uma única massa fluida. Por alguns instantes, balançou como se fosse cair.

Nathaniel examinava o semblante dos ministros ao redor da mesa: Devereaux, rosto pálido de exaustão e choque; Duvall, escarlate de fúria; Whitwell, as feições duras e firmes; Mortensen, cabelo liso desarrumado e sem gel; Fry, ainda mastigando tranqüilamente os restos de uma codorna; Malbindi, os olhos parecendo dois discos. Para sua surpresa, avistou, em meio a um grupo de ministros menores perambulando a um lado, tanto Quentin Makepeace quanto Sholto Pinn. Evidentemente, os acontecimentos do início da manhã haviam atraído todo e qualquer indivíduo influente para o salão.

Ele contemplou um rosto de cada vez, e não viu nada além de raiva e aflição. Por um momento, temeu estar enganado, temeu que o golem desmoronasse naquele instante, sem provar coisa alguma.

O primeiro-ministro limpou a garganta.

— Mandrake! — começou ele. — Exijo uma explicação para este...

Ele parou. O golem dera um salto brusco. Como um bêbado, moveu-se para a esquerda, na direção de Helen Malbindi, a ministra da Informação. Todos os olhares o seguiram.

— Ele ainda pode ser perigoso! — O chefe de polícia Duvall parecia menos paralisado que o restante. Bateu de leve no braço de Devereaux. — Senhor, precisamos evacuar o recinto imediatamente.

— Absurdo! — disse Jessica Whitwell duramente. — Todos estamos cientes do que está acontecendo. O golem está voltando ao seu controlador! Precisamos ficar quietos e esperar.

Em silêncio mortal, eles observaram a coluna de argila arrastar-se na direção de Helen Malbindi, que retrocedeu com passos trêmulos; de repente, o equilíbrio da criatura se alterou, ela inclinou-se para o lado e para a direita, para o outro extremo do tampo da mesa, em direção aos lugares de Jessica Whitwell e Marmeduke Fry. Whitwell não se moveu um milímetro, mas Fry deu um gemido de horror, saltou para trás e engasgou com um osso de codorna. Caiu ofegante se na cadeira, olhos saltados e rosto escarlate.

O golem moveu-se na direção da sra. Whitwell; vacilou diante dela, grandes placas de argila caindo no assoalho de madeira.

O sr. Duvall gritou.

— Temos nossa resposta e não devemos mais protelar! Jessica Whitwell é o controlador da criatura. Srta. Farrar, convoque seus homens e escolte-a até a Torre!

O monte de argila estremeceu de forma estranha. Inclinou-se de repente — para longe da sra. Whitwell e em direção ao centro da mesa, onde se achavam Devereaux, Duvall e Mortensen. Os três deram um passo atrás. O golem dificilmente era mais alto que um homem agora, um friável pilar esfarelado de decadência. Curvou-se sobre a borda da mesa, onde parou novamente, separado dos magos por um metro de madeira envernizada.

A argila caiu sobre o tampo da mesa. Então, com terrível concentração, a criatura se moveu, arrastando os pés para um lado e para outro, em espasmos fracos e dolorosos, como um tronco desmembrado em ziguezague. Deslocou-se entre os restos do café da manhã, arremessando para o lado pratos e ossos; atingiu o Nexus da esfera de vigilância mais próxima, que instantaneamente tremeluziu e se apagou; arrastou-se na direção da figura imóvel do chefe de polícia, Henry Duvall.

O recinto estava muito quieto agora, salvo pela silenciosa asfixia de Marmeduke Fry.

O sr. Duvall, o rosto pálido, afastou-se da mesa. Impeliu para trás a cadeira, que se chocou contra a parede.

A argila deixara quase metade da substância remanescente entre os pratos e talheres espalhados. Alcançou o lado oposto da mesa, empinou-se, oscilou como um verme, escorreu para o chão. Com súbita velocidade, avançou.

O sr. Duvall deu um solavanco para trás, perdeu o equilíbrio, afundou junto com a cadeira. Sua boca se abria e fechava, mas não emitia som algum.

A sinuosa massa de argila alcançou-lhe as botas. Reunindo o restante de sua energia, ergueu-se como uma torre oscilante, para cambalear um instante sobre a cabeça do chefe de polícia. Então desabou sobre ele, e quando o fez, projetou os últimos vestígios da magia de Kavka. A argila se partiu, fragmentando-se em uma chuva de minúsculas partículas que caíram sobre Duvall e a parede atrás dele, lançando suavemente uma pequena peça oval sobre seu peito.

Silêncio no aposento. Henry Duvall baixou os olhos, piscando através de um véu pegajoso de argila. Do lugar em que se alojara no colo dele, o olho do golem contemplava inexpressivo.

Bartimaeus

47

A excitação que se seguiu ao desmascaramento de Henry Duvall promovido por meu mestre foi tão turbulenta quanto é maçante relatar. Por longo tempo, reinou o tumulto; a notícia se espalhou em ondas para fora da câmara dos magos, atravessando o coração de Whitehall e alcançando os extremos da cidade, onde até mesmo o mais humilde dos plebeus se admirou. A queda de um dos grandes é sempre acompanhada de muito alvoroço, e esta não era uma exceção. Uma ou duas festas de rua improvisadas foram organizadas naquela mesma noite e, nas raras ocasiões em que ousaram mostrar o rosto nas semanas seguintes, os integrantes da Polícia Noturna foram tratados com sarcasmo ostensivo.

No período que se seguiu, a confusão foi a ordem do dia. Duvall levou séculos para ser preso — o que não foi culpa dele, já que parecia atordoado pelo rumo que os acontecimentos haviam tomado e não fez nenhum esforço para resistir ou escapar. Mas os desprezíveis magos não perderam tempo em vociferar para tomar seu lugar, e por algum tempo disputaram como abutres o direito de se encarregar da polícia. Meu mestre não participou do tumulto; suas ações diziam mais do que palavras.

No final, os lacaios do primeiro-ministro invocaram um afrito obeso, que se escondera timidamente no saguão, fora do caminho do golem, e com a ajuda dele conseguiram alguma ordem. Os ministros foram dispensados, Duvall e Jane Farrar postos sob custódia, e os espectadores se encaminharam para fora do prédio.[1] Jessica Whitwell demorou-se até o fim, proclamando em alto e bom som sua participação no sucesso de Nathaniel, mas por fim, relutante, também partiu. O primeiro-ministro e meu mestre ficaram sozinhos.

Exatamente o que se passou entre eles, não sei, uma vez que fui despachado com o afrito para restabelecer a ordem nas ruas. Quando voltei, horas mais tarde, meu mestre estava sozinho em um aposento contíguo à sala de reuniões, tomando o café-da-manhã. Não se achava mais de posse do Cajado.

Adotei a aparência do minotauro outra vez, sentei-me na cadeira diante dele e bati ociosamente com os cascos no chão. Meu mestre olhou para mim, mas nada disse.

— Então — comecei. — Tudo bem? — Um grunhido. — Recuperou seus privilégios? — Um breve aceno de cabeça. — Qual é sua posição agora?

— Chefe do Departamento de Assuntos Internos. O ministro mais jovem que já existiu.

O minotauro assoviou.

— Nós somos talentosos.

— É um começo, suponho. Agora sou independente de Whitwell, graças a Deus.

— E o Cajado? Conseguiu ficar com ele?

Uma expressão irritada. Ele espetou sua salsicha.

— Não. Foi para a caixa-forte. Por "questões de segurança", segundo informaram. Ninguém tem permissão para usá-lo. — Seu rosto se iluminou. — Embora possa entrar em cena em tempo de guerra. Andei pensando, talvez mais tarde, nas campanhas americanas... — Tomou um gole

---

[1]A grande maioria saiu rápido e sem problemas. Uns poucos retardatários foram estimulados pelo emprego de Infernos em seus traseiros. Alguns jornalistas do *The Times*, surpreendidos fazendo registros detalhados do pânico dos magos, foram escoltados a um local sossegado, onde seus relatos tomaram rumo mais favorável.

de café. — Eles aparentemente não começaram muito bem. Veremos. Seja como for, preciso de tempo para aperfeiçoar minha abordagem.

— É, como ver se você consegue fazê-lo funcionar.

Ele me olhou de cara feia.

— Claro que consigo. Eu só deixei de lado um par de cláusulas restritivas e um feitiço direcional, mais nada.

— No popular, você negou fogo, companheiro. O que aconteceu com Duvall?

Meu mestre mastigou com ar pensativo.

— Foi levado para a Torre. A sra. Whitwell é chefe da Segurança outra vez. Vai supervisionar o interrogatório dele. Passe o sal.

O minotauro obedeceu.

Se meu mestre estava contente, eu tinha razão para estar satisfeito também. Nathaniel prometera me liberar assim que o assunto do atacante misterioso fosse esclarecido, o que sem dúvida alguma ocorrera, embora eu sentisse que havia ainda uma ou duas questões que desafiavam as explicações disponíveis. No entanto, aquilo não era assunto meu. Esperei minha dispensa com tranqüila confiança.

E esperei.

Vários dias se passaram, durante os quais o garoto estava ocupado demais para dar ouvidos a minhas reclamações. Ele assumiu o controle de seu departamento; compareceu a reuniões de alto nível para discutir o caso Duvall; mudou-se do apartamento de sua antiga mestra e, usando seu novo salário e uma doação do agradecido primeiro-ministro, comprou uma casa luxuosa na cidade, em uma praça frondosa não longe de Westminster. Este último fato me obrigou a executar certa quantidade de tarefas domésticas duvidosas, as quais não tenho tempo de detalhar aqui.[2] Ele compareceu a festas na residência do primeiro-ministro em Richmond,

[2]Elas incluíam caiação, colocação de papel de parede e esfregação abundante com líquidos de limpeza. Não digo mais nada.

organizou comemorações para seus novos funcionários e passava suas noites no teatro, assistindo a peças horríveis pelas quais adquirira uma predileção inexplicável. Era um estilo de vida agitado.

Sempre que possível, eu o lembrava de suas obrigações.

— Claro, claro — dizia ele de saída, todas as manhãs. — Vou resolver as coisas com você em breve. Agora, quanto às cortinas da minha sala de espera, preciso de alguns metros de seda cinza; faça a compra no Fieldings e consiga um par de almofadas extra quando estiver lá. Também seria bom ter peças esmaltadas de Tashkent no banheiro.[3]

— Suas seis semanas — disse eu enfaticamente — estão quase no fim.

— Claro, claro. Agora eu realmente preciso ir.

Uma noite ele voltou para casa cedo. Eu estava no térreo, supervisionando a colocação do piso de sua cozinha,[4] mas dei um jeito de me afastar para apressar meu caso mais uma vez. Encontrei-o na sala de jantar, um espaço pomposo, na ocasião sem mobília. Ele fitava a lareira vazia e as paredes frias e desocupadas.

— Você precisa de uma decoração *adequada* aqui — eu disse. — Um papel de parede que combine com a sua idade. Que tal o tema carros, ou trens a vapor?

Ele afastou-se até a janela, seus pés golpeando de leve as tábuas nuas.

— Duvall confessou hoje — disse por fim.

— Isso é bom. Não é?

Ele olhava para as árvores da praça.

---

[3]Nisso ele não era diferente de 90% dos outros magos. Quando não estavam tentando apunhalar uns aos outros pelas costas, passavam o tempo cercando-se das melhores coisas na vida. Apartamentos luxuosos decididamente se destacavam em suas listas de desejos, e é sempre o pobre do djim que tem de fazer o trabalho duro. Os magos persas eram os mais extravagantes: precisávamos deslocar palácios de um país a outro da noite para o dia, construí-los nas nuvens — até mesmo debaixo d'água. Houve um mago que quis um palácio de vidro. Fora o aspecto óbvio da privacidade, era um erro irremediável. Nós o construímos em uma noite e ele tomou posse alegremente. Na manhã seguinte, o sol surgiu: as paredes funcionaram como lentes gigantescas e os raios solares sofreram vigorosa refração. Ao meio-dia, o mago e toda a sua família haviam virado carvão.

[4]Para ajudar a realizar a tarefa, ele havia me presenteado com dois trasgos, que exibiam a aparência de dois órfãos abandonados. Possuíam olhos arredondados e lastimosos o bastante para derreter o mais duro dos corações. Mas também eram inclinados à vagabundagem. Cozinhei-os em fogo lento e assim obtive pronta obediência.

— Acho...

— Porque com meus poderes mágicos estou detectando que você não parece muito satisfeito.

— Ah... sim. — Ele se virou para mim, forçou um sorriso. — Isso esclarece uma porção de coisas, mas a maioria delas nós já sabíamos. Descobrimos a oficina no porão da casa de Duvall, a cova onde foi feito o golem, o cristal através do qual ele controlava o olho. Ele operava a criatura, sem dúvida.

— Bem, então.

— Hoje ele admitiu tudo isso. Disse que há muito tempo queria expandir sua função, rebaixar a sra. Whitwell e os demais. O golem foi o seu método: a criatura provocou o caos, minou os outros ministros. Depois de alguns ataques não solucionados e com todo mundo confuso, Devereaux simplesmente adorou conceder a Duvall mais autoridade. A polícia recebeu mais poderes; Duvall conseguiu o posto da Segurança. Dali, ele estaria melhor posicionado para derrubar Devereaux na hora certa.

— Parece bastante claro — concordei.

— Eu não sei... — O garoto apertou os cantos da boca. — Todos estão satisfeitos: Whitwell voltou a sua antiga função, Devereaux e os outros ministros estão retomando suas comemorações tolas, Pinn já está reconstruindo a loja. Até Jane Farrar foi libertada, uma vez que não havia evidências de que ela tivesse conhecimento da traição de seu mestre. Estão todos felizes em apagar tudo isso da mente. Mas não tenho certeza. Várias coisas não fazem sentido.

— Tais como?

— Duvall afirmou que não agiu sozinho. Disse que alguém o instigou, um estudioso chamado Hopkins. Disse que esse Hopkins lhe forneceu o olho do golem, ensinou como usá-lo. Disse que esse Hopkins o pôs em contato com o mercenário barbado e encorajou Duvall a enviá-lo a Praga para localizar o mago Kavka. Quando comecei a investigar, Duvall contactou o mercenário em Praga e lhe disse para me deter. Mas Hopkins era o cérebro da coisa toda. Isso soa verdadeiro; Duvall não é suficientemente brilhante para planejar tudo sozinho. Ele era o líder de um grupo de homens-lobos, não um grande mago. Mas conseguimos encontrar esse Hopkins? Não. Ninguém sabe quem ele é ou onde mora. Não está em lugar nenhum. É como se não existisse.

— Talvez não exista.

— É o que os outros pensam. Eles acham que Duvall estava tentando transferir a culpa. E estão todos supondo que ele estava envolvido na conspiração de Lovelace também. Dizem que o mercenário é prova disso. Mas eu não sei...

— Pouco provável — declarei. — Duvall foi preso com os outros no grande pentagrama em Heddleham Hall, não foi? Ele não tomou parte na conspiração. No entanto, parece que Hopkins sim. Ele é a conexão, se você conseguir encontrá-lo.

Nathaniel suspirou.

— Tudo é uma grande incógnita.

— Talvez Duvall saiba mais do que está dizendo. Ele pode soltar mais a língua.

— Não agora. — O rosto do garoto inconscientemente se abateu; de repente, pareceu velho e cansado. — Ao ser levado de volta a sua cela depois do interrogatório desta tarde, ele se transformou em lobo, dominou seu guardião e rompeu uma janela trancada.

— E fugiu?

— Não exatamente. Estava a uma altura de cinco andares.

— Ah.

— Precisamente. — O garoto achava-se próximo ao console enorme e vazio da lareira a essa altura e tocava o mármore. — A outra questão é a invasão da Abadia de Westminster e o assunto do Cajado. Duvall admitiu ter enviado o golem para roubá-lo de mim no outro dia; disse que era uma oportunidade boa demais para se perder. Mas jurou que não tinha nada a ver com a Resistência, e nada a ver com a invasão da tumba de Gladstone. — Ele golpeou a pedra com as mãos. — Acho que tenho de me contentar, como os outros. Se *ao menos* a garota não tivesse morrido. Ela poderia ter nos contado mais...

Emiti uma espécie de som afirmativo, mas nada disse. O fato de Kitty estar viva era um mero detalhe — que não valia a pena mencionar. Nem o fato de ela haver me contado um bocado de coisas a respeito da invasão da abadia, e que um cavalheiro chamado Hopkins de alguma forma estava envolvido na questão. Não era problema meu contar a Nathaniel. Eu nada mais era que um humilde servidor. Fazia apenas o que me ordenavam. Além do mais, ele não merecia.

— Você passou algum tempo com ela — disse de repente. — Ela conversou muito com você? — Ele me olhou rapidamente, virou o rosto para o outro lado.

— Não.

— Imagino que tenha ficado assustada demais.

— Ao contrário. Arrogante demais.

Ele grunhiu.

— Uma pena ela ser tão teimosa. Possuía algumas... qualidades admiráveis.

— Ah, você percebeu, não foi? Pensei que estivesse ocupado demais quebrando sua promessa para prestar atenção a ela.

As bochechas dele ficaram vermelhas.

— Eu tinha pouca escolha, Bartimaeus...

— Não venha me falar de escolha — cortei. — *Ela* poderia ter escolhido deixá-lo morrer.

Ele bateu o pé.

— *Não* vou permitir que você critique minhas ações...

— Ações coisa nenhuma. É a sua moral que estou contestando.

— Muito menos minha moral! *É você* o demônio, está lembrado? Por que isso teria importância para você?

— Não tem importância! — Eu estava de pé com as mãos nos quadris, então cruzei os braços. — Não tem absolutamente nenhuma importância.

O fato de uma humilde plebéia ter mais princípios do que você um dia terá está longe de ser problema meu. Você faz o que quiser.

— Farei!

— Ótimo!

— Ótimo!

Por alguns instantes, ambos exibimos a mais completa fúria, prontos para reagir com todas as forças, mas de alguma forma nosso coração não estava naquilo.

Após um intervalo, com ele fitando um canto da lareira e eu contemplando uma rachadura no teto, o garoto quebrou o silêncio.

— Se isso lhe interessa — rosnou —, falei com Devereaux e libertei os filhos de Kavka da prisão. Eles estão de volta a Praga nesse momento. Isso me custou alguns favores, mas fiz.

— Muito nobre da sua parte. — Eu não me sentia disposto a lhe dar tapinhas nas costas.

Ele me olhou de cara feia.

— De qualquer forma eram espiões sem importância. Não valia a pena mantê-los presos.

— Claro. — Outro silêncio. — Já que tudo terminou bem — disse eu afinal —, podemos esquecer a coisa toda. Você conseguiu tudo o que queria. — Gesticulei na direção do cômodo vazio. — Olhe o tamanho deste lugar! Você pode ocupá-lo com toda a seda e prata que desejar. Não apenas isso, você é mais poderoso do que nunca, o primeiro-ministro uma vez mais está em dívida com você, e você está fora do controle de Whitwell.

Ele pareceu um pouco mais feliz diante disso.

— É verdade.

— É claro que você também está completamente sem amigos e sozinho — continuei — e que todos os seus colegas o temem e vão querer prejudicá-lo. E se você se tornar poderoso demais, o primeiro-ministro ficará paranóico e arranjará uma desculpa para assassiná-lo. Mas, ei, todos nós temos problemas.

Ele me olhou com ódio.

— Que raciocínio fascinante.

— Estou repleto deles. E se você não quiser ouvir mais, aconselho-o a me dispensar neste instante. Suas seis semanas terminaram e isso indica o fim de meu vínculo atual. Minha essência está dolorida e estou cansado de emulsão branca.

Ele fez um aceno breve e repentino.

— Muito bem — disse —, vou honrar meu acordo.

— Ãhn? Ah. Certo. — Eu estava um pouco surpreso. Com toda a honestidade, esperava a barganha habitual antes que ele concordasse em me deixar partir. É como fazer compras em um bazar oriental: regatear é inevitavelmente a ordem do dia. Mas talvez a traição à garota houvesse se incrustado na mente de meu mestre.

Por qualquer que fosse a razão, ele me conduziu silenciosamente ao seu escritório no segundo andar da casa. O aposento era adornado com os pentagramas e a parafernália básicos.

Ele concluiu o procedimento inicial em um silêncio de pedra.

— Para sua informação — disse ele com ar malicioso enquanto eu permanecia de pé dentro do pentagrama —, você não vai me deixar completamente sozinho. Vou sair para ir ao teatro esta noite. Meu bom amigo Quentin Makepeace me convidou para uma *première* de sua última peça.

— Muito excitante.

— É mesmo. — Sua tentativa de parecer satisfeito foi deprimente. — Bem, você está pronto?

— Estou. — Executei uma saudação formal. — Desejo que o mago John Mandrake fique bem. Que viva por muito tempo e nunca mais me invoque... A propósito, você percebeu uma coisa?

O mago parou com o braço erguido e o encantamento engatilhado.

— O quê?

— Eu não disse "Nathaniel". É porque agora o vejo mais como Mandrake. O garoto que era Nathaniel está desaparecendo, quase sumiu.

— Bom — disse ele de modo sucinto. — Fico satisfeito que você tenha adquirido juízo por fim. — Limpou a garganta. — Então, adeus, Bartimaeus.

— Adeus.

Ele falou. Eu fui. Não tive tempo de lhe dizer que ele de certa forma não percebera o sentido exato de meu comentário.

Kitty

48

A sra. Hyrnek despediu-se atrás do posto da alfândega e Kitty e Jakob encaminharam-se juntos ao cais. A embarcação estava prestes a partir; a fumaça erguia-se das chaminés e uma brisa vigorosa enfunava as velas. Os últimos viajantes subiam a escada de embarque, alegremente recoberta por um dossel, próxima à popa do navio, enquanto mais adiante um bando de homens embarcava a bagagem. Gaivotas barulhentas precipitavam-se no céu.

Jakob estava usando um chapéu branco de aba larga, puxado para frente para ocultar-lhe o rosto, e um terno de viagem marrom-escuro. Carregava uma maleta de couro em uma das mãos enluvadas.

— Você trouxe seus documentos? — perguntou Kitty.

— Pela décima vez, sim. — Ele ainda estava um pouco choroso após a despedida da mãe, o que o tornava irritável.

— Não é uma viagem longa — disse ela calmamente. — Você vai se sentir melhor amanhã.

— Eu sei. — Ele puxou a aba do chapéu. — Você acha que vou conseguir atravessar?

— Claro. Eles não estão procurando por nós, estão? O passaporte é só uma precaução.

— Mmm. Mas com meu rosto...

— Eles não vão olhar duas vezes. Confie em mim.

— OK. Você tem certeza de que não...?

— Posso partir quando quiser. Você vai entregar a mala àquele cara?

— Acho que sim.

— Então vá e faça isso. Vou esperar. — Quase sem hesitar, ele se afastou. Kitty observou-o atravessar devagar a multidão apressada e ficou satisfeita ao perceber que ninguém sequer olhava para ele. A sirene do navio soou e em algum lugar nas proximidades ecoou uma campainha. O cais agora estava fervilhando de atividade, com marinheiros, carregadores e comerciantes passando apressados, as últimas ordens sendo dadas, cartas e pacotes mudando de mãos. No convés do navio, muitos dos passageiros estavam de pé na amurada, rostos brilhando de excitação, conversando alegremente uns com os outros em dezenas de línguas. Homens e mulheres de terras distantes — da Europa, da Ásia, de Bizâncio e do Oriente... O coração de Kitty disparou ante aquele pensamento, que a fez suspirar. Desejava muito se juntar a eles. Bem, talvez no devido tempo. Primeiro, tinha outras coisas a fazer.

Naquela terrível manhã, eles haviam fugido, os dois, para a fábrica Hyrnek, onde os irmãos de Jakob os esconderam em um cômodo sem uso atrás de uma das máquinas de impressão. Ali, em meio ao ruído, ar viciado e cheiro forte do couro, os ferimentos de Kitty foram tratados e as forças de ambos renovaram-se. Enquanto isso, a família Hyrnek se preparou para as inevitáveis conseqüências, as investigações e as multas. Um dia se passou. A polícia não apareceu. Chegaram as notícias da caminhada do golem através de Londres, da queda de Duvall, da promoção do garoto Mandrake. Mas a respeito deles — os fugitivos — não ouviram absolutamente nada. Não houve buscas, nenhuma represália. Todas as manhãs, como de costume, os pedidos dos magos chegavam à fabrica. Aquilo era muito estranho. Kitty e Jakob pareciam ter sido esquecidos.

No final do segundo dia, uma reunião se realizou no cômodo secreto. Apesar da aparente indiferença das autoridades, a família considerava altamente perigoso Jakob e Kitty continuarem em Londres. Jakob, com sua aparência peculiar, era particularmente vulnerável. Ele não podia permanecer na fábrica para sempre e, mais cedo ou mais tarde, o mago Mandrake ou um de seus aliados ou demônios o encontrariam. Precisava ir para algum lugar seguro. A sra. Hyrnek manifestou sua opinião em alto e bom som.

Quando ela se acalmou, seu marido ficou de pé; entre baforadas de cachimbo, o sr. Hyrnek deu uma calma sugestão. A perícia da família no ramo da impressão, declarou, já os capacitara a obter vingança contra Tallow, tratando seus livros de forma tal que os próprios feitiços do mago foram responsáveis por sua destruição. Àquela altura, seria algo simples falsificar certos documentos, tais como uma nova identidade, passaporte e similares, que facilitaria aos dois jovens deixar o país. Eles poderiam ir para o Continente, onde outros ramos da família Hyrnek — em Ostende, Bruges ou Basiléia, por exemplo — ficariam felizes em recebê-los.

A sugestão foi recebida com aprovação geral e Jakob a aceitou imediatamente: não tinha a menor vontade de se complicar com os magos novamente. Kitty, por sua vez, pareceu confusa.

— É muita gentileza, muita gentileza da parte de vocês — disse ela.

Enquanto os irmãos começavam a forjar os documentos e a sra. Hyrnek e Jakob a preparar os suprimentos para a viagem, Kitty permaneceu no aposento, mergulhada em pensamentos. Após dois dias de meditação solitária, anunciou sua decisão: não viajaria para a Europa.

O chapéu branco de abas largas voltou rapidamente através da multidão; Jakob estava sorrindo agora, o passo mais leve.

— Entregou a mala? — perguntou Kitty.

— Entreguei. E você estava certa, ele não me olhou duas vezes. — Jakob olhou a escada de embarque e em seguida o relógio. — Veja, só tenho cinco minutos. É melhor eu embarcar.

— Certo. Bem... até a vista, então.

— Até a vista... Olhe, Kitty...

— O quê?

— Você *sabe* que sou grato pelo que fez, me salvando e tudo o mais. Mas francamente... também a acho uma idiota.

— Obrigada.

— O que você vai fazer ficando aqui? O Conselho de Bruges é constituído de plebeus; a magia raramente figura na cidade. Meus primos dizem que não dá para imaginar a liberdade... lá existem bibliotecas, salas de debate e coisas desse tipo, bem na sua rua. Nada de toque de recolher... imagine só! O Império se mantém a distância na maior parte do tempo. É um bom local para os negócios. E se você quiser continuar com o seu... — Ele olhou cuidadosamente para um lado e outro. — Com o seu, *você sabe*, meu primo acha que há fortes ligações com movimentos clandestinos lá também. Seria muito mais seguro...

— Eu sei. — Kitty enfiou as mãos nos bolsos, encheu as bochechas. — Você está completamente certo. Todos vocês estão completamente certos. Mas é essa a questão. Acho que preciso ficar aqui, onde a magia está acontecendo, onde estão os demônios.

— Mas por quê...?

— Não me entenda mal, sou grata pela nova identidade. — Deu um tapinha no bolso da jaqueta, sentiu os papéis estalarem. — É só que, bem, algumas coisas que o demônio Bartimaeus disse... me fizeram pensar.

Ele balançou a cabeça.

— É isso que não consigo compreender — retrucou. — Você se guiando pela conversa de um demônio... que a seqüestrou, ameaçou...

— Eu sei! Mas ele não era absolutamente o que eu esperava. Falou sobre o passado, sobre os padrões de repetição, sobre a ascensão e queda dos magos ao longo da história. Isso acontece, Jakob, de tempos em tempos. Ninguém consegue fugir a esses ciclos... nem plebeus, nem demônios, nem magos. Somos todos rapidamente envolvidos, presos em uma roda de ódio e medo...

— Não eu — disse ele firmemente. — Estou pulando fora.

— Você acha que Bruges é segura? Caia na real. "O Império se mantém a distância na maior parte do tempo", foi o que você disse. Você ainda faz parte disso, quer goste ou não. É por isso que quero ficar aqui, em Londres, onde está a informação. Existem bibliotecas importantes, Jakob, onde os magos armazenam seus registros históricos. Pennyfeather costumava me contar a respeito. Se eu conseguisse acesso, se de alguma forma conseguisse um emprego aí... Eu poderia aprender alguma coisa, a respeito de demônios em particular. — Ela deu de ombros. — Ainda não sei o bastante, eis tudo.

Ele arfou.

— Claro que não. Você não é um maldito mago.

— Mas, segundo Bartimaeus, os magos também não sabem muita coisa a respeito de demônios. Eles apenas os usam. É essa a questão. Nós, a Resistência, não estávamos chegando a lugar algum. Éramos tão ruins quanto os magos, usando a magia sem entendê-la. Na verdade, eu já sabia disso, e Bartimaeus meio que confirmou. Você deveria tê-lo ouvido, Jakob...

— Como eu disse, você é uma idiota. Ouça, essa é minha chamada. — Uma alta sirene soou em algum lugar do navio; as gaivotas giravam no céu. Ele inclinou-se, deu-lhe um rápido abraço. Ela o beijou no rosto. — Não se deixe matar. Escreva. Você tem o endereço.

— Com certeza.

— Vejo você em Bruges. Antes do fim do mês.

Ela forçou um sorriso.

— Veremos.

Kitty observou-o trotar em direção à escada de embarque, enfiar seus documentos no nariz de um funcionário, receber um selo apressado no passaporte e subir a bordo. O dossel foi retirado, e a escada de embarque, recolhida. Jakob tomou posição na amurada. Acenou para ela enquanto o navio se afastava. Seu rosto, como o dos demais viajantes, brilhava de excitação. Kitty sorriu, remexeu em um dos bolsos e puxou um lenço encardido. Agitou-o até que o navio fez a volta e sumiu de vista na curva do Tâmisa.

Então Kitty tornou a guardar o lenço no bolso, virou-se e pôs-se a caminho ao longo do cais. Foi rapidamente encoberta pela multidão.

Este livro foi impresso nas oficinas da
Distribuidora Record de Serviços de Imprensa S.A.
Rua Argentina, 171 – Rio de Janeiro, RJ
para a
Editora José Olympio Ltda.
em novembro de 2007

*

76º aniversário desta Casa de livros, fundada em 29.11.1931